THE DUNE
CHRONICLES

4

듄의 신황제

GOD EMPEROR OF DUNE

GOD EMPEROR OF DUNE

THE DUNE
CHRONICLES

FRANK
HERBERT

4
듄의 신황제

프랭크 허버트

김승욱 옮김

황금가지

GOD EMPEROR OF DUNE
by Frank Herbert

라키스 행성의 다르 에스 발라트에서 이루어진
유적 발굴 결과에 대한 하디 베노토의 발표문 발췌

　다른 무엇보다도 리둘리안 크리스털 종이에 새겨진 기념비적인 원고 묶음이 들어 있는, 이 놀라운 저장소의 발견을 오늘 아침 여러분께 발표하게 되어 기쁩니다. 저는 또한 저희가 발표한 것이 진품이라는 얘기를, 즉 저희가 신(神)황제 레토 2세의 원래 일기를 발굴했다고 믿는 이유를 여러분께 자랑스럽게 말씀드릴 수 있습니다.

　첫째, 우리가 모두 『도난당한 일기』라는 이름으로 알고 있는 저 역사적 보물을 상기해 주시기 바랍니다. 이미 고대의 것임이 확인된 그 책들은 수백 년 동안 우리가 조상들을 이해하는 데 너무나 소중한 자료였습니다. 여러분 모두가 아시다시피 『도난당한 일기』는 우주 조합에 의해 해독되었는데, 이번에 새로 발견된 책들을 번역할 때에도 조합의 해독법이 사용되었습니다. 조합의 해독법이 고대의 것임은 아무도 부정하지 못합니다. 그런데 그 해독법이, 그 해독법만이 이 책들을 번역할 수 있습니다.

둘째, 이 책들은 진정으로 고대에 만들어졌음이 분명한 익스의 구술기로 인쇄되었습니다.『도난당한 일기』는 레토 2세가 자신의 역사적인 발언들을 기록할 때 실제로 이 방법을 사용했다는 사실에 대해 의심의 여지를 전혀 남겨두지 않습니다.

셋째, 저장소 그 자체가 있습니다. 저희는 이 저장소가 실질적으로 발굴된 유물 못지않게 놀라운 것이라고 믿고 있습니다. 이 일기들이 저장되어 있던 곳은 의심할 나위 없는 익스의 유물이며, 아주 원시적이면서도 경이적인 구조물이어서 '대이동'이라고 알려진 역사적 시대에 대해 틀림없이 새로운 빛을 던져줄 것입니다. 누구나 예상할 수 있듯이 그 저장소는 눈에 보이지 않았습니다. 그 저장소는 신화와 구전 역사를 통해 우리가 예상했던 것보다 훨씬 더 깊이 묻혀 있었으며, 방사선을 방출하고 흡수함으로써 주위 환경을 똑같이 흉내 내고 있었습니다. 물론 그런 기계 장치가 그 자체로서 놀라운 것은 아닙니다. 그러나 저희 팀의 공학자들은 여기에 사용된 지극히 초보적이고 진정으로 원시적인 기술에 깜짝 놀랐습니다.

여러분들 중에도 이 얘기를 듣고 저희가 그랬던 것만큼 흥분한 분들이 계시는군요. 저희는 이 저장소가 최초의 익스구(球)라고 믿고 있습니다. 그런 종류에 속하는 모든 장치들의 원형이 된 비(非)공간 말입니다. 설사 이 저장소가 최초의 익스구가 아니라 해도 그것과 똑같은 원칙들을 구현한 초창기의 물건이 틀림없다고 저희는 믿고 있습니다.

여러분이 분명히 호기심을 느끼고 계실 테니, 그 저장소를 잠깐 둘러볼 기회를 곧 여러분께 드리겠다는 말씀을 드려야겠군요. 저희가 부탁드리고 싶은 것은 저장소 안에 있는 동안 침묵을 지켜달라는 것뿐입니다. 저희 팀의 공학자들과 전문가들이 아직도 그곳에서 수수께끼를 파헤치는 작업을 하고 있으니까요.

이 말을 하다 보니 제가 얘기하고자 하는 네 번째 이유에 대한 얘기로 이어지는군요. 이것이야말로 이번에 저희가 발견한 것의 절정이라 할 수 있습니다. 말로 표현할 수 없는 감정을 안고 여러분께 밝히건대 그 발굴 현장에서 또 다른 물건이 발견되었습니다. 레토 2세가 아버지인 폴 무앗딥의 목소리로 만들었다는 표찰이 붙어 있는, 실제 목소리의 녹음 기록이었습니다. 진품으로 인정받은 신황제의 녹음 자료가 베네 게세리트 기록 보관소에 소장되어 있으므로, 저희는 비교 시험을 실시해 달라는 공식적인 요청과 함께 고대의 초소형 거품 시스템으로 만들어져 있는 녹음 기록의 샘플을 교단에 보냈습니다. 그 녹음 기록이 진품으로 인정될 것임을 저희는 거의 의심치 않습니다.

이제 여러분이 들어오실 때 나눠드린 일기 번역본의 발췌문을 봐주시기 바랍니다. 자료의 무게가 너무 무거운 것을 이번 기회를 빌려 사과드립니다. 여러분들 중에는 그걸 가지고 우스갯소리를 하는 분도 계시더군요. 저희는 실질적인 이유, 즉 절약을 위해 보통 종이를 사용했습니다. 원래 일기는 지극히 작은 기호들로 새겨져 있어서 사람이 읽으려면 상당히 크게 확대해야 합니다. 사실, 그 리둘리안 크리스털 하나에 들어 있는 내용을 고스란히 재인쇄하는 데에만도 여러분이 지금 들고 계신 것과 같은 책 마흔 권 이상이 필요합니다.

만약 영사기가…… 됐군요. 여러분 왼쪽의 스크린에 원래 일기 한 페이지 일부를 영사기로 비추고 있습니다. 이것은 첫 번째 권의 첫 번째 페이지입니다. 저희가 번역한 내용은 오른쪽 스크린에 있습니다. 번역을 통해 추리해 낸 의미는 물론, 저 글에 내재되어 있는 증거와 단어들의 시적인 장식에 주의를 기울여주시기 바랍니다. 이 글의 문체는 동일한 사람의 일관된 성격을 보여주고 있습니다. 조상들의 기억을 직접 경험한 사람, 이전에 살았던 사람들의 그 놀라운 경험을 자신과 같은 재능을 지니지 못한 사람들도 이해할 수 있는 방법으로 함께 나누고자 했던 사람만이 이런 글을 쓸 수 있었을 거라고 저희는 믿고 있습니다.

이제 실제로 의미를 담고 있는 내용을 보아주십시오. 이곳에 언급된 말들은 이런 기록을 쓸 수 있는 유일한 사람이라고 저희가 믿고 있는 인물에 대해 역사가 알려준 모든 사실들과 일치합니다.

여러분이 놀랄 일이 하나 더 있습니다. 저는 오늘 저희와 함께 연단에 서서 이 첫 번째 페이지 중 저희가 번역한 짤막한 구절을 하나 읽어주십사 하고 유명한 시인인 레베트 브립을 감히 초청했습니다. 이 책의 구절들은 번역본에서조차 큰 소리로 낭독할 때 아주 다른 성격을 띠게 된다는 것이 저희의 소견입니다. 저희는 이 책들에서 발견한 진정으로 놀라운 글을 여러분과 함께 나누고 싶습니다.

신사 숙녀 여러분, 레베트 브립을 환영해 주십시오.

레베트 브립의 낭독 내용 중에서

너희에게 단언하건대 나는 운명의 책이다.

의문은 나의 적이다. 내 의문들이 폭발할 지경이기 때문이다! 의문에 대한 답들이 겁먹은 짐승 무리처럼 뛰어올라, 도저히 도망칠 수 없는 내 기억의 하늘을 어둡게 물들인다. 그 어떤 대답도, 그 어떤 것도 충분하지 않다.

내가 나의 과거라는 끔찍한 들판에 들어설 때 어떤 프리즘이 번쩍이는가. 나는 상자 안에 들어 있는 깨어진 돌조각이다. 상자가 선회하면서 전율한다. 나는 수수께끼의 폭풍 속에서 이리저리 내동댕이쳐진다. 그리고 상자가 열리면, 나는 원시의 땅에 있는 이방인처럼 지금의 존재로 되돌아온다.

천천히 (다시 말하지만, 천천히) 나는 내 이름을 다시 배운다.

그러나 그래도 나 자신을 알 수 없다!

내 이름을 가진 이 사람, 레토라는 이름을 두 번째로 갖게 된 그는 자신의 머릿속에서 다른 목소리들, 다른 이름들, 다른 장소들을 발견한다. 아, 내 약속하노니(내가 이미 약속받은 것처럼) 나는 단 하나의 이름에만 대답할 것이다. 너희가 '레토'라고 말하면 나는 대답한다. 인내가 이것을 진실로 만든다. 인내, 그리고 하나 더.

내가 가닥들을 쥐고 있다!

모든 가닥들이 내 것이다. 주제를 하나 생각하기만 하면…… 그래…… '칼에 목숨을 잃은 사람들'이라는 주제를 생각하면, 나는 온통 피투성이가 된 그들의 모습, 하나도 손상되지 않은 원래의 영상, 신음, 찡그린 표정을 하나도 빼놓지 않고 알 수 있다.

'모성의 기쁨'이라는 주제를 생각하면, 산모의 침대가 내 것이 된다. 아기들의 미소와 새로 태어난 세대의 달콤하게 까르르 웃는 소리가 연달아 지나간다. 아기들의 첫걸음마와 젊음의 첫 승리가 내 앞에 나타난다. 그것들이 우당탕 나타나면, 결국 나는 똑같은 것이 반복되는 광경뿐 다른 것을 거의 보지 못한다.

"이 모두를 고스란히 지켜야 한다." 나는 나 자신에게 경고한다.

이런 경험의 가치, 내가 새로운 순간들을 볼 때마다 배우는 것의 가치를 누가 부정할 수 있겠는가?

아아, 그러나 그것은 과거이다.

모르겠는가?

과거일 뿐이다!

⊰⊱

오늘 아침, 나는 이미 존재하지 않는 행성의 땅, 말(馬)의 평원 가장자리에 있는 천막집에서 태어났다. 내일이면 나는 다른 곳에서 누군가 다른 사람으로 태어날 것이다. 나는 아직 선택하지 않았다. 그러나 오늘 아침에는…… 아아, 이번 삶이란! 내 눈이 초점을 맞추는 법을 터득했을 때 나는 짓밟힌 풀 위의 햇빛을 내다보면서 원기 왕성한 사람들이 인생의 달콤한 일들을 하며 움직이는 것을 보았다. 어디로…… 아, 그 활기가 모두 어디로 가버렸단 말인가?

—『도난당한 일기』

　금지된 숲의 달 그림자를 뚫고 북쪽을 향해 세 사람이 거의 500미터 거리에 걸쳐 드문드문 흩어져 달리고 있었다. 이 줄의 맨 마지막 주자는 뒤를 쫓는 D 늑대들에게서 채 100미터도 떨어져 있지 않았다. 늑대들이 사냥감을 시야에 확보했을 때면 항상 그러듯이, 금방이라도 먹이를 잡아버리고 싶은 마음에 큰 소리로 울어대며 헐떡이는 소리가 들려왔다.

　거의 머리 꼭대기에 떠 있는 첫 번째 달 때문에 숲속은 상당히 밝았다. 아라키스에서 위도가 높은 지역인데도 여름 낮의 열기가 남아 공기가 아직 훈훈했다. 마지막 사막 사리르에서 불어오는 밤바람에 수지(樹脂)

냄새와 발밑에 있는 썩은 낙엽의 축축한 냄새가 실려 왔다. 사리르 너머의 카인즈 바다에서 불어오는 산들바람이 소금과 물고기의 냄새를 옅게 풍기며 사람들이 달리고 있는 길을 가끔 가로질렀다.

운명의 장난인지, 마지막 주자의 이름은 울로트였다. 프레멘 언어로 그 말은 '사랑받는 낙오자'라는 뜻이었다. 울로트는 키가 작았으며 조금 뚱뚱해지려는 기미가 있어서 이번 모험을 위한 훈련에서 추가로 다이어트를 해야 했다. 이 필사적인 질주를 위해 살을 뺐는데도 그의 얼굴은 여전히 둥글었으며, 커다란 갈색 눈은 살집이 지나치게 많아 보이는 얼굴에서 아주 약해 보였다.

울로트가 보기에 자신이 이제 얼마 더 달릴 수 없음은 분명했다. 숨을 헐떡일 때마다 씨근거리는 소리가 났다. 가끔 휘청거릴 때도 있었다. 그러나 그는 동료들을 부르지 않았다. 그들이 도울 수 없다는 것을 그는 알고 있었다. 그들은 모두 과거의 미덕들과 프레멘의 의리 외에는 자신을 방어할 것이 하나도 없다는 것을 알면서 똑같은 맹세를 했다. 한때 프레멘의 상징이었던 모든 것들이 박물관에서나 볼 수 있는 특징이 된 지금도 그 맹세는 여전히 유효했다. 그들은 과거를 박물관 프레멘들에게 배워 기계적으로 암송했다.

울로트가 자신의 운명을 완전히 인식하고 있으면서도 침묵을 지킨 것은 프레멘의 의리 때문이었다. 고대의 특징을 훌륭하게 지키는 자세였으나, 지금 달리고 있는 사람들이 가진 것이라고는 자신들이 흉내 내고 있는 미덕들에 대한 '구전 역사'의 전설들과 책에서 배운 지식밖에 없다는 점이 조금은 가엾기도 했다.

D 늑대들이 울로트의 뒤로 바짝 달려왔다. 어깨높이가 거의 사람의 키와 맞먹는 거대한 회색 동물들이었다. 녀석들이 공중으로 뛰어오르며

먹이를 잡고 싶다는 열망을 이기지 못해 낑낑거리는 소리를 냈다. 그들은 고개를 쳐들고, 달빛 속에 드러난 사냥감의 모습에 시선을 집중했다.

울로트는 나무뿌리에 왼발이 걸리는 바람에 하마터면 쓰러질 뻔했다. 이것이 그에게 새로운 힘을 주었다. 그는 갑작스럽게 폭발하듯 속도를 올려 추적자들과의 사이에 늑대의 몸길이만큼 거리를 벌렸다. 그의 팔이 펌프처럼 움직였다. 벌어진 입으로 숨 쉬는 소리가 요란했다.

D 늑대들은 속도를 바꾸지 않았다. 그들은 숲속의 지독한 풀 냄새를 헤치며 휙휙 지나가는 은빛 그림자였다. 그들은 자기들이 이겼다는 것을 알고 있었다. 아주 익숙한 일이었다.

울로트가 다시 비틀거렸다. 그는 어린 나무를 잡고 균형을 회복한 다음 숨 가쁘게 헉헉거리면서 계속 도망쳤다. 그의 다리가 자신에게 가해지는 요구에 반발해서 부들부들 떨렸다. 다시 속도를 올릴 힘은 전혀 남아 있지 않았다.

D 늑대들 중 커다란 암컷 한 마리가 울로트의 왼쪽 옆구리로 이동했다. 그리고 안쪽으로 휘어져 들어오며 뛰어올라 그가 갈 길을 가로질렀다. 거대한 송곳니가 울로트의 어깨를 찢었다. 울로트는 휘청거렸지만 쓰러지지는 않았다. 숲의 냄새에 독한 피 냄새가 덧붙여졌다. 몸집이 조금 작은 수컷 늑대 한 마리가 울로트의 오른쪽 엉덩이를 물었다. 울로트는 마침내 비명을 지르며 쓰러졌다. 늑대 무리가 와락 달려들자, 그의 비명이 갑작스레 종말을 알리듯 뚝 끊어졌다.

D 늑대들은 발을 멈추고 먹이를 먹는 대신 다시 추적을 시작했다. 그들의 코가 숲 바닥과 공기 속을 떠돌아다니는 바람을 탐색했다. 아직 도망치고 있는 인간 두 명의 생생한 냄새가 느껴졌다.

줄지어 달리던 인간들 중 다음 사람은 쿠텍이었다. 그것은 아라키스에서 오래전, 듄 시절부터 사용되던 명예로운 이름이었다. 그의 조상 중 한 명이 타브르 시에치에서 죽음의 증류기 감독관으로 일했다. 그러나 그것은 3000년이 넘는 과거 속에 잊힌 일이라 이미 믿지 않는 사람들이 많았다. 쿠텍은 키가 크고 날씬한 몸에서 나오는 커다란 보폭으로 달렸다. 그의 몸은 이런 움직임에 완벽하게 들어맞는 것 같았다. 긴 검은 머리가 얼굴 뒤로 나부꼈다. 동료들과 마찬가지로 그는 촘촘하게 짠 면으로 지은 검은색 주행복을 입고 있었다. 그 때문에 엉덩이와 단단한 허벅지의 움직임, 그리고 깊고 꾸준한 그의 호흡 리듬이 드러났다. 그가 사리르에서 신황제의 요새를 둘러싼 인공 절벽을 내려오다가 오른쪽 무릎에 부상을 입었다는 사실을 보여주는 것은 평소 때에 비해 현저하게 느린 속도뿐이었다.

쿠텍은 울로트의 비명을 들었다. 갑작스레 찾아온 무서운 침묵과 다시 큰 소리로 울어대며 추적을 시작한 D 늑대들의 소리도 들었다. 그는 레토를 지키는 괴물들에게 또 한 명의 친구가 살해당하는 모습을 생각하지 않으려고 했지만, 상상력이 그에게 마법을 걸었다. 쿠텍은 폭군에 대한 저주의 말을 떠올렸지만 숨을 낭비해 가며 그 말을 입 밖으로 내지는 않았다. 그가 안전한 아이다호 강에 도달할 가능성은 아직 남아 있었다. 쿠텍은 친구들이 자기를 어떻게 생각하는지 알고 있었다. 심지어 시오나도 그들과 같았다. 그는 항상 보수주의자로 알려져 있었다. 어렸을 때도 그는 가장 결정적인 순간에 이를 때까지 에너지를 아껴두었으며 비축된 힘을 구두쇠처럼 조금씩 사용했다.

무릎에 상처를 입었는데도 쿠텍은 속도를 높였다. 그는 강이 가깝다는 것을 알고 있었다. 무릎은 이미 고통을 느끼는 단계를 넘어 그곳에서 꾸준히 불이 타고 있는 것 같았다. 그 타는 듯한 느낌이 다리 전체와 옆구리를 가득 채웠다. 그는 자신이 어디까지 견딜 수 있는지 그 한계를 알고 있었다. 또한 시오나가 강에 거의 도착했으리라는 것도 알고 있었다. 그들 중에 가장 속도가 빠른 시오나는 봉인된 꾸러미를 들고 있었는데, 그 안에는 그들이 사리르의 요새에서 훔친 물건들이 들어 있었다. 쿠텍은 달리면서 그 꾸러미에 생각을 집중했다.

'그걸 지켜야 해, 시오나! 그걸 이용해서 그놈을 죽여야 해!'

D 늑대들이 먹이에 대한 열망을 담아 낑낑거리는 소리가 쿠텍의 의식을 꿰뚫었다. 녀석들과 거리가 너무 가까웠다. 그 순간 그는 자신이 도망치지 못하리라는 것을 깨달았다.

'하지만 시오나는 반드시 도망쳐야 해!'

그는 위험을 무릅쓰고 뒤를 돌아보았다. 늑대 한 마리가 옆구리 쪽으로 이동하는 모습이 보였다. 녀석들의 공격 패턴이 그의 의식 속에 새겨졌다. 옆구리 쪽의 늑대가 도약하는 순간 쿠텍도 뛰어올랐다. 그는 나무 뒤로 돌아가 몸을 숙이면서 옆구리 쪽에서 도약한 늑대의 몸 아래로 피한 다음 녀석의 뒷발을 양손으로 움켜쥐었다. 그리고 잠시도 지체하지 않고 늑대를 도리깨처럼 휘둘렀다. 그 바람에 다른 늑대들이 흩어졌다. 녀석이 생각만큼 무겁지 않다는 것을 깨달은 그는 줄곧 달리기만 하다가 변화를 맞게 된 것이 거의 반가울 지경이었다. 그는 자신을 공격하는 늑대들에게 살아 있는 몽둥이를 미친 듯이 휘둘렀다. 늑대 두 마리가 두개골을 부딪쳐 쓰러졌다. 그러나 사방을 다 막을 수는 없었다. 몸이 홀쭉한 수컷 한 마리가 뒤에서 공격해 그의 몸을 나무에 던져버렸다. 그리고 그는 몽둥이를 잃어버렸다.

"가!" 그가 비명처럼 소리를 질렀다.

늑대들이 점점 조여 들어오자 쿠텍은 뒤에서 공격했던 홀쭉한 수컷의 목을 이로 물었다. 그리고 최후의 필사적인 힘을 모조리 동원해서 이에 힘을 주었다. 늑대의 피가 얼굴에 튀어 시야를 가렸다. 쿠텍은 자기가 어느 쪽으로 움직이고 있는 건지 전혀 알지 못한 채 몸을 굴려 다른 늑대 한 마리를 또 움켜쥐었다. 늑대들 몇 마리가 깽깽거리면서 정신없이 우왕좌왕하기 시작했다. 어떤 녀석들은 부상을 입은 동료를 공격하기도 했다. 그러나 대부분의 늑대들은 여전히 사냥감에게 주의를 집중하고 있었다. 녀석들의 이빨이 쿠텍의 목을 양쪽에서 찢어발겼다.

시오나 역시 울로트의 비명 소리를 들었다. 그 뒤의 분명한 침묵과 늑대들이 추적을 재개하며 크게 울어대는 소리도 들었다. 너무나 커다란 분노가 가슴을 가득 채워서 폭발할 것 같았다. 울로트가 이번 모험에 포함된 것은 그가 지닌 분석적 능력 때문이었다. 그는 몇 개 되지 않는 부분만을 가지고도 전체를 볼 수 있었다. 행낭에서 항상 가지고 다니던 확대기를 꺼내 그들이 요새의 지도와 함께 찾아낸 이상한 책 두 권을 조사한 것도 울로트였다.

"이건 암호 같은데." 그때 울로트는 이렇게 말했다.

그리고 라디가, 그들의 팀에서 가장 먼저 목숨을 잃은 불쌍한 라디가…… 이렇게 말했다. "더 이상 짐을 늘릴 수는 없어. 그런 건 그냥 던져 버려."

울로트가 여기에 반대했다. "중요하지 않은 걸 이런 식으로 숨겨둘 리가 없어."

쿠텍은 라디의 편을 들었다. "우린 요새의 지도를 찾으러 왔고, 그걸 이미 찾았어. 그 물건은 너무 무거워."

그러나 시오나는 울로트와 같은 생각이었다. "내가 가져갈게."

이 말이 논쟁에 종지부를 찍었다.

'가엾은 울로트.'

그가 이번 팀에서 가장 달리기를 못하는 사람이라는 사실은 그들 모두 알고 있었다. 울로트는 대부분의 경우 굼뜬 편이었지만, 머리는 누구도 부정할 수 없을 만큼 명석했다.

'그는 믿을 수 있는 사람이야.'

울로트는 믿을 수 있는 '사람이었다'.

시오나는 분노를 정복하고 그 에너지를 이용해서 속도를 높였다. 달빛 속에서 나무들이 휙휙 그녀를 스쳐 갔다. 그녀는 자신의 동작 외에는 아무것도 존재하지 않는, 시간을 초월한 달리기의 무아지경에 들어가 있었다. 그녀의 몸은 지금까지 훈련받은 대로 움직이고 있을 뿐이었다.

남자들은 달릴 때의 그녀를 아름답다고 생각했다. 시오나는 그것을 알고 있었다. 그녀의 긴 검은 머리는 그녀가 달려가면서 생겨나는 바람 속에 채찍처럼 몸을 휘감지 않도록 단단하게 묶여 있었다. 쿠텍이 그녀처럼 머리를 묶지 않겠다고 했을 때 그녀는 바보짓이라고 했다.

'쿠텍은 어디 있지?'

그녀의 머리칼은 쿠텍의 것과 달랐다. 아주 짙은 갈색이어서 때로 검은색과 헷갈리기도 했지만 진짜 검은색은 아니었다. 쿠텍의 머리칼과는 완전히 달랐다.

가끔 유전자들의 작용으로 나타나는 현상 덕분에 그녀의 이목구비는 이미 오래전에 죽은 조상의 모습을 그대로 베낀 것 같은 모습이었다. 부드러운 달걀형 얼굴에 풍만한 입, 그리고 자그마한 코 위에는 기민하게 깨어 있는 눈이 있었다. 몇 년 동안 달리기를 계속한 덕분에 그녀의 몸은 호리호리했지만 주위의 남자들에게 성적인 신호를 강력하게 발산했다.

'쿠텍은 어디 있지?'

늘대 무리가 조용해진 것이 그녀를 불안감으로 가득 채웠다. 녀석들은 라디를 쓰러뜨리기 전에도 이런 짓을 했다. 세투즈를 잡을 때도 마찬가지였다.

그녀는 저 침묵이 다른 것을 의미할 수도 있다고 자신을 타일렀다. 쿠텍은 원래 조용한 사람이었다……. 그리고 강했다. 그가 부상 때문에 그리 힘들어하는 것 같지는 않았다.

시오나는 가슴에 통증을 느끼기 시작했다. 몇 킬로미터씩 달리기하며 훈련을 해온 덕분에 이제 곧 숨이 막힐 것처럼 차오를 것을 잘 알고 있었다. 검은색의 얇은 주행복 밑에서는 여전히 땀이 그녀의 몸을 따라 비 오듯 흘러내렸다. 저 앞의 강을 건널 때를 대비해서 단단히 싸놓은 그 소중한 물건이 든 행낭은 등에 높이 매달려 있었다. 그녀는 그 안에 접혀 있는 요새의 지도에 대해 생각해 보았다.

'레토는 자기가 저장해 놓은 스파이스를 어디에 숨겨뒀을까?'

틀림없이 요새 안 어딘가에 있을 터였다. 틀림없었다. 그 지도 어딘가에 단서가 있을 것이다. 베네 게세리트, 조합, 그리고 그 밖에 모든 사람들이 갈망하는 멜란지 스파이스…… 그것은 이런 위험을 무릅쓸 만한 물건이었다.

게다가 암호를 사용한 두 권의 책이라니. 쿠텍의 말 중에 한 가지는 옳았다. 리둘리안 크리스털 종이는 무거웠다. 그러나 그녀는 울로트와 마찬가지로 흥분하고 있었다. 암호로 된 그 문장들 속에는 뭔가 중요한 것이 감춰져 있었다.

그녀 뒤쪽의 숲에서 열심히 사냥감을 뒤쫓는 늘대들의 커다란 울음소리가 다시 들려왔다.

'뛰어, 쿠텍! 뛰어!'

이제 앞쪽의 나무들 사이로 아이다호 강의 경계선을 이루고 있는 길고 널찍한 평지가 보였다. 그 평지 너머에서 달빛이 물에 반사되어 밝게 빛나는 것이 언뜻 보였다.

'뛰어, 쿠텍!'

그녀는 쿠텍에게서 무슨 소리가 들려오기를 갈망했다. 아무 소리라도. 처음 달리기를 시작했던 열한 명 중에서 지금 남아 있는 것은 둘뿐이었다. 아홉 명이 이번 모험의 대가를 목숨으로 치른 것이다. 라디, 알린, 울로트, 세투즈, 이니넥, 오네마오, 후티에, 메마르, 오알라.

시오나는 그들의 이름을 하나씩 생각하며 폭군 레토가 아니라 옛날의 신들에게 말 없는 기도를 올렸다. 그녀는 특히 샤이 훌루드에게 기도했다.

'모래 속에서 사시는 샤이 훌루드께 기도합니다.'

갑자기 숲이 끝나고 잔디가 깎여 있는 땅이 나왔다. 달빛이 밝은 그 땅은 강을 따라 길게 뻗어 있었다. 좁은 강변 너머 그녀의 바로 앞쪽에서 물이 손짓했다. 강변은 기름처럼 매끄러운 강물의 흐름을 배경으로 은빛으로 보였다.

뒤쪽의 나무들 속에서 커다란 고함이 들려오는 바람에 그녀는 하마터면 휘청거릴 뻔했다. 그녀는 늑대들의 거친 소리를 누르고 들려오는 쿠텍의 목소리를 알아보았다. 쿠텍이 그녀의 이름도 부르지 않은 채 그녀에게 소리를 지르고 있었다. 수많은 얘기가 들어 있는 그 단 한마디의 고함을 잘못 들을 리가 없었다. 그것은 삶과 죽음의 메시지였다.

"가!"

늑대들이 미친 듯이 끔찍하게 소리를 질러대기 시작했다. 그러나 쿠텍의 목소리는 더 이상 들려오지 않았다. 그 순간 그녀는 쿠텍이 마지막으로 남은 생명의 에너지를 어디에 썼는지 알 수 있었다.

'내가 도망칠 수 있게 하려고 저놈들을 붙들어두고 있는 거야.'

그녀는 쿠텍의 외침을 따라 강가로 돌진하듯 달려가서 황급히 머리부터 물속으로 뛰어들었다. 달리느라고 뜨거워진 몸에 강물은 얼어붙는 듯한 충격을 주었다. 그녀는 한순간 멍해졌다가 바깥쪽을 향해 허우적거리며 어떻게든 헤엄을 치면서 호흡을 가다듬으려고 애썼다. 소중한 행낭이 물 위에 둥둥 떠서 뒤통수에 쿵쿵 부딪혔다.

이 지점의 아이다호 강은 넓지 않았다. 강폭이 기껏해야 50미터 정도였다. 부드럽게 곡선으로 휜 강을 따라 모래밭이 톱니처럼 들쭉날쭉 나와 있고, 식물의 뿌리들과 완만하게 비탈진 강둑, 그리고 그 강둑에 무성하게 자란 갈대와 풀 들이 모래밭의 가장자리를 장식하고 있었다. 갈대와 풀이 자란 곳에서는 레토의 공학자들이 설계했던 것처럼 강물이 일직선으로 흐르려 하지 않았다. 시오나는 D 늑대들이 물가에 이르면 걸음을 멈추도록 세뇌되어 있다는 것을 알기 때문에 기운이 났다. 이쪽 편의 강과 저쪽 편의 사막에 있는 벽이 그들의 영역을 표시하는 경계선이었다. 그래도 그녀는 마지막 몇 미터를 물밑으로 헤엄쳐서 칼로 잘린 듯한 강둑 그림자 속에서 수면 위로 나온 뒤에야 몸을 돌려 뒤를 돌아보았다.

늑대들은 강둑을 따라 줄지어 늘어서 있었다. 강가까지 내려온 한 마리만이 예외였다. 녀석은 거의 강물에 잠길 정도로 앞발을 내밀었다. 그녀는 녀석이 낑낑거리는 소리를 들을 수 있었다.

시오나는 녀석이 자신을 봤다는 것을 알고 있었다. 틀림없었다. D 늑대들은 시력이 뛰어난 것으로 유명했다. 레토의 숲을 지키는 녀석들의 조상 중에는 눈으로 짐승을 쫓는 사냥개들이 있었고, 레토는 그 시력을 얻기 위해 늑대들을 교배시켰다. 혹시 이번에 늑대들이 세뇌를 깨버릴지 걱정스러웠다. 녀석들은 주로 시각에 의존해서 사냥을 했다. 만약 강가에 내려와 있는 늑대가 물속으로 들어온다면 나머지 녀석들이 모두 뒤를 따를 수도 있었다. 시오나는 숨을 죽였다. 몸이 완전히 지쳐서 질질 끌리는 것 같았다. 그들은 거의 30킬로미터를 달려왔다. 그중 뒤의 절반은 D 늑대들에게 바짝 쫓기는 가운데 달린 것이었다.

강가에 내려와 있던 늑대가 한 번 끙끙거리는 소리로 울더니 훌쩍 뛰어서 동료들에게 돌아갔다. 녀석들은 뭔가 소리 없는 신호를 받았는지 방향을 돌려 숲속으로 뛰어 돌아갔다.

시오나는 녀석들이 어디로 가는지 알고 있었다. D 늑대들은 금지된 숲에서 잡은 것은 무엇이든 먹을 수 있었다. 모두 아는 얘기였다. 늑대들이 사리르의 수호자로 숲속을 배회하는 것은 그 때문이었다.

"이 대가를 치르게 하겠어, 레토." 그녀가 속삭이듯 말했다. 그녀의 목소리는 아주 작았다. 바로 등 뒤에서 갈대에 부딪혀 조용하게 살랑거리는 물소리와 아주 흡사했다. "울로트와 쿠텍과 다른 모든 사람들을 죽인 대가를 치르게 만들 거야. 반드시."

그녀는 바깥쪽을 향해 부드럽게 몸을 밀면서 물결을 따라 떠가듯이 움직였다. 마침내 좁은 강변의 완만한 비탈길이 발에 닿았다. 피곤 때문에 질질 끌리는 몸으로 그녀는 천천히 물에서 나와 잠시 제자리에서 행낭 속에 봉인된 물건들이 무사한지 확인했다. 봉인은 깨어지지 않았다. 그녀는 달빛 속에서 그 물건을 잠시 물끄러미 바라보다가 시선을 들어 강 건너편에 벽처럼 서 있는 숲을 응시했다.

'우린 열 명의 소중한 친구들을 대가로 치렀어.'

그녀의 눈에서 눈물이 희미하게 반짝였다. 그러나 그녀는 고대 프레멘들의 기질을 지녔기 때문에 눈물은 몇 방울 되지 않았다. 강을 건너 늑대들이 북쪽 경계선을 순찰하고 있는 숲을 곧장 가로지른 다음 마지막 사막 사리르를 지나 요새의 누벽을 오른 이번의 모험, 이 모든 것이 머릿속에서 벌써 꿈처럼 느껴졌다……. 숲을 지키는 늑대들이 침입자가 지나간 길을 가로질러 미리 기다리고 있을 것이 분명했으므로 그녀가 미리 예상했던 늑대들과의 추격전조차…… 모두 꿈이었다. 그건 이미 지나간 과거였다.

'난 탈출했어.'

그녀는 봉인된 꾸러미를 행낭에 집어넣고 행낭을 다시 등에 단단히 멨다.

'난 당신의 방위선을 뚫었어, 레토.'

시오나는 암호로 적힌 책에 대해 생각해 보았다. 암호로 된 그 문장들 속에 감춰져 있는 것이 복수를 위한 길을 틀림없이 열어줄 것이라는 생각이 들었다.

'내가 죽여버릴 거야, 레토!'

'우리가 널 죽여버릴 거야!'가 아니었다. 그런 것은 시오나의 방식이 아니었다. 그녀는 직접 그를 죽일 생각이었다.

그녀는 몸을 돌려 잘 깎아놓은 풀밭이 있는 강의 경계선 너머 과수원을 향해 씩씩하게 걸었다. 그렇게 걸으면서 자신의 맹세를 되풀이했다. 그리고 자신의 완전한 이름이 포함된 과거 프레멘들의 공식적인 말을 큰 소리로 덧붙였다.

"시오나 이븐 푸아드 알 세예파 아트레이데스가 저주한다, 레토. 넌 모든 대가를 치러야 해!"

다음의 글은 다르 에스 발라트에서 발견된 책을
하디 베노토가 번역한 내용 중에서 발췌한 것이다.

　나는 표준력으로 3000여 년 전에 레토 아트레이데스 2세라는 이름으로 태어났다. 3000여 년이라는 시간은 내가 지금 이 말을 인쇄시킨 순간을 기준으로 따진 것이다. 내 아버지는 폴 무앗딥이었다. 내 어머니는 그의 프레멘 짝인 챠니였다. 내 외할머니는 프레멘들 가운데서 유명한 약초 전문가였던 파룰라였다. 친할머니 제시카는 교단의 대모들과 같은 힘을 가질 수 있는 남자를 찾기 위한 베네 게세리트 유전자 교배 프로그램의 산물이었다. 외할아버지는 아라키스의 생태학적 변화를 체계화한 행성학자 리에트 카인즈였다. 친할아버지는 아트레우스(고대 그리스 미케네의 왕—옮긴이) 가문의 후손이며 그리스에 살았던 최초의 아트레우스까지 곧장 가계가 이어져 있는 '아트레이데스'였다.
　이런 가계도는 이제 그만!
　내 친할아버지는 많은 훌륭한 그리스 인들이 그랬듯이 죽으면서 불구대천의 원수인 블라디미르 하코넨 노남작을 죽이려고 했다. 두 사람 모두 지금은 내가 가진 조상들의 기억 속에서 불편한 마음으로 쉬고 있다. 심지어 내 아버지도 불만을 품고 있다. 나는 아버지가 두려워하던 일을 했으며, 이제는 아버지의 망령이 그 결과를 같이 짊어져야 한다.

황금의 길이 그것을 요구하고 있다. '그럼 황금의 길이란 무엇인가?' 라고 너희는 물을 것이다. 그것은 인류의 생존이다. 그 이상도 그 이하도 아니다. 예지력을 지닌 우리들, 인간의 미래 속에 있는 함정을 알고 있는 우리들, 이것은 언제나 우리의 책임이었다.

생존.

이것에 대한 너희의 생각, 너희의 하찮은 근심과 기쁨, 심지어 고뇌와 환희까지도 우리에게는 거의 상관이 없다. 내 아버지는 이런 능력을 갖고 있었다. 내 능력은 더 강하다. 우리는 때로 시간의 베일을 꿰뚫어 볼 수 있다.

내가 여러 은하계가 통합된 제국을 지휘하고 있는 이 아라키스 행성은 이제 과거 듄으로 불리던 시절의 모습이 아니다. 그때는 행성 전체가 사막이었다. 지금 사막은 아주 조금밖에 남아 있지 않다. 바로 나의 사리르이다. 거대한 모래벌레들은 이제 더 이상 자유롭게 돌아다니며 스파이스 멜란지를 만들어내지 않는다. 스파이스! 듄은 오로지 멜란지의 산지이기 때문에, 유일한 산지이기 때문에 주목받았다. 이 얼마나 굉장한 물질인가. 어떤 실험실도 멜란지를 똑같이 복제해 내지 못했다. 멜란지는 인류가 지금까지 찾아낸 것 중에서 가장 귀한 물질이다.

조합 항법사들의 단선적인 예지력에 불을 붙여줄 멜란지가 없으면 사람들은 광활한 우주 공간을 가로지를 때 달팽이가 기어가는 것처럼 느린 속도밖에 낼 수 없다. 멜란지가 없으면 베네 게세리트는 진실을 말하는 자나 대모에게 그 능력을 부여해 줄 수 없다. 멜란지의 불로초 효능이 없으면 사람들은 고대의 척도에 따라 100여 년 안쪽의 세월을 살다가 죽는다. 이제 남아 있는 스파이스는 조합과 베네 게세리트 창고에 보관된 것, 아직 남아 있는 대가문들의 얼마 안 되는 비축물, 그리고 그들이 모두 탐내는 나의 어마어마한 비축물뿐이다. 그들이 나를 습격하고 싶은 마음이 얼마나 간절하겠는가! 그러나 그들은 감히 그러지 못한다. 그들은 내가 멜란지를 넘겨주느니 몽땅 파괴해 버릴 것을 알고 있다.

아니, 그들은 굽실거리며 나를 찾아와 멜란지를 달라고 간청한다. 나는 그들에게 상으로 멜란지를 조금씩 나눠주고, 벌하고 싶을 때는 주지 않는다. 그들이 그것을 얼마나 싫어하는지.

그것이 나의 힘이라고 나는 그들에게 말한다. 그것은 나의 선물이다.

그것으로 나는 평화를 창조한다. 그들은 레토의 평화를 3000년 넘게 누리고 있다. 그것은 내가 즉위하기 전에는 인류가 아주 잠깐밖에 경험하지 못했던 강요된 평화이다. 혹시라도 그것을 잊지 않도록 나의 이 일기로 레토의 평화를 다시 연구해 보라.

나는 이 책임을 맡은 첫해에, 내가 아직 거의 인간이었을 때, 눈으로 보기에도 인간이었을 때 변신의 첫 진통 속에서 이 글을 시작했다. 내가 받아들인(그리고 내 아버지가 거부했던) 모래송어 피부, 내게 엄청나게 증폭된 힘과 전통적인 공격 및 노화에 대한 실질적인 면역성을 준 이 피부는 아직 뚜렷이 인간의 형태를 하고 있는 내 몸을 덮고 있었다. 두 다리와 두 팔, 둘둘 말린 모래송어들이 둘러싼 인간의 얼굴.

아아, 그 얼굴! 난 지금도 그 얼굴을 갖고 있다. 그 얼굴은 내가 이 우주에 노출시킨 유일한 인간의 피부이다. 내 몸의 다른 부분들은 모두 깊은 모래 속에 사는 자그마한 생물들의 서로 연결된 몸으로 덮여 있다. 그들은 언젠가 거대한 모래벌레가 될 수 있을 것이다.

그들은 그렇게 될 것이다…… 언젠가.

나는 나의 마지막 변신, 그 유사 죽음에 대해 자주 생각한다. 나는 그 것이 어떻게 다가올지 알고 있지만, 언제 다가올지 그리고 어떤 다른 요 인들이 작용할지는 알지 못한다. 이것은 내가 알 수 없는 하나의 사실이 다. 나는 황금의 길이 계속될 것인지, 아니면 끝날 것인지를 알고 있을 뿐이다. 내가 이 말을 녹음하고 있는 동안에도 황금의 길은 계속되고 있 으며, 그 때문에 어쨌든 나는 만족하고 있다.

모래송어의 섬모들이 내 몸을 탐색하면서 내 몸속의 물을 태반 같은 막으로 둘러싸는 것이 이제는 더 이상 느껴지지 않는다. 우리는 이제 사 실상 한 몸이 되었다. 그들은 나의 피부이고, 나는 전체를 움직이는 힘이 다…… 대부분의 경우 그렇다.

이 글에서 '전체'가 어느 정도 커다란 것으로 생각될 수도 있겠다. 나 는 지금 모래벌레 전 단계라고 할 수 있는 상태이다. 내 몸길이는 약 7미 터이며 지름은 2미터를 조금 넘는다. 내 몸의 대부분에는 이랑 같은 무 늬가 있으며, 나의 아트레이데스 얼굴은 몸 한쪽 끝에서 인간의 키와 같 은 높이에 자리 잡고 있다. (아직 인간의 특징을 상당히 뚜렷이 갖고 있는) 팔과 손 이 바로 그 밑에 있다. 다리와 발은 어떻게 됐냐고? 음, 그들은 거의 퇴화 해 버렸다. 그냥 지느러미일 뿐이다. 정말로. 그리고 그 위치도 몸 뒤쪽 으로 옮겨 갔다. 내 몸 전체는 과거의 톤 단위로 대략 5톤쯤 된다. 내가 이런 얘기를 덧붙여놓은 것은 이것이 역사적으로 관심거리가 될 것을 알고 있기 때문이다.

이렇게 무거운 몸을 어떻게 움직이느냐고? 대개는 익스 인들이 만든 황제의 수레를 이용한다. 충격적인가? 사람들은 너나없이 나를 증오하 고 미워하는 것보다 훨씬 더 많이 익스 인들을 증오하고 미워한다. 차라리 아는 악마가 낫다는 거다. 게다가 익스 인들이 무엇을 만들어낼지, 혹은 발명해 낼지 누가 알겠는가? 누가 알겠는가?

난 확실히 모른다. 다 알지는 못한다.

그러나 나는 익스 인들에게 어느 정도 연민을 느끼고 있다. 그들은 자기들의 기술, 과학, 기계를 아주 굳게 믿고 있다. (내용이야 어찌 됐든) 우리가, 그러니까 익스 인들과 나는 믿음이 있기 때문에 서로를 이해한다. 그들은 나를 위해 많은 장치를 만들어주고 그렇게 해서 내게서 감사의 마음을 얻는다고 생각한다. 너희가 읽고 있는 이 말도 익스의 장치로 인쇄된 것이다. 그것은 구술기라고 불린다. 내가 내 생각을 어떤 특정한 양식으로 발산하면 구술기가 작동된다. 내가 그저 그 양식에 따라 생각하기만 하면 리둘리안 크리스털 종이 위에 내 말이 겨우 분자 하나 두께로 인쇄되는 것이다. 때로 나는 덜 영구적인 물질로 사본을 인쇄해 달라고 명령하기도 한다. 시오나가 내게서 훔쳐 간 것은 그런 사본 두 권이었다.

정말 매혹적이지 않은가, 나의 시오나는? 그녀가 내게 얼마나 중요한지 이해하게 되면 너희는 내가 정말로 숲속에서 그녀를 죽게 할 작정이었는지 의문을 품을지 모른다. 그러나 그것에 대해서는 의문을 품지 말기 바란다. 죽음은 아주 개인적인 것이다. 나는 그것에 거의 간섭하지 않는다. 시오나처럼 시험을 받아야 하는 사람의 경우에는 절대. 나는 어느 단계에서든 시오나가 죽어도 가만히 있었을 것이다. 어쨌든 나는 내 기준에 따르면 아주 짧은 시간 안에 새로운 후보자를 길러낼 수 있다.

그러나 그녀는 심지어 나까지도 매혹시킨다. 나는 숲속에 있는 그녀를 관찰했다. 익스 인들이 만든 장치들을 통해 그녀를 관찰하며 내가 왜 이런 모험을 예상치 못했는지 의아해했다. 그러나 시오나는…… 시오나이다. 내가 늑대들을 막으려고 나서지 않은 것은 그 때문이다. 그런 상황에서 내가 나서는 것은 잘못된 일이다. D 늑대들은 내 목적의 연장물일 뿐이며 내 목적은 역사상 가장 위대한 포식자가 되는 것이다.

—『레토 2세의 일기』

다음의 짤막한 대화는 '웰벡 단편(斷片)'이라고 불리는 원고에서 나온 것으로 되어 있다. 이 글의 저자는 시오나 아트레이데스라고 한다. 대화의 참가자는 시오나 자신과 그녀의 아버지인 모네오이다. 모네오는 (모든 역사가들이 주장하듯이) 황실 집사장이자 레토 2세의 수석 보좌관이었다. 이 대화는 시오나가 아직 십대였을 때 그녀의 아버지가 축제의 도시 온에 있는 물고기 웅변대 학교의 그녀 숙소를 방문해 나눈 것으로 기록되어 있다. 온은 지금은 라키스라고 불리는 행성에서 많은 인구가 모여 살던 중요 지역이다. 이 원고의 식별 서류에 따르면, 모네오는 딸이 파멸의 위험을 무릅쓰고 있다는 경고를 해주기 위해 비밀리에 그녀를 방문했다.

시오나: 그자 곁에서 어떻게 그리 오랫동안 살아남은 거죠, 아버지? 그자는 자기에게 가까운 사람들을 죽여버리잖아요. 그걸 모르는 사람은 없어요.

모네오: 아니야! 네가 잘못 생각하는 거다. 그분은 아무도 죽이지 않아.

시오나: 그자에 대해 거짓말하실 필요 없어요.

모네오: 진짜야. 그분은 아무도 죽이지 않아.

시오나: 그럼 이미 사람들이 알고 있는 죽음에 대해서는 어떻게 설명

하실 건데요?

모네오: 사람을 죽이는 건 '벌레'다. '벌레'는 신이야. 레토 님은 신의 가슴속에서 살고 계시지만 아무도 죽이지 않아.

시오나: 그럼 아버지는 어떻게 살아남으신 거예요?

모네오: 난 '벌레'를 알아볼 수 있다. 그분의 얼굴과 움직임에서 그것을 볼 수 있지. 샤이 훌루드가 다가오는 걸 난 알 수 있어.

시오나: 그자는 샤이 훌루드가 아니에요!

모네오: 뭐, 옛날 프레멘 시절에는 사람들이 '벌레'를 그렇게 불렀다.

시오나: 나도 그런 얘길 읽었어요. 하지만 그자는 사막의 신이 아니에요.

모네오: 조용히 해, 이 멍청한 녀석아! 넌 아무것도 몰라.

시오나: 아버지가 겁쟁이라는 건 알고 있어요.

모네오: 정말 아무것도 모르는구나. 넌 한 번도 나와 같은 자리에 서서 그분의 눈과 손의 움직임 속에서 그것을 본 적이 없어.

시오나: '벌레'가 다가오면 아버지는 어떻게 해요?

모네오: 그 자리를 떠난다.

시오나: 현명하시네요. 우리가 분명히 알고 있는 것만 해도 그자는 던컨 아이다호를 아홉 명이나 죽였어요.

모네오: 그분은 아무도 죽이지 않는다고 말했잖니!

시오나: 그래봤자 뭐가 달라지죠? 레토든 '벌레'든, 그 둘은 지금 한 몸이에요.

모네오: 아냐, 그 둘은 별도의 존재야. 레토 님은 황제고 '벌레'는 신.

시오나: 아버진 미쳤어요!

모네오: 그런지도 모르지. 하지만 난 분명히 신을 섬기고 있다.

※※※

나는 지금까지 살았던 누구보다도 열심히 사람들을 관찰한다. 나는 나의 내면과 바깥에서 그들을 관찰한다. 내 안에서는 과거와 현재가 묘하게 뒤섞일 수 있다. 내 몸의 변신이 계속 진행되면서 내 감각에 놀라운 일들이 일어난다. 마치 내가 모든 것을 아주 가까이에서 느끼고 있는 것 같다. 청각과 시각이 극도로 예리하고, 후각의 식별력은 매우 비상하다. 100만 분의 3의 비율로 섞여 있는 페로몬을 감지하고 식별할 정도다. 그렇다. 이미 시험해 보았다. 내 감각을 속이고 숨을 수 있는 사람은 별로 없다. 내가 냄새만으로 무엇을 감지할 수 있는지 알게 되면 모두 경악할 것이다. 페로몬은 그 주인이 지금 무엇을 하고 있는지, 또는 무엇을 하려 하는지 내게 알려준다. 게다가 몸짓과 자세도 있다! 나는 언젠가 한 노인이 아라킨의 어떤 벤치에 앉아 있는 모습을 반나절 동안 지켜본 적이 있다. 그는 나입 스틸가의 5대손이었지만 그 사실을 전혀 모르고 있었다. 나는 그의 목의 각도, 턱 밑에 처진 피부, 갈라진 입술, 콧구멍 주위의 습기, 귀 뒤쪽의 모공, 구식 사막복의 두건 밑으로 살짝 삐져나온 흰머리를 유심히 살펴보았다. 그는 자기가 관찰당하고 있다는 사실을 전혀 알아차리지 못했다. 하! 스틸가라면 1, 2초 만에 알아차렸을 것이다. 그러나 이 노인은 결코 오지 않는 누군가를 기다리고 있을 뿐이었다. 마침내 그가 일어나 비틀거리며 가버렸다. 너무 오랫동안 앉아 있었기 때문에 몸이 아주 뻣뻣했다. 나는 그가 살아 있는 모습을 다시는 보지 못하리라는 것을 알았다. 그는 죽음에 그토록 가까이 있었고, 그의 물은 틀림없이 헛되이 사라질 터였다. 뭐, 그런 것은 이제 더 이상 중요하지 않았다.

—『도난당한 일기』

레토는 이곳이 우주에서 가장 재미있는 곳이라고 생각했다. 지금의 던컨 아이다호가 도착하기를 기다리고 있는 이곳이. 대부분의 인간들 기준으로 볼 때 이곳은 어마어마하게 거대한 공간이었으며, 그의 요새 밑에 정교한 구조로 뻗어 있는 카타콤의 중심부였다. 높이 30미터, 너비 20미터의 방들이 그가 기다리고 있는 중심부에서 바큇살 모양으로 뻗어 있었다. 그의 수레가 놓여 있는 이 둥근 천장의 둥근 방 지름은 400미터였고, 가장 높은 천장의 높이는 100미터였다.

이 커다란 공간이 든든했다.

이른 오후였지만 방을 밝히는 것은 어두운 오렌지색으로 밝기가 조절되어 몇 개의 반중력 장치에 실린 채 멋대로 허공을 떠다니는 발광구뿐이었다. 이 빛은 바큇살 모양의 방들 깊숙한 곳까지 뚫고 들어가지 못했지만 레토의 기억은 그 안에 있는 모든 것, 즉 그의 조상들과 듄 시대 이후로 이 세상을 살다 간 아트레이데스 사람들의 물, 뼈, 흙이 정확히 어디에 있는지 알려주었다. 그들 모두가 여기 있었다. 그리고 멜란지 용기도 몇 개 있었다. 상황이 극단으로 치닫는 경우 그가 비축해 놓은 멜란지가 전부 이것밖에 되지 않는다는 환상을 만들어내기 위해서였다.

레토는 던컨이 이곳으로 오는 이유를 알고 있었다. 아이다호는 틀레이랙스 인들이 던컨을 또 만들고 있음을 알게 되었다. 신황제가 요구한 사양에 따라 만들어지는 또 하나의 골라였다. 이번의 던컨은 거의 60년간의 복무 끝에 자신이 밀려날지도 모른다고 두려워하고 있었다. 던컨들의 파멸이 시작되는 것은 항상 그런 것 때문이었다. 조합의 사절이 이미 레토를 방문해서 익스 인들이 이번 던컨에게 레이저총을 주었다고 경고해 주었다.

레토는 키득거렸다. 조합은 얼마 되지 않는 스파이스 공급량에 위협이 될 만한 일에는 여전히 지극히 민감한 반응을 보였다. 그들은 레토가 원래 멜란지를 만들어냈던 모래벌레와의 마지막 연결 고리라는 생각 때문에 겁에 질려 있었다.

'내가 물 때문에 죽어버리면 스파이스는 더 이상 존재하지 않게 되겠지. 영원히.'

조합이 두려워하는 것이 바로 이 점이었다. 그들의 역사가 겸 회계사는 레토가 이 우주에서 가장 많은 양의 멜란지를 깔고 앉아 있다고 그들에게 단언했다. 이 사실 덕분에 조합은 거의 동맹만큼이나 믿음직한 존재가 되었다.

기다리는 동안 레토는 자신이 물려받은 베네 게세리트 방법에 따라 손과 손가락 운동을 했다. 손은 그의 자랑이었다. 회색 막 모양의 모래송어 피부 밑에서 그는 기다란 손가락들과 그들을 마주 보는 엄지손가락을 여느 인간들의 손과 거의 비슷하게 사용할 수 있었다. 지금은 거의 쓸모없는 지느러미가 되어버린 발과 다리는 창피하다기보다는 귀찮은 물건에 더 가까웠다. 그는 놀라운 속도로 기거나 몸을 굴리거나 던질 수 있었다. 그러나 때로 지느러미에 걸려 넘어지면 고통스러웠다.

던컨이 왜 이렇게 늦는 거지?

레토는 창밖으로 사리르의 부드러운 지평선을 내다보며 던컨이 망설이는 모습을 상상했다. 오늘 공기 중에는 열기가 생생했다. 이곳 지하실로 내려오기 전에 레토는 남서쪽에서 신기루를 보았다. 열기가 뭉쳐 만들어진 거울이 살짝 기울더니 저 멀리 모래 위에 어떤 영상이 번개처럼 나타났다. 박물관 프레멘 무리가 관광객들의 교육을 위한 전시용 시에치를 지나 터벅터벅 걸어가는 모습이었다.

지하실 안은 서늘했다. 항상 서늘했다. 조명도 항상 어두웠다. 바큇살처럼 뻗어 나간 터널들은 황제의 수레가 지나갈 수 있게 위 또는 아래로 완만하게 뻗은 어두운 구멍이었다. 터널들 중에는 가짜 벽 너머로 몇 킬로미터나 뻗어 있는 것도 있었다. 레토가 익스의 도구를 사용해 직접 만든 그 통로들은 먹이를 먹을 때 사용되는 터널이자 비밀 통로였다.

곧 있을 면담에 대해 생각하는 동안 레토의 내면에서 불안감이 자라나기 시작했다. 재미있는 감정이었다. 예전에 그가 즐기는 것으로 알려져 있던 감정. 레토는 자신이 현재의 던컨을 상당히 좋아하게 되었음을 알고 있었다. 그가 다가오는 면담에서 살아남을 것이라는 희망을 레토는 마음에 품었다. 때로 정말 살아남는 사람들도 있었다. 던컨이 그에게 치명적인 위험이 될 가능성은 거의 없었다. 비록 그 가능성을 이미 존재하는 우연에 맡길 수밖에 없기는 해도. 레토는 이전의 던컨들 중 한 명에게 이 사실을 설명해 주려고 했다…… 바로 이 방에서.

"내가 이런 능력을 갖고 있으면서 행운과 우연에 대해 이야기하는 걸 그대는 이상하게 여기겠지." 레토는 그때 이렇게 말했다.

던컨은 화를 냈다. "폐하는 아무것도 우연에 맡겨두지 않습니다! 저는 폐하를 압니다!"

"정말 순진하군. 우연은 우리 우주의 본질이야."

"우연이 아닙니다! 못된 장난이죠. 그 못된 장난을 만들어내는 사람이 바로 폐하입니다!"

"훌륭해, 던컨! 못된 장난은 가장 심오한 쾌락이지. 우리는 못된 장난에 대처하는 방법을 통해 창의성을 날카롭게 다듬는 거야."

"폐하는 이제 인간도 아니지 않습니까!" 아, 그때 던컨이 얼마나 화를 냈던지.

레토는 그의 이런 비난이 짜증스러웠다. 마치 눈 속에 모래가 한 알 들어간 것 같았다. 자신이 한때 인간이었던 자아의 잔해에 지독하게 매달리고 있다는 사실을 부정할 수는 없었지만, 그는 짜증을 느낄 수 있을 뿐 분노는 느끼지 못했다.

"그대의 삶은 점점 클리셰가 되고 있어." 레토가 비난했다.

이 말을 들은 던컨은 제복 로브의 자락 속에서 작은 폭발물을 꺼냈다. 얼마나 놀랐는지!

레토는 놀라는 것을 아주 좋아했다. 심지어 고약한 상황이라도 상관없었다.

'이건 내가 예상하지 못했던 일이군!' 그는 던컨에게도 그렇게 말했다. 던컨은 결단을 내려야 하는 순간에 이상하게도 마음을 정하지 못한 채 서 있었다.

"이것이 폐하를 죽일 수도 있습니다."

"미안하지만, 던컨, 작은 부상을 입을 뿐이다. 그뿐이야."

"하지만 폐하께선 이걸 예상하지 못했다고 하셨습니다!" 던컨의 목소리가 비명처럼 날카로워졌다.

"던컨, 던컨, 절대적인 예언은 내게 죽음과 똑같아. 죽음이 얼마나 지루한지 형언할 수가 없어."

마지막 순간에 던컨은 폭발물을 한쪽으로 던지려고 했다. 그러나 그 안에 있는 물질이 불안정했기 때문에 너무 일찍 터져버리고 말았다. 던컨은 죽었다. 아, 뭐…… 틀레이랙스 인들의 악솔로틀 탱크에는 항상 또 다른 던컨이 있었다.

레토의 머리 위에서 떠다니던 발광구 중 하나가 깜박이기 시작했다. 흥분이 그를 사로잡았다. 저건 모네오의 신호였다! 충성스러운 모네오 가 신황제에게 던컨이 지하실로 내려가고 있다고 알려준 것이다.

레토가 있는 중심부에서 북서쪽 방향의 바큇살 통로 두 개 사이의 인간용 승강기 문이 활짝 열렸다. 던컨이 성큼성큼 앞으로 걸어왔다. 거리가 멀어 아주 작아 보였지만 레토의 눈은 아주 작은 것까지도 식별해 낼 수 있었다. 예를 들어 그의 제복 팔꿈치에 나 있는 주름은 그가 어딘가에 몸을 기대고 손으로 턱을 괸 적이 있음을 알려주었다. 턱에는 아직도 손자국이 남아 있었다. 던컨 자신보다 그의 냄새가 먼저 다가왔다. 그의 몸에서는 아드레날린이 아주 많이 분비되고 있었다.

던컨이 다가오는 동안 레토는 침묵을 지키면서 세세한 부분을 관찰했다. 던컨은 아주 오랫동안 근무했는데도 여전히 젊은이처럼 탄력 있게 걸었다. 아마도 멜란지를 미량으로 복용한 덕분일 것이다. 던컨은 왼쪽 가슴에 황금색 매가 그려져 있는, 과거 아트레이데스의 검은색 제복을 입고 있었다. 그것은 '나는 아트레이데스의 오랜 명예를 섬긴다!'는 재미있는 선언이었다. 던컨의 머리카락은 지금도 카라쿨 양(羊)의 털로 된 검은 모자 같았고, 광대뼈가 도드라진 얼굴은 날카로운 표정으로 굳어 있었다.

'틀레이랙스 인들이 골라를 아주 잘 만들어.' 레토는 생각했다.

던컨은 암갈색 섬유로 짠 얄팍한 서류 가방을 들고 있었다. 그가 오랫동안 들고 다니던 것이었다. 그 안에는 대개 그의 보고 내용을 뒷받침하는 자료들이 들어 있었지만, 오늘은 뭔가 더 무거운 것이 있는지 불룩했다.

'익스의 레이저총이군.'

아이다호는 걸으면서 레토의 얼굴에서 시선을 떼지 않았다. 그 얼굴은 지금도 기분 나쁠 정도로 아트레이데스의 특징을 간직하고 있었다. 얼굴은 홀쭉한 편이고 눈은 온전히 푸른색이었다. 불안감에 떠는 사람들은 그 눈이 실제로 자기 몸속을 꿰뚫는 것처럼 느끼기도 했다. 그 얼굴은 수도사들의 회색 두건처럼 생긴 모래송어 피부 안에 깊숙이 잠겨 있었다. 아이다호는 그 두건이 눈 깜짝할 사이에, 아니 얼굴이 깜짝할 사이에 반사적으로 앞을 향해 말려 내려와 얼굴을 보호할 수 있다는 것을 알고 있었다. 회색 가장자리 안쪽의 피부는 분홍색이었다. 레토의 얼굴이 징그럽다는 생각을 떨쳐버리기가 어려웠다. 뭔가 이질적인 것에 붙들린 인간의 모습 같았다.

황제의 수레로부터 겨우 여섯 발짝 떨어진 곳에 걸음을 멈춘 아이다호는 분노에 찬 자신의 결심을 감추려 하지 않았다. 심지어 레토가 레이저총에 대해 알고 있는지 생각해 보지도 않았다. 이 제국은 과거 아트레이데스의 도덕에서 너무 멀리 벗어나, 제 앞에 있는 무고한 사람들을 위압적으로 압살하는 비인간적인 거대조직이 되어 있었다. 이제 이 제국에 종지부를 찍어야 했다!

"시오나와 그 밖의 다른 문제들에 대해 말씀드리려고 왔습니다." 아이다호는 레이저총을 쉽게 꺼낼 수 있는 위치에 서류 가방을 놓았다.

"그래." 레토의 목소리에는 권태가 가득했다.

"탈출한 사람은 시오나뿐입니다. 그러나 반란자 동료들의 기반은 여전합니다."

"내가 그걸 모르는 줄 아나!"

"폐하께서 반란자들을 위험할 정도로 용인하시는 건 알고 있습니다! 그러나 시오나가 훔쳐 간 꾸러미에 무엇이 있는지는 모릅니다."

"아, 그거. 그녀가 갖고 간 건 요새의 완벽한 평면도다."

짧은 한순간 던컨은 레토의 근위대장으로 돌아가 경비망이 그처럼 뚫린 것에 깊은 충격을 받았다.

"그걸 가지고 도망치게 내버려두셨단 말입니까?"

"아니, 그대가 내버려둔 거지."

이런 비난의 말에 아이다호의 몸이 움츠러들었다. 그러나 천천히, 새로 결심을 다진 내면의 암살자가 다시 그를 지배했다.

"그녀가 갖고 간 건 그것뿐입니까?" 아이다호가 물었다.

"난 그 도면과 함께 내 일기의 사본 두 권을 놓아두었다. 그것도 훔쳐 갔어."

아이다호는 전혀 움직이지 않는 레토의 얼굴을 유심히 살펴보았다. "그 일기 속에 뭐가 있습니까? 폐하께서는 어떤 때는 그것이 일기라고 하시고, 어떤 때는 역사라고 하십니다."

"그 두 가지가 조금씩 섞여 있지. 그걸 교과서라고 불러도 될 거다."

"그녀가 그 책을 가져간 것이 거슬리십니까?"

레토는 부드러운 미소를 지었고 아이다호는 그것을 부정적인 대답으로 받아들였다. 아이다호가 얄팍한 서류 가방으로 손을 뻗는 순간 긴장이 레토의 몸을 잔물결처럼 순식간에 훑고 지나갔다. 그가 무기를 꺼낼 것인가, 보고서를 꺼낼 것인가? 몸의 중심부는 열기에 강력히 저항할 수 있지만 몸의 일부, 특히 얼굴은 레이저총에 취약했다.

아이다호는 가방에서 보고서를 꺼냈다. 그가 보고서를 읽기도 전에 레토는 그가 보내는 신호를 분명하게 파악했다. 아이다호는 정보를 제공하지 않은 채 그에게서 대답을 구하고 있었다. 아이다호는 자신이 이미 선택한 행동을 정당화할 수 있는 구실을 원했다.

"지에디 프라임에서 알리아 교(敎)가 발견되었습니다." 아이다호가 말했다.

그가 자세한 사항들을 열거하는 동안 레토는 침묵을 지켰다. '정말 지루하군.' 레토는 중구난방으로 떠오르는 생각들을 내버려두었다. 오래전에 죽은 아버지의 누이를 숭배하는 자들은 이제 가끔 즐거움을 제공해 줄 뿐이었다. 던컨들이 그런 자들의 활동을 비밀스러운 위협으로 보는 것은 예상대로의 반응이었다.

아이다호의 보고서 낭독이 끝났다. 그의 부하들이 철저하다는 사실을 부정할 수 없었다. 그들은 지루할 정도로 철저했다.

"그건 이시스를 되살린 것에 지나지 않는다. 내 사제들이 그 사교 집단을 억압하면서 좀 재미를 보겠군." 레토가 말했다.

아이다호는 마치 내면의 목소리에 응답하는 것처럼 고개를 흔들었다.

"베네 게세리트가 그 사교 집단에 대해 알고 있습니다."

이건 레토의 흥미를 끌었다.

"교단은 내가 자기들에게서 유전자 교배 프로그램을 빼앗아 온 걸 결코 용서하지 않았지." 레토가 말했다.

"이건 유전자 교배와 아무 관련이 없습니다."

레토는 조금 즐거워졌지만 내색하지 않았다. 던컨들은 항상 유전자 교배 문제에 민감했다. 가끔 그들 중 일부가 번식용으로 쓰였는데도.

"그렇군. 뭐, 베네 게세리트들은 모두 적잖이 미쳐 있으니까. 하지만 광기는 뜻밖의 일들이 모여 있는 혼돈의 저장소와 같다. 뜻밖의 일 중에는 귀한 것도 있어."

"저는 이 일에 무슨 가치가 있는지 모르겠습니다."

"교단이 이 사교 집단의 배후에 있다고 생각하나?" 레토가 물었다.

"그렇습니다."

"설명해 봐."

"그들은 신전을 갖고 있었습니다. 그리고 그것을 '크리스나이프의 신전'이라고 불렀습니다."

"그래?"

"그들의 최고 여사제는 '제시카의 빛을 지키는 자'로 불립니다. 여기서 느껴지는 것이 없습니까?"

"멋진걸!" 레토는 즐거운 기색을 숨기려 하지 않았다.

"뭐가 멋지다는 겁니까?"

"내 할머니와 고모를 하나의 여신으로 통합했잖아."

아이다호는 이해할 수 없다는 듯 천천히 고개를 가로저었다.

레토는 자신의 내면에 짧은 휴식을 허락했다. 눈을 한 번 깜박이는 것보다 더 짧은 순간이었다. 그의 내면에 있는 할머니는 지에디 프라임의 사교 집단에 별로 신경을 쓰지 않았다. 그는 그녀의 기억들과 정체성을 벽으로 둘러싸서 가둬야 했다.

"이 사교 집단의 목적이 무엇일 것 같은가?" 레토가 물었다.

"그건 뻔합니다. 폐하의 권위를 훼손하기 위해 폐하의 종교와 경쟁을 하는 겁니다."

"그건 너무 단순해. 베네 게세리트는 다른 건 다 몰라도 단순한 바보들이 아니야."

아이다호는 그의 설명을 기다렸다.

"그들은 더 많은 스파이스를 원하고 있어! 더 많은 대모들을 원한다고." 레토가 말했다.

"그래서 폐하께서 그들에게 스파이스를 주어 쫓아버릴 때까지 폐하를 괴롭히는 겁니까?"

"실망이군, 던컨."

아이다호는 그냥 레토를 빤히 올려다볼 뿐이었다. 레토는 억지로 한숨을 쉬었다. 새로운 형태를 갖게 된 그에게 그것은 복잡한 동작이었다. 던컨들은 대개 이보다 더 똑똑했다. 그러나 레토는 이번 던컨의 기민함이 음모 때문에 흐려졌다고 생각했다.

"저들은 지에디 프라임을 본거지로 선택했다. 그게 무슨 의미일까?"

"그곳은 하코넨의 근거지였습니다. 하지만 그건 고대 역사 속의 일입니다."

"그대의 누이가 그곳에서 죽었다. 하코넨의 희생자지. 그대의 생각 속에는 하코넨과 지에디 프라임이 하나로 묶여 있는 것이 맞아. 그 얘기를 왜 일찍 내게 하지 않았나?"

"그건 중요하지 않다고 생각했습니다."

레토는 입을 꾹 다물었다. 누이에 대한 얘기가 던컨의 마음을 어지럽혔다. 그는 자신이 오랜 세월 동안 되살아난 수많은 육체들 중 가장 최근의 것에 지나지 않는다는 것을 '지식'으로 알고 있었다. 그들은 모두 원래 아이다호의 세포를 기반으로 틀레이랙스의 악솔로틀 탱크가 만들어 낸 물건들이었다. 그러나 던컨은 자신의 되살린 기억에서 도망칠 수 없었다. 그는 아트레이데스 가문이 하코넨의 굴레에서 자신을 구출해 주었다는 것을 알고 있었다.

'내가 지금 어떤 존재가 되었든, 난 지금도 아트레이데스지.' 레토는 생각했다.

"무슨 말씀을 하시려는 겁니까?" 아이다호가 다그치듯 물었다.

레토는 소리를 질러야 할 필요가 있다는 결정을 내렸다. 그는 아주 커다란 소리로 말했다. "하코넨은 스파이스를 비축해 두었어!"

아이다호가 몸을 움츠리며 꼬박 한 발짝을 물러났다.

레토는 목소리를 낮춰 말을 이었다. "지에디 프라임에는 아직 발견되지 않은 멜란지 저장고가 있다. 교단은 종교적 술수를 은폐막으로 삼아 그걸 채 가려는 거야."

아이다호는 무안해졌다. 한번 말을 듣고 보니 답이 아주 분명하게 보였다.

'그런데 내가 그걸 놓쳤다.' 그는 생각했다.

레토의 고함 소리는 그를 뒤흔들어 근위대의 대장이라는 역할 속으로 되돌려놓았다. 아이다호는 극단적으로 단순화된 제국의 경제 원칙들을 알고 있었다. 이자를 물리는 것은 허용되지 않았다. 그리고 모든 것이 현장에서 현찰로 거래되었다. 제국에서 사용되는 유일한 화폐에는 두건을 쓴 레토의 초상, 즉 신황제의 초상이 새겨져 있었다. 그러나 이 모든 것의 바탕이 되는 것은 스파이스였다. 스파이스의 가치는 이미 엄청난데도 계속 상승하고 있었다. 작은 여행 가방 안에 행성 하나를 통째로 사들일 수 있는 양을 집어넣을 수 있을 정도였다.

'화폐와 궁정을 통제한다. 나머지는 어중이떠중이들이 갖게 두고.' 레토는 생각했다. 이건 옛날에 제이콥 브룸이 한 말이었다. 레토는 자신의 내면에서 늙은 제이콥 브룸이 깔깔대며 웃어대는 소리를 들을 수 있었다. '세상은 그리 많이 변하지 않았어, 제이콥.'

아이다호는 깊이 숨을 들이쉬었다. "신앙 관리국에 즉시 알려야겠습니다."

레토는 침묵을 지켰다.

이것을 계속하라는 신호로 받아들인 아이다호는 보고를 계속했다. 그러나 레토는 의식의 극히 일부만을 거기에 기울였다. 그의 내면에서 이루어지는 논평을 위해 가끔 강화되는 경우를 제외하면, 오로지 아이다호의 말과 행동을 기록하기만 하는 감시용 회로 같았다.

이제 아이다호는 틀레이랙스 인들에 대한 이야기를 꺼내려고 했다.

'그건 그대한테 위험한 길인데, 던컨.'

그러나 이것이 레토의 생각에 새로운 길을 열어주었다.

'약삭빠른 틀레이랙스 인들은 원래의 세포를 바탕으로 지금도 나의 던컨들을 만들고 있다. 그들은 종교적으로 금지된 일을 하고 있고, 우리 둘 다 그걸 알아. 나는 인간 유전자의 인위적인 조작을 허용하지 않는다. 그러나 틀레이랙스 인들은 내가 던컨들을 내 근위대의 대장으로서 얼마나 소중히 여기는지 알지. 그들이 여기에 즐거움이라는 요소도 있음을 짐작하는 것 같지는 않다. 예전에는 산이 있던 곳에 이제 아이다호의 이름을 딴 강이 흐른다는 사실은 나를 즐겁게 한다. 그 산은 이제 더 이상 존재하지 않아. 나의 사리르를 둘러싼 높은 벽을 지을 재료를 구하기 위해 우리가 그 산을 무너뜨렸으니까.

물론, 틀레이랙스 인들은 내가 때로 던컨들을 나 자신의 프로그램 속에서 교배시킨다는 것을 알고 있다. 던컨들은 잡종의 힘을 상징한다……. 그게 전부가 아니. 모든 불에는 반드시 조절기가 있어야 해.

나는 이 던컨을 시오나와 교배시킬 생각이었다. 하지만 이젠 그것이 가능할 것 같지 않군.

하! 그는 내가 틀레이랙스 인들을 '엄하게 단속'했으면 좋겠다고 한다. 왜 단도직입적으로 묻지 않는 거지? "저를 다른 사람으로 바꾸실 작정이십니까?"라고 말이야.

그에게 말하고 싶다는 생각이 드는군.'

아이다호의 손이 다시 얄팍한 가방 속으로 들어갔다. 레토의 내적인 감시 기능은 단 한순간도 놓치지 않았다.

'레이저총일까, 아니면 또 보고서일까? 이번에도 보고서로군.

던컨은 계속 신중을 기하고 있다. 그는 내가 그의 의도를 모른다는 것을 확인하고 싶어 할 뿐만 아니라 내가 그의 충성을 받을 가치가 없다는 '증거들'을 더 많이 원하고 있어. 계속 질질 끌면서 머뭇거리는군. 항상 그랬지. 내가 지금의 이 늙은 몸에서 나가는 순간을 예측하기 위해 예지력을 사용하지 않을 것이라고 몇 번이나 말해 주었는데. 그런데도 그는 의심한다. 그는 항상 의심이 많았어.

이 동굴 같은 방이 그의 목소리를 마셔버린다. 나의 민감한 감각이 없었다면, 그의 공포를 나타내는 화학적 증거들은 이곳의 습기 때문에 가려져버렸겠지. 나는 즉각적인 의식으로부터 그의 목소리를 차츰 밀어낸다. 이 던컨은 정말 지루한 존재가 되었어. 그는 역사를 열거하고 있다. 시오나가 일으킨 반란의 역사를. 틀림없이 최근에 있었던 그녀의 엉뚱한 장난에 대한 직접적인 훈계로 이어지겠지.

"그건 평범한 반란이 아닙니다"라고 그가 말한다.

이 말이 나의 관심을 되돌린다! 멍청이. 반란은 모두 평범하고 지독히 지루하다. 그들은 똑같은 패턴을 그대로 복사해서 다들 비슷비슷해. 그들에게 추진력이 되는 것은 아드레날린 중독과 개인적으로 권력을 얻겠다는 욕망이다. 반란자들은 모두 남몰래 귀족이 되고 싶어 해. 내가 그들의 생각을 그토록 쉽게 돌려놓을 수 있는 것도 그 때문이지.

던컨들은 내가 이런 얘기를 할 때 왜 한 번도 제대로 귀를 기울이지 않는 거지? 나는 지금의 던컨과도 언쟁을 벌인 적이 있다. 우리가 만난 지 얼마 되지 않았을 때 일어난 의견 충돌 중의 하나였지. 그것도 바로 이 지하실에서.

그는 "통치의 기술은 급진적인 요소들에 대한 주도권을 절대 포기하지 말 것을 요구하고 있습니다"라고 말했다.

그렇게 현학적일 수가. 급진주의자들은 모든 세대에서 튀어나오게 마런이고 그걸 미리 막으려고 해서는 안 된다. 그가 말한 '주도권의 포기'란 건 바로 그런 뜻이지. 그는 그들을 박살 내고 억압하고 통제하고 방지하고 싶어 한다. 그는 경찰의 사고방식과 군사적 사고방식에 거의 차이가 없다는 걸 보여주는 살아 있는 증거야.

나는 그에게 이렇게 말했다. "급진주의자들이 두려운 건 우리가 그들을 억압하려고 할 때뿐이다. 그대는 그들이 내놓는 것을 최대한 이용하겠다는 뜻을 분명하게 보여주어야 해."

"그들은 위험합니다. 그들은 위험해요!" 그는 같은 말을 반복하면 일종의 진리를 만들어낼 수 있다고 생각한다.

천천히, 한 발 한 발, 나는 그를 이끌며 방법을 알려주고 그는 귀를 기울이고 있는 것 같은 인상마저 풍긴다.

"이것이 그들의 약점이다, 던컨. 급진주의자들은 항상 너무 단순한 틀 속에서 사물을 바라보지. 검은 것과 흰 것, 착한 것과 사악한 것, 그들과 우리. 복잡한 문제를 그런 식으로 다룸으로써 그들은 혼돈을 향한 통로를 거칠게 열어젖힌다. 그대가 말하는 통치의 기술이라는 건 혼돈을 지배하는 거야."

"뜻밖의 일들이 일어날 때마다 항상 대처할 수 있는 사람은 없습니다."

"뜻밖의 일? 누가 뜻밖의 일이라고 했지? 혼돈은 결코 뜻밖의 일이 아니다. 혼돈은 예측 가능한 특징들을 갖고 있어. 우선, 혼돈은 질서를 가져가 버리고 극단적인 힘들을 강화하지."

"급진주의자들이 하고 싶어 하는 게 바로 그것 아닙니까? 모든 것을 뒤흔들어 자기들이 통제권을 움켜쥐려는 게 아닌가요?"

"그들은 자기들이 그런 짓을 하고 있다고 생각하지만, 사실 그들은 새로운 극단주의자들, 새로운 급진주의자들을 만들어내고 있는 거다. 그리고 옛날부터 이어져온 과정을 계속해 나가는 거지."

"그 복잡성을 이해하고 그런 식으로 폐하를 공격하는 급진주의자는 어떻게 하실 겁니까?"

"그런 건 급진주의자가 아냐. 그건 지도자의 자리를 노리는 경쟁자다."

"폐하께선 어떻게 하실 겁니까?"

"그들을 내 조직에 흡수하든지, 아니면 죽여야지. 지도자의 자리를 향한 투쟁은 그렇게 해서 시작되었다. 불평의 수준에서 말이야."

"그렇습니다. 하지만 메시아는 어쩌실 겁니까?"

"내 아버지 같은 사람들?"

던컨은 이 질문을 좋아하지 않는다. 그는 아주 특별한 의미에서 내가 바로 내 아버지라는 것을 알고 있다. 그는 내가 아버지의 인격을 갖고 아버지의 목소리로 말할 수 있다는 걸 알고 있다. 그 기억이 정확하며 결코 편집된 적이 없고, 거기서 도망칠 수도 없다는 것을 알고 있다.

마지못한 듯 그가 말한다. "음…… 폐하께서 그렇게 말씀하신다면 어쩔 수 없지요."

"던컨, 나는 그들 모두이니까 알아. 정말로 사심 없는 반란자는 한 번도 존재한 적이 없지. 그저 위선자들이 있었을 뿐. 의식적인 위선자이건, 무의식적인 위선자이건, 다 똑같다."

이것이 내 조상들의 기억 속에서 작은 말썽을 일으킨다. 조상들 중 일부는 자기만이 인류의 모든 문제를 해결할 수 있는 열쇠를 쥐고 있다는 믿음을 결코 포기하지 않았다. 뭐, 그 점에서는 그들이 나와 같군. 나는 그들에게 실패 그 자체가 증거라고 말하면서도 그들에게 공감할 수 있다.

그러나 나는 그들을 차단해야 한다. 그들에 대해 곰곰이 생각하는 건 아무 의미도 없는 일이다. 그들은 이제 날카롭게 기억을 상기시켜 주는 존재에 지나지 않는다……. 레이저총을 들고 내 앞에 서 있는 이 던컨과 마찬가지로…….

맙소사! 내가 잠깐 조는 사이에 그가 손에 레이저총을 들고 내 얼굴을 겨냥하고 있어.'

"그대도, 던컨? 그대도 나를 배신한 건가?"

'그럼 너는, 이 짐승아?'

레토의 의식을 구성하는 모든 요소들이 완전한 경계 태세를 갖췄다. 그는 자기 몸이 씰룩거리는 것을 느낄 수 있었다. 이 벌레의 몸은 자기만의 의지를 갖고 있었다.

아이다호가 조롱하듯 말했다. "말해 보시지요, 레토 님. 제가 충성이라는 빚을 몇 번이나 갚아야 하는 겁니까?"

레토는 그 안에 들어 있는 질문을 알아보았다. 그건 '지금까지 내가 몇 명이나 존재했습니까?'라는 뜻이었다. 던컨들은 언제나 이걸 알고 싶어 했다. 모든 던컨들이 이 질문을 했고 어떤 대답을 해줘도 만족하지 못했다. 그들은 항상 의심했다.

레토가 슬프기 그지없는 무앗딥의 목소리로 물었다. "내가 그대에게 경탄한다는 사실이 전혀 자랑스럽지 않은가, 던컨? 수백 년의 세월 동안 항상 그대를 나의 동반자로 원하는 것이 그대의 어떤 점 때문인지 한 번도 생각해 보지 않았나?"

"저를 지독한 바보로 아시는군요!"

"던컨!"

성난 무앗딥의 목소리는 항상 틀림없이 아이다호를 산산이 부숴버렸다. 아이다호는 그 어떤 베네 게세리트도 일찍이 레토만큼 '목소리'의 힘에 통달하지 못했다는 것을 알면서도, 항상 이 단 하나의 목소리에 맞춰 춤을 추었다. 그의 손에 들린 레이저총이 흔들렸다.

그것으로 충분했다. 레토는 수레를 벗어나 날듯이 몸을 굴렸다. 아이다호는 그가 이런 식으로 수레에서 벗어나는 것을 한 번도 보지 못했다. 이런 일이 가능할 것이라는 생각조차 해본 적이 없었다. 레토에게 필요한 것은 두 가지뿐이었다. 벌레의 몸이 느낄 수 있는 진정한 위협, 그리고 그 몸을 해방시키는 것. 그러면 나머지는 자동적으로 이루어졌고 그 속도는 항상 레토조차 깜짝 놀랄 정도였다.

그의 가장 커다란 관심사는 레이저총이었다. 그것은 그의 몸을 심하게 긁어놓을 수 있었다. 그러나 모래벌레 전 단계의 몸이 지닌 열 대처 능력을 아는 사람은 거의 없었다.

레토는 몸을 굴리면서 아이다호를 공격했다. 레이저총은 발사되는 순간 다른 쪽으로 빗나가 버렸다. 과거에 레토의 다리와 발이었던 쓸모없는 지느러미들 중 하나에서 그의 의식 속으로 폭발하듯 밀고 들어오는 충격적인 감각이 느껴졌다. 한순간 존재하는 것은 고통뿐이었다. 그러나 벌레의 몸은 마음대로 움직일 수 있었고, 반사 작용이 발작처럼 격렬하게 퍼덕거리는 몸짓에 불을 붙였다. 레토는 뼈가 으깨지는 소리를 들었다. 경련하듯 거칠게 움찔거리는 아이다호의 손이 레이저총을 지하실 바닥 저쪽으로 던져버렸다.

레토는 몸을 굴려 아이다호에게서 떨어진 다음 새로운 공격을 위한 준비를 갖췄다. 그러나 그럴 필요가 없었다. 부상당한 지느러미는 지금도 고통의 신호를 보내고 있었다. 지느러미 끝이 불에 타서 없어져버린 것이 느껴졌다. 그러나 상처는 모래송어 피부로 벌써 봉인되어 있었다. 통증이 심하게 욱신거리는 감각으로 조금 가라앉았다.

아이다호가 꿈틀거렸다. 그는 살아날 수 없는 부상을 입은 게 분명했다. 그의 가슴이 눈에 띄게 짜부라져 있었다. 숨 쉴 때마다 분명히 고통스러울 텐데도, 그는 눈을 뜨고 레토를 노려보았다.

'이 유한한 생명을 지닌 존재들의 끈질긴 집착이라니!' 레토는 생각했다.

"시오나." 아이다호가 숨을 헐떡이며 말했다.

그 순간 레토는 생명이 그를 떠나는 것을 보았다.

'재미있군. 혹시 이 던컨과 시오나가…… 아냐! 이 던컨은 시오나의 어리석음에 항상 진짜 조롱이 섞인 경멸을 보여주었어.'

레토는 황제의 수레로 다시 올라갔다. 이번에는 아주 위험했다. 던컨이 뇌를 겨냥했다는 데에는 거의 의심의 여지가 없었다. 레토는 자신의 손과 발이 공격에 취약하다는 것을 항상 인식하고 있었다. 그러나 예전에 자신의 두뇌였던 것이 이제는 더 이상 자신의 얼굴과 직접 연결되어 있지 않다는 사실을 아무도 모르게 했다. 그의 뇌는 이제 인간의 특징조차 갖고 있지 않았다. 그의 몸 전체에 결절 같은 덩어리의 모습으로 퍼져 있는 것이다. 그는 이것을 자신의 일기를 제외한 어느 누구에게도 알려주지 않았다.

⋙

아, 내가 본 풍경들이란! 그리고 그 사람들이란! 프레멘들의 먼 방랑과 그 밖에 모든 것들. 그것은 신화들을 거슬러 올라가 지구에까지 이어졌다. 아, 천문학과 음모 속의 교훈들, 이주, 어지러운 도주, 우리가 덧없는 소유물들을 지켰던 우주의 그 모든 작은 점 같은 땅들을 다리가 아프고 허파가 아프도록 달렸던 수많은 밤들. 너희에게 말하건대 우리는 경이이며 나의 기억은 여기에 의심의 여지를 남겨두지 않는다.

—『도난당한 일기』

벽에 붙은 작은 책상에서 일하고 있는 여자는 좁은 의자에 비해 몸집이 너무 컸다. 바깥의 시간은 오전이 한창인 때였지만, 도시 온 아래 깊숙이 위치한 이 창문 하나 없는 방에는 구석 높이 떠 있는 발광구 하나뿐이었다. 발광구의 불빛은 따스한 노란색으로 조절되어 있었지만, 작은 방에 설치된 물건들의 잿빛 분위기를 쫓아버리지 못했다. 벽과 천장은 탁한 회색 금속으로 만들어진 똑같은 모양의 장방형 패널들로 덮여 있었다.

책상과 의자를 빼면 가구는 하나밖에 없었다. 얄팍한 요 위에 평범한 회색 담요가 덮여 있는 좁은 침상이었다. 이 가구들 중 어떤 것도 그 여

GOD EMPEROR of DUNE

자를 위해 만들어진 것이 아님은 분명했다.

그녀는 위아래가 붙은 형태의 헐렁한 바지 작업복을 입고 있었다. 그녀가 책상 위로 몸을 둥글게 구부리자 넓은 어깨 위에서 암청색의 옷이 팽팽하게 펴졌다. 발광구 불빛에 짧게 친 금발머리와 얼굴의 오른쪽이 드러났다. 그 바람에 네모나게 각이 진 그녀의 턱이 더욱 강조되었다. 그녀가 두꺼운 손가락으로 책상 위의 얄팍한 키보드를 조심스럽게 누르는 동안 그 턱이 소리 없는 단어들을 만들어내며 움직였다. 그녀는 경의가 담긴 동작으로 기계를 다뤘다. 그녀의 감정은 처음에 경외심으로 시작되었다가 마지못한 듯 두려움이 섞인 흥분으로 바뀌었다. 그러나 오랫동안 기계를 친숙하게 다루다 보니 지금은 두 가지 감정이 모두 사라졌다.

그녀가 키보드로 글을 쓰자 스크린에 단어들이 나타났다. 그 스크린은 책상 한 면을 아래로 접는 바람에 드러난 장방형 벽 속에 감춰져 있었다.

"시오나는 주님의 신성한 옥체에 폭력적인 공격이 예상되는 행동들을 계속하고 있습니다. 자신이 언명한 목적에 대한 시오나의 태도는 여전히 확고합니다. 오늘 그녀는 주님에 대한 충성심을 믿을 수 없는 집단들에게 자기가 훔쳐 온 책의 사본을 주겠다고 제게 말했습니다. 그녀가 책을 받을 대상으로 지목한 집단은 베네 게세리트, 조합, 익스 인들입니다. 그녀는 그 책에 암호화된 주님의 말이 적혀 있다면서 이 책을 선물로 줌으로써 주님의 신성한 말씀을 번역하기 위한 도움을 얻고자 합니다.

주님, 그 책에 어떤 위대한 계시가 감춰져 있는지 저는 모릅니다. 그러나 만약 그 책에 주님의 신성한 옥체에 위협이 될 수 있는 것이 들어 있다면 시오나에게 복종하겠다는 맹세로부터 저를 해방시켜 주시기를 간청합니다. 주님께서 왜 제게 그런 맹세를 시키셨는지 저는 이해하지 못하지만 두렵습니다.

지금도 주님을 숭배하는 종, 나일라."

의자가 삐걱거리는 소리를 내며 나일라는 뒤로 기대앉아 자신이 쓴 말에 대해 생각해 보았다. 두꺼운 절연재가 설치된 이 방이 거의 아무 소리도 들리지 않는 침묵에 빠졌다. 나일라의 희미한 숨소리와 멀리서 들려오는 기계 소리뿐이었다. 고동치는 듯한 기계 소리는 공중에서 들려온다기보다는 바닥을 통해 느껴지는 편에 더 가까웠다.

나일라는 스크린에 떠 있는 자신의 편지를 노려보았다. 신황제만이 볼 수 있는 이 편지에는 신실한 정직성 이상의 것이 필요했다. 마음 깊은 곳에서 우러나는 솔직함을 요구하는 이 편지 때문에 그녀는 진이 빠졌다. 얼마 뒤 그녀는 고개를 끄덕이며 단추를 눌렀다. 그 단추는 편지 속의 말들을 암호화해서 전송할 준비를 해줄 것이다. 고개를 숙인 채 그녀는 말 없이 기도를 드린 다음 벽 속에 책상을 감췄다. 이 행동을 통해 편지가 전송되었다는 것을 그녀는 알고 있었다. 신께서 직접 그녀의 머릿속에 물리적인 장비를 심으시며 그녀에게 비밀을 지키겠다는 맹세를 하게 만들었고, 자신이 그 장비를 통해 그녀의 머릿속에서 직접 말을 걸 때가 올지도 모른다고 말씀하셨다. 지금까지 그가 그렇게 말을 건 적은 한 번도 없었다. 그녀는 익스 인들이 이 장비를 만들었을 거라고 짐작하고 있었다. 그들의 장비처럼 보였다. 그러나 신께서 직접 하신 일이니만큼, 그녀는 그 안에 '컴퓨터'가 있을지도 모른다는 의심, 즉 그 기계가 대협정에 의해 금지된 물건일지도 모른다는 의심을 무시해 버릴 수 있었다.

"인간의 정신을 닮은 물건을 만들어서는 안 된다!"

나일라는 몸을 부르르 떨었다. 그리고 자리에서 일어나 의자를 침상 옆의 원래 자리에 돌려놓았다. 무겁고 근육질인 그녀의 몸이 푸른색의 얇은 옷 밑에서 팽팽하게 긴장되었다. 그녀에게는 한결같은 신중함이 있었다. 엄청난 육체적 힘에 맞춰 자신을 끊임없이 조절하는 것 같았다. 그녀는 침상 옆에서 몸을 돌려 책상이 있던 곳을 자세히 살펴보았다. 그곳에는 다른 곳과 마찬가지로 장방형의 회색 패널이 있을 뿐이었다. 비밀을 드러낼 수 있는 실오라기 하나, 머리카락 한 올도 끼어 있지 않았다.

나일라는 깊게 심호흡을 하며 기운을 차린 다음 이 방의 유일한 문을 빠져나가 듬성듬성 배열되어 있는 하얀 발광구 불빛이 희미한 회색 통로로 나갔다. 이곳에서는 기계 소리가 더 크게 들렸다. 그녀는 왼쪽으로 방향을 틀었다. 그리고 몇 분 후 조금 더 큰 방에 시오나와 함께 있었다. 방 중앙의 탁자에는 요새에서 훔쳐 온 물건들이 놓여 있었다. 은빛 발광구 두 개가 그곳을 비췄다. 탁자에 앉은 시오나 옆에 토프리라는 이름의 조수가 서 있었다.

나일라는 시오나에 대해 내키지는 않지만 감탄하는 마음을 품고 있었다. 그러나 토프리는 분명한 혐오의 대상일 뿐 아무런 가치도 없는 사람이었다. 그는 소심하고 뚱뚱한 남자였으며, 불룩 튀어나온 초록색 눈과 들창코를 갖고 있었다. 보조개가 있는 턱 위의 입술은 아주 얇았다. 그가 입을 열면 새된 목소리가 나왔다.

"여길 보세요, 나일라! 시오나가 이 책들의 책갈피에 이게 끼워져 있는 걸 발견했다고요."

나일라는 이 방의 유일한 문을 잠갔다.

"당신은 말이 너무 많아요, 토프리. 뭐든지 불쑥불쑥 말해 버리죠. 내가 통로에 혼자 있지 않았다면 어떻게 할 뻔했어요?"

토프리의 안색이 하얗게 질렸다. 성난 표정이 그의 얼굴에 내려앉았다.

"나일라의 말이 옳은 것 같군요. 왜 내가 발견한 것을 나일라에게 알리고 싶어 할 거라고 생각한 거죠?" 시오나가 말했다.

"당신은 무슨 일이든 나일라에게 털어놓잖아요!"

시오나는 나일라에게 시선을 돌렸다. "내가 왜 당신을 믿는지 알아요, 나일라?" 아무런 감정이 들어 있지 않은 단조로운 목소리였다.

나일라는 갑자기 솟아오른 두려움을 억눌렀다. 시오나가 그녀의 비밀을 알아낸 걸까?

'내가 나의 주님을 실망시킨 걸까?'

"내 질문에 대답할 말이 없어요?" 시오나가 물었다.

"내가 당신에게 나를 믿지 못할 이유를 제공한 적이 있던가요?" 나일라가 물었다.

"그건 신뢰의 이유로 충분하지 않아요. 완벽한 건 하나도 없어요. 인간에게도, 기계에게도." 시오나가 말했다.

"그럼 왜 나를 믿는 거죠?"

"당신의 말과 행동은 항상 일치해요. 그건 정말 놀라운 일이죠. 예를 들어, 당신은 토프리를 싫어하는데 그 사실을 한 번도 감추려고 하지 않아요."

나일라는 토프리를 살짝 바라보았다. 토프리가 헛기침을 했다.

"난 저 사람을 믿지 않아요." 나일라가 말했다.

이 말은 그냥 머릿속에 떠올라서 생각해 볼 틈도 없이 입 밖으로 내뱉어졌다. 말을 하고 난 후에야 나일라는 토프리에 대한 혐오감의 진정한 핵심을 깨달았다. 토프리는 개인적인 이익을 위해 누구라도 배신할 사람이었다.

'저자가 내 정체를 알아냈을까?'

여전히 험악한 표정을 지은 채 토프리가 말했다. "난 가만히 서서 당신의 독설을 들을 이유가 없어요." 그리고 그는 방을 나가려고 했다. 그러나 시오나가 손을 들어 그를 막자, 그는 머뭇거렸다.

"우리는 과거의 프레멘 단어들을 사용하면서 서로에게 충성을 맹세하지만 우리를 한데 묶어주는 건 그게 아니에요. 모든 것의 바탕은 실적이에요. 내 기준은 그것뿐입니다. 알겠어요, 두 사람 모두?" 시오나가 말했다.

토프리는 기계적으로 고개를 끄덕였다. 그러나 나일라는 고개를 좌우로 흔들었다.

시오나가 그녀를 향해 미소를 지었다. "당신이 항상 내 의견에 동의만 하지는 않죠. 그렇죠, 나일라?"

"그래요." 그녀는 억지로 짜내듯이 대답했다.

"그리고 당신은 나와 의견이 다르다는 사실을 한 번도 감추려 하지 않았어요. 그런데도 항상 내게 복종하죠. 왜?"

"그렇게 하겠다고 맹세했으니까요."

"하지만 난 그걸로는 충분하지 않다고 했어요."

나일라는 자신이 땀을 흘리고 있음을 깨달았다. 그리고 그 때문에 자신의 정체가 드러날 수도 있음을 알고 있었다. 그러나 그녀는 꼼짝할 수가 없었다. '내가 어떻게 해야 하지? 나는 시오나에게 복종하겠다고 신께 맹세했지만 시오나에게 그 말을 할 수는 없잖아.'

"내 질문에 대답하세요. 이건 명령이에요." 시오나가 말했다.

나일라는 숨을 멈췄다. 이것은 그녀가 가장 두려워했던 진퇴양난의 상황이었다. 빠져나갈 길은 없었다. 그녀는 소리 없이 기도를 드린 다음 낮은 목소리로 말했다.

"나는 당신에게 복종하겠다고 신께 맹세했어요."

시오나가 기쁨에 겨워 손뼉을 치면서 큰 소리로 웃었다.

"그럴 줄 알았어요!"

토프리가 쿡쿡 웃었다.

"닥쳐요, 토프리. 난 지금 당신에게 교훈을 가르쳐주려고 하는 거예요. 당신은 아무것도 믿지 않죠. 심지어 당신 자신조차도." 시오나가 말했다.

"하지만 난……."

"가만히 있으라고 했어요! 나일라는 믿어요. 나도 믿어요. 우리를 한데 묶어주는 것이 바로 그겁니다. 믿음."

토프리는 깜짝 놀란 기색이었다. "믿음이라고요? 당신의 믿음은……."

"난 신황제를 믿는 게 아니에요, 이 멍청이! 우리는 더 고귀한 힘이 저 폭군 벌레를 처리해 줄 거라고 믿어요. 우리가 바로 그 고귀한 힘입니다."

나일라는 떨리는 숨을 들이쉬었다.

"괜찮아요, 나일라. 당신이 어디서 힘을 얻든 난 상관하지 않아요. 당신이 믿음을 잃지 않는 한." 시오나가 말했다.

나일라는 간신히 미소를 지어 보인 다음 활짝 웃었다. 주님의 지혜에 지금처럼 깊이 동요한 적은 한 번도 없었다. '내가 진실을 말할지라도, 그것은 오로지 나의 신을 위해서만 효과를 발휘해!'

"이 책에서 내가 발견한 걸 보여주겠어요." 시오나가 말했다. 그리고 탁자 위에 놓인 평범한 종이 몇 장을 가리켰다. "책갈피에 끼워져 있던 거예요."

나일라는 책상 옆을 돌아 걸어와서 그 종이를 내려다보았다.

"우선 이게 있었어요." 시오나가 어떤 물건을 들어 올렸다. 나일라는 미처 보지 못한 물건이었다. 뭔가 얇은 끈처럼 생긴 것과…… 모양이 마치…….

"꽃인가요?" 나일라가 물었다.

"이것이 종이 두 장 사이에 끼워져 있었어요. 그리고 그 종이에는 이렇게 적혀 있었죠."

시오나가 탁자 위로 몸을 구부리고 글을 읽었다. "'가니마의 머리카락과 그녀가 언젠가 내게 가져다주었던 별꽃.'"

나일라를 올려다보며 시오나가 말했다. "우리의 신황제께서는 감상적인 성격인 모양이에요. 이건 내가 예상치 못했던 약점이에요."

"가니마?" 나일라가 물었다.

"그의 누이예요! 구전 역사를 생각해 봐요."

"아…… 아, 네. '가니마에게 드리는 기도'가 있었죠."

"자, 이제 잘 들어봐요." 시오나가 다른 종이 한 장을 들고 읽기 시작했다.

"죽은 뺨 같은 회색의 모래사장
초록색 물결에 구름의 잔물결이 비친다
물에 젖은 검은 가장자리에 서 있는 나
차가운 거품이 내 발가락을 깨끗이 씻어 내리고
물에 떠내려온 나무의 연기 냄새가 난다."

시오나가 다시 나일라를 올려다보았다. "이건 '가니의 죽음을 들었을 때 내가 쓴 말'이라고 밝혀져 있어요. 이걸 어떻게 생각해요?"

"그는…… 그는 누이를 사랑했군요."

"그래요! 그도 사랑을 할 수 있는 거예요. 아, 그래요! 이제 우리는 그를 잡을 수 있어요."

※⊗※

때로 나는 다른 어떤 존재도 떠날 수 없는 탐험 여행에 탐닉한다. 나는 내 기억의 축을 따라 나의 내면을 공격한다. 방학 동안 갔다 온 여행에 대해 얘기하는 아이처럼 나의 주제를 선택한다. 그냥 내버려두어라…… 여자 지식인들이여! 나는 길을 거슬러 올라가 나의 조상인 대양 속으로 들어간다. 나는 깊은 바닷속에 사는 날개 달린 거대한 물고기이다. 내 의식의 입이 열리고 나는 그들을 퍼 올린다! 때로…… 때로 나는 우리 역사에 기록된 특정한 사람들을 추적한다. 전기(傳記)의 구성요소라 할 수 있는 학문적 겉치레를 조롱하면서 그런 인물의 삶을 다시 경험하는 것은 얼마나 은밀한 즐거움인지.

—『도난당한 일기』

모네오는 슬픈 체념 속에서 지하실로 내려갔다. 지금 그가 해야 하는 임무로부터 도망칠 길은 없었다. 신황제가 또 하나의 던컨을 잃은 것을 슬퍼하는 데 필요한 시간은 짧았다……. 그리고 삶은 계속되었다……. 계속…… 계속…….

승강기는 익스의 믿을 만한 최고의 기술 덕분에 소리 없이 아래로 미끄러졌다. 한 번, 딱 한 번, 신황제가 황실 집사장에게 이렇게 소리친 적이 있었다. '모네오! 때로 그대는 익스 인들이 만든 존재 같다!'

승강기가 멈추는 것이 느껴졌다. 문이 열리자 모네오는 지하실 저 건 너편 황제의 수레 위에 있는 그림자 같은 거체를 바라보았다. 레토가 모 네오의 도착을 알아차린 기색은 없었다. 모네오는 한숨을 쉬며 메아리 가 울리는 어둡고 넓은 방을 걷기 시작했다. 수레 근처의 바닥에 시체가 하나 있었다. 기시감을 느낄 필요도 없었다. 이건 그저 익숙할 뿐이었다.

모네오가 집사장의 일을 시작하고 얼마 되지 않았을 때 레토가 이런 말을 한 적이 있었다. "그대는 이곳을 좋아하지 않는군, 모네오. 그게 눈 에 보인다."

"예, 폐하."

기억을 조금만 되살려도 모네오는 그 순진했던 과거 속에서 자신의 목소리를 들을 수 있었다. 거기에 대답하는 신황제의 목소리도.

"그대는 대묘(大墓)를 편안한 곳으로 생각하지 않는구나, 모네오. 나는 이곳이 무한한 힘의 원천이라고 생각한다."

모네오는 자신이 이 화제에서 빨리 벗어나고 싶어 안달하던 것을 기 억했다. "예, 폐하."

레토는 끈질겼다. "여기에 있는 내 조상은 몇 명 되지 않는다. 무앗딥 의 물이 여기 있다. 가니와 하르크 알 아다도 물론 여기 있다. 하지만 그 들은 내 조상이 아니지. 그래, 만약 내 조상들의 진정한 지하묘가 있다면 내가 바로 그것이다. 여기 있는 건 대부분 던컨들과 나의 유전자 교배 프 로그램이 낳은 것들이지. 그대도 언젠가 여기 있게 될 거다."

모네오는 이 기억 때문에 걸음이 느려졌음을 깨달았다. 그는 한숨을 쉬 며 걸음을 조금 빨리했다. 레토는 때로 무서울 정도로 성급해질 때가 있 었다. 그러나 그는 아직 아무런 기색도 보이지 않았다. 모네오는 그가 자 신이 다가가는 것을 깨닫지 못해서 그런 것이라고는 생각하지 않았다.

레토는 눈을 감은 채 누워 있었다. 지하실을 가로질러 다가오는 모네오의 움직임을 기록하는 것은 그의 다른 감각들이었다. 시오나에 대한 생각이 계속 레토의 관심을 차지하고 있었다.

'시오나는 나의 열렬한 적이지. 나일라의 말이 없어도 그걸 알고 있다. 시오나는 행동하는 여자다. 그녀는 엄청난 에너지의 표면에서 살고 있고, 그것이 나를 즐거운 환상으로 가득 채운다. 그 살아 있는 에너지를 생각할 때마다 황홀경을 느껴. 그 에너지는 내가 존재하는 이유이며, 내가 지금까지 했던 모든 일을 정당화해 주는 구실이다……. 심지어 지금 내 앞에 있는 이 멍청한 던컨의 시체까지도 정당화해 주는…….'

레토의 귀는 모네오가 황제의 수레까지 이르는 거리를 아직 절반도 가로지르지 못했음을 알려주었다. 모네오의 걸음이 점점 느려지다가 다시 빨라졌다.

'모네오는 내게 그 딸을 통해 얼마나 큰 선물을 준 것인지. 시오나는 신선하고 소중하다. 나는 시대에 뒤떨어진 것들의 집합체이며 저주받은 자들과 길을 잃고 헤매는 자들의 잔재이지만 그녀는 새롭다. 나는 길가에 잠복하고 있는 역사의 조각이며, 우리의 모든 과거 속에서 시야 밖으로 가라앉아 버렸다. 이런 쓰레기들의 집합은 일찍이 생각조차 못 했는데.'

레토는 자신의 내면에서 과거를 사열했다. 그들에게 이 지하실에서 일어난 일을 보여주기 위해서였다.

'사소한 일들은 내 것이다!'

그러나 시오나는…… 시오나는 언젠가 위대한 일들이 기록될 수 있는 깨끗한 석판 같았다.

'나는 한없이 세심하게 그 석판을 지킨다. 나는 그것을 준비하고, 정화한다. 던컨이 그녀의 이름을 부른 건 무슨 뜻이었을까?'

모네오는 자신 없는 태도로, 그러나 극도로 깨어 있는 의식을 갖고 수레에 접근했다. 레토는 절대 잠든 것이 아니었다.

레토는 눈을 뜨고 모네오가 시체 근처에서 걸음을 멈추는 것을 내려다보았다. 이 순간 레토에게 황실 집사장은 너무나 즐거운 관찰 대상이었다. 모네오는 계급장이 없는 하얀색 아트레이데스 제복을 입고 있었다. 그것은 은밀한 의사 표현이었다. 그에게 필요한 계급장은 거의 레토의 얼굴만큼이나 잘 알려져 있는 자신의 얼굴뿐이었다. 모네오는 참을성 있게 기다렸다. 단조롭고 한결같은 그의 얼굴 표정에는 아무런 변화가 없었다. 그의 풍성한 모래 빛깔 머리카락은 가르마를 타 똑같은 넓이로 깔끔하게 정리되어 있었다. 그의 회색 눈 안쪽 저 깊은 곳에는 자신에게 엄청난 힘이 있음을 아는 사람다운 당돌함이 있었다. 그는 신황제 앞에 있을 때에만 그 표정을 고쳤다. 때로는 신황제 앞에서조차 그러지 않을 때도 있었다. 그는 지하실 바닥에 있는 시체에 단 한 번도 눈길을 주지 않았다.

레토가 계속 침묵을 지키자 모네오가 헛기침을 하더니 입을 열었다. "저는 슬픕니다, 폐하."

'훌륭해! 그는 내가 던컨들에게 진정한 가책을 느낀다는 걸 알고 있다. 모네오는 그들의 기록을 봤고 그들이 죽은 모습도 충분히 보았지. 그는 사람들이 흔히 자연사라고 일컫는 죽음을 맞은 던컨이 열아홉 명밖에 되지 않는다는 걸 알아.'

"그는 익스의 레이저총을 갖고 있었다." 레토가 말했다.

모네오의 시선이 자기 왼쪽의 지하실 바닥에 놓여 있는 총을 곧장 바라보았다. 그가 이미 그것을 보았다는 뜻이었다. 그는 레토에게 시선을 되돌리며 그 거대한 몸을 끝에서 끝까지 재빨리 훑어보았다.

"부상을 입으셨습니까, 폐하?"

"하찮은 것이다."

"하지만 그가 폐하께 상처를 입혔습니다."

"그 지느러미들은 내게 쓸모가 없다. 앞으로 200년 안에 완전히 사라질 것이야."

"제가 직접 던컨의 시체를 처리하겠습니다, 폐하." 모네오가 말했다. "다른 시키실 일은……."

"그가 태워버린 내 몸의 일부가 완전히 재가 되었다. 그것이 그냥 바람에 날려 가도록 내버려둘 것이다. 이곳은 재를 놓아두기에 알맞은 장소이지."

"폐하의 명에 따르겠습니다."

"시체를 처리하기 전에 레이저총을 부순 다음 내가 익스의 대사에게 보여줄 수 있는 곳에 놓아두어라. 그리고 우리에게 이번 일을 미리 경고해 주었던 조합원에게는 스파이스 10그램을 직접 주어라. 아, 그리고 지에디 프라임에 있는 우리 여사제들에게 그곳에 숨겨진 멜란지가 있다고 알려주어라. 아마 옛날에 하코넨이 밀매한 물건일 것이다."

"그 멜란지가 발견되면 어떻게 할까요, 폐하?"

"새로운 골라 값으로 틀레이랙스 인들에게 조금 주어라. 그리고 나머지는 여기 지하실에 있는 우리 창고에 넣어두면 되겠지."

"알겠습니다." 모네오는 고개를 한 번 끄덕하는 것으로 그 명령을 받아들였다. 절이라고 하기에는 어려운 동작이었다. 그의 시선이 레토의 시선과 마주쳤다.

레토는 미소를 지으며 생각했다. '모네오가 우리 둘 다 가장 큰 관심을 갖고 있는 문제를 직접적으로 거론하지 않고는 이 자리를 떠나지 않으리라는 걸 우리 둘 다 알고 있지.'

"시오나에 대한 보고서를 보았습니다." 모네오가 말했다.

레토의 미소가 더 커졌다. 이런 순간의 모네오는 정말 즐거운 존재였다. 그의 말에는 그들 사이에서 드러내놓고 얘기할 필요가 없는 많은 것이 담겨 있었다. 그의 말과 행동은 정확하게 정돈되어 있었으며, 그가 당연히 모든 것을 정탐하고 있다는 두 사람 모두의 인식을 바탕으로 하고 있었다. 지금 그는 당연히 딸을 걱정하면서도, 신황제에 대한 염려가 여전히 자신에게 가장 중요한 것이라는 사실을 황제가 이해해 주기를 바라고 있었다. 그 자신도 비슷한 과정을 거쳐왔기 때문에 모네오는 시오나의 현재 운명이 지닌 까다로운 본질을 정확하게 알고 있었다.

"내가 그녀를 만들지 않았던가, 모네오? 내가 그녀의 가계와 양육 조건을 조종하지 않았던가?" 레토가 물었다.

"그 애는 제 외동딸, 저의 유일한 자식입니다, 폐하."

"어떤 의미에서 그녀는 하르크 알 아다를 생각나게 한다. 가니의 특징은 그리 많지 않은 것 같아. 분명히 그런 특징이 있기야 하겠지만. 어쩌면 그녀는 교단의 유전자 교배 프로그램 속에 있던 우리 조상들에게 돌아간 존재인지도 모르지."

"왜 그런 말씀을 하시는 겁니까, 폐하?"

레토는 곰곰이 생각해 보았다. 모네오가 자기 딸에 대한 이 특별한 사실을 알아야 할 필요가 있을까? 시오나는 때로 예지의 시야 속에서 희미하게 사라져버렸다. 황금의 길은 남아 있어도 시오나는 사라졌다. 그러나…… 그녀에게는 예지력이 없었다. 그녀는 독특한 현상이었다……. 만약 그녀가 살아남는다면…… 레토는 꼭 필요하지 않은 정보로 모네오의 능력을 흐리지 않겠다고 결정했다.

"그대 자신의 과거를 기억하라." 레토가 말했다.

"그렇습니다, 폐하! 그 애는 커다란 잠재력을 갖고 있습니다. 저보다 훨씬 크지요. 하지만 그건 그 애가 위험한 이유이기도 합니다."

"그리고 그녀는 그대의 말을 들으려 하지 않겠지." 레토가 말했다.

"예. 하지만 저는 그 애의 반란자 무리에 공작원을 심어두었습니다."

'그게 토프리겠군.' 레토는 생각했다.

모네오가 공작원을 심어놓았으리라는 사실을 아는 데 예지력은 필요하지 않았다. 시오나의 어머니가 죽은 후로 레토는 모네오의 행동 방향을 점점 더 확실하게 알 수 있었다. 나일라의 의심은 토프리를 정확하게 지적했다. 그리고 지금 모네오는 자신의 두려움과 자신이 취한 조치들을 드러내 보이며 딸이 계속 안전을 누리는 대가로 내놓고 있었다.

'모네오가 그 여자에게서 아이를 하나밖에 낳지 못한 건 정말 안타까운 일이야.'

"비슷한 상황에서 내가 그대를 어떻게 대했는지 기억하라. 그대는 황금의 길의 요구를 나만큼 잘 알지 않나." 레토가 말했다.

"하지만 저는 젊고 어리석었습니다, 폐하."

"젊고 무모했지. 결코 어리석지는 않았다."

모네오는 이 찬사의 말에 간신히 긴장된 미소를 지어 보였다. 그의 생각은 이제 레토의 의도를 알 것 같다는 믿음을 향해 더욱더 기울고 있었다. '하지만 위험해!'

그의 믿음을 더욱 키우기 위해 레토가 말했다. "내가 뜻밖의 일들을 얼마나 즐기는지 그대는 알지."

'이건 진실이다. 모네오는 분명히 그걸 알고 있어. 하지만 시오나는 나를 놀래면서도 내가 가장 두려워하는 걸 상기시켜 주지. 황금의 길을 깨뜨릴 수도 있는 동일성과 지루함. 지루함 때문에 내가 잠깐이나마 던컨의 힘에 휘둘렸던 걸 보라! 시오나는 대조되는 존재이고, 나는 그것을 통해 나의 가장 깊은 두려움을 알게 된다. 모네오가 날 걱정하는 데에는 분명한 근거가 있어.' 레토는 생각했다.

"제 공작원이 그 애의 새로운 동료들을 계속 감시할 겁니다, 폐하. 저는 그자들이 마음에 들지 않습니다." 모네오가 말했다.

"그녀의 동료들? 내게도 오래전에 그런 동료들이 있었다."

"반란자들 말씀입니까, 폐하? 폐하께서요?" 모네오는 진심으로 놀란 기색이었다.

"내가 반란자들의 친구임을 증명하지 않았던가?"

"하지만 폐하……."

"과거 우리의 일탈은 그대가 생각하는 것보다 훨씬 더 많아!"

"예, 폐하." 모네오는 겸연쩍어하면서도 여전히 호기심을 느꼈다. 게다가 그는 던컨이 죽고 나면 신황제가 때로 수다스러워진다는 것을 알고 있었다. "폐하께서는 틀림없이 많은 반란을 보셨겠지요, 폐하."

이 말이 불러일으킨 기억들 속으로 레토의 생각이 부지불식간에 가라앉았다.

"아아, 모네오." 그가 중얼거렸다. "조상들의 미로 속을 여행하면서 나는 절대로 되풀이하고 싶지 않은 사건들과 헤아릴 수 없이 많은 장소들을 기억했다."

"폐하의 내면의 여행을 저도 상상할 수 있습니다, 폐하."

"아니, 그대는 모른다. 나는 상상 속에서조차 의미를 잃어버릴 만큼 수많은 사람들과 행성들을 보았다. 아, 내가 지나친 그 풍경들. 우주에서 언뜻 보고 나의 가장 깊은 시각에 각인된 낯선 길들의 문자. 침식에 의해 조각된 협곡과 절벽들. 그리고 은하들은 내가 티끌이라는 확실한 지식을 내게 각인시켰다."

"그렇지 않습니다, 폐하. 폐하는 틀림없이 티끌이 아닙니다."

"티끌보다 못해! 나는 사람들과 아무런 열매를 맺지 못하는 그들의 사회를 보았다. 그것들이 너무나 자주 반복되어서 그들의 허튼소리가 나를 권태로 가득 채운다. 내 말 듣고 있나?"

"폐하의 분노를 돋울 생각은 아니었습니다." 모네오가 풀 죽은 목소리로 말했다.

"그대는 내 화를 돋우지 않는다. 가끔 내 짜증을 돋우기는 하지. 그게 다야. 내가 무엇을 보았는지 그대는 상상도 못 한다. 칼리프와 음지드, 라카흐, 라자와 바샤르, 왕과 황제, 총리와 대통령, 나는 그들 모두를 보았다. 봉건적인 족장들도, 모두. 모두들 조금씩은 파라오 같았지."

"저의 외람된 행동을 용서해 주십시오, 폐하."

"빌어먹을 로마 인들!" 레토가 소리쳤다.

그리고 자신의 조상들을 향해 속으로 말했다. '빌어먹을 로마 인들!'

그들의 웃음소리가 그를 내면의 투기장에서 몰아냈다.

"무슨 말씀이신지 모르겠습니다, 폐하." 모네오가 감히 용기를 냈다.

"그렇지. 그대는 이해하지 못한다. 로마 인들은 다음 해에 추수할 곡식의 종자를 흩뿌리는 농부들처럼 파라오의 질병을 퍼뜨렸다. 카이사르, 카이저, 차르, 황제, 케이세리…… 팔라토…… 빌어먹을 파라오들!"

"제 지식으로는 그 호칭들을 다 알지 못합니다, 폐하."

"아마 내가 그들 중 마지막일 거다, 모네오. 그렇게 되도록 기도해라."

"무엇이든 폐하의 명령에 따르겠습니다."

레토는 모네오를 물끄러미 내려다보았다. "우리는 신화를 죽이는 자들이다. 그대와 나 말이다, 모네오. 우리가 함께 가진 꿈이 그것이지. 올

림포스 산에 있는 신의 자리에서 내가 그대에게 분명히 단언한다. 정부는 여러 사람이 공유하는 신화이다. 신화가 죽으면 정부도 죽는다."

"폐하께서 제게 그렇게 가르치셨습니다, 폐하."

"군대라는 인간 기계가 지금 우리가 가진 꿈을 만들어 냈다, 친구."

모네오는 헛기침했다.

레토는 집사장의 조바심을 드러내는 그 작은 행동을 알아보았다.

'모네오는 군대를 이해하고 있다. 그는 군대가 통치의 기본적인 도구라는 생각이 바보들의 꿈이었음을 알고 있어.'

레토가 계속 침묵하자 모네오는 레이저총이 있는 곳으로 걸어가 지하실의 차가운 바닥에서 들어 올렸다. 그리고 그것의 기능을 해제하기 시작했다.

레토는 그를 지켜보며 이 하찮은 장면 속에 군대에 관한 신화의 정수가 들어 있다는 생각을 했다. 군대는 기술을 양성했다. 근시안적인 시각을 가진 사람들에게는 기계의 힘이 너무나 명백해 보였기 때문이다.

'저 레이저총은 그냥 기계일 뿐이다. 그러나 모든 기계는 망가지거나 다른 것에게 자리를 빼앗긴다. 그런데도 군대는 그런 것들의 신전에서 예배를 드린다. 매혹과 두려움을 동시에 느끼면서. 사람들이 익스 인들을 얼마나 두려워하는지 보라! 마음속 깊은 곳에서 군대는 자신이 마법사의 도제임을 알고 있다. 군대는 기술을 풀어놓는다. 그리고 그 마법을 다시는 병 속에 도로 집어넣을 수 없다. 나는 그들에게 또 다른 마법을 가르친다.'

레토는 자신의 내면에 있는 다중에게 말했다.

'보았나? 모네오가 저 죽음의 도구를 망가뜨렸다. 여기서 하나의 연결이 끊고, 저기서 작은 캡슐을 부수고.'

레토는 코를 킁킁거리며 냄새를 맡았다. 모네오의 땀 냄새에 섞여 방부용 기름의 에스테르 냄새가 났다.

레토는 계속해서 속으로 말했다. '하지만 병 속에서 나온 요정은 죽지 않았다. 기술은 무정부 상태를 길러낸다. 기술은 이런 도구들을 아무렇게나 퍼뜨린다. 그리고 그들과 함께 폭력이 도발된다. 야만적인 파괴의 도구를 만들어 사용할 수 있는 능력은 필연적으로 점점 더 작은 규모의 집단들 손에 떨어지다가 마침내 집단이 아닌 한 개인의 손에 들어가게 된다.'

모네오는 망가진 레이저총을 오른손으로 아무렇게나 들고 레토 아래의 자리로 돌아왔다. "이런 물건들에 반대하는 또 한 번의 지하드에 대한 얘기들이 행성 파렐라와 단에서 떠돌고 있습니다."

모네오는 레이저총을 들어 올리며 미소를 지었다. 그런 공허한 꿈속의 역설을 알고 있다는 신호였다.

레토는 눈을 감았다. 내면의 다중은 논쟁을 하고 싶어 했지만 그는 그들의 입을 막고 속으로 생각했다. '지하드는 군대를 만들어낸다. 버틀레리안 지하드는 우리 우주에서 인간의 정신을 흉내 낸 기계를 없애버리려 했다. 버틀레리안들은 자기들이 지나간 길 뒤에 군대를 남겨두었고 익스 인들은 여전히 의심스러운 장치들을 만들고 있다……. 내게는 감사한 일이지. 저주스러운 것은 무엇인가? 파괴의 동기를 부여하는 것. 도구가 무엇이든 상관없다.'

"그런 일은 실제로 일어났다." 그가 중얼거렸다.

"폐하?"

레토는 눈을 떴다. "탑으로 가겠다. 나의 던컨을 애도할 시간이 더 필요해."

"새 던컨이 벌써 오는 중입니다." 모네오가 말했다.

※≫≪

적어도 4000년 만에 처음으로 내 연대기를 만나게 된 그대여, 조심하라. 익스 인들
이 만든 내 저장소의 계시들을 그대가 처음으로 읽게 되었다는 사실을 영예로 생각
하지 말라. 그대는 이 안에서 많은 고통을 발견할 것이다. 황금의 길이 계속 이어지
고 있음을 확인하기 위해 필요한 몇 번의 일별을 제외하면, 나는 그 4000년 너머를
들여다보고 싶다는 생각을 한 번도 한 적이 없다. 따라서 내 일기에 실린 사건들이
그대의 시대에 어떤 의미를 지니게 될지 나는 확실히 알지 못한다. 나는 내 일기들이
망각되었으며, 내가 열거한 사건들이 억겁의 세월 동안 틀림없이 역사적 왜곡에 굴
복했음을 알 뿐이다. 분명히 단언하건대, 미래를 볼 수 있는 능력은 지루한 것이 될
수 있다. 나처럼 신으로 생각되는 것조차 궁극적으로 지루해질 수 있다. 신의 권태가
자유 의지의 발명을 위한 훌륭하고 충분한 이유라는 생각이 든 적이 한두 번이 아니
었다.

—다르 에스 발라트의 저장소에 새겨진 말

나는 던컨 아이다호다.

그가 확실히 알고 싶은 것은 대략 이것뿐이었다. 그는 틀레이랙스 인
들의 설명이, 그들이 꾸며낸 이야기들이 마음에 들지 않았다. 그러나 틀
레이랙스 인들은 언제나 두려움의 대상이었다. 불신과 두려움의 대상이

었다.

그들은 그를 조합의 작은 셔틀에 태워 어스름 무렵 이 행성에 도착했다. 그들이 어둠 속으로 살짝 잠겨 들 때 지평선을 따라 태양의 코로나가 초록색으로 희미하게 빛났다. 우주 공항은 그가 기억하는 것과 전혀 다른 모습이었다. 예전보다 더 크고, 이상한 건물들에 둥글게 에워싸여 있었다.

"여기가 정말로 듄인가?" 그가 물었다.

"아라키스다." 그를 호송해 온 틀레이랙스 인이 그의 말을 정정했다.

그들은 사방이 닫힌 지상차에 그를 태워 온이라고 불리는 이 도시 어딘가에 있는 건물로 질주해 왔다. 그들은 온의 이름을 발음할 때 이상하게 끝이 올라가는 콧소리 섞인 억양으로 'n'을 발음했다. 그들이 그를 남겨두고 간 방은 사방 3미터의 정사각형, 아니 정육면체였다. 발광구는 전혀 보이지 않았지만 따스한 노란색 빛이 방 안에 가득했다.

'나는 골라다.' 그는 속으로 혼잣말을 했다.

충격이었지만, 이 말을 믿을 수밖에 없었다. 자신이 이미 죽었다는 걸 알고 있는데도 여전히 살아 있다는 것, 그것이 충분한 증거였다. 틀레이랙스 인들은 그의 죽은 몸에서 세포를 떼어내 악솔로틀 탱크에서 싹을 키웠다. 그 싹은 어떤 과정을 거쳐 지금의 이 몸이 되었는데, 그 과정 때문에 처음에는 자신이 자기 몸속에 들어 있는 외계인이 된 듯한 기분이었다.

그는 자신의 몸을 내려다보았다. 그 몸은 거칠게 짠 천으로 만든 암갈색 바지와 윗옷을 입고 있었다. 천 때문에 피부가 따가웠다. 그의 발을 보호하고 있는 것은 샌들이었다. 이 몸을 제외하고 그들이 준 것은 이것이 전부였다. 틀레이랙스 인들의 진정한 모습을 조금 엿보게 해주는 극도의 인색함이었다.

방 안에는 가구가 하나도 없었다. 그들은 하나뿐인 문을 통해 그를 안으로 들여보냈는데, 문 안쪽에는 손잡이가 없었다. 그는 천장과 벽, 그리고 문을 차례로 바라보았다. 이곳에는 아무런 특색이 없는데도 감시당하고 있다는 느낌이 들었다.

"여성 제국 경비대원들이 그대를 데리러 올 것이다." 그들은 이렇게 말하고 나서 자기들끼리 음흉한 미소를 지으면서 가버렸다.

'여성' 제국 경비대원?

그를 호송해 온 틀레이랙스 인들은 겉모습을 바꿀 수 있는 자기들의 능력을 보여주는 데서 가학적인 기쁨을 느꼈다. 그는 마음대로 흐르듯이 움직이는 그들의 살이 바로 다음 순간 어떤 형태를 내보일지 알지 못했다.

'빌어먹을 얼굴의 춤꾼들 같으니!'

그들은 물론 그에 대해 모든 것을 알고 있었다. 몸의 모양을 바꿀 수 있는 자신들을 그가 얼마나 싫어하는지도.

얼굴의 춤꾼들이 하는 말 중에 믿을 수 있는 것이 무엇일까? 거의 없었다. 그들이 하는 말 중에 믿을 수 있는 것이 있을까?

'내 이름. 난 내 이름을 알고 있다.'

그리고 그에게는 기억이 있었다. 그 기억들이 충격과 함께 그에게 정체성을 되돌려주었다. 골라들은 원래의 정체성을 회복할 수 없는 것으로 되어 있었지만 틀레이랙스 인들은 그 일을 해냈다. 그 일이 이루어진 과정을 알기 때문에 그는 믿을 수밖에 없었다.

처음에는 완전히 형성된 골라만이 존재했음을 그는 알고 있었다. 그것은 이름도 기억도 없는 어른의 몸이었다. 글자를 지워버린 양피지 같은 그 몸에 틀레이랙스 인들은 무엇이든 자기들이 원하는 것을 거의 다 써 넣을 수 있었다.

"너는 골라다." 그들은 이렇게 말했다. 오랫동안 그의 이름은 그것뿐이었다. 그들은 골라를 마음대로 주물럭거려서 조작할 수 있는 아기처럼 다루면서, 어떤 특정한 인물을 죽여야 한다고 세뇌했다. 그가 섬기고 사랑했던 원래의 폴 무앗딥과 너무나 흡사한 인물이어서, 지금 생각해 보니 그 인물 역시 골라였을 수도 있겠다 싶었다. 하지만 그의 생각이 옳다면, 그들은 원래 폴의 세포를 어디서 구했을까?

아이다호의 세포 속에 있는 무엇인가가 아트레이데스 사람을 죽이는 것에 반발했다. 그는 자신이 한 손에 칼을 들고 서 있는 것을 깨달았다. 가짜 폴은 포박을 당한 채 분노와 공포 속에서 그를 노려보고 있었다.

기억들이 그의 의식 속으로 쏟아져 들어왔다. 그는 골라를 기억해 내고 던컨 아이다호를 기억해 냈다.

'나는 던컨 아이다호다. 아트레이데스의 검술 대가야.'

그는 노란색 방 안에 서서 이 기억에 매달렸다.

'나는 듄의 모래 밑에 있는 동굴 시에치에서 폴과 그의 어머니를 지키다가 죽었다. 나는 그 행성으로 돌아왔지만 듄은 이제 존재하지 않는다. 오로지 아라키스만이 있을 뿐이다.'

그는 틀레이랙스 인들이 준 생략된 역사를 읽었지만 그 역사를 믿지 않았다. '3500년이 넘는다고?' 그렇게 오랜 시간이 흐른 후에도 그의 몸이 존재하고 있다는 것을 누가 믿을 수 있겠는가? 그러나…… 틀레이랙스 인들에게는 그것이 가능했다. 그는 자신의 감각을 믿을 수밖에 없었다.

"지금까지 네가 많이 존재했다." 그의 교관들은 이렇게 말했다.

"몇 명이나?"

"레토 황제께서 알려주실 것이다."

'레토 황제?'

틀레이랙스의 역사에 의하면 이 레토 황제는 아이다호가 광적으로 헌신한 레토의 손자인 레토 2세였다. 그러나 역사에 따르면 이 두 번째 레토는 뭔가…… 뭔가 아주 이상한 것으로 변해서 아이다호는 그 변화를 이해하는 것을 단념했다.

인간이 어떻게 천천히 모래벌레로 변해 갈 수 있단 말인가? 생각하는 능력을 갖춘 생물이 어떻게 3000년이 넘도록 살 수 있단 말인가? 불로초의 효능을 지닌 스파이스를 기초로 아무리 무모한 추측을 해보아도 그렇게 긴 수명은 가능하지 않았다.

'레토 2세, 신황제라고?'

틀레이랙스의 역사는 믿을 수 없었다!

아이다호는 이상한 아이를 기억했다. 아니, 사실은 쌍둥이였다. 레토와 가니마. 폴의 아이들, 챠니의 아이들. 챠니는 그 아이들을 낳다가 죽었다. 틀레이랙스의 역사에 따르면 가니마는 비교적 정상적인 삶을 살다가 죽었지만 신황제 레토는 살아서 계속, 계속, 계속……

"그는 폭군이다. 그는 악솔로틀 탱크로 너를 만들어 자신에게 보내라고 우리에게 명령했다. 네 전임자에게 무슨 일이 일어났는지 우리는 모른다." 아이다호의 교관들은 이렇게 말했다.

'이제는 내가 이곳에 왔어.'

다시 한번, 아이다호는 아무런 특징이 없는 벽들과 천장을 둘러보았다.

희미한 목소리들이 그의 의식을 침범했다. 그는 문을 바라보았다. 목소리들은 문 때문에 희미하게 들렸지만 적어도 하나는 여자의 목소리 같았다.

'여성 제국 경비대원들?'

문이 아무런 소리 없이 안쪽으로 열리더니 여자 두 명이 안으로 들어왔다. 가장 먼저 주의를 끈 것은 두 여자 중 한 명이 복면, 즉 빛을 빨아들이는 검은색의 볼품없는 시부스 두건을 쓰고 있다는 사실이었다. 그녀는 그 두건을 통해 그를 분명하게 볼 수 있을 테지만, 그는 아무리 민감한 침투용 도구를 이용하더라도 그녀의 얼굴을 볼 수 없었다. 그 두건은 익스 인들이나 그들의 유산을 이어받은 자들이 제국에서 아직 활동하고 있음을 말해 주었다. 두 여자 모두 위아래가 붙은 모양의 짙은 푸른색 제복을 입고 있었는데, 왼쪽 가슴에는 붉은 실을 꼬아서 만든 끈으로 아트레이데스의 매가 그려져 있었다.

두 사람이 문을 닫고 그를 향해 서는 동안 아이다호는 그들을 유심히 살펴보았다.

복면을 쓴 여자는 땅딸막하고 힘이 세 보였다. 그녀는 직업적인 근육광(狂)처럼 언뜻 신중해 보이는 태도로 움직였다. 또 다른 여자는 우아하고 날씬했으며 뼈대가 도드라진 날카로운 얼굴에 아몬드 모양의 눈을 갖고 있었다. 아이다호는 어디선가 그녀를 본 것 같은 느낌이 들었지만, 기억을 정확히 되살릴 수가 없었다. 두 사람 모두 엉덩이의 칼집에 바늘칼을 차고 있었다. 움직임을 보니, 그 무기를 지극히 능숙하게 다루는 듯했다.

날씬한 여자가 먼저 입을 열었다.

"제 이름은 룰리입니다. 제가 가장 먼저 당신을 대장님으로 부를 수 있게 해주십시오. 제 동료는 익명을 유지해야 합니다. 레토 폐하의 명령이십니다. 대장님은 그녀를 '친구'라고 부르시면 됩니다."

"대장?" 그가 물었다.

"레토 폐하께서는 당신에게 근위대의 지휘를 맡기고 싶어 하십니다."
룰리가 말했다.

"그래? 가서 그분과 그 문제에 대해 이야기를 해야겠다."

"아, 안 됩니다!" 룰리는 눈에 띄게 충격을 받은 모습이었다. "때가 되면 레토 폐하께서 대장님을 부르실 겁니다. 우선 지금은 저희더러 대장님을 편안하고 즐겁게 보살펴드리라고 하셨습니다."

"그럼 내가 복종해야 하는 건가?"

룰리는 영문을 모르겠다는 듯 고개를 좌우로 흔들 뿐이었다.

"내가 노예인가?"

룰리가 긴장을 풀며 미소를 지었다. "전혀 그렇지 않습니다. 레토 폐하께서 직접 신경을 쓰셔야 하는 중대한 일들이 많은 것뿐입니다. 폐하께서는 틀림없이 대장님을 위해 시간을 내실 겁니다. 폐하께서 저희를 보내신 건 폐하의 던컨 아이다호에 대해 염려하시기 때문입니다. 대장님은 더러운 틀레이랙스 인들의 손에 오랫동안 맡겨져 있었습니다."

'더러운 틀레이랙스 인들이라.' 아이다호는 생각했다.

적어도 그건 변하지 않은 모양이었다.

그러나 그는 룰리의 말 중 한 구절에 석연찮은 기분을 느꼈다.

"폐하의 던컨 아이다호라고?"

"대장님은 아트레이데스의 전사가 아니십니까?" 룰리가 물었다.

그녀의 말은 정곡을 찔렀다. 아이다호는 고개를 끄덕이며 살짝 머리를 돌려 복면을 쓴 수수께끼의 여자를 뚫어지게 바라보았다.

"너는 왜 복면을 쓰고 있나?"

"제가 레토 폐하를 섬긴다는 사실이 알려져서는 안 되기 때문입니다."
그녀가 말했다. 그녀의 목소리는 기분 좋은 저음이었지만, 아이다호는 이것 역시 시부스 두건에 가려진 목소리일 것이라고 짐작했다.

"그럼 왜 여기 온 거지?"

"레토 폐하께서는 더러운 틀레이랙스 인들이 대장님께 못된 장난을 쳐놓지 않았는지 확인하는 임무를 제게 맡기셨습니다."

아이다호는 갑자기 바싹 말라버린 목구멍으로 침을 삼키려고 애썼다. 그도 조합의 수송선을 타고 오는 동안 이런 생각을 여러 번 했다. 만약 틀레이랙스 인들이 골라를 세뇌시켜 소중한 친구를 살해하려 시도하게 만들 수 있다면, 재생된 이 몸의 정신 속에 또 무엇을 심어놓을 수 있을까?

"대장님도 그 생각을 해보셨군요." 복면을 쓴 여자가 말했다.

"넌 멘타트인가?" 아이다호가 물었다.

"아, 아닙니다!" 룰리가 끼어들었다. "레토 폐하께서는 멘타트 훈련을 허락하지 않으십니다."

아이다호는 룰리를 흘끗 바라본 다음 복면을 쓴 여자에게 다시 시선을 돌렸다. 멘타트가 없다니. 틀레이랙스의 역사는 이 재미있는 사실을 언급하지 않았다. 레토는 왜 멘타트를 금지한 걸까? 초월적인 계산 능력을 훈련받은 인간의 정신은 틀림없이 아직 쓸모가 있었다. 틀레이랙스 인들은 대협정이 아직도 효력을 발휘하고 있으며 기계적인 컴퓨터는 여전히 저주스러운 물건이라고 딱 잘라 말했다. 아트레이데스 가문 역시 과거에 멘타트를 이용했음을 이 둘도 분명히 알고 있을 터였다.

"대장님의 생각은 어떻습니까? 더러운 틀레이랙스 인들이 대장님의 정신에 장난을 쳐놓았나요?" 복면을 쓴 여자가 물었다.

"그렇지는…… 않은 것 같다."

"하지만 확신하지는 못하시죠?"

"그래."

"걱정 마십시오, 아이다호 대장님. 저희에게는 그 사실을 확인하는 방법과 그런 문제가 발생할 경우 처리하는 방법이 있습니다. 더러운 틀레이랙스 인들은 그런 시도를 딱 한 번 했다가 그 실수의 대가를 아주 비싸게 치렀습니다."

"그런 말을 들으니 안심이 되는군. 레토 폐하께서 내게 보낸 메시지는 없나?"

룰리가 입을 열었다. "아트레이데스 가문이 항상 대장님을 사랑했듯이, 폐하께서도 여전히 대장님을 사랑하신다는 점을 분명히 밝혀드리라고 하셨습니다." 그녀는 자기 입으로 이 말을 하면서도 그 말에 명백한 경외심을 느끼고 있었다.

아이다호는 조금 긴장을 풀었다. 아트레이데스에 의해 뛰어난 훈련을 받은 오랜 신하로서 그는 이 만남을 통해 몇 가지를 쉽게 파악할 수 있었다. 이 두 사람은 광신도처럼 복종하도록 심하게 세뇌당한 상태였다. 시부스 복면으로 정체를 감출 수 있다는 점을 감안하면 신체조건이 아주 흡사한 사람들이 틀림없이 더 많이 있을 것이다. 이 모든 것은 레토가 오래전부터 이용해 오던 첩자들의 은밀한 활동을 이용하고, 있지도 않은 무기를 있는 것처럼 가장해야 할 만큼 그의 주위에 위험이 있음을 뜻했다.

룰리가 동료를 바라보며 말했다. "어때, 친구?"

"대장님을 요새로 모시고 가도 되겠어. 여긴 좋은 장소가 아냐. 틀레이랙스 인들이 왔던 곳이니까." 복면을 쓴 여자가 말했다.

"따뜻한 물에 목욕을 하고 옷을 갈아입으면 기분이 좋겠군." 아이다호가 말했다.

룰리가 계속 친구를 바라보며 말했다. "확실해?"

"폐하의 지혜에 의문을 품으면 안 돼." 복면을 쓴 여자가 말했다.

아이다호는 이 '친구'의 목소리에 들어 있는 광신적인 분위기가 마음에 들지 않았다. 그러나 아트레이데스의 특징이 아직 완전히 보존되고 있음에 안정감을 느꼈다. 그들은 외부인과 적에게는 때로 냉소적이고 잔인하게 굴었지만, 자기편 사람에게는 공정했으며 의리를 지켰다. 다른 무엇보다도 아트레이데스는 자기편 사람들에게 의리를 지켰다.

'그래, 난 그들의 편이지. 하지만 나 이전에 이 자리를 차지하고 있던 '나'는 어떻게 된 거지?' 아이다호는 생각했다. 이 두 사람이 이 질문에 대답해 주지 않을 것이라는 느낌이 강하게 들었다.

'하지만 레토 님은 대답해 주시겠지.'

"이제 갈까? 더러운 틀레이랙스 인들의 악취를 빨리 씻어내고 싶군." 그가 말했다.

룰리가 그를 향해 활짝 웃었다.

"오세요. 제가 직접 대장님을 목욕시켜 드리겠습니다."

※※※

적들은 너희를 강하게 만든다.

동맹은 약하게 만든다.

내가 너희에게 이런 말을 하는 것은 커다란 세력들이 단 한 가지의 소망만을 안고, 즉 나를 파괴하겠다는 소망만을 안고 내 제국에서 축적되고 있음을 완전히 알고 있는 상태에서, 내가 지금과 같은 행동을 하는 이유를 너희가 이해하는 데 도움이 될 것이라는 희망 때문이다. 이 말을 읽는 너희는 실제로 어떤 일이 일어났는지 잘 알고 있을 수도 있다. 그러나 너희가 그 일을 이해할 것 같지는 않다.

—『도난당한 일기』

반란자들이 회의를 시작할 때 실시하는 '전시'의 의식은 시오나가 보기에 끝도 없이 지루하게 계속되고 있었다. 그녀는 앞줄에 앉아서 토프리만 빼고 모든 곳을 바라보았다. 토프리는 겨우 몇 발짝 떨어진 곳에서 이 의식을 주재하고 있었다. 그들은 온 지하의 공익 시설용 지하굴에 있는 이 방을 이전에 한 번도 사용한 적이 없었다. 그러나 이 방은 다른 회합 장소들과 너무나 비슷해서 표준 모델이라고 해도 될 정도였다.

'반란군 회의실, 클래스 B.' 그녀는 생각했다.

이 방은 공식적으로는 저장실로 지정되어 있었으며, 이 방에 고정되어 있는 발광구들은 눈부신 순백색 조명으로만 맞춰져 있어서 밝기를 조절할 수 없었다. 방의 길이는 30보쯤 되었고 너비는 그보다 조금 작았다. 이 방을 찾아오려면 비슷비슷하게 생긴 방들의 미로를 통과하는 수밖에 없었다. 그런데 편리하게도 그 비슷한 방들 중 하나에 접을 수 있는 딱딱한 의자들이 쌓여 있었다. 공익 설비 관리 요원들이 자그마한 취침실에서 사용할 수 있도록 마련된 것들이었다. 시오나의 반란자 동료 열아홉 명이 지금 그녀 주위에서 그 의자들을 차지하고 있었다. 혹시 늦게 오는 사람들을 위해 빈 의자도 몇 개 놓여 있었다.

시간은 자정 교대 시간과 아침 교대 시간 사이로 정해져 있었다. 이곳 공익 설비용 지하굴에 평소보다 더 많은 사람들이 돌아다니는 것을 감추기 위해서였다. 반란자들은 대부분 에너지 관련 노동자로 변장해서 얇은 회색 천으로 만든 일회용 바지와 윗옷을 입고 있었다. 그리고 시오나를 포함한 몇 명은 기계 검열관의 초록색 제복 차림이었다.

토프리의 목소리가 방 안에서 끈질기고 단조롭게 울렸다. 그는 의식을 주재하는 동안에는 새된 목소리를 내지 않았다. 사실 시오나는 그가 의식을 주재하는 솜씨가 꽤나 좋다는 것을 인정할 수밖에 없었다. 특히 신참들을 다루는 솜씨가 뛰어났다. 그러나 나일라가 토프리를 믿지 않는다고 단호하게 선언한 후 시오나는 다른 시각으로 토프리를 바라보았다. 나일라는 예리하고 단순한 말로 상대의 가면을 벗겨버릴 수 있었다. 그리고 그때의 대립이 있은 후 시오나가 토프리에 대해 알아낸 것도 몇 가지 있었다.

시오나는 마침내 시선을 돌려 토프리를 바라보았다. 차가운 은색 불빛은 토프리의 창백한 피부색에 전혀 도움이 되지 않았다. 그는 의식에서 크리스나이프 복제품을 사용했다. 박물관 프레멘에게서 사 온 밀매품이었다. 시오나는 토프리의 손에 들린 칼을 보면서 그때의 거래를 회상했다. 그 칼을 사자는 것은 토프리의 아이디어였고, 그때는 그녀가 보기에도 좋은 생각 같았다. 그는 막 어스름이 내릴 무렵에 온을 떠나 도시 외곽의 오두막집에 있는 약속 장소로 그녀를 데려갔다. 그들은 어둠이 박물관 프레멘의 모습을 감춰줄 수 있는 밤중까지 그곳에서 기다렸다. 프레멘들은 신황제의 특별한 허가 없이는 자신이 살고 있는 시에치의 숙소를 떠날 수 없게 되어 있었다.

프레멘이 도착했을 때 그녀는 거의 포기하려던 참이었다. 프레멘은 문을 지킬 호위를 뒤에 남기고 어둠 속에서 살짝 모습을 드러냈다. 토프리와 시오나는 장식 하나 없는 방에서 축축한 벽 앞의 조잡한 벤치에 앉아 기다리고 있었다. 빛이라고는 가루가 우수수 떨어져 내리는 진흙벽에 박아놓은 희미한 노란색 횃불 빛밖에 없었다.

프레멘의 첫 마디가 시오나의 마음을 불안으로 가득 채웠다.

"돈을 가져왔소?"

토프리와 시오나는 그가 들어오는 순간 자리에서 일어나 있었다. 토프리는 이 질문에 개의치 않는 것 같았다. 그가 로브 밑의 주머니를 두드려 짤랑짤랑 소리를 냈다.

"돈은 바로 여기 있소."

프레멘은 쭈글쭈글한 모습에 괴팍하고 뒤틀린 사람이었으며 옛날 프레멘들이 입던 로브의 복제품을 입고 그 밑에는 뭔가 번쩍거리는 옷을 받쳐 입고 있었다. 그들 나름의 사막복인 모양이었다. 그의 두건은 앞으로 당겨져서 얼굴에 그림자를 드리웠다. 횃불 빛 때문에 그의 얼굴에서 그림자들이 춤을 추었다.

그는 토프리와 시오나를 차례로 바라보더니 로브 밑에서 천으로 싼 물건을 꺼냈다.

"이건 진짜 복제품이지만 플라스틱이오. 차가운 기름 덩어리도 베지 못할 것이오."

그는 천 속에서 칼을 꺼내 높이 들어 올렸다.

박물관과 가문의 기록 보관소에 있는 희귀한 옛 시각 자료에서만 크리스나이프를 본 적이 있는 시오나는 이런 분위기에서 본 그 칼의 모습이 묘하게 마음을 사로잡는 것을 느꼈다. 과거 조상들이 갖고 있던 무엇인가가 자신에게 작용하고 있는 것처럼 그녀는 플라스틱 크리스나이프를 들고 있는 이 한심한 박물관 프레멘을 과거의 진짜 프레멘으로 상상해 보았다. 그가 들고 있는 물건이 갑자기 노란색 그림자들 속에서 희미하게 빛나는 은빛 칼날의 크리스나이프처럼 보였다.

"우리가 이 칼을 복제한 원본은 진품임을 보장하오." 프레멘이 말했다. 그의 낮은 목소리에는 억양이 하나도 없어서 왠지 위협적으로 들렸다.

시오나는 그 순간 모음을 부드럽게 발음하는 그의 말투 속에 독기가 숨어 있음을 깨닫고 갑자기 긴장했다.

"우리에게 수작을 부리면 해충을 사냥하듯이 당신을 추적해 잡을 것이오." 그녀가 말했다.

토프리가 깜짝 놀란 듯 재빨리 그녀를 살짝 바라보았다.

박물관 프레멘은 속으로 움츠러드는 것처럼 보였다. 그의 손에 들린 칼날이 가늘게 떨렸다. 그러나 땅속의 보물을 지키는 신령 같은 그의 손가락은 마치 누군가의 목줄기를 움켜쥐듯이 여전히 안으로 둥글게 말려 들어가 칼을 꼭 움켜쥐고 있었다.

"수작이라고 했소, 아가씨? 천만에. 하지만 생각해 보니 우리가 이 복제품의 가격을 너무 낮게 부른 것 같아. 보잘것없는 물건이긴 하지만 이것을 만들어 이런 식으로 파는 것은 우리에게도 무시무시할 정도로 위험한 일이오."

시오나는 그를 노려보며 구전 역사에 나오는 옛 프레멘의 말을 생각했다. '네가 일단 시장의 영혼을 갖게 되면 '수크'가 존재의 총체가 된다.'

"얼마를 원하오?" 그녀가 다그치듯 물었다.

그는 원래 가격보다 두 배나 되는 금액을 불렀다.

토프리가 놀라서 숨을 집어삼켰다.

시오나는 토프리를 바라보며 말했다. "지금 그만한 돈을 갖고 있어요?"

"그렇진 않아요. 하지만 우리가 합의한 건……."

"지금 갖고 있는 걸 저 사람에게 주세요. 전부." 시오나가 말했다.

"전부?"

"내 말 못 들었어요? 동전 하나 남김 없이 전부 주세요." 그리고 그녀는 박물관 프레멘을 향해 말을 이었다. "그냥 이 돈을 받아야 할 거요." 그건 요청이 아니었고 늙은 프레멘은 그녀의 말을 똑바로 알아들었다. 그는 천으로 칼을 싸서 건네주었다.

토프리가 숨죽인 소리로 투덜거리며 동전이 들어 있는 주머니를 넘겨주었다.

시오나가 박물관 프레멘에게 말했다. "우린 당신의 이름을 알고 있소. 당신은 투오노의 가룬의 보좌인 테이샤르이지. 당신은 수크의 사고방식을 갖고 있소. 당신을 보니 프레멘의 변한 모습에 전율이 느껴지는군."

"아가씨, 사람은 누구나 살아야 하는 법이오." 그가 항변했다.

"당신은 살아 있지 않소. 꺼지시오!"

테이샤르는 돈주머니를 가슴에 꼭 움켜쥔 채 몸을 돌려 허겁지겁 사라졌다.

토프리가 반란군의 의식에서 그 크리스나이프 복제품을 흔들어대는 것을 지켜보는 동안 시오나는 그날 밤의 기억 때문에 마음이 불편했다. '우리도 테이샤르와 다를 바 없어. 복제품은 아무것도 없는 것보다 더 나빠.' 그녀는 생각했다. 의식의 끝이 가까워짐에 따라 토프리는 그 한심한 칼을 자기 머리 위에서 휘둘렀다.

시오나는 그에게서 시선을 돌려 왼쪽으로 조금 떨어진 곳에 앉아 있는 나일라를 물끄러미 바라보았다. 나일라는 어딘가를 바라보다가 시선의 방향을 바꿨다. 그녀는 방 뒤쪽에 있는 신참 간부들에게 특별히 주의를 기울이고 있었다. 나일라는 사람을 쉽게 믿지 않았다. 공기가 움직이면서 윤활제 냄새가 풍겨오자 시오나는 콧잔등에 주름을 잡았다. 온의 지하 깊은 곳에서는 항상 위험할 정도로 '기계' 냄새가 났다! 그녀는 코를 쿵쿵거렸다. 그녀는 이 회합 장소가 마음에 들지 않았다! 이것이 함정일 가능성은 얼마든지 있었다. 경비대가 바깥쪽 복도를 막고 무장한 수색대를 안으로 들여보낼 수도 있을 터였다. 이곳에서 반란이 종지부를 찍게 될 가능성이 너무나 컸다. 시오나는 이 방을 선택한 것이 토프리였다는 사실 때문에 한층 더 불안해졌다.

'울로트가 저지른 몇 안 되는 실수 중 하나야.' 그녀는 생각했다. 토프리를 반란군에 받아들이자고 승인한 사람이 바로 이미 죽어버린 가엾은 울로트였다.

"토프리는 시청의 하급 공무원이니까 우리가 회의를 열고 무기를 갖추는 데 유용한 곳을 많이 찾아줄 수 있어." 울로트는 이렇게 설명했다.

토프리는 의식의 끄트머리에 거의 도달해 있었다. 그는 화려하게 장식된 상자 안에 칼을 넣고 상자를 자기 옆의 바닥에 내려놓았다.

"내 얼굴이 맹세의 표시입니다." 그는 이쪽저쪽으로 얼굴을 돌리며 방 안의 사람들에게 자신의 옆얼굴을 보여주었다. "여러분이 어디서든 나를 알아보고, 내가 여러분과 한편이라는 것을 알 수 있도록 내 얼굴을 보여드립니다."

'한심한 의식이야.' 시오나는 생각했다.

그러나 감히 이 틀을 깰 수는 없었다. 토프리가 주머니에서 검은색 거즈 복면을 꺼내 머리에 뒤집어썼을 때 그녀도 자신의 복면을 꺼내 썼다. 방 안의 모든 사람이 똑같이 복면을 썼다. 이제 방 안 여기저기에서 사람들이 웅성거렸다. 토프리가 특별한 손님을 데려왔다는 사실을 대부분 미리 듣고 경계하고 있었다. 시오나는 목 뒤에서 복면을 단단하게 묶었다. 빨리 그 손님을 만나보고 싶었다.

토프리가 하나뿐인 문을 향해 다가갔다. 모두들 자리에서 일어나 의자를 접어 문 반대편의 벽에 쌓느라 덜꺼덕거리며 부산하게 움직였다. 시오나가 신호를 보내자 토프리가 문틀을 세 번 두드리고 두 번 셀 동안 기다린 다음 다시 네 번 두드렸다.

문이 열리고 암갈색 제복 셔츠를 입은 키 큰 남자가 방 안으로 미끄러지듯 들어왔다. 그는 복면을 쓰고 있지 않았으므로 얼굴이 모두의 눈앞에 노출되어 있었다. 좁다란 입과 칼날처럼 앙상한 코, 텁수룩한 눈썹 밑에 암갈색 눈이 깊게 자리 잡은 여위고 거만한 얼굴이었다. 방 안에 있는 사람들 대부분이 그 얼굴을 알아보았다.

"내 친구들이여, 익스의 대사인 이요 코바트를 소개합니다." 토프리가 말했다.

"전직 대사요." 코바트가 말했다. 엄격하게 절제된 목소리에 목젖을 울려서 나오는 소리가 많이 섞여 있었다. 그는 벽을 등진 채 복면을 한 사람들을 마주 보는 자세로 자리를 잡았다. "오늘 신황제로부터 아라키스를 떠나라는 파직 명령을 받았소."

"왜?"

시오나가 형식 같은 걸 따지지 않고 재빨리 쏘듯이 질문을 던졌다.

코바트가 재빨리 고개를 돌리며 주위를 둘러보았다. 그 짧은 동작을 통해 그는 복면을 쓴 그녀의 얼굴에 시선을 고정했다. "신황제의 목숨을 해치려는 시도가 있었소. 그가 무기의 출처를 추적한 결과 나에게까지 닿은 것이오."

시오나의 동료들이 그녀와 전직 대사 사이에 공간을 열어주었다. 그들이 그녀에게 결정을 맡긴다는 분명한 신호였다.

"그럼 왜 그가 당신을 죽이지 않은 거지?" 그녀가 힐문했다.

"내 생각에는 내가 죽일 가치가 없다는 의미인 것 같소. 그가 나를 이용해서 익스에 메시지를 전달하려 한다는 점도 있고."

"무슨 메시지?" 시오나는 동료들이 비워준 공간을 지나 코바트에게서 두 발짝도 떨어지지 않은 곳에서 걸음을 멈췄다. 그녀는 자신의 몸을 유심히 살펴보는 그의 모습에서 성적인 긴장을 느낄 수 있었다.

"당신은 모네오의 딸이군." 그가 말했다.

방 전체에서 소리 없는 긴장이 폭발했다. 그는 왜 그녀가 누구인지 알아챘다는 사실을 밝힌 걸까? 그가 그녀 말고 알아본 사람이 또 있을까? 코바트는 멍청한 사람처럼 보이지 않았다. 그가 왜 이런 짓을 한 거지?

"당신의 몸, 목소리, 태도는 이곳 온에서 유명하오. 그 복면은 멍청한 짓이야." 그가 말했다.

그녀는 복면을 찢듯이 벗어던지고 그에게 미소를 지었다. "나도 같은 생각이에요. 이제 내 질문에 대답하세요."

그녀는 나일라가 자신의 왼쪽으로 바짝 다가서는 소리를 들었다. 나일라가 선택한 다른 보좌관 두 명이 그녀 옆으로 다가왔다.

시오나는 코바트의 얼굴에 깨달음의 표정이 번져가는 것을 보았다. 만약 그녀의 요구를 충족시켜 주지 못하면 죽을 것이라는 깨달음이었다. 엄격하게 절제된 목소리는 그대로였지만, 그는 이제 신중하게 단어를 고르며 더 천천히 말하기 시작했다.

"신황제는 자기가 익스와 조합 사이의 협정에 대해 알고 있다고 말했소. 우리는 현재 멜란지에 의존하고 있는 조합의 항법 능력을…… 기계적으로 증폭시키는 장치를 만들려고 시도하는 중이오."

"이 방 안에서 우리는 그를 '벌레'라고 불러요. 당신들 익스의 기계가 가진 기능이 뭐죠?" 시오나가 말했다.

"조합 항법사들이 안전한 길을 보려면 스파이스가 필요하다는 사실을 알고 있겠지?"

"기계로 항법사들을 대신하겠다는 건가요?"

"어쩌면 가능한 일인지도 모르오."

"이 기계와 관련해서 당신이 당신 나라 사람들에게 가져가는 메시지가 뭐예요?"

"나는 그에게 연구의 진척 상황에 대해 매일 보고하기만 한다면 그 프로젝트를 계속할 수 있다는 얘기를 우리나라 사람들에게 해야 하오."

그녀는 고개를 저었다. "그에게는 그런 보고서가 필요하지 않아요! 그 메시지는 말도 안 되는 소리예요."

코바트는 더 이상 불안감을 감추지 못하고 마른침을 삼켰다.

"조합과 교단은 우리 프로젝트 때문에 흥분하고 있소. 그들도 참가하고 있어요." 그가 말했다.

시오나는 한 번 고개를 끄덕였다. "그리고 참가하는 대가로 익스와 스파이스를 나눠 갖는 거로군요."

코바트는 그녀를 노려보았다. "그건 돈이 많이 드는 작업이고 조합 항법사들과의 비교 시험에 스파이스가 필요하오."

"그건 거짓말이고 사기예요. 당신들의 장치는 결코 제대로 작동하지 못할 거고 '벌레'도 그걸 알아요." 그녀가 말했다.

"어떻게 감히 우리더러 그런 말을……."

"닥치세요! 내가 방금 한 말이 진짜 메시지예요. '벌레'는 조합과 베네 게세리트를 계속 속이라고 당신들 익스 인들에게 말하고 있는 거예요. 그게 자기를 즐겁게 하니까."

"그 기계가 제대로 작동할 수도 있소!" 코바트가 주장했다.

그녀는 그를 향해 미소를 지을 뿐이었다. "누가 '벌레'를 죽이려 한 거죠?"

"던컨 아이다호."

나일라가 놀란 숨을 집어삼켰다. 방 안 여기저기에서 다른 사람들도 얼굴을 찌푸리거나 숨을 집어삼키는 등 놀란 기색을 조금씩 내보였다.

"아이다호는 죽었나요?" 시오나가 물었다.

"그런 것 같소. 하지만 그…… 아아, '벌레'는 그 사실을 확인해 주지 않고 있소."

"왜 그가 죽었다고 생각하죠?"

"틀레이랙스 인들이 아이다호의 골라를 새로 보냈으니까."

"그렇군요."

시오나는 고개를 돌려 나일라에게 신호를 보냈다. 나일라는 방 한쪽 구석으로 갔다가 분홍색 수크 종이에 싸인 홀쭉한 꾸러미를 가지고 돌아왔다. 그 종이는 상점 주인들이 작은 물건을 싸줄 때 쓰는 것과 같은 종류였다. 나일라가 그 꾸러미를 시오나에게 건네주었다.

"이것이 우리의 침묵의 대가예요." 시오나가 꾸러미를 코바트에게 내밀면서 말했다. "오늘 밤 당신을 이곳으로 데려와도 좋다고 토프리에게 허락한 건 이것 때문이었어요."

코바트는 그녀의 얼굴에서 시선을 떼지 않은 채 꾸러미를 받아 들었다.

"침묵?" 그가 물었다.

"조합과 교단에 당신들이 그들을 속이고 있다는 사실을 알리지 않겠다고 약속하겠어요."

"우리는 속이는 게 아니……."

"바보처럼 굴지 말아요!"

코바트는 바싹 마른 목구멍으로 마른침을 삼키려고 애썼다. 그녀의 말에 담긴 의미는 명백했다. 사실이든 아니든 반란군이 그런 얘기를 퍼뜨린다면 사람들은 그 얘기를 믿을 터였다. 그건 토프리가 즐겨 하는 말처럼 '상식'이었다.

시오나는 코바트의 바로 뒤에 서 있는 토프리를 흘끗 바라보았다. '상식'적인 이유 때문에 이 반란군에 합류한 사람은 아무도 없었다. 토프리는 자신의 '상식' 때문에 정체가 드러날지도 모른다는 사실을 깨닫지 못한 걸까? 그녀는 코바트에게 시선을 돌렸다.

"이 꾸러미 안에 뭐가 있소?" 그가 물었다.

그의 태도에서 시오나는 그가 답을 이미 알고 있음을 알 수 있었다.

"그건 내가 익스에 보내는 물건이에요. 나 대신 그 물건을 가져다주세요. 그건 우리가 '벌레'의 요새에서 가져온 책 두 권의 사본이에요."

코바트는 자기 손에 들린 꾸러미를 뚫어지게 내려다보았다. 당장 그 물건을 떨어뜨리고 싶어 하는 기색이 역력했다. 반란군들을 찾아온 모험 때문에 예상했던 것보다 더 무서운 짐을 지게 되었다는 생각을 하고 있음이 분명했다. 그가 험악한 표정으로 토프리를 쏘듯이 바라보았다. 그 표정은 마치 '왜 미리 경고해 주지 않았느냐'고 말하는 것 같았다.

"무슨……." 그는 시오나에게 다시 시선을 돌리며 헛기침을 했다. "이…… 책에는 뭐가 들어 있소?"

"당신 나라 사람들이 우리에게 그걸 말해 줄 수 있겠죠. 우린 '벌레'가 그 책을 직접 썼다고 생각해요. 우리가 읽을 수 없는 암호로."

"당신은 무슨 이유로 우리가……."

"당신들 익스 인들은 그런 일에 솜씨가 좋잖아요."

"만약 우리가 실패한다면?"

그녀는 어깨를 으쓱했다. "그 때문에 당신들을 탓하지는 않을 거예요. 하지만 당신들이 다른 목적으로 그 책을 사용하거나 해독에 성공했는데도 제대로 보고하지 않는다면……."

"우리가 제대로 해독했는지 어떻게 확신을……."

"우리가 당신들에게만 기대를 거는 건 아니에요. 다른 사람들도 사본을 받게 될 거예요. 아마 교단과 조합은 주저없이 이 책들을 해독하려 하겠죠."

코바트는 겨드랑이에 꾸러미를 끼우고 팔에 힘을 주었다.

"당신은 무슨 이유로 그…… 그 '벌레'가 당신들의 의도에 대해…… 아니 이 모임에 대해서도 모를 거라고 생각하는 거요?"

"나는 그가 이런 일들을 많이 알고 있을 거라고 생각해요. 아마 누가 이 책을 가져갔는지도 알 거예요. 내 아버지는 그가 정말로 예지력을 갖고 있다고 믿거든요."

"당신 아버지는 구전 역사를 믿는 거요!"

"이 방 안에 있는 사람들도 모두 믿고 있어요. 구전 역사는 중요한 문제들에 대해 공식 역사와 어긋나지 않아요."

"그럼 왜 '벌레'가 당신들에게 맞서는 조치를 취하지 않는 거지?"

그녀는 코바트가 겨드랑이에 낀 꾸러미를 가리켰다. "어쩌면 그 대답이 그 안에 있을지도 모르죠."

"아니면 당신들과 이 암호 책이 그에게 전혀 실질적인 위협이 되지 않기 때문일 수도 있소!" 코바트는 분노를 숨기지 않았다. 그는 강요에 의해서 결정을 내려야 하는 상황이 마음에 들지 않았다.

"그럴지도 모르죠. 당신이 왜 구전 역사를 언급했는지 말해 봐요."

다시 한번 코바트는 위협을 느꼈다.

"구전 역사에는 '벌레'가 인간적인 감정을 느끼지 못한다고 되어 있소."

"그건 이유가 되지 않아요. 진짜 이유를 말할 기회를 한 번 더 드리죠." 그녀가 말했다.

나일라가 코바트에게 두 발짝 더 다가섰다.

"나는…… 나는 이곳에 오기 전에 구전 역사를 검토해 보라는 말을 들었소. 당신들이……." 그는 어깨를 으쓱했다.

"우리가 그걸 찬송가처럼 부른다고요?"

"그렇소."

"누구한테서 들었어요?"

코바트는 마른침을 삼키며 두려운 표정으로 토프리를 흘끗 바라본 다음 다시 시오나에게 시선을 돌렸다.

"토프리인가요?" 시오나가 물었다.

"그가 우리를 이해하는 데 도움이 될 거라고 생각했어요." 토프리가 말했다.

"그리고 당신은 그에게 당신 지도자의 이름까지 말해 줬군요." 시오나가 말했다.

"그는 벌써 알고 있었어요!" 토프리는 다시 새된 목소리를 냈다.

"구전 역사 중에 특히 어떤 부분을 검토해 보라고 하던가요?" 시오나가 물었다.

"그…… 어, 아트레이데스 혈통이오."

"그럼 이제 당신은 사람들이 왜 내가 있는 반란군에 합류하는지 알 만하다고 생각하겠네요."

"구전 역사는 그가 모든 아트레이데스 혈통 사람들을 어떻게 대했는지 정확하게 얘기하고 있소!" 코바트가 말했다.

"그가 우리에게 끈을 조금 주고 그 끈으로 우리를 끌어당긴다고요?" 시오나가 물었다. 그녀의 목소리는 그 속에 담긴 의미를 착각하게 만들 정도로 단조로웠다.

"그가 당신 아버지에게 한 짓이 바로 그것이오." 코바트가 말했다.

"지금은 내 반란군 놀이를 내버려두는 것이고요?"

"난 그저 메시지를 전달하는 사람일 뿐이오. 당신이 나를 죽인다면 누가 당신의 메시지를 전달하겠소?"

"'벌레'의 메시지도 전하셔야죠." 시오나가 말했다.

코바트는 침묵을 지켰다.

"내가 보기에 당신은 구전 역사를 이해하는 것 같지 않아요. 그리고 당신은 '벌레'에 대해서도 그리 잘 아는 것 같지 않아요. 그의 메시지를 이해하는 것 같지도 않고요." 시오나가 말했다.

코바트의 얼굴이 분노로 벌겋게 달아올랐다. "당신이 다른 아트레이데스들과 똑같아지는 걸 어떻게 막을 수 있겠소? 착하고 유순한……."

코바트는 자신이 분노 때문에 무슨 말을 했는지 갑자기 깨닫고 말을 멈췄다.

"'벌레'의 핵심 측근으로 새로 편입될 뿐이라는 얘긴가요? 던컨 아이다호들과 똑같이?" 시오나가 말했다.

그녀는 시선을 돌려 나일라를 바라보았다. 두 보좌관, 아누크와 토가 갑자기 긴장했지만 나일라는 여전히 무표정했다.

시오나가 나일라를 향해 한 번 고개를 끄덕했다.

아누크와 토는 맹세한 대로 문을 막는 위치로 움직였다. 나일라는 토프리 옆으로 나란히 섰다.

"뭐…… 뭐예요?" 토프리가 물었다.

"전직 대사께서 우리에게 말해 줄 수 있는 중요한 얘기들을 모두 알고 싶어요. 메시지의 내용 전부를 원해요." 시오나가 말했다.

토프리는 벌벌 떨기 시작했다. 코바트의 이마에서는 땀이 배어 나오기 시작했다. 그는 토프리를 흘끗 바라본 다음 시오나에게 시선을 돌렸다. 토프리를 바라본 그 한 번의 시선으로 시오나는 마치 베일이 옆으로 당겨진 것처럼 두 사람의 관계를 들여다볼 수 있었다.

그녀는 미소를 지었다. 이것은 그녀가 이미 알게 된 사실들을 확인해 줄 뿐이었다.

코바트의 몸이 바짝 굳었다.

"이제 말해 보세요." 시오나가 말했다.

"나는…… 당신은 무슨…….."

"'벌레'는 당신의 주인들에게 전달해야 하는 비밀 메시지를 주었어요. 난 그걸 들어야겠어요."

"그는…… 그는 자기 수레를 확장시켜 달라고 했소."

"그럼 몸이 더 길어질 거라고 예상하는 모양이군요. 또 뭐가 있죠?"

"우린 그에게 대량의 리둘리안 크리스털 종이를 보내야 하오."

"뭣 때문에?"

"그는 자신의 요구를 결코 설명하지 않소."

"그가 다른 사람들에게 금지시킨 일의 냄새가 나요." 그녀가 말했다.

코바트가 울화가 섞인 목소리로 말했다. "그는 자기 자신에게는 무엇이든 금지하는 법이 없소!"

"그에게 금지된 장난감들을 만들어준 적이 있나요?"

"난 모르오."

'거짓말이야.' 그녀는 생각했다. 그러나 이것을 계속 추궁하지는 않기로 했다. '벌레'의 방어선에 또 다른 틈이 존재한다는 것을 아는 것만으로도 충분했다.

"당신 자리는 누가 이어받게 되죠?" 시오나가 물었다.

"그들이 말키의 질녀를 보낼 거요." 코바트가 말했다. "당신도 기억하겠지만 그가……"

"우린 말키를 기억하고 있어요. 왜 말키의 질녀가 새로운 대사가 된 거죠?"

"나도 모르오. 하지만 신…… '벌레'가 나를 파직하기도 전에 이미 명령이 내려졌소."

"그녀의 이름은?"

"흐위 노리."

"우리가 흐위 노리를 교화시키겠어요. 당신은 교화시킬 가치가 없었어요. 이 흐위 노리라는 사람은 좀 다를지도 모르죠. 당신은 언제 익스로 돌아가나요?"

"축제가 끝난 직후 조합의 첫 우주선을 타고 갈 거요."

"당신 주인들에게 뭐라고 말할 건가요?"

"무엇에 대해서?"

"내 메시지 말이에요!"

"그들은 당신의 요청에 따를 것이오."

"알아요. 이제 가도 좋습니다, 코바트 전직 대사님."

코바트는 서둘러 나가려다가 하마터면 문을 지키던 파수병과 부딪칠 뻔했다. 토프리는 그의 뒤를 따르려고 했지만 나일라가 팔을 잡아 제자리에 묶어두었다. 토프리는 두려운 시선으로 나일라의 근육질 몸매를 훑어본 다음 시오나를 바라보았다. 시오나는 코바트의 등 뒤로 문이 닫힐 때까지 기다렸다가 입을 열었다.

"그 메시지는 익스 인들뿐만 아니라 우리를 위한 것이기도 했어요. '벌레'는 우리에게 도전장을 내밀면서 전투의 규칙을 말해 준 거예요." 그녀가 말했다.

토프리는 나일라의 손아귀에서 팔을 빼내려고 했다. "당신은 무슨⋯⋯."

"토프리!" 시오나가 말했다. "나 역시 메시지를 보낼 수 있어요. 내 아버지에게 가서 우리가 도전을 받아들인다고 '벌레'에게 알려주라고 하세요."

나일라가 그의 팔을 놓았다. 토프리는 그녀가 움켜쥐었던 부분을 손으로 문질렀다. "당신은 설마⋯⋯."

"아직 이곳을 떠날 수 있을 때 떠나세요. 그리고 다시는 돌아오지 말아요." 시오나가 말했다.

"설마 나를 의심한다는⋯⋯."

"떠나라고 했어요! 당신은 서툴러요, 토프리. 나는 지금까지 인생의 대부분을 물고기 웅변대 학교에서 보냈어요. 그들은 내게 서투른 사람을 가려내는 법을 가르쳤죠."

"코바트는 여길 떠날 거예요. 우리에게 해될 것은……."

"그는 나를 알 뿐만 아니라 내가 요새에서 뭘 훔쳐 왔는지도 알아요! 하지만 내가 그 꾸러미를 자기에게 들려서 익스로 보낼 거라는 건 몰랐죠. 내가 그 책을 익스로 보내는 걸 '벌레'가 원하고 있다는 사실을 당신의 행동이 알려줬어요!"

토프리는 시오나에게서 문을 향해 뒷걸음질 쳤다. 아누크와 토가 그를 위해 문을 활짝 열어 길을 터주었다. 시오나의 목소리가 그의 뒤를 따라왔다.

"코바트에게 나와 내 꾸러미에 대해 얘기해 준 것이 '벌레'라고 주장할 생각은 하지 마세요! '벌레'는 서투른 메시지를 보내지 않아요. 그에게 내가 그러더라고 전해요!"

※⊗※

어떤 사람들은 내게 양심이 없다고 말한다. 그들의 생각이 얼마나 그릇된 것인지. 심지어 그들 자신에게조차. 나는 지금까지 존재했던 유일한 양심이다. 포도주가 자신이 들어 있던 통의 향내를 간직하듯이, 나는 가장 오래된 조상의 정수를 간직하고 있다. 그것이 양심의 씨앗이다. 나를 신성하게 만드는 것이 바로 그것이다. 나는 물려받은 것을 진실로 잘 아는 유일한 사람이기 때문에 신이 된 것이다!

— 『도난당한 일기』

익스의 종교 재판관들이 레토 황제의 궁정으로 파견될 대사 후보와 함께 그랑 팔레에 모인 가운데 다음의 질문과 답변이 기록되었다.

종교 재판관: 당신은 레토 황제의 동기에 대해 얘기하고 싶다고 했다. 말하라.

흐위 노리: 당신들의 공식 분석 자료는 내가 제기하려는 의문들을 만족스럽게 해결해 주지 못한다.

종교 재판관: 무슨 의문들 말인가?

흐위 노리: 나는 레토 황제가 인간성의 상실과 벌레의 몸이라는 그 끔

찍한 변화를 받아들인 동기가 무엇일지 자문해 보았다. 당신들은 그가 단순히 권력과 장수를 위해 그렇게 했다고 시사한다.

종교 재판관: 그걸로 충분하지 않은가?

흐위 노리: 당신들이라면 그렇게 보잘것없는 보상을 받으려고 그런 대가를 치를 수 있을지 스스로에게 물어보라.

종교 재판관: 그럼 레토 황제가 왜 모래벌레가 되기로 결심했는지 당신의 무한한 지혜로 우리에게 말해 보라.

흐위 노리: 여기 있는 사람 중에 미래를 예언하는 그의 능력을 의심하는 사람이 있는가?

종교 재판관: 바로 그것이다! 그것이 변신의 대가로 충분하지 않은가?

흐위 노리: 그러나 그는 그의 아버지가 그랬던 것처럼 이미 예지력을 갖고 있었다. 아니다! 나는 그가 우리의 미래에서 그러한 희생이 있어야만 막을 수 있는 것을 보았기 때문에 그렇게 절박한 선택을 했다고 생각한다.

종교 재판관: 오직 그만이 보았다는 우리 미래의 그 특별한 일이 무엇인가?

흐위 노리: 나는 모른다. 그러나 내가 그것을 밝혀보겠다고 제안하는 바이다.

종교 재판관: 당신은 폭군을 사심 없는 민중의 종으로 꾸미고 있다!

흐위 노리: 그것이 아트레이데스 가문이 가진 두드러진 특징이 아니었던가?

종교 재판관: 공식적인 역사를 믿는다면 그렇지.

흐위 노리: 구전 역사에서도 확인되는 내용이다.

종교 재판관: 당신은 폭군 '벌레'에게 또 어떤 훌륭한 품성을 부여할 생

각인가?

흐위 노리: 이봐, '훌륭한' 품성이라고?

종교 재판관: 그럼 그냥 품성이라고 할까?

흐위 노리: 내 숙부 말키는 레토 황제가 선택된 친구들에게 때로 커다란 관용을 베푸는 경향이 있다고 자주 말했다.

종교 재판관: 다른 친구들은 뚜렷한 이유 없이 처형당한다.

흐위 노리: 난 거기에는 이유가 있다고 생각한다. 말키 숙부가 그런 이유들 몇 가지를 추론해 냈다.

종교 재판관: 그 추론의 결과를 들려달라.

흐위 노리: 그의 신상에 대한 서투른 위협이다.

종교 재판관: '서투른' 위협이라고!

흐위 노리: 그리고 그는 겉치레를 용인하지 않는다. 역사가들을 처형하고 그들의 작품을 파괴했던 것을 회상해 보라.

종교 재판관: 그건 그가 진실이 알려지는 것을 원하지 않기 때문이다!

흐위 노리: 그는 말키 숙부에게 그들이 과거에 대해 거짓말을 했다고 말했다. 내 말을 잘 들어라! 이것을 그보다 더 잘 아는 사람이 어디 있겠는가? 우리는 모두 그의 내적인 성찰의 대상을 알고 있다.

종교 재판관: 그의 조상들이 모두 그의 내면에 살고 있다는 증거가 어디 있는가?

흐위 노리: 나는 그런 무익한 논쟁을 하고 싶지 않다. 다만 말키 숙부의 믿음과 그 믿음에 대해 숙부가 내세운 이유들을 근거로 나도 그것을 믿는다고만 말하겠다.

종교 재판관: 우리도 당신 숙부의 보고서를 읽었지만 우리의 해석은 다르다. 말키는 '벌레'를 지나치게 아꼈다.

흐위 노리: 숙부는 그가 제국에서 가장 훌륭한 기교를 가진 외교관이며, 우리가 생각할 수 있는 모든 주제에 대해 편안히 얘기를 나눌 수 있는 최고의 전문가라고 생각했다.

종교 재판관: 당신 숙부가 '벌레'의 잔인성에 대해서는 말하지 않던가?

흐위 노리: 숙부는 그가 최고의 교양을 갖추고 있다고 판단했다.

종교 재판관: 나는 잔인성에 대해 물었다.

흐위 노리: 물론 잔인한 행동을 할 수도 있다.

종교 재판관: 당신 숙부는 그를 두려워했다.

흐위 노리: 레토 황제에게는 순진함과 무구함이 없다. 그가 두려운 것은 이런 특징들을 갖고 있는 척할 때뿐이다. 내 숙부는 그렇게 말했다.

종교 재판관: 그래, 그가 그런 말을 한 것은 사실이다.

흐위 노리: 그것이 다가 아니다! 말키 숙부는 '레토 황제는 인류의 놀라운 천재성과 다양성에서 기쁨을 느낀다. 그분은 나의 가장 친한 동무이다'라고 말했다.

종교 재판관: 당신이 지닌 탁월한 지혜의 혜택을 우리에게도 나눠준다는 의미에서, 당신은 숙부의 그 말을 어떻게 해석하는가?

흐위 노리: 나를 조롱하지 말라!

종교 재판관: 조롱하는 게 아니다. 우리는 지혜를 구할 뿐이다.

흐위 노리: 말키 숙부의 그 말과 숙부가 내게 직접 써 보낸 다른 많은 얘기들은 레토 황제가 항상 새로운 것과 독창적인 것을 추구하지만 그런 것들 속에 들어 있는 파괴적인 잠재력을 경계하고 있음을 시사한다. 숙부는 그렇게 믿었다.

종교 재판관: 당신과 당신 숙부의 믿음에 대해 더 할 말이 있는가?

흐위 노리: 내가 이미 말한 것에 더 이상 말을 덧붙여봤자 의미가 없다

고 생각한다. 종교 재판관들이 시간을 허비하게 만들어서 미안하다.

　종교 재판관: 아니, 당신은 우리의 시간을 허비하지 않았다. 인류가 알고 있는 우주의 신황제인 레토 황제의 궁정 주재 대사로 당신을 승인한다.

※❂❈

내가 내면을 향해 요구하기만 하면 우리 역사에 알려져 있는 모든 전문 지식을 이용할 수 있다는 점을 기억해야 한다. 내가 전쟁의 심리를 다룰 때 의존하는 것이 바로 이 에너지 저장고이다. 부상자들과 죽어가는 사람들의 신음 섞인 울부짖음을 들어보지 못한 사람은 전쟁에 대해 아무것도 모른다. 나는 그런 울부짖음이 뇌리를 떠나지 않을 만큼 많이 들어보았다. 나 자신이 전투 직후에 울부짖은 적도 있었다. 나는 모든 시대에서 부상을 겪었다. 주먹과 곤봉과 돌멩이로 인한 부상, 딱딱한 껍데기가 박힌 가지와 청동검으로 인한 부상, 철퇴와 대포로 인한 부상, 화살과 레이저총과 소리 없이 피어오르는 원자폭탄의 죽음의 재로 인한 부상, 혀를 검게 만들고 허파에 물을 채우는 생물학 무기의 침범으로 인한 부상, 빠르게 뿜어져 나오는 불꽃과 소리 없이 천천히 작용하는 독약으로 인한 부상…… 나는 이 밖에도 더 많은 부상들을 얘기할 수 있다! 나는 그것들을 모두 보고 느꼈다. 왜 내가 지금과 같은 행동을 하는지 감히 묻는 사람이 있다면 이렇게 말할 것이다. 내 기억들 때문에 달리 행동할 수가 없다고. 나는 겁쟁이가 아니고 한때는 나도 인간이었다.

— 『도난당한 일기』

기후 조절 위성들이 태양을 가로질러 불어오는 바람과 경쟁해야 하는 따스한 계절에는 사리르 가장자리에 저녁 비가 내리는 경우가 잦았다. 모네오는 요새 주변에 대한 정기적인 검사를 마치고 돌아오던 길에 갑

GOD EMPEROR of DUNE

작스러운 소나기를 만났다. 그가 비를 피할 수 있는 곳에 도착하기 전에 밤이 내렸다. 물고기 웅변대 경비병이 남문에서 그를 도와 젖은 겉옷을 벗겨주었다. 묵직하고 땅딸막한 몸에 각진 얼굴을 지닌 이 여성은 레토가 경호원으로 가장 좋아하는 타입이었다.

"저 망할 놈의 기후 조절 위성들을 더 발전시켜야 합니다." 그녀가 그에게 젖은 겉옷을 건네주면서 말했다.

모네오는 그녀에게 짧게 고개를 끄덕한 다음 자신의 거처를 향해 올라가기 시작했다. 물고기 웅변대 경비병들은 신황제가 수분을 혐오한다는 것을 모두 알고 있었지만, 모네오처럼 자세한 사정을 알지는 못했다.

'물을 싫어하는 건 '벌레'이지. 샤이 훌루드는 듄을 갈망하고 있어.' 모네오는 생각했다.

거처에서 모네오는 몸의 물기를 닦고 마른 옷으로 갈아입은 다음 지하실로 내려갔다. '벌레'의 적대감을 자초할 필요는 없었다. 아무에게도 방해받지 않고 레토와 대화를 나눌 필요가 있었다. 곧 다가올, 축제의 도시 온을 향한 긴 여행에 대해 솔직한 이야기를 나눠야 했다.

내려가는 승강기 벽에 몸을 기댄 채 모네오는 눈을 감았다. 즉시 피곤이 몸을 휩쓸었다. 그는 자신이 벌써 며칠째 잠을 충분히 자지 못했으며, 가까운 시일 내에는 쉴 수도 없다는 것을 알고 있었다. 레토가 잠을 자지 않아도 되는 것처럼 보이는 것이 부러웠다. 신황제는 한 달에 몇 시간 정도 반(半)휴식을 취하는 것만으로도 충분한 것 같았다.

지하실의 냄새와 승강기가 멈추는 느낌 때문에 모네오는 깜짝 놀라 선잠에서 깨어났다. 그는 눈을 뜨고 거대한 방 한가운데 수레 위에 있는 신황제를 바라보았다. 모네오는 마음을 가다듬고 저 무서운 존재를 향해 여느 때처럼 긴 거리를 성큼성큼 걸어가기 시작했다. 예상했던 대로 레토는 경계하는 듯했다. 적어도 그건 좋은 조짐이었다.

레토는 승강기가 다가오는 소리를 듣고 모네오가 잠에서 깨는 것을 보았다. 모네오는 피곤해 보였다. 그럴 만도 했다. 다른 행성에서 온 손님들을 대하는 온갖 피곤한 일들과 함께 온을 향한 긴 여행이 코앞에 다가와 있었다. 물고기 웅변대의 의식, 신임 대사들, 근위대의 교체, 사람들의 은퇴와 임명 등을 처리해야 하는 데다가, 이번에는 새로운 던컨 아이다호 골라가 제국을 구성하는 조직들의 매끈한 활동에 적응하게 만드는 일도 있었다. 모네오는 점점 쌓여가는 소소한 일들에 시간을 빼앗기고 있었으며, 이제 나이를 먹은 티가 점점 드러났다.

'보자. 모네오는 우리가 온에서 돌아오고 나서 일주일 후에 118세가 되는군.' 레토는 생각했다.

스파이스를 먹는다면 그보다 몇 배나 되는 세월을 살 수 있겠지만, 모네오는 그것을 거부했다. 레토는 그 이유를 확신하고 있었다. 모네오는 죽음을 갈망하는, 인간들의 그 독특한 상태에 접어든 것이다. 그가 아쉬운 듯 여전히 생명을 이어나가고 있는 것은 시오나가 제국 공무원으로 자리를 잡고 제국 물고기 웅변대의 지휘관이 되는 것을 보기 위해서일 뿐이었다.

말키는 그들을 '내 천국의 미녀들'이라고 부르곤 했다.

또한 모네오는 레토가 시오나와 던컨을 결합시킬 생각이라는 것을 알고 있었다. 지금이 그때였다.

모네오는 수레에서 두 발짝 떨어진 곳에 걸음을 멈추고 레토를 올려다보았다. 그의 눈이 왠지 레토에게 지구 시절 이교도 사제의 표정을 생각나게 했다. 자신에게 익숙한 신전에서 간사한 탄원을 올리는 표정이었다.

"폐하, 폐하께서는 여러 시간 동안 새 던컨을 지켜보셨습니다. 틀레이랙스 인들이 그의 세포나 정신에 장난을 쳐놓았습니까?" 모네오가 말했다.

"그는 더럽혀지지 않았다."

깊은 한숨이 모네오의 몸을 뒤흔들었다. 기쁜 기색은 하나도 없었다.

"그를 종마로 사용하는 것에 반대하는 건가?" 레토가 물었다.

"그를 제 조상이자, 제 후손들의 아버지로 생각하는 것이 기묘하게 느껴집니다."

"그러나 그는 과거의 인간과 내 유전자 교배 프로그램이 낳은 지금의 산물들 사이의 제1세대 혼혈을 다시 얻을 수 있게 해준다. 시오나는 그런 혼혈로부터 21세대 떨어져 있지."

"저는 그 목적이 뭔지 모르겠습니다. 던컨들은 폐하의 근위대에 있는 그 누구보다도 느리고 덜 기민합니다."

"나는 훌륭한 세그리건트(segregant, 유전적으로 다른 개체들을 이종 교배한 결과로 태어난 잡종 — 옮긴이) 자손을 원하는 게 아니다, 모네오. 내가 나의 유전자 교배 프로그램을 지배하는 법칙에 의해 규정된 수열 기하학을 모른다고 생각했나?"

"저는 폐하의 교배 기록부를 보았습니다, 폐하."

"그럼 내가 열성 형질을 추적해서 제거하고 있다는 걸 알겠군. 내가 관심을 갖고 있는 것은 가장 중요한 유전적 우성 형질이다."

"그럼 돌연변이는요, 폐하?" 모네오의 목소리에 왠지 음흉한 기색이 배어 있어서 레토는 그를 유심히 살펴보았다.

"우리는 그 주제에 대해 얘기하고 싶지 않다, 모네오."

레토는 모네오가 평소 때의 신중한 껍데기 속으로 다시 물러나는 것을 지켜보았다.

'내 기분에 저토록 극단적으로 민감하다니. 그 점에서 그는 내 능력 중 일부를 갖고 있는 게 분명해. 무의식 수준에서 작동하는 것이기는 하지만. 그의 질문을 보니 우리가 시오나에게서 무엇을 성취했는지 짐작하고 있는 건지도 모르겠군.'

레토는 이 생각을 시험해 보기 위해 말했다. "내가 유전자 교배 프로그램을 통해 무엇을 성취하고자 하는지 그대는 아직 모르는 모양이다."

모네오의 안색이 밝아졌다. "폐하께서는 제가 그 규칙들을 짐작해 보려고 노력하는 것을 아십니다."

"장기적으로 볼 때 법칙들은 대개 일시적이다, 모네오. 규칙의 지배를 받는 창의성이라는 것은 존재하지 않아."

"하지만 폐하, 폐하께서도 유전자 교배 프로그램을 다스리는 법칙이 있다고 말씀하시지 않습니까."

"내가 방금 그대에게 뭐라고 했나, 모네오? 창조의 규칙을 찾으려 하는 것은 정신과 몸을 분리하려는 것과 같다."

"하지만 뭔가가 진화해 가고 있습니다, 폐하. 저는 제 안에서 그것을 알 수 있습니다!"

'자기 안에서 그것을 알 수 있다니! 사랑스러운 모네오. 핵심에 아주 근접해 있군.'

"그대는 왜 항상 전적으로 파생적인 해석만을 구하는 것이냐, 모네오?"

"저는 폐하께서 '변형성 진화'에 대해 얘기하시는 걸 들었습니다. 폐하의 교배 기록부에 붙어 있는 제목도 그것입니다. 하지만 뜻밖의 일들은……"

"모네오! 규칙들은 뜻밖의 일들이 일어날 때마다 변화한다."

"폐하, 인간 혈통의 개선을 전혀 염두에 두고 계시지 않은 겁니까?"

레토는 그를 노려보며 생각했다. '내가 지금 그 핵심 단어를 사용한다면, 그가 이해할 것인가? 어쩌면…….'

"나는 포식자이다, 모네오."

"포식…….'' 모네오는 말을 끊고 고개를 흔들었다. 그는 그 말의 의미를 알고 있다고 생각했지만, 그 말 자체는 충격적이었다. 신황제가 농담을 하고 있는 건가?

"포식자라고요, 폐하?"

"포식자가 혈통을 향상시킨다."

"그게 어떻게 가능한 겁니까, 폐하? 폐하께서는 저희들을 증오하시는 게 아니지 않습니까."

"나를 실망시키는구나, 모네오. 포식자가 사냥감을 증오하지는 않는다."

"포식자들은 생명을 죽입니다, 폐하."

"나도 죽인다. 하지만 증오하지는 않아. 사냥감은 굶주림을 달래준다. 사냥감은 좋은 것이다."

모네오는 수도자들의 회색 두건을 쓴 것 같은 레토의 얼굴을 올려다보며 생각했다.

''벌레'가 나타나려는 징조를 내가 놓친 건가?'

두려움을 느끼며 모네오는 조짐을 찾았다. 그 거대한 몸은 조금도 진동하지 않았고, 눈이 흐릿해지지도 않았으며, 쓸모없는 지느러미들도 뒤틀려 있지 않았다.

"폐하께서는 무엇에 굶주림을 느끼십니까?" 모네오는 용기를 내어 물었다.

"정말로 장기적인 결정들을 내릴 수 있는 인류를 갈망하고 있다. 그런 능력의 열쇠가 무엇인지 알겠나, 모네오?"

"폐하께서는 그 얘기를 여러 번 하셨습니다. 폐하의 생각을 바꿀 수 있는 능력이 바로 그것입니다."

"바꾼다…… 그렇지. 그럼 장기적이라는 내 말이 무슨 뜻인지 알고 있나?"

"폐하의 경우에는 틀림없이 수천 년 단위로 측정되는 시간일 겁니다."

"모네오, 수천 년이나 되는 내 생애도 '무한'에 비하면 하잘것없는 점에 지나지 않아."

"하지만 폐하께서는 틀림없이 저와는 다른 시야를 갖고 계십니다."

"'무한'의 관점에서 보면, 장기적이라고 규정된 그 어떤 기간도 단기간일 뿐이다."

"그럼 규칙이 전혀 없는 겁니까, 폐하?" 모네오의 목소리에는 히스테리가 희미하게 배어 있었다.

레토는 모네오의 긴장을 풀어주기 위해 미소를 지었다. "어쩌면 하나쯤은 있는지도 모르지. 단기적인 결정들이 장기적으로는 실패하는 경향이 있다는 것."

모네오는 좌절감 속에서 고개를 저었다. "하지만 폐하, 폐하의 시야는……."

"유한한 생명을 가진 모든 관찰자에게 시간이 끝나가고 있다. 폐쇄된 시스템은 존재하지 않아. 심지어 나도 유한한 틀을 잡아늘일 뿐이다."

모네오는 레토의 얼굴에서 재빨리 시선을 돌려 이 대묘의 기다란 통로들을 응시했다. '언젠가 나도 이곳에 있게 되겠지. 황금의 길은 계속될 것이다. 하지만 나는 종말을 맞을 거야.' 물론 그건 중요하지 않았다. 깨어지지 않는 계속성 속에서 그가 감지할 수 있는 황금의 길만이, 오직 그것만이 중요했다. 그는 다시 레토에게 시선을 돌렸다. 그러나 온통 푸른색뿐인 그의 눈을 보지는 않았다. 저 커다란 몸속에 정말로 포식자가 숨어 있는 건가?

"그대는 포식자의 기능을 이해하지 못하는군." 레토가 말했다.

이 말에 모네오는 깜짝 놀랐다. 그의 마음을 읽어낸 듯한 냄새가 풍기기 때문이었다. 그는 시선을 들어 레토의 눈을 바라보았다.

"심지어 나도 언젠가 일종의 죽음을 겪게 되리라는 것을 그대는 '지식'으로 알고 있다. 그러나 그것을 믿지는 않지." 레토가 말했다.

"제가 결코 보지 못할 일을 어찌 믿겠습니까?"

모네오는 지금만큼 고독하고 두려웠던 적이 없었다. 신황제는 지금 무엇을 하고 있는 걸까? '나는 여행과 관련된 문제를 논의하려고 이곳으로 내려왔다……. 시오나에 대한 폐하의 의도를 알아보려는 생각도 있었고. 폐하가 나를 가지고 노는 것인가?'

"시오나에 대해 얘기해 보기로 하지." 레토가 말했다.

'또 마음을 읽었어!'

"그 애를 언제 시험하실 겁니까, 폐하?" 이 질문은 내내 그의 의식 전면에서 대기하고 있었다. 그러나 그 질문을 내뱉고 나니 두려워졌다.

"곧."

"죄송합니다만, 폐하, 폐하께서는 제가 유일한 자식의 안위를 얼마나 걱정하는지 분명히 아시지 않습니까."

"다른 사람들은 그 시험을 이기고 살아남았다, 모네오. 그대도 살아남았어."

모네오는 자신이 어떤 방법을 통해 황금의 길에 민감해졌던가를 기억하며 꿀꺽 침을 삼켰다.

"제 어머니께서 저를 준비시켜 주셨습니다. 시오나에게는 어미가 없습니다."

"그녀에게는 물고기 웅변대가 있다. 그대도 있고."

"사고가 일어날 수도 있습니다, 폐하."

모네오의 눈에 눈물이 솟아올랐다.

레토는 그에게서 시선을 돌리며 생각했다. '그는 나에 대한 충성심과 시오나에 대한 사랑 사이에서 괴로워하고 있다. 이 얼마나 준열한가. 자식을 염려하는 마음이. 그는 모든 인류가 나의 유일한 자식이라는 걸 깨닫지 못하는 건가?'

모네오에게 다시 시선을 돌리며 레토가 말했다. "나의 우주에서도 사고가 일어날 수 있다는 그대의 말은 옳다. 그대는 이것에서 아무것도 배우지 못했나?"

"폐하, 이번 한 번만이라도 폐하께서……."

"모네오! 나더러 약해 빠진 행정관에게 권한을 위임해 주라는 얘기는 아니겠지."

모네오가 몸을 움츠리며 한 발짝 물러섰다. "아닙니다, 폐하. 그럴 리가 있겠습니까."

"그럼 시오나의 힘을 믿어라."

모네오가 어깨를 쭉 폈다. "제가 반드시 해야 하는 일을 하겠습니다."

"시오나는 아트레이데스로서 자신의 의무에 대해 반드시 각성해야 한다."

"예, 물론입니다, 폐하."

"그것이 우리의 책임 아닌가, 모네오?"

"저도 그것을 부정하지 않습니다, 폐하. 그 애를 언제 새 던컨에게 소개하실 겁니까?"

"시험이 먼저다."

모네오는 지하실의 차가운 바닥을 내려다보았다.

'바닥을 너무 자주 바라보는군. 도대체 저기서 뭘 보는 거지? 1000년 동안 생긴 내 수레 자국인가? 아아, 아니지. 그는 아주 깊은 곳을 들여다 보고 있다. 자기가 곧 들어갈 거라고 생각되는 보물과 신비의 영역을.' 레토는 생각했다.

모네오가 다시 시선을 들어 레토의 얼굴을 바라보았다. "그 아이가 던 컨과 함께 있는 것을 좋아했으면 좋겠습니다, 폐하."

"그건 염려할 필요 없다. 틀레이랙스 인들이 그를 전혀 왜곡되지 않은 모습으로 만들어 내게 데려다주었으니까."

"그 말을 들으니 안심이 됩니다, 폐하."

"그의 유전자형이 여성들에게 놀라울 정도로 매력적이라는 사실을 그 대도 틀림없이 눈치챘겠지."

"제 관찰 결과가 바로 그것입니다, 폐하."

"상대를 부드럽게 지켜보는 그 눈과 강인한 이목구비, 그리고 흑염소 털 같은 머리카락에는 여자들의 마음을 완전히 녹여버리는 뭔가가 있다."

"그렇습니다, 폐하."

"그가 지금 물고기 웅변대와 함께 있다는 걸 알고 있나?"

"그렇다고 들었습니다, 폐하."

레토는 미소를 지었다. 모네오가 그 얘기를 들은 건 당연했다. "그들이 신황제를 처음으로 볼 수 있도록 곧 그를 내게 데려올 것이다."

"제가 전망실을 직접 검사했습니다, 폐하. 모든 준비가 완벽합니다."

"가끔은 그대가 나를 약하게 만들고 싶어 하는 것 같다는 생각이 든다, 모네오. 그런 사소한 일들 중 몇 가지는 내게 남겨줘야지."

모네오는 두려움 때문에 가슴이 졸아드는 것을 감추려고 애썼다. 그는 절을 한 다음 뒤로 물러났다. "예, 폐하. 하지만 제가 꼭 해야 하는 일들도 있습니다."

그는 몸을 돌려 급히 자리를 떴다. 승강기를 타고 올라가고 있을 때에야 모네오는 자신이 물러가라는 말을 듣기도 전에 자리를 떴다는 사실을 깨달았다.

'폐하는 내가 얼마나 피곤한지 분명히 아실 거다. 그러니 용서해 주시겠지.'

※※※

그대의 주는 그대의 가슴속에 무엇이 있는지 잘 알고 있다. 오늘 그대의 영혼은 그대의 심판자로 충분하다. 증인은 필요하지 않다. 그대는 그대의 영혼에 귀를 기울이지 않고, 그대의 분노에 귀를 기울인다.

— 레토가 고해자에게, 구전 역사에서

레토 황제의 재위 3508년에 제국의 상태를 평가한 다음의 글은 '웰벡 초록(抄錄)'에서 발췌한 것이다. 원본은 베네 게세리트 교단의 참사회 기록 보관소에 있다. 두 가지 판본을 비교한 결과 내용의 삭제가 이 보고서의 본질적인 정확성을 감소시키지 않은 것으로 드러났다.

우리의 신성 교단과 그 교단의 손상되지 않은 베네 게세리트의 이름으로, 이 보고서는 믿을 만하며 참사회 연대기에 포함시킬 가치가 있다고 판단했다.

체노에 자매와 토수오코 자매가 아라키스에서 무사히 돌아와 오랫동안 의심의 대상이었던 역사가 9인의 처형 사실을 확인해 주었다. 그 역사가들은 레토 황제의 재위 2116년에 그의 요새 안으로 사라져버렸다.

두 자매들은 그 9인이 외부의 힘에 의해 의식을 잃은 다음 장작처럼 쌓아 올린 자기들의 발표 작품들 위에서 불에 태워졌다고 보고한다. 이는 당시 제국 전역에 퍼진 이야기들과 정확하게 일치한다. 당시의 이야기들은 레토 황제 자신에게서 기원한 것으로 판단되었다.

체노에 자매와 토수오코 자매는 한 목격자의 설명을 손으로 직접 쓴 기록을 가져왔는데, 이 기록에 따르면 다른 역사가들이 동료의 소식을 알고 싶다고 탄원하자 레토 황제는 이렇게 말했다고 한다.

"그들은 잘난 척 거짓말을 했기 때문에 죽임을 당했다. 너희의 무고한 실수 때문에 내 분노가 너희에게 떨어질까 두려워하지 말라. 나는 순교자를 만들어내는 것을 그리 좋아하지 않는다. 순교자는 인간사 속에 극적인 사건들을 풀어놓는 경향이 있다. 극은 나의 포식의 과녁 중 하나이다. 너희가 두려움에 몸을 떨어야 하는 것은 거짓 이야기들을 쌓아 올리고 그 위에 교만하게 서 있을 때뿐이다. 이제 가보아라. 그리고 이 일에 대해 이야기하지 말라."

손으로 쓴 그 기록에 내재되어 있는 증거들은 저자가 이코니크레임을 밝혀주고 있다. 그는 레토 황제의 재위 2116년에 황실 집사장이었다.

레토 황제가 '포식'이라는 단어를 사용한 것에 주목해야 한다. 이는 신 황제가 자신을 '자연적인' 의미의 포식자로 보고 있다는 시약사 대모의 이론에 비추어볼 때 대단히 암시적이다.

체노에 자매는 좀처럼 드문 레토 황제의 긴 여행에서 물고기 웅변대와 함께 황제를 수행해도 좋다는 초청을 받았다. 그 여행 중에 그녀는 황제의 수레 옆에서 빠른 걸음으로 따라가며 레토 황제와 직접 이야기할 기회가 있었다. 그녀는 그때의 대화 내용을 다음과 같이 보고한다.

레토 황제가 말했다. "이곳 제국 가도에서 나는 때로 침략자들로부터 나를 지켜주는 흙벽 위에 서 있는 듯한 느낌을 받는다."

체노에 자매가 말했다. "여기서 폐하를 공격할 사람은 아무도 없습니다, 폐하."

레토 황제가 말했다. "너희 베네 게세리트가 사방에서 나를 맹렬히 공격하고 있다. 지금도 너는 나의 물고기 웅변대를 매수하려 하지."

체노에 자매는 죽음을 예감하며 마음을 다잡았지만, 신황제는 수레를 멈추고 그녀 뒤쪽의 수행원들을 바라보았을 뿐이다. 그녀는 다른 사람들이 걸음을 멈추고, 잘 훈련된 사람들답게 얌전히 길 위에서 기다렸다고 말한다. 그들은 모두 황제에게 경의를 표하기 위해 적절한 거리를 유지하고 있었다.

레토 황제가 말했다. "내게는 다중이 있고, 그들이 내게 모든 것을 말해 준다. 너에 대한 나의 말을 부인하지 말라."

체노에 자매가 말했다. "부인하지 않습니다."

이 말을 들은 레토 황제가 그녀를 바라보며 말했다. "네 신상에 무슨일이 생길까 두려워하지 말라. 나는 네가 너희 참사회에 내 말을 보고해 주기를 원한다."

체노에 자매는 그 순간 레토 황제가 자신에 대해, 자신의 임무에 대해, 귀로 들은 말을 기록하는 구전 기록자로서 특별한 훈련을 받은 것에 대해, 모든 것을 알고 있음을 깨달았다고 한다. 그녀는 이렇게 말했다. "그는 대모님 같았습니다. 저는 그에게 아무것도 숨길 수 없었습니다."

레토 황제는 그녀에게 이렇게 명령했다. "내 축제의 도시를 보라. 그리고 네 눈에 뭐가 보이는지 말해 보라."

체노에 자매는 온을 바라보며 말했다. "멀리 도시가 보입니다. 아침 햇빛 속에서 아주 아름답습니다. 오른쪽에는 폐하의 숲이 있습니다. 그 안에 초록색 식물들이 너무 많아서 그 식물들을 설명하는 것만으로도 하루가 다 갈 것 같습니다. 왼쪽과 도시 주위 사방에는 폐하의 종들의 집과 정원이 있습니다. 그들 중에는 아주 부유해 보이는 사람도 있고 아주 가난해 보이는 사람도 있습니다."

레토 황제가 말했다. "우리는 이 풍경을 어지럽혔다! 나무들이 어수선해. 집도, 정원도……. 이런 풍경에서는 새로운 신비 때문에 크게 기뻐하는 것이 불가능하다."

체노에 자매는 두려워하지 말라는 레토 황제의 말에 용기를 얻어 이렇게 물었다. "폐하께서는 진정으로 신비를 원하십니까?"

레토 황제가 말했다. "이런 풍경 속에는 외적인 영적 자유가 존재하지 않는다. 네 눈에는 보이지 않는가? 이곳에는 우리가 서로 공유할 개방된 우주가 없다. 모든 것이 폐쇄되어 있다. 문도, 빗장도, 자물쇠도!"

체노에 자매가 물었다. "인류에게는 이제 더 이상 사생활의 자유와 보호가 필요하지 않은 겁니까?"

레토 황제가 말했다. "돌아가거든 너희 자매들에게 내가 외적인 시야를 복구할 것이라고 말해라. 이런 풍경은 사람으로 하여금 어떻게 해서든 영혼의 내면에서 자유를 찾기 위해 안으로 움츠러들게 만든다. 대부분의 인간들은 내면에서 자유를 찾을 수 있을 만큼 강하지 않아."

체노에 자매가 말했다. "폐하의 말씀을 정확하게 보고하겠습니다."

레토 황제가 말했다. "반드시 그렇게 해야 한다. 또한 누구보다도 특히 베네 게세리트는 특정한 특징을 얻기 위해 유전자를 교배시키는 것, 이미 분명히 정해진 유전적 목표를 추구하는 것의 위험을 반드시 알아야 한다고 너희 자매들에게 말해라."

체노에 자매는 이것이 레토 황제의 아버지인 폴 아트레이데스를 언급한 말임이 분명하다고 말한다. 우리의 유전자 교배 프로그램이 퀴사츠 해더락을 계획보다 한 세대 일찍 만들어냈음을 분명히 밝혀둔다. 폴 아트레이데스는 프레멘의 지도자 무앗딥이 됨으로써 우리의 통제에서 벗어났다. 그가 대모의 능력과 인류가 지금도 무거운 대가를 치르고 있는 다른 능력들을 가진 남성이었음에는 의심의 여지가 없다. 레토 황제는 이에 대해 이렇게 말했다.

"너희는 예상치 못했던 결과를 얻었다. 예측할 수 없는 요인이 된 나를 얻은 것이다. 그리고 나는 시오나를 만들어냈다."

레토 황제는 자신의 집사장 모네오의 딸을 언급한 이 말을 자세히 설명하지 않았다. 이 문제는 지금 조사 중이다.

참사회가 관심을 갖고 있는 다른 문제들 중에서, 다음의 문제들에 대해 우리 조사관들이 정보를 제공해 주었다.

물고기 웅변대

레토 황제의 이 여성 군단이 아라키스의 10년제에 참석할 대표를 선출했다. 세 명의 대표는 각 행성 수비대를 출발해 축제에 참석할 것이다. (선출된 사람들에 대해서는 첨부 목록 참조.) 여느 때처럼 성인 남자는 이 축제에 전혀 참석하지 않을 것이다. 심지어 물고기 웅변대 장교들의 배우자도 마찬가지이다. 이번 보고에 해당하는 기간 동안 배우자 명단은 거의 변하지 않았다. 새로운 배우자들의 이름과 우리가 구할 수 있었던 그들의 유전학적 정보를 부록으로 첨부했다. 이 명단의 이름들 중 오직 두 사람에게만 던컨 아이다호 골라들의 후손이라는 설명을 붙일 수 있음을 주목하라. 그가 유전자 교배 프로그램에서 골라들을 사용하는 방법에 대한 우리의 추측에 새로운 사실을 전혀 덧붙이지 못했다.

물고기 웅변대와 베네 게세리트 사이에 동맹을 형성하려는 우리의 노력은 이 기간 동안 전혀 성공을 거두지 못했다. 레토 황제는 일부 수비대의 규모를 계속 늘리고 있다. 그는 또한 물고기 웅변대의 다른 임무들을 계속 강조하면서, 군사적 임무의 중요성을 깎아내리고 있다. 이는 물고기 웅변대 수비대에 대한 지역적 감탄과 존경, 그리고 '감사'의 마음이 계속 증가하는 데서 이미 예상한 결과였다. (규모가 늘어난 수비대의 첨부 목록 참조. 보고서 편집자의 주 ― 이 목록에는 베네 게세리트, 익스 인, 틀레이랙스 인의 본거지 행성들에 있는 수비대만 포함되었다. 우주 조합의 감시자들은 늘어나지 않았다.)

사제들

첨부 문서에 나와 있는 대로 소수의 사제들이 자연사하고 후임자들이 임명된 것을 제외하면 의미심장한 변화는 전혀 없었다. 의식을 주재하는 임무를 위해 파견된 동료들과 관리들의 숫자는 여전히 소수이며, 지금도 중요한 조치를 취하기 전에는 반드시 아라키스와 상의해야 하기 때문에 권력이 축소되었다. 시약사 대모를 비롯한 몇몇 사람들은 물고기 웅변대의 종교적인 성격이 서서히 줄어들고 있다고 본다.

유전자 교배 프로그램

시오나의 이름과 그의 아버지에 대한 우리의 시도가 실패한 사실이 별다른 설명 없이 언급되어 있는 것을 제외하면, 레토 황제의 유전자 교배 프로그램에 대한 우리의 계속적인 관찰 결과에 새로 덧붙일 만한 의미심장한 사실은 하나도 없다. 그의 계획에 어느 정도의 임의성이 있음을 보여주는 증거들이 있는데, '유전적 목표'에 대한 레토 황제의 말은 이를 더욱 강하게 뒷받침해 준다. 그러나 우리는 그가 체노에 자매에게 한 말이 진실이었다고 확신할 수 없다. 그가 거짓말을 하거나 아무런 예고 없이 급작스럽게 방향을 바꾼 경우가 많았음에 주목하기 바란다.

레토 황제는 자신의 유전자 교배 프로그램에 우리가 참가하는 것을 계속 금지하고 있다. 우리 행성에 있는 물고기 웅변대 수비대의 감시자들은 우리가 낳는 아이들 중 자신들이 반대하는 아이들을 여전히 단호하게 '솎아내고' 있다. 이번 보고에 해당하는 기간 동안 우리가 대모들의 수준을 유지할 수 있었던 것은 오로지 엄중하기 짝이 없는 관리에 의해서였다. 우리의 항의에는 답이 없다. 체노에 자매가 이 문제를 직접적으로 질문했을 때 레토 황제는 이렇게 말했다.

"지금 갖고 있는 것에 감사해라."

이 보고서는 이 경고를 정식으로 받아들인다. 우리는 레토 황제에게 감사의 뜻을 표하는 정중한 서신을 전송했다.

경제

참사회는 변제 능력을 여전히 유지하고 있지만, 절약을 위한 조치들을 완화할 수는 없다. 사실 다음 보고 기간 동안 만일의 사태에 대비해서 새로운 조치들이 실시될 것이다. 여기에는 의식에서 사용되는 멜란지의 양을 줄이는 것과 우리의 일반적인 서비스에 대한 요금을 인상하는 것이 포함된다. 우리는 이 다음 4회에 걸친 보고 기간 동안 대가문 여성들의 교육비를 두 배로 인상할 생각이다. 이로써 여러분은 이 조치를 옹호하는 주장을 준비할 책임을 맡게 되었다.

레토 황제는 멜란지 할당량을 늘려달라는 우리의 청원을 거부했다. 이유는 밝히지 않았다.

초암과 우리의 관계는 여전히 단단한 기반 위에 있다. 초암은 이전의 보고 기간 동안 스타 주얼에서 지역적인 카르텔을 만드는 데 성공했다. 이 프로젝트 덕분에 우리는 자문 및 교섭과 관련된 우리의 서비스를 통해 상당한 수익을 올렸다. 이 체제를 통해 계속 얻게 되는 수익이 지에디 프라임에서 우리가 잃어버린 것을 상쇄하고도 남을 것이다. 지에디 프라임에 대한 투자는 장부에서 삭제되었다.

대가문

서른한 개의 전 대가문들이 이번 보고 기간 동안 경제적인 재난에 시달렸다. 소가문의 지위를 간신히 유지한 가문은 여섯 곳에 불과했다. (첨부 목록 참조.) 한때의 대가문들이 차츰 융해되어서 배경 속으로 사라지는 일반적인 추세는 1000년 전부터 지속되고 있다. 총체적인 재앙을 피한 여섯 개 가문은 모두 초암에 많은 돈을 투자하고 있으며, 이들 중 다섯 가문이 스타 주얼 프로젝트에 깊숙이 관여하고 있음을 주목해야 한다. 나머지 한 가문은 칼라단에서 생산되는 고풍스러운 고래 모피 제품에 대한 상당 규모의 투자를 포함해서 매우 다각적인 투자를 하고 있었다.

(이 기간 동안 우리의 폰지 쌀 비축량은 우리가 보유하고 있던 고래 모피를 희생시킨 덕분에 거의 두 배로 늘어났다. 이런 결정을 내린 이유들은 다음 보고 기간 동안에 검토될 것이다.)

가정 생활

지난 2000년 동안 우리 조사관들이 관찰했던 것처럼, 가정 생활의 동질화 추세는 여전히 약해지지 않고 있다. 이러한 추세의 예외는 여러분도 예상할 수 있는 곳들, 즉 조합, 물고기 웅변대, 궁정 조신들, 외모를 바꿀 수 있는 틀레이랙스의 얼굴의 춤꾼들(이들은 잡종의 상태를 벗어나려고 온갖 노력을 기울이고 있지만 여전히 잡종이다) 등이다. 물론 우리도 여기 포함된다.

어떤 행성에서든 가정 생활의 여건이 점점 흡사해지고 있음을 주목해야 한다. 이러한 상황을 우연으로 치부할 수는 없다. 여기서 우리는 레토 황제의 웅대한 계획 중 일부가 모습을 드러내는 것을 보고 있다. 아주 가난한 가정들조차 끼니를 걱정하지 않는 것은 사실이다. 그러나 일상 생활은 점점 정체되고 있다.

거의 8세대 전에 이 보고서를 통해 보고되었던 레토 황제의 말을 상기해 주기 바란다.

"나는 이 제국에 유일하게 남아 있는 화려한 볼거리다."

시약사 대모는 이러한 추세에 대한 이론적인 설명을 제안한 바 있다. 그리고 그 이론에 우리들 중 많은 사람들이 점점 공감하고 있다. 시약사 대모는 레토 황제의 생각이 수력 전제 정치라는 개념에 바탕을 두고 있다고 본다. 여러분도 알다시피, 수력 전제 정치는 전체적인 삶이 절대적으로 의지하고 있는 기반 또는 조건이 비교적 규모가 작고 중앙에 집중되어 있는 세력에 의해 통제될 수 있을 때에만 가능하다. 수력 전제 정치라는 개념은 관개수의 흐름으로 인해 그 지역의 인구가 물에 절대적으로 의존하는 수준까지 증가했을 때 발생했다. 물의 공급이 끊기면 수많은 사람들이 죽어갔다.

이러한 현상은 인류 역사에서 수없이 되풀이되었다. 물과 경작지의 생산품뿐만 아니라, 석유와 석탄처럼 파이프라인이나 기타 네트워크를 통해 통제되는 탄화수소 연료들이 관련된 적도 있다. 예전에, 허공에 복잡한 미로처럼 매달려 있는 전선을 통해서만 전기가 공급되던 시절에는 전기 에너지라는 자원조차 수력 전제 정치의 기반이라는 역할 속으로 떨어져버렸다. 시약사 대모는 레토 황제가 지금보다 멜란지에 훨씬 더 의존하는 방향으로 제국을 구축해 나가고 있다는 의견을 내놓는다. 노화 과정이 질병으로 분류될 수 있으며, 멜란지는 이 질병의 완전한 치료제가 아니라 특정한 처치 방법이라는 점에 주목할 만한 가치가 있다. 시약사 대모는 레토 황제가 오직 멜란지로만 억제할 수 있는 새로운 질병을 도입하는 지경에까지 이를 수도 있다고 제안한다. 이러한 의견이 너무 무리하게 보일지도 모르지만, 곧바로 폐기해서는 안 된다. 이보다 더 이상한 일들이 일어났던 적도 있다. 우리는 초기 인류의 역사에서 매독이 수행했던 역할을 간과해서는 안 될 것이다.

운송/조합

과거 아라키스에서만 독특하게 사용되었던 세 가지 형태의 운송 시스템(즉 반중력 장치에 의해 지탱되는 판에 무거운 짐을 얹어 도보로 운송하는 것, 오니숍터를 이용한 항공 운송, 조합 수송선을 이용한 다른 행성으로의 운송)이 제국 내에서 더 많은 행성들을 점령해 나가고 있다. 익스는 가장 중요한 예외이다.

우리는 각 행성들이 정적이고 정체된 생활 방식으로 퇴화해 가고 있는 것이 이러한 현상의 원인 중 하나라고 생각한다. 아라키스의 생활 방식을 모방하려는 시도 역시 그 원인 중 하나이다. 익스와 관련된 것들에 대한 일반적인 혐오감은 이러한 추세가 계속되는 데 적지 않은 역할을 하고 있다. 또한 물고기 웅변대가 질서 유지의 부담을 줄이기 위해 이러한 생활 방식을 장려한다는 점도 있다.

이러한 추세 속에서 조합의 역할을 좌우하는 것은 조합 항법사들이 절대적으로 의존하고 있는 멜란지이다. 따라서 우리는 항법사들의 예언력을 대체할 기계를 개발하려는 조합과 익스의 공동 작업을 면밀하게 주시하고 있다. 멜란지, 또는 하이라이너의 항로를 미리 투사할 수 있는 다른 수단이 없다면 조합의 초광속 우주선을 이용한 모든 여행에는 재앙의 위험이 따른다. 우리는 조합과 익스의 프로젝트를 그리 낙관하지 않지만, 가능성은 항상 존재하므로 여건이 허락된다면 이 프로젝트에 대해 앞으로도 보고할 것이다.

신황제

성장률이 조금 늘어난 것을 제외하면, 레토 황제의 신체적 특징에는 거의 변화가 없다. 그가 물을 싫어한다는 소문은 확인되지 않았다. 그러나 듄의 원래 모래벌레들을 막기 위한 장벽으로 물이 사용됐던 사실은 우리 문서에 잘 기록되어 있다. 프레멘들이 잔치에서 사용할 스파이스 추출액을 만들기 위해 '물의 죽음'을 이용해서 작은 모래벌레를 죽인 사실도 마찬가지이다.

레토 황제가 익스에 대한 감시를 강화했다는 믿음을 확인해 주는 상당량의 증거들이 존재한다. 어쩌면 조합과 익스의 프로젝트 때문일 가능성이 있다. 그 프로젝트가 성공한다면 제국에 대한 그의 지배력이 확실히 줄어들 것이다.

그는 황제의 수레를 위한 교체용 부품을 주문하는 등, 여전히 익스와 거래를 하고 있다.

틀레이랙스 인들은 새로운 던컨 아이다호 골라를 레토 황제에게 보냈다. 이는 전의 골라가 죽었음을 분명히 확인해 준다. 그러나 그가 어떻게 죽었는지는 알려지지 않았다. 레토 황제가 몇몇 골라들을 직접 죽였음을 시사하는 과거의 징후들에 주목해 주기 바란다.

레토 황제가 컴퓨터를 사용한다는 증거들이 점점 늘어나고 있다. 만약 그가 자기 자신의 금지 조치와 버틀레리안 지하드의 금지 조치를 실제로 무시하고 있다면, 우리가 그 증거를 쥐고 있다는 사실 때문에 그에 대한 영향력이 늘어날 수 있다. 어쩌면 우리가 오랫동안 생각해 온 공동 사업을 벌이는 것까지도 가능할지 모른다. 우리의 유전자 교배 프로그램에 대해 황제가 통제권을 갖고 있다는 사실이 아직도 우리의 가장 큰 관심사이다. 그러나 우리는 다음과 같은 '주의 사항'을 염두에 두고 조사를 계속해 나갈 것이다.

이 보고서 이전의 모든 보고서와 마찬가지로 우리는 레토 황제의 예지력을 염두에 두어야 한다. 미래의 사건들을 예언하는 그의 능력, 조상들 중 그 누구보다도 훨씬 강력한 예언의 능력이 지금도 그의 정치적 지배력의 대들보라는 점에는 의심의 여지가 없다.

우리는 그것에 맞서지 않는다!

우리는 우리가 취하는 모든 중요한 행동들을 그가 훨씬 전에 이미 모두 알고 있다고 믿는다. 따라서 우리는 고의로 그의 신상을 위협하거나, 그의 웅대한 계획 중에서 우리가 파악할 수 있는 부분을 위협하지 않을 것이라는 규칙을 지침으로 삼고 있다. 우리는 그에게 앞으로도 계속 다음과 같은 말을 할 것이다.

"만약 당신에게 위협이 된다면 우리가 그런 행위를 단념할 수 있게 말해 달라."

"우리가 도움이 될지도 모르니까 당신의 웅대한 계획에 대해 얘기해 달라."

그는 이번 보고 기간 동안 이 두 가지 질문에 전혀 새로운 대답을 내놓지 않았다.

익스 인

조합과 익스의 프로젝트를 제외하면 달리 보고할 만한 중요한 사건이 거의 없다. 익스는 레토 황제의 궁정에 새로운 대사를 파견할 예정인데, 이름은 흐위 노리이며 한때 신황제의 아주 유쾌한 친구로 알려졌던 말키의 질녀이다. 대사가 교체되는 이유는 알려져 있지 않다. 그러나 이 흐위 노리라는 사람이 특정한 목적을 위해, 아마도 궁정에 파견되는 익스의 대표자가 되기 위해 만들어진 인물이라는 증거가 조금 있다. 우리는 말키 역시 그런 직위를 염두에 두고 유전적으로 설계된 인물이었다고 믿을 만한 근거를 갖고 있다.

우리는 앞으로도 조사를 계속할 것이다.

박물관 프레멘

과거 자부심 높은 전사들의 퇴화된 잔해인 이 사람들은 아라키스에서 일어나는 일들에 대한 우리의 믿을 만한 중요 소식통의 역할을 계속하고 있다. 그들은 우리의 다음 보고 기간 동안의 예산에서 중요한 항목을 차지하고 있다. 그들이 요구하는 보수가 점점 증가하고 있고, 우리는 감히 그들을 적으로 돌릴 수 없기 때문이다.

그들의 삶은 조상들의 삶과 거의 닮은 점이 없는데도 그들이 프레멘의 의식들을 수행하는 모습과 프레멘의 생활 방식을 흉내 내는 능력이 여전히 흠잡을 데 없다는 점은 매우 흥미롭다. 우리는 프레멘의 훈련에 물고기 웅변대가 영향을 미치고 있기 때문이라고 생각한다.

틀레이랙스 인

우리는 던컨 아이다호의 새로운 골라가 뜻밖의 놀라움을 선사할 것이라고는 생각하지 않는다. 틀레이랙스 인들은 원래 아이다호의 세포 본질과 정신을 바꾸려는 단 한 번의 시도에 대한 레토 황제의 반응 때문에 지금도 상당히 억제되어 있다.

　최근 틀레이랙스에서 파견된 사절은 또다시 우리를 공동 사업으로 끌어들이려고 시도했다. 그들이 언명한 바에 따르면 이 공동 사업의 목적은 남자들이 필요하지 않은, 순전히 여자들로만 이루어진 사회를 만들어내는 것이다. 틀레이랙스의 모든 것에 대한 우리의 불신을 포함한 여러 가지 명백한 이유들 때문에 우리는 여느 때처럼 정중한 거절의 뜻을 밝혔다. 우리가 레토 황제의 10년제에 파견한 사절단이 이 일과 관련된 모든 사실들을 그에게 보고할 것이다.

　이 보고서를 삼가 제출하는 바이다.

　─시약사 대모, 이톱 대모, 마물루트 대모, 에크네코스크 대모, 아켈리 대모

이상하게 보이겠지만, 너희가 내 일기에서 볼 수 있는 것과 같은 위대한 투쟁들이 그 투쟁에 참가하고 있는 사람들의 눈에 항상 보이는 것은 아니다. 사람들이 마음속에 비밀스럽게 품고 있는 꿈에 많은 것이 달려 있다. 나는 항상 행동의 형성 과정 못지 않게 꿈의 형성 과정에도 관심을 갖고 있었다. 내 일기의 행간에는 인류가 자신을 바라보는 시각과의 투쟁이 있다. 이것은 벌판에서 벌어지는 땀투성이의 싸움이며, 그 벌판에서는 우리의 가장 어두운 과거에서 나온 동기들이 무의식의 저장고에서 솟아 나와 단순히 참고 견디는 것이 아니라 맞서서 싸워야 하는 사건들이 된다. 그것은 항상 사각지대에서 너희를 공격하는 히드라(그리스 신화 속의 괴물. 머리가 아홉 개인 뱀 모양으로, 머리를 하나 자르면 그 자리에서 두 개가 생겨났다고 한다 — 옮긴이) 같은 괴물이다. 따라서 나는 너희가 황금의 길에서 나의 부분을 건넌 다음에는 들리지도 않는 음악에 맞춰 춤추는 순진한 아이가 더 이상 아니기를 기도한다.

—『도난당한 일기』

나일라는 요새의 남쪽 탑 꼭대기에 있는 신황제의 알현실을 향해 꾸준히 터벅터벅 원형 계단을 올라갔다. 탑의 남서부를 지날 때마다 좁은 틈 같은 창문들이 그녀의 앞에 먼지로 인해 윤곽이 드러난 황금색 선을 그려냈다. 그녀는 자기 옆에 있는 중앙 벽에 익스 인들이 만든 승강기가 들어 있다는 것을 알고 있었다. 그녀의 주님의 커다란 몸을 위층의 방까지 운반할 수 있을 만큼 크게 만들어진 승강기이므로 그보다 작은 그녀의 몸쯤은 틀림없이 실을 수 있을 터였다. 그러나 그녀는 자신이 반드시 계단을 사용해야 한다는 사실을 원망하지 않았다.

바람에 날려 온 모래의 불탄 부싯돌 같은 냄새가 산들바람에 실려 열려 있는 좁은 창문으로 들어왔다. 나지막이 걸려 있는 태양은 안쪽 벽에 박혀 있는 붉은색의 얇은 광물 조각들에 불을 붙였다. 거기서 루비 색깔의 성냥개비들이 타오르는 것 같았다. 그녀는 좁은 창문을 통해 가끔 모래언덕들을 힐끔힐끔 바라보았다. 그러나 제자리에 멈춰 서서 주위에 보이는 것들에 감탄사를 발하는 짓은 한 번도 하지 않았다.

"넌 영웅적인 인내심을 갖고 있다, 나일라." 주님께서 언젠가 이런 말을 한 적이 있었다.

그 말에 대한 기억이 지금 나일라를 따스하게 해주었다.

탑 안에서 레토는 익스 산(産) 관상 터널을 나선형으로 감싼 기다란 원형 계단을 올라오는 나일라의 움직임을 좇았다. 익스 인들이 만든 장치가 그녀의 움직임을 전송해 주었다. 그 장치는 점점 가까이 다가오고 있는 그녀의 모습을 4분의 1 크기의 영상으로 만들어 그의 눈 바로 앞에 있는 3차원 초점 영역 중 한 곳에 비춰주었다.

'정말 정확하게 움직이는군.'

그 정확성이 열정적인 우직함에서 나온다는 것을 그는 알고 있었다.

그녀는 물고기 웅변대의 파란색 제복과 가슴에 맨 장식이 없고 어깨 망토가 달린 로브를 입고 있었다. 탑의 발치에 있는 경비 초소를 지난 다음 그녀는 그가 이렇게 개인적으로 자신을 만나러 올 때 쓰라고 했던 시부스 복면을 젖혀버렸다. 땅딸막하고 근육질인 그녀의 몸은 다른 많은 경호원들과 다름없었다. 그러나 그녀의 얼굴은 기억 속에 있는 그 누구와도 달랐다. 그녀의 얼굴은 거의 사각형이었고, 입은 하도 커서 뺨 뒤쪽까지 늘어나 있는 것처럼 보였다. 입가에 팬 깊은 주름 때문에 생겨난 착시 현상이었다. 그녀의 눈은 엷은 초록색이었고 짧게 깎은 머리는 오래된 상아색이었다. 이마는 아주 평평했으며 각진 얼굴을 더욱 각지게 만들었다. 그리고 엷은 눈썹은 위압적인 눈 때문에 별로 눈에 띄지 않는 경우가 많았다. 코는 똑바로 뻗어 있었으며, 얇은 입술 가까이에서 끝나는 얕은 선 모양이었다.

나일라가 말을 할 때면 그 커다란 턱이 원시 동물의 턱처럼 열렸다가 닫혔다. 거의 물고기 웅변대 부대원들 사이에만 알려져 있는 그녀의 힘은 전설적이었다. 레토는 그녀가 100킬로그램이나 나가는 남자를 한 손으로 들어 올리는 모습을 본 적이 있었다. 그녀가 아라키스에 있게 된 것은 원래 모네오의 개입 없이 이루어진 일이었다. 그러나 황실 집사장인 그는 레토가 물고기 웅변대 대원들을 비밀 요원으로 이용한다는 것을 알고 있었다.

레토는 터벅터벅 걸어오는 사람의 영상에서 고개를 돌려 자기 옆에 널찍하게 나 있는 창문을 통해 남쪽 사막을 바라보았다. 멀리 보이는 바위의 색깔들이 그의 의식 속에서 춤을 췄다. 갈색, 황금색, 짙은 호박색. 저 멀리 보이는 절벽에는 분홍색 선이 있었다. 해오라기의 깃털과 아주 똑같은 색조였다. 해오라기는 이제 레토의 기억 속에만 존재했다. 그러나 돌로 이루어진 그 엷은 파스텔 색조의 리본을 내면의 눈에 견주어보면, 마치 이미 멸종해 버린 해오라기가 그의 앞을 날아가는 것 같았다.

아무리 나일라라도 지금쯤이면 계단을 올라오다 지칠 때가 되었다는 것을 그는 알고 있었다. 마침내 그녀는 4분의 3 지점을 나타내는 표식을 두 발짝 지나친 곳에서 걸음을 멈추고 잠시 쉬었다. 그녀가 이곳에 올 때마다 항상 쉬는 곳이었다. 이것은 그녀가 보여주는 정확성의 일부였고, 그가 저 멀리 세프렉의 수비대에서 그녀를 다시 불러온 이유 중의 하나이기도 했다.

듄의 매 한 마리가 탑의 벽에서 겨우 날개 몇 개만큼 떨어진 거리에서 레토 옆 창문을 지나 정처 없이 날아갔다. 녀석의 시선은 요새 발치의 그림자에 붙들려 있었다. 때로 작은 동물들이 그곳에서 모습을 나타내기도 한다는 것을 레토는 알고 있었다. 매가 날아간 길 뒤쪽의 지평선에서는 구름들의 선이 어렴풋이 보였다.

그의 내면에 있는 구세대 프레멘의 감각에 그런 것들이 얼마나 이상하게 보이는지. 아라키스에 구름과 비와 땅 위를 흐르는 물이 있다니.

레토는 내면의 목소리들에게 일깨워주었다. '이 마지막 사막, 나의 사리르를 제외하면, 듄을 신록이 우거진 아라키스로 개조하는 작업은 내가 통치하기 시작한 첫날부터 가차 없이 진행되었다.'

지리적 특성이 역사에 미치는 영향을 사람들이 잘 알아차리지 못한다는 생각이 들었다. 인간들은 역사가 지리적 특성에 미치는 영향에 더 관심을 기울이는 경향이 있었다.

'이 강의 수로를 누가 소유하고 있는가? 이 초록색 계곡은? 이 반도는? 이 행성은? 우리들 중 어느 누구도 아니다.'

나일라는 자신이 통과해야 하는 계단을 향해 위로 시선을 못 박은 채 다시 계단을 오르고 있었다. 레토의 생각이 그녀에게 고정되었다.

'여러 면에서 그녀는 지금까지 있었던 나의 조수들 중에 가장 쓸모가 있다. 나는 그녀의 신이지. 그녀는 거의 아무런 의문도 품지 않고 나를 숭배한다. 내가 장난 삼아 그녀의 믿음을 공격할 때조차도 그것을 단순

히 시험으로 받아들인다. 그녀는 자신이 어떤 시험에도 굴하지 않는다는 걸 알고 있어.'

그가 그녀를 반란군에게 보내면서 시오나에게 무조건 복종하라고 했을 때 그녀는 의문을 제기하지 않았다. 나일라는 의심을 품을 때, 심지어 그 의심을 말로 표현할 때에도 자신의 생각만으로 충분히 믿음을 회복할 수 있었다…… 아니, 과거에는 그랬다. 그러나 최근의 메시지들은 나일라가 내면의 힘을 재건하기 위해 신성한 존재를 배알할 필요가 있음을 분명히 보여주었다.

레토는 나일라와 처음 대화를 나눴을 때를 회상했다. 그녀는 그를 기쁘게 해주고 싶다는 열망 때문에 몸을 가늘게 떨고 있었다.

"시오나가 나를 죽이라고 너를 보낸다 하더라도 복종해야 한다. 네가 나를 위해 일한다는 사실을 그녀가 알아서는 안 돼."

"아무도 주님을 죽일 수 없습니다."

"하지만 너는 시오나에게 복종해야 한다."

"물론입니다. 주님께서 그리 명령하셨으니까요."

"너는 무슨 일이든 그녀에게 복종해야 한다."

"그렇게 하겠습니다, 주님."

'또 다른 시험이지. 나일라는 나의 시험에 의문을 품지 않는다. 그녀는 그것을 벼룩에게 물린 것쯤으로 치부해. 그녀의 주님이 명령하면, 나일라는 복종한다. 무슨 일이 있어도 그런 관계가 바뀌게 해서는 안 돼.'

옛날 같으면 그녀가 아주 탁월한 샤도우트가 되었을 것이라고 레토는 생각했다. 그가 나일라에게 지금까지 보존해 온 타브르 시에치의 진짜 크리스나이프를 준 이유 중의 하나가 바로 그것이었다. 그 칼은 과거에 스틸가의 아내들 중 한 명의 것이었다. 그 칼은 나일라의 로브 밑에 감춰진 칼집 속에 있었다. 무기라기보다는 부적에 가까웠다. 그는 원래의 의식을 통해 그녀에게 그 칼을 주었다. 그는 자신이 영원히 묻어버렸다고 생각했던 감정들을 그 의식이 다시 일깨우는 것을 느끼고 깜짝 놀랐다.

"이것은 샤이 훌루드의 이빨이다."

그는 은빛 피부로 뒤덮인 손으로 그녀에게 칼을 내밀었다.

"이것을 받으면 그대는 과거와 미래의 일부가 된다. 이것을 더럽히면 과거는 그대에게 아무런 미래도 주지 않을 것이다."

나일라는 칼과 칼집을 차례로 받았다.

"손가락에 피를 내어라." 레토가 명령했다.

나일라는 복종했다.

"칼을 칼집에 넣어라. 그걸 뽑으면 반드시 피를 보아야 한다."

나일라는 다시 복종했다.

레토가 자신을 향해 다가오는 나일라의 3차원 영상을 바라보는 동안 그때의 의식을 회상하는 그의 생각 속에 슬픔이 배어들었다. 과거 프레멘의 방식에 따라 관리하지 않는다면 칼은 점점 깨질 것처럼 약해져서 쓸모없게 될 것이다. 나일라가 살아 있는 동안에는 크리스나이프가 모양을 유지하겠지만, 그 후에는 거의 견디지 못할 것이다.

'난 과거의 한 조각을 던져버렸다.'

과거의 샤도우트가 오늘날의 물고기 웅변대가 된 것이 얼마나 슬픈 일인지. 과거의 진정한 크리스나이프는 종을 주인에게 더욱 강하게 묶어두는 데 사용되었다. 그는 물고기 웅변대가 사실은 여성 사제단이라고 생각하는 사람들이 있다는 것을 알고 있었다. 그것이 베네 게세리트에게 보낸 레토의 답변이었다.

"폐하는 또 하나의 종교를 창시하고 계십니다." 베네 게세리트는 이렇게 말했다.

'허튼소리! 난 종교를 창시하지 않았다. 내가 바로 종교야!'

나일라가 탑의 성소로 들어와서 레토의 수레로부터 세 발짝 떨어진 곳에 섰다. 그녀는 이 자리에 알맞은 굴종의 자세로 눈을 내리깔고 있었다.

레토는 여전히 기억 속에 잠긴 채 말했다. "나를 봐라, 여자!"

그녀는 복종했다.

"나는 신성한 불경을 만들어냈다! 나를 중심으로 세워진 이 종교 때문에 구역질이 나!"

"예, 주님."

황금색 쿠션 같은 그녀의 뺨 위에 자리 잡은 초록색 눈이 아무런 의문도 품지 않고, 아무것도 이해하지 못하고, 그 어떤 대답도 요구하지 않은 채 그를 물끄러미 바라보았다.

'내가 가서 별을 모아 오라고 하면 그녀는 밖으로 나가 별을 모으려고 시도할 거다. 그녀는 내가 자기를 다시 시험한다고 생각하고 있어. 내 화를 돋우는 법을 정말 잘 알아.'

"이 저주받을 종교는 나와 함께 끝나야 한다!" 레토가 소리쳤다. "내가 왜 내 백성들에게 종교를 풀어놓아야 하지? 종교는 안에서부터 파괴된다. 제국도 개인도 마찬가지야! 다 똑같다."

"예, 주님."

"종교는 너 같은 급진주의자들과 광신도들을 만들어낸다!"

"감사합니다, 주님."

짧은 거짓 분노가 눈에 띄지 않는 그의 기억 속 깊숙한 곳으로 다시 가라앉았다. 그 어떤 것도 나일라의 단단한 믿음을 흠집 내지 못했다.

"그동안 모네오를 통해 토프리의 보고를 받았다. 이 토프리라는 자에 대해 말해라." 레토가 말했다.

"토프리는 벌레입니다."

"네가 반란군 사이에 있을 때 나를 부르는 이름이 그것 아닌가?"

"저는 무슨 일이든 주님께 복종합니다."

'정곡을 찔렸군!'

"그렇다면 토프리는 계발할 가치가 없나?"

"시오나의 평가가 옳습니다. 그는 서투릅니다. 그는 다른 사람들이 떠들어댈 만한 이야기를 쉽게 입에 담아 자신이 그 일에 개입했음을 노출시킵니다. 코바트가 말을 시작하고 몇 초 되지도 않아 그녀는 토프리가 첩자라는 것을 확인했습니다."

'모두들 동의하는군. 심지어 모네오까지도. 토프리는 훌륭한 첩자가 아니다.' 레토는 생각했다.

이런 의견의 일치가 재미있었다. 그 시시한 책략이 물을 흐렸지만, 그에게는 지금도 그 물이 완전히 투명하게 들여다보였다. 그러나 이 연극에 출연했던 자들은 아직도 그의 계획에 적합했다.

"시오나가 너를 의심하지는 않던가?"

"저는 서투르지 않습니다."

"내가 왜 너를 불렀는지 알고 있나?"

"제 믿음을 시험하기 위해서입니다."

'아아, 나일라. 넌 시험에 대해 정말 모르는구나.'

"난 시오나에 대한 너의 평가를 원한다. 네 얼굴과 움직임에서 그 평가를 보고, 네 목소리에서 그 평가를 듣고 싶다. 그녀는 준비가 되었는가?" 레토가 말했다.

"물고기 웅변대에 필요한 사람입니다, 주님. 왜 그녀를 잃어버릴 위험을 무릅쓰시는 겁니까?"

"그 일을 강요하는 것은 내가 가장 소중히 여기고 있는 그녀의 특징을 가장 확실하게 잃는 방법이다. 그녀는 반드시 모든 장점을 고스란히 지닌 채 내게로 와야 한다."

나일라가 시선을 내리깔았다. "주님의 명령에 따르겠습니다."

레토는 그 대답의 의미를 알아차렸다. 그것은 나일라가 이해할 수 없는 일에 항상 보이는 반응이었다.

"그녀가 시험을 이기고 살아남겠나, 나일라?"

"시험이 주님의 설명대로라면……." 나일라가 레토의 얼굴을 향해 시선을 들고 어깨를 으쓱했다. "저는 모르겠습니다, 주님. 그녀가 강한 것은 확실합니다. 그녀는 늑대들과 대면해서 살아남은 유일한 사람이었습니다. 그러나 그녀는 증오의 지배를 받고 있습니다."

"그건 아주 당연한 일이지. 말해 봐라, 나일라. 그녀가 내게서 훔쳐 간 것들로 무엇을 할 생각인가?"

"토프리가 '주님의 신성한 말씀'이 실렸다는 책에 대해 알려드리지 않았습니까?"

'단순히 목소리만으로 어떤 단어들을 고유 명사로 만들어버릴 수 있다니 정말 묘하군.' 레토는 이런 생각을 하면서 무뚝뚝한 말투로 입을 열었다.

"그래그래. 익스 인들이 사본을 하나 가져갔고, 곧 조합과 교단도 그 책들로 열심히 작업하게 될 거라는 얘기 말이군."

"그 책은 무엇입니까, 주님?"

"그 책은 내 백성들을 위한 나의 말이다. 나는 그 책이 사람들에게 읽히기를 원한다. 내가 알고 싶은 건 시오나가 자기가 가져간 요새 지도에 대해 뭐라고 했는가 하는 것이다."

"그녀는 주님의 요새 지하에 엄청난 양의 멜란지가 비축되어 있다고 말합니다. 그 지도가 멜란지 저장소를 밝혀줄 것이라고요."

"지도는 그걸 밝혀주지 못할 것이다. 그녀는 굴을 팔 생각인가?"

"그녀는 그 일을 위해 익스의 도구들을 구하고 있습니다."

"익스는 그런 도구들을 제공해 주지 않을 것이다."

"정말로 스파이스가 그렇게 비축되어 있습니까, 주님?"

"그렇다."

"주님께서 비축해 놓은 멜란지의 방어 시스템에 대한 소문이 있습니다. 누구든 주님의 멜란지를 훔치려 한다면 아라키스 자체가 파괴될 거라는 겁니다. 그 말이 사실입니까?"

"그렇다. 그리고 그렇게 되면 제국도 산산이 부서질 것이다. 아무것도 살아남지 못할 것이다. 조합도, 교단도, 익스도, 틀레이랙스도, 심지어 물고기 웅변대도."

그녀는 몸을 부르르 떨었다. "시오나가 주님의 스파이스를 취하려고 시도하는 것을 막겠습니다."

"나일라! 나는 네게 무슨 일이든 시오나에게 복종하라고 명령했다. 네가 나를 섬기는 방식이 이런 것인가?"

"주님?" 그녀는 그의 분노를 두려워하며 서 있었다. 그가 지금까지 보았던 그 어느 때보다 믿음의 상실에 가까이 가 있는 것 같았다. 이것은 그가 만들어낸 위기였고, 이것이 어떻게 끝날 것인지도 분명히 알고 있었다. 천천히 나일라가 긴장을 풀었다. 그는 마치 그녀가 그를 위해 자신의 생각들을 환한 단어들로 펼쳐놓기라도 한 것처럼 그 생각의 형태를 볼 수 있었다.

'궁극의 시험이야!'

"너는 시오나에게 돌아가서 네 목숨으로 그녀의 목숨을 지켜라. 그것이 네게 부과한 임무이고 너는 그 임무를 받아들였다. 네가 선택된 것은 그 때문이다. 네가 스틸가의 식솔이 가졌던 칼을 갖고 있는 것은 그 때문이다."

그녀의 오른손이 로브 밑에 감춰져 있는 크리스나이프로 향했다.

'얼마나 확실한가. 무기 하나로 사람을 예측 가능한 행동 양식 속에 묶어둘 수 있다니.' 레토는 생각했다.

그는 홀린 듯한 눈으로 나일라의 뻣뻣한 몸을 바라보았다. 그녀의 눈은 숭배의 감정을 제외하면 텅 비어 있었다.

'화려한 말을 이용한 궁극의 전제 정치…… 혐오스럽구나!'

"이제 가라!" 그가 고함을 질렀다.

나일라는 몸을 돌려 신성한 존재에게서 도망치듯 방을 나갔다.

'이럴 만한 가치가 있는 일인가?' 레토는 속으로 질문을 던져보았다.

그러나 나일라는 그가 꼭 알아야 하는 것들을 알려주었다. 나일라는 자신의 믿음을 새로이 했고, 점점 희미해지는 시오나의 이미지 속에서 레토가 발견할 수 없었던 것을 정확하게 보여주었다. 나일라의 본능은 믿을 만했다.

'시오나는 내가 원하는 폭발적인 순간에 이르렀다.'

던컨들은 내가 전투 부대원으로 여자들을 선택한 것이 항상 이상하다고 생각한다. 그러나 나의 물고기 웅변대는 모든 의미에서 임시 군대이다. 여자들도 폭력적이고 지독해질 수 있지만, 전투에 대한 헌신이라는 측면에서 남자들과 아주 다르다. 생명 발생의 요람이라는 점 때문에 그들은 궁극적으로 생명을 보호하려는 태도를 취한다. 그들은 황금의 길을 지키는 최고의 수호자임이 증명되었다. 나는 직접 짠 그들의 훈련 계획으로 이 특성을 더욱 강화한다. 그들은 한동안 평범한 일과에서 제외된다. 나는 그들이 평생 동안 즐거운 마음으로 되돌아볼 수 있는 특별한 나눔의 경험을 준다. 그들은 더욱 심오한 사건들을 대비하면서 자매들 가운데에서 성년을 맞는다. 그렇게 동료들과 함께하는 경험을 통해 사람은 항상 위대한 일을 감당할 준비를 할 수 있다. 과거를 그리워하는 향수의 안개가 자매들 가운데에서 보내는 그들의 나날을 덮어주고, 그 시절을 실제와 다른 것으로 만들어준다. 현재가 역사를 변화시키는 방법이 바로 그것이다. 동시대인들이 모두 같은 시간 속에 거주하는 것은 아니다. 과거는 항상 변하고 있지만 그것을 깨닫는 사람은 거의 없다.

—『도난당한 일기』

물고기 웅변대에 연락을 보낸 후, 레토는 저녁 늦게 지하실로 내려왔다. 새로운 던컨과의 첫 면담은 어두운 방에서 시작하는 것이 가장 좋았다. 골라가 모래벌레 전 단계인 레토의 몸을 실제로 보기 전에 먼저 자신을 설명하는 레토의 말을 들을 수 있기 때문이었다. 지하실의 중앙 원형 홀에서 조금 비켜난 곳에 검은 돌을 깎아 만든 작은 곁방이 있었다. 이런 때에 아주 적합한 방이었다. 그곳은 수레에 탄 레토의 몸이 들어갈 수 있을 만큼 컸지만 천장이 낮았다. 이 방을 밝히는 숨겨진 발광구들은 레토가 조종할 수 있었다. 하나밖에 없는 문은 두 부분으로 나뉘어 있었다. 한 부분은 활짝 열려 황제의 수레를 받아들일 수 있었고, 다른 한 부분은 인간의 몸 크기에 맞는 작은 문이었다.

레토는 황제의 수레를 굴려 그 방으로 들어가서 큰 문을 봉한 다음 작은 문을 열었다. 그러고 나서 시련을 대비해 마음을 가다듬었다.

지루함은 점점 더 커다란 문제가 되어가고 있었다. 틀레이랙스 골라들의 행동 양식은 지루할 정도로 똑같이 반복되었다. 한번은 레토가 틀레이랙스 인들에게 더 이상 던컨을 보내지 말라는 경고의 말을 보낸 적이 있었다. 그러나 그들은 이 문제에서는 그의 말을 거슬러도 된다는 것을 알고 있었다.

'가끔은 그들이 오로지 불복종의 정신을 살려두기 위해 그런 짓을 하는 것 같아!'

틀레이랙스 인들은 한 가지 중요한 사실이 다른 문제에서 자신들을 보호해 준다고 믿었다.

'던컨의 존재는 내 안에 있는 폴 아트레이데스를 기쁘게 해주지.'

레토는 모네오가 요새에서 황실 집사장으로 일을 시작하던 초기에 이것을 설명해 주었다.

"던컨들은 틀레이랙스 인들이 준비해 준 것보다 훨씬 더 많은 것을 가지고 내게 와야 한다. 나의 천국의 미녀들이 그를 길들이고 그의 질문 중 '일부'에 대답해 주도록 그대가 신경 써야 한다."

"그들이 대답할 수 있는 질문이 무엇입니까, 폐하?"

"그들이 알고 있다."

물론 모네오는 지난 세월 동안 이 절차에 대해 모든 것을 터득했다.

레토는 어둡게 불을 줄여놓은 방 밖에서 들려오는 모네오의 목소리를 들었다. 곧이어 물고기 웅변대 호위병의 소리와, 머뭇거리는 듯한 기색 때문에 뚜렷이 구분되는 새 골라의 발소리가 들려왔다.

"저 문을 통해 들어가시오." 모네오가 말했다. "방 안이 어두울 텐데, 우리가 당신의 등 뒤에서 문을 닫을 것이오. 방 바로 안쪽에서 걸음을 멈추고 레토 폐하의 말씀을 기다리시오."

"방이 왜 어두운 거요?" 던컨의 목소리는 마구 날뛰는 불안으로 가득했다.

"폐하께서 설명하실 것이오."

누군가가 아이다호를 방 안으로 불쑥 밀어서 들여보낸 다음, 문이 닫혔다.

레토는 골라의 눈에 보이는 광경이 어떤 것인지 알고 있었다. 그림자들 속에 자리 잡은 그림자들, 그리고 목소리의 방향조차 확실히 파악할 수 없는 암흑만이 보일 터였다. 언제나 그랬듯이 레토는 폴 무앗딥의 목소리를 끌어냈다.

"자네를 다시 보니 기쁘군, 던컨."

"당신이 보이지 않습니다!"

아이다호는 전사였다. 그리고 전사는 공격하는 자였다. 이 사실 때문에 레토는 골라가 원래 인물과 똑같이 완전하게 복원됐음을 다시 확인했다. 틀레이랙스 인들이 골라에게 죽기 전의 기억을 일깨워주기 위해 사용하는 도덕극은 골라의 정신에 항상 약간의 불안을 남겨놓았다. 던컨들 중 일부는 자기들이 진짜 폴 무앗딥을 해치려 했다고 믿었다. 이번 골라도 그런 환상을 품고 있었다.

"폴 님의 목소리가 들리는데, 그분의 모습이 보이지 않아." 아이다호가 말했다. 그는 좌절감을 숨기려 하지도 않고 목소리를 통해 모든 감정을 쏟아냈다.

'아트레이데스 사람이 왜 이런 멍청한 게임을 하는 건가? 폴 님은 아주 오래전에 정말로 돌아가셨고 이 사람은 레토 님이다. 폴 님의 되살아난 기억을 갖고 있는 사람…… 그리고 그 밖에 수많은 사람들의 기억도! 틀레이랙스 인들의 이야기가 옳다면 말이지만.'

"자네가 오랫동안 계속 만들어진 복제품들 중 가장 최근의 것에 불과하다는 얘기를 들었겠지." 레토가 말했다.

"제게는 그런 기억이 하나도 없습니다."

레토는 던컨에게서 신경질적인 반응을 알아보았다. 전사의 허세가 그것을 간신히 가리고 있었다. 저 저주받을 틀레이랙스 인들이 탱크에서 나온 골라를 복원할 때 사용하는 술책이 여느 때처럼 정신적 혼란을 만들어놓은 것이다. 이 던컨은 거의 충격에 가까운 상태로 이곳에 도착했으며, 자기가 제정신이 아니라는 강한 의심을 품고 있었다. 레토는 지금이 가엾은 친구를 달래기 위해 상대를 안심시키는 가장 섬세한 능력이 필요하다는 것을 알았다. 이건 두 사람 모두에게 감정적으로 진이 빠지는 일이 될 터였다.

"그동안 많은 변화가 있었네, 던컨. 그러나 한 가지는 변하지 않아. 나는 아직도 아트레이데스일세." 레토가 말했다.

"그들 말로는 당신의 몸이……."

"그래, 그건 변했네."

"망할 틀레이랙스 놈들! 그들은 제가 누군가를 죽이게 만들려고 했습니다……. 저, 그는 당신과 흡사한 모습이었습니다. 저는 제가 누군지 갑자기 기억해 냈고 거기에 그…… 그 사람이 혹시 무앗딥의 골라였습니까?"

"얼굴의 춤꾼이 흉내 낸 것일세. 내가 보증하지."

"그의 모습이나 말투가 너무 비슷해서…… 확실합니까?"

"그는 배우일 뿐이야. 그가 살아남았는가?"

"물론입니다! 그들은 그런 방법으로 제 기억을 각성시켰습니다. 그리고 제게 그 망할 놈의 일을 전부 설명해 주었습니다. 그게 사실입니까?"

"사실이네, 던컨. 나는 그 방법을 혐오하지만 자네를 옆에 두는 기쁨을 위해 그것을 허락했지."

'희생자가 될 수도 있는 사람들이 언제나 살아남는군. 적어도 내가 만나는 던컨들의 경우에는. 실패도 있었지. 그래서 가짜 폴이 죽임을 당하고 던컨들도 헛되이 죽임을 당했다. 그러나 원래의 던컨에게서 떼어낸 세포들이 지금도 조심스럽게 보관되고 있으니까.'

"당신의 몸은 어떻게 된 겁니까?" 아이다호가 다그치듯 물었다.

이제는 무앗딥이 물러나도 될 때였다. 레토는 여느 때의 목소리를 회복했다. "나는 모래송어를 내 피부로 받아들였다. 그 이후로 그들이 계속 나를 변화시키고 있어."

"왜죠?"

"때가 되면 설명해 줄 것이다."

"틀레이랙스 인들의 말로는 당신이 모래벌레처럼 생겼다고 했습니다."

"내 물고기 웅변대는 뭐라고 하던가?"

"그들은 당신이 신이라고 했습니다. 왜 그들을 물고기 웅변대라고 부르시는 겁니까?"

"낡은 표현이지. 최초의 여사제들은 꿈속에서 물고기들과 이야기했다. 그런 식으로 귀중한 것들을 많이 배웠어."

"그걸 어떻게 아시는 겁니까?"

"내가 바로 그 여자들이다……. 그리고 그들 이전과 이후에 나타난 모든 것이지."

아이다호가 마른침을 삼키는 소리가 들리더니 곧 그가 입을 열었다. "이곳이 왜 어두운지 알겠습니다. 저에게 적응할 시간을 주시는 거로군요."

"그대는 항상 이해가 빨랐다, 던컨."

'굼뜨게 굴 때도 있지만.'

"당신의 변화는 얼마나 오랫동안 계속된 겁니까?"

"3500년이 넘는다."

"그럼 틀레이랙스 인들이 제게 해준 말이 사실이군요."

"이제 그들은 감히 거짓말할 엄두를 거의 내지 못한다."

"긴 시간입니다."

"아주 길지."

"틀레이랙스 인들이…… 저를 많이 복제했습니까?"

"그래, 많이."

'이제 몇 명이나 복제했느냐고 물을 차례군, 던컨.'

"제가 몇 명이나 있었습니까?"

"그대가 직접 기록을 볼 수 있게 해주겠다."

'그래 이렇게 시작되는 거다.' 레토는 생각했다.

이 대화는 항상 던컨들을 만족시켜 주는 것 같았지만, 그 질문의 본질적 의미를 벗어날 길은 없었다.

'제가 몇 명이나 있었습니까?'

같은 계통의 골라들 사이에 서로 기억이 전달되는 경우가 전혀 없는 데도 던컨들은 다른 던컨들을 자기와 다른 존재로 구분하지 않았다.

"저는 제 죽음을 기억합니다. 하코넨의 칼이 있었습니다. 그 수많은 칼들이 당신과 제시카 님을 공격하려 했습니다." 아이다호가 말했다.

레토는 잠깐 동안의 유희를 위해 무앗딥의 목소리를 다시 사용했다. "내가 그 자리에 있었으니 알아, 던컨."

"저는 후임자죠, 맞습니까?" 아이다호가 물었다.

"맞다." 레토가 말했다.

"다른…… 제가……. 그러니까, 그가 어떻게 죽었습니까?"

"모두들 지쳐서 소멸해 버렸다, 던컨. 모두 기록에 적혀 있어."

레토는 이처럼 부드럽게 표현된 과거사에 이 던컨이 만족하지 못하게 될 때까지 시간이 얼마나 걸릴지 생각하면서 참을성 있게 기다렸다.

"당신은 지금 어떤 모습입니까? 틀레이랙스 인들이 설명해 준 모래벌레의 몸이라는 게 뭐죠?" 아이다호가 물었다.

"언젠가 내 몸은 일종의 모래벌레가 될 것이다. 이미 변신의 길을 따라 한참 내려간 상태지."

"'일종의'라는 게 무슨 뜻입니까?"

"이 몸은 지적인 중추를 더 많이 갖게 될 거다. 의식을 갖게 될 거야."

"불을 좀 켜면 안 되겠습니까? 당신의 모습을 보고 싶습니다."

레토가 발광구들에 명령을 내리자 눈부신 빛이 방을 가득 채웠다. 검은색 벽들과 조명은 빛의 초점이 레토에게 맞춰지도록 배치되어 있었으므로, 눈으로 볼 수 있는 자세한 특징들이 모두 드러났다.

아이다호는 여러 개의 면으로 이루어진 은회색 몸을 훑어보며 이랑 같은 무늬로 구분되는 모래벌레의 체절이 시작되는 부분과 유연한 관절…… 한때 발과 다리였던 작은 돌기들을 보았다. 돌기들 중 하나가 다른 것들보다 조금 짧았다. 그는 분명히 구분되는 모양을 갖춘 팔과 손으로 시선을 다시 옮겼다가 마침내 눈을 들어 수도사의 두건을 쓴 것 같은 얼굴을 바라보았다. 얼굴의 분홍빛 피부는 그 거대한 몸속에 거의 파묻혀 보이지 않을 정도였다. 그런 몸에 그런 얼굴이 불쑥 튀어나와 있는 것이 터무니없어 보였다.

"자, 던컨. 각오하라고 미리 말했다." 레토가 말했다.

아이다호는 말없이 모래벌레 전 단계인 몸을 가리켰다.

레토가 그를 대신해서 질문을 던져주었다. "왜냐고?"

아이다호는 고개를 끄덕였다.

"나는 아직도 아트레이데스다, 던컨. 그리고 그 이름에 실린 모든 명예를 걸고 단언하건대 어쩔 수 없는 이유가 있었다."

"도대체 무슨 이유가……."

"때가 되면 알게 될 것이다."

아이다호는 그저 고개를 좌우로 흔들 뿐이었다.

"그걸 밝히는 건 그리 즐거운 일이 아니다. 그대가 먼저 다른 것들을 배워야 할 필요가 있지. 아트레이데스의 말을 믿어라."

수세기에 걸쳐 레토는 아트레이데스와 관련된 모든 것에 대한 아이다호의 깊은 충성심을 이렇게 들먹이면 지금 당장 개인적인 질문들이 끝없이 튀어나오는 것을 누그러뜨릴 수 있음을 깨달았다. 이번에도 이 방법이 효과를 발휘했다.

"그럼 저는 다시 아트레이데스를 섬겨야 하는 거로군요. 친숙한 얘기입니다. 그렇지 않습니까?" 아이다호가 말했다.

"여러 면에서 그렇지, 내 오랜 친구."

"아마 당신에게는 오랜 친구이겠지요. 하지만 제겐 아닙니다. 제가 어떤 일을 하면 됩니까?"

"물고기 웅변대가 말해 주지 않았나?"

"제가 당신의 엘리트 근위대를 지휘하게 될 거라고 했습니다. 자기들 중에서도 특별히 선발된 부대라더군요. 전 이해를 못 하겠습니다. '여자들'로 이루어진 군대라니요?"

"내게는 근위대를 지휘할 수 있는 믿을 만한 친구가 필요하다. 반대하는 건가?"

"왜 여자들입니까?"

"남녀의 행동 차이 때문이지. 그 때문에 이런 역할에는 여자들이 지극히 가치가 있다."

"그건 제 질문에 대한 답이 아닙니다."

"그들이 이 일에 부적격하다고 생각하나?"

"상당히 강인해 보이는 사람들도 있었습니다만……."

"다른 사람들은, 아아, 그대에게 '부드럽게' 굴었다고?"

아이다호는 얼굴을 붉혔다.

레토는 이런 반응이 귀엽다고 생각했다. 던컨들처럼 이런 반응을 보일 수 있는 사람은 요즘 거의 없었다. 던컨들의 반응은 일찍부터 받은 훈련 덕분으로 이해할 수 있었다. 개인적인 명예에 대한 그들의 감각은 기사도와 아주 흡사했다.

"당신을 보호하는 일을 왜 여자들에게 맡기시는 건지 이유를 모르겠습니다." 아이다호가 말했다. 그의 뺨에서 붉은 기운이 서서히 물러갔다. 그가 레토를 날카롭게 바라보았다.

"하지만 나는 항상 그대를 믿듯 그들을 믿고…… 내 목숨을 맡겼다."

"저희가 무엇으로부터 당신을 지키는 겁니까?"

"모네오와 물고기 웅변대가 그대에게 요즘의 상황을 알려줄 것이다."

아이다호는 무게중심을 다른 발로 옮겼다. 그의 몸이 심장 박동과 같은 리듬으로 흔들렸다. 그는 어느 것에도 초점을 맞추지 않고 작은 방 안을 둘러보았다. 갑작스레 결정을 내린 것처럼 그가 불쑥 레토에게 다시 시선을 돌렸다.

"제가 당신을 뭐라고 불러야 합니까?"

이것은 그가 현실을 받아들이기로 했다는 신호였다. 레토는 이 신호를 계속 기다리고 있었다. "레토 폐하라면 괜찮겠나?"

"예…… 폐하." 아이다호는 푸른색을 띠고 있는 레토의 프레멘 눈을 똑바로 바라보며 말을 이었다. "물고기 웅변대의 말이 사실입니까? 폐하께서 기억들을……."

"우린 모두 여기 있네, 던컨." 레토는 친할아버지의 목소리로 말했다.

"심지어 여자들도 여기 있어요, 던컨." 이것은 레토의 친할머니인 제시카의 목소리였다.

"그대는 그들을 잘 알고 있고, 그들도 그대를 알지." 레토가 말했다.

아이다호는 천천히 떨리는 숨을 들이마셨다. "익숙해지려면 시간이 좀 걸리겠군요."

"나도 처음에는 똑같은 반응을 보였다." 레토가 말했다.

갑자기 폭발하듯 터져 나온 웃음이 아이다호의 몸을 뒤흔들었다. 레토는 자신의 단순히 서투른 농담에 비해 굉장한 반응이라고 생각했지만 아무 말도 하지 않았다.

이윽고 아이다호가 말했다. "폐하의 물고기 웅변대는 제 기분을 띄워

주기로 되어 있었군요, 그렇습니까?"

"그들이 성공했나?"

아이다호는 레토의 얼굴을 유심히 살펴보며 아트레이데스의 뚜렷한 특징들을 알아보았다.

"아트레이데스 가문의 여러분은 항상 저를 너무 잘 알고 있었습니다." 아이다호가 말했다.

"이제 좀 낫군. 내가 그냥 한 사람의 아트레이데스가 아니라는 걸 받아들이기 시작했어. 난 그들 모두야."

"폴 님도 언젠가 그런 말씀을 하셨습니다."

"그래, 그랬지!" 무앗딥과 똑같았다. 어조와 말투를 통해 전달될 수 있는 그의 원래 인격이 모두 이 말 속에 드러나 있었다.

아이다호는 침을 꿀꺽 삼키며 시선을 돌려 문을 바라보았다.

"폐하는 저희에게서 뭔가를 빼앗아 가셨습니다." 그가 말했다. "저는 느낄 수 있습니다. 그 여자들…… 모네오……."

'우리와 너희가 대치하고 있다는 말이지. 던컨들은 항상 인간 편을 선택하는군.' 레토는 생각했다.

아이다호가 다시 레토의 얼굴로 시선을 돌렸다. "그 대신 폐하께서는 저희에게 무엇을 주셨습니까?"

"제국 전역에 레토의 평화가 있다!"

"모두들 몹시 즐겁고 행복하다는 걸 저도 알 수 있습니다! 폐하께 개인 경호원이 필요한 건 그 때문이죠."

레토는 미소를 지었다. "나의 평화는 사실상 강제적인 평온함이다. 인간들은 평온함에 반발한 오랜 역사를 갖고 있지."

"그래서 저희에게 물고기 웅변대를 주신 거군요."

"그리고 그대가 분명히 식별할 수 있는 위계 구조도."

"여자들의 군대라니." 아이다호가 중얼거렸다.

"그들은 남자들을 유혹하는 궁극의 부대다. 섹스는 항상 공격적인 남자를 누그러뜨리는 방법 중의 하나였지."

"그들이 실제로 그런 일을 합니까?"

"그들은 더욱 고통스러운 폭력으로 이어질 수도 있는 난폭함을 예방하거나 개선한다."

"그리고 폐하께서는 그들이 폐하를 신으로 믿는 걸 내버려두고 계시죠. 저는 별로 좋은 것 같지 않습니다."

"나도 신성함이라는 저주를 그대 못지않게 불쾌하게 여기고 있어!"

아이다호는 미간을 좁혔다. 이것은 그가 예상했던 대답이 아니었다.

"도대체 무슨 게임을 하고 계시는 겁니까, 레토 '주님'?"

"아주 낡은 게임이지. 하지만 규칙은 새로 만든 거다."

"폐하의 규칙이겠지요!"

"내가 모든 것을 초암과 랜드스라드와 대가문들에게 돌려주는 편이 차라리 낫다고 생각하는 건가?"

"틀레이랙스 인들 말로는 랜드스라드가 더 이상 존재하지 않는다고 했습니다. 폐하께서 진정한 자치를 허락하지 않으신다고요."

"뭐, 그렇다면 내가 베네 게세리트에게 자리를 내주고 물러날 수도 있다. 아니면 익스 인들이나 틀레이랙스 인들에게 물려줄까? 내가 제국 전체의 권력을 쥘 사람으로 하코넨 남작 같은 사람을 찾아내길 바라는 건가? 말만 해라, 던컨. 그러면 나는 퇴위하겠다!"

중요한 의미를 지닌 말들이 이렇게 우박처럼 쏟아지자 아이다호는 다시 고개를 좌우로 흔들었다.

"중앙에 집중된 획일적인 권력이 주인을 잘못 만나면 위험하고 불안정한 도구가 된다." 레토가 말했다.

"그럼 폐하께서는 올바른 주인이십니까?"

"내가 어떤 주인인지 나도 확신하지 못한다. 하지만 이건 말할 수 있다, 던컨. 나는 나보다 앞서 살았던 자들이 어땠는지 분명히 알고 있다. 난 그들을 알아."

아이다호는 레토에게 등을 돌렸다.

'얼마나 매혹적인, 그리고 지극히 인간적인 몸짓인가. 거부의 뜻과 자신의 취약성을 인정한다는 뜻이 짝지어져 있어.' 레토는 생각했다.

그가 아이다호의 등을 향해 말했다.

"내가 사람들에게 모든 것을 알려주지도 않고 동의도 받지 않은 채 이용하고 있다며 이의를 제기하는 것은 옳은 일이다."

아이다호는 레토에게 옆얼굴을 돌렸다가 다시 고개를 더 돌려 수도사의 두건을 쓴 것 같은 얼굴을 올려다보았다. 온통 푸른색뿐인 그 눈을 들여다보기 위해 고개를 약간 앞으로 기울인 자세였다.

'그는 나를 관찰하고 있다. 하지만 내 얼굴로 나를 가늠할 수밖에 없지.' 레토는 생각했다.

아트레이데스 가문은 부하들에게 얼굴과 몸에 나타나는 미세한 신호들을 파악해야 한다고 가르쳤다. 그리고 아이다호는 그 점에서 아주 뛰어났다. 그러나 그의 얼굴에 깨달음의 표정이 번져갔다. 그가 도저히 파악할 수 없는 깊이를 지닌 인물이 이곳에 있다는 깨달음이었다.

아이다호가 헛기침을 했다. "폐하께서 제게 요구하실 일들 중에 최악의 것은 무엇입니까?"

'이 얼마나 던컨다운가!' 레토는 생각했다. 이번 던컨은 고전적이었다.

GOD EMPEROR of DUNE

151

아이다호는 아트레이데스 가문에, 자신의 서약을 수호해 주는 사람에게 충성을 바칠 것이다. 그러나 그는 스스로가 정한 도덕 기준을 넘지 않을 것이라는 신호를 방금 보냈다.

"그대는 무엇이든 필요한 수단을 동원해서 나를 지키고, 나의 비밀을 지켜야 한다."

"무슨 비밀입니까?"

"내가 공격에 취약하다는 사실이지."

"폐하께서 신이 아니라는 사실 말입니까?"

"궁극적인 의미에서 난 신이 아니다."

"폐하의 물고기 웅변대 얘기로는 반란군이 있다고 했습니다."

"그들은 존재한다."

"왜입니까?"

"그들은 젊고, 나는 내 방식이 더 낫다는 점을 그들에게 납득시키지 못했다. 젊은이들에게 무엇이든 납득시킨다는 건 아주 어려운 일이야. 그들은 태어날 때부터 너무 많은 것을 알고 있거든."

"아트레이데스 사람이 젊은이들을 그런 식으로 비웃는 건 한 번도 들어보지 못했습니다."

"아마 내가 훨씬 더 늙었기 때문이겠지. 늙고 또 늙었으니. 게다가 세대가 지날수록 내 임무는 점점 더 어려워지고 있다."

"폐하의 임무가 무엇입니까?"

"나와 함께하면 알게 될 것이다."

"만약 제가 폐하를 실망시켜 드린다면 어떻게 되는 겁니까? 폐하의 여자들이 저를 제거하는 겁니까?"

"난 물고기 웅변대에게 죄책감의 짐을 안겨주지 않으려 애쓰고 있다."

"하지만 제게는 짐을 지우실 생각이시지 않습니까?"

"그대가 그 짐을 받아들인다면."

"만약 폐하께서 하코넨보다 더하다는 생각이 들면, 저는 폐하께 등을 돌리겠습니다."

'정말 던컨다워. 그들은 하코넨을 기준으로 모든 악을 판단하지. 그들은 악에 대해 너무 몰라.'

레토가 말했다. "남작은 행성들을 통째로 먹어치웠다, 던컨. 그보다 더한 것이 뭐가 있겠나?"

"제국을 먹어치우는 것이지요."

"나는 나의 제국을 임신하고 있다. 나는 그 제국을 낳으면서 죽을 것이야."

"제가 그 말을 믿을 수 있다면……."

"내 근위대를 지휘하겠나?"

"왜 저입니까?"

"그대가 최고니까."

"위험한 일 같군요. 제 전임자들도 그렇게 죽은 겁니까? 위험한 일을 하다가?"

"일부는 그랬지."

"그들의 기억이 제게 있었으면 좋겠습니다!"

"그런 기억을 가진 채 원래의 던컨이 될 수는 없어."

"그래도 그들에 대해 알고 싶습니다."

"알게 될 거다."

"그러니까 아트레이데스 가문에 아직도 날카로운 칼이 필요하다는 겁니까?"

"우리에게는 오로지 던컨 아이다호만이 할 수 있는 일들이 있다."

"폐하께서는…… 우리라고……."

아이다호는 마른침을 삼키고 문을 바라보았다가 다시 레토의 얼굴로 시선을 돌렸다.

레토는 무앗딥처럼 그에게 말했다. 그러나 목소리는 레토 자신의 것이었다.

"우리가 마지막으로 함께 타브르 시에치로 올라갔을 때, 나는 자네에게 의리를 지켰고 자네도 내게 의리를 지켰지. 그건 사실 변하지 않았어."

"그건 폐하의 아버님 때 얘깁니다."

"그건 나였어!" 레토의 커다란 몸에서 나오는 폴 무앗딥의 지도자다운 목소리는 골라들에게 항상 충격적이었다.

아이다호가 속삭이듯 말했다. "여러분들이 모두…… 그…… 한 몸에……." 그가 말끝을 흐렸다.

레토는 침묵을 지켰다. 지금이 결단의 순간이었다.

이윽고 아이다호가 그 유명한 태평스러운 미소를 스스로에게 허락했다. "그럼 최초의 레토 님과 폴 님께, 저를 가장 잘 아는 두 분께 말씀드리겠습니다. 저를 잘 사용해 주십시오. 저는 두 분을 정말 사랑했으니까요."

레토는 눈을 감았다. 이런 말은 항상 그를 슬프게 했다. 그는 자신이 사랑에 가장 약하다는 것을 알고 있었다.

두 사람의 대화를 듣고 있던 모네오가 그를 구해 주러 나타났다. 그가 안으로 들어와 말했다. "폐하, 던컨 아이다호를 그가 지휘할 근위대로 데려갈까요?"

"그래."

레토가 간신히 할 수 있었던 말은 이 말 한마디뿐이었다.

모네오가 아이다호의 팔을 잡아 데리고 나갔다.

'착한 모네오. 너무 착해. 그는 나를 아주 잘 알고 있지. 하지만 나는 그가 과연 언젠가 나를 이해해 줄지, 절망스럽다.'

※◈※

나는 내 조상들의 사악함을 알고 있다. 내가 바로 그들이기 때문이다. 우리 사이의 균형은 극단적으로 민감하다. 내 글을 읽는 너희 중에 자기 조상을 이런 식으로 생각해 본 적이 있는 사람은 거의 없다는 것을 안다. 조상들이 생존자이며, 그 생존 자체에는 때로 야만적인 결정, 즉 문명화된 인류가 억제하려고 매우 열심히 노력하고 있는 일종의 억제되지 않은 잔인성이 관련되어 있다는 생각을 너희는 해본 적이 없다. 그런 잔인성을 억제하기 위해 너희는 어떤 대가를 치를 것인가? 너희 자신의 사멸을 받아들일 것인가?

—『도난당한 일기』

물고기 웅변대 지휘관으로서 처음 맞는 아침을 위해 옷을 갖춰 입으면서 아이다호는 악몽을 떨쳐버리려고 애썼다. 그는 악몽 때문에 두 번이나 잠에서 깼으며, 두 번 모두 머릿속에서 꿈이 여전히 아우성을 치는 가운데 발코니로 나가 별들을 올려다보았다.

여자들…… 검은 갑옷을 입고 무기를 들지 않은 여자들이…… 폭도들처럼 갈라진 목소리로 정신 나간 듯 고함을 지르며 그에게 달려들고…… 붉은 피로 축축한 손을 흔들어대고…… 그들이 벌 떼처럼 달려

드는 순간 그들의 입이 벌어지며 끔찍한 송곳니가 드러났다!

그는 바로 그 순간 잠에서 깨었다.

아침 햇빛도 악몽의 영향을 쫓아버리는 데 별로 소용이 없었다.

그는 북쪽 탑에 있는 방을 배정받았다. 발코니에 서면 모래언덕들 풍경 너머로 멀리 절벽이 보였다. 절벽 기슭은 진흙 오두막들이 모여 있는 마을인 것 같았다.

아이다호는 그 풍경을 뚫어지게 바라보면서 윗옷의 단추를 잠갔다.

'레토 님은 왜 여자들만을 군인으로 선택하신 걸까?'

미모의 물고기 웅변대원 몇 명이 새로운 지휘관과 밤을 함께 보내겠다고 제안했으나 아이다호는 그들을 거절했다.

사람을 설득하기 위해 성행위를 이용하는 것은 아트레이데스답지 않았다!

그는 자신의 옷을 내려다보았다. 왼쪽 가슴에 붉은색 매가 붙어 있고, 가장자리는 황금색으로 장식된 검은 제복이었다. 적어도 이것만은 친숙했다. 계급장은 없었다.

"그들은 당신의 얼굴을 알고 있소." 모네오는 이렇게 말했다.

'작고 이상한 사람이다, 모네오는.'

이 생각을 하면서 아이다호는 갑작스레 움직임을 멈췄다. 곰곰이 생각해 보니 모네오는 작은 사람이 아니었다. '아주 조심스러운 사람인 건 맞아. 하지만 나보다 키가 작지는 않다.' 모네오는 자기 자신 안으로 움츠러든 듯했다. 그러나…… 침착했다.

아이다호는 방 안을 둘러보았다. 편안함을 강조한 나머지 사치스럽게 보이는 방이었다. 쿠션은 부드러웠고, 각종 설비들은 광택이 나는 갈색 나무 패널 뒤에 숨겨져 있었다. 욕실은 파스텔 색조의 푸른색 타일로 과시하듯 화려하게 장식되어 있었으며, 목욕과 샤워를 함께 할 수 있는 욕조는 적어도 여섯 명이 동시에 목욕할 수 있는 크기였다. 이곳은 전체적으로 방종을 부추기고 있었다. 이런 숙소에서는 사람의 감각이 기억 속에 남아 있는 쾌락에 탐닉해 버릴 수도 있었다.

"교묘하군." 아이다호는 속삭이듯 말했다.

문을 부드럽게 두드리는 소리가 들리고, 이어서 여자의 목소리가 들려왔다. "대장님? 모네오 님께서 와 계십니다."

아이다호는 멀리 보이는 절벽의 햇볕에 탄 듯한 색깔을 흘끗 바라보았다.

"대장님?" 아까보다 조금 더 큰 목소리였다.

"들어오시오." 아이다호가 소리쳤다.

모네오가 안으로 들어와 등 뒤로 문을 닫았다. 그는 석회암 같은 하얀색의 윗옷과 바지를 입고 있었는데, 그 때문에 그를 보는 사람의 눈은 그의 얼굴에 집중될 수밖에 없었다. 모네오가 방 안을 한 번 흘끗 둘러보았다.

"이 방을 배정받으셨군. 망할 놈의 여자들 같으니! 아마 자기들 딴에는 친절을 보인다고 한 짓이겠지만 그게 아니라는 걸 알아야지."

"내가 뭘 좋아하는지 당신이 어떻게 아는 거요?" 아이다호가 다그치듯 물었다. 그러나 질문을 하는 순간 이것이 멍청한 질문임을 깨달았다.

'나는 모네오가 만난 최초의 던컨 아이다호가 아냐.'

모네오는 그저 미소를 지으며 어깨를 으쓱할 뿐이었다.

"당신의 감정을 상하게 할 생각은 없었소, 대장. 그럼 계속 이 거처를 사용하겠소?"

"전망이 마음에 드오."

"하지만 가구는 아니로군." 사실을 선언하는 것 같은 말투였다.

"그건 바꿀 수 있소." 아이다호가 말했다.

"내가 처리해 드리지."

"내 임무를 설명해 주려고 여기 오신 모양이군."

"가능한 한 많은 것을 설명해 드리겠소. 처음에는 모든 것이 당신에게 이상하게 보이리라는 것을 알고 있소. 지금의 문명은 당신이 예전에 알던 것과 매우 다르지."

"그건 나도 알겠소. 나의…… 전임자는 어떻게 죽었소?"

모네오는 어깨를 으쓱했다. 그건 그가 늘 사용하는 몸짓인 것 같았지만 자신을 감추려는 기색은 전혀 없었다.

"그는 빠르지 않았기 때문에 자신이 내린 결정의 결과에서 도망치지 못했소." 모네오가 말했다.

"구체적으로 말해 보시오."

모네오는 한숨을 쉬었다. 던컨들은 항상 이랬다. 너무 요구가 많은 것이다.

"반란군이 그를 죽였소. 자세한 내용을 알고 싶소?"

"그 내용이 내게 쓸모 있는 것이오?"

"아니."

"오늘 반란군들에 대해 완전한 브리핑을 듣고 싶소. 하지만 그 전에, 레토 님의 군대에 남자가 없는 이유가 무엇이오?"

"당신이 있잖소."

"내 말이 무슨 뜻인지 알 텐데."

"폐하는 군대에 대해 묘한 이론을 갖고 계시오. 나는 폐하와 그 문제에 대해 수없이 이야기를 나누어봤소. 하지만 내가 설명하기 전에 먼저 아침을 먹지 않겠소?"

"두 가지를 동시에 할 수는 없는 거요?"

모네오는 문을 향해 돌아서서 단 한마디의 말을 큰 소리로 내뱉었다.

"시작해라!"

아이다호가 보기에 그 효과는 즉각적이고 대단히 흥미로운 것이었다. 일단의 젊은 물고기 웅변대원들이 방 안으로 몰려들었다. 그들 중 두 사람이 패널 뒤에서 접는 탁자와 의자를 꺼내와 발코니에 놓았다. 다른 사람들은 두 사람을 위해 식기를 놓았다. 더 많은 사람들이 음식을 가지고 들어왔다. 신선한 과일, 뜨거운 롤빵, 김이 모락모락 나는 음료 등이었다. 음료에서는 스파이스와 키페인 냄새가 희미하게 났다. 이 모든 일이 신속하고 조용하게 효율적으로 이루어지는 것을 보니, 이 사람들이 오랫동안 이 일을 해왔음을 알 수 있었다. 그들은 한마디 말도 없이 올 때처럼 방을 나갔다.

아이다호는 이 이상한 공연이 시작되고 1분도 채 지나지 않아 자신이 식탁에서 모네오와 마주 앉아 있음을 깨달았다.

"매일 아침 이런 식이오?" 아이다호가 물었다.

"당신이 원할 때만 그렇소."

아이다호는 시험 삼아 음료수를 마셔보았다. 멜란지 커피였다. 과일도 그가 알고 있는 것으로, 파라단이라고 불리는 칼라단의 부드러운 멜론이었다.

'내가 제일 좋아하는 거야.'

"당신은 나를 아주 잘 알고 있군." 아이다호가 말했다.

모네오는 미소를 지었다. "우리는 지금까지 연습을 좀 했지. 이제 당신의 질문으로 돌아가 봅시다."

"그리고 레토 님의 묘한 이론도."

"그렇지. 폐하께서는 남자들로만 이루어진 군대가 군대를 지탱하는 기반인 민간인들에게 너무 위험하다고 하셨소."

"말도 안 돼! 군대가 없다면 민간인도……."

"무슨 말인지 아오. 하지만 폐하께서는 남자들의 군대가 선사시대의 인간 무리에서 번식을 하지 못한 남자들에게 할당된 차폐 기능의 유물이라고 하셨소. 폐하께서는 젊은 남자들을 전장으로 보낸 것이 항상 더 나이 많은 남자들이었다는 사실이 이상할 정도로 일관되게 나타난다고 하셨소."

"차폐 기능이라니, 그게 무슨 뜻이오?"

"번식에 종사하는 남자들과 여자들, 그리고 어린 것들로 이루어진 핵심을 보호하기 위해 항상 위험한 방어선에 나가 있는 것을 말하는 거요. 포식자와 가장 먼저 마주치는 것이 그들이지."

"그게 어떻게 해서 그…… 민간인들에게 위험하다는 거요?"

아이다호는 멜론을 한 입 베어 물었다. 멜론은 완전히 익어 있었다.

"레토 폐하께서는 외부의 적이 없으면, 남자들만의 군대가 항상 자기 동족들을 공격했다고 말씀하셨소. 항상."

"여자들을 얻으려는 경쟁이오?"

"아마도. 그러나 폐하께서 그것을 그렇게 간단한 문제로 생각하지 않는다는 건 분명하오."

"이게 왜 묘한 이론인지 모르겠군."

"아직 다 얘기한 게 아니오."

"더 있단 말이오?"

"물론이지. 폐하께서는 남자들만의 군대가 강한 동성애 경향을 갖고 있다고 하셨소."

아이다호는 탁자 건너편의 모네오를 노려보았다. "나는 한 번도……."

"물론 그렇겠지. 폐하의 말씀은 승화, 그러니까 방향이 틀어진 에너지와 그 밖에 모든 것에 대한 이야기였소."

"그 밖에 모든 것이라니?" 아이다호는 남자로서 자신의 자아 인식에 대한 공격으로 간주되는 말에 화가 나서 까다롭게 굴었다.

"청소년들의 태도 말이오. 남자아이들끼리만 있으면 순전히 고통을 야기할 목적만으로 만들어낸 농담이 오가고, 자기네 무리에 속한 동료에게만 의리를 지키지……. 그런 일들을 말하는 거요."

아이다호가 차가운 목소리로 말했다. "당신의 의견은 어떻소?"

"나는 나 자신에게 일깨운다오." 모네오가 고개를 돌려 바깥 풍경을 바라보면서 말을 이었다. "폐하께서 하신 말씀이자 내가 진실이라고 확신하고 있는 것에 대해. 폐하는 인류 역사 속에 존재했던 모든 병사들이오. 폐하는 나를 위해 일련의 예들을 제시해 주겠다 하셨소. 청소년기에 고정돼 있는 유명한 군인들이었지. 나는 폐하의 제안을 거절했소. 나도 나름대로 신중하게 역사를 읽었기 때문에 그런 특징을 내 힘으로 파악해 냈소."

모네오는 고개를 돌려 아이다호의 눈을 똑바로 바라보았다.

"생각해 보시오, 대장."

아이다호는 자신이 스스로에게 정직하다는 자부심을 갖고 있었는데, 이것이 타격이 되었다. 젊은이들과 청소년들의 의식(儀式)이 군대 안에 보존되어 있다고? 일리가 있는 얘기였다. 자신의 경험 속에도 그런 예들이 있었다…….

모네오가 고개를 끄덕였다. "순수하게 심리적인 것이라고 일컬을 수 있는 이유들 때문에 동성애 성향을 계속 유지하는 동성애자들은 잠재적인 동성애자이건 그렇지 않건 모두 고통을 야기하는 행동에 탐닉하는 경향이 있소. 스스로도 고통을 추구하고 다른 사람들에게도 고통을 가하는 거요. 레토 폐하께서는 이런 행동이 선사 시대 인간 무리의 시험을 위한 행동까지 거슬러 올라간다고 하셨소."

"폐하의 말씀을 믿소?"

"그렇소."

아이다호는 멜론을 한 입 베어 물었다. 아까처럼 달콤한 맛이 나지 않았다. 그는 멜론을 삼키고 숟가락을 내려놓았다.

"생각을 좀 해 봐야겠소." 아이다호가 말했다.

"물론 그렇겠지."

"당신은 식사를 하지 않는군."

"나는 동트기 전에 일어나서 먹었소." 모네오가 자신의 접시를 가리키며 말을 이었다. "여자들이 끊임없이 나를 유혹하려 노력하고 있지."

"그들의 노력이 성공한 적이 있소?"

"가끔은."

"당신 말이 맞았소. 폐하의 이론은 묘하오. 그 이론에 대해 더 얘기할 것이 있소?"

"아아, 폐하께서는 남자들의 군대가 청소년기와 동성애의 제약을 깨뜨린다면 본질적으로 강간범이 된다고 하셨소. 강간은 흔히 살인으로 이어지는데 그건 생존을 위한 행동이 아니오."

아이다호는 험악한 표정을 지었다.

딱딱한 미소가 모네오의 입가를 살짝 스치고 지나갔다. "레토 폐하께서는 당신의 시대에 최악의 난폭한 행동들을 일부 막을 수 있었던 것은 아트레이데스의 훈련과 도덕적 억제뿐이었다고 하셨소."

깊은 한숨이 아이다호의 몸을 뒤흔들었다.

모네오는 뒤로 기대앉으며 언젠가 신황제가 했던 말을 떠올렸다. "우리가 아무리 진실을 추구해도 자아의식은 불쾌해하는 경우가 많다. 우리는 진실을 말하는 자에게 좋은 감정을 품지 않지."

"빌어먹을 아트레이데스 같으니!" 아이다호가 말했다.

"나도 아트레이데스요." 모네오가 말했다.

"뭐?" 아이다호는 놀란 표정이었다.

"폐하의 유전자 교배 프로그램 말이오. 틀레이랙스 인들이 그 프로그램을 분명히 언급했겠지. 나는 폐하의 누이와 하르크 알 아다의 결합에서 나온 직계 자손이오."

아이다호는 그를 향해 앞으로 몸을 기울였다. "그럼 말해 보시오, 아트레이데스. 여자들이 왜 남자들보다 더 훌륭한 병사라는 거요?"

"그들은 더 쉽게 성숙해지오."

아이다호는 영문을 알 수 없다는 듯 고개를 가로저었다.

"그들은 육체적으로 어쩔 수 없이 청소년기에서 성인기로 옮겨 가게 되어 있소. 레토 폐하께서 말씀하시기를, '10개월 동안 아이를 몸속에 품어보아라. 그러면 그것이 너희를 변화시킨다'고 하셨소." 모네오가 말했다.

아이다호는 뒤로 기대앉았다. "폐하께서 그것을 어찌 아신단 말이오?"

모네오는 아이다호가 레토 속에 있는 다중을 떠올릴 때까지 물끄러미 바라보기만 했다. 레토 안의 다중에는 남자도 여자도 모두 포함되어 있었다. 이 깨달음이 갑자기 돌진하듯이 아이다호에게 다가들었다. 모네오는 그것을 보며 신황제의 말을 떠올렸다. "네 말이 그에게 네가 원하는 표정을 낙인처럼 찍어놓을 것이다."

침묵이 계속되자 모네오가 헛기침을 했다. 이윽고 그가 말했다. "레토 폐하의 광대한 기억 때문에 나 역시 말을 잃은 적이 있소."

"폐하께서 우리에게 진실을 말하신다 생각하오?" 아이다호가 물었다.

"나는 폐하를 믿소."

"하지만 폐하는 너무 많은…… 내 말은, 이 유전자 교배 프로그램이라는 걸 예로 들어봅시다. 그 프로그램은 언제부터 시작되었소?"

"아주 처음부터. 폐하께서 그 프로그램을 베네 게세리트에게서 빼앗아 온 날부터요."

"폐하께서는 그것으로 뭘 얻고자 하시는 거요?"

"나도 그걸 알았으면 좋겠소."

"하지만 당신은…….."

"아트레이데스이고 폐하의 수석 보좌관이지, 맞소."

"당신은 여자들의 군대가 최고라는 얘기를 아직 내게 납득시키지 못했소."

"그들은 종(種)을 계속 이어나가고 있소."

마침내 아이다호의 좌절감과 분노가 대상을 찾았다. "여기 온 첫날 밤에 내가 한 일이 그거란 말이오? 교배?"

"아마 그럴 거요. 물고기 웅변대원들은 임신 예방책을 쓰지 않소."

"빌어먹을! 나는 폐하가 마구간에서 마구간으로 옮겨놓을 수 있는 짐승이 아니오. 마치…… 마치……."

"종마처럼?"

"그렇소!"

"하지만 레토 폐하께서는 유전자 수술과 인공 수정이라는 틀레이랙스의 방법을 거부하고 계시오."

"틀레이랙스 인들이 무슨 상관이……."

"그들은 좋은 본보기요. 심지어 나도 그걸 알 수 있소이다. 그들의 얼굴의 춤꾼은 잡종이오. 인간이라기보다는 군생 생물에 가깝지."

"다른…… 나도…… 그들 중에도 종마가 있었소?"

"몇 명 있었소. 당신에게 후손이 있는 셈이오."

"그게 누구요?"

"나도 그중 하나요."

아이다호는 모네오의 눈을 뚫어지게 들여다보았다. 복잡하게 얽힌 관계들 속에서 갑자기 길을 잃어버린 것 같았다. 아이다호는 그 관계들을 도저히 이해할 수 없음을 깨달았다. 모네오는 분명히 그보다 훨씬 더 늙어…… 하지만 나도 늙었지…… 두 사람 중 정말로 더 나이가 많은 사람이 누구란 말인가? 누가 조상이고 누가 후손인가?

"나도 때로 그 문제 때문에 고민하오." 모네오가 말했다. "이게 도움이 될지는 모르겠지만, 레토 폐하께서는 당신이 나의 후손이 아니라고, 평범한 의미에서는 절대 그렇지 않다고 분명히 말씀하셨소. 하지만 당신이 내 후손들 몇 명의 아버지가 돼도 무방하겠지."

아이다호는 고개를 좌우로 저었다.

"때로는 오로지 신황제 자신만이 이 일을 이해할 수 있다는 생각이 드오." 모네오가 말했다.

"그건 또 다른 문제요! 이렇게 신을 흉내 내다니."

"레토 폐하께서는 자신이 신성한 불경을 창조했다고 말씀하셨소."

이것은 아이다호가 기대한 대답이 아니었다. '내가 뭘 기대했던 거지? 레토 폐하를 변호하는 말?'

"신성한 불경." 모네오가 다시 한번 말했다. 이 말은 묘하게 자못 흡족한 듯한 느낌과 함께 그의 혀에서 굴러 나왔다.

아이다호는 모네오에게 탐색의 시선을 집중했다. '그는 신황제를 증오하고 있어! 아니…… 그는 폐하를 두려워하고 있다. 하지만 우리는 항상 자신이 두려워하는 것을 증오하지 않던가?'

"왜 폐하를 신봉하는 거요?" 아이다호가 다그치듯 물었다.

"내가 대중들과 같은 종교를 지니고 있느냐고 묻는 거요?"

"아니요! 폐하께서는 그렇소?"

"아니라고 생각하오."

"왜? 왜 그렇게 생각하는 거요?"

"폐하께서 더 이상 얼굴의 춤꾼들을 만들고 싶지 않다고 말씀하셨기 때문이오. 폐하께서는 자신의 인간들이 일단 짝을 만난 다음에는 예전부터 항상 사용해 왔던 방법으로 번식해야 한다고 강력하게 주장하고 계시오."

"그게 그것과 도대체 무슨 관계가 있다는 거요?"

"당신은 내게 폐하께서 무엇을 신봉하느냐고 물었소. 나는 폐하께서 우연을 신봉하신다고 생각하오. 그것이 폐하의 신이라고 생각하오."

"그건 미신이오!"

"제국의 상황을 생각하면 아주 무모한 미신이지."

아이다호는 모네오를 노려보았다. "빌어먹을 아트레이데스들, 당신들은 무슨 짓이든 무모하게 해치울 거요!" 그가 중얼거리듯이 말했다.

모네오는 아이다호의 목소리에 감탄과 혐오가 섞여 있음을 눈치챘다. '던컨들은 항상 이런 식으로 시작하지.'

※❈❈

우리의, 너희와 나의 가장 커다란 차이점이 무엇인가? 너희는 이미 그것을 알고 있다. 조상의 기억이 바로 그것이다. 내 기억은 번쩍이는 의식으로 내게 다가온다. 너희의 기억은 시선이 미치지 않는 사각지대에서 작용한다. 어떤 사람들은 그것을 본능 또는 운명이라고 부른다. 이 기억들은 자기들의 힘을 우리들 각자에게 적용하고, 우리는 그 힘을 기준으로 생각하고 행동한다. 너희에게는 그런 영향력이 통하지 않을 거라고 생각하는가? 나는 갈릴레오이다. 나는 이곳에 서서 너희에게 말한다. "그래도 지구는 돈다." 그렇게 움직이는 것은 유한한 생명을 지닌 그 어떤 힘도 일찍이 감히 막지 못한 방식으로 힘을 행사할 수 있다. 나는 감히 그것을 해보려 한다.

—『도난당한 일기』

"아이였을 때 그녀는 나를 관찰했다. 기억하나? 시오나는 내가 자기를 의식하지 못하는 것 같으면, 사냥감의 굴 위를 선회하는 사막 매처럼 나를 관찰했다. 그대 자신도 그 얘기를 언급한 적이 있지."

레토는 말을 하면서 수레 위에서 몸을 90도 회전시켰다. 이 때문에 수도사의 두건을 쓴 것 같은 얼굴이 모네오의 얼굴과 가까워졌다. 모네오는 수레 옆에서 종종걸음을 쳤다.

사리르 요새에서 축제의 도시까지 이어진 높다란 인공 산맥을 따라가는 사막의 대로에서는 이제 겨우 동이 트려 하고 있었다. 사막에서 뻗어 나간 길은 레이저 광선처럼 똑바로 달리다가 이 지점에 이르러 널찍한 곡선을 그리며 계단처럼 층이 난 협곡 속으로 가라앉았다가 아이다호 강을 가로질렀다. 공기 중에는 멀리서 우르릉거리며 급하게 흘러가는 강에서 솟아난 짙은 안개가 가득했다. 그러나 레토는 수레의 전면을 봉한 거품 모양의 덮개를 열어두었다. 습기 때문에 그의 벌레 자아가 희미한 통증을 느끼며 따끔거렸다. 그러나 안개 속에는 사막에서 자라는 식물들의 달콤한 냄새가 있었고, 그의 인간 코는 그것을 음미했다. 그는 행렬을 멈추라고 명령했다.

"어째서 멈추라 하시는 겁니까, 폐하?" 모네오가 물었다.

레토는 대답하지 않았다. 그가 커다란 몸을 무겁게 움직여 아치형의 곡선으로 구부리자 수레에서 삐걱거리는 소리가 났다. 그 움직임 덕분에 고개가 위로 들어 올려져서 금지된 숲 너머 저 멀리 오른쪽에서 은빛으로 빛나는 카인즈 바다를 바라볼 수 있었다. 왼쪽으로 고개를 돌리자 아침 햇살 속에서 구불구불한 모양의 나지막한 그림자를 드리우고 있는 방어벽의 잔해가 보였다. 이곳의 산맥은 사리르를 둘러싸 공기 중의 습도를 제한하기 위해 거의 2000미터 높이로 세워져 있었다. 저 멀리, 그가 축제의 도시 온을 건설하게 했던 골짜기가 보였다.

"내가 발을 멈춘 건 변덕 때문이야." 레토가 말했다.

"다리를 건넌 다음에 쉬어야 하지 않겠습니까?" 모네오가 물었다.

"난 쉬고 있는 게 아니다."

레토는 전방을 뚫어지게 바라보았다. 이곳에서는 구불구불한 그림자로밖에 보이지 않는 일련의 지그재그 도로들 너머에서, 대로가 몽환적인 다리로 이어져 강을 가로지른 다음 완충지 역할을 하는 산맥으로 올라갔다가 반짝이는 첨탑들이 있는 풍경을 이렇게 먼 곳까지 내보이고 있는 도시를 향해 내려갔다.

"던컨이 가라앉아 있더군. 그와 긴 대화를 나눴나?" 레토가 말했다.

"정확히 명령하신 대로 했습니다, 폐하."

"그래, 겨우 나흘밖에 되지 않았으니. 던컨들이 회복하는 데 더 오랜 시간이 걸리는 경우도 많았지."

"그는 폐하의 근위대 일로 그동안 바빴습니다. 근위대는 어젯밤에도 아주 늦게까지 밖에 나가 있었습니다."

"던컨들은 탁 트인 곳에서 걷는 길 안 좋아해. 우리를 공격하는 데 사용될 수 있는 물건들에 대해 생각하니까."

"알고 있습니다, 폐하."

레토는 고개를 돌려 모네오를 정면으로 바라보았다. 황실 집사장은 흰색 제복 위에 초록색 망토를 입고, 열려 있는 거품 모양 덮개 옆에 서 있었다. 이렇게 여행을 할 때 그가 임무를 위해 지켜야 하는 바로 그 자리였다.

"그대는 임무에 아주 충실하다, 모네오."

"감사합니다, 폐하."

근위대원들과 조신들은 수레의 한참 뒤쪽에서 예의 바르게 일정한 거리를 유지하고 있었다. 그들은 대부분 레토와 모네오의 대화를 엿듣는 것 같은 기색조차 보이지 않으려고 애썼다. 아이다호는 그렇지 않았다. 그는 물고기 웅변대원 일부를 제국 가도 양편에 배치해 산개시켜 두었다. 그리고 지금 수레를 노려보며 서 있었다. 아이다호는 가장자리가 하얀색으로 장식된 검은 제복을 입고 있었다. 모네오는 그것이 물고기 웅변대의 선물이라고 했다.

"그들은 이번 던컨을 아주 좋아하고 있습니다. 그의 일솜씨가 훌륭합니다."

"그가 무슨 일을 하는가, 모네오?"

"물론, 폐하를 지키는 일이지요, 폐하."

근위대원들은 모두 몸에 딱 달라붙는 초록색 제복 차림이었다. 각자의 왼쪽 가슴에는 아트레이데스의 붉은 매가 있었다.

"그들이 그를 아주 면밀하게 관찰하고 있군." 레토가 말했다.

"예. 그는 그들에게 수신호를 가르치고 있습니다. 그것이 아트레이데스의 방식이라고 했습니다."

"틀림없이 맞는 얘기다. 이전의 던컨이 왜 그러지 않았는지 궁금하군."

"폐하, 폐하께서 모르신다면……."

"농담이다, 모네오. 이전의 던컨은 때가 너무 늦을 때까지 위협을 느끼지 못했지. 이번 던컨은 우리 설명을 받아들였나?"

"그렇다고 들었습니다, 폐하. 그는 폐하를 섬기는 데에 좋은 출발을 보이고 있습니다."

"그는 왜 허리의 칼집에 든 저 칼만 갖고 있는 거지?"

"근위대원들이 자기들 중에서 특수한 훈련을 받은 사람만이 레이저총을 가져야 한다고 그를 설득했습니다."

"그대가 그렇게 신중을 기해야 할 이유는 없다, 모네오. 이번 던컨을 두려워하기에는 때가 너무 이르다고 대원들에게 말해라."

"폐하의 명령에 따르겠습니다."

레토는 새로운 근위대장이 조신들의 존재를 달가워하지 않는다는 것을 분명히 알 수 있었다. 그는 그들로부터 한참 떨어진 곳에 서 있었다. 그가 듣기로는 대부분의 조신들이 문관이라고 했다. 그들은 신황제가 있는 곳에서 자기들의 힘을 한껏 과시하며 행진할 수 있는 오늘을 위해 가장 밝고 좋은 옷을 차려입고 있었다. 레토는 이 조신들이 아이다호에게 얼마나 멍청하게 보일지 알 수 있었다. 그러나 레토는 이보다 훨씬 더 멍청하게 화려한 옷을 차려입었던 사람들의 기억을 갖고 있기 때문에 오늘의 상황이 어쩌면 과거보다는 나아진 것인지도 모르겠다고 생각했다.

"그를 시오나에게 소개해 주었나?" 레토가 물었다.

시오나의 이름이 언급되자 모네오의 눈썹이 굳어지며 찡그린 표정을 지었다.

"마음을 가라앉혀라. 그녀가 나를 정탐할 때에도 나는 그녀를 소중하게 생각했다." 레토가 말했다.

"저는 그 아이에게서 위험을 느끼고 있습니다, 폐하. 때로는 그 아이가 저의 가장 비밀스러운 생각들을 들여다보는 것 같습니다."

"그 현명한 아이는 자기 아버지를 잘 알고 있지."

"제 말은 농담이 아닙니다, 폐하."

"그래, 나도 알고 있다. 던컨이 점점 안달하고 있다는 걸 눈치챘나?"

"근위대가 거의 다리가 있는 곳까지 도로를 정찰했습니다." 모네오가 말했다.

"뭘 찾아냈지?"

"제가 찾아낸 것과 똑같습니다. 새로운 박물관 프레멘 한 명입니다."

"또 청원자인가?"

"화내지 마십시오, 폐하."

레토는 다시 전방을 응시했다. 이렇게 탁 트인 공기 속에 어쩔 수 없이 몸을 드러내야 한다는 것, 물고기 웅변대를 안심시키기 위해 이렇게 화려한 행렬을 꾸려 오랫동안 이동해야 한다는 것, 이 모든 것이 레토의 마음을 어지럽혔다. 그런데 지금 청원자라니!

아이다호가 성큼성큼 걸어 나와 모네오 바로 뒤에서 발을 멈췄다.

아이다호의 동작에는 왠지 위협적인 분위기가 있었다. '설마 이렇게 일찍은 아닐 텐데.' 레토는 생각했다.

"왜 행렬을 멈추신 겁니까, 폐하?" 아이다호가 물었다.

"나는 자주 이곳에서 걸음을 멈춘다."

그건 사실이었다. 그는 고개를 돌려 몽환적인 다리 너머를 바라보았다. 길은 구불구불하게 밑으로 내려가서 협곡의 고지들을 빠져나가 금지된 숲으로 들어갔다가 강 옆의 평원을 가로질렀다. 레토는 자주 이곳에서 걸음을 멈추고 일출을 바라보곤 했다. 그러나 오늘 아침에는 뭔가가 있었다. 친숙한 풍경을 비추는 태양…… 오랜 기억들을 휘저어놓는 뭔가가 있었다.

제국 농원의 벌판이 숲 너머 저 바깥쪽까지 뻗어 있었다. 저 멀리서 곡선을 그리는 땅 위로 태양이 떠오르자, 황금색으로 반짝이는 햇빛이 벌판에서 물결치는 곡식들 위에서 빛났다. 레토는 그 벌판을 보며 사막을 생각했다. 예전에 바로 이 땅을 당당하게 가로지르며 넓게 퍼져 있던 모래언덕들을 생각했다.

'모래언덕들이 다시 이곳을 가로지르게 될 것이다.'

곡식들은 그가 기억하고 있는 사막처럼 규토의 색이 섞인 밝은 호박색과는 조금 달랐다. 레토는 저 멀리 절벽으로 둘러싸여 있는 사리르를 돌아보았다. 그곳은 그의 과거의 피난처였다. 그곳의 색깔은 확연히 달랐다. 그런데도 다시 고개를 돌려 축제의 도시 쪽을 바라보았을 때, 여러 개로 갈라져 뭔가 완전히 이질적인 것으로 천천히 변해 가고 있는 심장들이 있는 부위가 아파왔다.

'오늘 아침의 무엇이 달라서 나의 잃어버린 인간성에 대해 생각하게 된 거지?' 레토는 속으로 질문을 던졌다.

곡식을 심은 밭과 숲으로 이루어진 친숙한 풍경을 바라보고 있는 황제의 일행 중에서 이 푸르른 풍경을 여전히 바르 벨라 마, 즉 물이 없는 대양으로 생각하는 사람은 자신뿐이라는 것을 레토는 알고 있었다.

"던컨, 도시가 있는 방향의 저 먼 곳이 보이는가? 그곳은 탄제르우프트였다." 레토가 말했다.

"공포의 땅 말씀입니까?" 아이다호가 온이 있는 방향을 재빨리 바라보았다가 갑작스레 레토에게 시선을 되돌리는 것을 보니 정말 놀란 모양이었다.

"바르 벨라 마. 그곳은 3000년도 넘게 식물들의 카펫 아래 숨겨져 있다. 지금 아라키스에 살고 있는 사람들 중에서 원래의 사막을 본 것은 우리 둘뿐이야."

아이다호는 온이 있는 쪽을 바라보았다. "방어벽은 어디 있습니까?" 그가 물었다.

"'무앗딥의 길'은 바로 저기다. 우리가 도시를 세운 곳."

"줄지어 늘어서 있는 작은 언덕들, 저게 방어벽이란 말씀입니까? 어떻게 된 겁니까?"

"지금 네가 밟고 서 있는 게 방어벽이다."

아이다호는 레토를 올려다보았다가 시선을 내려 도로를 바라본 다음 주위를 둘러보았다.

"폐하, 이제 다시 출발할까요?" 모네오가 물었다.

'모네오, 그의 가슴속에서는 시계가 째깍거리고 있지. 그는 임무를 재촉하는 몰이용 막대기야.' 레토는 생각했다. 만나야 할 중요한 손님들도 있었고 그 밖에도 중대한 문제들이 있었다. 시간이 모네오를 재촉했다. 게다가 그는 자신의 신황제가 던컨들과 과거에 대해 얘기하는 것이 마음에 들지 않았다.

레토는 자신이 과거 그 어느 때보다도 훨씬 더 오래 이곳에 머물렀다는 것을 문득 깨달았다. 조신들과 근위대원들은 아침 공기 속에서 구보로 달려왔던 터라 몸이 차갑게 식어 있었다. 그들 중에는 몸을 보호하기보다는 화려함을 과시하기 위해 옷을 선택한 사람도 있었다.

'하지만, 어쩌면 과시가 일종의 보호인지도 모르지.' 레토는 생각했다.

"옛날에는 모래언덕이 있었습니다." 아이다호가 말했다.

"수천 킬로미터나 뻗어 있었지." 레토가 동의했다.

모네오의 머릿속에서 생각들이 요동쳤다. 그는 이렇게 과거를 회상하는 신황제의 모습에 익숙했다. 그러나 오늘은 그 속에 슬픔이 포함되어 있었다. 아마 최근에 있었던 던컨의 죽음 때문인 것 같았다. 레토는 슬픔을 느낄 때면 때로 중요한 정보가 누락되는 것을 그냥 내버려두곤 했다. 신황제의 기분이나 변덕에 의문을 품을 수는 없는 노릇이지만, 가끔 그것을 이용할 수는 있었다.

'시오나에게 경고해야 한다. 그 어린 바보가 내 말을 들어야 하는데!' 모네오는 생각했다.

그녀는 과거의 그보다도 훨씬 더 반항적이었다. 훨씬 더. 레토는 모네오를 길들여서 황금의 길과 그가 태어난 목적인 올바른 임무들에 민감해지게 만들었다. 그러나 그가 모네오에게 사용한 방법이 시오나에게는 효과를 발휘하지 못할 터였다. 이런 생각을 하다가 모네오는 자신의 훈련과 관련해서 전에 한 번도 의심해 보지 않았던 사실들을 알게 되었다.

"제 눈에는 식별할 수 있는 표시 같은 것이 하나도 보이지 않습니다."

아이다호가 말하고 있었다.

"바로 저기다." 레토가 손가락으로 방향을 가리키며 말했다. "숲이 끝나는 곳. 그곳이 '쪼개진 바위'로 가는 길이었다."

모네오는 두 사람의 목소리를 머릿속에서 내쫓았다. '내가 결국 무릎을 꿇은 것은 신황제에게 궁극적으로 매혹되었기 때문이다.' 레토는 끊임없는 놀라움과 경탄의 대상이었다. 그의 행동을 확실하게 예측하는 것은 불가능했다. 모네오는 신황제의 옆모습을 살짝 바라보았다. '지금 그는 무엇이 되었는가?'

초기에 수행했던 임무의 일환으로 모네오는 요새의 비밀 기록들, 즉 레토의 변신에 대한 역사적 보고서들을 공부했다. 그러나 모래송어와의 공생은 레토가 직접 해준 말로도 물리칠 수 없는 수수께끼로 여전히 남아 있었다. 만약 그 보고서들이 믿을 만한 것이라면, 그의 몸은 모래송어 피부 덕분에 시간과 폭력의 영향을 거의 받지 않았다. 이랑 같은 무늬가 있는 저 커다란 몸의 핵심부는 심지어 레이저총의 광선까지도 흡수해버릴 수 있었다!

'처음엔 모래송어, 그다음에는 벌레. 이 모든 것이 멜란지를 만들어낸 커다란 주기의 일부지.' 그 주기는 신황제의 몸속에 자리를 잡고…… 때를 기다리고 있었다.

"출발한다." 레토가 말했다.

모네오는 자신이 뭔가를 놓쳤음을 깨달았다. 그는 상념에서 벗어나 미소를 짓고 있는 던컨 아이다호를 바라보았다.

"우린 옛날에 저런 모습을 얼빠졌다고 표현했지." 레토가 말했다.

"죄송합니다, 폐하." 모네오가 말했다. "저는……."

"그대는 멍하니 얼이 빠져 있었다. 하지만 괜찮아."

'기분이 나아지셨다.' 모네오는 생각했다. 던컨에게 감사를 표해도 될 것 같군.

레토는 수레 위에서 자세를 다시 바로잡고 거품 모양 덮개를 일부 닫아 머리만 드러나게 했다. 레토가 수레를 작동시키자 길에 깔린 작은 자갈들이 밟히는 소리가 났다.

아이다호는 모네오와 어깨를 나란히 하고 종종걸음을 쳤다.

"수레 밑에는 공중부양구가 있소. 하지만 폐하께서는 바퀴를 사용하시는군. 왜 그런 거요?" 아이다호가 말했다.

"레토 폐하께서는 반중력 장치보다 바퀴를 사용하는 걸 더 즐거워하시오."

"저 물건은 어떻게 움직이는 거지? 폐하께서 저걸 어떻게 조종하시는 거요?"

"폐하께 여쭤보았소?"

"그럴 기회가 없었소."

"황제의 수레는 익스의 제품이오."

"그게 무슨 뜻이오?"

"레토 폐하가 단순히 생각만으로 수레를 작동시키고 조종한다고들 하오."

"당신도 모른단 말이오?"

"이런 질문은 폐하를 즐겁게 해드리지 못하오."

'친밀한 측근들에게조차 신황제는 여전히 수수께끼로 남아 있어.' 모네오는 생각했다.

"모네오!" 레토가 소리쳤다.

"당신은 대원들에게 돌아가는 게 좋겠소." 모네오가 아이다호에게 뒤로 물러가라고 손짓하며 말했다.

"나는 저들과 함께 전면에 서고 싶소." 아이다호가 말했다.

"레토 폐하께서는 그걸 원치 않으시오! 이제 돌아가시오."

모네오는 레토의 얼굴 가까이로 서둘러 달려가 자리를 잡으며 아이다호가 조신들 틈을 뚫고 후미의 근위대원들에게 돌아가는 것을 보았다.

레토가 모네오를 내려다보았다. "그대가 아주 잘 처리한 것 같다, 모네오."

"감사합니다, 폐하."

"던컨들이 왜 전면에 서고 싶어 하는지 아나?"

"물론입니다, 폐하. 근위대가 있어야 할 곳이 그곳이기 때문입니다."

"그리고 이 던컨은 위험을 느끼고 있다."

"무슨 말씀인지 모르겠습니다, 폐하. 폐하께서 왜 이런 일들을 하시는지 저는 이해하지 못하겠습니다."

"그래, 그렇지, 모네오."

✖✖

나눔에 대한 여성들의 감각은 원래 가족 간의 나눔으로 시작되었다. 어린 것들을 돌보고 식량을 모아 음식을 만들고 기쁨과 사랑과 슬픔을 나누는 것. 장례식의 애가는 여자들로부터 시작되었다. 종교는 여자들의 독점물로 시작되어, 종교의 사회적 힘이 지나치게 우세해진 후에야 여자들에게서 억지로 강탈되었다. 여자들은 최초의 의학 연구자이자 의사들이었다. 남녀 간에 명확한 균형이 존재했던 적은 한 번도 없다. 권력이 분명히 지식의 뒤를 따르는 것처럼 특정한 역할의 뒤를 따르기 때문이다.

— 『도난당한 일기』

테르티우스 에일린 안틱 대모에게 오늘 아침은 재앙이나 다름없다. 그녀는 진실을 말하는 자인 동료 마커스 클레어 루이세이얄과 함께 아라키스에 도착했다. 두 사람 모두 공식 수행원들과 함께 정지 궤도에 떠 있는 조합 하이라이너의 첫 번째 셔틀로 이곳에 온 지 채 세 시간이 되지 않았다. 우선 그들은 축제의 도시 대사관 구역의 가장 바깥쪽에 숙소를 배정받았다. 방들은 작았고 그리 깨끗하지도 않았다.

"여기서 조금만 더 나가면 빈민가에서 야영을 할 판이군요." 루이세이얄은 이렇게 말했다.

그다음으로 그들은 통신 시설을 도저히 이용할 수 없었다. 아무리 많은 스위치들을 붙잡아보고 손바닥 다이얼을 돌려봐도 스크린들은 여전히 텅 비어 있을 뿐이었다.

안틱은 물고기 웅변대에서 나온 호위대를 지휘하는 건장한 장교에게 날카롭게 말했다. 눈썹이 낮고 육체노동자처럼 근육이 발달한 장교는 그녀를 노려보고 있었다.

"당신 상관에게 직접 불만을 제기하고 싶소!"

"축제 기간 중에는 불만 제기가 허락되지 않습니다." 장교가 거친 목소리로 말했다.

안틱은 장교를 노려보았다. 안틱이 늙고 주름진 얼굴로 그런 표정을 지으면 심지어 그녀와 같은 대모들조차 멈칫거리곤 했다.

그러나 장교는 그저 미소만 지으면서 이렇게 말했다. "당신에게 전할 말이 있습니다. 신황제 폐하를 알현하는 시간이 마지막으로 옮겨졌다는 말을 전해 드리라 했습니다."

베네 게세리트 일행 대부분이 이 말을 들었고, 심지어 가장 지위가 낮은 수행원조차 그 의미를 이해했다. 이번에 여러 단체에게 할당될 스파이스 양이 그때쯤이면 이미 정해져 있거나, 아니면 모두 소진되었을 터였다(신들이여, 저희를 보호하소서!).

"우리 순서는 세 번째였소." 안틱이 말했다. 이런 상황에서 그녀의 목소리는 놀라울 정도로 온화했다.

"신황제께서 명령하신 일입니다!"

안틱은 물고기 웅변대 대원들의 이런 어조를 알고 있었다. 이 말에 반항하면 폭력이 뒤따를 위험이 있었다.

'아침 내내 재난의 연속이었는데 이번에는 이런 일까지!'

안틱은 형편없는 숙소의 중심부 근처에 있는 작고 거의 텅 빈 이 방의 한쪽 벽 앞에 놓인, 등받이 없는 나지막한 의자에 앉았다. 그녀의 옆에 있는 낮은 침상은 복사(服事)들에게나 내줄 만한 물건이었다! 거칠거칠한 벽은 엷은 녹색이었고 하나밖에 없는 발광구는 너무 낡아서 노란색 외에 다른 빛으로는 조정되지 않았다. 이 방이 창고였음을 보여주는 흔적들이 있었다. 방에서는 곰팡내가 났고, 검은 플라스틱으로 된 바닥에는 흠집과 긁힌 자국 들이 나 있었다.

검은 아바 로브를 무릎 위에서 매끈하게 펴면서 안틱은 정면에 고개를 숙인 채 무릎을 꿇고 앉은 하급 수행원 전령을 향해 몸을 기울였다. 전령은 암사슴 같은 눈과 금발을 갖고 있었으며, 얼굴과 목에는 두려움과 흥분 때문에 땀이 배어 나와 있었다. 흙먼지가 앉은 황갈색 로브 자락에는 길에서 묻어 온 흙이 아직 남아 있었다.

"확실한 거냐? 정말로 확실한 거야?" 안틱은 그 가엾은 아이를 달래기 위해 부드러운 목소리로 말했다. 전령은 자신이 가지고 온 메시지의 무게 때문에 여전히 부들부들 떨고 있었다.

"예, 대모님." 그녀는 여전히 시선을 내리깐 채였다.

"다시 한번 말해 보아라." 안틱이 말했다. 그리고 속으로 생각했다. '이건 시간을 벌자고 하는 짓일 뿐이다. 난 저 아이의 말을 똑바로 들었어.'

전령이 배운 대로 안틱을 향해 시선을 들고 온통 푸른색뿐인 눈을 똑바로 바라보았다.

"저는 명령에 따라 익스의 대사관에서 익스 인들과 접촉해 대모님의 인사말을 전했습니다. 그리고 제가 대모님께 전해 드려야 할 메시지가 있는지 물었습니다."

"그래그래, 아이야! 나도 안다. 본론을 말해 봐라."

전령은 침을 꿀꺽 삼켰다. "대사관 대변인은 자신의 이름이 오트위 예이크이며, 전 대사의 비서였고 지금은 임시로 대사관을 책임지고 있다고 밝혔습니다."

"얼굴의 춤꾼이 그를 대신하지 않은 게 확실하냐?"

"그런 낌새는 없었습니다, 대모님."

"좋다. 우린 이 예이크라는 인물을 알고 있지. 계속 말해 봐라."

"예이크는 자기들이 새로운……."

"흐위 노리, 새로운 대사지, 그래. 그녀는 오늘 여기 도착할 예정이다."

전령은 혀로 입술을 축였다.

안틱은 이 가엾은 아이를 더 기본적인 훈련 프로그램으로 돌려보내야겠다고 머릿속으로 메모해 두었다. 이번 메시지의 심각성을 고려할 때 어느 정도 이해를 해주어야겠지만, 전령이라면 더 뛰어난 자제력을 지니고 있어야 했다.

"그는 저더러 기다리라고 했습니다. 그리고 방을 나갔다가 틀레이랙스 인 한 명과 금방 돌아왔습니다. 그는 틀림없이 얼굴의 춤꾼이었습니다. 분명한 특징이……."

"그래, 틀림없이 네 생각이 맞았을 거다, 아이야. 이제 핵심으로……." 안틱은 루이세이알이 방으로 들어오는 바람에 말을 멈췄다.

"익스 인들과 틀레이랙스 인들이 보낸 메시지라니 무슨 소립니까?" 루이세이알이 물었다.

"저 아이가 지금 그 메시지를 말하고 있습니다." 안틱이 말했다.

"왜 나를 부르지 않았죠?" 안틱은 고개를 들어 동료를 올려다보며 루이세이알이 진실을 말하는 자들 중에 가장 뛰어난 능력을 갖고 있는지는 몰라도 여전히 지위에 너무 연연한다고 생각했다. 그러나 루이세이얄은 아직 젊었고, 제시카처럼 관능적인 달걀형 얼굴을 가지고 있었다. 그 유전자를 가진 사람은 고집이 센 경향이 있었다.

안틱이 부드럽게 말했다. "당신이 묵상 중이라는 말을 당신의 복사에게서 들었습니다."

루이세이얄은 고개를 끄덕인 다음 침상에 앉아 전령에게 말했다. "계속해 보아라."

"얼굴의 춤꾼은 자기가 대모님들께 보내는 메시지를 갖고 있다고 했습니다. 그는 '대모님들'이라고 했습니다." 전령이 말했다.

"이번에 우리 둘이 이곳으로 온다는 걸 알고 있었던 모양이군." 안틱이 말했다.

"그걸 모르는 사람은 없습니다." 루이세이얄이 말했다.

안틱은 전령에게 다시 주의를 집중했다. "지금 기억의 무아지경으로 들어가 얼굴의 춤꾼이 한 말을 그대로 우리에게 전해 주겠느냐, 아이야?"

전령은 고개를 끄덕인 다음 발꿈치에 엉덩이의 무게를 실으며 무릎 위에서 양손을 맞잡았다. 그리고 세 번 심호흡을 하고 눈을 감더니 어깨를 축 늘어뜨렸다. 그녀가 입을 열자 콧소리가 섞인 높은 목소리가 흘러나왔다.

"'대모님들께 오늘 밤이면 제국이 신황제에게서 해방될 것이라고 전하시오. 우리는 오늘 그가 온에 도착하기 전에 칠 것이오. 우리는 절대 실패하지 않을 것이오.'"

전령은 몸을 떨며 깊이 숨을 들이쉬었다. 그리고 눈을 뜨더니 안틱을 올려다보았다.

"익스 인 예이크는 저더러 이 메시지를 가지고 서둘러 돌아가라고 했습니다. 그리고는 제 왼손 손등을 특이한 방법으로 만졌고, 그 때문에 저는 더욱더 확신을……."

"예이크는 우리 사람이다. 루이세이얄에게 그의 손가락 메시지를 얘기해 주어라." 안틱이 말했다.

전령은 루이세이얄을 바라보았다. "우리는 얼굴의 춤꾼들에게 침범당해 꼼짝할 수 없습니다."

루이세이얄이 침상에서 몸을 일으키려 하자 안틱이 말했다. "우리의 문을 지키기 위한 적절한 조치들을 이미 취해 두었습니다." 안틱은 전령을 바라보며 말을 이었다. "이제 나가봐라, 아이야. 임무를 적절히 수행했다."

"예, 대모님." 전령은 조금은 우아하게 유연한 몸을 일으켰다. 그러나 그 동작은 그녀가 안틱의 말에 담긴 의미를 알고 있음을 분명히 보여주었다. '적절했다'는 말은 '잘했다'는 말과 달랐다.

전령이 나간 후 루이세이얄이 말했다. "저 아이는 어떻게 해서든 구실을 만들어 대사관을 조사해서 익스 인들이 몇 명이나 바뀌었는지 파악했어야 합니다."

"난 그렇게 생각하지 않습니다. 그런 의미에서 저 아이는 잘 처신했습니다. 그렇습니다. 하지만 저 아이가 예이크에게서 더 자세한 보고를 받을 수 있는 방법을 찾아냈더라면 좋았겠지요. 아무래도 우리가 그를 잃어버린 것 같습니다."

"틀레이랙스 인들이 우리에게 그런 메시지를 보낸 이유는 분명합니다."

"그들이 정말로 그를 공격할 생각인 거지요."

"물론입니다. '바보들'이 할 만한 짓이지요. 하지만 저는 그들이 우리에게 메시지를 보낸 이유에 대해 말하고 있습니다."

안틱이 고개를 끄덕였다. "그들은 우리가 자기들과 한편이 되는 것 외에는 이제 선택의 여지가 없다고 생각하고 있습니다."

"그리고 만약 우리가 레토 황제에게 경고를 보내려 한다면 틀레이랙스 인들은 우리 전령들과 접선자를 알게 될 겁니다."

"만약 틀레이랙스 인들이 성공한다면?"

"그럴 것 같지는 않습니다."

"우리는 그들이 실제로 어떤 계획을 갖고 있는지 모릅니다. 대략적인 시간을 알 뿐이지요."

"만약 그 시오나라는 아이가 거기에 동참했다면요?" 루이세이얄이 물었다.

"저도 그 문제를 생각해 보았습니다. 조합에서 보낸 보고 내용을 모두 들으셨습니까?"

"요약된 내용만 들었습니다. 그거면 충분하겠습니까?"

"예. 가능성이 아주 높습니다."

"'가능성이 아주 높다'는 식의 말을 쓰실 때는 신중하셔야 합니다. 누구도 당신을 멘타트로 생각하면 안 됩니다."

안틱이 메마른 목소리로 말했다. "당신이 내 정체를 드러내지는 않을 거라고 생각합니다."

"그 시오나라는 아이에 대한 조합의 판단이 옳다고 생각하십니까?"

"내게는 충분한 정보가 없습니다. 만약 그들이 옳다면 아주 특별한 아이일 겁니다."

"레토 황제의 아버지가 특별했듯이?"

"조합의 항법사는 레토 황제의 아버지가 지닌 예언의 눈으로부터 자신을 감출 수 있었습니다."

"하지만 레토 황제에게 숨기지는 못했습니다."

"저는 조합의 보고서 전문을 자세히 읽어보았습니다. 그 아이는 자신을 그리 숨기지도 않았고, 그 아이 주변에서 벌어지는 일들도, 음······."

"그 아이는 사라졌습니다. 그 아이는 그들의 시야에서 사라졌어요." 두 사람이 동시에 말했다.

"그 아이만 그랬지요." 안틱이 말했다.

"그럼 레토 황제의 시야에서도 사라진 겁니까?"

"그들도 아직 모릅니다."

"만약 우리가 감히 그 아이와 접촉을 시도한다면?"

"그렇게 하면 안 됩니까?"

"이건 모두 아직 결정할 수 없는 문제일 수도 있습니다. 만약 틀레이렉스 인들이······. 안틱, 우린 적어도 그에게 경고를 하려고 시도라도 해봐야 합니다."

"우리에게는 통신 수단이 없고 문은 물고기 웅변대가 지키고 있습니다. 그들은 우리 사람들이 들어오는 것은 허락하지만, 나가는 것은 아닙니다."

"그들 중 한 명에게 말을 해야 할까요?"

"나도 그 생각을 해보았습니다. 얼굴의 춤꾼들이 그들로 위장한 것 같아 무섭다고 하면 되겠죠."

"문을 지키는 경비병이라. 혹시 그가 이 일을 알고 있을 가능성은 없을까요?"

"무슨 일이든 다 가능합니다."

"레토 황제에 대해 확실히 말할 수 있는 건 그것뿐이군요." 루이세이알이 말했다.

안틱은 의자에서 몸을 일으키며 작은 소리로 한숨을 내쉬었다. "우리가 언제든 필요한 만큼 스파이스를 구할 수 있었던 옛날이 얼마나 그리운지 모릅니다."

"'언제든'이라는 건 또 하나의 환상일 뿐입니다. 저는 틀레이랙스 인들이 오늘 일을 어떻게 끝내든 간에 우리가 교훈을 잊지 않기를 바라고 있습니다."

"결과가 어찌 되든 그들은 그 일을 서투르게 수행할 겁니다." 안틱이 낮게 투덜거리듯이 말했다. "세상에! 이젠 훌륭한 암살자들을 더 이상 찾아볼 수가 없습니다."

"언제나 골라 아이다호들이 있지 않습니까." 루이세이얄이 말했다.

"뭐라고요?" 안틱은 동료를 뚫어지게 바라보았다.

"언제나……."

"그겁니다!"

"골라들의 몸은 너무 느립니다." 루이세이얄이 말했다.

"하지만 머리는 그렇지 않지요."

"무슨 생각을 하시는 겁니까?"

"혹시 틀레이랙스 인들이…… 아니, 아무리 그들이라도 그런……."

"얼굴의 춤꾼이 아이다호로 변장했다고요?" 루이세이얄이 속삭이듯 말했다.

안틱은 말없이 고개를 끄덕였다.

"그 생각은 지워버리세요. 설마 그들이 그렇게 멍청할 리가 없습니다."

"틀레이랙스 인들을 그렇게 판단하는 건 위험한 일입니다. 우린 최악의 사태에 대비해야 합니다. 물고기 웅변대원 한 명을 이리 데려오십시오!" 안틱이 말했다.

※⊗※

끊임없는 전쟁은 나름대로의 사회적 여건을 만들어내는데, 그 여건은 모든 시대에서 비슷한 양상을 보인다. 사람들은 공격을 물리치기 위해 항상 긴장을 유지한다. 그리고 전제 군주가 절대적인 통치를 하게 된다. 새로운 것들은 모두 위험한 변경이 된다. 새로운 행성, 새로 개발해야 하는 경제 영역, 새로운 생각, 새로운 장치, 방문자들, 모든 것들이 의심의 대상이다. 봉건주의가 굳건히 자리를 잡는다. 때로는 봉건주의가 모든 권력을 한 손에 쥔 기관이나 그와 비슷한 구조로 위장할 때도 있다. 그러나 봉건주의는 항상 존재한다. 힘은 권력의 혈통을 따라 세습된다. 힘 있는 자의 혈통이 지배한다. 하늘의 섭정 대리 또는 그에 해당하는 인물이 부를 할당한다. 그들은 자신들이 상속을 통제하지 않으면 힘이 천천히 녹아서 사라지는 것을 가만히 앉아서 보고 있을 수밖에 없다는 것을 알고 있다. 이제 레토의 평화를 이해하겠는가?

—『도난당한 일기』

"베네 게세리트에게 새로운 일정을 알려주었나?" 레토가 물었다.

그의 일행은 첫 번째 나지막한 지름길에 들어서 있었다. 그 길은 아이다호 강을 가로지르는 다리의 진입로에 있는 지그재그 길들로 구불구불하게 이어질 터였다. 태양이 이른 오전 시간의 자리에 버티고 있고, 조신들 몇 명은 겉옷을 차츰 벗었다. 아이다호는 일행의 왼쪽 옆구리에서 소규모의 물고기 웅변대 부대와 함께 걸었다. 그의 제복에는 흙먼지와 땀 자국이 나타나기 시작했다. 황제의 여행 속도를 따라 걷기도 하고 종종 걸음을 치기도 하는 것은 힘든 일이었다.

모네오가 비틀거리다가 몸을 바로잡았다. "알려주었습니다, 폐하." 일정을 바꾸는 것은 쉽지 않았다. 그러나 모네오는 축제 기간 동안 지시가 변덕스럽게 바뀌는 것에 익숙했다. 그래서 만일의 사태를 대비한 계획들을 항상 준비해 두었다.

"그들은 지금도 아라키스에 상설 대사관을 두게 해달라고 청원하고 있나?" 레토가 물었다.

"예, 폐하. 저는 여느 때와 똑같은 대답을 해주었습니다."

"간단히 '안 돼'라고 하는 것만으로도 충분할 것이다. 내가 종교를 가장하는 그들의 행태에 질색한다는 사실을 이제는 더 이상 일깨워줄 필요 없어."

"예, 폐하." 모네오는 레토의 수레 옆에서 미리 지정된 거리 바로 안쪽에 자리를 지켰다. '벌레'는 오늘 아침 아주 활발하게 자신을 드러내고 있었다. 그 몸의 신호들이 모네오의 눈에 꽤나 분명하게 보였다. 틀림없이 공기 중의 수분 때문일 것이다. 수분은 언제나 '벌레'를 밖으로 끌어내는 것 같았다.

"종교는 항상 화려한 말을 이용한 전제 정치로 이어지지. 베네 게세리트 이전에는 예수회가 그 일에 가장 뛰어났다." 레토가 말했다.

"예수회라고요, 폐하?"

"그대도 역사 속에서 그들을 만나보았겠지?"

"잘 모르겠습니다, 폐하. 그들이 언제 적 사람입니까?"

"그건 중요하지 않다. 베네 게세리트를 연구해도 화려한 말의 전제 정치에 대해 충분히 배울 수 있어. 물론, 그들도 처음에는 그걸로 자신들을 속이지는 않지."

'대모들이 고생 좀 하겠군. 폐하는 그들에게 설교를 할 생각이다. 그들은 그걸 몹시 싫어하지. 이 때문에 심각한 문제가 생길 수도 있겠어.' 모네오는 속으로 혼잣말을 했다.

"그들의 반응은 어떻던가?" 레토가 물었다.

"실망을 하기는 했지만 그 문제를 물고 늘어지지는 않았다고 들었습니다."

'그들에게 더 실망하게 될지도 모른다고 미리 준비를 시키는 게 좋겠다. 그리고 익스와 틀레이랙스의 사절단으로부터 그들을 떼어놔야겠어.'

모네오는 고개를 저었다. 이 일이 어쩌면 아주 더러운 음모로 이어질 수도 있었다. 던컨에게 경고를 해두는 게 좋을 것 같았다.

"그것은 온갖 종류의 불경에 대해 스스로 실현되는 예언과 합리화로 이어진다." 레토가 말했다.

"그…… 화려한 말의 전제 정치 말씀입니까, 폐하?"

"그래! 그것은 사악함에 반대하는 어떤 주장에도 견딜 수 있는 독선의 벽 뒤에 사악함을 감춰주지."

모네오는 조심스러운 눈으로 레토의 몸을 계속 바라보며 손들이 거의 무질서한 움직임으로 뒤틀리고 이랑 무늬가 진 체절들이 움찔거리는 것에 주목했다. '이곳에서 '벌레'가 그를 누르고 튀어나오면 어쩌지?' 모네오의 이마에 땀이 배어 나왔다.

"그것은 반대 세력에게 불명예를 안겨주기 위해 고의적으로 왜곡된 의미들을 먹이로 삼는다." 레토가 말했다.

"모두 말입니까, 폐하?"

"예수회는 그걸 '권력 기반 확보'라고 불렀다. 그것은 위선으로 곧장 이어지고, 위선은 행동과 말의 차이 때문에 항상 드러나게 돼 있지. 행동과 말이 결코 일치하지 않으니까."

"제가 좀더 자세히 공부해야겠습니다, 폐하."

"궁극적으로, 그것은 죄책감에 의지해서 통치한다. 위선은 마녀사냥을 일으키고 희생양들을 요구하기 때문이다."

"충격적이군요, 폐하."

행렬이 모퉁이를 돌았다. 바위 사이 틈으로 저 멀리 다리를 언뜻 바라볼 수 있었다.

"모네오, 내 말을 잘 듣고 있나?"

"예, 폐하. 그렇습니다."

"나는 종교적인 권력 기반의 도구를 설명하고 있다."

"저도 알고 있습니다, 폐하."

"그럼 왜 그렇게 두려워하는 건가?"

"종교적 권력에 대한 얘기는 항상 저를 불안하게 만듭니다, 폐하."

"그대와 물고기 웅변대가 내 이름으로 종교적 권력을 휘두르고 있기 때문에?"

"물론입니다, 폐하."

"권력 기반은 아주 위험하지. 진정한 광인들을 끌어들이기 때문이다. 오로지 힘 그 자체만을 위해 힘을 추구하는 자들을 끌어들이기 때문이야. 이해하겠나?"

"예, 폐하. 폐하께서 정부의 관리들을 임명할 때 임명에 대한 청원을 거의 허락하지 않는 이유가 그것 아닙니까."

"훌륭하군, 모네오!"

"감사합니다, 폐하."

"모든 종교의 그림자 속에는 토르크마다가 잠복하고 있다. 그대는 그 이름을 한 번도 들어본 적이 없겠지. 내가 모든 기록에서 그 이름을 삭제해 버리라고 했으니까."

"왜 그리하셨습니까, 폐하?"

"그는 불경한 존재였다. 자기에게 동의하지 않는 사람들을 살아 있는 횃불로 만들었어."

모네오는 목소리를 낮게 깔았다. "폐하의 분노를 샀던 역사가들처럼 말입니까, 폐하?"

"내 행동에 의심을 품는 건가, 모네오?"

"아닙니다, 폐하!"

"좋군. 역사가들은 평화로운 죽음을 맞았다. 단 한 명도 불꽃을 느끼지 못했어. 그러나 토르크마다는 불타고 있는 희생자들의 고통스러운 비명을 자신의 신에게 들려주는 것을 아주 기뻐했다."

"정말 끔찍하군요, 폐하."

행렬이 다리가 보이는 또 다른 모퉁이를 돌았다. 다리는 전혀 가까워진 것 같지 않았다.

모네오는 다시 한번 신황제를 유심히 살폈다. '벌레'가 튀어나올 가능성이 더 커진 것 같지는 않았다. 그러나 그 가능성은 여전히 너무 컸다. 모네오는 그 예측할 수 없는 존재, 아무런 경고 없이 살상을 저지를 수 있는 신성한 존재의 위협을 느낄 수 있었다.

모네오는 몸을 부르르 떨었다.

그 이상한…… 설교의 의미가 무엇이었을까? 모네오는 신황제에게서 그런 얘기를 들은 사람이 거의 없다는 것을 알고 있었다. 그것은 특권이

자 짐이었다. 그것은 레토의 평화를 위해 지불된 대가의 일부였다. 모든 세대들이 그 평화가 지시한 자신들의 길을 차례로 행진했다. 요새의 핵심 측근들만이 그 평화가 드물게 깨어지는 순간들을 모두 알고 있었다. 물고기 웅변대가 폭력을 예상하고 밖으로 파견되었을 때 일어나는 사건들을.

'예상이라니!'

모네오는 이제 침묵하고 있는 레토를 살짝 바라보았다. 신황제의 눈은 감겨 있었고, 그의 얼굴은 생각에 잠긴 표정을 짓고 있었다. 그것은 '벌레'의 징조 중 하나였다. 그것도 아주 나쁜 징조였다. 모네오는 몸을 가늘게 떨었다.

레토도 자기 자신이 야만적인 폭력을 휘두르는 순간을 예상하고 있는 걸까? 제국 전체가 두려움과 공포로 몸을 떨게 만드는 것은 바로 그 폭력에 대한 예상이었다. 레토는 일시적인 폭동을 진압하기 위해 경비대를 어디에 배치해야 하는지 알고 있었다. 그는 사건이 일어나기 전에 이미 알고 있었다.

그런 일을 생각만 해도 모네오의 입속이 바짝 말라붙었다. 모네오는 신황제가 모든 사람의 마음을 읽을 수 있는 때가 있다고 믿었다. 아, 레토는 첩자들도 이용했다. 때로 몸을 완전히 가린 사람이 물고기 웅변대를 지나쳐 높은 곳에 있는 레토의 탑으로 올라가거나 지하실로 내려가곤 했다. 첩자들이 분명했다. 그러나 모네오는 그들이 레토가 이미 아는 것을 확인하기 위한 용도로만 사용되고 있다고 짐작했다.

모네오의 마음속에 자리 잡은 두려움을 확인해 주기라도 하듯이 레토가 말했다. "내 방식을 억지로 이해하려고 하지 마라, 모네오. 저절로 이해될 때까지 기다리도록 해."

"노력하겠습니다, 폐하."

"아냐, 노력을 하라는 게 아니다. 그보다, 대답해라. 스파이스 할당량에 아무런 변화가 없을 것이라는 사실을 발표했나?"

"아직 발표하지 않았습니다, 폐하."

"발표를 미루어라. 내 생각이 바뀔 것 같다. 물론, 새로 뇌물을 주겠다고 제안하는 자들이 있으리라는 건 그대도 알고 있겠지."

모네오는 한숨을 쉬었다. 그에게 뇌물로 제시되는 재물의 액수는 터무니없을 정도로 높아져 있었다. 그러나 레토는 이렇게 액수가 높아지는 것을 즐거워하는 것 같았다.

"그들에게서 돈을 끌어내라. 어디까지 가는지 한번 봐. 결국 그대 역시 뇌물로 매수할 수 있는 사람인 것처럼 굴어라." 레토는 전에 이렇게 말했다.

다리가 보이는 모퉁이를 또다시 돌았을 때 레토가 물었다. "코리노 가문이 그대에게 뇌물을 제시하던가?"

"예, 폐하."

"언젠가 코리노 가문이 과거와 같은 힘을 회복할 것이라는 근거 없는 얘기에 대해 알고 있나?"

"들은 적이 있습니다, 폐하."

"코리노를 죽여라. 던컨에게 맡겨. 우리는 그를 시험할 것이다."

"이렇게 일찍 말입니까, 폐하?"

"멜란지가 인간의 수명을 연장시켜 줄 수 있다는 사실은 아직 널리 알려져 있다. 이제 스파이스가 수명을 짧게 만들 수도 있다는 사실 역시 알려지게 해."

"명령대로 시행하겠습니다, 폐하."

모네오는 자신이 이렇게 대답하는 의미를 알고 있었다. 이것은 강한 반대 의견을 갖고 있으면서도 말할 수 없을 때 하는 말이었다. 그는 레토 황제가 이것을 알고 있으며, 즐거워한다는 것도 알고 있었다. 그가 즐거워하는 모습이 그의 가슴을 쑤셨다.

"내게 조바심을 내지 마라, 모네오." 레토가 말했다.

모네오는 원한의 감정을 억눌렀다. 원한은 위험을 가져왔다. 반란군은 원한을 품고 있었다. 던컨들은 죽기 전에 점점 더 큰 원한을 품었다.

"폐하에게 시간은 저와 다른 의미를 갖고 있습니다, 폐하. 그 의미가 무엇인지 제가 알 수 있다면 좋겠습니다." 모네오가 말했다.

"그대도 이해할 수는 있지만, 이해하려 하지 않을 것이다."

모네오는 그 말 속에서 질책을 느끼고 입을 다물었다. 그리고 대신 멜란지 문제로 생각을 돌렸다. 레토 황제가 스파이스에 대해 얘기하는 것은 자주 있는 일이 아니었다. 그리고 이야기를 한다 해도 대개는 스파이스를 배정하거나 이미 배정된 것을 거둬들이는 것, 보상으로 스파이스를 배정해 주거나 스파이스 저장소가 새로 발견된 곳으로 물고기 웅변대를 파견하는 것에 대한 얘기였다. 아직 남아 있는 스파이스 중 가장 대규모의 비축량이 오직 신황제만 아는 장소에 보관되어 있음을 모네오는 알고 있었다. 황제를 위해 일하기 시작한 초기에 모네오는 두건에 얼굴이 덮인 채 레토 황제 자신의 손에 이끌려 구불구불한 통로를 따라 그 비밀의 장소로 간 적이 있었다. 지하인 것 같았다.

'내가 두건을 벗었을 때 우리는 실제로 지하에 있었지.'

그곳은 모네오를 경외의 감정으로 가득 채웠다. 멜란지가 들어 있는 커다란 상자들이 천연 암석을 잘라 만든 거대한 방 안에 가득 놓여 있었다. 방을 밝히는 것은 아라베스크 풍의 금속 소용돌이 장식이 있는 아주 오래된 디자인의 발광구들이었다. 흐릿한 은색 빛 속에서 스파이스가 눈부신 푸른색으로 빛났다. 그리고 그 냄새는 틀림없이 씁쓸한 계피 냄새였다. 근처에서 물이 똑똑 떨어지고, 그들의 목소리가 돌에 부딪혀 메아리를 만들어냈다.

"언젠가 이것이 모두 사라질 것이다." 레토 황제는 이렇게 말했다.

충격을 받은 모네오가 물었다. "그럼 조합과 베네 게세리트는 어찌할까요?"

"지금 하는 일을 그대로 하겠지. 다만 더 거칠게."

엄청난 양의 멜란지가 저장되어 있는 거대한 방을 부릅뜬 눈으로 둘러보면서 모네오는 바로 그 순간 제국에서 벌어지고 있는 일들에 대해 생각할 수밖에 없었다. 피가 튀는 암살, 도적들의 기습, 염탐, 음모. 신황제는 최악의 것들을 뚜껑으로 덮어 가려두었지만 나머지 것들만으로도 충분히 나빴다.

"유혹이군요." 모네오가 속삭이듯 말했다.

"그래, 유혹이지."

"멜란지는 더 이상 존재하지 않게 되는 겁니까, 폐하? 영원히?"

"언젠가 나는 모래 속으로 돌아갈 것이다. 그때 내가 스파이스의 원천이 될 것이다."

"폐하께서요?"

"그리고 나는 그에 못지않게 굉장한 것을 만들어낼 것이다. 더 많은 모래송어들…… 번식 능력이 왕성한 잡종들."

이 뜻밖의 이야기에 부들부들 떨면서 모네오는 놀라운 일들을 이야기하는 신황제의 그림자 같은 모습을 뚫어지게 바라보았다.

"모래송어는 서로의 몸을 연결해서 살아 있는 커다란 거품을 만들어 이 행성의 물을 땅속 깊은 곳에 가둘 것이다. 듄 시절에 그랬던 것처럼."

레토 황제가 말했다.

"모든 물을 전부 말씀입니까, 폐하"

"대부분의 물이지. 앞으로 300년 안에 모래벌레가 다시 이곳을 지배하게 될 것이다. 그건 새로운 종류의 모래벌레일 것이다. 틀림없어."

"새롭다니요, 폐하?"

"녀석은 동물의 의식과 새로운 교활함을 지니게 될 것이다. 스파이스를 찾는 것이 더 위험해지고, 보관하는 것도 훨씬 더 위험한 일이 될 거야."

모네오는 동굴의 바위 천장을 올려다보았다. 그의 상상이 바위를 뚫고 지표면까지 탐색하듯 뻗어 나갔다.

"모든 것이 다시 사막이 되는 겁니까, 폐하?"

"수로에는 모래가 가득 찰 것이다. 농작물은 숨이 막혀 죽어버릴 것이다. 나무는 움직이는 거대한 모래언덕들에 덮여버릴 것이다. 모래의 죽음이 계속 번져나가서 마침내…… 마침내 불모의 땅에서 미세한 신호가 들려올 것이다."

"어떤 신호 말씀입니까, 폐하?"

"다음 주기를 위한 신호, 창조자의 도래, 샤이 훌루드의 도래를 위한 신호이다."

"그게 폐하인 겁니까?"

"그래! 듄의 위대한 모래벌레가 다시 깊은 곳에서 몸을 일으킬 것이다. 이 땅은 다시 스파이스와 모래벌레의 영토가 될 거야."

"하지만 사람들은요, 폐하? 저 모든 사람들은요?"

"많은 사람이 죽을 것이다. 식량이 되는 식물들과 이 땅에 무성하게 자라고 있는 식물들은 바싹 말라버릴 것이다. 먹이가 없으므로 식용 동물들도 죽을 것이다."

"모든 사람들이 굶주리는 겁니까, 폐하?"

"영양 부족과 과거의 질병들이 이 땅을 휩쓸 것이고, 가장 튼튼한 자들만이 살아남을 것이다……. 가장 튼튼하고 가장 잔인한 자들만이."

"꼭 그래야 하는 겁니까, 폐하?"

"이 방법이 아닌 대안들은 더 나쁘다."

"그 대안을 가르쳐주십시오, 폐하."

"시간이 흐르면 그대도 알게 될 것이다."

모네오는 아침 햇빛 속에 신황제의 옆에 서서 온을 향해 행진하면서 자신이 정말로 대안들의 사악함을 알게 되었음을 인정할 수밖에 없었다.

그가 머릿속에 지니고 있는 확실한 지식이 대부분의 온순한 제국 시민들에게는 구전 역사, 신화, 그리고 이 행성 저 행성에서 가끔 갑자기 나타나 잠깐 동안 추종자들을 몰고 다니는 미친 예언자들이 들려주는 터무니없는 얘기들 속에 감춰져 있음을 모네오는 알고 있었다.

'하지만 나는 물고기 웅변대가 하는 일이 무엇인지 알고 있다.'

그는 또한 동료 인간들이 고통받는 것을 지켜보면서 식탁에 앉아 귀한 음식들을 꾸역꾸역 먹어대는 사악한 사람들에 대해서도 알고 있었다.

물고기 웅변대가 나타나서 피로 그런 모습을 지워버릴 때까지 그들은 그렇게 했다.

"그대의 딸이 나를 지켜보는 방식이 내게는 즐거웠다. 그녀는 내가 알고 있다는 걸 전혀 몰랐지." 레토가 말했다.

"폐하, 저는 그 아이 때문에 겁이 납니다! 그 아이는 제 핏줄이고 저의……."

"내 핏줄이기도 하다, 모네오. 나 역시 아트레이데스가 아니던가? 그대 자신에 대해 걱정하는 편이 더 나을 거야."

모네오는 두려운 시선으로 신황제의 몸을 훑어보았다. '벌레'의 징조가 여전히 너무나 가까웠다. 모네오는 뒤를 따라오는 사람들의 행렬과 앞에 놓인 길을 살짝 바라보았다. 그들은 이제 가파른 내리막길에 들어서 있었다. 사람들이 돌을 쌓아 만든 사리르 주위의 절벽 장벽 속의 높은 벽들로 지그재그 길들이 파고들었다.

"시오나는 내 기분을 상하게 하지 않는다, 모네오."

"하지만 그 아이는…….."

"모네오! 이곳, 이 수수께끼 같은 캡슐 속에 삶의 가장 커다란 비밀 하나가 들어 있다. 뜻밖의 일로 놀라는 것, 새로운 일이 일어나게 만드는 것, 그것이야말로 내가 가장 원하는 일이야."

"폐하, 저는…….."

"새롭다! 정말 찬란하고 굉장한 단어가 아닌가?"

"폐하께서 말씀하실 때는 그렇지요, 폐하."

레토는 순간 자신을 일깨우지 않을 수 없었다. '모네오는 나의 창조물이다. 내가 그를 창조했어.'

"그대의 아이는 내게 거의 어떤 대가를 치러도 좋을 만큼 가치 있는 존재다, 모네오. 그대는 그녀의 동료들을 비난하지만, 그중에 그녀가 사랑하게 될 사람이 어쩌면 하나 있을지도 몰라."

모네오는 근위대원들과 함께 걷고 있는 던컨 아이다호를 자기도 모르게 흘끗 뒤돌아보았다. 아이다호는 길모퉁이가 나타날 때마다 몸이 이르기 전에 그곳을 미리 탐색하려는 사람처럼 전방을 노려보았다. 그는 사방의 높은 벽으로부터 공격자가 나타날 수 있는 이곳이 마음에 들지 않았다. 아이다호는 지난밤 그곳으로 정찰대를 올려 보냈고, 모네오가 알기로는 그들 중 일부가 지금도 높은 곳에 잠복하고 있었다. 그러나 행럴은 강에 도착하기 전에 협곡들을 지나가야 했다. 그리고 모든 지점에 파수병을 배치해 놓을 만큼 근위대원의 숫자가 충분하지 않았다.

"프레멘들을 믿으면 되오." 모네오는 이렇게 아이다호를 안심시켰다.

"프레멘?" 아이다호는 박물관 프레멘들에 대해 들은 이야기를 좋아하지 않았다.

"그들은 적어도 침입자에 대해 경보를 울려줄 수 있소." 모네오가 말했다.

"당신이 그들을 만나서 그렇게 해달라고 요청한 거요?"

"물론이오."

모네오는 아이다호에게 감히 시오나에 대한 이야기를 꺼내지 못했다. 그런 얘기를 할 시간은 나중에 충분히 있었다. 지금은 신황제가 한 말이 마음에 걸렸다. 계획에 변화가 있었던 건가?

모네오는 신황제에게 시선을 돌리고 목소리를 낮췄다.

"동료를 사랑한다고요, 폐하? 하지만 폐하의 말씀으로는 던컨이……."

"난 사랑이라고 했다. 교배 상대가 아니라!"

모네오는 자신의 짝짓기 역시 예전에 어떻게 주선되었던가를 생각하며 몸을 떨었다. 자신을 억지로 떼어놓았던…….

'안 돼! 그 기억을 생각하지 않는 게 최선이야!'

애정도 있었다. 심지어 진정한 사랑도…… 나중에는. 그러나 처음에는…….

"또 얼빠진 표정을 짓고 있군, 모네오."

"죄송합니다, 폐하. 하지만 폐하께서 사랑을 얘기하심은……."

"내게 다정한 생각들이 없다고 생각하는 건가?"

"그런 게 아닙니다, 폐하. 하지만……."

"그럼, 그대는 내가 사랑과 짝짓기의 기억을 전혀 갖고 있지 않다고 생각하는 모양이로군?" 수레가 모네오를 향해 크게 곡선을 그렸고, 그는 레토 황제의 얼굴에 나타난 험악한 표정에 겁을 집어먹은 채 재빨리 수레를 피하는 수밖에 없었다.

"폐하, 황공……."

"이 몸은 그런 다정함을 경험한 적이 없을지 몰라도, 그 모든 기억들이 다 내 것이야!"

모네오는 신황제의 몸에서 '벌레'의 징조가 점점 더 우세해지기 시작하는 것을 볼 수 있었다. 이 느낌을 결코 부정할 수 없었다.

'난 지금 심각한 위험에 처해 있어. 우리 모두 다.'

모네오는 주위에서 들려오는 모든 소리들을 점점 더 강하게 인식했다. 황제의 수레가 삐걱거리는 소리, 수행원들의 기침 소리와 나직한 말소리, 길 위의 발소리. 신황제에게서 계피 냄새가 뿜어져 나왔다. 주위를 둘러싼 바위벽들 사이의 공기는 여전히 아침의 서늘함을 품고 있었고, 강에서 올라온 습기도 느껴졌다.

'벌레'를 끌어낸 것은 습기인가?

"내 말 잘 들어라, 모네오. 네 목숨이 여기 걸려 있다고 생각해."

"예, 폐하." 모네오는 속삭이듯 말했다. 그는 자신이 지금 얼마나 세심하게 주의를 기울이는가에 정말로 자신의 목숨이 달려 있다는 것을 알고 있었다. 황제의 말에 귀를 기울일 뿐만 아니라 황제를 관찰하는 데에도 주의를 기울여야 했다.

"나의 일부는 아무 생각 없이 영원히 지하에 살고 있다. 그 일부가 반응을 보이는 거다. 그 일부는 지식이나 논리 따위 개의치 않고 여러 가지 행동을 저지른다."

모네오는 신황제의 얼굴에 풀로 붙인 듯 시선을 고정시킨 채 고개를 끄덕였다. 저 눈이 이제 곧 유리를 씌운 것처럼 흐릿하게 변할 것인가?

"나는 조금 떨어진 곳에서 그런 행동을 지켜볼 수밖에 없다. 그 이상 어쩔 수가 없어. 그런 반응이 그대의 죽음을 불러올 수도 있다. 선택하는 것은 내가 아니다. 내 말 듣고 있나?"

"듣고 있습니다, 폐하." 모네오가 속삭이듯 말했다.

"그런 일에 '선택권' 같은 것은 존재하지 않아! 그냥 받아들일 뿐이다. 그냥 받아들일 뿐이야. 결코 그걸 이해할 수도, 알 수도 없다. 그런 것에 대해 그댄 뭐라고 하겠나?"

"저는 미지의 것이 두렵습니다, 폐하."

"하지만 나는 그것을 두려워하지 않는다. 그 이유를 내게 말하라!"

모네오는 이런 위기를 예상하고 있었다. 이제 정말로 그 위기가 닥쳐오자 거의 반가울 지경이었다. 그는 자신의 대답에 목숨이 걸려 있다는 것을 알고 있었다. 머릿속이 정신없이 회전하는 가운데 그는 신황제를 뚫어지게 바라보았다.

"폐하가 갖고 계시는 모든 기억들 때문입니다, 폐하."

"그래?"

이건 대답이 불완전하다는 뜻이었다. 모네오는 말에 매달렸다. "폐하께서는 저희가 알고 있는 모든 것을 보십니다…… 모든 것을 과거의 모습 그대로…… 미지의 것으로! 폐하께 뜻밖의 놀라움을 안겨주는 것……. 뜻밖의 일이란 틀림없이 폐하께서 새로 알게 된 것에 지나지 않습니다?" 말을 하면서 모네오는 과감한 선언이 되었어야 하는 말에 자기방어적인 물음표를 붙이고 말았다는 것을 깨달았다. 그러나 신황제는 미소만 지었다.

"그런 지혜의 대가로 은혜를 베풀겠다, 모네오. 그대의 소원이 무엇인가?"

갑작스런 안도감은 또 다른 두려움이 등장할 길을 열어주었을 뿐이다.

"시오나를 요새로 다시 데려와도 되겠습니까?"

"그러면 내가 그녀를 더 빨리 시험하게 될 것이다."

"반드시 그 아이를 동료들과 떼어놓아야 합니다, 폐하."

"좋다."

"폐하께서는 자비로운 분이십니다."

"나는 이기적이다."

신황제는 모네오에게서 시선을 돌리고 침묵에 빠졌다.

체절이 있는 몸을 훑어보면서 모네오는 '벌레'의 징조가 조금 가라앉았음을 알 수 있었다. 결국 이번 일이 잘 마무리된 것이다. 그때 청원할 것이 있다던 프레멘들이 떠오르자 그는 다시 두려움을 느꼈다.

'그건 실수였어. 그들은 '그'를 흥분시키기만 할 거다. 내가 왜 그들에게 청원을 제출해도 좋다고 했던가?'

프레멘들은 강 이쪽 편에 줄을 맞춰 정렬해서 그 어리석은 청원서를 손에 들고 흔들며 기다리고 있을 터였다.

모네오는 말없이 걸었다. 걸음을 내디딜 때마다 불안이 점점 커져갔다.

⚔️

이쪽으로 모래가 불어온다. 저쪽으로 모래가 불어 간다.
저쪽에서 부유한 한 사람이 기다린다. 이쪽에서 내가 기다린다.

— 샤이 훌루드의 목소리, 구전 역사에서

체노에 자매의 죽음 이후, 그녀가 남긴 서류들 가운데에서 발견된 보고서.

나는 이 보고서를 내 보고서에서 제외시키는 한편, 내가 죽었을 때 발견될 수 있는 곳에 은밀히 감추어둠으로써 베네 게세리트의 교의와 신황제의 명령에 모두 복종한다. 레토 황제가 내게 이렇게 말했기 때문이다. "내 메시지를 가지고 네 상급자들에게 돌아가라. 그러나 이 메시지는 당분간 비밀로 지켜져야 한다. 네가 이것을 이행하지 않는다면 나의 분노가 너희 교단을 덮칠 것이다."

시약사 대모께서는 내가 떠나기 전에 이렇게 주의를 주셨다. "우리에게 그의 분노를 불러올 일은 절대로 하지 말아야 합니다."

내가 전에 말했던 그 짧은 여행에서 레토 황제의 옆을 따라 뛰면서 나는 그가 대모들과 흡사하다는 사실에 대해 물어봐야겠다는 생각을 했다. 나는 이렇게 말했다.

"폐하, 대모들께서 조상들과 다른 사람들의 기억을 어떻게 얻게 되는지 저는 알고 있습니다. 폐하의 경우는 어땠습니까?"

"그것은 우리 유전적 역사의 설계와 스파이스 작용에 의해 이루어졌다. 나의 쌍둥이 누이인 가니마와 나는 자궁 속에서 깨어났다. 태어나기 전에 깨어나 조상들의 기억이 존재하는 곳으로 들어간 것이다."

"폐하…… 저희 교단은 그것을 저주스러운 존재라고 부릅니다."

"그건 옳은 호칭이다. 조상들의 숫자가 때로 압도적일 수 있다. 선한 세력과 악한 세력 중 어떤 세력이 그런 무리를 지휘하게 될지 미리 알 수 있는 사람이 어디 있겠나?"

"폐하, 그런 세력을 폐하께서는 어찌 정복하셨습니까?"

"나는 정복하지 않았다. 그러나 파라오 모델의 끈질김이 가니와 나를 구했다. 그 모델을 알고 있나, 체노에 자매?"

"교단의 저희들은 역사에 대해 잘 배우고 있습니다, 폐하."

"그렇지. 그러나 너희는 나처럼 생각하지 않는다. 나는 그리스 인들이 걸렸던 정부의 질병에 대해 얘기한다. 그리스 인들은 그 병을 로마 인들에게 옮겼고, 로마 인들은 그것을 아주 멀리까지 퍼뜨렸기 때문에 지금까지도 그 병이 결코 완전히 사라지지 않았다."

"폐하의 말씀은 수수께끼 같습니다."

"수수께끼가 아니다. 나는 이것을 증오하지만 그것이 우리를 구했다. 가니와 나는 파라오 모델을 따르는 조상들과 내적으로 강력한 동맹을 형성했다. 그들이 우리를 도와 오랫동안 잠자고 있던 그 군중들 내부에서 혼합된 정체성을 형성하게 했다."

"그런 말씀을 들으니 마음이 어지럽습니다, 폐하."

"당연히 그래야지."

"왜 지금 제게 이런 말씀을 하시는 겁니까, 폐하? 폐하께서는 지금까지 저희에게 이런 식으로 대답해 주신 적이 한 번도 없었습니다. 제가 아는 한은 그렇습니다."

"네가 내 말에 열심히 귀를 기울이기 때문이다, 체노에 자매. 네가 나에게 복종할 것이며, 내가 너를 만나는 일이 앞으로 다시는 없을 것이기 때문이다."

레토 황제는 이런 이상한 얘기를 한 후 이렇게 물었다.

"너희 교단이 '정신 나간 폭정'이라고 부르는 나의 행동에 대해 왜 묻지 않는 건가?"

그의 태도에 용기를 얻은 나는 감히 이렇게 말했다. "폐하, 저희는 폐하께서 사람들을 잔인하게 처형하신 몇 가지 사례들을 알고 있습니다. 그것이 걱정스럽습니다."

그때 레토 폐하가 이상한 행동을 했다. 계속 일행이 나아가고 있는 가운데 눈을 감고 이렇게 말한 것이다.

"네가 귀로 들은 모든 말을 정확하게 기록하도록 훈련받았다는 걸 알고 있기 때문에 말하겠다, 체노에 자매. 마치 네가 내 일기의 한 페이지인 것처럼. 이 말을 잘 보존해 두어라. 나는 이 말이 사라지는 걸 원치 않으니까."

지금 교단에게 분명히 밝히건대, 다음의 내용은 그때 레토 황제가 했던 말을 그대로 정확히 옮긴 것이다.

"내가 너희 사이에 더 이상 의식적으로 존재하지 않게 될 때, 내가 사막의 두려운 생물로서만 여기에 존재하게 될 때, 많은 사람들이 나를 폭군으로 회상하리라는 것을 나는 확실히 알고 있다.

그게 공정하지. 나는 지금까지 폭군이었으니까.

폭군, 완전한 인간도 아니고, 미친 것도 아닌 그저 폭군일 뿐이다. 그러나 평범한 폭군들에게도 가벼운 역사가들의 흔한 평가를 뛰어넘는 동기와 감정이 있다. 그리고 그들은 나를 '위대한' 폭군으로 생각할 것이다. 따라서 나는 나의 감정과 동기가 역사에 의해 지나치게 왜곡되지 않도록 유산으로 보존할 것이다. 역사는 어떤 특징들을 확대하면서 나머지 특징들은 폐기해 버리는 버릇을 갖고 있다.

사람들은 나를 이해해서 자기들의 말이라는 틀에 끼워맞추려고 노력할 것이다. 그들은 진실을 추구할 것이다. 그러나 진실은 항상 진실을 표현하는 데 사용된 말의 모호함을 동반한다.

너희는 나를 이해하지 못할 것이다. 너희가 열심히 노력할수록 나는 점점 더 멀어져서 마침내 영원한 신화 속으로 사라져버릴 것이다. 마침내 살아 있는 신이 되는 것이다!

바로 그거다, 알겠나? 나는 지도자도 아니고 심지어 안내인도 아니다. 신이다. 그걸 기억하라. 나는 지도자나 안내인들과 상당히 다르다. 신들은 창조를 제외한 어떤 것에도 책임을 질 필요가 없다. 신들은 모든 것을 받아들이고 그럼으로써 아무것도 받아들이지 않는다. 신들은 사람들이 식별할 수 있는 존재여야 하지만 또한 익명의 존재로 남아 있어야 한다. 신들에게는 영혼의 세계가 필요하지 않다. 나의 영혼들은 내 안에 살고 있으며 나의 아주 가벼운 호출에도 응답할 수 있다. 나는 그들에 대해, 그리고 그들을 통해 알게 된 것을 너와 나누고 있다. 그것이 나를 기쁘게 해주기 때문이다. 그들이 '나의' 진실이다.

유일한 진실을 조심하라, 온화한 자매여. 비록 수많은 사람들이 추구하는 대상이지만, 진실은 추구하는 자에게 위험한 것일 수 있다. 신화와 사람을 안심시키는 거짓말을 찾아 믿는 것이 훨씬 쉽다. 너희가 진실을 찾는다면, 비록 그것이 일시적인 진실이라 해도 고통스러운 변화들을 요구할 것이다. 너희의 진실들을 말 속에 감춰라. 그러면 자연스러운 모호함이 너희를 보호해 줄 것이다. 말은 날카롭고 모호하게 너희를 찔러대는 말 없는 조짐보다 훨씬 더 쉽게 흡수될 수 있다. 말을 한다면 입을 모아 이렇게 울부짖어도 될 것이다.

'왜 아무도 내게 미리 경고를 해주지 않은 거지?'라고.

그러나 나는 너희에게 분명히 경고했다. 말이 아니라 실제의 예로 경고했다.

말이 차고 넘치는 것은 불가피한 일이다. 너는 지금도 놀라운 기억력으로 그 말들을 기록하고 있다. 그리고 언젠가 나의 일기들이 발견되면 더 많은 말들이 있을 것이다. 네게 경고한다. 너희는 스스로의 위험을 무릅쓰고 내 말을 읽는다. 끔찍한 사건들의 말 없는 움직임이 표면 바로 밑에 놓여 있다. 귀머거리가 되어라! 너희에게는 말을 들을 필요가, 아니 청각이 필요 없다. 너희는 기억할 필요가 없다. 잊는 것이 마음을 얼마나 달래주는가. 그리고 얼마나 위험한가!

나의 것과 같은 말들은 오래전부터 그 신비한 힘 때문에 인정을 받았다. 잘 잊어버리는 자들을 다스리는 데 사용될 수 있는 비밀스러운 지식이 여기 있다. 나의 진실들은 폭군들이 이기적인 계획을 위해 대중을 조종할 때 항상 의지했던 신화와 거짓말의 요체이다.

알겠나? 나는 이 모든 것을 너와 나누고 있다. 모든 시대를 통틀어 가장 위대한 신비까지도. 내가 나의 삶을 구성하는 데 사용하는 신비까지도. 네게 말로 그것을 밝힌다.

오랫동안 지속되는 유일한 과거는 너희의 내면에 말없이 누워 있다."

말을 마친 후 신황제는 침묵에 빠졌다. 나는 감히 물어보았다. "폐하께서 저를 통해 보존하시고 싶은 말은 그것뿐입니까?"

"그렇다." 신황제가 말했다. 그의 목소리는 피곤하고 낙심한 것처럼 들렸다. 마지막 유언을 하는 사람의 목소리 같았다. 다시는 나를 만나지 않을 것이라던 그의 말이 생각났다. 나는 두려웠지만 그 두려움이 내 목소리에 드러나지 않았기 때문에 나의 스승들을 찬미했다.

"레토 폐하, 폐하께서 말씀하신 일기들, 그것은 누구를 위해 쓰신 것입니까?" 내가 말했다.

"수천 년의 세월이 흐른 후 나타날 후손들을 위해서. 나는 그 먼 미래의 독자들을 생생한 인간으로 보고 있다, 체노에 자매. 나는 그들을 가족적 호기심으로 가득 찬 먼 친척들로 생각한다. 그들은 오직 나만이 자세히 이야기할 수 있는 드라마들을 풀어내는 데 열심히 몰두한다. 그것을 자기들의 삶에 직접적으로 연결시키고 싶어 한다. 그들은 의미를 원한다. 진실을!"

"하지만 폐하께서는 저희에게 진실을 찾지 말라고 경고하셨습니다, 폐하." 내가 말했다.

"그래! 모든 역사는 내 손안에서 쉽게 모양을 바꿀 수 있는 도구이다. 아아, 나는 이 모든 과거들을 축적했고 모든 사실을 소유하고 있다. 그러나 사실들은 내가 마음대로 사용할 수 있는 내 것이고, 그것들을 진실하게 사용할 때조차 나는 그것들을 변화시킨다. 지금 내가 네게 무엇을 말하고 있는가? 일기는 무엇인가? 말(言)이다."

레토 황제는 다시 침묵에 빠졌다. 나는 그가 말한 것의 의미를 가늠해보았다. 시약사 대모의 훈계와 신황제가 앞서 내게 말했던 것들에 견주어 그것을 가늠해 보았다. 그는 내가 자신의 전령이라고 말했다. 따라서 나는 그의 보호하에 있으며 어쩌면 어느 누구보다 더 과감해질 수 있을지도 모른다고 생각했다. 그래서 이렇게 말했다.

"레토 폐하, 폐하께서는 저를 다시는 만나지 않을 것이라고 하셨습니다. 그건 폐하께서 곧 돌아가실 거라는 뜻입니까?"

그때의 일을 기록한 이 글에서 맹세코 말하건대, 레토 황제는 웃음을 터뜨렸다! 그리고 말했다.

"아니다, 온화한 자매여. 죽을 사람은 너다. 너는 살아서 대모가 되지 못할 것이다. 이 말 때문에 슬퍼하지 말라. 오늘 이곳에 네가 있음으로써, 나의 메시지를 교단으로 가지고 돌아감으로써, 나의 비밀의 말 역시 보존해 줌으로써, 너는 훨씬 더 위대한 지위를 얻게 될 테니. 너는 이곳에서 내 신화의 필수적인 일부가 되었다. 우리의 먼 친척들은 대신 간청해 달라고 네게 기도할 것이다!"

레토 황제는 다시 소리 내어 웃었다. 그러나 그것은 부드러운 웃음이었고, 그는 나를 향해 따뜻한 미소를 지었다. 나는 지금처럼 어떤 일을 설명할 때에는 정확을 기해야 한다는 명령을 받았지만, 지금은 그 일을 정확하게 기록하기가 어렵다. 그러나 레토 황제가 그 끔찍한 말들을 하던 순간에 나는 그와 깊은 우정으로 결속되어 있는 듯한 기분이었다. 마치 뭔가 물리적인 것이 우리 둘 사이로 뛰어들어서 말로는 완전히 설명할 수 없는 방식으로 우리를 묶어버린 것 같았다. 이것을 경험하던 순간에야 나는 그가 말한 '말 없는 진실'이 무슨 의미인지 이해할 수 있었다. 그건 실제로 일어났던 일이지만, 나는 그것을 설명할 수가 없다.

기록 관리자의 메모

그동안 일어난 사건들 때문에 이 개인적인 기록의 발견은 지금 역사에 대한 각주에 지나지 않는다. 그러나 신황제가 쓴 비밀 일기를 가장 최초로 언급한 기록 중 하나라는 점에서 흥미를 끈다. 이 보고서를 더 깊이 연구해 보고 싶다면 기록 보관소의 기록 중 소제목 '체노에, 퀸티니우스 바이올렛 신성 자매', '체노에 보고서', '멜란지 거부 반응의 의학적 측면' 등을 조회하면 된다.

(각주 ― 퀸티니우스 바이올렛 체노에 자매는 교단에 들어온 지 53년째 되던 해에 사망했다. 사인은 대모의 지위를 얻기 위해 시도하던 도중 발생한 멜란지 거부 반응으로 알려져 있다.)

잔인한 자 중에서도 가장 잔인한 자로 알려졌던 우리의 조상 아수르 나지르 아플리(기원전 9세기 아시리아의 왕 — 옮긴이)는 자신의 아버지를 죽이고 왕위를 찬탈해 칼의 지배를 시작했다. 그가 정복한 지역 중에는 우루미아 호수 일대가 포함되어 있는데, 이곳이 그를 코마제네와 카부르로 이끌었다. 그의 아들은 슈이테스, 티레, 시돈, 게벨로부터 조공을 받았으며, 심지어 오므리의 아들인 제후로부터도 조공을 받았다. 오므리는 그 이름만으로도 수천 명의 사람들을 공포에 질리게 만들었던 인물이다. 아수르 나지르 아플리로부터 시작된 정복 전쟁은 메디아로 군사들을 이끌었으며, 나중에는 이스라엘, 다마스쿠스, 에돔, 아르파드, 바빌론, 울리마스까지 이르렀다. 지금 이런 이름들과 지역들을 기억하는 사람이 있는가? 나는 너희에게 충분한 단서를 주었다. 이 행성의 이름을 말해 보라.

—『도난당한 일기』

바위를 깎아 만든 제국 가도의 횡단로 안쪽 깊숙한 곳의 공기는 정체되어 있었다. 그 길은 아이다호 강의 다리로 향하는 평평한 진입로까지 이어졌다. 길은 인간이 바위와 흙을 쌓아 만든 거대한 절벽에서 오른쪽으로 꺾어졌다. 모네오는 황제의 수레 옆을 걸으면서 긴 끈처럼 생긴 포장도로가 좁은 산맥 꼭대기를 가로질러 플래스틸로 만든 구조물까지 이어져 있는 모습을 보았다. 플래스틸 구조물은 거의 1킬로미터나 떨어진 곳에 있는 다리였다.

여전히 협곡 속에 깊이 자리 잡고 있는 강은 오른쪽에서 그를 향해 안으로 휘어졌다가 여러 개의 층으로 이루어진 폭포를 곧장 뚫고 지나가 금지된 숲의 저쪽 건너편을 향했다. 그곳에서는 사방을 둘러싸고 있는 벽들이 거의 수면까지 내려와 있었다. 그곳, 온의 외곽에는 도시를 먹여 살리는 데 일조를 하는 과수원과 정원이 있었다.

모네오는 자신이 걷고 있는 곳에서 멀리 뻗어 있는 강을 바라보았다. 협곡 꼭대기가 빛 속에 잠겨 있는 반면 강물은 여전히 어둠 속에 잠겨 있었다. 그 어둠을 깨뜨리는 것은 희미하게 은빛으로 반짝이는 폭포뿐이었다.

똑바로 앞쪽에서는 다리까지 이어진 길이 햇빛 속에서 눈부시게 빛나고, 침식으로 생겨난 양편 협곡의 검은 그림자들은 올바른 길을 가르쳐 주는 화살표처럼 두드러져 보였다. 떠오르는 태양 때문에 길은 벌써 뜨거웠다. 그 길 위에서 공기가 잘게 몸을 떨었다. 그것은 이제 곧 다가올 한낮에 대한 경고였다.

'최악의 더위가 다가오기 전에 우리는 안전하게 도시에 들어가 있을 거다.' 모네오는 생각했다.

그는 이 지점에서 항상 자신을 압도하는 피곤함을 끈기 있게 참으며 종종걸음을 쳤다. 그의 시선은 청원을 하러 온 박물관 프레멘들의 모습을 기대하며 앞쪽에 고정되어 있었다. 그들이 침식 때문에 생긴 협곡들 중 한 곳에서 모습을 드러낼 것임을 그는 알고 있었다. 다리의 이쪽 편 어딘가에서. 그것이 그와 그들 사이의 합의 사항이었다. 이제 그들을 막을 길은 없었다. 그리고 신황제는 여전히 '벌레'의 징조를 내보이고 있었다.

레토가 그들의 소리를 먼저 들었다. 그의 일행 중엔 아무도 아직 프레멘들의 모습을 보거나 소리를 듣지 못했을 때였다.

"들어봐라!" 그가 소리쳤다.

모네오는 최고의 경계 태세를 취했다.

레토는 수레 위에서 몸을 굴려 몸의 앞부분을 거품 모양 덮개 밖으로 둥글게 휘어 올리고 앞을 응시했다.

모네오는 이런 반응을 잘 알고 있었다. 주위의 어느 누구보다 훨씬 더 예리한 신황제의 감각들이 앞쪽의 움직임을 감지한 것이다. 프레멘들이 도로 위로 올라오기 시작했다. 모네오는 한 발짝 뒤로 물러나 의무에 어긋나지 않는 한도 내에서 최대한 멀리까지 이동했다. 그때 그도 그 소리를 들었다.

자갈을 바닥에 엎지르는 것 같은 소리였다.

첫 번째 프레멘들이 황제의 일행 앞쪽으로 겨우 100미터밖에 떨어지지 않은 양편 협곡으로부터 모습을 드러냈다.

던컨 아이다호가 앞쪽으로 달려오다가 모네오 옆에 이르자 종종걸음으로 속도를 늦췄다.

"저 사람들이 그 프레멘이오?" 아이다호가 물었다.

"그렇소." 모네오는 신황제에게 시선을 못 박은 채 말했다. 신황제는 커다란 몸을 낮춰 다시 수레 위로 돌아가 있었다.

박물관 프레멘들이 길 위에서 한데 모이더니 로브를 벗고 안에 입은 빨간색과 자주색 로브를 드러냈다. 모네오는 헉 하고 숨을 삼켰다. 프레멘들은 그 화려한 로브 밑에 모종의 검은 옷을 입어 순례자처럼 치장하고 있었다. 그들이 모두 노래를 부르고 춤을 추며 황제의 일행을 향해 다가오기 시작할 때, 앞줄에 선 프레멘들이 둘둘 만 종이들을 흔들어댔다.

"청원이 있습니다, 폐하. 저희의 청원을 들어주십시오!" 그 지도자들이 소리쳤다.

"던컨! 저들을 치워라!" 레토가 소리쳤다.

물고기 웅변대가 주인의 외침에 조신들을 뚫고 앞으로 쇄도해 나갔다. 아이다호는 그들에게 손을 흔들어 앞으로 나아가라고 지시를 내린 다음 다가오는 무리를 향해 달리기 시작했다. 대원들이 아이다호를 정점으로 방진(方陳)을 형성했다.

레토는 거품 모양 덮개를 쾅 닫고 수레의 속도를 높이며 한층 더 커다란 목소리로 고함쳤다. "깨끗이 치워버려! 깨끗이 치워버려!"

박물관 프레멘들은 앞으로 달려오는 근위대원들과 수레의 속도를 점점 높이며 소리 지르는 레토를 보고 마치 도로 중앙에 길을 터주려는 것처럼 움직였다. 수레와 속도를 맞추기 위해 어쩔 수 없이 달리고 있던 모네오는 뒤에서 달려오는 조신들의 발소리에 순간적으로 주의를 빼앗겼다. 그때 프레멘들이 원래의 계획을 뜻하지 않게 바꿔버린 최초의 행동이 눈에 들어왔다.

주문처럼 똑같은 말을 계속 읊조리던 그 많은 사람들이 마치 한 사람처럼 순례자의 겉옷을 벗어던지자 아이다호가 입고 있는 것과 똑같은 검은 제복이 드러났다.

'뭐 하는 거지?' 모네오는 속으로 질문을 던졌다.

바로 그 순간에 모네오는 다가오는 사람들의 얼굴이 남을 흉내 내는 얼굴의 춤꾼처럼 녹아내렸다가 모두 던컨 아이다호와 똑같은 모습으로 바뀌는 것을 보았다.

"얼굴의 춤꾼들이다!" 누군가가 비명처럼 소리를 질렀다.

레토 역시 물고기 웅변대들이 방진을 짜는 동안 도로를 달리는 수많

right GOD EMPEROR of DUNE

은 발소리와 커다랗게 고함을 지르며 명령을 내리는 소리의 혼란 속에서 정신을 빼앗겼었다. 그는 수레의 속도를 더욱 높여 자신과 근위대 사이의 거리를 좁히며 경고의 종과 수레의 왜곡 경적을 울려대기 시작했다. 모든 가청 주파수를 포함하는 백색 잡음이 요란하게 울려 퍼지자 미리 훈련을 받은 물고기 웅변대원들 중에도 혼란을 느끼는 사람들이 생겨났다.

바로 그 순간 탄원자들이 순례자의 외투를 벗어던지고 변신을 시작했다. 그들의 얼굴이 순식간에 던컨 아이다호의 모습으로 변했다. 레토는 '얼굴의 춤꾼들이다!'라는 비명 소리를 들었다. 그는 그 소리를 지른 사람이 누구인지 알 수 있었다. 제국 회계부의 사무원이었다.

처음에 레토는 재미있다는 반응을 보였다.

근위대와 얼굴의 춤꾼들이 충돌했다. 비명과 고함 소리가 탄원자들의 읊조림을 대신했다. 레토는 틀레이랙스의 전투 명령을 알아들을 수 있었다. 물고기 웅변대원들이 검은 옷을 입은 그의 던컨의 주위를 두껍게 둘러쌌다. 그들은 레토가 자주 되풀이했던, 골라 대장을 보호하라는 명령을 따르고 있었다.

'하지만 저들이 자기들의 대장을 어떻게 구분하는 거지?'

레토는 수레의 속도를 거의 정지 상태로 늦췄다. 왼쪽에 있는 물고기 웅변대원들이 기절용 곤봉을 휘두르는 것이 보였다. 햇빛이 그들의 칼에 부딪혀 반짝였다. 그때 윙윙거리는 레이저총 소리가 들려왔다. 레토의 할머니가 예전에 '우리 우주에서 가장 끔찍한 소리'라고 했던 소리였다. 갈라진 목소리로 내뱉는 고함과 비명 소리가 전위 쪽에서 터져 나왔다.

레토는 레이저총 소리가 처음 들려오자마자 반응을 보이기 시작했다. 그는 황제의 수레로 크게 곡선을 그리며 오른쪽으로 길을 벗어나 수레의 반중력 장치를 작동시킨 다음, 얼굴의 춤꾼들 무리 속으로 수레를 파성퇴(벽 등을 부수는 도구—옮긴이)처럼 몰았다. 그들은 한데 엉켜서 그가 있는 쪽에서부터 난투 속으로 들어가려 애쓰고 있었다. 레토는 급하게 호선을 그리며 반대편에서 얼굴의 춤꾼들을 강타했다. 사람의 몸이 플래스틸에 부딪혀 뭉개지는 것이 느껴지고, 붉은 피가 튀었다. 다음 순간 그는 길에서 내려와 침식 때문에 생겨난 협곡 속에 들어가 있었다. 톱니처럼 뾰족뾰족한 협곡의 갈색 측면이 번개처럼 그의 곁을 스쳤다. 그는 재빨리 위로 방향을 틀어 강이 있는 협곡을 가로질러 제국 가도 옆의, 바위로 둘러싸인 높은 곳으로 급히 올라갔다. 그곳에서 움직임을 멈추고 방향을 돌렸다. 손으로 들고 쏠 수 있는 레이저총의 사정거리로부터 한참 벗어난 지점이었다.

'정말 뜻밖의 상황이군!'

큭큭거리며 잘게 떨리는 웃음소리가 그의 커다란 몸을 거세게 뒤흔들었다. 천천히 즐거운 기분이 가라앉았다.

사방을 내려다볼 수 있는 위치에서 레토는 공격이 벌어진 지역과 다리를 바라보았다. 난투의 현장 전체와 그 옆의 협곡들 속에 시체들이 뒤죽박죽 누워 있었다. 그는 조신들의 화려한 옷과 물고기 웅변대의 제복, 그리고 얼굴의 춤꾼들이 위장용으로 입은 피투성이의 검은 옷을 알아볼 수 있었다. 살아남은 조신들이 뒤쪽에 모여 웅크려 있는 동안 물고기 웅변대원들은 쓰러진 사람들 사이로 쇄도해 들어가 몸에 재빨리 칼을 찔러 넣으며 공격자들의 숨통을 확실히 끊어놓고 있었다.

레토는 현장을 훑어보며 검은 옷을 입은 자신의 던컨을 찾았다. 그런 제복을 입은 사람 중 서 있는 사람은 하나도 없었다. 하나도! 레토는 울화가 치솟는 것을 억눌렀다. 그때 조신들 사이에 모여 있는 일단의 물고기 웅변대 경비병들과 벌거벗은 사람이 보였다.

'벌거벗은 사람!'

그가 바로 던컨이었다! '벌거벗다니! 그래, 당연하지!' 제복을 입지 않은 던컨 아이다호는 얼굴의 춤꾼이 아니었다.

다시 웃음이 그의 몸을 뒤흔들었다. 양편에서 모두 뜻밖의 일들이 벌어진 것이다. 공격자들이 얼마나 충격을 받았겠는가. 그들이 그런 반응에 전혀 대비하지 못했음은 분명했다.

레토는 천천히 수레를 도로 위에 내려놓고, 바퀴를 원래의 위치로 내린 다음 다리 쪽으로 수레를 굴렸다. 그는 일종의 기시감을 느끼며 다리를 건넜다. 자신의 기억 속에 있는 수많은 다리들과 전투 이후의 상황을 보기 위해 다리를 건너던 기억들을 인식했다. 그가 다리를 다 건넜을 무렵, 아이다호가 근위대원들의 무리를 뚫고 나와 시체들을 건너뛰며 달려왔다. 레토는 수레를 멈추고 벌거벗은 채 달려오고 있는 그를 물끄러미 바라보았다. 던컨은 전투의 결과를 보고하기 위해 지휘관에게 달려오는 고대 그리스의 전사 겸 전령 같았다. 역사의 응축이 레토의 기억들을 멍하게 만들었다.

아이다호가 수레 옆에서 급히 발을 멈췄다. 레토는 거품 모양 덮개를 열었다.

"얼굴의 춤꾼들입니다. 저놈들 전부!" 아이다호가 숨을 몰아쉬면서 말했다.

레토는 즐거움을 숨기려 하지도 않고 물었다. "그대의 제복을 벗긴 건 누구의 생각이었나?"

"제 생각이었습니다! 그런데 저들이 저를 싸움에 끼어들지 못하게 했습니다!"

그때 모네오가 일단의 근위대원들과 함께 달려왔다. 물고기 웅변대원 하나가 대원의 푸른색 겉옷을 아이다호에게 던져주며 소리쳤다. "지금 시체들에서 손상되지 않은 제복을 찾아보고 있습니다."

"제가 제 옷을 찢어버렸습니다." 아이다호가 설명했다.

"얼굴의 춤꾼들 중 도망친 사람은 없소?" 모네오가 물었다.

"한 명도 없습니다. 폐하의 근위대가 훌륭한 전사들이라는 건 인정합니다. 하지만 그들이 왜 저를 싸우지 못하게 했는지……."

"그대를 보호하라는 명령 때문이다." 레토가 말했다. "그들은 항상 가장 소중한 사람을 보호……."

"저를 그곳에서 빼내느라 네 명이 죽었습니다!" 아이다호가 말했다.

"모두 서른 명 이상을 잃었습니다, 폐하. 더 늘어날 수도 있습니다." 모네오가 말했다.

"얼굴의 춤꾼들은 몇 명인가?" 레토가 물었다.

"딱 쉰 명이었던 것 같습니다, 폐하." 모네오가 말했다. 그의 목소리는 부드러웠고 얼굴에는 충격이 드러나 있었다.

레토가 쿡쿡거리며 웃기 시작했다.

"왜 웃으시는 겁니까?" 아이다호가 다그치듯 물었다. "우리 편 사람 서른 명 이상이……."

"하지만 틀레이랙스 인들은 너무나 서툴렀다. 500년 전만 해도 그들은 훨씬 더 유능하고, 훨씬 더 위험했다는 걸 모르겠나? 그들이 감히 그런 멍청한 위장을 한 걸 생각해 보아라! 게다가 그대의 기막힌 대응을 예상하지 못했어!" 레토가 말했다.

"그들은 레이저총을 갖고 있었습니다." 아이다호가 말했다.

레토는 거대한 앞쪽 체절들을 비틀어 수레의 거의 중앙 부분에 있는 천개에 난 구멍을 가리켰다. 천개가 터지면서 녹았다가 제멋대로 융합된 흔적이 구멍 주위를 둘러싸고 있었다.

"아래쪽에도 여러 곳이 총에 맞았다. 반중력 장치나 바퀴가 망가지지 않은 게 다행이야." 레토가 말했다.

아이다호는 천개의 구멍을 뚫어지게 바라보다가, 그것이 레토의 몸이 있는 자리와 일치한다는 것을 알아챘다.

"폐하께서는 맞지 않으셨습니까?" 그가 물었다.

"아, 맞았지." 레토가 말했다.

"부상을 입으신 겁니까?"

"나는 레이저총의 영향을 받지 않는다." 레토는 거짓말을 했다. "시간이 있을 때 내가 시범을 보여주겠다."

"음, 저는 폐하와 다릅니다. 근위대원들도 마찬가지고요. 저희들 모두 방어막 허리띠가 있어야 합니다." 아이다호가 말했다.

"방어막은 제국 전역에서 금지되어 있다. 방어막을 갖는 것은 사형감이야."

"방어막의 문제는⋯⋯." 모네오가 용기를 내서 입을 열었다.

아이다호는 모네오가 방어막에 대한 설명을 요구하는 줄 알고 말했다. "방어막 허리띠는 힘의 장을 형성하는데, 그 장은 위험한 속도로 뚫고 들어오려는 모든 물체를 튕겨내오. 하지만 방어막에는 한 가지 중요한 결점이 있소. 레이저 광선으로 그 힘의 장을 가로지르면, 그 결과 일어나는 폭발은 아주 커다란 핵융합 폭탄과 맞먹을 정도요. 공격자와 공격을 받은 사람이 함께 사라지는 거지."

모네오는 아이다호를 뚫어지게 바라보기만 했고, 아이다호는 고개를 끄덕였다.

"방어막이 왜 금지되었는지 알 것 같습니다. 원자 무기를 금지한 대협정의 규정이 아직도 살아서 효력을 발휘하는 거지요?" 아이다호가 말했다.

"전보다 훨씬 더 효력을 발휘하고 있지. 우리가 모든 가문의 원자 무기를 찾아내서 안전한 곳으로 옮겨놓았으니까. 그러나 지금은 이곳에서 그런 문제를 얘기할 시간이 없다." 레토가 말했다.

"하지만 한 가지는 얘기할 수 있습니다." 아이다호가 말했다. "이렇게 탁 트인 공간으로 걸어 나오는 것은 너무 위험합니다. 반드시……."

"이건 전통이고, 우리는 이 전통을 계속 지켜나갈 것이다." 레토가 말했다.

모네오는 아이다호의 귀를 향해 가까이 고개를 기울였다. "당신은 레토 폐하를 귀찮게 하고 있소."

"하지만……."

"'걷는' 사람들을 통제하는 것이 얼마나 더 쉬운지 생각해 보지 않았소?" 모네오가 물었다.

아이다호는 휙 고개를 돌려 모든 것을 갑자기 이해한 표정으로 모네오의 눈을 쏘아보았다.

레토는 이 틈을 타서 명령을 내리기 시작했다. "모네오, 이곳에 공격의 흔적이 하나도 남지 않게 하라. 핏자국 하나, 찢어진 옷자락 하나도 남아 있으면 안 돼. 하나도."

"예, 폐하."

아이다호는 주위로 몰려드는 사람들의 기척에 고개를 돌렸다. 살아남은 사람들 모두가, 심지어 응급 처치용 붕대를 매고 있는 부상자들까지도 몰려들어 귀를 기울이고 있었다.

레토가 수레 주위의 사람들을 향해 말했다. "너희 모두 이 일에 대해 한마디도 하지 말라. 틀레이랙스 인들이 걱정하게 해." 그는 아이다호를 바라보았다.

"던컨, 나의 박물관 프레멘들만이 자유롭게 돌아다닐 수 있는 곳에 얼굴의 춤꾼들이 들어온 것은 어찌 된 일인가?"

아이다호는 자기도 모르게 모네오를 살짝 바라보았다.

"폐하, 그것은 제 불찰입니다. 프레멘들이 이곳에서 청원서를 제출하도록 주선한 사람이 접니다. 저는 심지어 그들의 문제와 관련해서 던컨 아이다호를 안심시키기까지 했습니다." 모네오가 말했다.

"그대가 청원에 대해 얘기했던 걸 기억하고 있다." 레토가 말했다.

"저는 폐하께서 즐거워할지도 모른다고 생각했습니다, 폐하."

"청원은 즐겁지 않다. 짜증스럽지. 내 계획 속에서 고대의 형식들을 보존하는 단 하나의 목적밖에 지니고 있지 않은 사람들의 청원은 특히 더 짜증스럽다."

"폐하, 이 여행이 지루하다는 얘기를 폐하께서 너무 자주 하셨기에……."

"하지만 내가 다른 사람들의 지루함을 덜어주려고 여기 있는 것은 아니야!"

"폐하?"

"박물관 프레멘들은 과거의 방식에 대해 아무것도 이해하지 못한다. 그들이 잘하는 건 동작을 흉내 내는 것뿐이야. 따라서 당연히 그들은 지루해하게 마련이고, 그들의 청원은 항상 변화를 달라는 것이다. 나를 짜증 나게 하는 게 바로 그거야. 나는 변화를 허락지 않을 것이다. 자, 그대는 그런 청원이 있을 거라는 사실을 어떻게 알았나?"

"저 프레멘들이 직접 알려주었습니다. 사절……." 모네오는 말을 멈추고 인상을 찌푸렸다.

"그 사절단 단원들은 그대가 아는 사람이었나?"

"물론입니다, 폐하. 그렇지 않았다면 저는……."

"그들은 죽었소." 아이다호가 말했다.

모네오는 그의 말을 이해하지 못한 채 그를 바라보았다.

"당신이 알던 사람들은 죽임을 당했고, 얼굴의 춤꾼들이 그들을 흉내 낸 것이오." 아이다호가 말했다.

"내가 부주의했다. 그대들 모두에게 얼굴의 춤꾼을 감지해 내는 법을 가르쳤어야 하는 건데. 그들이 미련할 정도로 대담해졌으니 이제 그 실수를 바로잡아야겠다." 레토가 말했다.

"그들이 왜 그렇게 대담해진 겁니까?" 아이다호가 말했다.

"아마 뭔가 다른 것으로부터 우리의 주의를 돌리기 위해서겠지." 모네오가 말했다.

레토는 모네오를 향해 빙긋 웃었다. 자신의 안전이 위협을 받는 상황에서도 모네오의 정신은 훌륭하게 작동하고 있었다. 그는 얼굴의 춤꾼들을 자기가 아는 프레멘으로 착각함으로써 황제를 실망시켰다. 이제 모네오는 신황제가 원래 자신을 선택한 이유가 되었던 능력을 발휘해야 이 일을 계속할 수 있을 것 같다는 생각이 들었다.

"이제 우리에게는 대비할 시간이 있다." 레토가 말했다.

"무엇에서 주의를 돌린단 말입니까?" 아이다호가 다그치듯 물었다.

"그들이 동참한 또 다른 음모겠지. 그들은 내가 이 일로 인해 자기들에게 가혹한 벌을 내릴 거라고 생각하고 있다. 하지만 틀레이랙스의 핵심은 안전하게 남아 있지. 바로 그대 때문에, 던컨." 레토가 말했다.

"그들은 여기서 실패할 작정이 아니었습니다." 아이다호가 말했다.

"하지만 그들은 실패할 가능성에 대해서도 대비하고 있었소." 모네오가 말했다.

"그들은 자기들이 내 던컨 아이다호의 원래 세포를 보유하고 있기 때문에 자기들을 죽이지 못할 거라고 믿고 있다. 이제 알겠나, 던컨?" 레토가 말했다.

"정말로 그런 겁니까?" 아이다호가 다그치듯 물었다.

"틀린 쪽에 가깝지." 레토가 말했다. 그리고 다시 모네오를 바라보며 말했다. "이번 일의 흔적이 온까지 우리를 따라와서는 안 된다. 새 제복을 준비하고 사망자와 부상자를 대신할 새 근위대원들을 준비하라…….모든 것이 이전과 똑같아야 한다."

"조신들 중에도 사망자가 있습니다, 폐하." 모네오가 말했다.

"다른 사람들로 그 자리를 메워!"

모네오가 고개를 숙이면서 말했다. "예, 폐하."

"그리고 내 수레에 달 새 천개를 가져오라고 사람을 보내라!"

"폐하의 명령에 따르겠습니다."

레토는 수레를 몇 걸음 뒤로 물린 다음 방향을 돌려 다리로 향하면서 뒤에 있는 아이다호에게 소리쳤다. "던컨, 나를 따르라."

아이다호는 동작 하나하나마다 싫은 기색을 역력하게 내비치면서 천천히 모네오와 다른 사람들 곁에서 멀어졌다. 그러나 곧 속도를 올려 수레의 열린 덮개 옆으로 다가가 걸으면서 레토를 뚫어지게 바라보았다.

"뭐가 문제인가, 던컨?" 레토가 물었다.

"저를 정말로 폐하의 던컨으로 생각하십니까?"

"물론이지. 그대가 나를 그대의 레토로 생각하는 것과 같다."

"폐하께서는 이번 공격을 왜 알지 못하신 겁니까?"

"내 자랑거리인 예지력으로 말인가?"

"네!"

"얼굴의 춤꾼들은 오랫동안 내 관심을 끌지 못했다."

"그럼 이제 그것이 바뀌었겠군요?"

"그리 크게 바뀌지는 않았다."

"왜죠?"

"모네오의 말이 옳기 때문이다. 나는 이런 일에 주의를 빼앗기지 않을 것이다."

"그들이 아까 정말로 폐하를 죽일 수도 있었을까요?"

"분명히 그럴 수도 있었지. 알고 있나, 던컨? 나의 종말이 어떤 재앙이 될지 이해하는 사람이 거의 없다."

"틀레이랙스 인들은 어떤 음모를 꾸미고 있는 겁니까?"

"함정이겠지. 아주 멋진 함정. 그들은 내게 신호를 보냈다, 던컨."

"어떤 신호입니까?"

"나의 신민들 일부를 몰아대고 있는 필사적인 충동들이 새로이 증가했다."

그들은 다리를 떠나 레토가 상황을 내려다보던 지점으로 올라가기 시작했다. 아이다호는 속이 부글부글 끓는 가운데 침묵을 지키며 걸었다.

꼭대기에 이르자 레토는 저 먼 절벽 너머를 향해 시선을 들어 사리르의 황량한 땅을 바라보았다.

사랑하는 자들을 잃은 수행원들의 탄식이 공격이 일어났던 다리 뒤쪽에서 계속되었다. 날카로운 청각 덕분에 레토는 애도의 시간이 길어져서는 안 된다고 경고하는 모네오의 목소리를 구분할 수 있었다. 요새에는 그들이 사랑하는 다른 사람들이 있었고, 그들은 신황제의 분노를 잘 알고 있었다.

'온에 도착할 때쯤이면 저들의 눈물은 사라지고, 저들의 얼굴에는 미소가 발라져 있을 것이다. 저들은 내가 자기들을 간단히 버린다고 생각한다! 사실 그게 뭐 중요하겠는가? 이건 짧은 생명과 짧은 생각을 지닌 자들 사이에서 순식간에 지나가는 성가신 일일 뿐이다.' 레토는 생각했다.

사막의 모습이 그의 마음을 달래주었다. 이곳에서는 몸을 완전히 돌려 축제의 도시가 있는 방향을 바라보지 않는 한 협곡 안쪽의 강이 보이지 않았다. 던컨은 수레 옆에서 다행히도 침묵을 지키고 있었다. 시선을 약간 왼쪽으로 돌리자 금지된 숲의 가장자리가 보였다. 언뜻 보이는 초록색 풍경을 배경으로 그의 기억들이 갑자기 사리르를 압축시켜 한때 너무나 강력해서 모든 사람들이 두려워했던, 심지어 그곳을 돌아다니던 야생의 프레멘들조차 두려워했던, 행성 전체를 뒤덮은 사막의 작고 연약한 잔해로 만들었다.

'강 때문이다. 몸을 돌리면 내가 만들어놓은 것이 보일 것이다.' 레토는 생각했다.

아이다호 강이 거세게 흐르고 있는 인공 협곡은 무앗딥이 벌레에 올라탄 자신의 군대가 지나갈 길을 만들기 위해 탑처럼 솟은 방어벽을 날려 만들었던 틈새의 연장에 지나지 않았다. 지금 물이 흐르는 곳에서 무앗딥은 코리올리 폭풍의 흙먼지를 뚫고 프레멘들을 역사 속으로…… 그리고 지금 이곳으로 이끌었다.

레토는 모네오의 익숙한 발소리를 들었다. 레토가 사방을 내려다보고 있는 지점까지 힘겹게 올라오는 소리였다. 모네오가 아이다호의 옆에서 잠시 걸음을 멈추고 숨을 골랐다.

"다시 출발할 때까지 시간이 얼마나 걸리겠소?" 아이다호가 물었다.

모네오는 손을 저어 그의 입을 막고 레토에게 말했다. "폐하, 온에서 연락이 왔습니다. 폐하께서 다리에 도착하기 전에 틀레이랙스 인들이 공격할 것이라는 베네 게세리트의 전갈입니다."

아이다호는 코웃음을 쳤다. "조금 때가 늦은 것 아니오?"

"그건 그들의 잘못이 아니오. 물고기 웅변대 장교가 그들의 말을 믿으려 하지 않았기 때문이오." 모네오가 말했다.

레토의 다른 수행원들이 하나둘씩 모여들기 시작했다. 몇몇은 충격에서 아직 벗어나지 못해 약을 먹은 것처럼 보였다. 물고기 웅변대원들이 그들 사이에서 힘차게 움직이며 기운 차린 모습을 보여줄 것을 명령하고 있었다.

"베네 게세리트 사절들에 붙인 근위대를 물려라. 그리고 그들에게 전갈을 보내. 그들의 알현 순서는 여전히 마지막이지만 그걸 두려워할 필요는 없다고. 가장 나중 된 자가 가장 먼저 될 것이라고 전해라. 그들은 이 말을 알아들을 것이다." 레토가 말했다.

"틀레이랙스 인들은 어떻게 할까요?" 아이다호가 물었다.

레토는 모네오에게서 시선을 떼지 않은 채 말했다. "그래, 틀레이랙스 인들이 있지. 우리는 그들에게 신호를 보낼 것이다."

"예, 폐하?"

"내가 명령을 내리면, 바로 그때가 되어서야, 틀레이랙스의 대사에게 공개적으로 채찍질을 하고 추방해 버려라."

"폐하!"

"내 의견에 반대하는 건가?"

"이 일을 비밀로 하실 작정이라면……." 모네오는 어깨 너머를 흘끗 바라보며 말을 이었다. "그 채찍질을 어떻게 설명하실 겁니까?"

"우리는 설명하지 않을 것이다."

"아무런 이유도 제시하지 않으시겠다는 겁니까?"

"그래."

"하지만 폐하, 소문과 이야기 들이……."

"나는 지금 그냥 반응을 보이고 있을 뿐이다, 모네오! 뭔가를 알 수 있는 수단을 갖고 있지 않기 때문에 나도 모르게 이런저런 일들을 행하는 나의 감춰진 일부를 그들이 느낄 테면 느끼라고 해."

"그런 조치는 커다란 두려움을 야기할 겁니다, 폐하."

퉁명스럽고 거친 웃음이 아이다호에게서 터져 나왔다. 그가 모네오와 수레 사이로 끼어들었다. "폐하께서는 그 대사에게 친절을 베푸시는 거요! 그런 바보 녀석을 천천히 타는 불로 죽여버린 통치자들도 있었소."

모네오는 아이다호의 어깨 너머로 레토에게 말을 하려고 시도했다. "하지만 폐하. 그런 조치는 폐하께서 공격당했다는 사실을 틀레이랙스 인들에게 확인시켜 줄 겁니다."

"그들은 이미 알고 있다. 하지만 그 일에 대해 입을 열지는 않을 거다." 레토가 말했다.

"그리고 공격자들이 한 사람도 돌아가지 않으면……." 아이다호가 말했다.

"알겠나, 모네오? 우리가 상처 하나 없이 멀쩡한 모습으로 온으로 행진해 들어가면 틀레이랙스 인들은 자기들이 철저하게 실패했다고 믿을 거다."

모네오는 이 대화에 홀린 듯이 귀 기울이고 있는 물고기 웅변 대원들과 조신들을 살짝 둘러보았다. 그들 중 어느 누구도 신황제와 그의 최측근 보좌관들 사이에 오가는, 이처럼 많은 의미가 내포된 대화를 들은 적이 거의 없었다.

"폐하께서는 대사의 처벌 신호를 언제 보내실 생각이십니까?" 모네오가 물었다.

"알현 도중에."

레토는 오니솝터들이 다가오는 소리를 들었다. 오니솝터의 날개와 회전 날개에 햇빛이 부딪혀 반짝이는 것이 보였다. 애써 시선의 초점을 맞춰보니 오니솝터 한 대 밑에 황제의 수레를 위한 새 천개가 매달려 있는 것을 알 수 있었다.

"이 구멍 난 천개를 요새로 돌려보내 수리하게 하라." 레토가 다가오는 오니솝터들을 여전히 응시하면서 말했다. "만약 누가 물어보면, 천개가 여느 때처럼 바람에 날려 온 모래에 긁혔을 뿐이라고 말하게 해."

모네오는 한숨을 쉬었다. "예, 폐하. 폐하의 지시대로 이행하겠습니다."

"자, 모네오, 기운 내라. 계속 내 옆에서 걸어." 레토는 아이다호에게 시선을 돌리며 말을 이었다. "대원 몇 명을 추려 전방에 정찰을 보내라."

"공격이 또 있을 거라고 생각하시는 겁니까?" 아이다호가 물었다.

"아니. 하지만 그러면 대원들에게 할 일이 생기지 않나. 그리고 새 제복을 찾아 입어라. 네가 더러운 틀레이랙스 인들에게 오염된 옷을 입고 있는 게 싫다."

아이다호는 명령에 따르기 위해 움직였다.

레토는 모네오에게 더욱더 가까이 다가오라는 신호를 보냈다. 모네오가 수레 안으로 몸을 기울이고 레토에게서 1미터도 채 떨어지지 않은 곳에 얼굴을 갖다 대자 레토가 낮은 목소리로 말했다.

"이번 일에서 그대가 특별히 배워야 할 교훈이 있다, 모네오."

"폐하, 제가 얼굴의 춤꾼들을 의심했어야……."

"얼굴의 춤꾼들이 아냐! 이건 그대의 딸을 위한 교훈이다."

"시오나 말씀이십니까? 그 아이가 무엇을……."

"그녀에게 말해라. 약하기는 하지만, 그녀는 알지 못하는 상태에서 행동하는 내 안의 그 힘과 같다. 그녀 때문에 나는 인간으로 사는 것이 어떤 것인지 기억하고 있다…… 사랑이 어떤 것인지도."

모네오는 이 말을 전혀 이해하지 못한 채 레토를 뚫어지게 보았다.

"그냥 그녀에게 이 말을 전하기만 해라. 그대가 이 말을 이해하려고 애쓸 필요는 없어. 그냥 그녀에게 내 말을 전해라."

모네오는 뒤로 물러났다. "폐하의 명령에 따르겠습니다."

레토는 다가오는 오니숍터의 승무원들이 거품 모양 천개를 교체할 수 있도록 천개를 닫았다.

모네오는 고개를 돌려 사방이 내려다보이는 평평한 땅 위에서 기다리고 있는 사람들을 살짝 둘러보았다. 그때, 전에는 미처 보지 못했던 어떤 것이 눈에 들어왔다. 사람들 중 일부가 흐트러진 옷을 아직 바로잡지 못한 덕분에 알게 된 사실이었다. 조신들 중 일부가 청각을 보조하는 섬세한 장치들을 갖추고 있다는 점. 그들은 줄곧 대화를 엿듣고 있었다. 그리고 그런 장치를 구할 수 있는 곳은 익스밖에 없었다.

'던컨과 근위대에 알려줘야겠군.' 모네오는 생각했다.

이번에 발견된 이 사실이 왠지 타락의 증상이라는 생각이 들었다. 신황제가 금지된 기계들을 구하기 위해 익스와 거래하고 있다는 사실을 대부분의 조신과 물고기 웅변대 대원이 분명히 알거나 짐작하는 마당에 그런 물건들을 어찌 금지할 수 있겠는가?

✹❈✹

나는 물을 증오하기 시작했다. 나의 변신을 재촉하는 모래송어 피부가 모래벌레의 민감성을 배운 것이다. 내가 물을 싫어한다는 사실을 모네오와 나의 근위대원 다수가 알고 있다. 진실을 짐작하고 있는 것은 모네오뿐이다. 이것이 중요한 이정표를 의미한다는 진실을. 나는 그 안에서 내가 끝나가는 것을 느낀다. 모네오의 시간관념으로는 그리 빠른 일이 아니지만, 내가 견디고 있는 시간관념으로는 충분히 빠른 편이다. 모래송어들은 듄 시절에 물을 향해 몰려들었고, 우리가 공생하기 시작한 초기에는 이것이 문제가 되었다. 그때 내 의지의 강요가 그들의 충동을 억제했다. 그리고 마침내 우리는 균형의 시간에 도달했다. 이제 나는 물을 피해야 한다. 내 피부인, 반쯤 휴지(休止) 상태인 생물들이 있을 뿐 다른 모래송어는 존재하지 않기 때문이다. 이 세상을 사막으로 되돌려놓을 모래송어가 없다면 샤이 훌루드는 모습을 드러내지 못할 것이다. 이 땅이 바싹 마를 때까지 모래벌레는 생겨날 수 없다. 나는 그들의 유일한 희망이다.

—『도난당한 일기』

황제의 일행은 오후의 중반이 지난 후에 마지막 경사로를 내려가 축제의 도시로 들어왔다. 군중들이 거리에 줄지어 늘어서서 그들을 맞이했고, 아트레이데스의 초록색 제복을 입은 곰 같은 물고기 웅변대원들이 기절용 곤봉을 서로 엇갈려 맞물린 채 단단한 선을 구축해 군중들을 제자리에 묶어두고 있었다.

황제의 일행이 가까워짐에 따라 군중 사이에서 소란스러운 고함 소리가 터져 나왔다. 그리고 물고기 웅변대원들이 단조로운 목소리로 읊조리기 시작했다.

"시아이녹! 시아이녹! 시아이녹!"

그 소리가 높은 건물들에 부딪혀 튕겨 나왔다가 다시 건물들로 돌아가기를 반복함에 따라 이 소리의 의미를 전수받지 못한 군중에게 기묘한 영향을 미쳤다. 물고기 웅변대원들이 계속 이 소리를 읊조리는 동안 군중들이 몰려선 거리를 침묵의 파도가 휩쓸었던 것이다. 사람들은 기절용 곤봉을 들고 황제가 지나가는 길을 지키는 여자들을 두려운 시선으로 바라보았다. 그들은 길을 지나가는 자기들의 주인 얼굴에 시선을 고정한 채 같은 소리를 계속 읊조리고 있었다.

아이다호는 황제의 수레 뒤에서 물고기 웅변대원들과 함께 행진하면서 처음으로 이 읊조림을 듣고 목덜미의 털이 쭈뼛 곤두서는 것을 느꼈다.

모네오는 좌우 어느 쪽으로도 시선을 주지 않은 채 수레 옆에서 행진했다. 예전에 그는 경비병들이 읊조리는 단어의 뜻을 레토에게 물은 적이 있었다.

"나는 물고기 웅변대에게 단 하나의 의식만을 주었다." 그때 레토는 이렇게 말했다. 당시 그들은 온의 중앙 광장 밑에 있는 신황제의 알현실에 있었고, 모네오는 10년제를 위해 도시로 몰려든 고위 인사들의 움직임을 하루 종일 지휘하느라 지쳐 있었다.

"저 단어를 읊조리는 것이 그것과 무슨 상관이 있습니까, 폐하?"

"그 의식은 시아이녹이라고 불린다. 레토의 잔치라는 뜻이지. 그것은 내가 있는 곳에서 나라는 인물을 숭배하는 의식이다."

"고대의 의식입니까, 폐하?"

"이 의식은 프레멘들이 프레멘이 되기 전에도 그들과 함께 있었다. 그러나 축제의 비밀에 대한 열쇠들은 과거의 것들과 함께 죽어버렸지. 지금 그것들을 기억하는 사람은 나뿐이다. 나는 나 자신의 모습을 본떠서, 그리고 나 자신의 목적을 위해 축제를 다시 만들어낸다."

"그럼 박물관 프레멘들은 이 의식을 사용하지 않습니까?"

"절대 사용하지 않지. 이 의식은 내 것이며, 오로지 나만의 것이다. 나는 이 의식에 대해 영원한 권리를 주장한다. 내가 바로 그 의식이니까."

"낯선 단어입니다, 폐하. 저는 그것과 비슷한 말을 한 번도 들어본 적이 없습니다."

"그 단어에는 의미가 많다, 모네오. 내가 그 의미들을 말해 준다면, 그대는 그것을 비밀로 지킬 수 있겠나?"

"폐하의 명령이시라면!"

"이 얘기를 결코 다른 사람에게 들려주지도 말고, 내가 지금 그대에게 하는 얘기를 물고기 웅변대 대원들에게 밝히지도 말아야 한다."

"맹세합니다, 폐하."

"좋다. 시아이녹은 정직하게 말하는 사람에게 명예를 준다는 뜻이다. 이 단어는 정직한 말에 대한 기억을 의미하지."

"하지만 폐하, 정직성이란 사실 말하는 사람이 자신의 말을 믿는다는 것을…… 그것에 대한 믿음을 갖고 있다는 의미 아닙니까?"

"그렇다. 그러나 시아이녹에는 또한 현실을 밝혀주는 빛이라는 개념도 포함되어 있다. 사람은 자기 눈으로 볼 수 있는 것에 계속 빛을 비추는 법이지."

"현실이라…… 그건 아주 모호한 단어입니다, 폐하."

"그렇지! 그러나 시아이녹은 또한 소란을 상징한다. 현실 또는 사람들이 현실을 알고 있다는 믿음은, 사실 이 두 가지가 같은 것이기는 하지만, 항상 이 우주에서 소란을 일으키기 때문이다."

"그 모든 의미가 한 단어에 들어 있단 말입니까, 폐하?"

"그뿐이 아니다! 시아이녹에는 기도에 대한 권고와 금방 죽은 사람을 신문하는 기록의 천사 시하야의 이름이 포함되어 있다."

"한 단어가 지기에는 커다란 짐이군요, 폐하."

"단어들은 우리가 원하는 모든 짐을 질 수 있다. 필요한 것은 의미 구축의 기반이 되는 합의와 전통뿐이야."

"제가 이 얘기를 물고기 웅변대원들에게 해서는 안 되는 이유가 무엇입니까, 폐하?"

"이것이 그들만을 위한 단어이기 때문이다. 그들은 내가 이 단어를 남자와 공유했다고 화를 낼 거다."

모네오는 황제의 수레 옆에서 축제의 도시로 행진해 들어가면서 그때의 대화를 떠올리고 입을 꾹 다물었다. 그는 처음 신황제에게서 설명을 들은 이후 물고기 웅변대원들이 이 단어를 읊조리며 신황제를 맞아들이는 모습을 여러 번 보았다. 심지어 이 기묘한 단어에 자기 나름의 의미를 덧붙이기도 했다.

'이 단어는 신비와 특권을 의미한다. 이 단어는 힘을 의미해. 이 단어는 신의 이름으로 행동할 수 있다는 허락을 불러낸다.'

"시아이녹! 시아이녹! 시아이녹!"

이 단어가 모네오의 귀에는 음산하게 들렸다.

그들은 도시 안쪽으로 깊숙이 들어와 중앙 광장에 거의 다다라 있었다.

오후의 햇살이 행렬 뒤쪽의 제국 대로로 내려와 길을 밝혀주었다. 그 빛 때문에 시민들의 화려한 옷이 눈부시게 보였다. 빛은 길을 따라 줄지어 서서 하늘을 바라보고 있는 물고기 웅변대원들의 얼굴 위에서 빛났다.

아이다호는 근위대원들과 함께 수레 옆에서 행진하면서 읊조림이 계속되는 동안 처음의 경계심을 풀어버렸다. 그는 옆에 있는 물고기 웅변대원에게 저 읊조림에 대해 물어보았다.

"저것은 남자들을 위한 단어가 아닙니다. 하지만 때로 폐하께서 시아이녹을 어떤 던컨 님과 함께 나누시는 경우도 있습니다."

'어떤 던컨 님이라니!' 그는 이미 전에 레토에게 그것에 대해 물어보았지만, 이해할 수 없는 수수께끼 같은 말로 대답을 회피하는 것이 마음에 들지 않았다.

"곧 알게 될 거다." 레토는 그렇게 말했다.

아이다호는 읊조리는 소리를 머리 한구석으로 밀어버리고 관광객처럼 호기심 어린 시선으로 주위를 둘러보았다. 근위대장의 임무를 수행하기 위해 준비하는 과정에서 아이다호는 온의 역사에 대해 물어본 적이 있었다. 그리고 이 도시 옆을 흐르는 것이 아이다호 강이라는 사실에 레토와 마찬가지로 비틀린 즐거움을 느꼈다.

그때 그들은 요새의 탁 트인 커다란 방들 중 한 곳에 있었다. 바람이 잘 통하는 그 방에는 아침 햇살이 가득했고, 널찍한 탁자들 위에는 물고기 웅변대 기록 관리자들이 펼쳐놓은 사리르와 온의 지도가 있었다. 레토는 지도를 내려다볼 수 있는 경사로 위로 수레를 몰았다. 아이다호는 지도가 흩어진 탁자 하나를 사이에 둔 채 축제의 도시의 평면도를 들여다보고 있는 레토의 맞은편에 섰다.

"도시의 설계도치고는 특이하군요." 아이다호가 생각에 잠긴 듯 말했다.

"이 도시에는 중요한 목적이 하나 있지. 신황제의 모습이 공개적으로 드러나는 것."

아이다호는 수레 위에 놓인 체절이 있는 몸을 올려다보다가 수도사의 두건을 쓴 것 같은 얼굴로 시선을 옮겼다. 이 괴상한 모습을 보는 것이 마음 편하게 느껴질 날이 과연 올지 모르겠다는 생각이 들었다.

"하지만 겨우 10년에 한 번뿐이지 않습니까." 아이다호가 말했다.

"위대한 나눔의 의식을 통해서 그렇게 하지. 맞다."

"그럼 축제 기간이 아닐 때에는 도시를 그냥 폐쇄해 버리시는 겁니까?"

"대사관들이 그곳에 있다. 무역상들의 사무실과 물고기 웅변대 학교, 서비스와 유지 보수를 담당한 중요 간부들, 박물관, 도서관 등도 그곳에 있지."

"그것들이 차지하는 공간이 어느 정도입니까?" 아이다호는 손가락 관절로 지도를 두드리면서 말을 이었다. "기껏해야 도시의 10분의 1 정도입니까?"

"그보다 더 적다."

아이다호는 지도를 멍하니 바라보면서 곰곰이 생각에 잠겼다.

"이 설계에 다른 목적이 있습니까, 폐하?"

"이 설계를 지배하는 것은 내 몸을 공개적으로 보여줘야 할 필요성이다."

"사무원, 공무원, 그리고 심지어 평범한 노동자도 분명히 있을 텐데요. 그들은 어디서 살고 있습니까?"

"대부분 근교에서 살고 있지."

아이다호는 지도 위를 손가락으로 가리켰다. "여기 줄지어 늘어선 아파트들 말입니까?"

"발코니를 잘 봐라, 던컨."

"광장 주위를 완전히 둘러싸고 있군요." 그는 몸을 기울여 지도를 응시했다. "광장의 지름이 2킬로미터나 됩니다!"

"발코니들이 계단 모양으로 점점 뒤로 물러나 둥글게 늘어선 첨탑들까지 곧장 이어져 있는 걸 잘 봐. 엘리트들은 그 첨탑 안에 머무르고 있다."

"그럼 그들이 모두 광장에 있는 폐하를 내려다볼 수 있는 겁니까?"

"그게 마음에 들지 않나?"

"폐하를 보호할 에너지 차단막도 하나 없지 않습니까!"

"난 정말 유혹적인 과녁이 되겠지."

"왜 이렇게 하시는 겁니까?"

"온의 설계에 대해 아주 유쾌한 전설이 하나 있다. 나는 그 전설을 기르고 부추긴다. 그 전설에 따르면 옛날에 그곳에 어떤 민족이 살았고, 그들의 통치자는 1년에 한 번씩 칠흑 같은 어둠 속에서 백성들 사이를 걸어야 했다고 한다. 무기도 갑옷도 없이. 이 전설 속의 통치자는 밤이라는 수의에 둘러싸인 백성들의 무리 속을 걸을 때 빛을 내는 옷을 입었다. 그리고 그의 신민들은 검은 옷을 입었으며 무기를 소지하고 있는지 수색을 당하지도 않았다."

"그게 온과 무슨 상관이 있습니까? 그리고 폐하하고는요?"

"글쎄, 만약 그 통치자가 거기서 살아남는다면, 그는 분명히 좋은 통치자였겠지."

"폐하께서도 무기 수색을 하지 않습니까?"

"공개적으로는 하지 않는다."

"폐하께서는 백성들이 폐하를 그 전설에 비추어 본다고 생각하시는군요." 이것은 질문이 아니었다.

"많은 백성들이 그렇게 보고 있다."

아이다호는 회색 두건 속에 깊이 파묻혀 있는 레토의 얼굴을 뚫어지게 올려다보았다. 푸른자위에 푸른 눈동자가 있는 눈이 아무런 표정 없이 그를 마주 노려보았다.

'멜란지의 눈이군.' 아이다호는 생각했다. 그러나 레토는 이제 스파이스를 전혀 섭취하지 않는다고 말했다. 이미 스파이스에 중독된 그에게 필요한 양을 그의 몸이 제공해 준다고 했다.

"그대는 나의 신성한 불경을, 나의 강요된 평온을 좋아하지 않는군." 레토가 말했다.

"저는 폐하께서 신의 흉내를 내는 것이 싫습니다!"

"그러나 신은 악단의 지휘자가 교향곡을 지휘하듯이 제국을 지휘할 수 있다. 나의 공연을 제한하는 것은 아라키스에 가한 나 자신의 제한뿐이야. 나는 이곳에서 교향곡을 지휘해야 한다."

아이다호는 고개를 저으며 도시의 평면도를 다시 바라보았다. "첨탑 뒤에 있는 아파트들은 뭡니까?"

"우리를 찾아오는 방문객들을 위한 한 단계 아래의 숙소들이다."

"그들은 광장을 볼 수 없군요."

"아니, 그들도 볼 수 있다. 익스의 장치들이 그들의 방에 내 영상을 비춰주니까."

"그리고 안쪽에 둥글게 늘어선 건물들에서는 폐하를 직접 내려다볼 수 있고요. 폐하께서는 어떻게 광장으로 들어가십니까?"

"내 모습을 백성들에게 보여주기 위해 중앙에서 공개 무대가 솟아오른다."

"백성들은 환호합니까?" 아이다호는 레토의 눈을 똑바로 바라보았다.

"그들에게는 환호가 허용된다."

"아트레이데스 사람들은 항상 자신을 역사의 일부로 보았지요."

"환호의 의미를 이해하다니, 정말 눈치가 빠르군."

아이다호는 도시의 지도에 다시 시선을 돌렸다. "물고기 웅변대 학교가 이곳에 있다고 하셨습니까?"

"그래, 그대의 왼손 밑에 있다. 시오나를 보내 교육을 받게 한 학교가 그곳이지. 그때 그녀는 열 살이었다."

"시오나…… 그녀에 대해 더 많은 것을 알아야겠습니다." 아이다호가 생각에 잠긴 듯 말했다.

"그대가 원하는 것을 방해할 것은 하나도 없다."

황제의 행렬을 따라 행진하면서 아이다호는 물고기 웅변대의 읊조림이 점점 잦아들고 있음을 인식하고 상념에서 벗어났다. 황제의 수레는 그의 앞에서 기다란 경사로를 따라 광장 밑의 방으로 굴러 내려가고 있었다. 아직 햇빛이 비치는 곳에 있던 아이다호는 시선을 들어 번쩍이는 첨탑들을 둘러보았다. 지도를 보는 것만으로는 짐작할 수 없는 현실의 모습이었다. 커다란 계단 모양으로 광장을 둘러싸고 있는 발코니들에 사람들이 우글거렸다. 그들은 말없이 행렬을 물끄러미 내려다보고 있었다.

'특권 계층은 환호하지 않는군.' 아이다호는 생각했다. 발코니에 있는 사람들의 침묵이 아이다호의 마음을 불길한 예감으로 가득 채웠다.

그가 비탈진 터널 속으로 들어가자 터널 가장자리가 광장의 모습을 가렸다. 깊은 곳을 향해 내려갈수록 물고기 웅변대의 읊조림은 점점 희미해졌다. 그의 주위에서 행진하는 사람들의 발소리가 묘하게 증폭되어 들려왔다.

호기심이 가슴을 짓누르는 불길한 예감을 대신했다. 아이다호는 강렬한 시선으로 주위를 둘러보았다. 바닥이 평평하고 널찍한 터널에는 인공조명이 켜져 있었다. 터널이 몹시 넓어서 아이다호의 추측으로는 일흔 명의 사람들이 어깨를 나란히 하고 광장의 배 속으로 들어갈 수 있을 것 같았다. 이곳에는 그들을 맞이하러 나온 군중이 없었다. 듬성듬성 늘어선 물고기 웅변대원들뿐이었다. 그들은 단어를 읊조리지 않고 자기들의 신이 지나가는 것을 빤히 바라보는 것만으로 만족했다.

지도의 기억이 광장 밑에 있는 이 거대한 단지의 배치도를 아이다호에게 알려주었다. 이곳은 도시 안에 있는 은밀한 도시였으며, 오직 신황제와 조신들 그리고 물고기 웅변대 대원들만이 동행자 없이 들어갈 수 있는 곳이었다. 그러나 지도는 두꺼운 기둥들과 신중하게 방어되는 거대한 공간의 감각 그리고 레토의 삐걱거리는 수레 소리와 쿵쿵거리는 발소리가 깨뜨리고 있는 기분 나쁜 고요함에 대해서는 아무것도 알려주지 않았다.

아이다호는 길을 따라 늘어서 있는 물고기 웅변대 대원들에게 갑자기 시선을 돌렸다. 그리고 그들의 입술이 똑같이 움직이고 있다는 것, 그들의 입술에 소리 없는 단어가 매달려 있다는 것을 깨달았다. 그는 그 단어가 무엇인지 알 수 있었다.

"시아이녹."

"이렇게 금방 또 축제를?" 레토 황제가 물었다.

"10년이 지났습니다." 황실 집사장이 말했다.

이 대화에서 레토 황제가 시간의 흐름에 대한 무지를 무심코 드러냈다고 생각하는가?

— 구전 역사

축제에 앞선 개인 알현 기간 동안 신황제가 익스의 새 대사인 흐위 노리라는 이름의 젊은 여성과 예정보다 많은 시간을 보낸 사실이 많은 사람의 입에 올랐다.

그녀는 오전 중반에 축제 첫날의 흥분으로 아직 가득 차 있는 물고기 웅변대원 두 명에게 이끌려 왔다. 광장 밑에 있는 개인 알현실에는 눈부신 빛이 밝혀져 있었다. 길이가 약 50미터, 너비가 약 35미터인 방이 빛 속에 드러났다. 고풍스러운 프레멘 융단들이 벽을 장식하고 있었는데, 그 융단의 밝은 무늬들은 값을 매길 수 없을 만큼 귀한 스파이스 섬유에 보석과 귀금속을 섞어 짜서 만든 것이었다. 과거의 프레멘들이 그토록 좋아했던 탁한 빨간색이 특히 두드러졌다. 알현실 바닥은 대부분 투명해서, 찬란한 수정에 새겨진 이국적인 물고기들에 맞는 배경이 되어주었다. 바닥 밑으로는 맑고 푸른 물이 흘렀다. 알현실은 수분이 전혀 들어올 수 없도록 봉해져 있었지만, 개울은 손에 땀이 쥐어질 정도로 레토에게 가까웠다. 레토는 문의 반대편 끝에서 부드러운 것으로 속을 채운 높은 대 위에서 쉬고 있었다.

흐위 노리에 대한 첫인상은 그녀가 그녀의 숙부 말키와 놀라울 정도로 닮았다는 것이었다. 그러나 말키와 달리 움직임이 위엄 있고 걸음걸이가 차분하다는 점 또한 똑같이 놀라웠다. 그녀의 피부는 가무잡잡했고 달걀형 얼굴에 이목구비는 균형이 잡혀 있었다. 차분한 갈색 눈이 레토를 마주 바라보았다. 말키의 머리카락은 반백이었지만, 그녀의 머리카락은 빛나는 갈색이었다.

흐위 노리는 내면의 평화를 내뿜고 있었다. 레토는 그녀가 다가옴에 따라 그 평화의 영향이 주위로 번져나가는 것을 느꼈다. 그녀는 그의 아래쪽, 열 걸음 떨어진 곳에서 걸음을 멈췄다. 그녀에게서는 고전적인 균형이 느껴졌다. 그건 결코 우연히 생겨난 것이 아니었다.

점점 커져가는 흥분과 함께 레토는 이 신임 대사에게 익스의 책략이 무심코 드러나 있음을 깨달았다. 특수한 기능을 위해 선택된 타입의 인간들을 교배해서 길러내는 그들 나름의 프로그램은 상당히 진척된 상태였다. 흐위 노리의 기능은 고통스러울 정도로 분명했다. 신황제를 매혹시켜 그의 방어에서 틈을 찾아내는 것.

그런데도 알현이 계속되는 동안 레토는 그녀와 함께 있는 시간이 진심으로 즐겁다는 사실을 깨달았다. 흐위 노리는 익스의 프리즘 시스템에 의해 방 안으로 인도된 햇빛의 웅덩이 속에 서 있었다. 그 빛은 레토가 있는 방의 끝 쪽을 빛나는 황금색으로 가득 채웠고, 그 황금색 빛은 대사에게 집중되었다가 물고기 웅변대원들이 짧게 한 줄로 늘어서 있는 신황제 뒤쪽에서 희미하게 잦아들었다. 거기 서 있는 열두 명의 대원들은 모두 듣거나 말할 수 없다는 이유로 선택된 사람들이었다.

흐위 노리는 자주색 암비엘로 만든 소박한 드레스를 입고 있었다. 장식품이라고는 익스의 상징이 찍힌 은제 목걸이뿐이었다. 드레스와 같은 색의 부드러운 샌들이 옷자락 밑에서 살짝 코를 내밀고 있었다.

"내가 그대의 조상 한 명을 죽였다는 사실을 알고 있는가?" 레토가 그녀에게 물었다.

그녀는 부드러운 미소를 지었다. "말키 숙부님께서 제 어렸을 적 훈련 내용에 그 정보를 포함시키셨습니다, 폐하."

그녀가 말을 하는 동안 레토는 그녀가 받은 교육 중 일부가 베네 게세리트에 의해 이루어졌음을 깨달았다. 그녀는 그들과 같은 방식으로 자신의 대응을 통제하고 대화의 저변에 깔린 의미들을 감지했다. 그러나 베네 게세리트의 영향이 아주 섬세해서 그녀가 기본적으로 지니고 있는 다정한 천성까지 뚫고 들어가지는 못했다.

"내가 이 주제를 꺼내리라는 걸 이미 들었겠군."

"예, 폐하. 저는 제 조상이 폐하를 해치려고 이곳으로 무기를 가져오는 만용을 부렸다는 걸 알고 있습니다."

"그대의 바로 전임자도 그랬지. 그 얘기도 들었나?"

"이곳에 도착할 때까지 몰랐습니다, 폐하. 그들은 바보들입니다! 왜 제 전임자의 목숨을 살려주셨습니까?"

"그대 조상의 목숨을 살려주지 않았던 것과 비교하는 건가?"

"그렇습니다, 폐하."

"그대의 전임자인 코바트는 전령으로서 내게 더 가치 있는 존재였다."

"그럼 그들이 제게 진실을 말해 주었군요." 그녀는 다시 미소를 지었다.

"동료와 상급자에게서 항상 진실만을 들을 수 있다고 기대할 수는 없죠."

이 대답이 너무나 솔직해서 레토는 쿡쿡 웃음이 나오는 것을 참을 수 없었다. 소리 내어 웃으면서도 그는 이 젊은 여성이 '첫 각성의 정신', 즉 탄생의 인식이 주는 최초의 충격 속에서 생겨나는 기본적인 정신을 아직도 갖고 있음을 깨달았다. 그녀는 생생하게 살아 있었다!

"그럼 그대는 내가 그대의 조상을 죽인 것을 원망하지 않는 건가?" 그가 물었다.

"그는 폐하를 암살하려 했습니다! 폐하께서 그를 뭉개버렸다고 들었습니다, 폐하. 폐하의 몸으로요."

"맞다."

"그리고 폐하께서는 그의 무기를 돌려 폐하의 신성한 몸을 겨냥하고 그 무기가 무력하다는 것을 증명하셨습니다……. 그건 저희 익스 인들이 만들 수 있었던 최고의 레이저총이었는데 말입니다."

"목격자들이 상황을 똑바로 보고했군." 레토가 말했다.

그리고 생각했다. '그 얘기는 목격자들을 어디까지 믿을 수 있는지 보여주기도 하지!' 역사적 정확성을 위해 말하자면, 그는 그때 그 레이저총을 돌려 손, 얼굴, 지느러미 등이 아니라 이랑 같은 무늬가 있는 몸만을 겨냥했다. 모래벌레 전 단계의 몸은 열을 흡수하는 놀라운 능력을 가지고 있었다. 몸 안의 화학 공장이 열을 산소로 변환시키기 때문이었다.

"저는 그 얘기를 한 번도 의심하지 않았습니다." 그녀가 말했다.

"익스가 이런 바보 같은 행동을 또 되풀이한 이유가 무엇인가?" 레토가 물었다.

"그 이유는 저도 듣지 못했습니다, 폐하. 아마 코바트가 멋대로 그런 행동을 한 것 같습니다."

"난 그렇게 생각하지 않는다. 그대의 민족이 원한 것은 자기들이 선택한 암살자의 죽음뿐이라는 생각이 들었다."

"코바트의 죽음 말입니까?"

"아니, 그들이 그 무기를 사용할 사람으로 선택한 자의 죽음 말이다."

"그게 누굽니까, 폐하? 저는 듣지 못했습니다."

"그건 중요하지 않다. 그대 조상이 바보짓을 했을 때 내가 한 말을 기억하는가?"

"폐하께서는 저희가 그런 폭력 행위를 또다시 생각해 낸다면 끔찍한 처벌을 내리겠다고 위협하셨습니다." 그녀는 시선을 내리깔았다. 그러나 그 전에 레토는 그녀의 눈에서 굳건한 결심을 언뜻 보았다. 그녀는 그의 분노를 누그러뜨리기 위해 자신이 가진 최고의 능력들을 사용할 생각이었다.

"나는 그대들 중 어느 누구도 나의 분노에서 도망칠 수 없을 것이라고 약속했다."

그녀는 갑작스레 시선을 들어 레토의 얼굴을 바라보았다. "예, 폐하." 이제 그녀의 태도에는 자신의 신상에 대한 두려움이 드러나 있었다.

"어느 누구도 내게서 도망칠 수 없다. 그대들이 최근에 만들어놓은 그 변변찮은 정착지조차도. 그곳의 위치는……." 레토는 익스 인들이 그의 제국의 영역을 훨씬 넘어선다고 생각되는 곳에 비밀스럽게 설치해 둔 새 정착지의 표준 좌표를 줄줄 얘기해 주었다.

그녀는 놀란 기색을 전혀 드러내지 않았다. "폐하, 제 생각에 저를 대사로 선택한 것은 폐하께서 그 일에 대해 알고 계실 거라고 제가 그들에게 경고했기 때문인 것 같습니다."

레토는 그녀를 더욱 신중하게 살펴보았다. '지금 우리 앞에 있는 건 어떤 인물인가?' 그녀의 발언은 치밀하고 통찰력이 있었다. 익스 인들은 먼 거리와 엄청나게 늘어난 수송비용이 새 정착지를 은폐해 줄 것이라고 생각했음을 그는 알고 있었다. 흐위 노리는 그렇게 생각하지 않았고, 그 생각을 말로 표현했다. 그러나 그녀는 자신의 주인들이 그것 때문에 자신을 대사로 선택했다고 믿고 있었다. 그것은 익스 인들의 조심성을 보여주는 말이었다. 그들은 자신들의 친구이지만 또한 레토의 친구로 여겨질 사람을 이곳 궁정에 보냈다고 생각했다. 그는 패턴이 모양을 갖춰가는 것을 보며 고개를 끄덕였다. 즉위하고 얼마 되지 않아서 그는 원래 비밀이어야 할 '익스 핵심'의 정확한 위치를 밝혀준 적이 있었다. 익스 핵심은 그들이 다스리는 기술 연방의 심장부였다. 익스 인들은 그곳의 비밀을 지키기 위해 우주 조합에 엄청난 뇌물을 지불했으므로 비밀이 안전할 거라고 생각했다. 그러나 레토는 예지의 관찰과 추론으로 그것을 밝혀냈다. 익스 인들이 적지 않게 포함되어 있는 자신의 기억에 자문한 것도 도움이 되었다.

당시 레토는 자신에게 적대적인 행동을 하면 처벌을 내리겠다고 익스에 경고했다. 그들은 대경실색해서 조합이 자기들을 배신했다고 비난했다. 이런 반응이 즐거워서 레토가 굉장한 폭소를 터뜨리자 익스 인들은 무안해했다. 그렇게 웃고 나서 그는 차가운 비난의 어조로 자신에게는 첩자나 반역자 같은 평범한 수단들이 필요하지 않다고 그들에게 알려주었다.

그들은 그가 신이라는 것을 믿지 않았던 걸까?

그 후 한동안 익스 인들은 그의 요청에 곧바로 응답했다. 레토는 그런 관계를 남용하지 않았다. 그의 요구들은 별로 지나친 것이 아니었다. 이런 일을 위한 기계, 저런 일을 위한 장치 등이었다. 그가 필요한 것을 말하면 익스 인들은 그 요청에 따라 기계들을 곧 가져다주었다. 딱 한 번 그들이 기계에 폭력적인 장치를 넣어 보내려 한 적이 있었다. 그는 익스의 사절단이 기계의 포장을 풀기도 전에 사절단 전원을 죽여버렸다.

레토가 곰곰이 생각에 잠겨 있는 동안 흐위 노리는 참을성 있게 기다렸다. 조바심을 내는 기색은 조금도 표면에 드러나지 않았다.

'아름답군.' 그는 생각했다.

익스 인들과 오랫동안 관계를 맺어온 경험에 비추어 볼 때 이런 새로운 태도는 레토의 몸속에서 체액이 빠르게 흐르도록 만들었다. 평소에는 그를 만들어내고 밀어대는 열정, 위기, 어쩔 수 없는 상황 등이 낮게 숨을 죽이고 있었다. 자신이 정해진 시간보다 더 오래 살았다는 생각이 자주 들었다. 그러나 흐위 노리 같은 사람들의 존재는 그가 아직 필요하다고 말해 주었다. 이것이 그를 기쁘게 했다. 레토는 익스 인들이 조합 항법사들의 단선적 예지력을 증폭시키는 기계를 만드는 데 어쩌면 부분적인 성공을 거뒀는지도 모른다고 생각했다. 커다란 사건들의 흐름 속에서 작은 점 하나가 그의 눈을 피한 것인지도 몰랐다. 그들이 정말로 그런 기계를 만들 수 있을까? 그렇다면 얼마나 경이로울까! 그는 이런 가능성을 조금이나마 탐색해 보기 위해 자신의 능력을 사용하는 것을 일부러 거부했다.

'난 뜻밖의 놀라움을 맛보고 싶다!'

레토는 흐위를 향해 상냥한 미소를 지었다. "그대가 나의 애정을 얻게 만들기 위해 그들이 어떤 준비를 시켰나?"

그녀는 눈 하나 깜짝하지 않았다. "특정한 응급 상황이 닥쳤을 때 미리 기억해 둔 반응들을 보이라고 했습니다. 저는 그들이 요구하는 대로 그 반응들을 배웠습니다. 하지만 그것을 사용할 생각은 없습니다."

'이게 바로 그들이 원하는 것이지.' 레토는 생각했다.

"그대의 주인들에게 말하라. 그대는 내 앞에 대롱대롱 매달아 두기에 딱 맞는 미끼라고 말이야."

그녀가 고개를 숙여 절을 했다. "그것이 폐하를 기쁘게 하는 일이라면 그리하겠습니다."

"그래, 그렇게 하라."

그러고 나서 그는 바로 다음에 이어질 흐위의 미래를 조사하기 위해 시간을 조금 탐색해 보는 데에 탐닉했다. 그리고 이것을 통해 그녀 과거의 가닥들을 추적했다. 흐위는 유동적인 미래 속에서 모습을 드러냈다. 그 미래는 하나의 흐름이었으며 그 흐름의 움직임들은 수없이 휘어질 수 있는 가능성들을 품고 있었다. 그녀는 그저 무심한 관계 속에서만 시오나를 알게 될 것이다. 그러나 만약…… 질문들이 레토의 정신 속에서 흘러갔다. 조합의 키잡이 하나가 익스 인들에게 조언하고 있었고, 그는 시간의 천 속에서 시오나가 일으키는 방해를 분명히 감지했다. 그 키잡이는 자신이 신황제의 감지를 따돌리고 안전을 제공해 줄 수 있다고 정말로 믿는 건가?

시간의 탐색에는 몇 분이 걸렸지만 흐위는 조바심을 치지 않았다. 레토는 그녀를 조심스럽게 바라보았다. 그녀는 시간을 초월한 것 같았다. 깊은 평화 속에서 시간의 '밖'에 있는 것 같았다. 그는 자기 앞에서 조금도 불안한 기색을 드러내지 않고 이렇게 기다릴 수 있는 평범한 인간을 일찍이 한 번도 만난 적이 없었다.

"그대는 어디서 태어났는가, 흐위?" 그가 물었다.

"익스 행성입니다, 폐하."

"나는 구체적인 것을 물었다. 그대가 태어난 건물, 그곳의 위치, 부모,

주위 사람들, 가족과 친구, 학교 교육, 모든 것을."

"전 제 부모를 모릅니다, 폐하. 부모님은 제가 아직 아기일 때 돌아가 셨다고 들었습니다."

"그 말을 믿었나?"

"처음에는…… 물론 믿었습니다. 나중에는 공상을 했습니다. 심지어 말키가 제 아버지라고 상상한 적도 있지요……. 하지만……." 그녀는 고 개를 가로저었다.

"그대는 그대의 숙부 말키를 좋아하지 않았던 모양이군?"

"예, 좋아하지 않았습니다. 아, 제가 숙부에게 감탄하기는 했습니다."

"내 반응도 그와 똑같았다. 그럼 그대의 친구 관계와 학교 교육은 어 떤가?"

"제 스승들은 전문가들이었습니다. 제게 감정 통제와 관찰력을 훈련 시키기 위해 베네 게세리트들을 몇 명 데려오기까지 했죠. 말키는 위대 한 일들을 위해 저를 준비시키고 있다고 말했습니다."

"그럼 친구들은?"

"제게는 진정한 친구가 한 명도 없었던 것 같습니다. 제 교육과 관련된 특정한 목적을 위해 저와 접촉하도록 데려온 사람들뿐이었습니다."

"그대의 훈련 목표였다는 위대한 일들 말인데, 누구든 그것에 대해 이 야기해 준 적이 있었나?"

"말키는 제가 폐하를 매혹시킬 수 있게 준비시키는 것이라고 했습니 다, 폐하."

"지금 나이가 몇인가, 흐위?"

"제 정확한 나이가 몇인지는 모릅니다. 아마 스물여섯 살쯤 된 것 같습 니다. 저는 생일을 축하한 적이 한 번도 없습니다. 생일이라는 것이 있다는 사실도 우연히 알게 되었을 뿐입니다. 제 스승 한 분이 자리를 비우면서 생일 때문이라고 얘기했거든요. 그 후 저는 그 선생님을 다시 보지 못했습니다."

레토는 이 대답에 자신이 넋을 잃을 만큼 매혹되었음을 깨달았다. 그의 관찰 결과들은 익스 인인 그녀의 몸에 틀레이랙스 인들이 개입한 흔적이 전혀 없음을 확실하게 알려주었다. 그녀는 틀레이랙스의 악솔로틀 탱크에서 만들어진 물건이 아니었다. 그렇다면 이런 비밀주의의 이유는 무엇인가?

"그대의 숙부 말키는 그대의 나이를 알고 있는가?"

"아마 그럴 겁니다. 하지만 숙부를 만나지 못한 지 오래됐습니다."

"그대의 나이가 몇 살인지 아무도 얘기해 주지 않았나?"

"예."

"왜 그렇게 됐다고 생각하는가?"

"아마 제가 그 문제에 흥미를 갖게 된다면 물어볼 거라고 생각한 것 같습니다."

"그대는 흥미를 갖고 있었나?"

"예."

"그럼 왜 묻지 않았지?"

"처음에 저는 어딘가에 기록이 있을 거라고 생각했습니다. 그래서 찾아보았지요. 그런데 아무것도 없었습니다. 그래서 저는 그들이 제 질문에 대답해 주지 않을 거라는 결론을 내렸습니다."

"흐위, 나는 그 대답이 아주 마음에 든다. 그 대답을 통해 내가 그대에 대해 알게 된 것들 덕분이다. 나 역시 그대의 배경에 무지하다. 그러나 많은 정보를 바탕으로 그대가 태어난 곳을 추측할 수 있다."

그녀는 긴장과 강렬함이 담긴 눈으로 그의 얼굴에 초점을 맞췄다. 거짓으로 그런 표정을 꾸민 기색은 전혀 없었다.

"그대는 그대의 주인들이 조합을 위해 완성하고자 하는 기계 속에서 태어났다. 그대가 잉태된 곳도 바로 그곳이다. 어쩌면 말키가 정말로 그대의 아버지인지도 모르지. 그건 중요하지 않다. 그 기계에 대해 알고 있나, 흐위?"

"저는 그것에 대해 알면 안 되는 것으로 되어 있습니다, 폐하. 하지만⋯⋯."

"그대의 스승 한 명이 또 경솔한 말을 한 모양이지?"

"제 숙부가 직접 말해 주었습니다."

레토의 입에서 폭소가 터져 나왔다. "이런 악당 같으니! 정말 귀여운 악당이 아닌가!"

"폐하?"

"이건 그대의 주인들에 대한 그의 복수이다. 그는 내 궁정을 강제로 떠나게 된 것을 좋아하지 않았어. 그때 그는 자신의 후임자가 바보보다도 못한 녀석이라고 내게 말했다."

흐위는 어깨를 으쓱했다. "복잡한 사람입니다, 숙부는."

"내 말을 잘 들어라, 흐위. 이곳 아라키스에 와 있는 그대의 동료들 중 일부는 그대에게 위험한 인물일 수 있다. 내가 가능한 한 그대를 보호해 주겠다. 알겠나?"

"알 것 같습니다, 폐하." 그녀는 엄숙한 표정으로 그를 뚫어지게 올려다보았다.

"자, 그대의 주인들에게 전달할 메시지가 있다. 그들이 조합 키잡이의 말에 계속 귀를 기울이고 있었으며, 틀레이랙스 인들과 아주 위험한 방식으로 합류했음을 분명히 알겠다. 나를 대신해서 그들에게 말하라. 그들의 목적이 상당히 투명하게 드러나 있다고."

"폐하, 저는 그것에 대해 아무런 지식도……."

"그들이 그대를 어떻게 이용하고 있는지 나는 알고 있다, 흐위. 따라서 그대의 주인들에게 또한 그대가 내 궁정에 주재하는 종신 대사가 될 것이라고 말해도 좋다. 나는 다른 익스 인을 환영하지 않을 것이다. 만약 그대의 주인들이 나의 경고를 무시하고 내 소망에 더 간섭하려 한다면 그들을 완전히 부숴버릴 것이다."

그녀의 눈에서 눈물이 솟아올라 뺨을 타고 흘러내렸다. 그러니 그녀가 바닥에 털썩 무릎을 꿇는 등 제멋대로 다른 행동을 저지르지 않아서 레토는 다행이라는 생각이 들었다.

"저는 이미 그들에게 경고했습니다. 정말로 그랬습니다. 저는 그들에게 반드시 폐하께 복종해야 한다고 말했습니다."

레토는 그것이 사실임을 알 수 있었다.

'얼마나 놀라운 생물인가, 이 흐위 노리는.' 그는 생각했다. 그녀는 선(善)의 축도인 것 같았다. 익스에 있는 그녀의 주인들은 그녀가 이러한 특징을 갖는 경우 신황제에게 어떤 영향을 미칠지 세심하게 계산하고, 그것을 위해 그녀를 양육하고 세뇌시킨 것임에 틀림없었다.

수많은 조상들의 기억을 바탕으로 레토는 그녀가 이상화된 수녀임을 알 수 있었다. 상냥하고 자기 희생적이며 항상 정직한 사람. 그것이 그녀의 가장 기본적인 천성이었으며, 그녀가 살고 있는 장소였다. 그녀에게는 진실하고 솔직한 행동이 가장 쉬웠으며, 그녀가 그런 행동을 감출 수 있는 것은 다른 사람들의 고통을 미리 막고자 할 때뿐이었다. 그는 이 두 번째 특징을 베네 게세리트가 그녀에게 심어줄 수 있었던 가장 심오한 변화로 보았다. 흐위의 진정한 태도는 여전히 외향적이고 예민하며 천성적으로 다정했다. 레토는 그녀에게서 속임수를 쓰기 위한 계산을 거의 발견할 수 없었다. 그녀는 상대에게 즉각적으로 반응할 줄 알고 신중했으며, 상대의 말에 귀 기울이는 능력이 뛰어났다(이것 역시 베네 게세리트의 특징이었다). 그녀에게서 노골적으로 상대를 유혹하는 태도는 찾아볼 수 없었지만, 바로 그 점이 레토의 눈에 그녀를 한없이 유혹적으로 보이게 만들었다.

그는 과거에 이와 비슷한 상황에서 초창기에 만들어진 던컨들 중의 한 명에게 이런 말을 했다. "그대는 나의 이런 점을 이해해야 한다. 몇몇 사람들이 분명히 짐작하고 있는 특징이지. 때로 나는 마치 망상과도 같은 느낌을 피할 수가 없다. 나의 이 변한 모습 어딘가에 필요한 기능을 모두 갖춘 인간 어른의 몸이 존재하고 있다는 느낌이야."

"모든 기능을 전부 말입니까, 폐하?" 던컨은 이렇게 물었다.

"전부! 나는 이미 사라져버린 내 신체 부위들을 느낀다. 나는 내 다리를 느낄 수 있다. 지금은 거의 눈에 띄지도 않지만 내게는 너무나 생생하게 느껴져. 나는 인간의 몸속에 있는 각종 분비선들이 힘차게 움직이는 것을 느낄 수 있다. 그것들 중 일부는 이미 내 몸속에 존재하지 않는데도 말이야. 심지어 성기의 감각도 느껴진다. 그것이 수백 년 전에 사라져버렸다는 것을 머리로는 알고 있는데도."

"하지만 분명히 폐하께서 알고 계신다면……."

"지식은 그런 느낌들을 억누르지 못한다. 내 몸의 사라져버린 부분들은 나의 개인적인 기억 속에, 그리고 내 모든 조상들의 다중적인 정체성 속에 여전히 존재하고 있다."

레토가 자기 앞에 서 있는 흐위를 바라보는 동안, 자신에게는 이제 두

개골이 없으며 예전에 뇌였던 것이 지금은 모래벌레 전 단계의 몸 전체에 퍼진 거대한 신경절의 망이 되었다는 사실을 알고 있다는 것은 조금도 도움이 되지 않았다. 그 어떤 것도 도움이 되지 않았다. 그는 자신의 뇌가 예전에 머무르고 있던 곳에서 쑤시는 것을 여전히 느낄 수 있었다. 자신의 두개골이 욱신거리는 것을 여전히 느낄 수 있었다.

그의 앞에 그렇게 서 있는 것만으로, 흐위는 그의 잃어버린 인간성을 향해 커다랗게 소리를 지르고 있었다. 그는 이것을 도저히 견딜 수가 없어서 절망 속에서 신음했다.

"그대의 주인들은 왜 나를 이토록 괴롭히는가?"

"폐하?"

"그대를 내게 보내다니!"

"저는 폐하께 상처를 입힐 생각이 없습니다, 폐하."

"그냥 존재하는 것만으로도 그대는 내게 상처야!"

"저는 몰랐습니다." 그녀의 눈에서 눈물이 마구 흘러내렸다. "그들은 자기들이 정말로 하려는 일이 무엇인지 제게 결코 말해 주지 않았습니다."

그는 마음을 가라앉히고 부드럽게 말했다. "이제 가라, 흐위. 가서 그대의 일을 해. 그러나 내가 부르면 재빨리 돌아와야 한다!"

그녀는 조용히 자리를 떴다. 그러나 레토는 흐위 역시 고통받고 있음을 알 수 있었다. 레토가 희생한 인간성에 대한 깊은 슬픔이 그녀 안에 분명히 존재하고 있었다. 레토가 아는 것을 그녀도 알고 있었다. 그들은 친구가 될 수도, 연인이 될 수도, 이성 간의 궁극적인 나눔 속에서 동반자가 될 수도 있었을 것이다. 그녀의 주인들은 그녀가 그것을 알게 되도록 계획을 꾸몄다.

'익스 인들은 잔인하다! 그들은 우리가 어떤 고통을 겪게 될지 알고 있었어.' 그는 생각했다.

흐위가 자리를 뜬 것이 그녀의 숙부 말키에 대한 기억에 불을 붙였다. 말키는 잔인했다. 그러나 레토는 그와 함께 있는 것을 오히려 즐기는 편이었다. 말키는 자기 민족의 근면한 미덕을 모두 갖고 있었으며, 그들의 악덕 또한 충분히 갖고 있어서 그것이 그를 속속들이 인간으로 만들어 주었다. 말키는 레토의 물고기 웅변대원들과 흥청망청 어울렸다. 그는 그들을 '폐하의 천국의 미녀들'이라고 불렀으며, 그 후로 레토가 물고기 웅변대를 생각할 때면 말키가 붙인 이 이름이 거의 항상 떠올랐다.

'내가 왜 지금 말키를 생각하고 있는가? 단순히 흐위 때문만은 아니다. 그녀의 주인들이 그녀를 내게 보내면서 어떤 명령을 내렸는지 물어봐야겠어.'

레토는 그녀를 다시 불러들이려다가 머뭇거렸다.

'내가 물으면 그녀는 말해 줄 것이다.'

익스의 대사들은 항상 신황제가 익스를 묵인해 주는 이유를 밝히라는 명령을 받았다. 그들은 그에게서 비밀을 감출 수 없다는 것을 알고 있었다. 그의 시야 너머에 정착지를 건설하려는 멍청한 짓을 하다니! 그들이 그의 한계를 시험하고 있는 건가? 익스 인들은 자기들의 산업이 사실은 레토에게 그리 필요한 것이 아니라는 의심을 품고 있었다.

'나는 그들에 대한 내 의견을 한 번도 숨기지 않았다. 말키에게 내 의견을 말했지.'

"기술 혁신가들이라고? 천만에! 너희는 내 제국에서 과학의 범죄자들이야!"

말키는 그때 웃음을 터뜨렸다.

레토는 화가 나서 그들을 비난했다. "비밀 실험실과 공장을 제국의 변두리 바깥에 숨기려는 이유가 뭐지? 너희는 내게서 도망칠 수 없다."

"예, 폐하." 말키는 계속 웃고 있었다.

"난 너희의 의도를 알고 있다. 내 제국의 영토 안으로 이것저것 조금씩 다시 흘려보낼 작정이지. 그래서 파괴를 일으키려는 거다! 의심과 의문을 초래하려는 거야!"

"폐하, 폐하 자신이 저희의 최고 고객 중 한 분입니다!"

"난 그 얘기를 한 게 아니다. 그대도 알고 있어, 이 형편없는 인간!"

"폐하께서는 제가 형편없는 인간이기 때문에 좋아하시지 않습니까. 저는 저희가 그 먼 곳에서 무엇을 하고 있는지를 폐하께 들려드리고 있습니다."

"그대가 말해 주지 않아도 나는 다 알아!"

"하지만 이야기들 중에는 폐하께서 믿으시는 것도 있고, 의심하시는 것도 있습니다. 저는 폐하의 의심을 쫓아버리고 있습니다."

"난 의심 같은 건 하지 않는다!"

이 말은 말키의 웃음에 더욱 불을 붙였을 뿐이었다.

'그런데 난 앞으로도 계속 그들을 묵인해야 한다.' 레토는 생각했다. 익스 인들은 버틀레리안 지하드에 의해 불법으로 규정된 창조적 혁신이라는 미지의 영역에서 활동하고 있었다. 그들은 인간의 정신을 본뜬 장치들을 만들었다. 지하드의 파괴와 살육에 불을 붙인 것이 바로 그런 물건이었다. 그들이 익스에서 만들고 있는 것이 바로 그런 것이었고, 레토는 그들이 계속 그런 활동을 하도록 허용할 수밖에 없었다.

'나는 그들에게서 물건을 사들이고 있어! 말로 표현하지 않은 나의 생각에 반응하는 그들의 구술기가 없으면 나는 일기조차 쓸 수 없다. 익스가 없다면 나는 내 일기와 프린터를 숨길 수 없었을 거야.

그러나 그들이 하고 있는 일의 위험을 그들에게 일깨워줘야 한다!'

그리고 조합이 그 사실을 잊도록 내버려둘 수도 없었다. 그건 더 쉬웠다. 조합원들은 익스와 협력하면서도 익스 인들을 대단히 불신했다.

'만약 익스 인들의 이 새로운 기계가 제대로 작동한다면 조합은 우주 여행에 대한 독점권을 잃을 것이다!'

※※

내가 마음대로 이용할 수 있는 혼란스러운 기억들로부터 패턴들이 모습을 드러낸다. 그들은 내 눈에 분명하게 보이는 또 다른 언어와 같다. 사회로 하여금 방어와 공격의 자세를 취하게 만드는 사회적 경보는 누군가가 내게 고함을 질러서 들려주는 말과 같다. 하나의 민족으로서 너희는 무구한 사람들에 대한 위협과 무력한 어린 것들의 위험에 대항하는 반응을 보인다. 설명되지 않은 소리, 모습, 냄새는 너희가 갖고 있다는 사실조차 잊어버렸던 목덜미의 털을 곤두세운다. 경계심을 품었을 때 너희는 모국어에 매달린다. 일정한 패턴을 지닌 다른 모든 소리들이 낯설기 때문이다. 낯선 의상이 위협적이기 때문에 너희는 사회적으로 수용될 수 있는 옷을 요구한다. 이것은 가장 원시적인 수준의 시스템 피드백이다. 너희의 세포는 기억하고 있다.

—『도난당한 일기』

레토의 알현실 입구에서 시종 역할을 하고 있는 물고기 웅변대 신병들이 틀레이랙스의 두로 누네피 대사를 데리고 들어왔다. 아직 알현이 시작된 지 얼마 되지 않은 때였다. 누네피는 원래 발표되었던 자신의 순서와 어긋나게 안으로 이끌려 들어왔지만 차분하게 움직였다. 체념한 듯 모든 것을 받아들이는 기색이 아주 희미하게 드러나 있을 뿐이었다.

레토는 방의 한쪽 끝에 높게 자리 잡은 단 위에서 수레에 몸을 쭉 편 채 말없이 기다렸다. 누네피가 다가오는 것을 지켜보는 동안 레토의 기억이 그와 비교되는 모습을 떠올렸다. 헤엄치는 코브라 같은 잠망경이 물 위에서 거의 눈에 보이지 않는 자신의 궤적을 살짝 스치는 모습이었다. 이 기억이 레토의 입가에 미소를 가져다주었다. 그것이 바로 누네피였다. 틀레이랙스 관리자들의 단계를 밟아 올라온 자부심 높고 완고한 표정의 남자. 그는 얼굴의 춤꾼이 아니었으며 그들을 자신의 종으로 생각했다. 그들은 그가 헤엄치는 '물'이었다. 그가 지나간 자국을 보려면 정말로 숙련된 재주를 갖고 있어야 했다. 누네피는 제국 가도에서 벌어진 공격에 자신의 흔적을 남겨놓은 이번 일의 불쾌한 한 조각이었다.

아직 시간이 이른데도 그는 대사의 예복을 완전히 갖춰입고 있었다. 크게 부풀어 오른 검은색 바지와 가장자리가 황금색으로 장식된 검은 샌들, 꽃 같은 붉은색 윗옷. 윗옷은 가슴 부분이 열려서 황금과 보석으로 만들어진 틀레이랙스 문장 뒤로 털이 무성한 가슴이 드러났다.

규정에 따라 열 걸음 떨어진 곳에서 발을 멈춘 누네피는 레토의 주위와 뒤쪽에 부채꼴 모양으로 늘어선 물고기 웅변대 무장대원들을 훑어보았다. 누네피가 황제에게 시선을 돌려 가볍게 허리를 굽히며 인사했을 때 그의 회색 눈은 뭔가 비밀스러운 즐거움으로 반짝이고 있었다.

그때 엉덩이에 레이저총을 찬 던컨 아이다호가 들어와 수도사의 두건을 쓴 것 같은 신황제의 얼굴 옆에 자리를 잡았다.

아이다호의 등장은 누네피에게 그를 유심히 살펴볼 것을 요구했다. 그 결과는 누네피에게 즐거운 것이 아니었다.

"나는 모습을 바꾸는 자들을 특별히 불쾌하게 생각한다." 레토가 말했다.

"저는 모습을 바꾸는 자가 아닙니다, 폐하." 누네피가 말했다. 그의 목소리는 낮고 세련됐으며 머뭇거리는 기색은 아주 조금밖에 들어 있지 않았다.

"그러나 그대가 그들을 대표하고 있으니 그대 역시 짜증스럽다."

누네피는 적의가 노골적으로 드러나는 말을 예상하고는 있었지만 이 것은 외교적인 언사가 아니었다. 그는 충격을 받은 나머지 틀레이랙스 인들의 강점이라고 여겨지는 사실을 대담하게 입에 담았다.

"폐하, 원래 던컨 아이다호의 몸을 보존하고 그의 모습과 정체성을 본 떠 재생시킨 골라들을 폐하께 제공함으로써 저희는 항상……."

"던컨!" 레토가 아이다호를 흘끗 바라보며 말을 이었다. "던컨, 내가 명령을 내린다면 틀레이랙스 인들을 모조리 없애버리기 위한 원정을 이 끌겠나?"

"기꺼이 그리하겠습니다, 폐하."

"그대의 원래 세포와 악솔로틀 탱크를 모두 잃어버린다 해도?"

"그 탱크들은 제게 유쾌한 기억이 아닙니다, 폐하. 그리고 그 세포들은 제가 아닙니다."

"폐하, 저희의 어떤 행동 때문에 분노하시는 겁니까?" 누네피가 물었다.

레토는 험악한 표정을 지었다. 이 어리석은 바보는 신황제가 최근에 있었던 얼굴의 춤꾼들의 공격을 공개적으로 언급할 것이라고 진심으로 생각하는 건가?

"그대와 그대의 백성들이, 그들이 부르는 말로 나의 '구역질 나는 성적 인 습관'이라는 것에 대해 거짓을 퍼뜨리고 있다는 사실을 알게 되었다."

누네피는 입을 쩍 벌렸다. 이 비난은 전혀 예상치 못한 뻔뻔스러운 거 짓말이었다. 그러나 누네피는 만약 이 말을 부인한다 해도 아무도 믿어 주지 않을 것임을 깨달았다. 신황제가 한 말이니까. 이것은 알 수 없는 차원의 공격이었다. 누네피는 아이다호를 바라보면서 입을 열었다.

"폐하, 만약 저희가······."

"나를 보고 얘기해!" 레토가 명령했다.

누네피는 시선을 재빨리 돌려 레토의 얼굴을 올려다보았다.

"네게 이번 딱 한 번만 얘기해 주겠다. 내게는 성적인 습관이라는 것이 전혀 없다, 전혀." 레토가 말했다.

땀방울이 누네피의 얼굴을 타고 굴러떨어졌다. 그는 덫에 갇힌 짐승처럼 강렬한 눈으로 레토의 얼굴을 못 박힌 듯 뚫어지게 바라보았다. 누네피가 마침내 말을 할 수 있게 되었을 때, 그의 목소리는 더 이상 나지막하게 절제된 외교의 수단이 아니라 두려움에 차서 가늘게 떨리는 것이 되어 있었다.

"폐하, 저는······ 틀림없이 뭔가 착오가······."

"시끄럽다, 고자질쟁이 틀레이랙스!" 레토가 포효하듯 고함쳤다. "나는 신성한 모래벌레의 변신 매개물이다. 샤이 훌루드란 말이다! 나는 너희의 신이다!"

"저희를 용서해 주십시오, 폐하." 누네피가 속삭이듯 말했다.

"용서해 달라고?" 레토의 목소리는 달콤하고 이성적이었다. "물론 너희를 용서해 주겠다. 그것이 너희 신의 기능이니까. 너희의 죄는 사해졌다. 그러나 너희의 어리석음에는 응분의 조치가 필요해."

"폐하, 제가······."

"시끄럽다! 앞으로 10년 동안 틀레이랙스는 스파이스 할당에서 제외될 것이다. 너희는 아무것도 얻지 못한다. 너 개인으로 말할 것 같으면, 내 물고기 웅변대가 지금 광장으로 데려갈 것이다."

튼튼한 몸집의 근위대원 두 명이 다가와서 누네피의 팔을 잡았다. 그리고 지시를 받기 위해 레토를 올려다보았다.

"광장에 가서 그의 옷을 벗겨라. 그는 공개 태형에 처해질 것이다. 태형 50대."

누네피는 경악과 분노가 뒤섞인 표정으로 근위대원의 손아귀에서 벗어나려고 몸부림을 쳤다.

"폐하, 저는 틀레이랙스의 대사……."

"너는 평범한 범죄자이고 그렇게 취급될 것이다." 레토가 근위대원들에게 고개를 끄덕이자 그들이 누네피를 끌고 나가기 시작했다.

"그들이 당신을 죽여버렸어야 했어!" 누네피가 발광하듯 소리쳤다. "그들이……."

"누구 말인가? 누가 나를 죽여버렸어야 한다는 거지? 어느 누구도 나를 죽일 수 없음을 모르는가?" 레토가 소리쳤다.

근위대원들이 계속 발광하는 누네피를 알현실 밖으로 끌고 나갔다. "난 무죄야! 난 무죄야!" 그가 외치는 항변의 말이 서서히 희미해졌다.

아이다호는 레토에게 가까이 몸을 기울였다.

"뭔가, 던컨?" 레토가 물었다.

"폐하, 모든 사절들이 이걸 보고 두려움을 느낄 겁니다."

"그래. 나는 책임감에 대한 교훈을 가르치고 있다."

"폐하?"

"음모에 참가하는 것은 군대에 들어가는 것과 마찬가지로 사람들을 개인적 책임감에서 해방시켜 주지."

"하지만 이 일 때문에 문제가 생길 겁니다, 폐하. 대원들을 추가로 배치해야겠습니다."

"단 한 명도 추가로 배치해서는 안 돼!"

"하지만 폐하께서 자초한……."

"나는 군사적 헛소리를 조금 불러들였다."

"제 말이 바로……."

"던컨, 나는 교사이다. 그걸 기억하라. 반복을 통해 나는 교훈을 각인시킨다."

"어떤 교훈 말입니까?"

"군사적 어리석음의 본질이 궁극적으로 자살 행위와 같다는 것."

"폐하, 저는……."

"던컨, 저 어리석은 누네피를 생각해 보아라. 그는 이번 교훈의 정수이다."

"저의 명청함을 용서해 주십시오, 폐하. 하지만 저는 이해를 못 하겠습니다. 군사적……."

"그들은 죽음의 위험을 무릅씀으로써 자기들이 선택한 적에 대한 모든 폭력 행위의 대가를 치른다고 믿는다. 그들은 침략자의 사고방식을 갖고 있어. 누네피는 '이질적인 존재들'에게 가해진 어떤 행위에 대해서도 개인적인 책임이 없다고 생각한다."

아이다호는 근위대원들이 누네피를 끌고 나간 정문을 바라보았다. "그는 시도했다가 패배했습니다, 폐하."

"그러나 그는 과거의 제약으로부터 스스로를 풀어놓았고, 그 대가를 치르지 않겠다고 항의하고 있다."

"그의 민족에게 그는 애국자입니다."

"그럼 그 자신은 스스로를 어떻게 생각하고 있는가, 던컨? 역사의 도구라고 생각한다."

아이다호는 레토에게 더욱 가까이 몸을 기울이며 목소리를 낮췄다.

"폐하께서는 그와 어떻게 다릅니까, 폐하?"

레토가 쿡쿡 웃었다. "아아, 던컨, 그대의 그 예리함을 내가 얼마나 사랑하는지. 그대는 내가 궁극의 이질적인 존재임을 간파해 냈다. 내가 또한 패배자가 될 수도 있는지 궁금하지 않은가?"

"그 생각이 제 머릿속을 지나가기는 했습니다."

"패배자들도 '과거'라는 자랑스러운 망토로 스스로를 감쌀 수 있다, 오랜 친구."

"그 점에서 폐하와 누네피는 똑같은 겁니까?"

"전투적인 선교를 중시하는 종교들은 '자랑스러운 과거'라는 이 환상을 나눠 가질 수 있다. 그러나 인류에 대한 궁극적인 위험을 이해하는 사람은 거의 없지. 자신의 행동에 대한 책임감으로부터 해방되었다는 거짓된 느낌 말이다."

"폐하의 말씀은 이상합니다. 그 의미를 어떻게 받아들여야 합니까?"

"무엇이 됐든 그대가 듣는 바 그대로가 그 의미이다. 그대에게는 듣는 능력이 없는가?"

"전 귀를 갖고 있습니다, 폐하!"

"그래? 내 눈에는 보이지 않는데."

"여깁니다, 폐하. 여기하고 여기!" 아이다호가 자신의 양 귀를 가리키며 말했다.

"그러나 그 귀들은 소리를 듣지 못한다. 따라서 그대에게는 귀가 없다. 귀가 없으니 듣지도 못하지."

"저를 놀리시는 겁니까, 폐하?"

"듣는 것은 듣는 것이다. 존재하는 것은 이미 존재하고 있으므로 다시 그 자신으로 만들어질 수 없다. 존재하는 것은 존재하는 것이다."

"폐하의 말씀은 이상……."

"그냥 말일 뿐이다. 내가 그 말을 했다. 그리고 그 말은 사라져버렸다. 아무도 그 말을 듣지 못했으므로 그 말은 더 이상 존재하지 않는다. 그것이 더 이상 존재하지 않는다면, 아마 그것을 다시 존재하게 만들 수도 있을 것이고, 어쩌면 누군가가 그 말을 듣게 될지도 모른다."

"왜 저를 놀리시는 겁니까, 폐하?"

"나는 그대에게 말을 했을 뿐이다. 나는 그렇게 하면서 그대의 기분을 상하게 할까 두려워하지 않는다. 그대에게 귀가 없다는 것을 알았기 때문이다."

"무슨 말씀인지 모르겠습니다, 폐하."

"그것이 지식의 시작이다. 우리가 이해하지 못하는 것의 발견이."

아이다호가 뭐라고 대답하기 전에 레토가 근처의 근위대원에게 수신호를 보냈다. 그 대원이 신황제의 단상 뒤에 있는 벽의 투명한 조종판 앞에서 한 손을 흔들자 처벌을 받고 있는 누네피의 3차원 영상이 알현실 중앙에 나타났다.

아이다호는 바닥으로 내려가 그 장면을 열심히 응시했다. 그것은 광장보다 조금 높은 곳에서 광장을 내려다보는 각도로 찍힌 것이었으며, 뭔가 짜릿한 일이 일어나고 있다는 것을 알자마자 현장으로 달려오고 있는 군중들의 소리까지 완벽하게 전달해 주었다.

누네피는 양발을 넓게 벌린 자세로 삼각대의 다리 두 개에 묶여 있었다. 양팔은 삼각대의 꼭대기 근처에서 한데 묶여 있었다. 그의 몸에서 찢어낸 옷은 넝마가 되어 주위에 널려 있었다. 몸집이 튼튼하고 복면을 쓴 물고기 웅변대원 한 명이 엘라카 노끈으로 급조한 채찍을 들고 근처에 서 있었다. 끝이 해어져서 철사처럼 가는 가닥들로 나뉜 노끈이었다. 아이다호는 복면을 쓴 그 여자가 자신이 이곳에서 처음 만났던 '친구'인 것 같다고 생각했다.

근위대 장교가 신호를 보내자 복면을 쓴 물고기 웅변대원이 앞으로 나서 엘라카 채찍으로 호선을 그리며 누네피의 드러난 등을 후려쳤다.

아이다호는 움찔했다. 군중들은 놀라서 숨을 집어삼켰다.

채찍이 닿은 곳의 피부에 자국이 생겼지만 누네피는 아무런 소리도 내지 않았다.

다시 채찍이 내려왔다. 핏자국이 두 번째 채찍 자국의 선을 보여주었다.

다시 한번 채찍이 누네피의 등을 후려쳤다. 피가 더 많이 배어 나왔다.

레토는 막연한 슬픔을 느꼈다. '나일라는 너무 열심이야. 저러다 저 사람을 죽이겠군. 그러면 문제가 생길 거다.'

"던컨!" 레토가 소리쳤다.

아이다호는 군중들이 막 소리를 지르는 순간, 홀린 듯이 자세히 들여다보던 영상에서 시선을 돌렸다. 군중들이 소리를 지른 것은 물고기 웅변대원이 특별히 잔인하게 채찍을 후려친 데 대한 반응이었다.

"누구 사람을 보내 스무 대에서 태형을 멈추게 하라. 신황제의 아량이 처벌을 경감해 주었다고 선언하게 해." 레토가 말했다.

아이다호가 근위대원 한 명에게 손을 들어 보이자, 그녀가 고개를 끄덕이고 밖으로 달려나갔다.

"이쪽으로 오라, 던컨." 레토가 말했다.

아이다호는 레토가 자신을 놀리고 있다는 생각에 여전히 분개한 채 그의 옆으로 돌아갔다.

"내가 무슨 짓을 하든 그것은 모두 교훈을 가르치기 위한 것이다." 레토가 말했다.

아이다호는 누네피가 처벌받는 장면을 다시 돌아보지 않으려고 엄격하게 자신을 억제했다. 지금 누네피가 신음하고 있는 건가? 군중들의 외침이 아이다호를 찔렀다. 그는 고개를 들어 레토의 눈을 뚫어지게 바라보았다.

"그대의 머릿속에 의문이 있군."

"의문이 아주 많습니다, 폐하."

"말하라."

"저 멍청이의 처벌에 어떤 교훈이 있습니까? 누가 물으면 저희가 뭐라고 해야 합니까?"

"어느 누구도 신황제에 대해 불경한 말을 지껄이는 것은 허락되지 않는다고 말하면 된다."

"피투성이 교훈이군요, 폐하."

"이보다 더 피투성이였던 교훈도 있다."

아이다호는 눈에 띄게 당황해서 고개를 가로저었다. "이번 일에서는 결코 좋은 결과가 나오지 않을 겁니다!"

"바로 그거다!"

✖

조상들의 기억 속을 돌아다니는 탐험은 내게 많은 것을 가르쳐준다. 그 패턴들, 아아, 그 패턴들. 고집불통 자유주의자는 나를 가장 골치 아프게 하는 자들이다. 나는 극단적인 것을 믿지 않는다. 보수주의자를 살짝 긁어보면, 그 어떤 미래보다도 과거를 더 좋아하는 사람을 만나게 될 것이다. 자유주의자를 살짝 긁어보면, 그 속에 숨어 있는 귀족을 만나게 될 것이다. 이것은 진실이다! 자유주의 정부들은 항상 귀족 정치로 변해 간다. 관료주의는 그런 정부를 만든 사람들의 진정한 의도를 무심코 드러낸다. 사회적 부담의 평등화를 약속하는 정부를 만든 '소인배'들은 자신이 관료적인 귀족 정치의 손아귀에 들어 있음을 처음부터 갑작스레 깨달았다. 물론 모든 관료주의는 이런 패턴을 따른다. 그러나 공산화의 기치 아래에서조차 이런 패턴을 발견하게 되는 것은 얼마나 위선적인가. 아아, 만약 패턴이 내게 가르쳐주는 것이 있다면, 그것은 패턴이 반복된다는 사실이다. 나의 압제는 대체적으로, 다른 압제들보다 더 나쁘지는 않으며, 적어도 나는 새로운 교훈을 가르친다.

—『도난당한 일기』

알현의 날이 어두워지고도 한참 지난 후에야 레토는 베네 게세리트 대표단을 만날 수 있었다. 모네오는 신황제의 약속을 대모들에게 전하며 이렇게 알현이 늦어질 것에 대해 마음의 준비를 하게 했다.

모네오가 황제에게 다시 돌아와 보고를 하면서 말했다. "그들은 풍성한 보상을 기대하고 있습니다."

"두고 보면 알겠지. 두고 보면. 자, 그대가 들어올 때 던컨이 그대에게 요구한 것이 무엇인지 말해 보라."

"폐하께서 전에 누군가에게 태형을 내리신 적이 한 번이라도 있는지 물었습니다."

"그래서 대답해 주었나?"

"그런 처벌이 내려진 기록도 없고 제가 목격한 적도 없다고 하였습니다."

"그의 반응은?"

"이건 아트레이데스답지 않다는 것이었습니다."

"내가 미쳤다고 하던가?"

"그런 말은 하지 않았습니다."

"그대와 던컨 사이에는 뭔가가 더 있었다. 또 무엇이 우리의 새 던컨을 괴롭히고 있는 건가?"

"그는 익스의 대사를 만났습니다, 폐하. 흐위 노리에게 매력을 느끼는 모양입니다. 그는······."

"그건 반드시 막아야 한다, 모네오! 던컨과 흐위 사이에 어떤 접촉도 이루어지지 않게 막는 일을 그대에게 맡기겠다."

"폐하의 명령대로 시행하겠습니다."

"그래, 그렇게 해야 해! 이제 가서 베네 게세리트 사람들과의 만남을 준비하라. 나는 '가짜 시에치'에서 그들을 맞겠다."

"폐하, 그곳을 만남의 장소로 선택하신 데에 의미가 있습니까?"

"변덕이다. 나가는 길에 던컨에게 부대 하나를 데리고 나가서 소란이 일지는 않는지 도시를 수색해 보아도 좋다고 말해라."

가짜 시에치에서 베네 게세리트 대표단을 기다리면서 레토는 이 대화를 곱씹어보며 약간의 즐거움을 느꼈다. 마음이 산란한 던컨 아이다호가 물고기 웅변대 부대 하나를 이끌고 다가오는 모습에 축제의 도시 전역에서 사람들이 어떤 반응을 보일지 상상할 수 있었다.

'포식자가 다가올 때 개구리들이 재빨리 조용해지는 것과 같겠지.'

가짜 시에치에 온 뒤 레토는 자신의 선택에 흡족해졌다. 온의 가장자리에서 불규칙한 원형 지붕들을 이고 있는 자유로운 형태의 건물인 가짜 시에치의 지름은 거의 1킬로미터나 되었다. 이곳은 박물관 프레멘들의 첫 거주지였으며, 지금은 그들의 학교였다. 잔뜩 긴장한 물고기 웅변대 대원들이 이곳의 회랑과 방을 순찰했다.

레토가 기다리고 있는 접견실은 장축의 길이가 200미터쯤 되는 타원형으로 바닥에서부터 약 30미터 높이에 청록색으로 고립되어 떠다니고 있는 거대한 발광구에 의해 밝혀져 있었다. 그 빛이 방 전체의 재료가 된 모조 암석의 탁한 갈색과 황갈색을 녹여주었다. 레토는 자기 몸보다 더 긴 반원형 창문을 통해 바깥을 내다보며 방 한쪽 끝의 나지막한 단상 위에서 기다렸다. 땅 위로 4층 높이인 창문은 과거 방어벽의 잔해가 포함된 풍경을 액자처럼 보여주었다. 방어벽의 잔해는 예전에 아트레이데스 병사들이 하코넨 공격자들에게 살육당한 절벽 속의 동굴들 때문에 보존된 것이었다. 첫 번째 달의 싸늘한 빛이 절벽의 윤곽을 은빛으로 물들였다. 절벽 면에 불꽃들이 점점이 흩어져 있었다. 프레멘이라면 감히 자신의 존재를 무심코 드러내려 하지 않을 위치였다. 불꽃 앞으로 사람들이 지나감에 따라 불꽃들이 레토에게 윙크를 하는 것처럼 보였다. 박물관 프레멘들이 신성한 구역을 차지할 자신들의 권리를 행사하고 있었다.

'박물관 프레멘!' 레토는 생각했다.

그들의 생각은 너무나 편협했으며 사고의 범위 또한 좁았다.

'그러나 내가 그것을 싫어할 이유가 없지 않은가? 그들은 내가 만든 모습 그대로다.'

그때 베네 게세리트 대표단의 소리가 들렸다. 그들은 가까이 다가오면서 성가를 부르고 있었다. 모음들이 혼란하게 뒤섞인 묵직한 소리였다.

모네오가 그들보다 앞서서 다가왔고, 그가 데려온 근위 부대는 레토가 있는 단상 위에 자리를 잡았다. 모네오는 레토의 얼굴 바로 밑 접견실 바닥에 서서 레토를 살짝 바라본 다음 넓은 접견실을 향해 시선을 돌렸다.

대표단이 두 줄로 서서 안으로 들어왔다. 전통적인 검은 로브를 입은 대모 두 명이 열 명의 대표단을 이끌고 있었다.

"왼쪽에 있는 사람이 안틱이고 오른쪽은 루이세이얄입니다." 모네오가 말했다.

이 이름들은 모네오가 전에 흥분과 의심에 차서 가져온 대모들에 대한 얘기를 생각나게 했다. 모네오는 '마녀들'을 좋아하지 않았다.

그는 그때 이렇게 말했다. "그들은 둘 다 진실을 말하는 자들입니다. 안틱은 루이세이얄보다 훨씬 나이가 많지만, 루이세이얄은 베네 게세리트가 보유한 최고의 진실을 말하는 자라는 평판을 얻고 있습니다. 안틱의 이마에 흉터가 있다는 점을 기억해 두십시오. 저희는 그 흉터의 원인을 밝혀낼 수 없었습니다. 루이세이얄은 붉은 머리칼을 갖고 있으며, 그만한 명성을 누리는 사람치고 놀라울 정도로 젊어 보입니다."

레토는 대모들이 일행과 함께 다가오는 모습을 지켜보면서 기억들이 빠르게 솟아오르는 것을 느꼈다. 다가오는 일행은 두건을 앞으로 눌러써서 얼굴을 가리고 있었다. 수행원들과 복사들은 경의를 표하기 위해 뒤쪽에서 약간 거리를 두고 걸었다……. 이 모든 것이 한 편의 작품이었다. 어떤 패턴들은 변하지 않는다. 저 일행이 진짜 프레멘들이 정중하게 기다리는 진짜 시에치로 들어오는 중이라고 해도 될 것 같았다.

'저들의 몸이 부인하는 것을 저들의 머리는 알고 있다.' 그는 생각했다.

사물을 꿰뚫어 보는 레토의 시각은 그들의 눈 속에서 아첨하는 듯한 조심성을 보았다. 그러나 그들은 자기들의 종교적 힘에 자신감을 가진 사람들처럼 길쭉한 방을 성큼성큼 걸어 다가왔다.

베네 게세리트가 그에게서 허락받은 힘밖에 갖고 있지 않다는 생각이 레토를 기쁘게 했다. 자신이 그들에게 이처럼 아량을 베푸는 이유를 그는 분명히 알고 있었다. 제국의 모든 사람들 중에서 대모들은 그와 가장 흡사한 사람들이었다. 여자 조상들만의 기억과 상속 의식 속의 부차적인 여성 인물들에게만 제한되어 있기는 해도, 각각의 대모들은 틀림없이 일종의 통합된 군중으로서 존재했다.

대모들이 규정에 따라 레토의 단상에서 열 걸음 떨어진 곳에 멈춰 섰다. 수행원들은 양편으로 퍼져나갔다.

할머니 제시카의 목소리와 인격으로 이러한 대표단을 맞이하는 것이 레토에게는 즐거운 일이었다. 베네 게세리트는 이제 그런 대접을 당연히 예상하게 되었고, 그는 그들을 실망시키지 않았다.

"환영합니다, 자매들." 그가 말했다. 매끄러운 저음의 여자 목소리였다. 상대를 놀리는 기색이 아주 조금 섞여 있는 제시카의 절제된 여성적 어조가 틀림없었다. 이 목소리는 교단의 참사회에 기록으로 남아 자주 연구의 대상이 되었다.

말을 하면서 레토는 위협을 느꼈다. 대모들은 그가 자기들을 이런 식으로 맞이하는 것을 결코 기뻐하지 않았다. 그러나 지금 이곳의 반응에는 다른 느낌이 바닥에 깔려 있었다. 모네오도 그것을 느꼈다. 그가 손가락을 하나 들어 올리자 근위대원들이 레토에게 더 가까이 움직였다.

안틱이 먼저 입을 열었다. "폐하, 오늘 오전에 광장에서 보란 듯이 행해진 일을 저희도 지켜보았습니다. 그런 괴상한 조치를 통해 폐하께서 얻고자 하시는 것이 무엇입니까?"

'그래, 이런 어조로 얘기를 하고 싶다는 말이지.'

그는 생각했다. 그리고 자기 자신의 목소리로 말했다. "너희는 일시적으로 내 은총을 입고 있다. 그걸 바꾸고 싶은가?"

"폐하, 폐하께서 대사를 그리 처벌하실 수 있다는 사실에 저희는 충격을 받았습니다. 그 일을 통해 폐하께서 무엇을 얻으셨는지 저희는 이해하지 못하겠습니다." 안틱이 말했다.

"나는 아무것도 얻지 않았다. 내 위신이 떨어졌지."

루이세이얄이 입을 열었다. "이번 일은 압제받고 있다는 생각을 강화할 뿐입니다."

"베네 게세리트를 한 번이라도 압제자로 생각했던 사람들이 왜 그토록 드문지 궁금하군." 레토가 말했다.

안틱은 자신의 동료에게 말했다. "우리에게 그 정보를 알려주는 것이 신황제께 기쁜 일이라면 황제께서는 그리하실 겁니다. 이제 우리 사절단의 목적에 대해 얘기하도록 합시다."

레토는 미소를 지었다. "너희 두 사람은 조금 더 가까이 오라. 일행은 두고 와."

대모들이 소리 없이 미끄러지는 듯한 특유의 움직임으로 단상에서 세 발짝도 되지 않는 곳으로 다가오는 동안 모네오가 오른쪽으로 두 걸음 움직였다.

"그들에게는 꼭 발이 없는 것 같습니다!" 모네오는 언젠가 이렇게 불평한 적이 있었다.

이 말을 회상하며 레토는 모네오가 두 여인을 얼마나 신중하게 관찰하는지 지켜보았다. 그들은 위협적이었지만, 모네오는 그들이 가까이 다가오는 것에 감히 반대하지 않았다. 신황제가 명령한 일이므로 그대로 이루어질 터였다.

레토는 시선을 들어 베네 게세리트 일행이 처음 멈췄던 곳에서 기다리고 있는 수행원들을 바라보았다. 복사들은 두건이 없는 검은 겉옷을 입고 있었다. 그는 그들에게서 금지된 의식에 대한 작은 난서늘을 발견했다. 부적, 작고 하찮은 장신구, 많은 색깔들이 조심스레 노출되게 매어 둔 스카프의 화려한 귀퉁이 등이었다. 레토는 대모들이 예전만큼 스파이스를 함께 나눌 수 없기 때문에 이런 것들을 허용하고 있음을 알고 있었다.

'의식을 대용품으로 쓰는 거지.'

지난 10년 동안 의미심장한 변화들이 있었다. 교단의 사고방식에 극도의 절약 정신이 새로 자리를 잡은 것이다.

'그것들이 밖으로 나오고 있다. 오래되고 오래된 수수께끼들이 아직 이곳에 존재하고 있어.' 레토는 속으로 혼잣말을 했다.

고대의 패턴들은 수천 년의 세월 동안 내내 베네 게세리트의 기억 속에 잠재되어 있었다.

'이제 그것들이 모습을 드러내고 있다. 내 물고기 웅변대에게 경고를 해야겠어.'

그는 대모들에게 다시 시선을 돌렸다.

"물어볼 것이 있는가?"

"폐하와 같이 되는 것은 어떤 것입니까?" 루이세이얄이 물었다.

레토는 눈을 깜박였다. 이것은 재미있는 공격이었다. 그들은 한 세대가 넘도록 이런 공격을 시도해 본 적이 없었다. 뭐…… 못 할 이유도 없겠지.

"때로 나의 꿈들이 막혀서 이상한 장소들을 향해 방향이 바뀐다. 너희 두 사람이 분명히 알고 있듯이, 나의 우주적 기억들이 하나의 거미줄이라면 내 거미줄의 차원들에 대해서, 그리고 그런 기억 및 꿈들이 어디로 이어질지에 대해서 생각해 보라." 그가 말했다.

"폐하께서는 저희가 확실히 알고 있다고 말씀하십니다. 저희가 드디어 힘을 합칠 수 없는 이유가 무엇입니까? 저희에게는 다른 점보다 같은 점이 더 많습니다." 안틱이 말했다.

"나는 차라리 잃어버린 스파이스 재산 때문에 탄식하는 타락한 대가문들과 손을 잡겠다!"

안틱은 꼼짝도 하지 않았지만, 루이세이얄이 손가락으로 레토를 가리키며 말했다. "저희는 공동체를 제안하는 겁니다!"

"그럼 내가 분쟁을 고집하고 있다는 건가?"

안틱이 조금 동요하면서 말했다. "하나의 세포에서 시작되어 결코 퇴화되지 않은 분쟁의 원칙이 존재한다는 말이 있습니다."

"어떤 것들은 계속 양립 불가능으로 남아 있지." 레토가 동의했다.

"그럼 저희 교단이 어떻게 저희의 공동체를 유지하겠습니까?" 루이세이얄이 다그치듯 물었다.

레토는 딱딱하게 굳은 목소리로 말했다. "그대가 잘 알고 있듯이, 공동체의 비밀은 양립 불가능한 것들을 억압하는 데 있다."

"협력에 엄청난 가치가 있을 수도 있습니다." 안틱이 말했다.

"너희에게는 그렇지. 내게는 아니다."

안틱은 꾸민 듯한 한숨을 내쉬었다. "그렇다면 폐하, 폐하의 신상에 일어나고 있는 물리적 변화에 대해 말씀해 주시겠습니까?"

"폐하 자신이 아닌 누군가가 그런 것들에 대해 알고 기록해야 합니다." 루이세이얄이 말했다.

"뭔가 끔찍한 일이 내게 일어날 경우에 대비해서 말인가?" 레토가 물었다.

"폐하! 저희는 그런……." 안틱이 항변했다.

"너희는 더 날카로운 도구가 없기 때문에 어쩔 수 없이 말로 나를 해부하고 있다. 위선은 거슬려." 레토가 말했다.

"저희는 그런 짓을 하지 않습니다, 폐하." 안틱이 말했다.

"아니, 그렇게 하고 있다. 네 말을 들으면 알 수 있어."

루이세이얄이 단상을 향해 몇 밀리미터 더 가까이 살금살금 다가가는 바람에 모네오의 날카로운 시선을 받았다. 모네오는 레토를 살짝 올려다보았다. 뭔가 조치를 취해야 한다고 요구하는 표정이었지만 레토는 그를 무시했다. 루이세이얄의 의도가 궁금했다. 위협의 느낌은 이 붉은 머리칼의 여자에게 집중되어 있었다.

'저 여자는 뭔가? 혹시 얼굴의 춤꾼인가?' 레토는 생각했다.

아니었다. 그녀에게는 얼굴의 춤꾼들의 감출 수 없는 특징들이 하나도 없었다. 아니었다. 루이세이얄은 편안한 표정을 정교하게 꾸며내고 있었다. 신황제의 관찰력을 시험하기 위해 얼굴 표정을 조금 일그러뜨리는 짓조차 하지 않았다.

"폐하의 물리적 변화에 대해 말씀해 주시지 않을 겁니까, 폐하?" 안틱이 물었다.

'내 주의를 분산시키려는 행동이다!' 레토는 생각했다.

"내 뇌가 엄청난 크기로 자라고 있다. 인간일 때 가졌던 두개골은 대부분 녹아서 사라져버렸지. 내 대뇌 피질과 부수적인 신경계의 성장에 심각하게 제한을 가하는 것은 하나도 없다." 그가 말했다.

모네오가 깜짝 놀란 시선을 레토에게 쏘아보냈다. 신황제는 저렇게 중요한 정보를 왜 그냥 줘버리는 걸까? 이 두 사람은 그 정보를 거래하려 할 것이다.

그러나 두 사람 모두 이러한 뜻밖의 얘기에 눈에 띄게 정신을 빼앗겨서 무엇인지 모르지만 자기들이 짠 계획의 실행을 주저하고 있었다.

"폐하의 뇌에 중심부가 있습니까?" 루이세이얄이 물었다.

"내가 바로 중심부다." 레토가 말했다.

"위치는요?" 안틱이 물었다. 그리고 그를 향해 모호한 몸짓을 했다. 루이세이얄은 단상을 향해 몇 밀리미터 더 가까이 미끄러졌다.

"내가 밝히는 사실에 너희는 어느 정도 가치를 두고 있나?" 레토가 물었다.

두 사람의 표정은 전혀 변하지 않았다. 그리고 그것 자체가 감춰진 사실을 충분히 드러내주었다. 미소가 레토의 입가를 살짝 스치고 갔다.

"시장이 너희를 사로잡았군. 베네 게세리트조차 수크 사고방식에 감염되었어." 레토가 말했다.

"저희는 그런 비난을 들을 만한 짓을 하지 않았습니다." 안틱이 말했다.

"아니, 했지. 수크 사고방식이 내 제국을 지배하고 있다. 시장의 쓰임새는 우리 시대의 요구에 의해 더욱 날카로워지고 더욱 증폭되었을 뿐이야. 우린 모두 상인이 되었다."

"심지어 폐하께서도요?" 루이세이얄이 물었다.

"네가 내 분노를 부추기는군. 너는 그런 일에 전문가로구나, 그렇지?"

"폐하?" 루이세이얄의 목소리는 차분했지만 지나치게 절제되어 있었다.

"전문가들은 믿을 수 없는 존재이다. 전문가들은 뭔가를 배제시키는데 통달한 사람들이지. 좁은 영역에서만 전문가야." 레토가 말했다.

"저희는 더 나은 미래의 건설자가 되기를 희망하고 있습니다." 안틱이 말했다.

"무엇보다 더 낫다는 말인가?" 레토가 물었다.

루이세이얄이 레토를 향해 살금살금 손톱만큼 더 다가섰다.

"저희는 폐하의 판단을 기준으로 저희의 기준을 세우기를 희망합니다, 폐하." 안틱이 말했다.

"하지만 너희는 건설자가 되고 싶다고 했다. 그럼 더 높은 담을 지을건가? 절대 잊지 마라, 자매들. 내가 너희를 안다는 사실을. 너희는 눈속임을 위한 가리개들을 솜씨 좋게 조달하는 사람들이다."

"생명은 계속됩니다, 폐하." 안틱이 말했다.

"그렇지! 그리고 우주 역시 그러하다."

루이세이얄은 못 박힌 듯 자신을 바라보는 모네오의 시선을 무시하고 조금 더 가까이 살짝 다가섰다.

그때 레토는 그것의 냄새를 맡고 하마터면 큰 소리로 웃음을 터뜨릴 뻔했다.

'스파이스 추출액!'

그들이 스파이스 추출액을 조금 갖고 온 것이다. 그들이 모래벌레와 스파이스 추출액에 대한 옛날이야기들을 알고 있는 것은 당연한 일이었다. 루이세이얄이 그것을 가지고 있었다. 그녀는 그것이 모래벌레들에게 특별히 효과가 있는 독약이라고 생각했다. 분명했다. 베네 게세리트의 기록과 구전 역사가 이 점에 대해 의견을 같이했다. 추출액은 모래벌레를 산산이 부숴서 그 몸의 융해를 촉진함으로써 더 많은 모래벌레들을 만들어내게 될 모래송어들을 낳았다. 그런 것이 계속, 계속……

"나의 변화 중에 너희가 반드시 알아야 하는 것이 또 있다. 나는 아직 모래벌레가 아니다. 완전한 모래벌레가 아냐. 나를 감각기관이 변질된 군생 생물에 더 가까운 존재로 생각해라." 레토가 말했다.

루이세이얄의 왼손이 그녀의 겉옷 주름을 향해 알아차릴 수 없을 정도로 미세하게 움직였다. 모네오는 그것을 보고 지시를 바라며 레토를 바라보았다. 그러나 레토는 두건 밑에서 자신을 노려보는 루이세이얄의 눈을 마주 노려볼 뿐이었다.

"냄새에는 유행이 있지." 레토가 말했다.

루이세이얄의 손이 멈칫했다.

"향수들. 난 그것들을 모두 기억한다. 심지어 무취에 대한 숭배조차 내 것이야. 사람들은 자기들의 자연스러운 냄새를 감추려고 겨드랑이와 사타구니에 스프레이를 뿌린다. 그걸 알고 있었나? 당연히 알고 있었겠지!"

안틱의 시선이 루이세이얄을 향해 움직였다.

두 사람 모두 감히 입을 열지 못했다.

"사람들은 페로몬 때문에 자기들의 정체가 무심코 드러난다는 사실을 본능적으로 알고 있었다." 레토가 말했다.

두 사람은 꼼짝도 하지 않고 서 있었다. 그들은 그의 말을 알아들었다. 모든 백성들 중에서도 대모들은 그의 숨겨진 메시지를 이해할 능력을 가장 잘 갖춘 사람들이었다.

"너희는 내게서 나의 풍부한 기억을 채굴하고 싶어 하지." 레토가 비난하는 목소리로 말했다.

"저희는 질투하고 있습니다, 폐하." 루이세이얄이 고백했다.

"너희는 스파이스 추출액의 역사를 잘못 읽었다. 모래벌레는 그것을 물로 인식할 뿐이야."

"그것은 시험이었습니다, 폐하. 그뿐입니다." 안틱이 말했다.

"너희가 나를 시험한다고?"

"저희의 호기심을 탓해 주십시오, 폐하." 안틱이 말했다.

"나 역시 호기심이 있다. 스파이스 추출액을 모네오 옆의 단상에 놓아라. 내가 그것을 갖겠다."

공격할 의사가 없음을 보여주기 위해 한결같은 속도로 천천히 움직이면서, 루이세이얄이 겉옷 안쪽으로 손을 뻗어 작은 병을 꺼냈다. 병 안에 든 것이 파란색으로 눈부시게 반짝였다. 그녀는 그 병을 선반 위에 부드럽게 놓았다. 뭔가 필사적인 행동을 하려는 기색은 전혀 없었다.

"진실을 말하는 자라더니, 과연." 레토가 말했다.

그녀는 그를 향해 어쩌면 미소인 듯도 한, 희미하게 찡그린 표정을 지어 보인 다음 안틱의 옆으로 물러났다.

"저 스파이스 추출액을 어디서 구했지?" 레토가 물었다.

"밀수꾼들에게서 샀습니다." 안틱이 말했다.

"밀수꾼들이 사라진 지 거의 2500년이 되었다."

"낭비하지 않으면 부족한 것도 없지요."

"그래. 너희 스스로 자신의 인내심을 재평가해야 할 것 같군. 그렇지 않나?"

"저희는 폐하의 몸이 발전해 나가는 것을 계속 지켜보았습니다, 폐하. 저희 생각에는……."

안틱은 의식적으로 어깨를 약간 으쓱했다. 교단의 자매가 정당하게 사용할 수 있는 몸짓이었으나, 가볍게 사용할 수 있는 수준은 아니었다.

레토는 그에 대한 반응으로 입을 꾹 다물었다. "나는 어깨를 으쓱할 수 없다." 그가 말했다.

"저희를 처벌하실 겁니까?" 루이세이알이 물었다.

"날 기쁘게 해준 것 때문에?"

루이세이알은 단상 위에 있는 병을 살짝 바라보았다.

"나는 너희에게 보상을 주겠다고 맹세했다. 그리고 그렇게 할 것이다." 레토가 말했다.

"저희는 폐하를 저희의 공동체 안에서 보호하는 것이 더 좋습니다, 폐하." 안틱이 말했다.

"너무 커다란 보상을 바라지 말라."

안틱은 고개를 끄덕였다. "폐하께서는 익스 인들과 관계를 맺고 계십니다, 폐하. 저희는 그들이 감히 폐하에게 반기를 들지도 모른다고 믿을 만한 근거를 갖고 있습니다."

"나는 너희를 두려워하지 않는 것만큼이나 그들을 두려워하지 않는다."

"익스 인들이 무엇을 하고 있는지 폐하께서도 분명히 들으셨겠지요." 루이세이알이 말했다.

"내 제국 안의 사람들이나 집단들 사이에 오가는 메시지의 사본을 모네오가 가끔 가져온다. 나는 많은 이야기들을 듣고 있어."

"저희는 새로운 저주스러운 존재에 대해 얘기하고 있습니다, 폐하!" 안틱이 말했다.

"익스 인들이 인공 지능을 만들어낼 수 있다고 생각하나? 너희처럼 의식을 가진 존재를?"

"걱정스럽습니다, 폐하."

"나로 하여금 버틀레리안 지하드가 교단 안에 살아남아 있다고 믿게 하려는 건가?"

"저희는 상상력이 풍부한 기술에서 생겨날 수 있는 미지의 것을 신뢰하지 않습니다." 안틱이 말했다.

루이세이얄이 그를 향해 몸을 기울였다. "익스 인들은 자기들의 기계가 폐하처럼 '시간'을 초월할 것이라고 자랑합니다, 폐하."

"그리고 조합은 익스 인들 주위에 '시간'의 혼돈이 있다고 말하지." 레토가 조롱했다. "그럼 우리가 모든 창조물을 두려워해야 하는 건가?"

안틱이 몸을 꼿꼿하게 세웠다.

"나는 너희 두 사람과 진실을 얘기하고 있다. 나는 너희의 능력을 인정해. 너희는 내 능력을 인정하지 않을 건가?"

루이세이얄이 그를 향해 짧게 고개를 끄덕였다. "틀레이랙스와 익스는 조합과 동맹을 맺고 저희에게 전폭적인 협조를 구하고 있습니다."

"그리고 너희는 익스를 가장 두려워한다고?"

"저희는 저희가 통제하지 못하는 모든 것을 두려워합니다." 안틱이 말했다.

"너희는 나를 통제하지 못한다."

"폐하가 없으면 사람들은 저희를 필요로 하게 될 겁니다!" 안틱이 말했다.

"이제야 진실을 말하는군! 너희는 너희의 신탁인 내게 와서 너희의 두려움을 없애달라고 요구하고 있다." 레토가 말했다.

안틱이 냉랭하게 절제된 목소리로 말했다. "익스가 기계 두뇌를 만들게 되는 겁니까?"

"두뇌? 그럴 리가 없지!"

루이세이얄은 안도하는 것 같았다. 그러나 안틱은 여전히 꿈쩍도 하지 않았다. 그녀는 이 신탁에 만족하지 않았다.

'어리석음이 이토록 똑같이 정확하게 반복되는 이유가 무엇인가?' 레토는 생각했다. 그의 기억들은 지금 이것에 필적하는 장면들을 수없이 제시해 주었다. 동굴들, 신성한 황홀경에 붙들린 남자 사제들과 여자 사제들, 신성한 마약의 연기 속에서 위험한 예언을 전달하는 불길한 목소리들.

그는 모네오 옆에서 무지개색으로 빛나고 있는 병을 살짝 내려다보았다. 저 물건의 시세가 얼마인가? 엄청났다. 저것은 '추출액'이었다. 부가 농축되고 또 농축된 것이다.

"너희는 신탁의 대가를 이미 치렀다. 너희에게 완전히 값을 쳐주는 것이 내게는 즐거운 일이다." 그가 말했다.

두 대모가 얼마나 바짝 긴장했는지!

"잘 들어라! 너희가 두려워하는 것은 너희가 두려워하는 그것이 아니다."

그는 이 말이 마음에 들었다. 모든 신탁에 어울릴 만큼 충분히 불길한 말이었다. 안틱과 루이세이얄은 충실한 탄원자들처럼 그를 뚫어지게 올려다보았다. 그들의 뒤에서 복사 한 명이 헛기침을 했다.

'저 아이는 나중에 질책을 당하겠군.' 레토는 생각했다.

이제 안틱이 레토의 말을 곰곰이 되씹어보기에 충분한 시간이 흘렀다. 그녀가 말했다. "모호한 진실은 진실이 아닙니다."

"그러나 나는 너희의 주의를 올바른 방향으로 돌려놓았다."

"저희에게 기계를 두려워하지 말라고 말씀하시는 겁니까?" 루이세이얄이 물었다.

"너희는 추론 능력을 갖고 있다. 왜 내게 와서 애걸하는 것인가?"

"그러나 저희는 폐하의 능력을 갖고 있지 않습니다." 안틱이 말했다.

"그렇다면 너희는 '시간'의 덧없는 물결을 느끼지 못한다고 불평하는 것이로군. 너희는 나처럼 연속체를 느끼지 못한다. 그러면서 단순한 기계를 두려워하고 있어!"

"폐하께서는 저희에게 대답을 주지 않으실 생각이로군요." 안틱이 말했다.

"내가 너희 교단의 방식에 대해 무지하다고 생각하는 실수를 저지르지 말라. 너희는 살아 있다. 너희의 감각은 훌륭하게 조절되어 있지. 나는 이것을 막지 않는다. 너희도 그래서는 안 된다."

"하지만 익스 인들은 자동인형을 만지작거리고 있습니다!" 안틱이 항변했다.

"따로따로 분리된 조각들이지. 서로 연결된 유한한 조각들." 그가 동의했다. "일단 그것이 움직이기 시작하면, 무엇이 막겠나?"

루이세이알은 베네 게세리트의 자기 통제라는 허식을 모두 던져버렸다. 그것은 레토의 능력을 자신이 인정한다는 훌륭한 발언이었다. 그녀가 거의 비명 같은 목소리로 말했다. "익스 인들이 뭐라고 자랑하는지 아십니까? 자기들의 기계가 폐하의 행동을 예측할 거랍니다!"

"내가 왜 그것을 두려워해야 하지? 그들은 내게 가까이 다가올수록 틀림없이 더욱 충실한 나의 동맹이 될 것이다. 그들은 나를 정복할 수 없다. 그러나 나는 그들을 정복할 수 있지."

안틱이 뭐라고 말을 하려 했지만 루이세이알이 그녀의 팔을 잡아 말을 막았다.

"폐하께서는 벌써 익스와 동맹이 되신 겁니까? 폐하께서 그들의 신임 대사인 저 흐위 노리라는 인물과 지나치게 오랫동안 이야기를 나눴다는 얘기가 들립니다." 루이세이알이 말했다.

"내게는 동맹이 없다. 하인들, 학생들, 적들이 있을 뿐이야."

"그런데 익스의 기계를 두려워하지 않으신다고요?" 안틱이 고집스럽게 물었다.

"자동인형이 의식을 지닌 지능과 동의어인가?" 그가 물었다.

안틱은 눈을 휘둥그렇게 뜬 채 멍한 눈빛이 되어 자신의 기억들 속으로 물러났다. 레토는 그녀가 자기 내부의 군중들 속에서 지금 분명히 만나고 있을 그것에 매혹되었다.

'우린 저 기억들 중 일부를 공유하고 있어.'

그 순간 대모들과의 공동체가 너무 매력적이라서 유혹당할 것 같았다. 그것은 아주 친숙하고 커다란 힘이 되어줄 것이며…… 아주 치명적일 것이다. 안틱은 다시 그를 유혹하려 하고 있었다.

그녀가 입을 열었다. "기계는 인간들이 중요하게 생각하는 모든 문제를 예측할 수 없습니다. 그것이 직렬로 연결된 비트들과 끊어지지 않는 연속체 사이의 차이점입니다. 저희는 끊어지지 않는 연속체를 갖고 있고, 기계들은 직렬로 연결된 비트들 속에 갇혀 있습니다."

"너는 아직도 추론의 능력을 갖고 있군." 그가 말했다.

"내게도 말하시오!" 루이세이알이 말했다. 그것은 안틱을 향한 명령이었다. 이 때문에 이 두 사람 중 누가 진정한 지배자인지가 갑작스레 뚜렷이 드러났다. 어린 사람이 나이 많은 사람을 지배하고 있었다.

'훌륭해.' 레토는 생각했다.

"지능은 적응합니다." 안틱이 말했다.

'말도 극도로 아끼는군.' 레토는 즐거운 기색을 숨기며 생각했다.

"지능은 창조하지. 그건 너희가 한 번도 상상해 보지 못한 반응에 대처해야 한다는 뜻이다. 너희는 '새로운 것'과 맞서야 한다." 레토가 말했다.

"익스가 기계를 만들어낼지도 모른다는 가능성 같은 것 말이지요." 안틱이 말했다. 이것은 질문이 아니었다.

"재미있지 않은가? 최고의 대모가 되는 것만으로는 충분하지 않다는 사실이?" 레토가 물었다.

그의 예리한 감각들은 두 사람이 모두 갑자기 두려움을 느끼며 바짝 긴장하는 것을 감지했다. 과연 진실을 말하는 자들이었다!

"너희가 나를 두려워하는 건 당연하다." 이어서 그는 목소리를 한층 높여 다그치듯 물었다. "너희가 살아 있다는 사실을 너희는 어떻게 아는가?"

모네오가 지금까지 수없이 경험했듯이, 그들도 똑바른 대답을 내놓지 못하면 무서운 결과가 따를 것이라는 사실을 그의 목소리에서 느꼈다. 두 사람이 대답을 하기 전에 모네오를 살짝 바라보았다는 사실에 레토는 매혹되었다.

"저는 저 자신의 거울입니다." 루이세이얄이 말했다. 이 딱 들어맞는 베네 게세리트 식 대답이 레토의 화를 돋웠다.

"제가 저의 인간적인 문제들을 다루는 데 미리 정해진 도구들은 필요하지 않습니다. 폐하의 질문은 미숙합니다!" 안틱이 말했다.

"하하!" 레토는 소리 내어 웃었다. "베네 게세리트를 그만두고 내게 오는 게 어떻겠나?"

그는 그녀가 이 초대를 잠시 생각해 보다가 거부하는 것을 알 수 있었다. 그러나 그녀는 즐거운 기색을 감추지 않았다.

레토는 어리둥절한 표정의 루이세이얄을 바라보았다. "자신의 척도 밖에 속하는 것이 나타났을 때 너희는 자동인형이 아니라 지능을 바쁘게 움직인다." 그가 말했다. 그리고 속으로 생각했다. '저 루이세이얄은

이제 다시는 늙은 안틱을 지배하지 못할 것이다.'

루이세이얄은 이제 화를 내고 있었으며 그것을 굳이 감추려 하지도 않았다. 그녀가 말했다. "익스 인들이 인간의 사고를 흉내 낸 기계를 폐하께 공급해 왔다는 소문이 있습니다. 만약 폐하께서 그들을 그처럼 하찮게 생각하신다면 왜……."

"저 아이를 보호자 없이 참사회 밖에 내보내면 안 되겠군. 저 아이는 자신의 기억들에게 말을 거는 것을 두려워하고 있는 건가?" 레토가 안틱을 향해 말했다.

루이세이얄은 창백해졌지만 아무 말도 하지 않았다.

레토는 차가운 시선으로 그녀를 유심히 살펴보았다. "우리 조상들이 오랫동안 무의식적으로 기계와 맺어온 관계가 우리에게 뭔가를 가르쳐 주었다. 그렇게 생각하지 않나?"

루이세이얄은 죽음의 위험을 무릅쓰고 신황제에게 노골적으로 반항할 각오가 되어 있지 않았기 때문에 그저 그를 노려보기만 했다.

"우리는 적어도 기계의 매력을 알고 있다고 말할 생각인가?" 레토가 물었다.

루이세이얄은 고개를 끄덕였다.

"잘 관리된 기계는 인간 하인보다 더 믿음직할 수도 있다. 기계는 감정 때문에 흐트러지는 일이 없어." 레토가 말했다.

루이세이얄이 마침내 목소리를 되찾았다. "폐하께서 저주스러운 기계들에 대한 버틀레리안의 금지 조치를 없앨 작정이라는 뜻입니까?"

"네게 맹세한다." 레토가 경멸이 담긴 얼음처럼 차가운 목소리로 말했다. "그런 어리석음을 또다시 내보인다면 나는 너를 공개 처형에 처하겠다. 난 너의 신탁이 아니다!"

루이세이알은 입을 열었지만 아무 말도 하지 않고 다시 다물어버렸다.

안틱이 그녀의 팔을 잡자 루이세이알의 몸 전체에 짧은 떨림이 번져나갔다. 안틱이 '목소리'의 힘을 훌륭하게 보여주며 부드럽게 말했다. "우리의 신황제께서는 버틀레리안 지하드의 금지 조치에 대해 결코 노골적으로 반기를 들지 않으실 겁니다."

레토는 그녀를 향해 미소를 지었다. 그것은 부드러운 칭찬이었다. 전문가가 자신의 솜씨를 최고로 발휘하는 광경을 보는 것은 너무나 즐거웠다.

"의식이 있는 지능을 가진 존재라면 누구나 분명히 알 것이다. 나의 선택에는 한계가 있다. 어떤 장소들에는 내가 개입하지 않아."

날이 여러 개 달린 쇠스랑처럼 불쑥 들이밀어진 이 말을 두 사람이 흡수하며 거기에 담긴 의미와 의도를 가늠해 보는 것이 그의 눈에 보였다. 신황제는 다른 곳에서 책략을 부리며 그들의 주의를 익스 인들에게 집중시킴으로써 그들을 교란시키고 있는 건가? 그가 지금 베네 게세리트에게 익스 인들에 맞서서 편을 가를 때가 되었다고 얘기하는 건가? 그의 말에 표면에 드러난 의도 외에 더 이상 아무것도 없다는 것이 가능한 일인가? 그의 의도가 무엇이든 무시할 수 없었다. 그는 틀림없이 지금까지 이 우주가 낳은 가장 비틀린 생물이었다.

레토는 루이세이알을 향해 험악한 표정을 지었다. 이것이 그들의 혼란을 가중시킬 뿐이라는 것을 그는 알고 있었다. "기계가 지나치게 많았던 과거의 사회들로부터 얻을 수 있는 교훈을 네게 지적해 주겠다, 마르쿠스 클레르 루이세이알. 아무래도 너는 그 교훈을 배우지 못한 것 같으니. 기계 장치들 그 자체가 사용자들을 길들여서 그들로 하여금 기계를 사용하듯 서로를 사용하게 만든다."

그는 모네오에게 시선을 돌렸다. "모네오?"

"저도 그를 봤습니다, 폐하."

모네오는 목을 쭉 빼서 베네 게세리트 일행 너머를 응시했다. 던컨 아이다호가 저편의 정문으로 들어와 레토를 향해 넓은 방을 성큼성큼 걸어오고 있었다. 모네오는 베네 게세리트에 대한 불신과 경계심을 풀지 않았다. 그러나 레토의 설교에 담긴 본질을 알아보았다. '폐하는 시험을 하고 있다. 항상 시험을 하지.'

안틱이 헛기침을 하며 입을 열었다. "폐하, 저희에게 내리는 보상은 무엇입니까?"

"너는 용감하다. 이번 사절단에 네가 선택된 이유가 틀림없이 그것이었을 테지. 좋다. 앞으로 10년 동안 나는 너희의 스파이스 할당량을 현재 수준으로 계속 유지하겠다. 나머지 보상에 대해 말한다면, 너희가 저 스파이스 추출액으로 하려 했던 행동을 그냥 무시해 주겠다. 정말 관대하지 않은가?"

"정말로 관대하십니다, 폐하." 안틱이 말했다. 그녀의 목소리에 억울한 기색은 조금도 없었다.

그때 던컨 아이다호가 두 사람을 스치듯 지나쳐 모네오의 옆에서 걸음을 멈춘 다음 레토를 올려다보았다. "폐하, 저……." 그는 말을 끊고 두 대모를 살짝 바라보았다.

"그냥 말해도 된다." 레토가 명령했다.

"예, 폐하." 내키지 않는 기색이었지만 그는 명령에 복종했다.

"도시의 남동쪽 변두리에서 우리에 대한 공격이 있었습니다. 우리의 주의를 분산시키려는 행동이었던 것 같습니다. 도시 내부와 금지된 숲에서 추가로 폭력 사태가 발생했다는 보고가 지금 들어와 있기 때문입니다. 산발적인 습격입니다."

"그들은 내 늑대를 사냥하고 있다. 숲과 도시에서 그들은 내 늑대를 사냥하고 있어." 레토가 말했다.

아이다호가 눈썹을 모으며 영문을 알 수 없다는 표정을 지었다. "도시에 늑대가 있다고요, 폐하?"

"포식자들이지. 늑대들. 내게는 이 둘이 본질적으로 다르지 않다."

모네오가 숨을 집어삼켰다.

레토는 그에게 미소를 지어 보이며 깨달음의 순간을 지켜보는 것은 정말이지 너무나 아름답다고 생각했다. 눈에서 베일이 벗겨지고 정신이 열리는 순간.

"이곳을 지키기 위해 제가 대규모 병력을 데려왔습니다." 아이다호가 말했다. "그들은 전체적으로 배치……."

"그대가 그렇게 하리라는 걸 나는 알고 있었다. 이제 나머지 병력을 어디로 보내야 하는지 말해 줄 테니 잘 들어라." 레토가 말했다.

대모들이 경외의 표정으로 지켜보는 가운데 레토는 아이다호를 위해 정확한 매복 지점들을 지적해 주고 각 부대의 규모와 심지어 구체적인 부대 구성 일부, 공격 시간, 필요한 무기, 각 장소의 정확한 부대 배치 형태까지 자세히 설명해 주었다. 용량이 넉넉한 기억력을 갖고 있는 아이다호는 각각의 지시 사항을 머릿속에 목록으로 정리했다. 그는 레토의 설명에 너무 몰두한 나머지 레토가 입을 다물 때까지 그의 계획에 전혀 의문을 표시하지 않다가 그 뒤에야 당혹감과 두려움이 섞인 표정을 지었다.

레토에게 그것은 마치 아이다호의 가장 본질적인 의식을 직접 들여다보며 그 안의 생각을 읽는 것 같았다. '나는 원래의 레토 공작님이 신뢰하는 군인이었다. 지금 이 사람의 할아버지인 그 레토 님은 나를 구해 주고, 마치 아들처럼 자신의 집에 받아들여 주었다. 하지만 그 레토 님이 지금 이 사람의 내면에 여전히 어떤 식으로든 존재하고 있다 해도……이 사람은 그분이 아니다.' 아이다호는 이런 생각을 하고 있었다.

"폐하, 폐하께 제가 왜 필요합니까?" 아이다호가 물었다.

"그대의 힘과 충성심 때문이다."

아이다호는 고개를 흔들었다. "하지만……."

"그대는 그저 복종하면 된다." 레토가 말했다. 그리고 그는 대모들이 이 말을 어떻게 받아들이고 있는지 눈치챘다. '진실, 오직 진실만. 저들은 진실을 말하는 자들이니까.'

"제가 아트레이데스 가문에 빚을 지고 있기 때문이군요." 아이다호가 말했다.

"그것이 우리 신뢰의 토대이다. 그리고 던컨?"

"폐하?" 아이다호의 목소리는 그가 버티고 설 수 있는 근거를 찾았음을 알려주고 있었다.

"각각의 장소에서 적어도 한 명씩 생존자를 남겨두어라. 그렇지 않으면 우리의 노력은 헛수고가 될 것이다." 레토가 말했다.

아이다호는 한 번 짧게 고개를 끄덕인 다음 왔던 길을 성큼성큼 되짚어 방을 나갔다. 레토는 지극히 예민한 눈을 가진 사람만이 지금 이곳을 떠나는 아이다호가 아까 이곳으로 들어왔던 아이다호와 크게 다른 사람이라는 사실을 알 수 있을 것이라고 생각했다.

안틱이 말했다. "이것이 그 대사에게 태형을 가한 결과로군요."

"그렇다. 너희의 상급자인 훌륭한 시약사 대모에게 이 일을 신중하게 보고하라. 그리고 내가 사냥감과 함께 있는 것보다는 포식자들과 함께 있는 편을 더 좋아한다고 전해라." 그는 모네오를 흘끗 바라보았다. 모네오가 그 시선을 받고 몸을 곧게 펴며 차려 자세를 취했다. "모네오, 내 숲에서 늑대들이 사라졌다. 그들의 자리를 반드시 인간 늑대들로 메워야 한다. 시행하라."

예언의 황홀경은 다른 어떤 환영의 경험과도 다르다. 그것은 (다른 많은 황홀경들처럼) 감각의 정제되지 않은 노출로부터 후퇴하는 게 아니라 수많은 새로운 움직임들 속에 잠기는 것이다. 사물들이 움직인다. 그것은 '무한' 가운데 있는 궁극의 실용주의, 즉 사람을 다그치는 의식이며, 그 속에서 사람들은 우주가 저절로 움직이고 변화하고 변화를 다스리며, 그런 움직임 전체를 통틀어 영구적이거나 절대적으로 남아있는 것은 하나도 없고, 어떤 것에 대한 기계적 설명은 정확하게 제한된 공간 안에서만 효력을 발휘하고, 일단 벽들이 무너지면 과거의 설명들이 산산이 부서지고 녹아내려서 새로운 움직임들에 의해 날려가 버린다는, 끊어짐 없는 의식 속으로 마침내 들어간다. 이 황홀경 속에서 사람들이 보는 것은 정신을 냉정하게 만들어주며 매우 충격적인 경우가 많다. 그것은 사람들에게 자신의 전체적인 모습을 완전하게 유지하기 위해 궁극의 노력을 기울일 것을 요구한다. 그런데도 사람들은 크게 변화한 모습으로 황홀경에서 빠져나온다.

─『도난당한 일기』

알현의 날 밤에, 다른 사람들이 잠을 자거나 싸움을 하거나 꿈을 꾸거나 죽어가는 동안 레토는 알현실에서 고독하게 휴식을 취했다. 믿을 만한 물고기 웅변대원 몇 명만이 정문을 지킬 뿐이었다.

잠을 잔 것은 아니었다. 그의 머릿속은 필연적인 일들과 실망으로 요동치고 있었다.

'흐위! 흐위!'

그는 그들이 왜 흐위 노리를 지금 자신에게 보냈는지 알고 있었다. 아주 잘 알고 있었다!

'나의 가장 깊은 비밀 중의 비밀이 폭로되었다.'

그들이 그의 비밀을 알아낸 것이다. 흐위가 그 증거였다.

절망적인 생각이 들었다. 이 끔찍한 변신을 되돌릴 수 있을까? 그가 인간으로 돌아갈 수 있을까?

'그건 불가능해.'

설사 그것이 가능하다 해도, 그 과정에는 그가 지금 이 지점에 도달하는 데 걸린 것만큼 오랜 시간이 걸릴 것이다. 3000년이 넘는 세월이 흐른 후에 흐위는 어디에 있을 것인가? 지하묘에서 말라붙은 흙과 뼈가 되어 있을 것이다.

'교배를 통해 그녀와 비슷한 존재를 만들어내서 나를 위해 준비시킬 수는 있다……. 하지만 그건 나의 상냥한 흐위가 아니야.'

그리고 그가 그런 이기적인 목적에 탐닉해 있는 동안 황금의 길은 어떻게 될 것인가?

'황금의 길 따위 내가 알 게 뭔가! 어리석음 속에 갇힌 이 멍청이들이 한 번이라도 나를 생각해 준 적이 있던가? 한 번도 없다!'

그러나 그것은 사실이 아니었다. 흐위는 그를 생각해 주었다. 그녀는 그와 고통을 함께했다.

이것은 미친 생각이었다. 그는 근위대원들의 부드러운 움직임과 자신의 방 밑에 있는 물의 흐름을 느끼면서 이런 생각들을 멀리 밀어버리려고 했다.

'이 길을 선택했을 때 나는 무엇을 기대했던가?'

내면의 군중들이 이 질문을 얼마나 비웃었는지! 그에게는 완수해야 할 임무가 있지 않던가? 그것이 그 군중들을 억제하는 합의의 정수가 아니었던가?

"네게는 완수해야 할 임무가 있다. 네 목적은 하나뿐이야." 그들이 말했다.

'단 하나의 목적은 광신자의 특징이고, 난 광신자가 아냐!'

"넌 반드시 냉소적이고 잔인해야 한다. 너는 신뢰를 깨뜨릴 수 없어."

'왜 안 된다는 거지?'

"맹세를 한 사람이 누구인가? 바로 너다. 네가 이 길을 택했어."

'그건 기대일 뿐이야!'

"역사가 한 세대를 위해 만들어낸 기대는 흔히 다음 세대에서 산산이 부서져버리지. 넌 그걸 누구보다 잘 알고 있어."

'그래…… 그리고 산산조각 난 기대는 모든 인구를 소외시킬 수 있지. 나는 나 혼자서 모든 인구이다!'

"네 맹세를 기억해!"

'과연. 나는 수백 년에 걸쳐 방출된 파괴적인 힘이다. 나는 기대를 제한한다…… 나 자신의 기대도 포함해서. 나는 진자(振子)의 기세를 꺾는다.'

"그러고 나서 그걸 해방시키지. 절대로 그걸 잊으면 안 돼."

'난 지쳤다. 아, 얼마나 지쳤는지 몰라. 내가 잠을 잘 수만 있다면…… 정말로 잘 수만 있다면.'

"너 역시 자기 연민으로 가득 차 있다."

'당연하잖아. 나는 무엇인가? 어쩌면 가능했을지도 모르는 것들을 강제로 바라볼 수밖에 없는, 궁극의 고독을 지닌 존재이다. 매일 나는 그것을 바라본다…… 그리고 지금도. 흐위!'

"너의 사심 없는 원래의 선택이 지금 너를 이기심으로 가득 채우고 있다."

'사방에 위험이 있다. 나는 이기심을 갑옷처럼 입어야 해.'

"너를 건드리는 사람 모두에게 위험이 있다. 그것이 너의 본성 그 자체가 아니던가?"

'심지어 흐위에게도 위험이 있지. 소중하고 기쁜, 소중한 흐위.'

"네가 주위에 높은 담을 세운 건 그 안에 앉아서 자기 연민에 빠지기 위해서였던가?"

'벽이 세워진 건 내 제국 안에 엄청난 힘들이 풀려 나왔기 때문이다.'

"네가 그 힘들을 방출했어. 이제 그것들과 타협할 셈인가?"

'그건 흐위의 짓이다. 이런 감정들이 내 안에서 이토록 강렬했던 적은 일찍이 한 번도 없었다. 그 망할 놈의 익스 인들 때문이야!'

"그들이 기계가 아니라 살아 있는 몸으로 너를 공격하다니 정말 재미있군."

'그건 그들이 내 비밀을 알아냈기 때문이다.'

"넌 그 대책이 뭔지 알고 있어."

이 생각 때문에 레토의 거대한 몸 전체가 부르르 떨렸다. 그는 전에 항상 효과를 발휘했던 대책을 잘 알고 있었다. 자신의 과거 속에서 한동안 자신을 잃어버리는 것. 베네 게세리트의 자매들조차 기억의 축을 따라 내면을 공격하며 세포의 의식이라는 한계까지 거슬러 올라가거나 길 가에 멈춰 서서 세련된 오감의 기쁨 속에서 흥청거리는 탐험 여행에 나서지 못했다. 언젠가 특히 뛰어났던 던컨의 죽음 이후 그는 자신의 기억 속에 보존된 위대한 음악 공연들을 순회한 적이 있었다. 모차르트에게는

금방 싫증이 났다. '잘난 체하는 녀석 같으니! 하지만 바흐는……. 아아, 바흐는.'

레토는 그때의 기쁨을 기억했다.

'나는 오르간 앞에 앉아 음악에 흠뻑 젖었지.'

그의 모든 기억 속에서 바흐와 맞먹는 인간이 등장한 것은 오직 세 번뿐이었다. 그러나 리칼로조차 바흐를 능가하지 못했다. 그는 바흐만큼 훌륭했지만, 그보다 낫지는 않았다.

오늘 밤에는 여성 지식인들을 택하는 것이 좋을까? 할머니 제시카는 최고의 여성 지식인 중 한 명이었다. 그러나 경험상 제시카처럼 그에게 가까운 사람은 지금의 긴장을 풀기 위한 적절한 대책이 아니었다. 더 멀리 찾아보아야 할 것 같았다.

그때 그는 경외심에 사로잡힌 방문객에게 그런 탐험 여행을 설명하는 상상을 해보았다. 그 방문객은 순전히 상상 속에만 존재하는 인물이었다. 그런 '신성한' 문제에 대해 감히 그에게 질문을 던질 사람은 하나도 없을 테니까.

"나는 조상들의 흐름을 따라 뒤로 거슬러 내려가면서 지류를 쫓고, 구석구석을 쏜살같이 뒤진다. 너는 그들의 이름을 그리 많이 알아보지 못할 것이다. 노르마 센바의 이름을 들어본 자가 어디 있겠나? 나는 그녀의 삶을 살았다!"

"그녀의 삶을 살았다고요?" 상상 속의 방문객이 물었다.

"그렇고말고. 그렇지 않고서야 조상을 가까이 둘 이유가 무엇이겠나? 최초의 조합 우주선을 설계한 것이 남자라고 생각하는가? 역사책은 그 사람이 아우렐리우스 벤포트라고 하던가? 그건 거짓말이다. 우주선을 설계한 것은 그의 연인인 노르마이다. 그녀는 그에게 다섯 명의 아이들과 설계도를 주었다. 그는 적어도 그 정도는 되어야 자기 자아가 받아들일 수 있다고 생각했지. 결국 자신이 스스로 만들어낸 이미지를 정말로 충족시키지 못했다는 인식, 그것이 그를 파멸시켰다."

"폐하께서는 그의 삶도 직접 살아보셨습니까?"

"당연하지. 나는 먼 곳을 헤맨 프레멘들의 방랑의 길도 돌아다녔다. 내 아버지의 혈통과 그 밖에 다른 혈통들을 통해 바로 아트레우스 가문까지 거슬러 올라간 적도 있고."

"그건 너무나 유명한 혈통입니다!"

"그 혈통에도 나름대로 바보들이 있지."

'정신을 분산시켜 주는 것이 지금 내게 필요하다.' 그는 생각했다.

성적인 유희와 모험 속을 한 바퀴 돌면 될까?

"내가 내 내면에서 어떤 잔치를 이용할 수 있는지 너는 전혀 모른다. 나는 궁극의 엿보는 자이다. 참여자(들)이자 관찰자(들)이지. 성에 대한 무지와 오해가 너무나 많은 고통을 초래했다. 우리는 얼마나 지독히도 편협했는지. 얼마나 인색했는지."

레토는 자신이 오늘 밤에는 그것을 선택할 수 없음을 알고 있었다. 그의 도시 안에 흐위가 있기 때문에.

그럼 전쟁을 다시 살펴볼까?

"어떤 나폴레옹이 더 위대한 겁쟁이인가? 난 그것을 밝히지 않겠지만, 알고 있다. 아, 그럼, 알고 있고말고." 그는 상상 속의 방문객에게 말했다.

'내가 갈 수 있는 곳이 어디인가? 그 모든 과거들이 내게 개방되어 있는데, 내가 갈 수 있는 곳은 어디인가?'

유곽, 잔혹한 행위들, 폭군, 곡예사, 나체주의자, 외과 의사, 남창, 음악가, 마법사, 남자 사제, 장인(匠人), 여자 사제……

레토는 상상 속의 방문객에게 물었다. "한때 오로지 남성들만의 것이었던 고대의 손짓 언어가 홀라 춤 속에 보존되어 있음을 알고 있나? 홀라 춤에 대해 한 번도 들어본 적이 없다고? 그렇겠지. 지금 그 춤을 추는 사람이 어디 있나? 그러나 무용수들은 많은 것들을 보존해 왔지. 번역하는 방법은 사라졌지만, 나는 그 방법을 알고 있다. 어느 날 밤새도록 나는 차례로 여러 칼리프가 되어 이슬람과 함께 동쪽으로, 서쪽으로 움직였다. 수백 년의 세월을 가로질렀지. 네게 자세한 얘기를 지루하게 늘어놓지는 않겠다. 이제 가거라, 방문객이여!"

'이 얼마나 유혹적인가. 나를 오로지 과거 속에서만 살게 만들고 싶어 하는 이 사이렌의 외침은.

그리고 이제 그 과거는 얼마나 쓸모없는 것이 되었는가. 저 저주스러운 익스 인들 덕분에. 흐위가 있는 지금, 과거가 얼마나 지루한지. 내가 부르면 그녀는 즉시 내게 올 것이다. 그러나 나는 그녀를 부를 수 없다……. 지금은 안 돼……. 오늘 밤은 안 돼.'

과거가 계속 그에게 손짓했다.

'내 과거 속으로 순례 여행을 떠날 수도 있다. 그것이 꼭 탐험 여행이 될 필요는 없지. 나는 혼자 갈 수 있다. 순례 여행은 정화시켜 준다. 탐험 여행은 나를 관광객으로 만들어버린다. 그것이 차이점이다. 나는 내면의 세계로 혼자 들어갈 수 있다. 그리고 다시는 돌아오지 않을 수도 있다.'

레토는 그것의 필연성을 느꼈다. 이 꿈꾸는 듯한 상태가 결국 함정처럼 자신을 잡아버리리라는 것을.

'나는 내 제국 전역에 특별히 꿈을 꾸는 듯한 상태를 만들어낸다. 이 꿈속에서 새로운 신화들이 형성되고 새로운 방향들이 나타나며 새로운 움직임들이 생긴다. 새로운 것…… 새로운 것…… 새로운 것…… 나 자신의 꿈속에서, 나의 신화 속에서 빠져나와 모습을 드러내는 것들. 그것들로부터 나보다 더 쉽게 영향받을 수 있는 사람이 어디 있는가? 사냥꾼이 자기가 친 그물에 잡혔다.'

레토는 순간 자신이 아무런 대책도 존재하지 않는 상황과 부딪혔음을 알 수 있었다. 과거도, 현재도, 미래도 대책이 되지 못했다. 알현실의 어둠 속에서 그의 커다란 몸이 부르르 떨리며 전율했다.

정문에서 물고기 웅변대원 한 명이 동료에게 속삭였다. "신께 고민이 있으신 건가?"

그녀의 동료가 대답했다. "이 우주의 죄악들을 생각하면 누구라도 고민에 빠질 거야."

레토는 그들의 말을 듣고 소리 없이 흐느꼈다.

황금의 길을 따라 인류를 이끌려고 나섰을 때, 나는 그들이 뼛속 깊이 기억하게 될 교훈을 약속했다. 나는 인간들이 말로는 부인하면서도 행동으로는 긍정하는 심오한 패턴을 알고 있다. 그들은 안정과 평온함, 즉 자기들이 평화라고 부르는 상태를 구한다고 말한다. 그러나 이런 말을 하는 순간에도 그들은 혼란과 폭력의 씨앗들을 만들어낸다. 평온한 안정을 발견하는 경우, 그들은 그 안에서 몸부림을 친다. 그들이 그것을 얼마나 지루하게 생각하는지. 지금 그들을 보라. 내가 이 말을 기록하는 동안 그들이 무엇을 하고 있는지 보라. 하! 나는 그들에게 억겁의 세월 동안 강요된 평온함을 주었다. 그들이 혼돈 속으로 탈출하려고 아무리 노력해도 이 평온함은 꾸준히 계속되었다. '레토의 평화'에 대한 기억은 그들의 머릿속에 틀림없이 영원히 남을 것이다. 그들은 이후로는 극단적인 신중함과 확고한 준비를 갖춘 후에야 평온한 안정을 구하게 될 것이다.

—『도난당한 일기』

자신의 의사와는 아주 어긋나게, 아이다호는 동틀 무렵 제국 오니숍터 안에 시오나와 나란히 앉아 '안전한 장소'로 옮겨지고 있었다. 오니숍터는 직사각형의 초록색 농원 풍경 위로 황금색 호선을 그리며 떠오르는 태양을 향해 동쪽으로 빠르게 날아갔다.

오니숍터는 물고기 웅변대 소규모 분대 하나와 '손님' 두 명을 모두 태울 수 있을 만큼 큰 놈이었다. 이 오니숍터의 조종사 겸 분대장은 건장한 몸집의 여자로 자기 이름이 인메이르라고 밝혔다. 아이다호는 그녀의 얼굴을 보며 그 얼굴이 한 번도 미소를 지어본 적이 없다고 해도 믿겠다고 생각했다. 인메이르는 아이다호의 바로 앞 조종석에 앉아 있었고, 그녀의 양옆에는 근육질의 물고기 웅변대원 두 명이 있었다. 그리고 아이다호와 시오나 뒤에 대원 다섯 명이 더 앉아 있었다.

"신께서 대장님을 도시에서 먼 곳으로 데려가라고 명령하셨습니다." 인메이르는 떠나기 전 중앙 광장 밑의 지휘 초소에서 그에게 다가오며 이렇게 말했다. "이건 대장님의 안전을 위해서입니다. 저희는 내일 아침에 시아이녹을 위해 돌아갈 겁니다."

밤새 비상이 걸리는 바람에 지쳐 있던 아이다호는 '신께서 직접' 내리신 명령에 맞서 언쟁을 벌여봤자 소용없다는 것을 느꼈다. 인메이르는 그 굵은 팔로 얼마든지 그를 들어 옮길 수 있을 것 같았다. 그녀는 그를 지휘 초소에서 데리고 나와 산산이 부서진 보석의 단면 같은 별들이 하늘에서 반짝이는 냉랭한 밤공기 속으로 나왔다. 아이다호가 이 외출의 목적에 의문을 품기 시작한 것은 오니숍터가 있는 곳에 도착해서 그곳에 기다리고 있던 사람이 시오나라는 것을 알게 된 후였다.

밤 동안에 아이다호는 온에서 발생한 폭력 사태가 전부 조직적인 반란군의 소행인 것은 아니라는 사실을 깨달았다. 그가 시오나에 대해 물었을 때 모네오는 '내 딸은 방해가 되는 곳에서 안전하게 벗어나 있다'면서 '그 아이를 당신에게 맡긴다'고 덧붙인 메시지를 보내왔다.

오니숍터 안에서 시오나는 아이다호의 질문들에 전혀 대답하지 않았다. 지금도 그녀는 그의 옆에 앉아서 언짢은 침묵을 지키고 있었다. 그녀를 보면서 그는 하코넨에 대한 복수를 맹세했던, 원한에 찬 초창기의 자기 모습을 생각했다. 그는 그녀의 원한이 무엇 때문인지 궁금했다. 무엇이 그녀를 몰아붙이고 있는 걸까?

아이다호는 자신이 무슨 이유에서인지 시오나와 흐위 노리를 비교하고 있음을 깨달았다. 흐위와 만나는 것은 쉽지 않았다. 그러나 다른 곳에서 임무에 충실하라는 물고기 웅변대원들의 성가신 요구가 있었음에도 그녀를 만나는 데 성공했다.

'상냥하다.' 이것은 흐위를 위한 단어였다. 그녀는 변하지 않는 상냥함을 간직한 내면의 핵심을 바탕으로 행동했고, 그것은 그 나름대로 엄청난 힘을 갖고 있었다. 그는 여기에서 강렬한 매력을 느꼈다.

'그녀의 더 많은 점들을 보아야겠어.'

그러나 지금은 옆에 앉아 언짢은 침묵을 지키고 있는 시오나에게 만족할 수밖에 없었다. 뭐…… 침묵에는 침묵으로 대항하는 방법이 있었다.

아이다호는 스쳐 지나가는 풍경을 내려다보았다. 햇빛이 다가옴에 따라 여기저기 몰려 있는 마을의 불빛들이 깜박깜박 꺼져가는 것이 보였다. 사리르 사막은 저 멀리 뒤쪽에 있었고 이곳은 겉으로 보기에는 바싹 말랐던 적이 단 한 번도 없는 땅이었다.

'어떤 것들은 그리 많이 변하지 않지. 그냥 한 곳에서 다른 곳으로 옮겨져서 다시 모습을 갖출 뿐이다.' 그는 생각했다.

이 풍경은 그에게 칼라단의 무성한 정원들을 상기시켰다. 아트레이데스 가문이 듄으로 오기 전에 그토록 수많은 세대에 걸쳐 살았던 그 푸르른 행성이 어떻게 되었는지 궁금했다. 그는 좁은 도로들, 다리가 여섯 개인 동물들이 끄는 수레가 간간이 지나가는 시장의 도로들을 알아볼 수 있었다. 다리가 여섯 개인 동물들은 소스(thorse, 말을 뜻하는 horse를 변형시켜 지은이가 만들어낸 단어 —옮긴이)로 짐작되었다. 모네오는 이런 환경에 맞게 만들어진 소스들이 이곳뿐만 아니라 제국 전역에서 여러 가지 노동에 주로 사용되는 짐승이라고 말했다.

"걷는 사람들을 통제하기가 더 쉽소."

아이다호가 아래쪽을 응시하는 동안 모네오의 말이 그의 기억 속에서 울렸다. 오니숍터 앞쪽에 목초지가 나타났다. 부드럽게 굽이치는 초록색 언덕들이 검은 돌담으로 불규칙하게 구획된 곳이었다. 아이다호는 양들과 몸집이 커다란 가축 여러 종류를 알아볼 수 있었다. 오니숍터가 아직 어둠에 잠긴 좁은 계곡 위를 지나갔다. 계곡 저 아래 깊은 곳을 흐르는 물의 모습이 아주 살짝 드러났다. 계곡의 그림자 속에서 불빛 하나와 푸르스름한 연기 한 줄기가 피어오르는 것으로 보아 인간이 있는 것 같았다.

시오나가 갑자기 몸을 움직여 조종사의 어깨를 두드리며 오른쪽 앞을 가리켰다.

"저기 저것이 고이고아 아닌가요?" 시오나가 물었다.

"그렇습니다." 인메이르가 고개를 돌리지 않은 채 말했다. 그녀의 대답은 짧았고 아이다호가 파악할 수 없는 어떤 감정이 살짝 깃들어 있었다.

"저기는 안전한 곳이 아닌가요?" 시오나가 물었다.

"안전합니다."

시오나가 아이다호를 바라보았다. "우리를 고이고아로 데려가라고 조종사에게 명령하세요."

아이다호는 자기가 왜 그녀의 말에 따르는지 이유도 모른 채 조종사에게 말했다. "저곳으로 가자."

인메이르가 고개를 돌렸다. 밤 동안 아이다호가 아무 감정도 없는 사각형 벽돌 같다고 생각했던 그녀의 얼굴에 뭔가 깊은 감정의 증거가 분명하게 드러나 있었다. 그녀의 입가가 험악하게 찌푸려졌다. 오른쪽 눈가에서는 신경이 움찔거렸다.

"고이고아는 안 됩니다, 대장님. 더 좋은 곳이……."

"신황제가 우리를 특정한 장소로 데려가라고 하던가요?" 시오나가 다그치듯 물었다.

인메이르는 자기 말이 중간에서 끊긴 것에 화가 나서 눈을 부릅떴지만 시오나를 정면으로 바라보지는 않았다. "아닙니다. 하지만 그분은……."

"그럼 고이고아로 가자." 아이다호가 말했다.

인메이르는 고개를 홱 돌려 다시 오니숍터의 조종판을 바라보았다. 오니숍터가 날카로운 각도로 기울면서 초록색 언덕들 사이에 파묻힌 둥그런 주머니 모양의 땅을 향해 날아가는 바람에 아이다호의 몸이 던져지듯 시오나에게 쏠렸다.

아이다호는 인메이르의 어깨 너머로 자기들의 목적지를 바라보았다. 주머니의 정중앙에 주위를 둘러싼 울타리와 똑같은 검은 돌로 지은 마을이 있었다. 아이다호는 마을 위의 능선 일부에 과수원이 있는 것을 보았다. 매들이 오늘의 첫 상승 기류를 타고 미끄러지듯 날고 있는, 두 봉우리 사이의 자그마한 땅을 향해 계단식으로 이어진 과수원이었다.

시오나를 바라보며 아이다호가 물었다. "이 고이고아라는 게 뭐요?"

"곧 알게 될 거예요."

인메이르는 오니숍터를 얄팍한 각도로 활강시켰다. 그 덕분에 그들은 마을 가장자리의 평평한 풀밭에 부드럽게 착륙할 수 있었다. 물고기 웅변대원 하나가 마을 쪽의 문을 열었다. 여러 가지 향기가 뒤섞인 자극적인 냄새가 즉시 아이다호의 코를 강타했다. 짓이겨진 풀냄새, 동물의 배설물, 요리용 불의 매운 냄새 등이었다. 그는 미끄러지듯 오니숍터를 나와 마을의 거리를 올려다보았다. 사람들이 집에서 거리로 나와 방문자들을 뚫어지게 바라보고 있었다. 아이다호는 긴 초록색 드레스를 입은 나이 든 여자가 몸을 수그려 어떤 아이에게 뭐라고 속삭이자 그 아이가 즉시 몸을 돌려 거리 위쪽으로 쏜살같이 사라지는 것을 보았다.

"이곳이 마음에 드나요?" 시오나가 물었다. 그리고 그의 옆으로 뛰어내렸다.

"좋은 곳 같군요."

시오나는 인메이르와 다른 물고기 웅변대원들이 풀밭 위에 서 있는 자기들 옆으로 다가오는 동안 인메이르를 바라보았다. "우린 언제 온으로 돌아가죠?"

"당신은 돌아가지 않습니다. 저는 당신을 요새로 데려가라는 명령을 받았습니다. 대장님은 돌아가실 겁니다." 인메이르가 말했다.

"그렇군요. 그럼 우린 언제 떠나나요?" 시오나가 고개를 끄덕이며 말했다.

"내일 동틀 무렵입니다. 이 마을 촌장을 만나 숙소를 알아보겠습니다." 인메이르는 씩씩한 걸음걸이로 마을을 향해 걸어갔다.

"고이고아라." 아이다호가 말했다. "그거 이상한 이름이군. 듄 시절에는 이곳이 어떤 곳이었는지 궁금하오만?"

"우연히도 내가 알고 있지요." 시오나가 말했다. "옛날 지도에 이곳은 슐로치라고 되어 있어요. 그건 '귀신이 붙은 곳'이라는 뜻입니다. 구전 역사에 의하면 이곳의 주민들을 모두 쓸어버리기 전에 이곳에서 커다란 범죄들이 저질러졌다고 하더군요."

"자쿠루투." 아이다호는 물 도둑들에 대한 오랜 전설을 떠올리면서 속삭이듯 중얼거렸다. 그는 주위를 둘러보며 모래언덕과 능선의 자취를 찾아보았지만 아무것도 없었다. 평온한 표정의 나이 든 남자 두 명이 인메이르와 함께 다가오는 모습이 보일 뿐이었다. 두 남자는 색 바랜 파란색 바지와 남루한 셔츠를 입고 있었다. 발은 맨발이었다.

"이곳을 알고 있었나요?" 시오나가 물었다.

"전설 속에 나오는 이름으로만 알고 있소."

"여기 유령이 있다고 말하는 사람들도 있어요. 하지만 난 그런 얘기는 믿지 않아요."

인메이르가 아이다호 앞에서 걸음을 멈추고 맨발의 두 남자에게 뒤에서 기다리라는 몸짓을 했다. "숙소는 빈약하지만 쓸 만합니다. 대장님께서 개인 주택을 원하시는 게 아니라면." 그녀는 이 말을 하면서 고개를 돌려 시오나를 바라보았다.

"그건 나중에 결정하겠어요." 시오나가 말했다. 그리고 아이다호의 팔을 잡으며 말을 이었다. "대장님과 나는 고이고아를 산책하면서 풍경을 감상하고 싶어요."

인메이르가 뭔가 말하려고 입을 움직였지만, 아무 말도 하지 않았다.

아이다호는 시오나가 이끄는 대로 자기들을 바라보고 있는 두 남자 옆을 지나갔다.

"대원 두 명을 함께 보내겠습니다." 인메이르가 소리쳤다.

시오나가 걸음을 멈추고 고개를 돌렸다. "고이고아가 안전하지 않은가요?"

"이곳은 아주 평화로운 곳입니다." 두 남자 중 한 명이 말했다.

"그럼 우리에게 호위는 필요하지 않겠군요. 오니숩터나 지키라고 하세요."

시오나는 다시 아이다호를 마을 쪽으로 이끌었다.

"좋소." 아이다호가 시오나의 손에서 팔을 빼내면서 말했다. "이곳은 어떤 곳이오?"

"당신은 십중팔구 이곳이 아주 평온한 곳임을 깨달을 거예요. 옛날 슐로치하고는 전혀 달라요. 아주 평화롭죠."

"당신 뭔가를 꾸미고 있군. 뭘 꾸미고 있는 거요?" 아이다호가 그녀의 옆에서 성큼성큼 걸으며 말했다.

"골라들이 온갖 질문들로 가득 차 있다는 말을 항상 들었죠. 나 역시 물어볼 것이 있어요."

"그래요?"

"당신의 시대에 그는 어떤 사람이었나요? 레토라는 사람 말이에요."

"어떤 레토 말이오?"

"아, 레토가 두 사람이라는 걸 잊었군요. 할아버지와 우리의 레토. 난 우리의 레토를 말한 거예요, 당연히."

"그는 그냥 아이였소. 내가 아는 건 그것뿐이오."

"구전 역사에 따르면 그의 초창기 신부들 중 한 명이 이 마을 출신이라더군요."

"신부들? 내가 알기로는……."

"그가 아직 인간의 형태를 갖고 있을 때의 얘기예요. 그의 누이가 죽은 후이지만 그가 벌레로 변신을 시작하기 전의 얘기죠. 구전 역사에 따르면, 레토의 신부들이 제국 요새의 미로 속으로 사라져서 홀로그램으로 전송되는 얼굴과 목소리 외에 다시는 모습을 보이지 않았다고 해요. 그는 지금까지 수천 년 동안 신부를 맞지 않았습니다."

그들은 마을의 중앙에 있는 작은 광장에 도착해 있었다. 한쪽 면의 길이가 50미터쯤 되고 낮은 담에 둘러싸인 깨끗한 연못이 가운데에 있는 곳이었다. 시오나는 연못의 담 옆으로 가서 바위에 앉아 아이다호에게 앉으라는 듯 옆자리를 탁탁 두드렸다. 아이다호는 먼저 마을 쪽을 둘러보며 사람들이 커튼을 친 창문 뒤에서 자신을 바라보는 모습, 아이들이 손가락질을 하며 속삭이는 모습 등을 확인했다. 그리고 고개를 돌려 시오나를 내려다보는 자세로 섰다.

"이곳은 어떤 곳이오?"

"말했잖아요. 무앗딥이 어떤 사람이었는지 말해 주세요."

"그분은 사람이 가질 수 있는 최고의 친구였소."

"그럼 구전 역사가 사실이군요. 하지만 구전 역사는 그의 후계자들이 이어받은 칼리프의 직위를 데스포시니라고 부르고 있어요. 왠지 기분 나쁜 말이죠."

'내게 미끼를 던지고 있군.' 아이다호는 생각했다.

그는 시오나의 저의가 무엇인지 궁금해하면서 딱딱한 미소를 지어 보였다. 그녀는 뭔가 중요한 일이 일어나기를 기다리고 있는 것 같았다. 불안해하며…… 심지어는 두려움까지 품고. 그러나 뭔가 의기양양한 분위기가 바닥에 깔려 있었다. 모든 것이 다 드러나 있었다. 그녀가 지금 한 이야기 중 어떤 것에도 가벼운 잡담 이상의 의미를 부여할 수 없었다. 때가 될 때까지 시간을 보내기 위한…… 하지만 무슨 때?

누군가가 가볍게 달려오는 발소리가 그의 상념을 방해했다. 아이다호는 시선을 돌렸다. 여덟 살쯤 되어 보이는 아이 하나가 옆길에서 나와 그를 향해 전력으로 달려오는 모습이 보였다. 아이의 맨발이 달리면서 흙먼지를 차올려 작은 구름을 만들었고 어떤 여자의 비명 소리가 들렸다.

거리 위쪽 어딘가에서 들려오는 절망적인 소리였다. 달려오던 아이가 열 발짝쯤 떨어진 곳에 멈춰 서서 굶주린 시선으로 아이다호를 뚫어지게 올려다보았다. 그 눈빛이 너무 강렬해서 아이다호는 불편해졌다. 아이가 왠지 낯익어 보였다. 튼튼한 몸에 검은 고수머리를 가진 남자아이. 얼굴은 아직 다듬어지지 않았지만 그 아이가 나중에 자라서 어떤 남자가 될지 살짝 보여주는 암시들이 그곳에 있었다. 광대뼈는 조금 높은 편이었고 눈썹은 평평하게 일직선을 그렸다. 아이는 색 바랜 파란색 옷을 입고 있었는데, 수없이 세탁을 한 흔적이 드러나 있었지만 처음에는 아주 좋은 천으로 만든 옷이었음이 분명했다. 끝이 해어져도 풀리지 않도록 실을 단단하게 꼬아서 짠 푼지 면으로 만든 옷 같았다.

"우리 아버지가 아니잖아." 아이가 말했다. 그리고 몸을 홱 돌려 다시 거리를 질주해 가서 모퉁이를 돌아 사라져버렸다.

아이다호는 고개를 돌려 시오나를 향해 인상을 찌푸렸다. 그녀에게 질문을 하는 것이 거의 두려울 정도였다. '저 아이가 내 전임자의 자식이오?'라고. 그는 묻지 않아도 답을 이미 알고 있었다. 저 낯익은 얼굴, 저 유전자형이 진실을 담고 있었다. '내 어릴 때 모습이야.' 이 깨달음이 그에게 공허한 감정과 일종의 좌절감을 남겨주었다. '내가 책임져야 할 것이 무엇인가?'

시오나는 양손으로 얼굴을 감싸고 어깨를 웅크렸다. 이건 그녀가 상상했던 것과 전혀 달랐다. 그녀는 복수를 향한 자신의 욕망에 배신당한 것 같았다. 아이다호는 뭔가 이질적이고 생각할 가치가 없는, 단순한 골라가 아니었다. 그녀는 오니숍터에 타고 있을 때 자신에게 쏠린 그의 몸을 느꼈고, 그의 얼굴에 드러난 분명한 감정들을 보았다. 그리고 저 아이는……

"내 전임자에게 무슨 일이 일어난 거요?" 아이다호가 물었다. 단조롭지만 비난이 섞인 목소리였다.

그녀는 손을 내렸다. 그의 얼굴에 억눌린 분노가 드러나 있었다.

"우리도 확실히 몰라요. 하지만 그는 어느 날 요새로 들어가서 다시는 나오지 않았어요."

"저 아이는 그의 자식이었소?"

그녀는 고개를 끄덕였다.

"당신들이 내 전임자를 죽이지 않은 게 확실하오?"

"나는……." 그녀는 그의 말 속에 숨어 있는 비난과 의심에 충격을 받아 고개를 흔들었다.

"저 아이, 그 애 때문에 우리가 여기 온 거요?"

그녀는 침을 꿀꺽 삼켰다. "그래요."

"나더러 저 아이를 어떻게 하라고?"

그녀는 자신의 행동이 자신을 더럽혔다는 느낌과 죄책감을 느끼면서 어깨를 으쓱했다.

"아이의 어머니는 어떻게 되었소?" 아이다호가 물었다.

"다른 사람들과 함께 저 거리 위쪽에 살고 있어요." 시오나는 소년이 사라진 방향을 고갯짓으로 가리켰다.

"다른 사람들?"

"저 애 위로 아들이 하나 있어요…… 딸도. 저기…… 그러니까 내가 주선을 해줄 수……."

"싫소! 저 애 말이 옳아. 난 그 애의 아버지가 아니오."

"미안해요. 내가 괜한 짓을 했어요." 시오나가 속삭이듯 말했다.

"그가 왜 이곳을 택한 거요?" 아이다호가 물었다.

"아이 아버지…… 당신의……."

"내 전임자!"

"여기가 이르티의 고향인데, 그녀가 이곳을 떠나려 하지 않았기 때문이에요. 사람들의 얘기로는 그래요."

"이르티…… 아이 어머니 말이오?"

"과거의 의식(儀式)에 의한 아내, 구전 역사에 나오는 아내예요."

아이다호는 광장을 둘러싼 건물들의 돌로 된 전면과 커튼이 쳐진 창문들, 좁은 문들을 둘러보았다. "그럼 그가 여기서 살았던 거요?"

"그게 가능할 때에는요."

"그는 어떻게 죽었소, 시오나?"

"솔직히 말해서 난 몰라요……. 하지만 '벌레'가 다른 사람들을 죽인 적이 있어요. 그건 확실해요!"

"그걸 어떻게 알지?" 그는 탐색하는 듯한 시선으로 그녀의 얼굴을 뚫어지게 바라보았다. 그 시선이 하도 강렬해서 그녀는 시선을 피하지 않을 수 없었다.

"난 내 조상들의 얘기를 의심하지 않아요. 그 이야기들은 여기저기 조각조각 남아 있죠. 여기에 짤막한 메모 한 장, 저쪽에서는 속삭이듯 들려주는 이야기 한 토막. 하지만 난 그 이야기들을 믿어요. 내 아버지도 믿고 계세요!"

"모네오는 이런 얘기를 한마디도 해주지 않았소."

"아트레이데스 가문에 대해 한 가지 확실한 게 있다면, 우리가 성실하다는 거예요. 그건 분명한 사실이에요. 우린 우리가 한 말을 지켜요."

아이다호는 뭐라 말하려고 입을 열었다가 아무 소리 없이 닫아버렸다. '그래! 시오나 역시 아트레이데스였지.' 이 생각이 그를 뒤흔들었다. 이미 아는 사실인데도 지금껏 받아들이지 않고 있었다. 시오나는 일종의 반란자였다. 그 행동을 레토가 거의 용인하다시피 하고 있는 반란자. 그의 허용 한계가 어디까지인지는 불분명했지만 아이다호는 그 한계를 감지하고 있었다.

"그녀를 해쳐서는 안 된다. 그녀는 시험을 받아야 해." 레토는 이렇게 말했다.

아이다호는 시오나에게 등을 돌렸다.

"당신이 확실히 아는 것은 하나도 없소. 조각조각 남아 있는 이야기들, 소문들뿐이야!"

시오나는 대답하지 않았다.

"그는 아트레이데스란 말이오!" 아이다호가 말했다.

"그는 '벌레'예요!" 시오나의 목소리에 들어 있는 독기가 거의 손에 만져질 것 같았다.

"당신들의 그 빌어먹을 구전 역사는 고대의 소문 덩어리에 지나지 않아! 바보들이나 그걸 믿을 거요." 아이다호가 비난하듯 말했다.

"당신은 아직도 그를 믿고 있군요. 하지만 당신도 변할 거예요." 그녀가 말했다.

아이다호는 홱 몸을 돌려 그녀를 노려보았다.

"당신은 그와 얘기해 본 적이 한 번도 없잖소!"

"얘기해 봤어요. 내가 어렸을 때."

"당신은 지금도 어린아이요. 그는 지금까지 존재했던 모든 아트레이데스요. 그들 모두야. 그건 끔찍한 일이오. 하지만 난 예전에 그 사람들과 아는 사이였소. 그들은 내 친구였소."

시오나는 고개를 가로저을 뿐이었다.

아이다호는 다시 몸을 돌렸다. 마치 누군가가 그를 쥐어짜서 모든 감정을 가져가 버린 것 같았다. 그의 정신은 뼈가 없는 것처럼 흐늘거렸다. 그는 자기도 모르게 광장을 가로질러 소년이 사라진 거리를 따라 걷기 시작했다. 시오나가 그를 쫓아 뛰어와서 보조를 맞췄지만 그는 그녀를 무시했다.

거리는 1층 높이의 돌담으로 둘러싸인 좁은 곳이었고, 문들은 아치형 문틀 속으로 움푹 들어가 있었다. 모든 문들이 닫혀 있었다. 창들은 문을 작게 축소해 놓은 듯한 모양이었다. 그가 지나가는 곳에서 커튼들이 움찔거렸다.

첫 번째 교차로에서 아이다호는 걸음을 멈추고 소년이 사라진 오른쪽을 바라보았다. 검은색 긴 치마와 암녹색 블라우스를 입은 흰머리 여인 두 명이 거리 아래쪽으로 몇 발짝 떨어진 곳에 서서 머리를 맞댄 채 잡담을 나누고 있었다. 그들은 아이다호를 발견하더니 말을 멈추고 노골적인 호기심을 드러내며 빤히 바라보았다. 그는 그들의 시선을 맞받아준 다음 옆 골목 안쪽을 바라보았다. 골목은 텅 비어 있었다.

아이다호는 여자들을 향해 몸을 돌리고 채 한 발짝도 떨어지지 않은 거리에서 그들 옆을 지나쳤다. 그들은 서로에게 더욱 가까이 다가서더니 고개를 돌려 그를 지켜보았다. 그들은 시오나를 한 번 흘끗 쳐다보았을 뿐, 다시 아이다호에게 시선을 돌렸다. 시오나는 그의 옆에서 조용히 움직였다. 그녀의 얼굴에 묘한 표정이 떠올라 있었다.

'슬픔인가? 후회? 호기심?' 그는 속으로 질문을 던졌다.

그 표정이 무엇인지 파악하기가 어려웠다. 그는 자신들이 지나치고 있는 문간과 창문에 더 관심이 쏠렸다.

"고이고아에 와본 적이 있었소?" 아이다호가 물었다.

"아뇨." 시오나는 가라앉은 목소리로 말했다. 마치 자신의 목소리를 두려워하는 것 같았다.

'내가 왜 이 거리를 걷고 있는 건가?' 아이다호는 생각했다. 이 질문을 자신에게 던지는 순간에도 그는 대답을 이미 알고 있었다. '그 여자, 이르티라는 여자. 도대체 어떤 여자가 나를 고이고아로 이끌 수 있을까?'

그의 오른쪽에서 커튼의 한 귀퉁이가 들리고, 아이다호의 눈에 어떤 얼굴이 들어왔다. 광장에서 만난 소년이었다. 커튼이 다시 내려지더니 한쪽 옆으로 세게 젖혀지면서 그곳에 서 있는 여자의 모습이 드러났다. 아이다호는 한 발을 완전히 내디딘 자세로 멈춰 서서 말없이 그녀의 얼굴을 뚫어지게 바라보았다. 그것은 그의 마음 가장 깊숙한 곳의 공상 속에만 등장하는 여자의 얼굴이었다. 부드러운 달걀형 얼굴과 꿰뚫는 듯한 어두운 눈, 풍만하고 관능적인 입술…….

"제시카." 그가 속삭였다.

"뭐라고요?" 시오나가 물었다.

아이다호는 대답하지 못했다. 그것은 그가 영원히 사라졌다고 믿었던 과거 속에서 되살아 나온 제시카의 얼굴이었다. 유전자의 장난이었다. 무앗딥의 어머니가 새로운 육체로 재창조된 것이다.

여자가 아이다호의 머릿속에 자신의 모습을 기억으로 남긴 채 커튼을 닫았다. 그는 그 잔상을 결코 없애버릴 수 없을 것이라는 확신이 들었다. 그녀는 듄에서 위험을 함께했던 때의 제시카보다 더 나이가 많았다. 입가와 눈가에는 주름이 졌고 몸매가 약간 더 풍만했다…….

'더 어머니다운 모습이야.' 아이다호는 속으로 혼잣말을 했다. 그리고 다시 생각했다. '그녀가 누구를 닮았는지…… 내가 그녀에게 말했을까?'

시오나가 그의 소매를 잡아당겼다. "안으로 들어가서 저 여자를 만나고 싶어요?"

"아니. 여기 온 게 잘못이었소."

아이다호는 몸을 돌려 자기들이 온 길을 되돌아가려고 했다. 그러나 이르티의 집 문이 세게 열렸다. 젊은이 한 명이 거기서 나와 등 뒤로 문을 닫은 다음 몸을 돌려 아이다호를 정면으로 바라보았다.

아이다호는 젊은이의 나이가 열여섯 살쯤 되는 것 같다고 생각했다. 부모가 누군지는 분명했다. 카라쿨 양 같은 머리카락, 강인한 이목구비.

"당신은 새로운 사람이군." 젊은이가 말했다. 그의 목소리는 벌써 어른의 목소리처럼 굵직했다.

"그렇다." 아이다호는 목소리가 쉽게 나오지 않는다는 것을 깨달았다.

"왜 왔습니까?" 젊은이가 물었다.

"내가 오려고 해서 온 게 아니다." 아이다호가 말했다. 조금 전보다는 말하기가 더 쉬웠다. 시오나에 대한 분노의 감정이 이 말을 그의 입에서 몰아냈다.

젊은이가 시오나를 바라보았다. "우린 아버지가 돌아가셨다는 소식을 들었습니다."

시오나는 고개를 끄덕였다.

젊은이가 아이다호에게 다시 시선을 돌렸다. "돌아가 주십시오. 그리고 다시는 오지 마세요. 당신 때문에 어머니가 괴로워하고 계십니다."

"물론 그렇겠지. 이렇게 불쑥 나타난 것에 대한 사과의 말을 레이디 이르티에게 전해 주었으면 좋겠군. 내가 오고 싶어서 온 것이 아니야."

"누가 당신을 데려왔죠?"

"물고기 웅변대." 아이다호가 말했다.

젊은이가 고개를 까딱했다. 짤막하고 무뚝뚝한 동작이었다. 그는 다시 한번 시오나를 바라보았다. "당신들 물고기 웅변대는 동료를 상냥하게 대해야 한다고 배우는 줄 알았는데요." 이 말과 함께 그는 몸을 돌려 집 안으로 다시 들어가서 등 뒤로 단단하게 문을 닫았다.

아이다호는 자신들이 온 길을 향해 몸을 돌리고 시오나의 팔을 움켜 쥔 채 성큼성큼 그 자리를 떠났다. 그녀는 휘청거리다가 곧 보조를 맞추며 그의 손을 떼어냈다.

"저 아이는 내가 물고기 웅변대인 줄 알고 있군요." 그녀가 말했다.

"당연하지. 당신은 그들과 같은 모습을 하고 있소." 그는 그녀를 흘끗 바라보며 말을 이었다. "이르티가 물고기 웅변대원이었다는 얘기를 왜 내게 하지 않았소?"

"별로 중요하지 않은 것 같았어요."

"아."

"두 사람이 그렇게 만난 거예요."

그들은 광장에서 뻗어 나온 길과 만나는 교차로에 도착했다. 아이다호는 광장에 등을 돌리고 마을이 밭과 과수원으로 이어지는 거리 끝을 향해 씩씩하게 성큼성큼 걸어갔다. 충격이 자신을 한 꺼풀 둘러싸고 있는 것 같은 기분이었다. 도저히 소화할 수 없을 만큼 커다란 충격 때문에 그의 의식이 뒷걸음질을 쳤다.

나지막한 담이 그의 앞길을 막았다. 그는 담을 넘어가며 시오나가 뒤쫓아오는 소리를 들었다. 주위의 나무들에는 꽃이 활짝 피어 있었다. 하얀 꽃들의 오렌지색 중심부에서 암갈색 곤충들이 분주히 움직였다. 곤충들이 붕붕거리는 소리와 칼라단의 정글 속 꽃들을 연상시키는 꽃향기가 공기를 가득 채웠다.

그는 언덕의 정상에서 걸음을 멈췄다. 그곳에서 몸을 돌리니 깔끔한 직사각형 모양의 고이고아를 돌아볼 수 있었다. 지붕들은 평평하고 검은색이었다.

시오나는 언덕 꼭대기의 무성한 풀밭에 앉아 무릎을 끌어안았다.

"일이 당신의 의도와는 다르게 되었지, 그렇지 않소?" 아이다호가 물었다.

그녀는 고개를 끄덕였다. 그는 금방이라도 울음을 터뜨릴 듯한 그녀의 표정을 알아보았다.

"왜 그를 그토록 증오하는 거요?" 그가 물었다.

"우리에겐 우리 자신의 인생이 없어요!"

아이다호는 마을을 내려다보았다. "이곳과 같은 마을들이 많소?"

"이것이 '벌레'의 제국의 모습이에요!"

"그게 무슨 문제란 말이오?"

"아무것도…… 당신이 원하는 게 이것뿐이라면."

"그가 허용하는 것이 이것뿐이라는 얘기요?"

"이것, 시장으로 형성된 도시 몇 군데…… 온, 각 행성의 수도들조차 그냥 커다란 마을에 지나지 않는다고 들었어요."

"그럼 다시 말하겠소. 그게 무슨 문제란 말이오?"

"이건 감옥이에요!"

"그럼 이곳을 떠나면 되잖소."

"어디로요? 어떻게? 우리가 그냥 조합의 우주선에 올라타서 어디든 다른 곳으로, 어디든 우리가 원하는 곳으로 갈 수 있는 줄 알아요?" 그녀는 고이고아 쪽을 손가락으로 가리켰다. 한쪽 옆에 서 있는 오니숍터와 근처 풀밭에 앉아 있는 물고기 웅변대원들의 모습이 보였다. "감옥을 지키는 간수들이 떠나는 걸 허락하지 않아요!"

"그들은 이곳을 떠날 수 있소. 그래서 어디든 자기들이 원하는 곳으로 가지." 아이다호가 말했다.

"어디든 '벌레'가 보내는 곳으로 가는 거죠!"

그녀는 무릎에 얼굴을 묻은 채, 무릎에 가려서 희미해진 목소리로 말했다. "옛날에는 어땠죠?"

"그때는 달랐소. 아주 위험한 경우가 많았지." 그는 목초지와 밭, 그리고 과수원의 구획을 각각 표시하는 담들을 둘러보았다. "이곳 듄에는 소유지의 경계선을 보여주는 가공의 선들이 없었소. 이곳 모두가 아트레이데스 공작의 영지였소."

"프레멘만 제외하면."

"그렇소. 그러나 그들은 자기들이 속한 땅이 어디인지 알고 있었소. 어떤 절벽의 이쪽 편…… 또는 분지가 모래를 배경으로 하얗게 변한 곳 너머."

"그들은 어디든 자기들이 원하는 곳으로 갈 수 있었어요!"

"어느 정도 제한은 있었소."

"우리들 중에는 사막을 갈망하는 사람들이 있어요."

"사리르가 있잖소."

그녀는 고개를 들어 그를 노려보았다. "그 쬐그만 걸!"

"가로세로가 각각 1500킬로미터와 500킬로미터요. 그리 작은 게 아니지."

시오나는 자리에서 일어섰다. "우리를 왜 이렇게 가둬두는 건지 '벌레'에게 물어본 적이 있어요?"

"레토의 평화, 우리의 생존을 확실히 보장하기 위한 황금의 길. 이것이 그의 말이오."

"그가 내 아버지에게 뭐라고 말했는지 알아요? 어렸을 때 몰래 엿들은 말이 있어요."

"그가 뭐라고 했소?"

"우리에게 대부분의 위기를 허용하지 않고 있다고 말했어요. 우리의 형성 능력에 제한을 가하기 위해서. 그는 이렇게 말했죠. '사람들은 역경에 의해 지탱될 수 있다. 그러나 지금은 내가 그 역경이다. 신들이 역경이 될 수 있다.' 이게 그가 한 말이에요, 던컨. '벌레'는 미쳤어요!"

아이다호는 그녀가 들려준 이야기의 정확성을 의심하지 않았다. 그러나 이 말은 그를 휘저어놓지 못했다. 대신 자신에게 죽이라는 명령이 떨어졌던 코리노를 생각했다. 역경이라. 한때 이 제국을 다스렸던 가문의 후손인 코리노는 알고 보니 살이 쪄서 말랑말랑한 중년 남자로 권력을 갈망하며 스파이스를 얻기 위해 음모를 꾸미고 있었다. 아이다호는 물고기 웅변대원 한 명에게 그를 죽이라는 명령을 내렸다. 그리고 이 조치 때문에 모네오는 거의 발작하듯이 흥분해서 정신없이 질문을 퍼부어댔다.

"왜 당신이 직접 그를 죽이지 않았소?"

"난 물고기 웅변대의 능력을 보고 싶었소."

"그럼 그들의 능력에 대한 당신의 판단은?"

"유능하오."

그러나 코리노의 죽음은 아이다호에게 비현실적인 느낌을 가져다주었다. 자기가 흘린 피의 웅덩이 속에 누워 있는 살찐 작은 남자, 플래스톤으로 포장된 거리의 밤 그림자들과 구분되지 않는 평범한 그림자. 그건 비현실적이었다. 무앗딥의 말이 생각났다. "정신이 이른바 '현실'이라는 틀을 강요하지. 이 독단적인 틀은 자네의 감각 기관들이 보고해 오는 것으로부터 상당히 독립적인 경향이 있네." 어떤 '현실'이 레토 황제를 움직인 걸까?

아이다호는 과수원과 고이고아의 초록색 언덕들을 배경으로 서 있는 시오나를 바라보았다. "마을로 내려가서 숙소를 찾아봅시다. 난 혼자 있고 싶소."

"물고기 웅변대가 우리를 같은 숙소에 넣어줄 거예요."

"자기들과 같이?"

"아뇨. 우리 둘만 함께 있게 하는 거죠. 이유는 아주 간단해요. '벌레'는 위대한 던컨 아이다호와 나의 짝짓기를 원하고 있으니까."

"내 파트너는 내가 직접 고를 거요." 아이다호가 으르렁거리듯 말했다.

"우리 물고기 웅변대원들 중 한 명이 틀림없이 아주 기뻐하겠군요." 시오나는 이렇게 말하고 나서 홱 몸을 돌려 언덕을 내려가기 시작했다.

아이다호는 잠시 그녀를 지켜보았다. 그 유연한 젊은 육체가 바람에 흔들리는 과수원 나뭇가지들처럼 흔들리는 모습을.

"난 그의 종마가 아니야. 그도 이것만은 이해해야 할 거다." 아이다호는 중얼거렸다.

날이 갈수록 너희는 점점 더 비현실적이고 이질적으로 변해 가며, 새로 날이 밝을 때마다 내가 발견하는 나의 모습으로부터 더욱 멀어진다. 나는 유일한 현실이다. 너희는 나와 다르기 때문에 현실을 잃어버린다. 내가 호기심을 느낄수록 나를 숭배하는 자들은 호기심을 잃어버린다. 종교는 호기심을 억누른다. 내 행동이 숭배자들에게서 그것을 덜어내는 것이다. 따라서 결국 나는 아무것도 하지 않게 될 것이며, 모든 것을 겁에 질린 사람들에게 돌려줄 것이다. 그리고 겁에 질린 사람들은 그날 자신들이 혼자임을 발견하고 직접 행동에 나설 수밖에 없을 것이다.

—『도난당한 일기』

그것은 그 어떤 소리와도 달랐다. 기다리고 있는 군중들의 소리. 그것은 아이다호가 황제의 수레 앞에 서서 행진해 가고 있는 목적지인 기다란 터널을 타고 내려왔다. 불안한 속삭임이 최대의 속삭임으로 증폭되었고, 발을 꼼지락거리는 소리는 거인의 발소리였으며, 옷자락이 움직이는 소리도 엄청났다. 그리고 그 냄새. 성적인 흥분으로 인해 호흡에 섞여 나오는 젖냄새와 달콤한 땀 냄새가 뒤섞여 있었다.

인메이르를 비롯한 그의 물고기 웅변대원들은 동이 트고 한 시간 만에 아이다호를 이곳으로 데려왔고, 아직 차가운 초록색 어둠 속에 잠겨 있는 온의 광장으로 내려왔다. 그리고 다른 물고기 웅변대원들에게 그를 넘겨준 뒤 즉시 이륙했다. 인메이르는 시오나를 요새로 데려다줘야 하기 때문에 시아이녹의 의식을 놓치게 돼서 못마땅한 기색이 역력했다.

억제된 감정들이 생생하게 느껴지는 새 호위대는 그를 광장 아래 깊숙한 지역으로 데려갔다. 아이다호가 살펴보았던 어떤 도시 지도에도 나와 있지 않은 장소였다. 그곳은 미로였다. 처음에는 한쪽 방향으로 뻗어 있던 길이 회랑들을 통해 다른 방향으로 이어졌다. 회랑들은 황제의 수레가 지나갈 수 있을 만큼 충분히 넓고 높았다. 아이다호는 방향 감각을 잃고 전날 밤의 일을 돌이켜보는 데 골몰했다.

고이고아의 숙소는 비록 간소하고 좁았지만 편안했다. 방마다 침대가 두 개씩 있었고, 각 방은 하얗게 회칠한 벽에다 창문과 문이 하나씩 있는 상자 같았다. 이 방들은 고이고아의 '객사'로 지정된 건물 안에서 복도를 따라 죽 늘어서 있었다.

시오나의 말이 옳았다. 자신의 의견을 묻는 질문 한 번 받아보지 못한 채 아이다호는 그녀와 같은 방을 쓰게 되었다. 인메이르는 이것이 당연한 일인 것처럼 행동했다.

두 사람 앞에서 문이 닫히자 시오나가 말했다. "내게 손을 대면, 나는 당신을 죽이려 할 거예요."

그녀의 진지함이 너무나 적나라하게 드러난 말투였기 때문에 아이다호는 하마터면 웃음을 터뜨릴 뻔했다. "나는 혼자 있는 게 더 좋소. 당신도 혼자 있다고 생각하시오."

그는 아트레이데스 가문을 섬길 때의 위험한 밤들과 전투 태세를 기억하며 잘 때도 가벼운 경계심을 유지했다. 방이 정말로 어두워진 적은 거의 없었다. 커튼을 친 창으로 달빛이 들어왔고, 심지어 별빛조차 석회처럼 하얀 벽에 부딪혀 반사되었다. 그는 자신이 시오나에게, 그녀의 냄새와 뒤척임, 호흡에 불안할 정도로 민감해져 있음을 깨달았다. 완전히 잠에서 깨어 귀를 기울인 적도 여러 번이었다. 그중 두 번은 그녀 역시 귀를 기울이고 있음을 인식했다.

아침이 되어 온으로 비행하게 되었을 때에는 안도감을 느꼈다. 그들은 단식을 그만두고 차가운 과일 주스를 마셨다. 아이다호는 아직 동이 트지 않은 어둠 속으로 나가게 된 것이 반가웠다. 그는 오니숍터가 있는 곳까지 가벼운 발걸음으로 걸었다. 그는 시오나에게 직접 말을 걸지 않았으며, 물고기 웅변대원들이 호기심 어린 시선으로 자신을 힐끔거리는 것에 스스로 분개하고 있음을 깨달았다.

시오나는 그가 광장에서 오니숍터 옆을 떠날 때 오니숍터 밖으로 몸을 내밀고 딱 한 번 말을 걸었다.

"당신의 친구가 되는 것도 나쁘진 않을 것 같아요."

그런 말을 그렇게 묘하게 표현하다니. 그는 희미한 당혹감을 느꼈다. "그렇군…… . 뭐, 그렇겠지."

새로운 호위대가 그때 그를 재촉했고 마침내 미로 속의 한 종착점에 도달했다. 레토가 황제의 수레 위에서 그를 기다리고 있었다. 이 만남의 장소는 아이다호의 오른쪽으로 멀리까지 쭉 뻗은 복도 안에 자리 잡은 널찍한 곳이었다. 벽은 암갈색이었으며 발광구의 노란색 불빛 속에서 반짝이는 황금색 줄무늬가 있었다. 호위대는 수도사의 두건을 쓴 것 같은 레토의 얼굴 정면에 아이다호를 혼자 서 있게 남겨둔 채 재빨리 수레 뒤에 자리를 잡았다.

"던컨, 시아이녹을 하러 갈 때 내 앞에 서라." 레토가 말했다.

아이다호는 짙은 푸른색 우물 같은 신황제의 눈 속을 노려보며 그 신비주의와 비밀스러움에, 이곳에서 분명히 느껴지는 은밀한 흥분에 분노했다. 자신이 시아이녹에 대해 들었던 모든 이야기들이 신비감을 더욱 깊게 만들어주었을 뿐이라는 느낌이 들었다.

"제가 정말로 폐하의 근위대장입니까, 폐하?" 아이다호가 물었다. 그의 목소리에 분노가 짙게 배어 있었다.

"그렇고말고! 그리고 지금 나는 그대에게 주목할 만한 명예를 부여하고 있다. 시아이녹에 동참했던 성인 남자는 거의 없어."

"어젯밤에 도시에서 무슨 일이 일어났던 겁니까?"

"몇몇 곳에서 유혈 폭력 사태가 벌어졌다. 그러나 오늘 아침에는 꽤 조용해졌어."

"사상자는요?"

"언급할 가치가 없다."

아이다호는 고개를 끄덕였다. 레토의 예지력은 '그의 던컨'에게 모종의 위험이 닥칠 것을 경고해 주었다. 그래서 고이고아라는 안전한 시골로 보낸 것이다.

"그대는 고이고아에 다녀왔지. 거기 머물고 싶었나?" 레토가 말했다.

"아닙니다!"

"내게 화를 내지 말라. 내가 그대를 고이고아에 보낸 게 아냐."

아이다호는 한숨을 쉬었다. "도대체 무슨 위험이 있었기에 폐하께서 저를 다른 곳으로 보내셔야 했던 겁니까?"

"그건 그대에 대한 위험이 아니었다. 그러나 그대는 내 경비병들을 흥분시켜 자기들의 능력을 지나치게 과시하게 만든다. 어젯밤의 일에는 그런 것이 필요하지 않았어."

"예?" 이 말은 아이다호에게 충격을 주었다. 그는 자신이 직접 요구하지 않는 이상 남에게 특별히 영웅적인 행동을 부추길 수 있을 것이라고는 한 번도 생각해 본 적이 없었다. 병사들을 '채찍질로 뛰게 만드는' 사람. 지금 이 레토의 할아버지인 원래 레토 같은 지도자들은 자기들의 존재만으로 사람들에게 의욕을 불어넣었다.

"그대는 내게 지극히 소중하다, 던컨." 레토가 말했다.

"예……. 그렇죠, 제가 아직 폐하의 종마가 아니니까요!"

"그대가 원하는 바는 존중할 것이다, 당연히. 이 문제는 나중에 이야기하자."

아이다호는 물고기 웅변대 호위병들을 살짝 바라보았다. 그들은 모두 눈을 휘둥그렇게 뜨고 열심히 귀를 기울이고 있었다.

"폐하께서 온에 오실 때마다 항상 폭력이 발생합니까?" 아이다호가 물었다.

"주기가 있다. 불평분자들은 지금 상당히 억제되어 있지. 한동안 더 평화로울 것이다."

아이다호는 속을 알 수 없는 레토의 얼굴을 다시 돌아보았다. "제 전임자에게는 무슨 일이 일어난 겁니까?"

"물고기 웅변대가 말해 주지 않았나?"

"그가 그의 신을 지키다가 죽었다고 했습니다."

"그리고 그대는 그와 반대되는 소문을 들었겠군."

"어떻게 된 겁니까?"

"그는 내게 너무 가까웠기 때문에 죽었다. 내가 그를 제때에 안전한 곳으로 옮기지 못했어."

"고이고아 같은 곳 말씀이군요."

"난 그곳에서 그가 평화롭게 주어진 수명을 누리며 살기를 바랐다. 하지만 던컨, 그대도 알다시피 그대는 평화를 구하는 자가 아니지."

아이다호는 꿀꺽 침을 삼켰다. 이상한 덩어리가 목을 막고 있는 것 같았다. "그래도 저는 그가 죽게 된 자초지종을 알고 싶습니다. 그에게는 가족이 있습니다……."

"그대는 자초지종을 알게 될 것이다. 그리고 그의 가족에 대해서는 걱정하지 않아도 된다. 그들은 나의 보호를 받고 있다. 나는 그들을 먼 곳에서 안전하게 지킬 것이다. 폭력이 나를 찾아내는 걸 그대도 알지 않나. 그것도 나의 직무다. 내가 경탄하고 사랑하는 자들이 이 때문에 고통을 받아야 한다는 건 정말 불행한 일이야."

아이다호는 입을 꾹 다물었다. 지금 들은 말이 전혀 만족스럽지 않았다.

"마음을 편히 가져라, 던컨. 그대의 전임자는 내게 너무 가까웠기 때문에 죽었다." 레토가 말했다.

물고기 웅변대원들이 침착성을 잃고 동요했다. 아이다호는 그들을 살짝 바라본 다음 오른쪽에 있는 터널을 바라보았다.

"그래, 때가 되었다. 대원들을 기다리게 해서는 안 된다. 내 앞에 바짝 붙어서 행진하라, 던컨. 그러면 시아이녹에 대한 그대의 질문에 대답해주겠다."

아이다호는 이 말에 복종하는 것 말고 적당한 대안을 생각할 수 없었기 때문에 돌아서서 행렬을 이끌었다. 등 뒤에서 수레가 삐걱거리며 움직이는 소리와 그 뒤를 따르는 호위대의 희미한 발소리가 들렸다.

수레가 갑자기 조용해지는 바람에 아이다호는 재빨리 고개를 돌려 뒤를 바라보았다. 수레가 조용해진 이유를 금방 파악할 수 있었다.

"반중력 장치를 가동하셨군요." 그가 다시 앞쪽으로 시선을 돌리면서 말했다.

"호위대가 내 주위로 가까이 밀착할 테니 바퀴를 집어넣었다. 우리가 그들의 발을 부숴버릴 수는 없지 않나."

"시아이녹은 무엇입니까? 그것의 실체가 무엇입니까?" 아이다호가 물었다.

"이미 말하지 않았나. 그것은 '위대한 나눔의 의식'이다."

"지금 스파이스 냄새가 나는 게 맞습니까?"

"그대의 코는 민감하군. 의식용 빵에 소량의 멜란지가 들어 있다."

아이다호는 머리를 흔들었다.

그는 온에 도착한 후 이 일을 이해하려고 애쓰면서 기회가 생기자마자 직접 물어본 적이 있었다. "시아이녹의 축제가 무엇입니까?"

"우리는 의식용 빵을 함께 나눈다. 그뿐이야. 심지어 나도 거기에 참여하지."

"오렌지 가톨릭 의식과 같은 겁니까?"

"천만에! 그건 나의 살이 아니다. 나눔의 의식이야. 그대가 남자에 불과하듯이 그들은 여자에 불과하지만 나는 '모든 것'이라는 사실을 그들이 다시 인식하게 되지. 그들은 그 '모든 것'과 함께 나누는 것이다."

아이다호는 이 말의 어조가 마음에 들지 않았다. "남자에 불과하다고요?"

"그들이 축제에서 누구를 조롱하는지 아나, 던컨?"

"누구입니까?"

"그들의 감정을 상하게 한 남자들. 그들이 자기들끼리 조용히 이야기를 나눌 때 잘 들어보아라."

아이다호는 이것을 경고로 받아들였다. '물고기 웅변대의 감정을 해치

지 말라. 그랬다가는 그들의 분노를 사서 목숨이 위험해질 것이다!'

지금 터널 속에서 레토 앞에 서서 행진하며 아이다호는 자신이 그 말의 의미를 제대로 파악하긴 했지만 아무것도 배우지 못했음을 느꼈다. 그가 어깨 너머로 말했다.

"전 그 '나눔'을 이해하지 못하겠습니다."

"그 의식 속에서 우리는 함께이다. 그대도 알게 될 거야. 그리고 느끼게 될 거다. 내 물고기 웅변대는 특별한 지식의 저장소이다. 오직 그들만이 공유하고 있는 깨어지지 않은 전통이지. 이제 그대는 그것을 공유할 것이고, 그들은 그 때문에 그대를 사랑하게 될 것이다. 그들의 말에 주의 깊게 귀를 기울여라. 그들은 공감할 수 있는 생각에 개방적이다. 서로에 대한 그들의 애정은 무조건적이야."

'더 많은 얘기들, 그리고 더 많은 수수께끼.' 아이다호는 생각했다.

그는 터널이 점점 더 넓어지는 것을 알 수 있었다. 천장은 경사를 이루며 더 높아졌다. 발광구도 더 많았고, 짙은 오렌지색에 맞춰져 있었다. 약 300미터 떨어진 곳에서 높게 호선을 그리고 있는 출구가 보였다. 그곳에 켜진 짙은 빨간색 불빛 속에서 그는 좌우로 부드럽게 흔들리는, 번쩍이는 얼굴들을 알아볼 수 있었다. 그 얼굴들 밑의 몸은 옷으로 이루어진 어두운 벽 같았다. 흥분으로 인한 땀 냄새가 짙었다.

기다리고 있는 대원들에게 가까이 다가가면서 아이다호는 그들 사이로 나 있는 통로 하나와 오른쪽에 나지막하게 튀어나온 단상으로 이어진 경사로를 볼 수 있었다. 커다란 아치형 천장이 대원들의 머리 위에서 곡선을 그리며 사라졌고, 광대한 공간이 빨간색으로 조절된 발광구들로 밝혀져 있었다.

"오른쪽의 경사로를 올라가라. 단상의 중심부를 조금 지난 곳에서 걸음을 멈추고 몸을 돌려 저들을 마주 보아라." 레토가 말했다.

아이다호는 알았다는 뜻으로 오른손을 들어 올렸다. 그리고 넓은 공간 속으로 들어가면서 사방이 닫힌 이 공간의 엄청난 크기에 경탄했다. 그는 단상으로 올라가면서 자신의 잘 훈련된 눈에 이 방의 크기를 가늠하는 임무를 부여했다. 한 면의 길이가 적어도 1100미터는 되는 것 같았다. 방은 모서리가 둥글게 다듬어진 정사각형 모양이었다. 여기에 여자들이 빽빽하게 서 있었다. 아이다호는 사방에 흩어진 물고기 웅변대 연대들에서 선발해 보낸 대표자들만이 이 방에 있다는 사실을 되새겼다. 행성 한 곳당 대표단은 세 명이었다. 그들이 워낙 다닥다닥 붙어 있었기 때문에 누구든 쓰러지고 싶어도 쓰러질 수 없을 것 같았다. 그들은 아이다호가 지금 멈춰 서서 눈앞의 광경을 자세히 살펴보고 있는 단상을 따라 너비 50미터 정도의 공간만을 남겨두고 있었다. 수많은 얼굴이 그를 올려다보았다. 얼굴들, 얼굴들.

레토는 아이다호의 바로 뒤에서 수레를 멈추고 은빛 피부로 뒤덮인 팔 하나를 들어 올렸다.

즉시 '시아이녹! 시아이녹!'이라는 함성이 커다란 방을 가득 채웠다.

아이다호의 귀가 그 소리에 멍해졌다. '이 소리가 틀림없이 도시 전체에 울려 퍼지고 있겠군. 여기가 너무 깊숙한 지하만 아니라면.' 그는 생각했다.

"나의 신부들이여, 시아이녹에 온 것을 환영한다." 레토가 말했다.

아이다호는 살짝 레토를 올려다보았다. 번쩍이는 어두운 눈과 눈부신 표정이 보였다. 레토는 '이 저주받은 신성함 같으니!'라고 했었다. 그러나 그는 그 속에 파묻혀 있었다.

'모네오는 이 모임을 본 적이 있을까?' 아이다호는 속으로 질문을 던져보았다. 이상한 생각이었지만 왜 이런 생각이 들었는지 알 것 같았다. 이 일을 함께 얘기할 수 있는 유한한 수명의 인간이 어딘가 반드시 있을 것이다. 호위대는 모네오가 '국가의 일'을 위해 어딘가로 파견되었으며 그 일의 자세한 내용은 자기들도 모른다고 했다. 이 말을 들으며 아이다호는 레토의 정부 안에 있는 또 하나의 요소를 감지했다. 레토에게서 뻗어나간 권력의 계통들이 백성들 속으로 직접 이어져 있었지만, 그 계통들이 서로 만나는 경우는 많지 않았다. 그러려면 아무런 의문도 품지 않고 명령 수행의 책임을 받아들이는 믿음직한 종들을 포함하여 많은 것들이 필요했다.

"신황제가 해로운 일들을 하는 걸 본 사람은 거의 없어요. 이건 당신이 알고 있는 아트레이데스와 비슷한가요?" 시오나는 이렇게 말했다.

이런 생각들이 머릿속을 재빨리 스치고 지나가는 동안 아이다호는 한데 모여 있는 물고기 웅변대원들을 내려다보았다. 그들의 눈 속에 드러난 무조건적인 추종의 표정이라니! 그 경외감이라니! 레토는 어떻게 이런 일을 이룩한 거지? 왜?

"내가 사랑하는 자들이여." 레토가 말했다. 그의 목소리가 위를 향해 들린 얼굴들 위로 우렁차게 울려 퍼지면서 황제의 수레 속에 숨겨진 익스 산의 섬세한 증폭기에 의해 제일 먼 구석까지 전달되었다.

김이 모락모락 피어오르는 것 같은 여자들의 얼굴을 보며 아이다호는 레토의 경고를 떠올렸다. '그들의 분노를 사면 목숨이 위험해질 것이다!'

지금 이곳에서는 그 경고를 쉽사리 믿을 수 있었다. 레토의 말 한마디면 이들은 자기들의 감정을 상하게 한 사람을 갈기갈기 찢어버릴 것이다. 그들은 결코 의문을 품지 않을 것이다. 그저 행동할 것이다. 아이다호는 이 여자들이 군대로서 어떤 가치가 있는지 알 것 같았다. 개인적인 위험도 그들을 막지 못할 터였다. 그들은 신을 섬기는 사람들이었다!

레토가 앞쪽 체절들을 아치형으로 들어 올려 고개를 세우는 동안 황제의 수레가 작게 삐걱거렸다.

"너희는 믿음의 수호자들이다!" 레토가 말했다.

그들은 한목소리로 대답했다. "주님, 저희는 복종합니다!"

"내 안에서 너희는 끝없는 삶을 산다!"

"저희는 '무한'입니다!" 그들이 소리쳤다.

"내가 너희만큼 사랑하는 사람은 없다!"

"사랑!" 그들이 비명처럼 소리쳤다.

아이다호는 전율했다.

"내가 너희에게 내 사랑하는 던컨을 주겠다!" 레토가 말했다.

"사랑!" 그들이 비명처럼 소리쳤다.

아이다호는 온몸이 부들부들 떨리는 것을 느꼈다. 이러한 추종의 무게 때문에 쓰러질 것 같은 기분이었다. 이 자리에서 도망치고 싶기도 했고, 또한 이 자리에 남아 이것을 받아들이고 싶기도 했다. 이 방 안에는 힘이 있었다. 힘이!

한층 낮아진 목소리로 레토가 말했다. "근위대를 바꿔라."

여자들이 동시에 고개를 수그렸다. 망설임 없는 동작이었다. 아이다호의 오른쪽으로 조금 떨어진 곳에서 하얀 겉옷을 입은 여자들이 한 줄로 모습을 드러냈다. 그들은 단상 아래의 비어 있는 공간으로 행진해 들어왔다. 그들 중 일부는 아기들과 겨우 한두 살밖에 되지 않은 어린아이들을 안고 있었다.

전에 들은 개괄적인 설명 덕분에 아이다호는 이들이 물고기 웅변대에서 직접적으로 복무하는 자리를 떠나는 사람들임을 알 수 있었다. 이들 중에는 사제가 되는 사람도 있을 것이고, 아이를 기르는 데에만 모든 시간을 쏟을 사람도 있을 것이다……. 그러나 레토를 섬기는 임무를 진정으로 그만둘 사람은 아무도 없었다.

아이다호는 아이들을 내려다보면서 지금 이 일에 대한 기억이 저 남자아이들의 머릿속에 묻혀 각인될 것이라는 생각을 했다. 그들은 평생 동안 이 기억의 신비를 짊어지게 될 것이다. 의식(意識) 속에서는 사라졌지만 그래도 항상 존재하며 지금 이 순간부터 영원히 저 아이들에게 그림자를 드리우게 될 기억.

줄지어 들어온 여자들 중 마지막 사람이 레토의 아래쪽에서 걸음을 멈추고 그를 올려다보았다. 방 안의 다른 여자들은 이제 얼굴을 쳐들고 레토에게 시선을 집중하고 있었다.

아이다호는 좌우를 흘끗 바라보았다. 하얀 옷을 입은 여자들이 단상 아래에서 양쪽으로 적어도 500미터는 되어 보이는 공간을 가득 채우고 있었다. 그들 중 몇 명이 레토를 향해 자기 아이를 들어 올렸다. 그들의 경외감과 순종은 절대적이었다. 만약 레토가 명령한다면 저 여자들은 단상에 아이를 후려쳐 죽일 수도 있을 것 같았다. 레토의 명령이라면 무슨 짓이라도 할 사람들이었다!

레토가 앞쪽 체절들을 수레 위에 눕혔다. 부드럽게 잔물결이 이는 것 같은 동작이었다. 그는 인자한 시선으로 아래쪽을 응시하며 부드럽게 어루만지는 듯한 목소리로 말했다. "너희의 믿음과 봉사에 걸맞은 보상을 내리겠다. 구하라. 그러면 너희가 얻을 것이다."

대답이 방 안 전체에 울려 퍼졌다. "너희가 얻을 것이다!"

"내 것은 곧 너희의 것이다." 레토가 말했다.

"내 것은 곧 너희의 것이다." 여자들이 소리쳤다.

"이제 나와 함께 나누라. 모든 일에 나의 중재를 구하는 말 없는 기도를. 인류가 결코 끝나지 않게 해달라는 기도를."

모두가 한 사람이 된 것처럼 똑같이 고개를 수그렸다. 하얀 옷을 입은 여자들은 아이들을 내려다보며 더욱 가까이 끌어안았다. 아이다호는 말 없는 일체감을 느꼈다. 그 힘이 그의 안으로 들어와 그를 점령하려고 했다. 그는 입을 크게 벌리고 심호흡을 하며 마치 물리적인 침범처럼 느껴지는 그것에 대항해 싸웠다. 그의 정신은 그가 매달릴 수 있는 것, 그의 방패가 되어줄 수 있는 것을 찾아 정신없이 헤맸다.

이 여자들은 아이다호가 미처 짐작하지 못한 힘과 일체감을 지닌 군대였다. 그는 이들의 힘을 이해하지 못했다. 그는 그저 그것을 관찰하고, 그것의 존재를 인정할 수 있을 뿐이었다.

이것은 레토가 창조해 놓은 것이었다.

요새에서 회의가 열렸을 때 레토가 한 말이 아이다호의 머릿속에 떠올랐다. "남자들로 이루어진 군대에서 충성심은 그 군대를 길러낸 문명보다는 군대 자체에 집중된다. 여자들로 이루어진 군대에서 충성심은 지도자에게 집중된다."

아이다호는 레토가 무엇을 창조했는지 보여주는 증거를 뚫어지게 바라보며 그 말이 얼마나 통찰력 있고 정확한 것이었는지 깨달았다. 그 정확성이 두려웠다.

'그는 내게 여기 동참할 기회를 주고 있다.' 아이다호는 생각했다.

요새 회의에서 그가 레토의 말에 내놓은 답이 철없는 소리였음을 그는 이제 깨달았다.

"저는 이유를 모르겠습니다." 아이다호는 이렇게 말했다.

"대부분의 사람들은 이성적인 존재가 아니다."

"남자들의 군대든 여자들의 군대든 어떤 군대도 평화를 보장하지 못합니다! 폐하의 제국은 평화롭지 않습니다! 폐하는 그저……."

"내 물고기 웅변대가 그대에게 우리 역사를 알려주었나?"

"예. 하지만 저는 또한 폐하의 도시를 걸어서 돌아다니며 폐하의 백성들을 지켜보았습니다. 그들은 호전적입니다!"

"알겠나, 던컨? 평화는 호전성을 부추긴다."

"폐하의 말씀으로는 폐하의 황금의 길이……."

"그건 정확히 말해서 평화가 아니다. 평온함이지. 엄격한 계급제도와 그 밖에 여러 가지 다른 형태의 호전성이 자랄 수 있는 비옥한 땅."

"수수께끼 같은 말씀은 그만두십시오!"

"나는 축적된 관찰 결과를 얘기하고 있다. 그 관찰 결과는 평화의 자세를 취하는 것이 곧 패배자들의 태도임을 알려주지. 그것은 희생자의 태도다. 희생자는 호전성을 불러들인다."

"폐하의 강요된 평온함은 저주받은 물건입니다! 그것의 좋은 점이 도대체 뭡니까?"

"적이 없다면 반드시 적을 만들어내야 한다. 외부에서 표적을 찾지 못한 군대는 항상 자기편 사람들을 공격하니까."

"무슨 게임을 하고 계시는 겁니까?"

"나는 전쟁을 위해 인간의 욕망을 개조한다."

"사람들은 전쟁을 원하지 않습니다!"

"그들은 혼돈을 원한다. 전쟁은 가장 쉽게 손에 넣을 수 있는 혼돈이야."

"전 도저히 믿을 수 없습니다! 폐하께서는 폐하 자신만의 위험한 게임을 하고 계십니다."

"아주 위험하지. 나는 인간 행동의 오래된 원천을 다뤄 방향을 바꾸려

하고 있다. 위험한 것은 내가 인간의 생존력을 억누를 수도 있다는 점이지. 그러나 내 분명히 말하지만 황금의 길은 견뎌낼 것이다."

"폐하께서는 적대감을 억누르신 적이 없습니다!"

"나는 한 장소에서 에너지들을 흩뜨려 다른 장소로 그들의 방향을 돌린다. 통제할 수 없다면 길들여 이용해야 해."

"폐하의 여자 군대가 모든 것을 장악하지 못하게 막을 수 있는 것이 무엇입니까?"

"내가 그들의 지도자라는 것."

커다란 방 안에 잔뜩 모여 있는 여자들을 바라보면서 아이다호는 지도자가 중심이 된다는 말을 부인할 수 없었다. 그는 또한 이들의 추종심 일부가 자신을 향하고 있다는 것을 알 수 있었다. 여기에 내포되어 있는 유혹이 그를 꼼짝 못 하게 했다. 그는 그들에게서 원하는 것을 무엇이든 얻어낼 수 있었다…… 무엇이든! 이 커다란 방 안에 폭발적인 힘이 잠복해 있었다. 이것을 깨닫자 그는 레토가 전에 했던 말에 더 깊은 의문을 품을 수밖에 없었다.

레토가 폭발적인 폭력에 대해 뭔가 얘기한 적이 있었다. 아이다호는 조용히 기도하는 여자들을 지켜보면서 레토의 말을 회상했다. "남자들은 계급 고착에 취약하다. 그들은 계층 사회를 만들어내지. 계층 사회는 폭력에 대한 궁극의 초청장이다. 그 사회는 산산이 부서지지 않는다. 폭발할 뿐이다."

"여자들은 결코 그러지 않는단 말씀입니까?"

"거의 전적으로 남자들에게 지배를 받거나 남성의 역할 모델 속에 갇혀 있지 않은 한 그러지 않는다."

"남자와 여자가 그렇게 다를 리 없습니다!"

"그러나 그것이 현실이다. 여자들은 자신의 성별을 바탕으로 공통의 대의를 만들어낸다. 계급과 카스트를 초월하는 대의를. 그래서 내가 여자들에게 고삐를 쥐여준 거야."

아이다호는 기도를 드리고 있는 이 여자들이 고삐를 쥐고 있다는 사실을 인정할 수밖에 없었다.

'그 힘 중의 어떤 부분을 그가 내 손에 쥐여줄 것인가?'

너무나 엄청난 유혹이었다! 아이다호는 자신이 그 유혹 때문에 부들부들 떨고 있음을 깨달았다. 그리고 몸이 오싹해질 만큼 갑작스럽게 이것이 레토의 의도였음을 깨달았다. '나를 유혹하려는 거야!'

여자들이 기도를 끝내고 레토를 향해 시선을 들었다. 아이다호는 인간의 얼굴에서 저토록 황홀한 표정을 처음 보는 것 같았다. 성행위의 황홀경 속에서도, 전쟁에서 거둔 영광스러운 승리 속에서도, 그 어디에서도 이토록 강렬한 추종심과 비슷한 것을 본 적이 없었다.

"오늘 던컨 아이다호가 내 옆에 서 있다. 던컨은 모두가 들을 수 있도록 자신의 충성심을 선언하고자 이 자리에 왔다. 던컨?" 레토가 말했다.

아이다호는 뭔가 차가운 것이 내장을 꿰뚫고 지나가는 것을 느꼈다. 레토는 그에게 단순한 선택지를 주었다. '신황제에 대한 충성심을 선언하든지, 아니면 죽어라!'

'만약 내가 어떤 식으로든 조롱하거나, 주저하거나, 반대한다면 저 여자들이 직접 나를 죽일 것이다.'

깊은 분노가 아이다호를 가득 채웠다. 그는 마른침을 삼키고 목을 가다듬은 다음 입을 열었다. "어느 누구도 나의 충성심을 의심하지 말라. 나는 아트레이데스 가문에 충성한다."

그는 자신의 목소리가 레토의 익스 산 장치로 증폭되어 방 전체에 우렁차게 울려 퍼지는 것을 들었다.

그리고 그 효과에 깜짝 놀랐다.

"우리가 함께합니다! 우리가 함께합니다! 우리가 함께합니다!" 여자들이 비명처럼 소리쳤다.

"우리가 함께한다." 레토가 말했다.

짧은 초록색 로브를 입어 쉽게 구분할 수 있는 어린 물고기 웅변대 훈련생들이 사방에서 방 안으로 떼 지어 몰려들었다. 숭배에 들뜬 얼굴을 한 군중들 속 전체에서 그 작은 무리들의 움직임이 소용돌이쳤다. 훈련생들은 각각 갈색의 자그마한 의식용 빵이 높게 쌓인 쟁반을 들고 있었다. 쟁반이 군중 사이로 움직임에 따라 사람들이 파도처럼 손을 내밀어 우아하게 빵을 움켜쥐었다. 사람들의 팔이 만들어내는 파도 같은 춤이었다. 각자의 손이 의식용 빵 하나를 집어 높이 쳐들었다. 쟁반을 든 사람 하나가 단상으로 다가와서 아이다호를 향해 쟁반을 쳐들었을 때 레토가 말했다.

"두 개를 집어서 내 손에 하나를 넘겨라."

아이다호는 한쪽 무릎을 꿇고 빵을 두 개 집어 들었다. 빵은 바삭바삭해서 금방이라도 부서질 것 같았다. 그는 자리에서 일어나 빵 하나를 부드럽게 레토에게 넘겨주었다.

커다란 목소리로 레토가 물었다. "새로운 근위대가 선택되었는가?"

"예, 주님!" 여자들이 소리쳤다.

"너희는 나의 믿음을 지키는가?"

"예, 주님!"

"너희는 황금의 길을 걷는가?"

"예, 주님!"

여자들의 고함 소리가 일으킨 진동이 충격파가 되어 아이다호의 몸을 꿰뚫고 지나가면서 그를 멍하게 만들었다.

"우리가 함께 나누는가?" 레토가 물었다.

"예, 주님!"

여자들이 응답하자 레토는 빵을 입속에 던져 넣었다. 단상 아래에 있던 아기 엄마들은 각자 자신의 빵을 한 입 베어 문 다음 나머지를 아이들에게 주었다. 하얀 옷을 입은 여자들 뒤에 몰려 있는 물고기 웅변대원들은 팔을 내리고 자기들의 빵을 먹었다.

"던컨, 그대의 빵을 먹으라." 레토가 말했다.

아이다호는 빵을 살짝 입속으로 밀어넣었다. 그의 골라 육체는 스파이스에 길들어 있지 않았지만 그의 기억이 감각 기관들에게 직접 말을 걸었다. 빵에서는 멜란지의 맛이 살짝 깔려 있는 희미한 쓴맛이 났다. 이 맛 때문에 오랜 기억들이 아이다호의 의식을 훑고 지나갔다. 시에치의 식사, 아트레이데스 관저의 연회…… 과거에 모든 것 속에 배어 있던 스파이스 향내.

빵을 꿀꺽 삼키면서 아이다호는 방 안의 정적을 차츰 의식했다. 모두들 숨죽인 그 정적 속으로 레토의 수레에서 나는 커다란 찰칵 소리가 들어왔다. 아이다호는 시선을 돌려 소리가 어디서 난 건지 찾아보았다. 레토가 수레 바닥에 있는 작은 방의 문을 열고 크리스털 상자를 꺼내고 있었다. 상자는 내면에서 흘러나오는 청회색 빛으로 반짝였다. 레토는 상자를 수레 바닥에 놓고 빛나는 뚜껑을 연 다음 크리스나이프 한 자루를 꺼냈다. 아이다호는 그 칼을 즉시 알아보았다. 손잡이 끝에 매가 새겨져 있고 칼자루에는 초록색 보석들이 박혀 있었다.

'폴 무앗딥의 크리스나이프!'

아이다호는 자신이 이 칼을 보고 깊이 동요하고 있음을 깨달았다. 그는 자신의 눈에 비치는 광경이 칼의 원래 소유주를 다시 만들어낼 수 있기라도 한 것처럼 뚫어지게 그것을 바라보았다.

레토가 칼을 높이 들어 올리자 칼의 우아한 곡선과 우윳빛을 띤 무지개색이 드러났다.

"우리 삶의 부적." 레토가 말했다.

여자들은 넋을 잃은 듯 주의를 기울이며 침묵을 지켰다.

"무앗딥의 칼. 샤이 훌루드의 이빨. 샤이 훌루드가 다시 올 것인가?" 레토가 말했다.

여자들이 억제된 중얼거림처럼 내놓은 대답은 이전의 고함 소리와 대조를 이뤄 아주 강렬하게 들렸다.

"예, 주님."

아이다호는 물고기 웅변대원들의 넋을 잃은 얼굴들을 향해 시선을 돌렸다.

"샤이 훌루드는 누구인가?" 레토가 물었다.

또다시 낮고 중얼거리는 대답이 들려왔다. "당신이십니다, 주님."

아이다호는 혼자 고개를 끄덕였다. 일찍이 이런 식으로 방출된 적이 한 번도 없는 엄청난 힘의 저장소에 레토가 손을 댄 부정할 수 없는 증거가 여기 있었다. 레토 자신이 이미 그런 말을 했지만, 이 커다란 방 안에서 보고 느껴지는 것에 비하면 그 말은 아무 의미 없는 잡음일 뿐이었다. 그러나 아이다호는 레토의 말을 다시 떠올렸다. 마치 그 말이 자신의 진정한 의미를 스스로에게 덧씌우기 위해 이 순간을 기다린 것 같았다. 아이다호는 레토가 그 말을 했을 때 자신들이 지하실에 있었음을 기억했다. 그 축축하고 어두운 곳을 레토는 아주 매력적이라고 생각하는 것 같았지만 아이다호는 아주 혐오스러워했다. 그곳에는 수백 년간 쌓인 먼지와 오래된 부패의 냄새가 있었다.

"나는 3000년이 넘는 세월 동안 이 인간 사회를 만들면서 인간이라는 종 전체가 청소년기를 벗어날 수 있는 문을 열어주고 있다." 그때 레토는 이렇게 말했다.

"폐하의 말씀 중에는 여자들의 군대에 대한 설명이 전혀 없습니다!" 아이다호는 이렇게 반박했다.

"강간은 여자들에게 이질적인 것이다, 던컨. 성별에 기반을 둔 행동적 차이를 원하는가? 이것이 바로 그것이다."

"말을 자꾸 돌리지 마십시오!"

"난 말을 돌리지 않는다. 강간은 항상 남자들의 군사적 정복에서 남자들에게 주어지는 보수였다. 남자들은 강간을 하는 동안 청소년기의 환상을 버릴 필요가 없었지."

아이다호는 이렇게 불쑥 던져진 말을 듣고 자신을 뒤덮었던 격렬한 분노를 기억했다.

"내 '천국의 미녀들'은 남자들을 얌전하게 길들인다. 그런 길들임을 여자들은 억겁의 세월 이전부터 필요에 의해 알고 있었어."

아이다호는 수도사의 두건을 쓴 듯한 레토의 얼굴을 말없이 노려보았다.

"길들이는 것. 정돈된 생존의 패턴 속에 맞게 끼워 넣는 것. 여자들은 남자들의 손에서 그것을 배웠고, 이제는 남자들이 여자들의 손에서 그것을 배우고 있다."

"하지만 폐하께서는……."

"내 '천국의 미녀들'은 처음에는 일종의 강간에 굴복하는 경우가 많다. 오로지 그것을 구속력 있는 깊은 상호 의존성으로 돌려놓기 위해서."

"제기랄! 폐하는……."

"구속력이다, 던컨! 구속력."

"저는 구속력을 느끼지 않……."

"교육에는 시간이 걸린다. 그대는 새로운 규범의 평가 기준이 되는 고대의 규범이다."

레토의 이 말 때문에 깊은 상실감을 제외한 모든 감정이 순간적으로 아이다호에게서 왈칵 빠져나갔다.

"내 '천국의 미녀들'은 성숙을 가르친다. 그들은 자기들이 반드시 남자들의 성숙을 감독해야 한다는 걸 알아. 이를 통해서 그들은 자신들의 성숙을 발견한다. 결국 '천국의 미녀들'은 아내와 어머니로 융합되고 우리는 청소년기의 고착으로부터 그들의 폭력적 충동을 떼어놓는다."

"전 제 눈으로 그걸 봐야만 믿겠습니다!"

"위대한 나눔의 의식에서 그것을 보게 될 것이다."

시아이눅의 홀에서 레토 옆에 선 채로 아이다호는 자신이 뭔가 엄청난 힘을 지닌 것, 레토가 말했던 인간의 우주를 어쩌면 만들어낼 수도 있는 힘을 보았음을 스스로 인정했다.

레토는 크리스나이프를 상자에 다시 집어넣고 상자를 황제의 수레 바닥의 공간에 돌려놓고 있었다. 여자들은 침묵 속에서 그것을 지켜보았다. 어린아이들조차 조용했다. 모든 사람들이 이 커다란 방에서 느껴지는 힘에 억제되어 있었다.

아이다호는 아이들을 내려다보았다. 레토의 설명을 통해 이 아이들이 힘 있는 자리를 보상으로 받게 되리라는 것을 알고 있었다. 남자아이든 여자아이든 모두 자신에게 맞는 힘 있는 자리를 갖게 될 터였다. 남자아이들은 평생 동안 여자들의 지배를 받으면서 (레토가 말했듯이) '청소년에서 교배 능력을 갖춘 남성으로 쉽게 옮겨 갈' 것이다.

물고기 웅변대와 그들의 후손은 '대부분의 다른 사람들은 맛볼 수 없는 어떤 흥분에 사로잡힌' 삶을 살았다.

'이르티의 아이들은 어찌 될 것인가? 내 전임자도 여기 서서 하얀 옷을 입은 자기 아내가 레토의 의식을 함께 나누는 것을 보았을까?' 아이다호는 속으로 질문을 던졌다.

'여기서 레토가 내게 제시하고 있는 것이 무엇인가?'

야망 있는 지휘자라면 이 여자들의 군대로 레토의 제국을 점령할 수도 있었다. 아니, 정말 그럴 수 있을까? 아니었다……. 레토가 살아 있는 동안에는 그럴 수 없었다. 레토는 여자들이 '천성적으로' 군사적 호전성을 갖고 있는 게 아니라고 말했다.

그는 이렇게 말했다. "나는 그들 안에 그런 성향을 양성하지 않는다. 그들은 10년마다 열리는 황제의 축제를 통해 주기적인 패턴을 알고 있다. 근위대의 교체, 새로운 세대를 위한 축복, 쓰러진 자매들과 영원히 사라져버린 사랑하는 사람들을 말없이 생각하는 마음. 시아이녹은 매번 예측이 가능한 틀 속에서 계속 앞으로 나아간다. 변화 그 자체가 변화가 아닌 것이 되는 거다."

아이다호는 하얀 옷을 입은 여자들과 아이들에게서 시선을 들었다. 그는 군중의 말 없는 얼굴을 한꺼번에 바라보며, 제국 전체에 거미줄처럼 퍼져 있는 거대한 여자 군대에서 핵심을 차지하는 소수가 여기 모여 있을 뿐이라고 되뇌었다. 그는 레토의 말을 믿을 수 있었다.

"힘은 약해지지 않는다. 힘은 10년이 지날 때마다 점점 강해지고 있어."

'무슨 목적을 위해서?' 아이다호는 혼잣말로 질문을 던졌다.

그는 방 안을 가득 채운 '천국의 미녀들'에게 축복을 내리기 위해 양손을 들어 올리는 레토를 흘끗 바라보았다.

"우리는 이제 너희 가운데에서 움직일 것이다." 레토가 말했다.

단상 아래의 여자들이 뒤로 바짝 붙으면서 길을 열어주었다. 그 길은 엄청난 자연적인 재앙 이후에 땅이 쩍 갈라지듯이 군중들 속으로 더 깊숙이 열렸다.

"던컨, 앞장을 서라." 레토가 말했다.

아이다호는 마른침을 삼켰다. 그는 단상 가장자리에 손바닥을 대고 열린 공간 속으로 떨어져 내려 갈라진 땅 같은 틈새 속으로 움직였다. 오직 그것만이 이 시련을 끝내는 길임을 알기 때문이었다.

살짝 뒤를 돌아보자 레토의 수레가 반중력 장치로 위풍당당하게 떠서 내려오는 것이 보였다.

아이다호는 고개를 돌리고 걸음을 빨리했다.

여자들이 줄을 맞춰 차례로 길을 좁혔다. 그들은 기묘한 정적 속에서 못 박힌 듯 시선을 고정시킨 채 그렇게 했다. 처음에는 아이다호에게, 그 다음에는 아이다호의 뒤에서 익스의 수레를 타고 있는 커다란 모래벌레 전 단계의 몸에 시선을 고정시킨 채.

아이다호가 엄격한 표정으로 앞을 향해 걸어 나가자 여자들이 사방에서 손을 뻗어 그를, 레토를, 또는 황제의 수레만이라도 만지려고 했다. 아이다호는 그들의 손길에서 억제된 열정을 느끼고 지금까지 자신이 겪은 가장 깊은 두려움을 경험했다.

지도자의 문제는 필연적으로 이것이 될 수밖에 없다. 누가 신의 흉내를 낼 것인가 하는 것.

— 무앗딥, 구전 역사에서

흐위 노리는 젊은 물고기 웅변대원을 따라 온의 깊숙한 곳을 향해 나선형을 그리고 있는 널찍한 경사로를 내려갔다. 레토 황제가 그녀를 부른 것은 축제 사흘째 되던 날 늦은 저녁이었다. 그녀가 감정적 균형을 유지하기가 힘들어서 애를 먹고 있을 때였다.

그녀의 제1비서인 오트위 예이크는 유쾌한 남자가 아니었다. 그의 머리카락은 모래 빛깔이었고 얼굴은 길고 좁았으며 눈은 어느 것 하나를 오랫동안 바라보는 법도, 대화 상대의 눈을 직접 바라보는 법도 없었다. 예이크는 메메라제 종이 한 장을 그녀에게 내밀며 그 안에 '축제의 도시에서 최근에 보고된 폭력 사태의 요약'이 들어 있다고 했다.

그는 그녀가 앉아 있는 책상에 바짝 붙어 서서 그녀의 왼쪽 어딘가를 뚫어지게 내려다보며 이렇게 말했다. "물고기 웅변대가 도시 전체에서 얼굴의 춤꾼들을 살육하고 있습니다." 그가 이 사실에 대해 특별히 어떤 감정을 느끼고 있는 것 같지는 않았다.

"왜죠?" 그녀가 다그치듯 물었다.

"베네 틀레이랙스가 신황제의 목숨을 해치려 했다고 합니다."

두려움의 전율이 총알처럼 그녀를 꿰뚫었다. 그녀는 뒤로 기대앉으며 대사의 집무실을 살짝 둘러보았다. 반원형 책상이 하나 놓여 있는 둥그런 방이었다. 책상의 반짝반짝 윤이 나는 외관 밑에는 여러 가지 익스 산 기계들을 위한 조종 장치들이 숨겨져 있었다. 첩자들의 눈을 가려주는 장치들이 갈색 나무 패널로 덮여 있는 이 방은 음침하지만 아주 중요한 곳 같은 분위기를 풍겼다. 창문은 하나도 없었다.

흐위는 낭패감을 드러내지 않으려고 애쓰면서 예이크를 올려다보았다. "그럼 레토 황제는……."

"그의 목숨을 노린 시도는 전혀 효과를 발휘하지 못한 것 같습니다. 하지만 그 일이 태형에 대한 설명이 될 수는 있을 것 같습니다."

"그럼 당신은 정말로 그런 시도가 있었다고 생각하는 건가요?"

"네."

레토 황제가 보낸 물고기 웅변대원이 그 순간 방으로 들어왔다. 바깥쪽 사무실에 그녀가 와 있다는 사실을 통보받은 직후였다. 베네 게세리트의 쪼그랑할멈 하나가 그 뒤를 따르고 있었는데, 물고기 웅변대원의 소개에 따르면 '안틱 대모'라고 했다. 매끈하고 거의 아이 같은 생김새의 젊은 여성인 물고기 웅변대원이 연락 사항을 전달하는 동안, 안틱 대모는 예이크를 강렬한 눈으로 뚫어지게 바라보았다.

"그분께서는 대사님께 이 말을 일깨워드리라고 하셨습니다. '내가 그대를 부르면 재빨리 다시 와야 한다.' 그분께서 대사님을 부르십니다."

물고기 웅변대원이 이 말을 하는 동안 예이크가 안절부절못하기 시작했다. 그는 마치 이곳에 없는 뭔가를 찾는 사람처럼 여기저기 정신없이 시선을 움직였다. 흐위는 겉옷 위에 급히 암청색 로브를 입으면서 예이크에게 자기가 돌아올 때까지 사무실에 남아 있으라고 지시했다.

오렌지색 저녁 불빛이 빛나는, 대사관 바깥의 이상할 정도로 텅 빈 거리에서 안틱이 물고기 웅변대원을 바라보며 간단하게 말했다. "그렇소." 그러고 나서 안틱은 그들의 곁을 떠났고, 물고기 웅변대원은 텅 빈 거리를 지나 창문 하나 없는 높은 건물로 흐위를 데리고 갔다. 그 건물 깊숙한 곳에 아래를 향해 떨어져 내리는 이 나선형 경사로가 있었다.

경사로가 급하게 곡선을 그리고 있어서 흐위는 어지러워졌다. 눈부신 하얀색의 자그마한 발광구들이 중심부의 공간 속에 둥둥 떠서 둔중한 이파리들이 매달린 자주색과 초록색의 덩굴을 비추었다. 덩굴은 희미하게 빛나는 황금색 줄들에 매달려 공중에 떠 있었다.

경사로의 부드러운 검은색 표면이 그들의 발소리를 집어삼켰기 때문에 흐위는 자신의 로브가 움직이면서 나는 희미한 소리를 극단적으로 의식하게 되었다.

"나를 어디로 데려가는 거죠?" 흐위가 물었다.

"레토 주님께 가는 겁니다."

"그건 알아요. 하지만 폐하께서는 어디 계시는 거죠?"

"주님의 사실에 계십니다."

"그 방이 지독히도 깊숙한 곳에 있는 모양이군요."

"예. 주님께서는 대개 깊은 곳을 더 좋아하십니다."

"이런 식으로 빙글빙글 걷는 건 어지럽군요."

"덩굴을 바라보지 않으면 조금 나아질 겁니다."

"저 식물은 뭐죠?"

"그건 투년 덩굴이라고 불리는데, 절대로 아무런 냄새도 풍기지 않는다고 알려져 있습니다."

"한 번도 들어본 적이 없는 식물이네요. 원산지가 어디죠?"

"그건 레토 주님만이 아십니다."

그들은 말없이 걸었다. 그동안 흐위는 자신의 감정들을 이해하려고 애썼다. 신황제는 그녀를 슬픔으로 가득 채웠다. 그녀는 그의 안에 있는 인간을, 어쩌면 존재했을지도 모르는 인간을 느낄 수 있었다. 그런 사람이 왜 이런 길을 자신의 삶으로 택한 걸까? 그걸 아는 사람이 있을까? 모네오는 알고 있을까?

어쩌면 던컨 아이다호가 알지도 몰랐다.

그녀의 생각이 아이다호를 향해 끌려갔다. 육체적으로 그토록 매력적인 인간이라니. 그는 너무나 강렬했다! 그녀는 자신이 그에게 끌리고 있음을 느낄 수 있었다. 레토가 아이다호의 몸과 외모를 갖고 있기만 하다면. 그러나 모네오는 또 다른 문제였다. 그녀는 자신을 데려가고 있는 물고기 웅변대원의 등을 바라보았다.

"모네오 님에 대해 얘기해 줄 수 있나요?" 흐위가 물었다.

물고기 웅변대원은 어깨 너머로 그녀를 흘끗 바라보았다. 그녀의 엷은 푸른색 눈이 기묘한 표정을 짓고 있었다. 두려움 같기도 하고, 뭔가 기묘한 형태의 경외심 같기도 했다.

"뭐가 잘못됐나요?" 흐위가 물었다.

물고기 웅변대원은 아래를 향해 나선형을 그리고 있는 경사로로 시선을 다시 돌리고 말했다.

"대사님이 모네오 님에 대해 물을 거라고 주님께서 말씀하셨습니다."

"그럼 모네오 님에 대해 얘기해 줘요."

"말할 게 뭐가 있겠습니까? 그분은 주님께서 속내를 털어놓는 가장 가까운 측근입니다."

"던컨 아이다호보다 더 가까운가요?"

"아, 그럼요. 모네오 님은 아트레이데스이시니까요."

"모네오 님이 어제 나를 찾아왔어요. 내가 신황제에 대해 꼭 알아야 할 것이 있다면서. 모네오 님은 신황제께서 무슨 일이든 하실 수 있다고 했어요. 교훈적이라고 생각되는 일이라면 무엇이든."

"많은 사람들이 그렇게 믿고 있습니다."

"당신은 믿지 않나요?"

흐위가 그 질문을 던졌을 때 경사로가 마지막 굽이를 돌아 겨우 몇 발짝 떨어진 곳에 아치형 입구가 있는 작은 대기실로 이어졌다.

"레토 주님께서 대사님을 즉시 안으로 들이실 겁니다." 물고기 웅변대원이 말했다. 그리고 자신의 믿음에 대해서는 한마디도 하지 않은 채 몸을 돌려 다시 경사로를 올라가기 시작했다.

흐위가 아치형 입구를 통과하자 천장이 낮은 방이 나왔다. 알현실보다 훨씬 작은 방이었다. 방 안의 공기는 상쾌하고 건조했다. 방 위쪽 모퉁이에 감춰져 있는 광원에서 엷은 노란색 빛이 흘러나왔다. 그녀는 조금 어둑한 방 안에 눈이 적응하기를 기다리면서 뭔가 두둑하니 올라와 있는 것 주위에 흩어져 있는 부드러운 쿠션들과 카펫을 발견했다……. 그 두둑한 언덕 같은 것이 움직이는 순간 그녀는 손으로 입을 막았다. 수레 위에 있는 레토 황제였다. 수레가 있는 공간은 아래로 움푹 파여 있었다. 그녀는 이 방이 왜 그런 구조를 갖고 있는지 금방 알 수 있었다. 그를 만나러 오는 인간들에게 그의 모습이 덜 위압적으로 보이도록, 그가 몸을 일으켜도 덜 압도적으로 보이도록 하기 위해서였다. 그러나 그의 몸길이와 크기는 어떻게 할 수가 없었다. 그 몸을 어둠 속에 놓아두고 얼굴과 손에 대부분의 빛이 비치도록 하는 방법 외에는.

"들어와 앉아라." 레토가 나지막하고 유쾌하며 스스럼없는 목소리로 말했다.

흐위는 레토의 얼굴 앞쪽으로 겨우 몇 미터밖에 떨어지지 않은 빨간색 쿠션으로 다가가서 그 위에 앉았다.

레토는 즐거움을 노골적으로 드러내며 그녀의 움직임을 지켜보았다. 그녀는 어두운 색조의 황금색 옷을 입고 있었으며, 머리를 땋아 뒤로 묶은 탓인지 얼굴이 생생하고 순수해 보였다.

"폐하의 메시지를 익스에 보냈습니다." 그녀가 말했다. "폐하께서 제 나이를 알고 싶어 한다는 점도 그들에게 알렸습니다."

"아마 대답이 오겠지. 심지어 진실한 대답을 해줄지도 모르겠군." 그가 말했다.

"저는 제가 언제 태어났는지 알고 싶습니다. 그때의 모든 상황을요. 하지만 폐하께서 왜 그것에 관심을 보이는지는 모르겠습니다."

"나는 그대에 관한 모든 것에 관심이 있다."

"폐하께서 저를 종신 대사로 만드신 것을 그들은 좋아하지 않을 것입니다."

"그대의 주인들에게는 지나친 꼼꼼함과 부주의가 묘하게 섞여 있지. 나는 바보들을 기꺼이 참아주지 않는다."

"저를 바보로 생각하십니까, 폐하?"

"말키는 바보가 아니었다. 그대도 아냐."

"저는 벌써 몇 년째 숙부의 소식을 듣지 못하고 있습니다. 때로는 숙부가 아직 살아 있는지 궁금할 정도예요."

"어쩌면 그것 역시 알게 될지도 모르지. 내가 타키야를 실행하고 있는 것에 대해 말키가 말해 준 적이 있나?"

그녀는 잠시 생각해 본 다음 대답했다. "고대 프레멘들이 케트만이라고 부르던 것 말입니까?"

"그래. 그건 자신의 정체를 드러내면 해가 될지도 모르는 상황에서 정체를 감추는 것을 말한다."

"이제 기억이 납니다. 숙부는 폐하께서 필명으로 역사를 저술하셨으며, 그중 일부는 상당히 유명하다고 말해 주었습니다."

"우리가 타키야를 얘기한 것이 그때였다."

"왜 이런 얘기를 하시는 겁니까, 폐하?"

"다른 이야기를 피하려고. 그대는 내가 노아 아크라이트의 책을 썼다는 걸 알고 있나?"

그녀는 웃음이 비어져 나오는 것을 억누를 수 없었다. "정말 재미있군요, 폐하. 그의 '삶'에 관한 자료는 제가 필수적으로 읽어야 하는 것이었습니다."

"그 기록 역시 내가 쓴 것이다. 그대더러 내게서 어떤 비밀을 캐내라고 하던가?"

그가 이렇게 전략적으로 주제를 바꿨는데도 그녀는 눈 하나 깜짝하지 않았다.

"그들은 레토 폐하 종교의 내적인 작용에 대해 궁금해하고 있습니다."

"그래?"

"그들은 폐하께서 베네 게세리트로부터 어떻게 종교적 통제권을 빼앗았는지 알고 싶어 합니다."

"틀림없이 내가 한 일을 자기들이 직접 되풀이하고 싶어 하는 거겠지?"

"그들이 그런 생각을 갖고 있을 거라고 저도 확신합니다, 폐하."

"흐위, 그대는 익스의 대표로서는 형편없는 인물이다."

"저는 폐하의 종입니다, 폐하."

"그대 자신만의 호기심은 없는 건가?"

"제 호기심이 폐하의 심기를 불편하게 할까 두렵습니다."

그는 잠시 그녀를 물끄러미 바라보다가 입을 열었다. "알겠다. 그래, 그대가 옳아. 지금은 더 친밀한 대화를 피해야 해. 내가 교단에 대해 얘기하면 좋겠나?"

"예, 그것이 좋을 것 같습니다. 제가 오늘 베네 게세리트 대표단 중 한 명을 만난 걸 알고 계십니까?"

"안틱이겠군."

"저는 그녀가 무서웠습니다."

"안틱에게 그대가 두려워할 것은 하나도 없다. 그녀가 그대의 대사관에 간 것은 내 명령에 따른 것이다. 그대들이 얼굴의 춤꾼들에게 침범당했다는 걸 알고 있나?"

흐위는 놀라서 숨을 집어삼켰다. 그리고 차가운 감각이 그녀의 가슴을 가득 채우는 동안 꼼짝도 하지 않았다. "오트위 예이크입니까?" 그녀가 물었다.

"짐작했나?"

"그냥 그가 마음에 들지 않았던 것뿐입니다. 제가 들은 얘기로는……." 갑자기 어떤 사실을 깨달으며 그녀는 어깨를 으쓱했다. "그는 어떻게 되었습니까?"

"원래 예이크? 그는 죽었다. 그런 상황에서 얼굴의 춤꾼들은 보통 그렇게 하지. 물고기 웅변대원들에게 그대의 대사관에 있는 얼굴의 춤꾼을 한 명도 살려두지 말라고 분명한 명령을 내려두었다."

흐위는 아무 말도 없었다. 그러나 눈물이 그녀의 뺨을 타고 방울방울 흘러내렸다. '그래서 거리가 텅 비어 있었던 거구나. 의미를 알 수 없는 안틱의 '그렇소'라는 말도. 그것이 많은 것을 설명하고 있었어.'

"그대가 달리 상황을 정리할 수 있을 때까지 물고기 웅변대의 도움을 제공해 주겠다. 물고기 웅변대원들이 호위도 맡아줄 것이다." 레토가 말했다.

흐위는 얼굴을 흔들어 눈물을 털어냈다. 익스의 조사관들은 틀레이랙스에 분노의 반응을 보일 것이다. 익스가 그녀의 보고를 믿을 것인가? 그녀의 대사관에 있는 모든 사람들이 얼굴의 춤꾼들로 바뀌었다니! 그건 믿기 어려운 일이었다.

"모두 다입니까?" 그녀가 물었다.

"얼굴의 춤꾼들이 원래 그대의 부하들을 하나라도 살려둘 이유는 없었다. 그대가 다음 차례였을 것이다."

그녀는 몸을 부르르 떨었다.

"그들이 그 일을 미룬 건, 내 감각을 속일 만큼 그대를 정확하게 흉내 내야 한다는 것을 알고 있었기 때문이다. 그들은 내 능력을 확실히 모르니까."

"그럼 안틱은⋯⋯."

"교단과 나는 얼굴의 춤꾼을 가려내는 능력을 갖고 있다. 그리고 안틱은⋯⋯ 음, 그녀는 실력이 아주 좋아."

"틀레이랙스 인들을 믿는 사람은 아무도 없습니다. 왜 그들이 오래전에 말살되지 않은 겁니까?"

"전문가들은 나름의 한계와 함께 나름의 쓰임새 또한 갖고 있는 법이다. 그대가 나를 놀라게 하는구나, 흐위. 그대가 그렇게 냉혹해질 수 있을 거라고는 생각하지 못했다."

"틀레이랙스 인들은…… 그들은 인간이라고 보기에는 너무 잔인합니다. 그들은 인간이 아닙니다!"

"내 분명히 말하건대 인간들도 그만큼 잔인해질 수 있다. 나도 가끔 그런 적이 있고."

"알고 있습니다, 폐하."

"도발을 당했을 때에는 그렇다. 그러나 내가 완전히 제거할 생각을 했던 유일한 사람들은 베네 게세리트뿐이다."

그녀는 너무 놀라서 말을 할 수가 없었다.

"그들은 자신들이 반드시 가져야 하는 모습에 너무 가까우면서도 또한 너무 멀다."

그녀가 마침내 목소리를 되찾았다. "하지만 구전 역사에 의하면……."

"대모들의 종교란 말이지, 맞다. 한때 그들은 각각의 사회에 맞는 종교들을 설계했다. 그들은 그것을 '공학'이라고 불렀지. 느낌이 어떤가?"

"냉혹하군요."

"그렇지. 그들은 그 실수에 걸맞은 결과를 얻었다. 전 우주에 종교를 퍼뜨리려는 온갖 웅장한 시도들이 이루어진 후 제국 전역에는 헤아릴 수 없이 많은 신들과 격이 조금 낮은 신들, 그리고 자칭 예언자들이 존재하게 되었다."

"폐하께서 그걸 바꿔놓으셨습니다, 폐하."

"어느 정도는. 그러나 신들은 쉽게 죽지 않는다, 흐위. 나의 일신교가 우위를 차지하고 있지만, 그 수많은 신들은 그대로 남아 있다. 다양한 방법으로 자신을 위장하고 지하로 들어간 거지."

"폐하, 폐하의 말씀에서는…… 저……." 그녀는 고개를 흔들었다.

"내가 교단과 마찬가지로 차갑게 계산하고 있다고?"

그녀는 고개를 끄덕였다.

"내 아버지 위대한 무앗딥을 신격화한 건 프레멘이었다. 그러나 아버지는 사실 위대하다고 불리는 걸 원치 않는다."

"하지만 프레멘들은……."

"그들이 옳았느냐고? 나의 소중한 호위, 그들은 힘의 사용에 민감했고 자신들의 패권을 탐욕스럽게 유지하고 싶어 했다."

"그런 얘기를 들으니 마음이…… 어지럽습니다, 폐하."

"그런 것 같군. 그대는 신이 되는 것이 마치 누구나 할 수 있는 일처럼 그렇게 간단할 수 있다는 생각을 좋아하지 않는구나."

"너무 지나치게 간단한 일 같습니다, 폐하." 그녀의 목소리는 막연하고 조심스러웠다.

"내 분명히 말하지만 아무나 그렇게 할 수 있는 건 아니다."

"하지만 폐하께서는 신성을 상속받았다는 의미를 넌지시……."

"물고기 웅변대에게 그런 얘기를 절대 해서는 안 된다. 그들은 이단에 폭력적으로 반응하니까."

그녀는 바싹 마른 목구멍으로 침을 삼키려고 애썼다.

"내가 이 얘기를 하는 건 오로지 그대를 보호하기 위해서이다."

그녀가 흐릿한 목소리로 말했다. "감사합니다, 폐하."

"나의 신성은 내가 부족들에게 더 이상 죽음의 물을 줄 수 없다고 내 프레멘들에게 얘기했을 때 시작되었다. 그대는 죽음의 물에 대해 알고 있나?"

"듄 시절에 죽은 자의 몸에서 회수한 물을 말합니다."

"아아, 그대가 『노아 아크라이트』를 읽었다고 했지."

그녀는 간신히 희미한 미소를 지어 보였다.

"나는 이름 없이 남아 있는 최고신에게 물이 봉헌될 것이라고 내 프레멘들에게 말했다. 프레멘들은 내가 아낌없이 나눠준 덕분에 여전히 이 물의 통제권을 허락받고 있었지."

"그 시절에는 물이 틀림없이 아주 귀했겠군요."

"아주 귀중했다! 그리고 나는 이 이름 없는 신의 대리자로 거의 300년 동안 그 귀중한 물을 느슨하게 통제하고 있었다."

그녀는 아랫입술을 잘근잘근 씹었다.

"그래도 계산적으로 들리는가?"

그녀는 고개를 끄덕였다.

"그래, 계산적이었다. 내 누이의 물을 봉헌할 때가 되었을 때 나는 기적을 행했다. 모든 아트레이데스들의 목소리가 가니의 납골 단지에서 울려 나왔지. 그렇게 해서 나의 프레멘들은 내가 그들의 최고신이라는 걸 알게 되었다."

흐위는 이 뜻밖의 사실에 대한 당황과 반신반의의 감정이 가득 찬 목소리로 두려운 듯 입을 열었다. "폐하께서 사실은 신이 아니라는 말씀이십니까?"

"내가 죽음과 숨바꼭질을 벌이지 않는다는 얘기다."

그녀는 몇 분 동안 그를 빤히 바라보다가 반응을 보였다. 그는 자신의 말에 담긴 깊은 의미를 그녀가 이해했음을 확인하고, 그녀에 대한 애정이 더욱 커졌다.

"폐하의 죽음은 다른 죽음과 같지 않을 겁니다." 그녀가 말했다.

"소중한 호위." 그가 중얼거렸다.

"폐하께서 진정한 최고신의 심판을 두려워하시지 않는 것인지 궁금합니다."

"그대가 나를 심판하는 건가, 호위?"

"아닙니다. 저는 폐하를 걱정하고 있습니다."

"내가 지불한 대가를 생각해 보아라. 나의 일부인 모든 후손들이 자기들 안에 갇힌 내 의식의 일부를 갖게 될 것이다. 길을 잃고 무기력해진 그것을."

그녀는 양손으로 입을 막고 그를 뚫어지게 바라보았다.

"내 아버지가 차마 직면할 수 없었던 공포, 아버지가 막으려고 애썼던 공포가 바로 이것이다. 눈먼 정체성의 무한한 분열과 재분열."

그녀는 손을 내리고 속삭이듯 말했다. "폐하께서는 그때에도 의식을 갖고 계시는 겁니까?"

"어떤 의미에서는 그렇지……. 그러나 벙어리가 되어 있을 것이다. 모든 모래벌레들과 모래송어들에게 내 의식의 조각들이 작은 진주처럼 함께하게 될 것이다. 끝없는 꿈속에서 살아 있는 의식을 가진 채 단 하나의 세포조차 움직일 수 없다는 걸 알면서."

그녀는 전율했다.

레토는 그녀가 그러한 삶을 이해하려고 애쓰는 것을 지켜보았다. 분열을 거듭한 그의 정체성 조각들이 그의 일기를 기록한 익스 기계의, 희미하게 사라져가는 조종 장치를 움켜쥐려고 애쓸 때의 마지막 아우성을 그녀가 상상할 수 있을까? 그 끔찍한 분열의 뒤를 이어 찾아올 고통스러운 침묵을 느낄 수 있을까?

"폐하, 제가 이 얘기를 밝힌다면 그들은 이 사실을 이용해서 폐하를 해치려 할 겁니다."

"그들에게 말할 건가?"

"천만에요!" 그녀는 천천히 고개를 가로저었다. 그는 왜 이 끔찍한 변신을 받아들인 걸까? 탈출구는 정녕 없는 건가?

이윽고 그녀가 말했다. "폐하의 생각을 기록하는 기계 말인데, 그걸 조종해서……."

"수백만 명이나 되는 내게 맞도록 말인가? 수십억이 될 수도 있는데? 더 많을 수도 있는데? 내 소중한 흐위, 의식이 있는 그 진주알들 중 어느 것도 진정한 내가 아닐 것이다."

그녀의 눈에 얇은 눈물막이 생겨났다. 그녀는 눈을 깜박이며 깊이 숨을 들이쉬었다. 레토는 그녀가 차분함의 흐름을 받아들이는 이런 행동 방식에서 베네 게세리트 훈련을 알아보았다.

"폐하께서는 저를 극도로 두렵게 만드셨습니다."

"그대는 내가 왜 이런 행동을 했는지 이해하지 못하지."

"제가 이해하는 것이 가능합니까?"

"가능하고말고. 많은 사람들이 그것을 이해할 수 있다. 그 이해를 가지고 사람들이 무엇을 할 것인지는 또 다른 문제이지만."

"무엇을 해야 하는지 제게 가르쳐주시겠습니까?"

"그대는 이미 알고 있다."

그녀는 말없이 이 말을 받아들이고 나서 입을 열었다. "폐하의 종교와 관련이 있군요. 그것을 느낄 수 있습니다."

레토는 미소를 지었다. "그대같이 귀중한 선물을 준 대가로 그대의 익스 인 주인들이 무슨 짓을 하든 거의 용서해 줄 수 있을 것 같다. 그대가 부탁만 하면 무엇이든 얻을 것이다."

그녀는 쿠션 위에서 앞으로 몸을 움직이며 그를 향해 몸을 기울였다. "폐하의 종교의 내적인 작용에 대해 말씀해 주십시오."

"그대는 나의 모든 것을 곧 알게 될 것이다, 흐위. 약속한다. 우리의 원시인 조상들의 태양 숭배가 그리 허황된 일이 아니었다는 것만 기억하여라."

"태양…… 숭배?" 그녀가 몸을 뒤로 움직였다.

"모든 움직임을 통제하지만 아무도 만질 수 없는 태양, 그 태양은 죽음이다."

"폐하의…… 죽음입니까?"

"행성이 에너지원으로 이용해야 하는 태양의 주위를 돌듯이, 자신의 존재를 위해 의존하고 있는 태양의 주위를 돌듯이 모든 종교는 원을 그리며 돌고 있다."

그녀가 거의 속삭이는 듯한 목소리로 말했다. "폐하의 태양에서 무엇을 보고 계십니까, 폐하?"

"내가 내다볼 수 있는 창문이 많은 우주이다. 창틀이 무엇이든 그것이 내 시야다."

"미래입니까?"

"우주의 뿌리는 시간을 초월한 곳이고 우주에는 따라서 모든 시간과 모든 미래가 들어 있다."

"그럼 그것이 사실이군요. 폐하께서는 이 몸이……." 그녀는 체절이 있는 그의 기다란 몸을 가리키며 말을 이었다. "……막고 있는 걸 보셨군요."

"이것이 작은 의미에서나마 신성하다고 믿을 수 있겠나?" 그가 물었다.

그녀는 그저 고개를 끄덕일 수밖에 없었다.

"내 경고하건대, 그대가 그 모든 것을 나와 같이 알게 된다면 끔찍한 짐이 될 것이다."

"그러면 폐하의 짐이 조금 가벼워지는 겁니까, 폐하?"

"가벼워지지는 않는다. 그러나 받아들이기가 더 쉬워지지."

"그럼 제가 그 짐을 함께 지겠습니다. 말씀해 주십시오, 폐하."

"아직은 안 된다, 흐위. 그대는 조금 더 인내해야 해."

그녀는 실망감을 꿀꺽 삼키며 한숨을 쉬었다.

"유일한 문제는 나의 던컨 아이다호가 점점 조급해하고 있다는 점이다. 나는 그 문제를 처리해야 한다."

그녀는 흘끗 뒤를 돌아보았지만 이 작은 방은 여전히 텅 비어 있었다.

"제가 지금 이곳을 떠나기를 원하십니까?"

"난 그대가 영원히 내 곁을 떠나지 않았으면 좋겠다."

그녀는 그를 물끄러미 바라보며 그의 강렬한 시선을 인식했다. 그의 표정에 드러난 굶주린 공허함이 그녀를 슬픔으로 가득 채웠다. "왜 제게 폐하의 비밀을 말씀해 주시는 겁니까?"

"난 그대에게 신의 신부가 되어달라고 청하고 싶지 않다."

그녀의 눈이 충격으로 휘둥그레졌다.

"대답하지 말라." 그가 말했다.

그녀는 간신히 고개를 움직여 어둠 속에 잠긴 그의 몸을 끝에서 끝까지 바라보았다.

"더 이상 존재하지 않는 나의 일부를 찾지 말라. 육체적 친밀함 중 어떤 것들은 이제 더 이상 내게 가능하지 않아."

그녀는 수도사의 두건을 쓴 것 같은 그의 얼굴로 시선을 돌려 뺨의 분홍색 피부와, 그 이질적인 틀 속에 들어 있는 이목구비의 강렬한 인간적 모습을 바라보았다.

"그대에게 아이가 필요하다면, 나는 아이의 아버지를 내가 선택할 수 있게 해달라고만 부탁할 것이다. 그러나 나는 아직 그대에게 아무것도 부탁하지 않았다."

그녀가 희미한 목소리로 말했다. "폐하, 저는 무슨 말을 해야 할지……."

"나는 곧 요새로 돌아갈 것이다. 그대가 그곳으로 와서 나와 얘기를 나누자. 그때 내가 막고 있는 것에 대해 그대에게 얘기해 주겠다."

"전 무섭습니다, 폐하. 이렇게 무서울 수 있다고는 상상조차 해보지 못했어요."

"나를 두려워하지 말라. 나의 상냥한 흐위에게 상냥함 외에 다른 것은 보여줄 수 없으니까. 다른 위험들에 대해서는 내 물고기 웅변대가 자기들의 몸으로 그대를 지켜줄 것이다. 그들은 그대에게 해가 미치는 것을 감히 두고 보지 못한다!"

흐위는 몸을 일으켜 부들부들 떨면서 그 자리에 섰다.

레토는 자신의 말이 그녀에게 얼마나 깊은 영향을 미쳤는지 알 수 있었다. 고통이 느껴졌다. 흐위의 눈이 눈물로 반짝였다. 그녀는 떨리는 몸을 진정시키려고 양손을 꽉 모아 쥐었다. 그는 그녀가 기꺼이 요새로 올 것을 알고 있었다. 그가 무엇을 요구하든 그녀는 물고기 웅변대와 같은 반응을 보여줄 것이다. '예, 폐하'라고.

만약 그녀가 그와 입장을 바꿔서 그의 짐을 질 수만 있다면 자신의 몸을 내놓으려 할 것이라는 생각이 들었다. 그녀가 그렇게 할 수 없다는 사실이 그녀의 고통을 더했다. 그녀는 엄청나게 예민한 감수성 위에 지성을 갖추고 있었으며, 말키와 같은 쾌락주의적인 약점들을 조금도 갖고 있지 않았다. 그녀는 그 완벽함 때문에 무서운 존재였다. 그녀는 만약 그

가 정상적인 남자로 성장했다면 자신의 짝으로 원했을 (아니야! 요구했을 거

야!) 여자의 모습을 완벽하게 갖고 있었다. 모든 면에서 그러했다.

　그리고 익스인들도 그것을 알고 있었다.

　"이제 이곳을 떠나라." 그가 속삭이듯 말했다.

나는 내 백성들에게 아버지이자 어머니이다. 나는 출생의 황홀경과 죽음의 황홀경을 경험했으며, 너희가 반드시 배워야 하는 패턴들을 알고 있다. 형태들로 이루어진 우주를 내가 취한 채 방황하지 않았느냐고? 그랬다! 나는 빛 속에 윤곽을 드러낸 너희를 보았다. 너희가 보고 느낀다고 말하는 우주, 그 우주는 나의 꿈이다. 내 에너지는 그것에 집중되어 있고 나는 모든 영역에 있다. 그리해서 너희가 태어난다.

—『도난당한 일기』

"물고기 웅변대에게 들으니 그대가 시아이녹 직후에 즉시 요새로 갔다더군." 레토가 말했다.

그는 비난하듯이 아이다호를 노려보았다. 아이다호는 겨우 한 시간 전에 흐위가 앉아 있던 곳 근처에 서 있었다. 그렇게 짧은 시간이 흘렀음에도 레토에게는 그 공허함이 수백 년 같았다.

"생각할 시간이 필요했습니다." 아이다호가 말했다. 그리고 레토의 수레가 들어가 있는 어두운 구덩이를 응시했다.

"그리고 시오나와 얘기할 시간도?"

"예." 아이다호는 시선을 들어 레토의 얼굴을 바라보았다.

"그러나 그대는 모네오를 청했다."

"그들이 저의 모든 움직임을 보고하는 겁니까?" 아이다호가 다그치듯 물었다.

"다 보고하는 건 아니다."

"사람은 가끔 혼자 있을 필요가 있습니다."

"물론이지. 그러나 물고기 웅변대가 그대를 걱정하는 걸 탓해서는 안 된다."

"시오나는 자기가 시험을 받아야 한다고 했습니다!"

"그대가 모네오를 청한 것이 그 때문인가?"

"그 시험이라는 게 뭡니까?"

"모네오가 알고 있다. 그대가 그를 만나고 싶어 한 게 그 때문인 줄 짐작했는데."

"폐하께서 짐작하시는 건 아무것도 없습니다! 폐하는 모든 걸 알고 계십니다."

"시아이녹 때문에 흥분한 모양이군, 던컨. 미안하다."

"저와 같은 입장이 되는 것이 어떤 건지 아십니까……? 여기서?"

"골라의 운명은 편안하지 않지. 어떤 인생은 다른 인생보다 더 힘든 법이다."

"애들에게나 맞는 그런 철학은 필요 없습니다!"

"그대에게 필요한 것이 무엇인가, 던컨?"

"몇 가지 알고 싶은 게 있습니다."

"이를테면?"

"저는 폐하 주위에 있는 사람들을 도저히 이해할 수 없습니다! 모네오 는 조금도 놀란 기색 없이 시오나가 폐하에게 맞서는 반란군에 속해 있었다고 말합니다. 자기 딸인데도요!"

"그 나이 때에 모네오 역시 반란자였다."

"이제 제 말이 무슨 뜻인지 아시겠습니까? 모네오도 시험하셨습니까?"

"그래."

"저를 시험하실 겁니까?"

"지금 시험하고 있다."

아이다호는 그를 노려보다가 입을 열었다. "폐하의 정부, 폐하의 제국, 모든 걸 이해할 수 없습니다. 더 많은 걸 알게 될수록 뭔가 어떻게 돌아가는 건지 모른다는 사실을 더욱 깨닫게 될 뿐입니다."

"그대가 지혜의 길을 발견했다니 정말 다행이군."

"뭐라고요?" 좌절감이 뒤섞인 분노 때문에 전장의 함성처럼 높아진 아이다호의 목소리가 작은 방을 가득 채웠다.

레토는 미소를 지었다. "던컨, 그대가 뭔가를 안다고 생각할 때, 그것이 바로 배움을 막는 가장 완벽한 장벽이라고 내가 말하지 않았던가?"

"그럼 뭐가 어떻게 돌아가는 건지 말씀해 주십시오."

"내 친구 던컨 아이다호에게 새로운 습관이 생겨나고 있군. 자기가 안다고 생각하는 것 너머를 항상 보는 법을 배우고 있어."

"좋습니다, 좋아요." 아이다호는 말의 속도에 맞춰 천천히 고개를 끄덕였다. "그럼 저를 그 시아이녹이라는 일에 참여시킨 것 너머에는 뭐가 있습니까?"

"나는 물고기 웅변대를 내 근위대장에게 결속시키고 있는 중이다."

"그런데 저는 싸워서 그들을 물리쳐야 합니다! 요새로 저를 데려간 호위병들은 잔치를 위해 걸음을 멈추고 싶어 했습니다. 그리고 저를 이곳으로 다시 데려온 호위병들은……."

"그들은 던컨 아이다호의 자식을 보는 것이 내게 얼마나 즐거운 일인지 알고 있다."

"빌어먹을! 저는 폐하의 종마가 아닙니다!"

"그렇게 소리 지를 필요 없다, 던컨."

아이다호는 몇 번 심호흡을 하고 나서 입을 열었다. "제가 그들에게 안 된다고 하면 그들은 처음에는 상처받은 것처럼 행동하다가 나중에는 저를 빌어먹을……." 그는 고개를 가로저으며 말을 이었다. "……신성한 사람 대하듯이 대합니다."

"그들이 그대에게 복종하지 않던가?"

"그들은 어느 것에도 의문을 품지 않습니다…… 폐하의 명령과 어긋나는 경우만 빼고요. 저는 이곳으로 돌아오고 싶지 않았습니다."

"그런데도 그대를 데려왔군."

"그들이 폐하의 명령을 거스르지 않는 것을 기분 나쁠 정도로 잘 알고 계시지 않습니까!"

"나는 그대가 와줘서 기쁘다, 던컨."

"아, 그러시겠지요!"

"물고기 웅변대는 그대가 얼마나 특별한지, 내가 그대를 얼마나 아끼는지, 내가 그대에게 얼마나 많은 신세를 졌는지 알고 있다. 그대와 나의 문제에 관한 한 그건 결코 복종이나 불복종의 문제가 아냐."

"그럼 그건 무슨 문제입니까?"

"의리."

아이다호는 입을 다물고 곰곰이 생각에 잠겼다.

"시아이녹의 힘을 느꼈나?" 레토가 물었다.

"그건 무의미한 일이었습니다."

"그럼 왜 그것 때문에 불편해하는 거지?"

"폐하의 물고기 웅변대는 군대가 아닙니다. 그들은 경찰이에요."

"내 이름을 걸고 분명히 말하건대 그렇지 않다. 경찰은 필연적으로 타락하게 되어 있어."

"폐하는 저를 권력으로 유혹하셨습니다." 아이다호가 비난했다.

"그것이 시험이다, 던컨."

"저를 믿지 못하십니까?"

"나는 아트레이데스 가문에 대한 그대의 충성을 절대적으로 믿는다. 아무런 의심도 없이."

"그럼 타락이니 시험이니 하는 얘기는 뭡니까?"

"내가 경찰을 갖고 있다고 비난한 건 그대였다. 경찰은 범죄자들이 번성하는 것을 항상 지켜보지. 권위를 가질 수 있는 자리가 범죄자가 되기에 가장 유리한 자리라는 사실을 놓치는 건 아주 멍청한 경찰관뿐일 거다."

아이다호는 혀로 입술을 축이고 영문을 모르겠다는 표정이 노골적으로 드러난 시선으로 레토를 뚫어지게 바라보았다. "하지만 도덕적 훈련은…… 그러니까 합법적인…… 감옥은……."

"법을 어기는 것이 죄악이 아닐 때 법률이나 감옥이 무슨 소용이겠나?"

아이다호는 오른쪽으로 약간 고개를 갸우뚱했다. "폐하의 말씀은 폐하의 빌어먹을 종교가……."

"죄악에 대한 처벌은 꽤나 엄청난 것이 될 수 있다."

아이다호는 엄지손가락을 갈고리처럼 구부려 어깨 너머에 있는 문밖의 세상을 가리켰다. "사형에 대한 그 모든 얘기들…… 그 태형과……."

"나는 가능하면 어디서든 되는대로 만들어진 법과 감옥이 없어도 되도록 노력하고 있다."

"어떤 식으로든 감옥은 있어야 합니다!"

"그래? 감옥은 법원과 경찰이 유효하다는 환상을 제공해 주는 데에만 필요할 뿐이다. 일종의 직업에 대한 보험인 셈이지."

아이다호는 약간 몸을 돌려 자기가 들어왔던 문을 향해 손가락을 불쑥 내밀었다. "폐하의 행성들이 모두 감옥입니다!"

"그대가 가진 환상이 그러하다면 어디든 감옥으로 생각할 수 있겠지."

"환상이라니요!" 아이다호는 손을 옆구리로 떨어뜨리고 말문이 막힌 듯 가만히 서 있었다.

"그래. 그대는 감옥과 경찰과 법을 얘기하지. 그건 완벽한 환상이다. 그리고 번창하는 권력 구조는 그 환상 뒤에서 자신이 스스로 정한 법 위에 있음을 상당히 정확하게 관찰하면서 활동할 수 있어."

"그럼 폐하께서는 범죄를 다룰 때……."

"범죄가 아니다, 던컨. 죄악이야."

"그럼 폐하께서는 폐하의 종교가……."

"으뜸가는 죄악이 뭔지 눈치챘나?"

"예?"

"내 정부에 속한 사람을 타락시키려 하는 것, 그리고 내 정부에 속한 사람이 저지르는 타락이 그것이다."

"그 타락이라는 것이 무엇입니까?"

"본질적으로, 그것은 레토 신의 신성함을 깨닫지 못하고 예배드리지 않는 것이다."

"폐하 말씀입니까?"

"그래, 나."

"하지만 폐하께서는 맨 처음에 제게 말씀하시기를……."

"내가 나 자신의 신성을 믿지 않는다고 생각하나? 조심해라, 던컨."

아이다호가 아무런 억양이 없는 분노의 목소리로 말했다. "폐하께서는 폐하의 비밀을 지키는 것이 제 임무 중의 하나라고 하셨습니다. 폐하께서……."

"그대는 내 비밀을 모른다."

"폐하께서 폭군이라는 것 말입니까? 그건 전혀……."

"신은 폭군보다 더 커다란 힘을 갖고 있다, 던컨."

"왠지 마음에 들지 않는 말씀이군요."

"아트레이데스 사람이 언제 그대더러 그대의 임무를 '좋아해' 달라고 하던가?"

"폐하께서는 저더러 판관이자 배심원이며 집행자인 물고기 웅변대를 지휘해 달라고 하셨습니다……." 아이다호가 말끝을 흐렸다.

"그래서?"

아이다호는 침묵했다.

레토는 아이다호와의 사이에 놓인 차가운 공간 저편을 노려보았다. 아주 짧으면서도 먼 거리였다.

'낚싯줄에 걸린 물고기를 놀리는 것 같군. 이런 힘겨루기에서는 모든 요소의 한계점을 반드시 계산해야 한다.'

아이다호와 그의 관계에서 문제는 그를 그물로 모는 것이 항상 그의 종말을 재촉한다는 점이었다. 그리고 이번에는 그것이 너무나 빨리 진행되고 있었다. 레토는 슬픔을 느꼈다.

"저는 폐하께 예배드리지 않을 겁니다." 아이다호가 말했다.

"그대가 특별히 면제받았다는 것을 물고기 웅변대는 인정하고 있다."

"모네오와 시오나처럼요?"

"그들과는 많이 다르다."

"그럼 반란군은 특별한 경우로군요."

레토는 씩 웃었다. "내가 가장 신뢰하는 행정관들은 모두 한때 반란자였다."

"저는 아니……."

"그대는 아주 뛰어난 반란자였다! 그대는 왕위를 차지하고 있던 군주에게서 아트레이데스 가문이 제국을 빼앗는 걸 도왔어."

아이다호가 자신의 내면을 들여다보느라 그의 눈에서 초점이 흐려졌다. "그랬죠." 그는 마치 뭔가를 머리카락에서 털어내려는 사람처럼 거세게 고개를 흔들었다. "그런데 폐하가 그 제국을 어떻게 만들어놓으셨는지 한번 보십시오!"

"나는 그 안에 패턴을 세웠다. 패턴들의 패턴이지."

"그건 폐하의 말씀일 뿐입니다."

"정보는 패턴 속에 고정되어 있다, 던컨. 우리는 하나의 패턴을 이용해서 또 다른 패턴을 해석할 수 있어. 흐름의 패턴은 파악하고 이해하기가 가장 어렵지."

"또 무의미한 얘기를 하시는군요."

"그대는 전에도 한 번 이런 실수를 했다."

"왜 틀레이랙스 인들이 계속해서 저를 되살려내게 하시는 겁니까? 골라를 차례차례 만들어내는 데에 무슨 패턴이 있습니까?"

"그건 그대가 풍부하게 갖고 있는 자질들 때문이다. 내 아버지가 그 얘기를 하게 해주지."

아이다호의 입이 험상궂은 선을 그렸다.

레토는 무앗딥의 목소리로 말했다. 수도사의 두건을 쓴 것 같은 그 얼굴조차 아버지의 얼굴과 비슷하게 변했다. "자네는 나의 가장 진정한 친구였네, 던컨. 심지어 거니 할렉보다도 훌륭한 친구였어. 하지만 나는 지나간 과거일세."

아이다호는 침을 꿀꺽 삼켰다. "하지만 지금 하고 계시는 일은요!"

"그것이 아트레이데스의 성격에 맞지 않는다고?"

"당연하지 않습니까, 빌어먹을!"

레토는 평소의 목소리를 회복했다. "그래도 나는 여전히 아트레이데스다."

"정말 그렇습니까?"

"내가 그 밖에 무엇이 될 수 있겠나?"

"저도 그걸 알았으면 좋겠습니다!"

"내가 말과 목소리로 속임수를 쓴다고 생각하나?"

"일곱 개의 지옥을 걸고 말하건대, 도대체 무슨 짓을 하고 계시는 겁니까?"

"나는 다음 주기를 위한 무대를 마련하면서 생명을 보존하고 있다."

"생명을 죽이면서 생명을 보존하신다고요?"

"죽음이 생명에 유용했던 경우는 많다."

"그건 아트레이데스답지 않습니다!"

"아니, 그렇지 않아. 우리는 죽음의 가치를 자주 보았다. 그러나 익스 인들은 그 가치를 결코 깨닫지 못했지."

"익스 인들이 무슨 상관이……."

"모든 것에 상관 있지. 그들은 자기들의 다른 음모들을 감추려고 기계를 만들려 할 것이다."

아이다호가 생각에 잠긴 듯한 어조로 말했다. "그래서 익스의 대사가 여기 다녀간 겁니까?"

"흐위 노리를 본 모양이군."

아이다호는 위를 가리켰다. "제가 왔을 때 그녀는 이곳을 나가고 있었습니다."

"그녀와 얘기를 했나?"

"여긴 왜 왔느냐고 물었습니다. 그녀는 자기가 어떤 편을 들지 고르고 있다고 했습니다."

레토에게서 웃음소리가 폭발하듯 터져 나왔다. "아, 이런. 그녀는 정말 유능한 사람이야. 자기가 어느 편을 선택했는지 말해 주던가?"

"그녀는 자기가 이제 신황제를 섬기고 있다고 말했습니다. 물론 저는 그녀의 말을 믿지 않았습니다."

"하지만 그대는 그녀를 믿어야 한다."

"왜죠?"

"아아, 그래. 그대가 한때 내 할머니 레이디 제시카조차 의심했다는 사실을 잊었군."

"그때는 그럴 만한 이유가 있었습니다!"

"그대는 시오나도 의심하고 있나?"

"점점 모두가 의심스러워집니다!"

"그러면서 내게 그대의 가치가 뭔지 모르겠다고 하는군." 레토가 비난하듯 말했다.

"시오나가 어쨌다는 겁니까?" 아이다호가 다그치듯 물었다. "그녀 말로는 폐하께서 저희가⋯⋯. 제 말은, 제기랄⋯⋯."

"그대가 항상 믿어야 하는 것은 바로 시오나의 창의성이다. 그녀는 새롭고 아름다운 것들을 만들어낼 수 있지. 사람은 진정으로 창조적인 자들을 항상 믿는다."

"익스의 음모까지도요?"

"그건 창조적이지 않다. 창조적인 것은 공개적으로 드러나기 때문에 항상 알 수 있지. 뭔가 감춘다는 것은 완전히 다른 힘이 존재한다는 걸 알려준다."

"그럼 폐하께서는 이 흐위 노리를 신뢰하지 않으시면서……."

"나는 진심으로 그녀를 믿는다. 내가 방금 그대에게 설명한 바로 그 이유들 때문에."

아이다호는 인상을 찌푸렸다가 얼굴을 풀며 한숨을 쉬었다. "제가 그녀와 좀더 가까워지는 게 좋겠습니다. 만약 그녀가 정말로 폐하께서……."

"안 돼! 흐위 노리에게 접근하지 마라. 내가 그녀를 위해 특별히 생각하는 것이 있다."

※⊗※

나는 내 안에 있는 도시 경험을 분리해서 면밀하게 조사해 보았다. 도시라는 개념은
나를 매혹시킨다. 제대로 기능을 수행하며 협력해 주는 사회적 공동체 없이 생물학
적 공동체를 형성하는 것은 커다란 파괴로 이어진다. 온 세상이 상호 연결된 사회적
구조가 없는 단 하나의 생물학적 공동체가 되었고, 이것은 항상 파괴로 이어졌다. 인
구가 지나치게 많은 상황에서 이것은 극적인 교훈을 준다. 게토는 치명적이다. 지나
치게 인구가 많을 때의 정신적 스트레스는 압력을 만들어내고 그 압력이 폭발한다.
도시는 이런 힘을 관리하려는 시도 중의 하나다. 도시가 이런 시도를 할 때 이용하
는 사회적 형태는 연구할 만한 가치가 있다. 모든 사회적 질서의 형성에 대해 특정한
적의가 존재한다는 것을 기억하라. 그것은 인위적인 존재에 의한 생존 투쟁이다. 독
재와 노예 제도가 가장자리에서 어슬렁거린다. 많은 사람들이 부상을 당하고, 따라
서 법이 필요해진다. 법은 자체적인 힘의 구조를 발전시켜 더 많은 상처와 새로운 부
당함을 만들어낸다. 이런 상처는 대결이 아니라 협동에 의해 치유될 수 있다. 협동을
하자는 부름에 의해 치유자가 드러난다.

—『도난당한 일기』

모네오는 눈에 띄게 흥분한 모습으로 레토의 작은 방에 들어섰다. 그
는 이곳에서 신황제와 만나는 것을 좋아했다. 신황제의 수레가 움푹한
곳에 들어가 있어서 '벌레'가 치명적인 공격을 가하기 어렵기 때문이었

다. 게다가 레토가 자신의 집사장에게 끝도 없는 경사로 대신 익스 산의 튜브형 승강기를 타고 내려와도 좋다고 허락했다는 부정할 수 없는 사실도 있었다. 그러나 모네오는 오늘 아침에 자기가 가져온 소식이 '신(神)인 벌레'를 틀림없이 불러낼 거라고 생각했다.

'그 소식을 어떻게 전해야 하지?'

동이 튼 것이 겨우 한 시간 전이었다. 이제 축제의 네 번째 날. 모네오는 시련의 끝이 훨씬 더 가까워졌다는 이유 하나 때문에 이날을 침착하게 맞을 수 있었다.

모네오가 작은 방에 들어서자 레토의 몸이 조금 움직였다. 그의 신호에 따라 불이 켜져서 그의 얼굴만을 비췄다.

"잘 잤나, 모네오. 그대가 즉시 이곳에 들어가게 해달라고 경비에게 고집을 부렸다면서? 이유가 뭔가?"

너무 많은 것을 너무 빨리 밝히고 싶다는 유혹 속에 위험이 놓여 있음을 모네오는 경험으로 알고 있었다.

"저는 안틱 대모와 얼마간 시간을 함께 보냈습니다. 그녀가 잘 감추고 있기는 하지만, 저는 그녀가 멘타트라고 확신합니다."

"그래. 베네 게세리트는 언젠가 반드시 내게 거스르게 되어 있었지. 이런 식의 불복종은 재미있군."

"그럼 그들을 처벌하지 않으실 겁니까?"

"모네오, 나는 궁극적으로 내 백성들의 유일한 부모다. 부모는 엄격한 만큼 관대하기도 해야 해."

'폐하의 기분이 좋은 모양이군.' 모네오는 생각했다. 작은 한숨이 모네오에게서 새어 나왔고 레토는 그것을 보며 미소를 지었다.

"안틱은 저희가 붙잡은 사람들 중 얼굴의 춤꾼 몇 명을 골라 사면해 주라는 폐하의 명령을 듣고 반발했습니다."

"나는 축제에 그들을 이용할 것이다."

"폐하?"

"나중에 말해 주겠다. 이제 그대가 이런 시간에 내 방에 난입하면서 가져온 소식을 듣기로 하지."

"저는…… 아아……." 모네오는 윗입술을 잘근잘근 씹었다. "틀레이랙스 인들은 지금까지 제 환심을 사려고 꽤나 시끄럽게 시도해 왔습니다."

"물론 그랬지. 그래 그들이 무슨 얘기를 털어놓던가?"

"그들은…… 아아, 익스 인들에게 조언과 장비를 제공했습니다……. 저, 정확히 말해서 골라는 아니고 클론도 아닌 것을 만들기에 충분할 만큼요. 아마도 '세포 개조'라는 틀레이랙스의 용어가 맞는 설명일 겁니다. 그…… 실험은 일종의 차폐 장치 안에서 실시되었는데, 조합원들은 폐하의 능력이 그 차폐 장치를 뚫지 못할 거라고 그들에게 단언했답니다."

"그래서 그 결과는?" 레토는 자신이 차가운 진공 속에서 이 질문을 던지고 있는 것 같았다.

"그들도 확실히 모릅니다. 틀레이랙스 인들은 참관을 허락받지 못했습니다. 하지만 그들은 말키가 그…… 아아, 방에 들어갔다가 나중에 갓난아기를 데리고 나오는 것을 보았습니다."

"그래! 나도 안다!"

"아신다고요?" 모네오는 어리둥절한 표정이었다.

"추론을 통해서. 그리고 이 모든 일은 약 26년 전에 일어났지?"

"그렇습니다, 폐하."

"그 아기가 흐위 노리라고 그들이 확인해 주던가?"

"그들도 확신하지는 못합니다, 폐하. 하지만……." 모네오는 어깨를 으쓱했다.

"당연히 그렇겠지. 그래 그 얘기에서 그대는 무엇을 추론해 냈지, 모네오?"

"신임 익스 대사에게는 어떤 목적이 깊이 심어져 있습니다."

"확실히 그렇다, 모네오. 흐위가, 상냥한 흐위가 저 당당한 말키의 거울과 같다는 사실이 이상하다고 생각한 적 없나? 그녀는 모든 점에서 그의 반대이다. 성별까지 포함해서."

"그런 생각은 해보지 못했습니다, 폐하."

"나는 해보았다."

"그녀를 즉시 익스로 돌려보내겠습니다."

"그건 절대 안 돼!"

"하지만 폐하, 만약 그들이……."

"모네오, 내가 알기로 그대는 위험에 등을 돌릴 때가 별로 없다. 다른 사람들은 흔히 그렇게 하지만 그대는 거의 그러지 않아. 그런데 왜 나를 그토록 분명한 바보짓에 끌어넣으려 하는 건가?"

모네오는 마른침을 삼켰다.

"좋아. 그대가 자신의 잘못을 알아차리는 것이 마음에 든다."

"감사합니다, 폐하."

"그대가 진심으로 감사의 뜻을 표하는 것도 마음에 든다. 방금 그랬던 것처럼. 자, 그대가 이 뜻밖의 사실을 들었을 때 안틱이 함께 있었다고 했나?"

"폐하의 명령에 따라 그리했습니다, 폐하."

"훌륭하다. 그게 상황을 조금 휘저어놓을 거다. 이제 이곳을 나가 레이디 흐위에게 가라. 내가 지금 당장 그녀를 만나고 싶어 한다고 해. 이것이 그녀의 마음을 어지럽힐 거다. 그녀는 내가 요새로 부를 때까지 나를 다시 만나지 못할 거라고 생각하고 있으니까. 그대가 그녀의 두려움을 진정시켜 주어라."

"어떤 방법으로요, 폐하?"

레토는 슬픈 목소리로 말했다. "모네오, 그대가 그런 일의 전문가인데 왜 내 조언을 구하는 건가? 그녀를 진정시키고, 내가 그녀를 상냥하게 대할 것이라고 안심시킨 다음 이곳으로 데려와라."

"예, 폐하." 모네오는 몸을 숙여 인사하고 한 발짝 물러났다.

"잠깐, 모네오!"

모네오의 몸이 뻣뻣하게 굳었다. 그의 시선은 레토의 얼굴에 못 박혀 있었다.

"혼란스러워하는구나, 모네오. 때로 그대는 나를 어떻게 생각해야 할지 몰라 당황하지. 내가 전능하고 모든 것을 예지할 수 있는 존재인가? 그대는 이런저런 하찮은 얘기들을 내게 가져오면서 속으로 의문을 품는다. '폐하께서 이걸 이미 알고 계실까? 만약 그렇다면 내가 왜 굳이 이런 얘기를 해야 하지?'라고. 그러나 그대에게 그런 일들을 보고하라고 내가 명령을 내렸다, 모네오. 그대의 복종이 그대에게 아무것도 가르쳐주지 않던가?"

모네오는 어깨를 으쓱하려다가 생각을 바꿨다. 그의 입술이 가늘게 떨렸다.

"시간 역시 장소가 될 수 있다, 모네오. 그대가 서 있는 장소, 그대가 보는 곳, 또는 그대가 듣는 것에 모든 것이 달려 있다. 그것의 척도는 의식 그 자체 속에서 발견된다."

오랜 침묵 후에 모네오가 용기를 내서 입을 열었다. "더 하실 말씀이 있습니까, 폐하?"

"그래, 아직 있다. 오늘 시오나는 조합의 특사에 배달하는 꾸러미를 하나 받을 것이다. 그 꾸러미의 배달에 어떤 것도 방해가 되어서는 안 된다. 알겠나?"

"무엇이…… 그 꾸러미에는 무엇이 들어 있습니까, 폐하?"

"몇 가지 번역본이다. 내가 그녀에게 보여주고 싶어 하는 읽을거리이지. 그것을 방해하면 안 된다. 그 꾸러미에 멜란지는 없어."

"어떻게…… 제가 두려워하는 것이 무엇인 줄 어떻게 아셨……."

"그대가 스파이스를 두려워하기 때문이다. 그것으로 생명을 연장할 수 있는데도 그대는 그것을 피하고 있다."

"저는 멜란지의 다른 효과들이 두렵습니다, 폐하."

"관대한 자연은 멜란지가 우리들 중 몇몇에게 예상치 못했던 정신의 깊은 곳을 보여줄 것이라고 선포했다. 그런데 그것이 두렵다고?"

"저는 아트레이데스입니다, 폐하!"

"아아, 그래. 아트레이데스 사람들의 경우 멜란지는 '시간'의 수수께끼를 내적인 계시의 기묘한 과정 끝까지 굴려줄 수 있지."

"저는 폐하께서 저를 시험하셨던 방법을 기억하는 것만으로 충분합니다, 폐하."

"그대가 황금의 길을 감지해야 할 필요성을 깨닫지 못하는가?"

"제가 두려워하는 것은 그것이 아닙니다, 폐하."

"그대는 다른 놀라운 일, 나로 하여금 '나의' 선택을 하게 만들었던 것을 두려워하고 있지."

"저는 폐하를 보기만 해도 그 두려움을 알 수 있습니다, 폐하. 우리 아트레이데스 사람들은……." 그는 말끝을 흐렸다. 입안이 말랐다.

"그대는 조상들과 내 안에 떼 지어 모여 있는 다른 사람들의 모든 기억을 원하지 않는 거다!"

"때로는…… 때로는, 폐하, 스파이스가 아트레이데스의 저주라는 생각이 듭니다!"

"나라는 존재가 결코 생겨나지 않았기를 바라는 건가?"

모네오는 침묵을 지켰다.

"그러나 멜란지에는 나름의 가치가 있다, 모네오. 멜란지는 조합의 항법사들에게 필요하다. 베네 게세리트 또한 멜란지가 없으면 무기력하게 칭얼거리는 여자들의 무리로 퇴화할 것이야!"

"저희들로서는 멜란지와 함께 살아가거나, 아니면 멜란지가 없는 삶을 살아가는 수밖에 없습니다, 폐하. 저는 그걸 알고 있습니다."

"아주 눈치가 빠르군, 모네오. 그래서 그대는 멜란지가 없는 삶을 선택하는 건가?"

"제게 그런 선택권이 없는 겁니까, 폐하?"

"지금은 그렇다."

"폐하, 무슨……."

"갈락 공용어에는 멜란지를 뜻하는 단어가 스물여덟 개이다. 그 단어들은 멜란지의 사용법, 희석 방법, 생성 연대, 그것이 정직한 구매를 통해 거래된 것인지 아니면 절도나 정복으로 손에 넣은 것인지 여부, 그것이 남자나 여자를 위한 지참금용 선물인지 여부 등을 기준으로 멜란지를 설명한다. 그리고 그 밖에도 여러 가지 방법으로 멜란지의 호칭이 정해지지. 이걸 어떻게 생각하나, 모네오?"

"저희에게 많은 선택권이 제시되어 있다는 뜻으로 생각합니다, 폐하."

"오직 스파이스와 관련된 문제에서만?"

모네오가 생각에 잠긴 듯 눈썹을 찌푸렸다가 입을 열었다. "아닙니다."

"그대가 내 면전에서 '아닙니다'라는 말을 하는 경우는 너무나 드물다. 그대의 입술이 그 말을 발음하기 위해 움직이는 걸 지켜보는 게 즐겁군."

모네오의 입술이 미소를 지으려는 듯 움찔거렸다.

레토가 활기찬 목소리로 말했다. "좋아! 이제 레이디 흐위에게 가라. 그대가 떠나기 전에 어쩌면 도움이 될 수도 있는 조언을 하나 해주겠다."

모네오는 레토의 얼굴을 열심히 바라보았다.

"약에 대한 지식은 주로 남자들에게서 기원했다. 그들이 더 모험적이니까. 그것은 남성적 호전성의 부산물이다. 그대도 『오렌지 가톨릭 성경』을 읽었으니 이브와 사과에 대한 이야기를 알고 있을 것이다. 그런데 그 이야기에 대한 흥미로운 사실이 하나 있다. 맨 처음 사과를 따서 시식한 사람이 이브가 아니었다는 것이지. 처음은 아담이었고, 그는 이를 통해서 이브에게 탓을 돌리는 법을 배웠다. 내가 이 이야기를 들려준 것은, 우리 사회에 하위 집단들이 구조적으로 필요해지는 과정에 대해 그대에게 알려주기 위해서다."

모네오는 왼쪽으로 약간 고개를 갸우뚱했다. "폐하, 그 이야기가 제게 어떻게 도움이 된다는 말씀입니까?"

"그대가 레이디 흐위를 상대하는 데 도움이 될 것이다!"

이 우주의 특이한 다양성에 나는 가장 깊은 관심을 갖고 있다. 그것은 궁극의 아름다움을 지니고 있다.

—『도난당한 일기』

레토는 흐위가 작은 알현실로 들어오기 직전에 대기실에서 나는 모네오의 소리를 들었다. 흐위는 옅은 초록색의 넉넉한 바지를 입고 있었다. 그리고 발목에다가 샌들과 같은 색인 더 짙은 초록색 나비매듭 리본으로 바지 자락을 묶어놓았다. 똑같은 짙은 초록색의 헐렁한 블라우스가 검은 겉옷 밑으로 보였다.

레토에게서 다가와 앉으라는 말을 듣기도 전에 자신이 전에 앉았던 빨간색 쿠션 대신 황금색 쿠션을 골라 앉는 그녀의 모습은 차분해 보였다. 모네오가 그녀를 데려오는 데에는 한 시간이 채 걸리지 않았다. 레토의 날카로운 청각은 모네오가 대기실에서 안절부절못하고 있음을 감지했고, 레토는 신호를 보내 아치형 문을 단단히 닫았다.

"모네오가 뭔가 불안해하고 있습니다. 그런 기색을 제게 드러내지 않으려고 아주 열심히 애썼지만 그가 저를 진정시키려고 노력할수록 제 호기심만 더욱 커질 뿐이었습니다." 흐위가 말했다.

"그가 그대를 무섭게 하지는 않았나?"

"그렇지 않았습니다. 하지만 재미있는 얘기를 했습니다. 레토 신이 우리들 각자에게 각각 다른 사람이라는 점을 항상 기억해야 한다고요."

"그것이 왜 재미있다는 거지?"

"그 얘기를 전제로 한 의문이 재미있습니다. 그는 우리가 폐하의 그 다른 점들을 만들어내는 데 어떤 역할을 하고 있는지 자주 궁금해진다고 말했습니다."

"그거 정말 재미있군."

"저는 그것이 정직한 통찰력이라고 생각합니다. 저를 왜 부르셨습니까?"

"전에 익스에 있는 그대의 주인들이……."

"그들은 이제 제 주인이 아닙니다, 폐하."

"내가 실수를 했군. 이제부터는 그들을 익스 인이라고 칭하겠다."

그녀는 엄숙하게 고개를 끄덕이며 얘기를 재촉했다. "전에……."

"익스 인들이 무기를 하나 만들 생각을 했다. 일종의 사냥꾼 탐색기였지. 기계의 정신을 가지고 자체 추진력으로 움직이는 죽음. 그것은 스스로를 향상시켜 나가면서 생명체를 찾아 그 생명체를 무기 물질로 환원시키도록 설계될 예정이었다."

"저는 그런 물건에 대해 들어본 적이 없습니다, 폐하."

"나도 안다. 익스 인들은 기계 제작자들이 항상 완전히 기계가 될지도 모르는 위험을 무릅쓰고 있다는 사실을 인정하지 않지. 그것은 사고의 궁극적인 빈곤함 때문이다. 기계는 항상 실패한다…… 어느 정도 시간이 흐르면. 그리고 이 기계들이 실패했을 때 그 뒤에는 아무것도 남아 있지 않을 것이다. 그 어떤 생명도."

"때로 그들이 미쳤다는 생각이 듭니다."

"안틱의 의견도 그렇다. 그것이 지금 당장의 문제야. 익스 인들은 지금 어떤 일에 몰두하고 있는데, 그것을 비밀로 숨기고 있다."

"폐하조차 모르실 정도로요?"

"그래, 나도 모를 정도로. 나는 안틱 대모를 보내 나 대신 조사하게 할 것이다. 그녀를 돕기 위해 그대가 어린 시절을 보낸 곳에 대해 아는 것을 뭐든 말해 주어라. 아무리 작은 일이라도 절대 빼먹어서는 안 돼. 안틱이 그대의 기억을 도와줄 것이다. 우리는 모든 소리, 모든 냄새, 방문자들의 모습과 이름, 색깔, 심지어 그대 피부의 따끔거림까지 모든 것을 원한다. 가장 하찮은 것이 어쩌면 지극히 중대한 것일 수도 있어."

"그곳에 그것이 숨겨져 있다고 생각하시는 겁니까?"

"나는 그곳이 그 장소라는 것을 분명히 알고 있다."

"그리고 그들이 이 무기를 그곳에서 만들고 있다고 생각……."

"아니. 그러나 그대가 태어난 장소를 조사하기 위한 구실로 그 얘기를 이용할 것이다."

그녀는 입을 열고 서서히 미소를 지었다. "저의 주인께서는 솔직하지 못하시군요. 제가 즉시 대모와 이야기를 나누겠습니다." 흐위는 자리에서 일어나려 했다. 그러나 그가 손짓으로 그녀를 저지했다.

"우리가 서두르는 기색을 보여서는 절대 안 된다."

그녀는 다시 쿠션에 주저앉았다.

"모네오의 관찰 방식을 따른다면, 우리 각자는 다 다른 사람이다. 창조는 멈추지 않아. 그대의 신은 계속해서 그대를 창조하고 있다."

"안틱이 무엇을 찾게 될까요? 폐하께서는 알고 계시지요, 그렇지 않습니까?"

"내가 강한 확신을 갖고 있다고 해두지. 그건 그렇고, 그대는 내가 지난번에 끄집어냈던 주제를 한 번도 언급하지 않았다. 의문이 하나도 없는 건가?"

"제게 필요한 대답을 폐하께서 주실 테니까요." 이 말 속에 담긴 너무나 깊은 신뢰 때문에 레토는 목소리가 나오지 않았다. 익스 인들이 성취해 낸 이 '인간'이 얼마나 비상한 존재인지 깨달으며 그녀를 바라볼 수밖에 없었다. 흐위는 자신이 직접 선택한 도덕의 지시를 여전히 정확하고 충실하게 지키고 있었다. 그녀는 아름답고 따스하고 정직했으며 공감 능력을 갖고 있어서 자신이 동질감을 느끼는 사람들의 모든 고뇌를 어쩔 수 없이 함께 나눌 수밖에 없었다. 그녀의 베네 게세리트 선생들이 스스로에게 정직한 이 확고한 마음의 중심과 부딪쳤을 때 얼마나 당혹했을지 상상이 갔다. 선생들은 결국 여기에 살짝 손을 대고, 저기에 능력하나를 덧붙이는 것밖에 할 수 없었음이 분명했다. 그리고 이 모든 것이 결국은 그녀가 베네 게세리트가 되지 못하게 막아주는 능력을 강화하는 꼴이 되었을 것이다. 그것이 얼마나 짜증 나는 일이었을까!

"폐하, 폐하께서 지금의 삶을 택할 수밖에 없었던 동기를 알고 싶습니다." 그녀가 말했다.

"먼저 우리의 미래를 보는 것이 어떤 것인지 이해해야 한다."

"폐하께서 도와주신다면 노력해 보겠습니다."

"원천에서 분리되어 있는 것은 하나도 없다. 미래를 보는 것은 모든 것이 폭포 밑에 생겨나는 거품처럼 모양을 갖춰가는 '연속체'를 보는 것이다. 우리가 한순간 그 거품을 보았나 싶으면, 거품들은 곧 흐름 속으로 사라져버린다. 만약 그 '흐름'이 끝난다면, 마치 거품들이 전혀 존재하지 않았던 것처럼 되어버린다. 그 흐름이 내 황금의 길이고 나는 그것이 끝나는 것을 보았다."

"폐하의 선택이……." 그녀는 그의 몸을 가리키면서 말을 이었다. "……그것을 바꿔놓았습니까?"

"지금 변하고 있다. 그 변화는 내 삶의 방식뿐만 아니라 내 죽음의 방식에서도 나온다."

"폐하께서 어떻게 돌아가실지 알고 계시는 겁니까?"

"어떻게 죽을지는 모른다. 난 그 죽음이 일어날 황금의 길을 알고 있을 뿐이다."

"폐하, 저는 잘……."

"이해하기 어려울 것이다. 그럴 거야. 나는 네 번의 죽음을 겪을 것이다. 육체의 죽음, 영혼의 죽음, 신화의 죽음, 이성의 죽음. 그리고 이 모든 죽음들이 부활의 씨앗을 품고 있다."

"폐하께서 돌아오신다는……."

"그 씨앗들이 돌아올 것이다."

"폐하께서 돌아가시면 폐하의 종교는 어떻게 되는 겁니까?"

"모든 종교들은 하나의 종파이다. 그 스펙트럼은 황금의 길 안에서 깨어지지 않은 채 남아 있다. 그저 인간들이 먼저 한 부분을 보고 그다음에 다른 부분을 보는 것뿐이다. 환상은 감각이 일으키는 사고라고 부를 수 있지."

"사람들은 그래도 여전히 폐하를 숭배할 겁니다."

"그래."

"하지만 '영원'이 끝나면 분노가 생길 겁니다. 사람들은 부인할 겁니다. 폐하께서 그저 평범한 폭군에 지나지 않았다고 말하는 사람들도 있을 겁니다."

"환상이지." 그가 동의했다.

그녀는 목이 메어서 잠시 말을 하지 못했다. 그러나 잠시 후 다시 입을 열었다. "폐하의 삶과 죽음이 어떻게 변화를……." 그녀는 고개를 가로저었다.

"생명은 계속될 것이다."

"저도 그렇게 믿습니다, 폐하. 하지만 어떻게?"

"각각의 주기는 그 이전의 주기에 대한 반작용이다. 만약 그대가 내 제국의 형태에 대해 생각해 본다면, 다음 주기의 형태를 알게 될 것이다."

그녀는 그에게서 시선을 돌렸다. "폐하의 가문에 대해 제가 배웠던 모든 사실들을 통해, 저는 폐하께서 이렇게 하시는 것이……." 그녀는 그를 보지 않은 채 아무렇게나 그가 있는 방향을 가리키며 말을 이었다. "……오로지 사심 없는 동기 때문임을 알았습니다. 하지만 제가 폐하의 제국의 형태를 정말로 알고 있는 것 같지는 않습니다."

"레토의 황금의 평화 말인가?"

"지금 존재하는 평화는 몇몇 사람의 주장보다 더 적습니다." 그녀가 그를 다시 바라보면서 말했다.

'이렇게 정직하다니! 아무것도 그녀의 정직성을 막지 못했다.' 그는 생각했다.

"지금은 욕망의 시대이다. 하나의 세포가 팽창하는 것처럼 우리가 팽창하는 시기이지."

"하지만 뭔가가 빠져 있습니다."

'그녀는 던컨들과 같다. 뭔가가 빠져 있다는 걸 그들은 즉각적으로 알아차리지.' 그는 생각했다.

"육체는 성장하지만, 정신은 성장하지 않는다."

"정신이라고요?"

"우리가 얼마나 생생하게 살아 있을 수 있는지 우리에게 알려주는 그 재귀적인 의식 말이다. 그대는 그것을 잘 알고 있다, 흐위. 어떻게 하면 자신에게 충실할 수 있는지 그대에게 말해 주는 것이 바로 그 감각이야."

"폐하의 종교는 충분하지 않습니다."

"그 어떤 종교도 충분해질 수 없다. 그것은 선택의 문제이다. 단 하나의 고독한 선택. 그대가 내 곁에 있어주는 것과 그대의 우정이 내게 왜 그렇게 커다란 의미를 지니는지 이제 이해하겠나?"

그녀는 눈물을 참으려고 눈을 깜박이며 고개를 끄덕였다. "사람들은 왜 이걸 모르는 거죠?"

"상황이 그것을 허락하지 않으니까."

"폐하께서 규정하신 상황 말입니까?"

"그래. 내 제국 전역을 살펴보아라. 그 형태가 보이는가?"

그녀는 눈을 감고 생각에 잠겼다.

"강가에 앉아서 매일 낚시를 하고 싶다고? 훌륭하다. 그것이 지금의 삶이야. 작은 배를 타고 섬이 있는 바다를 건너가서 낯선 사람들을 만나고 싶다고? 굉장해! 그것 말고 달리 할 일이 뭐가 있겠나?"

"우주 여행은 어떤가요?" 그녀가 물었다. 도전적인 목소리였다. 그녀는 눈을 떴다.

"그대는 조합과 내가 그것을 허용하지 않는다는 걸 보아서 알고 있다."

"그것을 허용하지 않는 건 폐하십니다."

"맞다. 만약 조합이 나를 거스른다면 스파이스를 전혀 얻지 못할 테니."

"그리고 사람들을 행성에 묶어두는 것은 그들을 해악으로부터 지켜주지요."

"그건 그보다 더 중요한 역할을 한다. 여행에 대한 갈망으로 사람들을 가득 채우지. 멀리 여행하면서 낯선 것들을 보고 싶다는 '욕구'를 만들어 낸다. 결국 여행은 곧 자유를 의미하게 된다."

"하지만 스파이스가 점점 감소하고 있습니다."

"그리고 자유는 나날이 더욱 귀해지지."

"이건 필사적인 자포자기의 심정과 폭력으로 이어질 뿐입니다."

"내 조상 중에 현명한 사람이 하나 있었는데, 사실 내가 바로 그 사람이었다. 그걸 알고 있나? 내 과거에 낯선 이들이 하나도 없다는 걸 이해하겠나?"

그녀는 경외를 느끼며 고개를 끄덕였다.

"그 현명한 사람은 부가 자유의 도구라는 것을 알아냈다. 그러나 부를 추구하는 것은 노예의 길이지."

"조합과 교단은 스스로를 노예로 만들고 있습니다!"

"그리고 익스 인들과 틀레이랙스 인들과 다른 모든 사람들도 그렇다. 아, 그들이 때로 숨겨진 멜란지를 조금 찾아내곤 하지. 그것이 그들의 생각을 온통 붙잡아두는 거야. 아주 재미있는 게임이다. 그렇게 생각하지 않나?"

"하지만 폭력이 일어나면……."

"기근과 냉혹한 생각들이 생겨날 것이다."

"이곳 아라키스에서도요?"

"이곳저곳, 모든 곳에서. 사람들은 내가 폭군이던 시절을 '좋았던 옛 시절'로 돌아보겠지. 나는 그들 미래의 거울이 될 것이다."

"하지만 그런 시대는 끔찍할 겁니다!" 그녀가 반발했다.

'그녀가 다른 반응을 보일 수는 없겠지.' 그는 생각했다.

"땅이 사람들을 부양하는 걸 거절하면, 생존자들은 점점 더 작아지기만 하는 피난처로 몰려들 것이다. 많은 행성에서 끔찍한 도태 과정이 되풀이될 거야. 출산율은 폭발적으로 늘어나고 음식은 점점 줄어드니까."

"하지만 조합이……."

"조합은 자기들이 가진 우주선을 작동시킬 수 있을 만큼 충분한 양의 멜란지가 없다면 대부분의 경우 무기력할 것이다."

"부자들은 탈출하지 않을까요?"

"일부는 그렇겠지."

"그럼 폐하께서 변화시킨 것은 사실상 없는 것 아닙니까. 저희는 그저 계속해서 살려고 발버둥치다가 죽어갈 겁니다."

"모래벌레가 아라키스를 다시 지배할 때까지는 그렇지. 그때쯤이면 우리 모두는 함께 나눈 심오한 경험을 통해 이미 스스로를 시험한 다음일 것이다. 한 행성에서 일어난 일이 다른 행성에서도 일어날 수 있다는 걸 이미 배워서 알고 있을 거야."

"고통과 죽음이 너무 많습니다." 그녀가 속삭이듯 말했다.

"그대는 죽음에 대해 이해하고 있지 않은가? 그대는 반드시 이해해야 한다. 종(種)도 반드시 이해해야 한다. 모든 생명체가 반드시 이해해야 한다."

"저를 도와주세요, 폐하." 그녀가 속삭였다.

"그것은 어떤 생명체에게든 가장 심오한 경험이다. 죽음에는 미치지 못하지만 죽음의 위험을 무릅쓰고, 죽음을 거울처럼 비추는 것들. 생명을 위협하는 질병, 부상과 사고…… 여자들의 경우는 출산…… 그리고 과거에 남자들의 경우는 전투가 바로 그런 것이었다."

"하지만 폐하의 물고기 웅변대는……."

"그들은 생존에 대해 가르쳐주고 있다."

마침내 이해한 듯 그녀의 눈이 휘둥그레졌다. "생존자들. 그렇지!"

"그대가 얼마나 소중한 존재인지. 얼마나 귀하고 소중한지. 익스 인들에게 축복을!"

"그리고 저주도요?"

"그래, 그것도."

"저는 폐하의 물고기 웅변대를 결코 이해할 수 없을 거라고 생각했습니다."

"심지어 모네오도 그것을 알지 못한다. 던컨들에 대해서도 포기했다."

"폐하께서는 생명을 보존하고 싶어 하시기 전에 먼저 생명을 인정하셔야 합니다."

"그리고 삶의 아름다움에 대해 가장 경쾌하고 날카로운 지배력을 유지하고 있는 것이 생존자들이지. 남자들보다 여자들이 이것을 아는 경우가 더 많다. 탄생은 거울에 비친 죽음이니까."

"제 숙부 말키는 폐하께서 남자들에게 전투와 우발적인 폭력을 허용하지 않는 데에는 훌륭한 이유들이 있다고 항상 말했습니다. 정말 가혹한 가르침입니다!"

"쉽사리 폭력을 휘두를 수 없게 되면, 남자들에게는 자기들이 그 최종적인 경험을 어떻게 맞이할 것인지 시험할 수 있는 방법이 거의 없다. 뭔가가 빠져 있어. 정신은 자라지 않는다. 사람들이 레토의 평화에 대해 뭐라고 한다 했지?"

"폐하께서 저희를 자기의 오물 속에서 뒹구는 돼지처럼 무의미한 타락 속에서 뒹굴게 만든다고들 합니다."

"민간의 지혜가 정확하다는 걸 항상 인정해야 한다. 타락이라."

"대부분의 남자들은 원칙이 없습니다. 익스 여자들은 항상 그것을 불평합니다."

"나는 반란자들을 파악할 필요가 있을 때 원칙이 있는 남자들을 찾는다."

그녀는 말없이 그를 물끄러미 바라보았다. 그는 그 단순한 반응에서 그녀가 얼마나 총명한지 절감했다.

"내가 최고의 행정관들을 어디서 찾아낸다고 생각하나?" 그가 물었다.

작게 숨을 집어삼키는 소리가 그녀에게서 흘러나왔다.

"사람들은 원칙을 지키기 위해 싸운다. 대부분의 남자들은 마지막 순간을 제외하면 평생 동안 도전받지 않는 삶을 보내지. 그들이 스스로를 시험할 비우호적인 무대가 너무 적어."

"그들에게는 폐하가 있습니다."

"그러나 나는 너무 강력하다. 나는 자살과 마찬가지야. 누가 확실한 죽음을 원하겠나?"

"미친 자들…… 또는 필사적인 사람들. 반란자들입니까?"

"나는 그들에게 전쟁과 같은 의미이다. 궁극의 포식자이지. 나는 그들을 산산이 조각 내는 응집력이다."

"저는 저를 반란자로 생각해 본 적이 한 번도 없습니다."

"그대는 그보다 훨씬 나은 존재이다."

"그럼 저를 이용하실 작정입니까?"

"그렇다."

"행정관은 아니겠군요."

"나한테는 이미 훌륭한 행정관들이 있다. 타락시킬 수 없고, 슬기롭고, 철학적이고, 자신의 실수에 대해 솔직하고, 어떤 결정을 내려야 하는지 재빨리 판단할 줄 아는 사람들."

"그들은 반란자였습니까?"

"대부분이 그렇다."

"그들이 어떻게 선택되었습니까?"

"그들이 스스로 선택했다고 할 수 있겠지."

"살아남는 것으로요?"

"그것도 있다. 그러나 그게 다가 아냐. 훌륭한 행정관과 형편없는 행정관 사이에는 대략 심장이 다섯 번 뛰는 정도의 차이가 있다. 좋은 행정관들은 즉각적으로 선택을 하지."

"그 선택이 만족스러운가요?"

"손을 좀 보면 대부분 쓸 만해. 반면 형편없는 행정관은 머뭇거리고, 어영부영 시간을 낭비하고, 위원회와 조사와 보고서를 요구하지. 그러다 결국은 심각한 문제를 만들어낸다."

"하지만 그들에게 때로 더 많은 정보가 필요……."

"형편없는 행정관은 결정보다 보고서에 더 관심을 갖는다. 자기 실수에 대한 변명으로 내세울 수 있는 문서를 원하는 거야."

"그럼 훌륭한 행정관은요?"

"아, 그들은 구두 명령에 의존하지. 그들은 자기가 내린 구두 명령이 문제를 일으키더라도 자신의 행동에 대해 결코 거짓말을 하지 않는다. 또한 구두 명령을 근거로 현명하게 행동할 수 있는 사람들을 주위에 두지. 뭔가 일이 잘못되었다는 사실이 가장 중요한 정보인 경우가 많아. 형편없는 행정관은 때가 너무 늦어서 상황을 바로잡을 수 없게 될 때까지 자기들의 실수를 감춘다."

레토는 그녀가 그를 섬기는 사람들에 대해, 특히 모네오에 대해 생각하는 모습을 지켜보았다.

"결정을 내리는 사람이군요." 그녀가 말했다.

"폭군이 찾아내기 가장 어려운 것 중의 하나는 실제로 결정을 내리는 사람들이다."

"과거에 대한 폐하의 자세한 지식이 폐하께 조금 도움이……."

"그 지식은 내게 약간의 즐거움을 준다. 나의 시대 이전의 관료들은 대부분 결정을 피하는 사람들을 찾아 승진시켰지."

"그렇군요. 폐하께서는 저를 어떻게 이용하실 생각입니까?"

"나와 결혼하겠나?"

희미한 미소가 그녀의 입술을 스쳤다. "여자들도 역시 결정을 내릴 수 있습니다. 저는 폐하와 결혼하겠습니다."

"그럼 가서 대모를 교육시켜라. 그녀가 찾는 것이 무엇인지 확실히 알 수 있게 해줘."

"제가 생겨난 것에 대해, 폐하와 저는 이미 제 목적을 알고 있습니다."

"그건 그 원천과 분리되어 있지 않지."

그녀는 자리에서 일어났다. "폐하, 황금의 길에 대한 폐하의 생각이 혹시 틀릴 수도 있습니까? 실패의 가능성이……."

"무엇이든, 그리고 누구든 실패할 수 있다. 그러나 용감하고 좋은 친구들이 도움이 되지."

집단은 집단의 생존에 맞게 자신의 주변을 바꿔버리는 경향이 있다. 그들이 여기에서 벗어난다면, 그것은 집단 질병의 징조로 받아들여질 수 있다. 분명한 증상들은 많다. 나는 음식을 함께 나누는 것을 관찰한다. 이것은 일종의 의사소통이며 상호 원조의 분명한 징조이자 의존의 치명적인 징조 또한 포함하고 있다. 오늘날 주변의 환경을 돌보는 사람이 대개 남자라는 사실은 흥미롭다. 그들은 '일꾼'이다. 예전에 그것은 여자들만의 영역이었다.

—『도난당한 일기』

"이렇게 부족한 보고서를 올리게 된 것을 용서하십시오." 안틱 대모는 이렇게 썼다. "서둘러야 했기 때문에 이리 되었다고 생각해 주기 바랍니다. 저는 전에 자세하게 보고했던 것과 똑같은 목적을 품고 내일 익스로 떠납니다. 신황제가 익스에 대해 강렬하고 진지한 관심을 갖고 있다는 사실은 부인할 수 없지만, 방금 익스의 대사 흐위 노리가 저를 찾아왔을 때의 이상한 일들을 여기서 얘기하지 않을 수 없습니다."

안틱은 빈약한 의자에서 뒤로 등을 기댔다. 그 의자는 이 스파르타 식 숙소에서 변통할 수 있는 최고의 의자였다. 그녀는 자신의 자그마한 침실에 혼자 앉아 있었다. 베네 게세리트가 틀레이랙스의 음모를 경고해 준 뒤에도 레토 황제가 바꿔주기를 거부한 공간 속의 공간이었다.

안틱의 무릎에는 한 면의 길이가 약 10밀리미터이고 두께가 3밀리미 터밖에 되지 않는 새까만 사각형 물건이 놓여 있었다. 그녀는 이 사각형 위에 반짝이는 바늘로 글을 썼다. 단어 위에 또다시 단어를 겹쳐 쓰면 그 단어들이 모두 사각형 속으로 흡수되었다. 완성된 메시지는 복사 전령 의 눈에 있는 신경 수용체에 각인되어 숨어 있다가 참사회에서 재생될 것이다.

흐위 노리가 남기고 간 딜레마가 너무 컸다!

안틱은 흐위를 가르치기 위해 익스로 파견되었던 베네 게세리트 교사 들의 이야기를 알고 있었다. 그러나 그들의 이야기에는 많은 것이 생략 되어 있었다. 그래서 더 커다란 의문들을 낳았다.

'너는 어떤 모험들을 경험해 보았느냐, 아이야?'

'네 어린 시절의 어려운 일들은 무엇이었느냐?'

안틱은 코웃음을 치며 자신을 기다리고 있는 까만 사각형을 살짝 내 려다보았다. 사람의 출생지가 그 사람의 됨됨이를 결정한다는 프레멘의 믿음이 생각났다.

"당신의 행성에 이상한 동물들이 있소?" 프레멘이라면 이렇게 물을 것 이다.

흐위는 무시할 수 없는 물고기 웅변대 호위대와 함께 왔다. 100명이 넘는 건장한 여자들이 모두 중무장을 하고 있었다. 안틱은 그렇게 많은 무기들이 보란 듯이 드러나 있는 광경을 본 적이 거의 없었다. 레이저총, 긴 칼, 은빛 칼날, 기절용 수류탄……

이건 오전 중반쯤에 벌어진 일이었다. 흐위는 이 스파르타 식의 안쪽 방을 제외한 베네 게세리트의 숙소 전체에 점령군처럼 물고기 웅변대원들을 남겨두고 당당하게 안으로 들어왔다.

안틱은 자신의 숙소를 훑어보았다. 레토 황제가 그녀를 계속 이곳에 둔 것은 그녀에게 알리고 싶은 메시지가 있기 때문이었다. '네가 신황제에게 얼마나 가치가 있는지 바로 이걸로 알 수 있어!'라는 메시지.

다만…… 이제 그는 대모를 익스로 보내려 했다. 그가 언명한 이 여행의 목적은 레토 황제에 대해 많은 것들을 시사했다. 어쩌면 이제 시대가 바뀌려는 것인지도 몰랐다. 교단이 새로운 명예와 더 많은 멜란지를 얻게 될 수도 있었다.

'내가 얼마나 일을 잘 해내는가에 모든 것이 달려 있어.'

흐위는 이 방에 혼자 들어와서 안틱의 침상에 얌전히 앉았다. 그녀의 머리가 대모의 머리보다 아래에 있었다. 결코 우연이라고 할 수 없는 훌륭한 제스처였다. 물고기 웅변대원들에게 명령만 내리면 흐위는 안틱과의 관계를 마음대로 규정할 수 있었다. 흐위의 충격적인 첫마디가 그 사실을 분명히 알려주었다.

"내가 레토 황제와 결혼하리라는 것을 당신은 처음부터 틀림없이 알고 있었을 겁니다."

안틱은 놀라서 입을 쩍 벌리지 않기 위해 자신을 깊이 통제해야 했다. 안틱의 진실의 감각은 흐위의 말이 사실임을 알려주었지만, 그 말의 의미를 모두 파악할 수는 없었다.

"레토 황제는 당신이 이 얘기를 아무에게도 해서는 안 된다는 명령을 내렸습니다." 흐위가 덧붙였다.

'이런 딜레마라니! 참사회의 자매들에게도 보고하면 안 된다는 건가?' 안틱은 생각했다.

"때가 되면 모두들 알게 될 겁니다. 지금은 때가 아니에요. 내가 당신에게 그 얘기를 한 건 레토 황제의 신뢰가 지닌 무게를 당신에게 각인시키는 데 도움이 되기 때문입니다."

"당신에 대한 황제의 신뢰 말입니까?"

"우리 두 사람 모두에 대한 신뢰입니다."

이 말에 간신히 감추고 있던 전율이 안틱의 몸을 훑고 지나갔다. 그런 신뢰 속에 내재된 힘이라니!

"익스가 왜 당신을 대사로 선택했는지 알고 있습니까?" 안틱이 물었다.

"예. 그들은 나를 이용해 황제를 현혹시킬 생각이었습니다."

"당신이 성공을 거둔 것 같군요. 이건 익스 인들이 레토 황제의 추잡한 습관에 대한 틀레이랙스 인들의 이야기를 믿는다는 뜻입니까?"

"틀레이랙스 인들조차 그런 이야기를 믿지 않습니다."

"당신이 그런 이야기의 허위성을 확인해 준 거라고 받아들여도 되겠습니까?"

허위는 어조가 이상하게 단조로워서 안틱은 진실의 감각과 멘타트의 능력으로도 해석하기가 힘들었다.

"당신도 그와 이야기를 나누고 그를 관찰했습니다. 그 질문에 당신이 직접 답을 해보세요."

안틱은 살짝 치밀어오르는 짜증을 억눌렀다. 비록 나이는 어리지만 이 허위라는 인물은 복사가 아니었다……. 그리고 결코 훌륭한 베네 게세리트가 될 수 없는 인물이었다. 이렇게 안타까울 데가!

"익스에 있는 당신의 정부(政府)에 보고했습니까?" 안틱이 물었다.

"아뇨."

"왜죠?"

"그들은 곧 알게 될 겁니다. 너무 일찍 밝혀지면 레토 황제에게 해가 미칠 수도 있습니다."

그녀가 정직하게 말하고 있다는 사실을 안틱은 스스로에게 일깨웠다.

"당신이 가장 먼저 충성을 바치는 대상은 익스가 아닙니까?" 안틱이 물었다.

"내가 가장 먼저 충성을 바치는 대상은 진실입니다." 이 말을 하고 나서 그녀는 미소를 지었다. 그리고 말을 이었다. "익스는 자기들이 생각했던 것보다 더 잘 해냈습니다."

"익스는 당신을 신황제에 대한 위협으로 생각하고 있습니까?"

"나는 그들의 가장 커다란 관심사가 지식이라고 생각합니다. 나는 떠나기 전에 암프레와 이런 얘기를 나눴습니다."

"익스의 연방 외무국장 말입니까? 그 암프레요?"

"예. 암프레는 레토 황제가 자기 신상에 대한 위협을 어느 한계까지만 허용하고 있다고 확신합니다."

"암프레가 그렇게 말하던가요?"

"암프레는 레토 황제에게 미래를 숨길 수 있다고 생각하지 않습니다."

"하지만 익스에서 내가 해야 할 일에 암시된 바로는……." 안틱은 말끝을 흐리면서 고개를 가로저었다. 그리고 다시 말을 이었다. "익스는 왜 황제에게 기계와 무기를 제공하는 겁니까?"

"암프레는 익스에게 선택의 여지가 없다고 믿고 있습니다. 압도적인 힘은 너무 커다란 위협이 되는 사람들을 파괴해 버리죠."

"만약 익스가 거부했다면 그건 레토 황제의 허용 한도를 넘어서는 일이 되었겠군요. 어중간한 건 없어요. 레토 황제와의 결혼이 낳을 결과에 대해 생각해 보았습니까?"

"그런 행동이 그의 신성에 대해 의심을 제기할 거라는 뜻입니까?"

"틀레이랙스의 이야기들을 믿는 사람이 있을 겁니다."

흐위는 미소를 지을 뿐이었다.

'제기랄! 우리가 어쩌다 이 아이를 잃어버린 거지?' 안틱은 생각했다.

"그는 자기 종교의 설계도를 바꾸고 있습니다. 틀림없어요." 안틱이 비난하듯 말했다.

"당신들 자신을 기준으로 다른 모든 사람들을 판단하는 건 잘못입니다." 흐위가 말했다. 그리고 안틱이 고개를 치켜들고 코웃음을 치려는 순간 이렇게 덧붙였다. "하지만 저는 황제에 대해 당신과 언쟁을 벌이려고 여기 온 게 아닙니다."

"그래요. 당연히 그렇겠죠."

"레토 황제는 내게 명령하셨습니다. 내가 태어나고 자란 곳에 대해 내가 기억하는 모든 것을 당신에게 자세히 얘기해 주라고요."

흐위의 말을 곰곰이 생각해 보면서 안틱은 무릎 위에 놓인 검은색의 암호용 사각형을 물끄러미 내려다보았다. 흐위는 그녀의 황제가(이제는 그녀의 신랑이기도 했다!) 명령한 대로 자세한 이야기를 들려주었다. 자료를 흡수하는 안틱의 멘타트 능력이 아니었다면 때로는 지루하게 느껴졌을 만큼 자세한 이야기였다.

안틱은 참사회의 자매들에게 무엇을 반드시 보고해야 하는지 생각하면서 고개를 가로저었다. 그들은 이미 그녀가 전에 보낸 메시지의 의미를 연구하고 있을 터였다. 모든 것을 꿰뚫는 신황제의 예지력조차 막아서 스스로를 보호할 수 있는 기계라고? 그것이 가능한 일인가? 아니면 이것은 베네 게세리트가 황제에게 얼마나 정직한지 알아보려는 레토 황제의 또 다른 시험인가? 하필이면 지금! 만약 그가 이 수수께끼 같은 흐위 노리의 탄생을 이미 알고 있었던 게 아니라면…….

이 새로운 상황 전개는 익스에 갈 사람으로 자신이 선택된 이유에 대해 안틱이 멘타트로서 내린 결론을 더욱 뒷받침해 주었다. 신황제는 이 사실을 자신의 물고기 웅변대에게 털어놓지 않았다. 그는 물고기 웅변대가 자기들 주님에게도 약점이 있는지 의심하는 것을 원하지 않았다!

아니면 혹시 눈에 훤히 보이는 그대로 생각해야 하는 건가? 수레바퀴 속의 또 다른 수레바퀴…… 그것이 레토 황제의 방식이었다.

안틱은 또다시 고개를 가로저었다. 그러고 나서 다시 고개를 숙여 참사회에 보내는 보고서를 쓰기 시작했다. 신황제가 신부를 선택했다는 뜻밖의 사실을 생략한 채.

그들은 이 사실을 곧 알게 될 것이다. 그동안 안틱 자신은 이 사실에 내포된 의미를 생각해 볼 것이다.

만약 자신의 조상을 모두 아는 사람이 있다면, 그 사람은 우리 과거의 신화와 종교를 만들어낸 사건들을 직접 목격한 것과 같다. 이것을 인정한다면 너희는 나를 신화의 창조자로 생각해야 한다.

—『도난당한 일기』

첫 번째 폭발은 어둠이 도시 온을 막 감싸고 있을 때 일어났다. 익스 대사관 바깥에서 대담하게 흥청거리며 파티를 향해 가고 있던 소수의 사람들이 이 폭발에 휘말렸다. 그 파티에선 얼굴의 춤꾼들이 자식을 죽인 어떤 왕의 이야기를 다룬 고대 연극을 공연할 것이라고 약속되어 있었다. 축제의 첫 나흘 동안 폭력이 발생한 후라 파티를 향해 가던 그들도 조금 용기를 내서 비교적 안전한 자기들의 숙소를 나섰을 것이다. 무고한 구경꾼들이 죽거나 다쳤다는 이야기가 도시 전역을 돌아다니고 있는데 또다시 이런 일이 일어나니 사람들은 한층 더 조심스러워졌다.

희생자들과 생존자들 중 어느 누구도 무고한 구경꾼들의 숫자가 비교적 적다는 레토의 말을 받아들이려 하지 않았을 것이다.

레토의 날카로운 감각 기관들은 그 폭발을 감지하고 위치를 파악했다.

나중에는 후회했지만 그때는 즉각적인 분노에 사로잡혀서 그는 크게 소리쳐 물고기 웅변대를 부른 다음 얼굴의 춤꾼들을 쓸어버리라고 명령했다. 그가 전에 목숨을 살려주었던 얼굴의 춤꾼들까지도 모두.

그 즉시 이어진 자기 성찰에서 격렬한 분노의 감정 그 자체가 레토를 매혹시켰다. 그가 가벼운 분노라도 느꼈던 것은 아주 오래전의 일이었다. 울화, 짜증…… 이것들이 그가 느낄 수 있는 최대의 감정이었다. 그러나 지금, 흐위 노리에 대한 위협 앞에서 그는 격분하고 있었다!

이러한 자기 성찰 때문에 그는 처음의 명령을 수정했다. 그러나 물고기 웅변대원들 일부가 주님의 분노 덕분에 해방된 가장 폭력적인 욕망을 안고 밖으로 달려 나간 다음이었다.

"신께서 분노하셨다!" 그들 중 일부가 소리쳤다.

두 번째 폭발은 광장으로 들어가던 물고기 웅변대원 일부를 잡아버림으로써 레토의 수정된 명령이 퍼지는 것을 막고 더 많은 폭력에 불을 붙였다. 첫 번째 폭발 근처에서 일어난 세 번째 폭발은 레토 자신이 행동에 나서게 만들었다. 그는 광분한 거대 신상(神像)을 몰듯이 수레를 몰아 익스 산 승강기에 올라타고 지상을 향해 쑥 올라갔다.

광장의 가장자리에 모습을 드러낸 레토는 물고기 웅변대가 풀어놓아 자유롭게 허공을 떠다니는 수천 개의 발광구 불빛에 드러난 혼란을 보았다. 광장의 중앙 무대는 산산이 부서져서 포장된 표면 밑에 플래스틸로 된 기초만이 고스란히 남아 있을 뿐이었다. 부서진 벽돌 조각들이 사상자들과 한데 섞여 사방에 널려 있었다.

그가 있는 곳에서 광장 바로 맞은편인 익스 대사관 방향에서는 격렬한 전투가 벌어지고 있었다.

"나의 던컨은 어디 있나?" 레토는 고함을 질렀다.

근위대 바샤르가 광장을 질주해 그의 옆으로 와서 숨을 몰아쉬며 보고했다. "저희가 대장님을 요새로 모셔다 놓았습니다, 폐하!"

"저기서 무슨 일이 벌어지고 있는 거냐?" 레토는 익스 대사관 앞의 전투를 가리키며 다그치듯 물었다.

"반란자들과 틀레이랙스 인들이 익스 대사관을 공격하고 있습니다, 폐하. 그들은 폭발물을 갖고 있습니다."

그녀가 이 말을 하는 도중에도 산산이 부서진 대사관의 전면 앞에서 또 한 번 폭발이 일어났다. 그는 공중에서 사람들의 몸이 뒤틀린 채 밖으로 호선을 그리며 날아오다가 밝은 섬광의 경계선에 떨어지는 것을 보았다. 그 섬광은 검은 점들이 점점이 찍힌 오렌지색 잔상을 남겼다.

결과에 대해서는 전혀 생각도 해보지 않은 채 레토는 수레의 반중력 장치를 가동시키고 총알처럼 광장을 가로질렀다. 화살처럼 날아가는 거대한 짐승 같은 수레는 발광구들을 자신의 궤적 안으로 빨아들였다. 전장의 가장자리에서 그는 자신을 방어하는 사람들 위로 아치형을 그리며 공격자들의 옆구리로 뛰어들었다. 그리고 그때서야 자신을 향해 펄쩍 뛰어오르며 검푸른 호선을 그리는 레이저총을 알아차렸다. 그의 수레가 사람들의 몸과 쿵 하고 부딪치는 것이 느껴졌고, 사람들의 몸이 사방으로 흩어졌다.

수레는 대사관 바로 정면에 그를 떨어뜨렸다. 수레가 그곳의 파편 더미에 부딪히는 순간 그는 수레에서 딱딱한 땅바닥으로 굴러떨어졌다. 레이저총의 광선들이 체절이 있는 그의 몸을 간질이더니, 곧이어 몸속에서 치솟아오르는 열기와 꼬리에서 뿜어져 나오는 산소가 느껴졌다. 그는 본능적으로 얼굴을 수도사의 두건 속에 깊이 집어넣고, 팔은 앞쪽 체절 안쪽 깊이 접어넣었다. 이제 완전히 벌레의 몸이 된 그는 몸을 아치형으로 휘어 폭주하는 수레바퀴처럼 구르면서 사방을 후려쳤다.

피 때문에 거리가 미끄러웠다. 피는 그의 몸에 비교적 약한 타격을 주었지만 그래도 물은 물이었다. 죽음이 그 물을 방출했다. 그는 마구 날뛰다가 그 물에 주르르 미끄러졌고, 물이 모래송어 피부를 뚫고 스며들어가자 몸의 굴곡진 부분에서 푸른 연기가 솔솔 피어올랐다. 이렇게 물의 고통이 그의 몸을 가득 채우자, 마구 날뛰는 거대한 몸속에서 더 많은 폭력에 불이 붙었다.

레토의 몸이 처음으로 요동치는 순간, 물고기 웅변대의 방어선이 뒤로 밀려났다. 기민한 바샤르 하나가 이 기회를 놓치지 않고 전투의 소음 위로 고함을 질렀다.

"떨어져 나온 자들을 겨냥해라!"

여성 근위대원들이 줄을 맞춰 앞으로 쇄도해 들어왔다.

몇 분 동안 물고기 웅변대원들 사이에서 피투성이 장면들이 연출되었다. 무정한 발광구 불빛 속에서 칼날이 불쑥 뻗어 나오고, 레이저총에서 발사된 빛줄기들이 호선을 그리며 춤을 추고, 상대를 찍어 내리는 손과 연약한 몸속으로 파고드는 발도 보였다. 물고기 웅변대는 단 한 명의 생존자도 남겨두지 않았다.

레토는 대사관 앞의 걸쭉한 피 웅덩이 너머로 몸을 굴렸다. 파도처럼 밀려오는 물의 고통 때문에 거의 생각을 할 수 없었다. 주변의 공기에 자욱한 산소가 그의 인간적인 감각 기관들을 도와주었다. 그가 수레를 소환하자, 반중력 장치가 피해를 입은 까닭에 위험스럽게 기울어진 수레가 둥둥 떠서 다가왔다. 그는 몸을 꿈틀거리며 기울어진 수레 위로 천천히 올라가 광장 밑의 방으로 돌아가자고 머릿속으로 명령을 내렸다.

오래전, 그는 물의 피해에 대비해서 스스로 준비를 했다. 뜨겁게 과열된 건조한 공기 폭풍으로 몸을 깨끗하게 씻어 기운을 회복시켜 줄 방이 바로 그것이었다. 모래를 써도 되겠지만 그가 몸 표면의 온도를 올리고 피부를 모래와 마찰시켜서 정상적인 순수성을 회복할 수 있을 만큼 모래를 펼쳐놓을 수 있는 광대한 공간이 온의 경계선 안에는 없었다.

승강기 안에서 그는 흐위를 생각해 내고 그녀를 즉시 데려오라는 메시지를 보냈다.

'만약 그녀가 살아남았다면 말이지.'

지금은 예지력으로 수색할 시간이 없었다. 모래벌레 전 단계이자 인간이기도 한 그의 몸이 정화의 열기를 갈망하는 동안 그저 희망을 간직할 뿐이었다.

일단 정화실로 들어선 후 그는 얼굴의 춤꾼 일부를 살려두라는 명령을 다시 확실하게 내려야 할지 생각해 보았다. 그러나 이미 제정신을 잃은 물고기 웅변대원들이 도시 전역으로 흩어지고 있었고, 그에게는 예지력을 휘둘러서 자신의 전령들을 적절한 회합 장소로 보내줄 힘이 없었다.

그가 정화실에서 나오자 근위대 소대장 한 명이 소식을 가져왔다. 흐위 노리가 약간 부상을 입기는 했지만 무사하며, 그 지역 담당 지휘관이 적절하다고 판단하는 즉시 그녀를 데려올 것이라는 소식이었다.

레토는 그 소대장을 즉석에서 준(準)바샤르로 승진시켰다. 그녀는 몸이 튼튼한 나일라 타입이었지만, 얼굴은 나일라처럼 사각형이 아니었다. 그녀의 이목구비는 좀더 둥글둥글해서 과거의 기준에 더 가까웠다. 그녀는 주님의 따스한 칭찬에 몸을 부들부들 떨었다. 그리고 그가 그녀에게 다시 돌아가서 흐위가 더 이상 다치지 않도록 두 배의 노력을 기울이라고 명령하자 그대로 돌아서서 달려 나갔다.

'저 여자의 이름조차 물어보지 못했군.' 레토는 작은 알현실의 움푹한 공간에 놓인 새 수레 위로 몸을 굴려 올라가면서 생각했다. 그는 잠깐 생각을 해본 후에야 새로 준바샤르가 된 그 소대장의 이름이 키에우에모라는 것을 기억해 낼 수 있었다. 그녀의 승진을 그가 다시 확인해 주어야 할 터였다. 그는 자기가 직접 이 일을 처리해야겠다고 머릿속에 메모를 해두었다. 물고기 웅변대 대원들은 모두 그가 흐위 노리를 얼마나 소중하게 생각하는지 당장 알아두어야 할 것이다. 사실 오늘 밤이 지난 후 그것을 의심할 사람은 별로 없을 터였다.

그는 예지력으로 탐색을 하면서 마구 날뛰고 있는 물고기 웅변대원들에게 전령을 파견했다. 이미 발생한 피해는 어쩔 수 없어서, 온 전역에 시체들이 널려 있었다. 진짜 얼굴의 춤꾼도 있고, 얼굴의 춤꾼으로 의심받아 목숨을 잃은 사람도 있었다.

'그리고 많은 사람들이 내가 살인하는 것을 보았다.' 그는 생각했다.

흐위가 도착하기를 기다리면서 그는 방금 있었던 일을 다시 검토해보았다. 이건 전형적인 틀레이랙스의 공격이 아니었다. 그러나 전에 온으로 오는 길에서 있었던 공격은 새로운 패턴에 잘 맞았다. 이 모든 것은 누군가 한 사람이 그의 목숨을 노리고 일을 벌이고 있음을 시사했다.

'내가 거기서 죽을 수도 있었어.' 그는 생각했다.

그가 이번 공격을 미리 예상하지 못한 이유를 이제 알 것 같았지만, 그보다 더 깊은 이유가 하나 있었다. 레토는 모든 단서들의 총합인 그 이유가 자신의 의식 속으로 떠오르는 것을 보았다. 신황제를 가장 잘 아는 인간이 누구인가? 음모를 꾸밀 수 있는 비밀 장소를 갖고 있는 인간이 누구인가?

'말키!'

레토는 근위대원을 불러 안틱 대모가 아직 아라키스를 떠나지 않았는지 물어보라고 했다. 대원이 금방 돌아와서 보고했다.

"안틱은 아직 자기 숙소에 있습니다. 그곳의 경비를 맡은 물고기 웅변대 지휘관은 공격받은 적이 없다고 말했습니다."

"안틱에게 말을 전해라. 내가 그녀의 대표단을 내게서 멀리 떨어진 숙소에 넣은 이유를 이제 이해하느냐고 물어봐. 그리고 그녀에게 익스에 있는 동안 반드시 말키의 소재를 찾아내라고 해라. 찾아내면 익스에 있는 우리 수비대에게 보고하라고 해."

"말키라면, 전 익스 대사 말씀입니까?"

"그래. 그가 살아서 자유롭게 움직여서는 안 된다. 익스에 있는 수비대 지휘관에게 안틱과 밀접하게 연락하면서 필요한 도움을 모두 제공하라고 알려라. 그 지휘관이 필요하다고 판단되는 대로, 말키를 이곳의 나에게 데려오거나 아니면 처형해야 해."

전령의 임무를 맡은 근위대원이 고개를 끄덕였다. 레토의 얼굴을 둥글게 감싼 빛의 고리 속에 서 있는 그녀의 얼굴에서 그림자들이 비틀거렸다. 그녀는 명령을 다시 말해 달라고 요청하지 않았다. 그의 밀착 경호원들은 모두 인간 기록기 훈련을 받은 사람들이었다. 그들은 레토의 말을 어조까지 똑같이 되풀이할 수 있었으며, 자기들이 들은 그의 말을 결코 잊어버리지 않았다.

전령이 떠난 후 레토는 은밀한 신호로 질문을 던졌다. 몇 초 되지 않아 나일라에게서 답변이 왔다. 그의 수레 안에 있는 익스 산 장치가 그녀의 목소리를 누구의 목소리인지 알아볼 수 없는 소리로 재생해 주었다. 오로지 그의 귀에만 들리는 단조로운 금속성 목소리였다.

시오나가 요새에 있는 것은 맞았다. 그러나 그녀는 자신의 반란자 동료들과 접촉한 적이 없었다. "아뇨, 그녀는 제가 이곳에서 자기를 지켜보고 있다는 걸 아직 모릅니다." 대사관이 공격받은 것은? 그것은 '틀레이랙스 접촉 분대'라고 불리는 한 분파의 소행이었다.

레토는 속으로 한숨을 내쉬었다. 반란자들은 항상 그렇게 겉멋이 잔뜩 든 이름을 지었다.

"생존자는 있는가?" 그가 물었다.

"현재까지 알려진 생존자는 없습니다."

레토는 금속성 목소리가 감정을 전혀 전달해 주지 않는데도 자신의 기억이 그 틈을 대신 메워주는 것이 재미있다고 생각했다.

"시오나와 접촉하라. 네가 물고기 웅변대임을 밝혀. 그 사실을 더 일찍 밝히지 않은 것은 그녀가 너를 믿지 않으리라는 것을 알고 있었고, 물고기 웅변대원이면서 시오나에게 충성을 맹세한 사람이 너뿐이기 때문에 정체가 드러나는 것이 두려워서였다고 말해라. 그녀에 대한 너의 맹세를 다시 선언하라. 네가 신성하게 생각하는 모든 것을 걸고 무슨 일에서든 시오나에게 복종하겠다고 맹세해라. 그리고 그녀가 명령하는 일을 해라. 네가 잘 알고 있듯이, 이 모든 것은 다 진실이다."

"예, 주님."

레토의 기억이 나일라의 대답에 광신도 같은 어조를 덧붙여주었다. 그녀는 복종할 것이다.

"가능하다면, 시오나와 던컨 아이다호가 단둘이 있을 수 있는 기회를 만들어라."

"예, 주님."

'가까이 있다 보면 저절로 이루어지겠지.' 그는 생각했다.

그는 나일라와 통신을 끊고 잠시 생각에 잠겼다가 광장에 나가 있는 부대의 지휘관을 불러오게 했다. 바샤르는 금방 도착했다. 검은 제복에는 여기저기 얼룩과 먼지가 묻고, 부츠에도 아직 피가 엉겨 있었다. 그녀는 키가 크고 뼈가 드러날 정도로 마른 몸매였다. 독수리 같은 얼굴은 주름살 덕분에 더욱 위엄 있게 보였다. 레토는 부대 안에서 사용되는 그녀의 이름을 기억해 냈다. 일리오. 옛날 프레멘 어로 '믿음직하다'는 뜻이었다. 그러나 그는 그녀의 어머니 쪽 이름인 니샤에를 사용했다. '샤에의 딸'이라는 뜻이었다. 이 이름이 지금의 만남에 미묘한 친근감을 덧붙여 주었다.

"쿠션 위에 편히 앉아라, 니샤에. 계속 열심히 일했으니." 그가 말했다.

"감사합니다, 주님."

그녀는 흐위가 사용했던 빨간 쿠션에 털썩 주저앉았다. 피곤해서 니샤에의 입가에 주름이 진 것이 보였지만, 그녀의 눈은 여전히 기민했다. 그녀는 그의 말을 갈망하며 그를 빤히 올려다보았다.

"나의 도시가 다시 평온해졌다." 그는 이 말을 질문처럼 던지지 않음으로써, 이 말의 해석을 니샤에에게 맡겼다.

"평온하지만 상황이 좋지는 않습니다, 주님."

그는 그녀의 부츠에 묻은 피를 살짝 바라보았다.

"익스 대사관 앞의 거리는?"

"깨끗이 치워지고 있습니다, 주님. 벌써 수리가 진행되고 있습니다."

"광장은?"

"아침이 되면 여느 때와 똑같은 모습이 되어 있을 겁니다."

그녀의 시선은 흔들림 없이 그의 얼굴만을 바라보았다. 그가 이 면담의 핵심에 아직 도달하지 않았다는 것을 두 사람 모두 알고 있었다. 그러나 레토는 니샤에의 표정 속에 뭔가가 숨어 있음을 알아챘다.

'자신이 섬기는 주님에 대한 자부심!'

신황제가 생명을 죽이는 모습을 그녀가 본 것은 이번이 처음이었다. 끔찍한 의존의 씨앗이 뿌려진 것이다. '재앙이 일어나려 하면 주님께서 오실 거야.' 그녀의 눈이 이런 말을 하고 있었다. 그녀는 이제 신황제에게서 자신의 힘을 받아 그 힘의 사용에 직접 책임을 지며 독립적으로 행동하지 않을 것이다. 그녀의 표정에는 소유욕이 드러나 있었다. 그녀가 부르면 언제라도 이용할 수 있는 끔찍한 죽음의 기계가 무대 뒤에서 기다리고 있었다.

레토는 그 모습이 마음에 들지 않았지만 이미 벌어진 일은 어쩔 수 없었다. 어떻게든 이것을 고치려면 서서히 미세하게 압력을 가해야 할 것이다.

"공격자들은 어디서 레이저총을 구했나?" 그가 물었다.

"우리가 저장해 두었던 겁니다, 주님. 병기고 경비대를 교체했습니다."

교체했다…… 그것은 완곡한 표현이었다. 잘못을 저지른 물고기 웅변 대원들은 예비대로 분리해 두었다가, 레토의 판단에 따라 결사대가 필요한 문제가 생기면 그곳에 투입했다. 물론 그들은 죽음으로 죄를 속죄한다고 믿으면서 기꺼이 죽어갔다. 게다가 그런 광전사들이 파견되었다는 소문만으로도 문제의 현장을 진정시킬 수 있었다.

"폭발물 때문에 병기고가 뚫린 건가?" 그가 물었다.

"은밀한 행동과 폭발물 때문입니다, 주님. 병기고 경비대가 부주의했습니다."

"폭발물의 출처는?"

어깨를 으쓱하는 니샤에의 동작에 피곤함이 조금 드러났다.

레토는 동의할 수밖에 없었다. 그는 자신이 사방을 수색해서 그 출처를 밝혀낼 수 있다는 것을 알고 있었다. 그러나 그것은 거의 소용없는 짓일 터였다. 수완 있는 사람이라면 얼마든지 재료를 구해서 직접 폭탄을 만들 수 있었다. 설탕과 표백제처럼 흔한 물건들, 아주 평범한 기름과 전혀 의심의 대상이 되지 않는 비료, 플라스틱, 솔벤트, 거름 더미 밑의 흙에서 추출한 물건 등이 폭탄의 재료였다. 이 밖에도 사실상 한없이 많은 물건들이 사제폭탄의 재료가 될 수 있었으며, 이 목록은 인간의 경험과 지식이 새로 덧붙여질 때마다 점점 늘어났다. 그가 만들어낸 것과 같은 사회, 기술과 새로운 아이디어의 혼합을 제한하려고 애쓰는 사회조차 위험하고 폭력적인 작은 무기들을 완진히 제거할 수 있으리라는 희망을 사실상 품지 못했다. 그런 물건을 통제하겠다는 생각 자체가 망상이었으며, 사람들의 마음을 어지럽히는 위험한 허구였다. 열쇠는 폭력에 대한 '욕망'을 제한하는 것이었다. 그런 의미에서 오늘 밤의 일은 재앙이었다.

'새로운 부당함이 너무 많아.' 그는 생각했다.

마치 그의 생각을 읽은 것처럼 니샤에가 한숨을 쉬었다.

'그렇지. 물고기 웅변대원들은 어렸을 때부터 가능한 한 부당함을 피하도록 훈련받았지.'

"백성들 중의 생존자들을 반드시 보살펴야 한다. 그들에게 필요한 것을 모두 지급하도록 해라. 이번 일이 틀레이랙스 인들의 잘못이라는 것을 그들이 반드시 깨닫게 만들어야 한다."

니샤에는 고개를 끄덕였다. 그녀가 정해진 절차를 아무것도 모르는 채 바샤르의 지위까지 도달한 것은 아니었다. 이제 그녀는 그 말을 믿었다. 단순히 레토의 말을 들은 것만으로 그녀는 틀레이랙스 인들이 유죄라고 믿었다. 그리고 상황에 대한 그녀의 이해에는 현실적인 측면도 어느 정도 포함되어 있었다. 그녀는 자기들이 틀레이랙스 인들을 '모두' 죽여버리지 않은 이유가 무엇인지 알고 있었다.

'희생양을 모두 없애버리면 안 되지.'

"그리고 사람들의 주의를 다른 곳으로 돌릴 만한 일을 마련해야 한다. 다행히도 그런 일을 쉽게 찾아낼 수 있을 것 같다. 레이디 흐위 노리와 상의한 후 네게 연락을 보내겠다." 레토가 말했다.

"익스 대사 말입니까, 주님? 그녀도 연루된 게 아닙⋯⋯."

"그녀에게는 아무 잘못도 없다."

그는 니샤에의 얼굴에 믿음이 자리 잡는 것을 보았다. 그녀의 턱을 제자리에 붙들어놓고 눈을 흐릿하게 만들 수 있는, 플라스틱으로 된 기성품 밑받침 같은 표정이었다. '니샤에조차 저렇군.' 그는 그 이유를 알고 있었다. 자신이 그 이유들을 만들어냈으니까. 그러나 그는 때로 자신이 창조해 낸 것에 대해 약간의 두려움을 느꼈다.

"레이디 흐위가 대기실에 도착하는 소리가 들린다. 밖으로 나가면서 그녀를 들여보내라. 그리고 니샤에⋯⋯."

그녀는 벌써 자리에서 일어나 있었지만 그의 말을 기다리며 말없이 서 있었다.

"오늘 밤에 내가 키에우에모를 준바샤르로 승진시켰다. 그 조치를 공식화해라. 너에 대해서는, 내가 만족하고 있다. 구하라. 그러면 얻을 것이다."

그는 이 정해진 말에 니샤에의 전신으로 기쁨의 물결이 번져가는 것을 보았다. 그러나 그녀는 그 기쁨을 즉시 조절함으로써 자신의 가치를 다시 증명했다.

"제가 키에우에모를 시험하겠습니다, 주님. 만약 그녀가 적합한 사람이라면 저는 휴가를 얻고 싶습니다. 살루사 세쿤더스에 있는 가족을 오랫동안 만나지 못했습니다."

"네가 원하는 때에 휴가를 얻을 수 있을 것이다."

그가 말했다. 그리고 속으로 생각했다. '살루사 세쿤더스라니. 그래!'

출신지에 대한 이 한마디 말 덕분에 그는 그녀가 누구를 닮았는지 생각해 냈다. '하르크 알 아다. 그녀는 코리노의 피를 갖고 있다. 우리는 내가 생각했던 것보다 더 가까운 친척이야.'

"저의 주님께서는 관대하신 분입니다." 그녀가 말했다.

그러고 나서 그녀는 새로운 원기를 얻은 발걸음으로 성큼성큼 그의 곁을 떠났다. 대기실에서 그녀의 목소리가 들려왔다. "레이디 흐위, 저희 주님께서 지금 당신을 만나시겠답니다."

흐위가 안으로 들어와 등 뒤에서 빛을 받으며 잠시 아치형 문간에 서 있었다. 눈이 안쪽 방에 익숙해질 때까지 그녀의 발걸음이 머뭇거렸다. 그녀는 빛을 보고 달려드는 나방처럼 레토의 얼굴 주위를 비추는 빛을 향해 다가왔다. 혹시 그가 부상을 입었는지 살펴보기 위해 어둠 속에 잠긴 그의 몸을 훑어보느라 잠깐 시선을 돌렸을 뿐이다. 그는 눈에 보이는 부상의 흔적이 전혀 없다는 것을 알고 있었다. 그러나 아직도 고통이 느껴졌고, 몸의 내부도 가늘게 떨렸다.

그의 눈이 약간 절룩거리는 기색을 감지했다. 흐위는 오른쪽 다리를 주로 이용하고 있었다. 그러나 비취색의 긴 드레스가 상처를 감춰주었다. 그녀는 수레가 놓여 있는 움푹한 곳 가장자리에 멈춰 서서 그의 눈을 똑바로 바라보았다.

"그대가 부상당했다는 말을 들었다, 흐위. 지금 고통스러운가?"

"무릎 아래 한 군데를 베였습니다, 폐하. 폭발 때문에 날아온 작은 돌 조각 때문입니다. 물고기 웅변대원들이 연고를 발라주어서 통증은 사라졌습니다. 폐하, 저는 폐하를 걱정했습니다."

"나는 그대를 걱정했다, 상냥한 흐위."

"첫 번째 폭발 때를 빼곤 저는 위험하지 않았습니다, 폐하. 사람들이 저를 대사관 아래 깊숙한 곳의 방으로 서둘러 데려갔으니까요."

'그럼 그녀는 내 어리석은 짓을 보지 못했군. 감사한 일이야.' 그는 생각했다.

"그대의 용서를 구하고 싶어서 불렀다."

그녀는 황금색 쿠션 위에 주저앉았다. "용서할 것이 뭐가 있습니까, 폐하? 폐하 때문에 그런……."

"나는 시험을 당하고 있다, 흐위."

"폐하께서요?"

"흐위 노리의 안전을 내가 얼마나 염려하는지 알고 싶어 하는 사람들이 있다."

그녀는 위를 가리켰다. "저것이…… 저 때문이었습니까?"

"우리 때문이다."

"아. 하지만 누가……."

"그대는 내 결혼 신청을 받아들였다, 흐위. 그리고 나는……." 그녀가 입을 열어 뭐라 말하려 하자 그는 한 손을 들어 그녀의 말을 막았다. "안틱은 그대가 그녀에게 밝힌 사실을 우리에게 말했다. 그러나 이것은 안틱에게서 비롯된 것이 아니다."

"그럼 누가……."

"누구인지는 중요하지 않다. 그대가 다시 생각해야 한다는 점이 중요하다. 나는 그대에게 생각을 바꿀 기회를 줄 수밖에 없다."

그녀는 시선을 내리깔았다.

'그녀의 얼굴은 얼마나 사랑스러운가.'

그가 흐위와 함께 보내는 '인간의' 일생을 만들어가는 것은 상상 속에서만 가능한 일이었다. 결혼 생활의 환상을 세워나가기에 충분한 사례들이 그의 혼란스러운 기억 속에 있었다. 그것이 그의 공상 속에서 미세한 의미들을 띠기 시작했다. 공통의 경험, 가벼운 손길, 입맞춤, 뭔가 고통스러울 정도로 아름다운 어떤 것을 느끼게 해주는 달콤한 생활에 대한 자잘한 상상이 덧붙여졌다. 그는 그로 인해 고통스러웠다. 대사관에서 그가 저지른 폭력을 일깨워주는 육체적인 고통보다 훨씬 더 깊은 고통이었다.

흐위가 턱을 치켜들고 그의 눈을 똑바로 바라보았다. 그곳에서 그는 그를 돕고 싶다는 연민 어린 갈망을 보았다.

"하지만 달리 어떻게 제가 폐하를 섬길 수 있겠습니까, 폐하?"

그는 자신은 이제 더 이상 완전한 영장류가 아니지만, 그녀는 영장류라는 사실을 자신에게 일깨웠다. 시간이 갈수록 그 차이는 더욱 깊어졌다.

그의 안에서 고통은 여전했다.

흐위는 도망칠 수 없는 현실이었으며, 그 어떤 말로도 완전히 표현할 수 없을 만큼 근원적인 어떤 것이었다. 그의 안에 있는 고통이 그가 참을 수 있는 한계를 거의 넘어서려 했다.

"나는 그대를 사랑한다, 흐위. 남자가 여자를 사랑하듯이 그대를 사랑한다……. 그러나 그럴 수는 없다. 그런 일은 절대 없을 거야."

그녀의 눈에서 눈물이 흘러나왔다. "제가 떠나야 합니까? 익스로 돌아가야 합니까?"

"그들은 자기들의 계획이 왜 잘못되었는지 알아내려고 그대를 괴롭힐 것이다."

'그녀는 내 고통을 보았다. 그녀는 그 무익함과 좌절감을 알아. 그녀가 어찌할 것인가? 그녀는 거짓말을 하지 않을 것이다. 그녀는 자신이 여자가 남자에게 하듯이 내 사랑에 응답한다고 말하지 않을 것이다. 그녀는 그 무익함을 알고 있다. 그리고 나에 대한 자신의 감정을 알고 있다. 연민, 경외감, 두려움을 무시한 의문.'

"그럼 저는 이곳에 남겠습니다. 우리는 서로에게 커다란 기쁨을 느낄 것입니다. 저는 그렇게 하는 것이 최선이라고 생각합니다. 만약 그것을 위해 우리가 반드시 결혼해야 한다면, 그렇게 해야겠지요."

"그럼 나는 지금까지 다른 어느 누구하고도 나누지 않았던 지식을 그대와 나눠야 한다. 그것이 그대에게 나에 대한 힘을 줄 것⋯⋯."

"그러지 마십시오, 폐하! 혹시라도 누군가가 억지로 저를⋯⋯."

"그대가 내 집을 떠나는 일은 다시 없을 것이다. 이곳의 내 숙소, 요새, 사리르의 안전한 장소들, 이것들이 그대의 집이 될 것이다."

"폐하의 뜻대로 하겠습니다."

'이것을 조용히 받아들이는 그녀의 태도는 너무나 상냥하고 솔직하구나.' 그는 생각했다.

그의 내부에 있는 고통스러운 고동을 반드시 진정시켜야 했다. 그것은 그 자체로서 그와 황금의 길에 대한 위험이었다.

'교활한 익스 인들 같으니!'

말키는 전능자가 끊임없는 사이렌의 노랫소리, 즉 스스로의 기쁨을 지향하는 의지와 싸울 수밖에 없다는 것을 알았다.

'자신의 가장 사소한 변덕 속에 들어 있는 힘을 끊임없이 의식하는 것.'

흐위는 그의 침묵을 마음을 정하지 못한 증거로 받아들였다. "우리가 결혼하는 겁니까, 폐하?"

"그래."

"틀레이랙스 인들이 꾸며낸 얘기들에 대해 뭔가 조치를……."

"아무것도 할 필요 없다."

그녀는 그를 뚫어지게 바라보면서 전에 나눴던 대화를 기억해 냈다. '해체의 씨앗이 뿌려졌다.'

"제가 폐하를 약하게 만들까 두렵습니다, 폐하."

"그럼 나를 강하게 만들 방법을 그대가 찾아내면 된다."

"저희가 레토 신에 대한 믿음을 줄이면 그것이 폐하를 강하게 만들어 줄 수 있습니까?"

그는 그녀의 목소리에서 말키의 희미한 흔적을 발견했다. 그를 진저리가 쳐질 만큼 매력적으로 만들었던, 신중하게 뭔가를 재어보는 듯한 목소리. '우리는 어린 시절의 스승들로부터 결코 완전히 도망치지 못하는군.'

"그대의 질문에 답이 있군. 많은 사람들이 내 설계에 따라 계속 예배를 드릴 것이다. 다른 사람들은 거짓말을 믿을 것이고."

"폐하…… 제게 폐하를 위해 거짓을 말하라고 하실 겁니까?"

"그럴 리가 없지. 그러나 나는 그대가 어쩌면 말을 하고 싶어 할 때 침묵을 지켜달라고 할 것이다."

"하지만 그들이 욕설을 퍼붓는다면……."

"그대가 거기에 반박해서는 안 된다."

다시 눈물이 그녀의 뺨을 타고 흘러내렸다. 레토는 그 눈물을 만져보고 싶어 견딜 수 없었지만 그것은 물이었다…… 고통스러운 물.

"반드시 이런 식으로 이루어져야 한다." 그가 말했다.

"제게 설명을 해주시겠습니까, 폐하?"

"내가 사라지고 나면 그들은 틀림없이 나를 게헤나의 황제 샤이탄이라 부를 것이다. 수레바퀴가 황금의 길을 따라 반드시 돌고, 또 돌고, 또 돌아야 한다."

"폐하, 분노를 저에게만 돌릴 수는 없습니까? 저는…….."

"안 돼! 익스 인들은 그대를 자기들이 생각했던 것보다 훨씬 더 완벽하게 만들었다. 나는 진심으로 그대를 사랑한다. 나도 어쩔 수가 없어."

"저는 폐하께 고통을 안겨드리고 싶지 않습니다!" 그녀가 쥐어짜듯이 말했다.

"이미 일어난 일은 일어난 일이다. 그것을 슬퍼하지 마."

"제가 이해할 수 있게 도와주십시오."

"내가 사라진 후 만발하게 될 증오, 그것 역시 필연적으로 과거가 되어 희미하게 사라질 것이다. 오랜 시간이 흐르겠지. 그러고 나서 아주 먼 미래의 어느 날 내 일기가 발견될 것이다."

"일기라고요?" 그녀는 갑자기 화제가 바뀐 것에 혼란을 느꼈다.

"나의 시대에 대한 나의 연대기. 나의 주장들과 변명. 사본들이 존재한다. 일기의 편린들이 이리저리 흩어져 살아남을 것이고. 일부는 왜곡된 형태로 바뀌겠지. 그러나 원래의 일기는 기다리고, 기다리고, 또 기다릴 것이다. 내가 아주 잘 숨겨놓았으니까."

"그럼 그것이 발견된 다음에는요?"

"사람들은 내가 자기들이 생각했던 것과 아주 다른 존재였음을 알게 될 것이다."

그녀가 가늘게 떨리는 목소리로 숨죽여 말했다. "그들이 무엇을 알게 될지 저는 이미 알고 있습니다."

"그래, 내 사랑스러운 호위, 그대는 알고 있을 것이다."

"폐하는 악마도, 신도 아닙니다. 일찍이 한 번도 나타난 적이 없으며,

앞으로 결코 나타나지 않을 존재이십니다. 지금의 폐하가 폐하 같은 존재의 필요성을 없애버리고 있으니까요."

그녀는 뺨에서 눈물을 닦아냈다.

"흐위, 그대가 얼마나 위험한 존재인지 알고 있나?"

그녀의 표정과 갑자기 긴장한 팔에서 흠칫 놀란 기색이 드러났다.

"그대는 성자의 소질을 갖고 있다. 때가 아닐 때에 엉뚱한 장소에서 성자를 발견하는 것이 때로 얼마나 고통스러운지 알고 있나?"

그녀는 고개를 저었다.

"성자를 만나려면 사람들은 준비가 되어 있어야 한다. 그렇지 않으면, 그들은 성자의 그림자 속에서 영원히 추종자, 탄원자, 걸인, 약해진 아첨꾼이 될 뿐이다. 이 때문에 사람들은 파멸한다. 오로지 연약해지기만 할테니까."

잠깐 생각을 해본 후 그녀가 고개를 끄덕였다. 그리고 입을 열었다. "폐하께서 사라진 후 성자들이 나타나는 겁니까?"

"그것이 내 황금의 길의 목적이다."

"모네오의 딸 시오나, 그녀가……."

"지금으로선 그저 반란자일 뿐이다. 성자가 되는 것에 대해서는, 그녀 스스로 결정하도록 할 것이다. 어쩌면 그녀는 자신이 태어난 목적만 수행할지도 모르지."

"그것이 무엇입니까, 폐하?"

"나를 '폐하'라고 부르는 건 그만두어라. 우리는 '벌레'와 아내가 될 것이다. 원한다면 나를 레토로 불러라. '폐하'는 방해가 된다."

"예, 레…… 레토. 하지만 그것이 무엇……."

"시오나는 통치하기 위해 태어났다. 그런 교배는 위험하지. 통치자는 힘에 대한 지식을 얻는다. 이것은 충동적이고 무책임한 행동, 고통스러운 무절제로 이어질 수 있다. 그리고 그것은 끔찍한 파괴자, 즉 야만적인 쾌락주의로 이어질 수 있다."

"시오나는……."

"우리가 시오나에 대해 알고 있는 것은 그녀가 특정한 행동에, 자신의 감각들을 채우는 패턴에 계속 헌신할 수 있다는 사실뿐이다. 그녀는 필연적으로 귀족이지만 귀족 계급은 대개 과거를 바라보지. 그것은 잘못이다. 야누스처럼 뒤와 앞을 동시에 볼 수 없는 한 어떤 길이든 사람들의 시야에 들어오는 부분은 그리 많지 않아."

"야누스라고요? 아, 각각 반대편을 향한 두 개의 얼굴을 가진 신 말씀이군요." 그녀는 혀로 입술을 축였다. "당신은 야누스입니까, 레토?"

"나는 10억 배로 확대된 야누스이다. 그리고 또한 그보다 못한 어떤 것이다. 예를 들어, 나는 지금까지 내 행정관들이 가장 경탄해 마지않는 존재였다. 어떤 결정을 내리든 효과를 발휘하게 할 수 있는 의사 결정자였지."

"하지만 당신이 그들을 실망시킨다면……."

"그들은 내게 등을 돌릴 것이다, 그래."

"시오나가 당신의 자리를 대신……."

"아아, 그건 정말 엄청난 가정이군! 그대는 시오나가 내 신상을 위협한다는 걸 알고 있다. 그러나 그녀는 황금의 길을 위협하지 않는다. 또한 내 물고기 웅변대원들이 던컨에게 어느 정도 애정을 갖고 있다는 사실도 있지."

"시오나는 너무…… 어린 것 같습니다."

"그리고 나는 그녀가 가장 좋아하는 허풍쟁이지. 거짓된 가면 밑에서 권력을 쥐고 백성들의 욕구를 결코 고려하지 않는 사기꾼."

"제가 그녀와 얘기를 해서……."

"안 돼! 시오나에게 무엇이든 설득하려 해서는 안 된다. 약속해라, 흐위."

"당신이 요구하시는 거라면 물론입니다. 하지만 저는……."

"모든 신들은 이런 문제를 갖고 있다, 흐위. 더 깊숙이 필요한 것들을 인식하느라 지금 당장 필요한 것들을 무시해야 하는 경우가 많아. 젊은 이들에게는 기분이 상하는 일이지."

"당신이 그녀에게 이치를 설명해서……."

"자기가 옳다고 확신하는 사람들에게 이치를 설명하려 해서는 안 돼!"

"하지만 그들이 틀렸다는 걸 당신이 알고 있는데……."

"그대는 나를 믿는가?"

"예."

"그럼 만약 내가 모든 시대를 통틀어 최대의 악마라고 누군가가 그대를 설득하려 한다면……."

"저는 아주 화가 날 겁니다. 저는……." 그녀는 말끝을 흐렸다.

"이성은 소중하다. 그것이 우주의 말 없는 물리적 배경 앞에서 재주를 부릴 때에만." 그가 말했다.

그녀는 눈썹을 모으고 생각에 잠겼다. 레토는 그녀의 의식이 각성하는 것을 느끼고 매혹되었다. "아아." 그녀가 숨을 내쉬듯이 말했다.

"이성이 있는 생물이라면 레토의 경험을 다시는 부정할 수 없을 것이다. 그대가 이제 이해하기 시작한 것이 보이는군. 시작! 그것이 바로 삶이다!"

그녀는 고개를 끄덕였다.

'이견이 없군. 길을 알아차리면 그녀는 그 길이 어디로 이어지는지 알

아내기 위해 그 길을 따라가지.'

"생명이 존재하는 한 모든 종말은 시작이다. 그리고 나는 인류를 지킬 것이다. 심지어 인류 자신으로부터도."

그녀는 다시 고개를 끄덕였다. 길은 여전히 앞으로 이어져 있었다.

"인류를 영원히 이어나가는 데 있어서 그 어떤 죽음도 완전한 실패가 아닌 이유가 바로 이것이다. 탄생이 우리에게 그토록 깊은 감명을 주는 이유가 바로 이것이다. 젊은이의 죽음이 가장 비극적인 죽음인 이유가 바로 이것이다." 그가 말했다.

"익스가 지금도 당신의 황금의 길을 위협하고 있습니까? 그들이 뭔가 사악한 음모에 동참하고 있다는 것을 저는 전부터 알고 있었습니다."

'그들은 음모를 꾸미고 있지. 흐위는 자신의 말 속에 들어 있는 내면의 메시지를 듣지 못한다. 그녀는 그걸 들을 필요가 없어.'

그는 흐위라는 놀라운 존재로 마음이 가득해져서 그녀를 뚫어지게 바라보았다. 그녀는 일종의 정직성을 갖고 있었다. 어떤 사람들은 그녀를 순진하다고 하겠지만, 레토는 단순히 그녀에게 자의식이 없을 뿐임을 알아보았다. 그 정직성은 그녀의 핵심이 아니라 흐위 그 자체였다.

"그럼 나는 내일 광장에서 공연을 벌이라 하겠다. 그것은 살아남은 얼굴의 춤꾼들의 공연이 될 것이다. 공연이 끝난 후 우리의 약혼이 발표될 것이다." 레토가 말했다.

내가 우리 조상들의 모임이며, 그들이 나의 순간들을 실행시키는 무대라는 사실을 의심해서는 안 된다. 그들은 나의 세포이며 나는 그들의 몸이다. 이것은 내가 얘기하는 '파브라시', 즉 영혼, 집단적 무의식, 원형의 원천, 모든 상처와 기쁨의 저장소이다. 그들의 각성이 나를 선택했다. 나의 '삼하디'는 그들의 '삼하디'이다. 즉 그들의 경험은 내 것이다! 그들의 정제된 지식이 내가 물려받은 것이다. 그 수십억의 사람들이 나의 하나이다.

—『도난당한 일기』

얼굴의 춤꾼들의 공연이 오전에 거의 두 시간을 차지했다. 그리고 공연이 끝난 후 나온 발표는 축제의 도시 전역에 충격파를 퍼뜨렸다.

"폐하가 신부를 맞아들인 건 수백 년 전의 일이야!"

"1000년도 넘었어, 이 사람아."

물고기 웅변대의 행진은 짧게 끝났다. 그들은 커다란 소리로 그에게 환호를 보냈지만 불안한 기색이었다.

"너희가 나의 유일한 신부이다." 그는 전에 이렇게 말했다. 그것이 시아이눅의 의미가 아니던가?

레토는 얼굴의 춤꾼들이 공포를 역력히 드러내면서도 공연을 잘했다고 생각했다. 그들의 의상은 프레멘 박물관 깊숙한 곳에서 찾아낸 것이었다. 실을 꼬아서 만든 하얀색 허리띠와 두건이 달린 검은 로브, 등 쪽 어깨 위에 꿰매어 붙인, 날개를 활짝 펼친 초록색 매 장식. 이것은 무앗딥의 순회사제들이 입던 제복이었다. 얼굴의 춤꾼들은 주름지고 가무잡잡한 얼굴을 만들어낸 뒤 이 로브를 입고 무대에 올라 무앗딥의 군단들이 제국 전역에 그들의 종교를 어떻게 퍼뜨렸는지 보여주는 춤을 공연했다.

눈부신 은색 드레스를 입고 비취색 목걸이를 한 흐위는 의식이 진행되는 동안 내내 황제의 수레 위에서 레토 옆에 앉아 있었다. 한번은 그녀가 그의 얼굴을 향해 몸을 기울이고 이렇게 물었다. "저건 패러디가 아닌가요?"

"내게는 그럴지도 모르지."

"얼굴의 춤꾼들이 그걸 알고 있습니까?"

"짐작은 하고 있을 거다."

"그럼 저들은 겉으로 보이는 것만큼 겁에 질려 있지는 않은 모양이군요."

"아, 천만에, 저들은 겁에 질려 있다. 저들이 대부분 사람들의 생각보다 더 용감할 뿐이야."

"용감한 것이 아주 멍청한 짓이 될 수도 있습니다." 그녀가 속삭였다.

"그 역도 가능하지."

그녀는 뭔가 가늠하는 듯한 시선으로 그를 바라보다가 다시 공연자들에게 시선을 돌렸다. 거의 200명이나 되는 얼굴의 춤꾼들이 상처 하나 없이 살아남았다. 그들 모두가 강요 때문에 이번 공연에 억지로 참여하고 있었다. 복잡하게 꾸며진 이야기와 무용수들의 자세는 눈을 매혹시킬 수 있었다. 그들을 지켜보면서 오늘이 오기까지 있었던 피투성이의 준비 작업을 한동안 잊는 것도 가능했다.

레토는 정오 직전 모네오가 도착했을 때 작은 응접실에 혼자 누워 이 점을 곱씹고 있었다. 모네오는 안틱 대모가 조합의 우주선에 오르는 것을 지켜보고, 전날 밤의 폭력 사태에 대해 물고기 웅변대 지휘부와 상의하고, 재빨리 요새로 날아가서 시오나가 확실한 감시를 받고 있으며 대사관 공격에 연루되지 않았다는 것을 확인했다. 그리고 약혼이 발표되기 직전에 온으로 돌아왔다. 따라서 약혼에 대해 사전에 아무런 언질도 받지 못한 상태였다.

모네오는 격분하고 있었다. 레토는 그가 이렇게 화를 내는 것을 본 적이 없었다. 그는 방으로 쳐들어와서 레토의 얼굴에서 겨우 2미터 떨어진 곳에 멈춰 섰다.

"이제 사람들은 틀레이랙스의 거짓말을 믿을 겁니다!"

레토는 이성적인 어조로 대답했다. "정말 끈질기군. 우리의 신들이 완벽해야 한다는 요구 말이다. 그리스 인들은 그런 문제에 훨씬 더 합리적이었다."

"그녀는 어디 있습니까?" 모네오가 다그치듯 물었다. "그 여자가 어디에……."

"흐위는 쉬고 있다. 힘든 밤과 지루한 오전 시간을 보냈으니까. 나는 오늘 밤 우리가 요새로 돌아갈 때까지 그녀가 완전히 원기를 회복하기를 바란다."

"그녀가 어떻게 이런 일을 꾸민 겁니까?" 모네오가 다그치듯 물었다.

"이런, 세상에, 모네오! 신중함을 모두 잃어버린 건가?"

"저는 폐하를 걱정하는 겁니다! 도시에서 사람들이 뭐라고 하는지 아십니까?"

"나는 그들의 얘기를 모두 알고 있다."

"뭘 어쩌실 작정입니까?"

"이봐, 모네오, 나는 신에 대해 올바른 생각을 갖고 있었던 건 과거의 범신론자들밖에 없다고 생각한다. 그들은 신이 불사의 존재라는 겉모습 속에 인간들의 약점을 지니고 있다고 생각했지."

모네오는 하늘을 향해 양팔을 들어 올렸다. "저는 그들의 얼굴에 나타난 표정을 보았습니다!" 그는 팔을 내리며 말을 이었다. "2주일도 안 돼서 온 제국에 다 퍼질 겁니다."

"틀림없이 그보다는 오래 걸릴 거다."

"폐하의 적들이 단합하기 위해 필요한 게 하나 있다면……."

"신을 모독하는 것은 고대로부터 이어져온 인간의 전통이다, 모네오. 왜 내가 예외가 되어야 하는가?"

모네오는 뭐라 말하려 했지만 한마디도 할 수 없었다. 그는 레토의 수레가 들어 있는 구덩이의 가장자리를 따라 발을 쿵쿵 구르듯이 걸었다. 그리고 역시 쿵쿵거리는 걸음으로 길을 되짚어서 아까 서 있던 자리로 돌아와 레토의 얼굴을 노려보았다.

"제가 폐하를 도우려면 설명을 들을 필요가 있습니다. 왜 이런 짓을 하시는 겁니까?"

"감정 때문이다."

모네오의 입술이 '감정'이라는 단어를 말할 것 같은 모양을 만들었지만, 그 단어를 말하지는 않았다.

"내가 감정이 영원히 사라졌다고 생각한 바로 그때에 감정들이 나를 엄습했다. 마지막으로 몇 모금 마셔보는 이 인간다움이 얼마나 달콤한

지." 레토가 말했다.

"흐위와 함께 말입니까? 하지만 폐하께는 분명히 불가능……."

"감정에 대한 기억만으로는 결코 충분하지 않다, 모네오."

"지금 폐하의 말씀은 폐하께서 탐닉하고……."

"탐닉? 천만에! 그러나 '영원'이 매달려서 흔들리고 있는 삼각대는 육체, 생각, 감정으로 이루어져 있다. 내게는 육체와 생각만이 남은 줄 알았어."

"그녀가 뭔가 마녀의 짓거리를 한 겁니다." 모네오가 비난했다.

"그건 물론이지. 이 얼마나 감사한 일인가. 모네오, 몇몇 사람들이 하듯이 생각의 필요성을 부정하면, 우리는 성찰의 힘을 잃어버린다. 우리의 감각 기관들이 보고해 오는 것을 명확히 규정할 수 없어. 만약 육체를 부정하면, 그것은 우리를 태운 수레에서 바퀴를 떼어내는 것과 같다. 그러나 감정을 부정하면, 우리는 내면의 우주와의 접촉을 모두 잃어버린다. 내가 가장 그리워한 것이 바로 감정이야."

"저는 제 주장을 굽히지 않겠습니다, 폐하. 폐하께서……."

"그대가 내 화를 돋우고 있구나, 모네오. 그것도 분명히 감정이다."

레토는 모네오의 울화 섞인 분노가 식는 것을 보았다. 얼음처럼 차가운 물속에 던져진 뜨거운 쇳덩어리처럼 그의 분노가 식었다. 그러나 그에게는 아직 어느 정도의 울화가 남아 있었다.

"저 자신에 대해서는 신경 쓰지 않습니다, 폐하. 제가 가장 걱정하는 것은 폐하입니다. 폐하께서도 아시지 않습니까."

레토가 부드럽게 말했다. "그것은 그대의 감정이다, 모네오. 나는 그것을 소중히 생각하고 있다."

모네오는 떨리는 숨을 깊이 들이마셨다. 신황제가 이 '감정'이라는 것을 나타내며 이런 기분을 보여주는 것을 한 번도 본 적이 없었다. 만약 레토의 상태에 대한 모네오의 생각이 옳다면, 레토는 의기양양한 동시에 뭔가 체념한 것처럼 보였다. 그러나 확신할 수는 없었다.

"살아 있는 자들에게 삶을 달콤하게 만들어주는 것, 삶을 따스하게, 아름다움으로 가득하게 만들어주는 것, 이것이 바로 나 자신은 누리지 못하더라도 내가 보존하고 싶은 것이다." 레토가 말했다.

"그럼 이 흐위 노리는……."

"그녀를 보면 버틀레리안 지하드를 통렬히 회상하게 된다. 그녀는 기계적이고 비인간적인 모든 것에 정반대되는 존재야. 얼마나 기묘한가, 모네오. 하필이면 익스 인들이 내가 가장 소중하게 생각하는 특징들을 그토록 완벽하게 구현하는 사람을 만들어냈다는 것이."

"폐하께서 버틀레리안 지하드를 언급하신 이유를 모르겠습니다. 생각하는 기계는 설 자리가 없……."

"지하드는 기계뿐만 아니라 기계와 같은 태도도 겨냥하고 있었다. 인간들은 그 기계들이 아름다움에 대한 우리의 감각, 우리가 살아 있는 판단을 내리는 데 꼭 필요한 자아의 개념을 강탈하게 만들었다. 그러니 기계들이 파괴된 거지."

"폐하, 저는 지금도 분개하고 있습니다. 폐하께서……."

"모네오! 흐위는 단순히 존재하는 것만으로 나를 안심시킨다. 수백 년만에 처음으로 나는 외롭지 않아. 그녀가 내 곁을 떠나 있지 않는 한. 내게 감정에 대한 다른 증거가 없더라도, 이것으로 충분할 것이다."

모네오는 입을 다물었다. 레토가 외로움을 들먹인 것에 마음이 흔들린 기색이 역력했다. 모네오가 사랑 속에서 서로를 나누는 친밀한 행위의 부재를 이해할 수 있음은 분명했다. 그의 표정이 그것을 드러내고 있었다.

아주 오랜만에 처음으로 레토는 모네오가 얼마나 나이를 먹었는지 깨달았다.

'저들에게는 그것이 너무 갑작스럽게 일어나지.'

이 때문에 레토는 자신이 모네오를 얼마나 아끼고 있는지 깊이 인식하게 되었다.

'애착의 감정이 생겨나게 해서는 안 된다. 그러나 나도 어쩔 수 없어…… 특히 흐위가 이곳에 있는 지금은.'

"사람들이 폐하를 비웃으며 불경한 농담들을 해댈 겁니다." 모네오가 말했다.

"그건 좋은 일이다."

"그게 어떻게 좋은 일이 될 수 있습니까?"

"이건 뭔가 새로운 것이다. 우리의 임무는 언제나 새로운 것을 균형 속으로 끌어들인 후, 그것을 가지고 생존을 억압하지 않으면서 행동을 수정하는 것이었다."

"그렇다 해도 폐하께서 어떻게 이것을 환영하실 수 있습니까?"

"불경한 짓들 말인가? 불경의 반대가 무엇인가?" 레토가 물었다.

갑작스레 찾아온 의문이 담긴 인식과 함께 모네오의 눈이 휘둥그레졌다. 그는 양극의 것들이 작동하는 모습을 지금까지 많이 보았다. 양극은 서로 상대의 존재에 의해 드러나게 된다.

'그것은 자신을 규정하는 배경 속에서 눈에 띄게 두드러지지. 모네오는 틀림없이 이것을 깨달을 것이다.' 레토는 생각했다.

"그건 너무 위험합니다." 모네오가 말했다.

'보수주의의 궁극적인 의견이야!'

모네오는 완전히 납득하지 않았다. 깊은 한숨이 그를 괴롭혔다.

'그들에게서 회의(懷疑)를 빼앗아서는 안 된다는 것을 반드시 기억해야 한다. 광장에서 내가 물고기 웅변대에게 실수를 저지른 게 바로 그거야. 익스 인들은 인간적 회의의 다 해어진 끝자락에 매달리고 있다. 흐위가 그 증거지.' 레토는 생각했다.

대기실에서 소란스러운 소리가 들려왔다. 레토는 충동적인 침입자를 막기 위해 문을 봉인했다.

"나의 던컨이 왔군."

"그도 아마 폐하의 결혼 계획에 대해 들었을……."

"그랬겠지."

레토는 모네오가 회의와 씨름하는 것을 지켜보았다. 그가 무슨 생각을 하는지 훤히 보였다. 지금 이 순간 모네오가 자신의 인간적 틈새에 너무나 정확히 들어맞아서 레토는 그를 안아주고 싶었다.

'그는 모든 스펙트럼을 완전히 지니고 있다. 회의에서 신뢰까지, 사랑에서 증오까지…… 모든 것을! 감정의 따스함 속에서, '생명'을 위해 자신을 기꺼이 소비하려는 마음속에서 결실을 맺는 그 모든 소중한 특징들을.'

"흐위는 왜 이것을 받아들인 겁니까?" 모네오가 물었다.

레토는 미소를 지었다. '모네오는 내게 회의를 품을 수 없다. 그러니 다른 사람들을 의심하는 수밖에 없지.'

"이것이 전통적인 결합이 아니라는 것은 나도 인정한다. 그녀는 영장류이고, 나는 이제 더 이상 완전한 영장류가 아니지."

모네오는 자신이 느낄 수만 있을 뿐 표현할 수는 없는 것들과 또다시 씨름했다.

모네오를 지켜보면서 레토는 관찰자적 의식의 흐름을 느꼈다. 그런 사고 과정은 아주 드물게 생겨나지만, 생겨날 때에는 너무나 생생하게 증폭되어 레토는 그 흐름에 잔물결을 일으킬까 두려워 꼼짝도 하지 않았다.

'영장류는 생각한다. 그리고 생각함으로써 살아남는다. 그의 생각 밑에는 그의 세포들과 함께 나타난 것이 있다. 그것은 인간이라는 종을 위한 인간적 염려의 흐름이다. 때로 그들은 그것을 덮어버리고 벽으로 둘러싸서 두꺼운 장벽 뒤에 숨긴다. 그러나 나는 가장 내면에 있는 자아의 이러한 작용에 민감해지도록 일부러 모네오를 훈련시켰다. 그는 내가 인간의 생존을 위한 최선의 길을 쥐고 있다고 믿기 때문에 나를 따른다. 그는 세포의 의식이 존재한다는 것을 알고 있다. 내가 황금의 길을 탐색할 때 발견하는 것이 바로 그것이다. 이것이 바로 인간다움이라는 데에 우리 둘 다 동의한다. 이것은 반드시 계속 이어져야 한다!'

"결혼식은 언제, 어디서, 어떻게 치러집니까?" 모네오가 물었다.

"'왜'는 안 묻는 건가?' 레토는 이 점에 주목했다. 모네오는 이제 더 이상 '왜'를 이해하고자 하지 않았다. 그는 이미 안전지대로 돌아가 있었다. 그는 황실 집사장으로서 신황제의 가솔을 책임지는 사람이자 제1장관이었다.

'그는 임무를 수행할 때 이용할 수 있는 명사들과 동사들과 수식어구들을 갖고 있다. 그 단어들은 여느 때처럼 그에게 봉사할 것이다. 모네오는 자신의 말이 지닌 초월적인 잠재력을 결코 감지하지 못할지도 모르지만, 그 단어들의 일상적이고 현실적인 사용법을 잘 이해하고 있지.'

"제 질문에 대답해 주십시오." 모네오가 재촉했다.

레토는 그를 향해 눈을 깜박이며 속으로 생각했다. '반면, 나는 단어들이 나를 위해 아직 발견되지 않은 매력적인 장소들을 일별할 수 있도록 열어줄 때 주로 유용하다고 느낀다. 그러나 절대적인 인과 관계로 이루어진 우주, 단 하나의 근본적인 원인과 단 하나의 일차적인 발생 효과로 분명히 축소될 수 있는 그런 우주를 여전히 무조건적으로 신봉하는 문명은 단어들의 사용법을 너무나 이해하지 못하고 있다.'

"익스 인과 틀레이랙스 인들의 오류가 인간사에 얼마나 집착하고 있는지." 레토가 말했다.

"폐하, 폐하께서 주의를 기울여주시지 않으면 저는 정말 속상합니다."

"나는 주의를 기울이고 있다, 모네오."

"제게 기울이시는 건 아니죠."

"심지어 그대에게도 기울이고 있어."

"폐하의 생각이 방황하고 있습니다. 제게 그것을 숨기실 필요 없습니다. 저는 폐하를 배신하느니 차라리 저 자신을 배신할 겁니다."

"내가 멍하니 생각에 빠져 있다고 생각하나?"

"뭘 모은다고요, 폐하?"('멍하니 생각에 빠져 있다'는 의미로 이 대화에서 쓰인 단어는 woolgathering이다. 이 단어에는 '양털을 걷어 모으기'라는 뜻도 있다—옮긴이) 모네오는 이 단어에 한 번도 의문을 품어본 적이 없었다. 그러나 지금은……

레토는 이 비유를 설명하면서 속으로 생각했다. '얼마나 오래된 말인가!' 베틀과 베틀의 북이 레토의 기억 속에서 찰칵거렸다. '동물의 모피가 인간의 의류로…… 사냥꾼에서 목동으로…… 의식의 긴 사다리를 밟아 올라가는 걸음……. 이제 그들은 또 한 번 크게 걸음을 떼야 한다. 고대의 걸음들보다도 큰 한 걸음을.'

"폐하는 한가한 생각 속에 빠져 계십니다." 모네오가 비난했다.

"내게는 한가한 생각을 할 시간이 있다. 그건 단일한 다중이라는 내 존재에서 가장 흥미로운 점들 중 하나야."

"하지만 폐하, 중요한 문제들이……"

"한가한 생각에서 뭐가 나오는지 알면 그대도 놀랄 것이다, 모네오. 인간이라면 1분도 굳이 할애하려 하지 않는 일에 하루를 온전히 쓰는 것을 나는 한 번도 꺼림칙하게 생각한 적이 없다. 왜 안 되겠는가? 내 기대 수명이 약 4000년인데, 하루가 줄거나 늘어난들 무슨 상관이겠는가? 한 인간의 삶이 얼마나 되지? 100만 분? 나는 이미 거의 그만큼의 날들을 경험했다."

모네오는 이런 비교에 움츠러들어서 말없이 얼어붙은 듯 서 있었다. 자신의 일생이 레토의 눈앞에서 티끌로 줄어든 것 같았다. 이 비유의 출처를 그는 놓치지 않았다.

'말…… 말…… 말.' 모네오는 생각했다.

"지능이 있는 존재들의 일에서 말은 대개 쓸모없는 존재이다." 레토가 말했다.

모네오는 아주 얕게 최소한으로 숨소리를 죽였다. '폐하는 생각을 읽을 수 있어!'

"우리 역사를 통틀어 말의 가장 강력한 사용법은 어떤 초월적인 사건을 정리해서 이미 사람들이 받아들이고 있는 연대기 속에 그 사건이 한 자리를 차지하게 하고, 그 후로 항상 우리가 그 말을 사용하면서 '이것이 그 말의 의미였어'라고 말할 수 있도록 그 사건을 설명하는 것이었다."

모네오는 이 말들에 의해 두드려 맞은 듯한 기분이었다. 그는 이 말들로 인해 어쩌면 그가 생각하게 될지도 모르는, 말로 표현되지 않은 것들 때문에 겁에 질렸다.

"사건들은 그런 식으로 역사 속에 사라져버린다." 레토가 말했다.

오랜 침묵 후에 모네오가 용기를 내어 입을 열었다. "폐하께서는 제 질문에 답하지 않으셨습니다. 결혼식 말입니다."

'정말 피곤하게 들리는군. 완전히 패배한 자의 목소리야.'

레토는 활기차게 말했다. "그대의 훌륭한 솜씨가 지금만큼 필요한 적은 없었다. 결혼식 준비에 최고로 주의를 기울여야 돼. 오직 그대만이 보여줄 수 있는 꼼꼼함이 필요하다."

"어디서 하실 겁니까, 폐하?"

'목소리에 조금 생기가 돌아왔군.'

"사리르에 있는 타부르 마을이다."

"언제?"

"날짜는 그대에게 맡기겠다. 모든 준비가 이루어졌을 때 발표하라."

"그럼 결혼식 자체는요?"

"내가 지휘할 것이다."

"조수가 필요하십니까, 폐하? 공예품 같은 것은요?"

"의식의 장식물 말인가?"

"뭐든 특별한 물건이……."

"우리의 작은 제스처 게임에는 많은 것이 필요하지 않다."

"폐하! 제발 부탁입니다! 제발……."

"그대는 신부 옆에 서서 신부를 신랑에게 넘기는 역할을 맡아라. 우리는 과거 프레멘의 의식을 사용할 것이다."

"그럼 물고리가 필요할 겁니다."

"그래! 나는 가니의 물고리를 사용할 것이다."

"그럼 결혼식 참석자는 누구입니까, 폐하?"

"경비를 맡을 물고기 웅변대원 한 명과 귀족들뿐이다."

모네오는 레토의 얼굴을 뚫어지게 바라보았다. "무슨…… '귀족'이라니 무슨 뜻입니까?"

"그대와 그대의 가족, 황실 측근, 요새의 조신들이다."

"제 가……." 모네오는 침을 꿀꺽 삼켰다. "시오나도 포함되는 것입니까?"

"그녀가 시험에서 살아남는다면."

"하지만……."

"그녀는 가족이 아닌가?"

"물론 가족입니다, 폐하. 그 애는 아트레이데스이고……."

"그럼 반드시 포함시켜야지!"

모네오는 주머니에서 자은 메모 기록기를 꺼냈다. 존재만으로도 버틀레리안 지하드의 금지 조치에 어긋나는 탁한 검은색의 익스 산 물건이었다. 부드러운 미소가 레토의 입술을 스쳤다. 모네오는 자신의 임무가 무엇인지 알고 있으니 잘 수행할 터였다.

문 바깥쪽에서 들려오는 던컨 아이다호의 시끄러운 목소리가 점점 더 거슬리게 변해 갔지만 모네오는 그 소리를 무시했다.

'모네오는 자신이 누리는 특권의 대가를 알고 있다. 이건 또 다른 종류의 결혼이지. 특권과 임무의 결혼. 이건 귀족다운 설명이자 그의 변명이다.' 레토는 생각했다.

모네오가 필기를 마쳤다.

"몇 가지 세부 사항을 묻겠습니다, 폐하. 흐위를 위한 특별 의상이 필요할까요?"

"프레멘의 신부가 입는 사막복과 로브. 진짜여야 한다."

"보석이나 다른 장신구는요?"

자그마한 기록기 위에 글자를 휘갈겨 쓰고 있는 모네오의 손가락에 레토의 시선이 고정되었다. 그는 그곳에서 해체를 보았다.

'지도력, 용기, 지식과 질서에 대한 감각. 모네오는 이런 것들을 풍부하게 갖고 있다. 이것들이 그를 신성한 후광처럼 둘러싸고 있어. 그러나 그들은 안에서부터 먹어 들어가고 있는 부패를 나를 제외한 모든 사람들의 눈으로부터 감추고 있다. 그건 필연적이다. 내가 사라지면, 다른 사람들도 모두 알게 될 것이다.'

"폐하? 멍하니 생각에 빠져 계시는 것입니까?" 모네오가 대답을 재촉했다.

'아아! 저 말을 정말 좋아하는군!'

"그게 전부다. 로브, 사막복, 그리고 물고리만 있으면 돼." 레토가 말했다.

모네오는 고개를 숙여 인사하고 몸을 돌렸다.

'그는 이제 앞을 바라보고 있다. 그러나 이 새로운 일 역시 지나갈 것이다. 그는 과거를 향해 다시 고개를 돌리겠지. 한때 그에게 그토록 커다란 희망을 품었건만. 글쎄…… 어쩌면 시오나가…….' 레토는 생각했다.

'영웅을 만들지 말라.' 내 아버지가 말씀하셨다.

— 가니마의 목소리, 구전 역사에서

황제를 알현하겠다고 큰 소리로 떠들어대다가 비로소 허락을 받아 씩씩한 걸음으로 작은 방을 가로지르는 아이다호의 모습만 보고도 레토는 골라에게 중대한 변화가 일어났음을 알 수 있었다. 이미 하도 자주 반복된 일이어서 이제 레토에게는 몹시 친숙했다. 던컨은 방을 나가는 모네오와 인사말조차 주고받지 않았다. 모든 것이 패턴과 맞아떨어졌다. 그패턴이 이제 얼마나 지겨워졌는지!

레토는 던컨들의 이러한 변화를 '그 이후 증후군'이라고 불렀다.

골라들은 그들이 마지막으로 의식(意識)을 경험한 '이후'로 수백 년에 걸친 망각의 기간 동안 생겨났을지도 모르는 '비밀스러운 것들'에 대한 의심을 키우는 경우가 많았다. 그 오랜 시간 동안 사람들은 무엇을 하고 있었을까? 그들이 과거의 유물인 그를 도대체 왜 원한단 말인가? 그런 의심을 영원히 극복할 수 있는 자아는 하나도 없었다. 특히 의심하는 사람의 경우에는 더욱 그러했다.

골라들 중 하나가 레토를 이렇게 비난한 적이 있었다. "폐하는 제 몸속에 이런저런 것들을 집어넣으셨습니다. 제가 전혀 모르는 것들을요! 제 몸 안에 있는 그것들이 저의 모든 행동을 폐하에게 알리고 있습니다! 폐하는 어디서나 저를 염탐하고 있어요!"

또 다른 골라는 그가 '무엇이든 폐하가 원하는 일을 하고 싶어지게 우리를 조작하는 기계'를 갖고 있다고 비난했다.

'그 이후 증후군'이 일단 시작되면 그것을 결코 완전히 제거할 수 없었다. 억제할 수도 있고 심지어 다른 방향으로 돌릴 수도 있었지만, 그것의 씨앗은 잠들어 있다가 아주 조그만 자극에도 싹을 틔울 수 있었다.

아이다호는 모네오가 서 있던 곳에 멈춰 섰다. 그의 눈과 어깨의 자세에 구체적으로 표현할 수 없는 의심의 표정이 은근히 드러났다. 레토는 이 상황이 부글부글 끓어오르도록 허용함으로써 사태를 위기로 몰아넣었다. 아이다호는 그의 시선을 마주하다가 눈을 돌리며 방 안 여기저기를 마구 두리번거렸다. 레토는 그 시선 뒤에 있는 태도를 알아보았다.

'던컨들은 결코 잊어버리는 법이 없어!'

수백 년 전에 레이디 제시카와 멘타트인 투피르 하와트에게서 배운 관찰 방법으로 방을 유심히 살펴보면서 아이다호는 자신이 있어야 할 자리가 아니라는 아찔한 감각을 느꼈다. 그는 이 방이 자신을 거부한다고 생각했다. 이 방의 모든 것이. 부드러운 쿠션들. 황금색, 초록색, 거의 자주색에 가까운 빨간색의 크고 둥그런 쿠션들. 레토가 있는 구덩이 주위에 두껍게 겹쳐서 깔려 있는, 하나하나가 모두 박물관에 전시해도 될 법한 프레멘 융단. 황제의 얼굴을 건조한 따스함으로 감싸서 얼굴 주위의 그림자들을 더 깊고 신비롭게 만드는 익스 산 발광구의 가짜 햇빛. 어딘가 근처에서 풍겨오는 스파이스 차의 냄새. 벌레의 몸에서 발산되는 짙은 멜란지 냄새.

아이다호는 틀레이랙스 인들이 아무 특색도 없는 감옥 같은 방에서 자신을 룰리와 '친구'의 손에 내팽개치고 간 후 자신에게 너무 많은 일들이 너무 빨리 일어났다는 생각이 들었다.

'너무 많아…… 너무 많아……. 내가 정말 이곳에 있는 건가? 이것이 나인가? 내가 생각하는 이것들은 뭐지?' 그는 속으로 질문을 던졌다.

그는 레토의 움직이지 않는 몸을 뚫어지게 바라보았다. 그림자에 잠긴 그 거대한 몸은 구덩이 안에 있는 수레 위에 너무나 조용히 누워 있었다. 그 조용하고 거대한 육체는 수수께끼 같은 에너지를 암시할 뿐이었다. 그 에너지가 어떤 식으로 방출될지는 아무도 예상할 수 없었다.

아이다호는 익스 대사관에서 벌어진 싸움 이야기를 들었다. 그러나 물고기 웅변대의 보고들에는 '기적의 현신' 같은 분위기가 있어서 실질적인 데이터를 가려버렸다.

"그분은 그들의 머리 위에서 날아 내려와 죄인들 가운데에서 무서운 살육을 행하셨습니다."

"폐하가 어떻게 그리하셨다는 건가?" 아이다호는 이렇게 물었었다.

"그분은 '분노한' 신이셨습니다." 그에게 보고한 자가 말했다.

'분노라. 그건 흐위가 위협받았기 때문이었나?' 아이다호는 생각했다. 그가 들은 이야기들이라니! 어떤 것도 믿을 만하지 않았다. 흐위가 이 커다란 것과 결혼을…… 그건 불가능했다! 사랑스러운 흐위, 상냥하고 고운 흐위가 그럴 수는 없었다. '그는 뭔가 끔찍한 게임을 하고 있다. 우리를 시험하는 거야…… 우리를 시험하는 거야…….' 지금 같은 시대에 정직한 현실은 존재하지 않았다. 흐위가 있는 곳을 제외하고는 평화가 존재하지 않았다. 다른 것들은 모두 미쳐 있었다.

아이다호가 레토의 얼굴로, 말없이 기다리고 있는 그 아트레이데스의 얼굴로 시선을 돌리자, 자신이 있어야 할 자리가 아니라는 감각이 내면에서 점점 강해졌다. 그는 뭔가 새롭고 낯선 통로를 따라 정신적인 노력을 조금 증가시키면 유령 같은 장벽들을 뚫고 다른 골라 아이다호들이 경험했던 모든 것을 혹시 기억해 낼 수 있는 것은 아닐까 생각하기 시작했다.

'그들은 이 방에 들어오면서 무슨 생각을 했을까? 그들도 이처럼 있어야 할 자리가 아니라는 느낌, 거부당했다는 느낌을 받았을까? 조금만 더 노력을 기울여보자.'

현기증이 나서 이러다 기절할지도 모르겠다는 생각이 들었다.

"뭐가 잘못됐나, 던컨?" 레토의 어조 중에서 가장 이성적이고 마음을 가라앉혀 주는 어조였다.

"이건 진짜가 아닙니다. 저는 여기에 어울리지 않아요." 아이다호가 말했다.

레토는 이 말을 오해하기로 했다. "그러나 근위대원은 그대가 자발적으로 이곳으로 왔다고 했다. 그대가 요새에서 날아와 즉각적인 알현을 요구했다고 말이야."

"저는 이곳, 지금을 말한 겁니다! 지금 이 시대 말입니다!"

"그러나 내게는 그대가 필요하다."

"무엇을 위해서요?"

"주위를 둘러보아라, 던컨. 그대가 나를 도울 수 있는 방법들이 너무 많아서 그대는 그것들을 다 해낼 수도 없을 것이다."

"하지만 폐하의 여자들은 제가 싸우는 걸 허락하지 않습니다! 제가 나가고 싶어 할 때마다……."

"그대가 죽었을 때보다 살아 있을 때 더 가치 있는 존재라는 사실에 의문을 품는 건가?" 레토는 혀를 끌끌 찼다. 그리고 말을 이었다. "그대의 지혜를 이용해라, 던컨! 내가 소중하게 여기는 것이 바로 그것이야."

"그리고 제 정자도요. 그것도 소중하겠죠."

"그대의 정자는 그대의 것이니 그대가 원하는 곳에 주면 된다."

"저는 과부와 고아들을 뒤에 남겨두지 않을 겁니다. 이전의……."

"던컨! 선택을 하는 것은 그대라고 이미 말했다."

아이다호는 마른침을 삼킨 다음 입을 열었다. "당신은 우리에게 범죄를 저질렀습니다, 레토. 우리 모두에게. 다시 살아나고 싶으냐고 한 번도 묻지 않고 당신이 되살려낸 골라들 말입니다."

이건 던컨의 사고방식에서 새로운 방향 전환이었다. 레토는 새로운 흥미를 안고 아이다호를 응시했다.

"무슨 범죄를 저질렀다는 건가?"

"아, 저는 당신이 깊은 생각들을 거침없이 쏟아내는 걸 들었습니다." 아이다호가 비난하듯 말했다. 그는 엄지손가락을 고리 모양으로 구부려 어깨 너머로 방의 입구를 가리켰다. "대기실에서도 당신의 목소리를 들을 수 있다는 걸 알고 있었습니까?"

"내가 내 얘기를 들려주고 싶을 때에는, 그렇다."

'하지만 모든 얘기를 다 듣는 것은 내 일기뿐이야!'

"그러나 내 범죄가 어떤 종류의 것인지 알고 싶군."

"어떤 시대가 있습니다, 레토. 사람이 살아 있는 시대가. 그 사람이 살아 있어야 하는 시대가. 그가 그 시대를 사는 동안, 거기에는, 그 시대에는 마법이 있을 수 있습니다. 그는 자신이 그 시대를 다시는 만날 수 없다는 것을 압니다.”

레토는 던컨의 고뇌에 동요하면서 눈을 깜박거렸다. 그의 말에는 뭔가를 일깨우는 힘이 있었다.

아이다호는 손바닥을 위로 한 채 양손을 가슴 높이로 들어 올렸다. 아무것도 얻을 수 없음을 이미 알면서 구걸하는 걸인의 모습이었다.

“그리고…… 어느 날 그는 깨어나서 자신이 죽었던 것을 기억합니다…… 그리고 악솔로틀 탱크를 기억합니다…… 그를 깨운 틀레이랙스인들의 추잡함도……. 그리고 모든 것이 다시 처음부터 시작되어야 할 것 같은데 그런 일은 일어나지 않습니다. 결코 일어나지 않아요, 레토. 그건 범죄입니다!”

“내가 마법을 빼앗아버렸다고?”

“예!”

아이다호는 손을 옆구리로 떨어뜨리고 주먹을 말아 쥐었다. 조금만 긴장을 풀어도 자신을 압도해 버릴 물방아의 물결 속에 혼자 서 있는 것 같았다.

‘그럼 나의 시대는? 이 시대 역시 다시는 돌아오지 않을 것이다. 그러나 던컨은 그 차이를 이해하지 못하겠지.’ 레토는 생각했다.

“그대는 무엇 때문에 요새에서 서둘러 돌아온 건가?”

아이다호는 깊이 숨을 들이쉰 다음 입을 열었다. “그게 사실입니까? 당신이 결혼하신다는 것이?”

“사실이다.”

“익스 대사 흐위 노리하고요?”

“그래.”

아이다호는 반듯이 누운 레토의 긴 몸을 재빨리 살짝 바라보았다.

'사람들은 항상 성기가 있는지 보려고 하지. 비슷한 걸 만들어 오라고 해야 하나. 저들에게 충격을 줄 만큼 커다랗게 불쑥 튀어나온 것으로.' 즐거움이 금방이라도 목구멍에서 터져 나올 것 같아서 레토는 자신을 억제했다. '또 다른 감정이 증폭되었군. 고맙다, 흐위. 고맙다, 익스 인들.'

아이다호는 머리를 흔들었다. "하지만 당신은……."

"결혼에는 성행위 외에도 강렬한 요소들이 있다. 우리가 우리 핏줄의 아이들을 낳을 것이냐고? 아니다. 그러나 이 결합은 심대한 영향을 미칠 것이다." 레토가 말했다.

"당신이 모네오에게 하는 발을 들었습니다. 틀림없이 농담일 거라고 생각했는데……."

"조심해라, 던컨!"

"그녀를 사랑합니까?"

"일찍이 한 여자를 사랑했던 그 어떤 남자보다 더 깊이 사랑한다."

"그럼 그녀는요? 그녀도……."

"그녀는…… 거역할 수 없는 연민을 느끼고 있다. 나와 함께해야 한다는 욕구, 무엇이든 자기가 줄 수 있는 것을 주어야 한다는 욕구를 느끼고 있지. 그것은 그녀의 천성이다."

아이다호는 혐오감을 억눌렀다.

"모네오의 말이 맞습니다. 사람들은 틀레이랙스의 이야기를 믿을 겁니다."

"그것도 심대한 영향 중의 하나다."

"그리고 당신은 아직도 내가…… 시오나와 맺어지기를 원하고 있습니다!"

"내 소망이 무엇인지 그대는 알고 있다. 선택은 그대에게 맡기겠다."

"그 나일라라는 여자는 누구입니까?"

"나일라를 만났군! 잘됐다."

"그녀와 시오나는 자매처럼 행동하고 있습니다. 그 커다란 덩어리 같은 게! 도대체 어찌 된 일입니까, 레토?"

"그대는 일이 어떻게 되어가기를 바라는가? 그리고 그것이 뭐가 중요하지?"

"그렇게 야만적인 인간은 본 적이 없습니다! 그녀를 보면 짐승 같은 라반이 생각납니다. 언뜻 봐서는 그녀가 여자라는 걸 도저히 알아낼 길이 없을 겁니다. 그녀가……."

"그대는 전에 그녀를 만난 적이 있다. 그때는 그녀를 '친구'로 알고 있었지."

아이다호는 짧은 침묵 속에서 레토를 뚫어지게 바라보았다. 그 침묵은 매가 다가오는 것을 느끼고 땅속으로 파고드는 짐승의 침묵이었다.

"그럼 당신은 그녀를 신뢰하고 있군요." 아이다호가 말했다.

"신뢰? 신뢰가 무엇인가?"

'이제 그때가 되었다.' 레토는 생각했다. 그는 아이다호의 생각 속에서 이 순간이 모습을 갖춰가는 것을 볼 수 있었다.

"신뢰는 충성의 맹세와 함께 생겨나는 것입니다." 아이다호가 말했다.

"그대와 나 사이의 신뢰처럼?"

쓸쓸한 미소가 아이다호의 입술을 스쳤다. "그럼 흐위 노리와 하려는 일이 그것입니까? 결혼, 맹세……."

"흐위와 나는 이미 서로를 신뢰하고 있다."

"저를 신뢰하십니까, 레토?"

"던컨 아이다호를 신뢰할 수 없다면 나는 아무도 신뢰할 수 없다."

"만약 제가 당신을 신뢰하지 못한다면요?"

"그럼 나는 그대를 불쌍히 여길 것이다."

아이다호에게 이것은 거의 물리적인 충격이었다. 그의 눈은 말로 표현하지 못한 요구들 때문에 크게 부릅떠졌다. 그는 신뢰하고 싶었다. 그는 다시는 찾아오지 않을 그 마법을 원했다.

그러다 아이다호는 생각이 이상한 방향으로 빗나가기 시작하는 징후를 드러냈다.

"대기실에서 우리가 내는 소리를 들을 수 있습니까?"

"아니."

'하지만 내 일기는 듣고 있어!'

"모네오는 격분하고 있었습니다. 그건 누구나 알 수 있었죠. 하지만 그가 이곳을 떠날 때에는 유순한 양 같았습니다."

"모네오는 귀족이다. 그는 의무와, 자신이 맡은 책임들과 결혼했지. 이런 사실들을 일깨워주면 그의 분노는 사라진다."

"당신이 그를 통제하는 방법이 그것이군요."

"그는 스스로 자신을 통제한다." 레토는 모네오가 필기를 하다가 살짝 위를 올려다보던 것을 기억하며 말했다. 그것은 확인을 받기 위한 몸짓이 아니라 그의 의무감을 자극하기 위한 몸짓이었다.

"아뇨. 그가 스스로 자신을 통제하는 게 아닙니다. 당신이 그를 통제하고 있어요." 아이다호가 말했다.

"모네오는 자신을 과거 속에 가뒀다. 그건 내가 한 게 아냐."

"하지만 그는 귀족입니다…… 아트레이데스예요."

레토는 나이를 먹어가는 모네오의 얼굴을 떠올렸다. 그 귀족이 자신의 마지막 임무, 즉 옆으로 물러서서 역사 속으로 사라지는 일을 거부하는 것은 필연적이었다. 아마도 그를 억지로 몰아내야 할 것이다. 실제로 그렇게 될 터였다. 변화의 요구를 이겨낸 귀족은 지금까지 하나도 없었다.

아이다호의 말은 아직 끝난 게 아니었다. "당신도 귀족입니까, 레토?"

레토는 미소를 지었다. "최후의 귀족은 내 안에서 죽을 것이다." 그리고 생각했다. '특권은 오만이 된다. 오만은 부당함을 촉진한다. 파괴의 씨앗이 꽃을 피운다.'

"어쩌면 제가 당신 결혼식에 참석하지 않을지도 모릅니다. 저는 스스로 귀족이라고 생각한 적이 없으니까요." 아이다호가 말했다.

"그러나 그대는 귀족이었다. 칼의 귀족이었어."

"폴 님이 더 뛰어났습니다."

레토는 무앗딥의 목소리로 말했다. "그건 자네가 날 가르친 덕분이야!" 그리고 평소의 어조로 말을 이었다. "말로 표현되지 않는 귀족의 의무는 가르치는 것이다. 때로는 무시무시한 예를 동원해서."

그는 생각했다. '태생에 대한 자부심은 동종교배의 약점과 궁핍 속으로 희미하게 사라져간다. 재산과 개인적 성취에 대해 자부심을 가질 수 있는 길이 열린다. 하코넨이 그랬던 것처럼 '구제도'의 등에 올라타고 권력을 향해 나아가는 신흥 부자들이 나타난다.'

이 주기가 너무나 끈질기게 반복되었기 때문에 인간이라는 종이 이미 성장을 통해 넘어섰지만 결코 잃어버리지는 않은, 오래전에 잊힌 생존 패턴 속에 틀림없이 이것이 내재되어 있음을 누구라도 이미 알아차렸어야 마땅했다.

'아냐. 내가 반드시 뽑아내야 하는 파편 더미를 우리가 아직도 짊어지고 있다.'

"변경 지대가 있습니까? 다시는 이런 일에 말려들지 않도록 제가 갈 수 있는 변경 지대가 있습니까?" 아이다호가 물었다.

"만약 변경 지대가 있어야 한다면, 그대가 나를 도와 함께 만들어야 한다. 우리들 중 다른 사람들이 뒤쫓아가서 그대를 찾아낼 수 없는 장소는 지금 하나도 없다."

"제가 떠나는 것을 허락하지 않겠다는 뜻이군요."

"원한다면 가라. 다른 그대들도 그런 시도를 했다. 분명히 말하지만 변경 지대는 없다. 숨을 곳은 없어. 아주, 아주 오랫동안 그래왔던 것처럼 지금 인류는 위험한 아교로 한데 묶여 있는 단세포 생물과 같다."

"새로운 행성이 없단 말입니까? 낯선……."

"아, 우리는 성장한다. 그러나 분리되지는 않아."

"그것은 당신이 우리를 한데 묶어두고 있기 때문입니다!" 그가 비난했다.

"그대가 이걸 이해할 수 있을지 모르겠다, 던컨. 그러나 변경 지대가 있다면, 종류야 어떻게 됐든 변경 지대가 있다면, 그대의 과거가 그대의 미래보다 더 중요해질 수 없다."

"당신은 과거입니다!"

"아니, 모네오가 과거이다. 그는 모든 변경 지대에 대해 전통적인 귀족적 장벽을 재빨리 세운다. 그런 장벽의 힘을 그대는 반드시 알아야 한다. 그 장벽들은 행성과 그 행성의 땅을 에워쌀 뿐만 아니라 새로운 생각들도 에워싸 버린다. 그들은 변화를 억누른다."

"변화를 억누르는 건 당신입니다!"

'그는 저기서 벗어나지 못할 것이다. 한 번만 더 시도해 보자.' 레토는 생각했다.

"귀족 계급이 존재한다는 가장 확실한 징조는 변화를 막는 장벽의 발견이다. 새로운 것, 다른 것들을 배제하는, 강철이든 돌이든 어떤 재료로든 만들어진 장막이 발견되는 것이야."

"어딘가에 반드시 변경 지대가 있다는 걸 저는 알고 있습니다. 당신은 그걸 숨기고 있어요."

"나는 변경 지대에 대해 아무것도 숨기지 않는다. 나도 변경 지대를 원해! 나는 뜻밖의 놀라운 일들을 원한다!"

'저들은 변경과 곧바로 맞닥뜨리더라도 그 안에 들어가는 것을 거부한다.' 레토는 생각했다.

이 예측에 맞게 아이다호의 생각이 새로운 길로 재빨리 방향을 틀었다. "약혼식에서 얼굴의 춤꾼들에게 공연을 시킨 것이 사실입니까?"

레토는 분노가 솟아오르는 것을 느꼈다. 그러나 자신이 분노를 이토록 깊이 경험할 수 있다는 사실에 대한 비틀린 즐거움이 곧바로 그 뒤를 이었다. 그는 자신의 분노가 던컨을 향해 고함을 지르도록 내버려두고 싶었다……. 그러나 그것으로는 아무것도 해결하지 못할 터였다.

"얼굴의 춤꾼들이 공연했다." 그가 말했다.

"왜죠?"

"나는 모든 사람들이 나의 행복을 함께 나누기를 바랐다."

아이다호는 음료수 속에서 혐오스러운 벌레를 방금 발견한 사람처럼 그를 노려보았다. 그가 억양이 전혀 없는 목소리로 말했다. "제가 들은 아트레이데스 사람들의 말 중에서 가장 냉소적인 얘기로군요."

"그러나 그건 아트레이데스가 한 말이다."

"당신은 고의적으로 저를 피하려 하고 있습니다! 내 질문을 회피하고 있어요."

'또다시 싸움에 휘말렸군.' 레토는 생각했다. "베네 틀레이랙스의 얼굴의 춤꾼들은 군생 생물이다. 그들 각자는 잡종이지. 이건 그들이 직접, 스스로 선택한 것이다."

레토는 아이다호의 반응을 기다리면서 속으로 생각했다. '인내심을 가져야 한다. 저들이 그것을 스스로 알아내야 해. 내가 말해 버리면 저들은 믿지 않을 것이다. 생각해라, 던컨. 생각해!'

오랜 침묵 후에 아이다호가 말했다. "저는 당신에게 맹세를 했습니다. 제게는 그것이 중요합니다. 지금도 여전히 중요합니다. 당신이 무엇을 하려는 건지, 또는 그 이유가 무엇인지 저는 모릅니다. 제가 할 수 있는 말은, 지금 일어나고 있는 일이 마음에 들지 않는다는 것뿐입니다. 자! 제가 드디어 말했군요."

"그대가 요새에서 돌아온 이유가 그것인가?"

"그렇습니다!"

"이제 요새로 돌아가겠나?"

"거기 말고 다른 변경 지대가 어디 있습니까?"

"아주 좋다, 던컨! 그대의 이성이 모르는 것을 그대의 분노는 알고 있군. 흐위가 오늘 밤 요새로 간다. 나는 내일 그곳에서 그녀와 합류할 것이다."

"그녀에 대해 좀더 잘 알고 싶습니다."

"그대는 그녀를 피해야 한다. 이건 명령이야. 흐위는 그대를 위한 사람이 아니다."

"저는 마녀들이 있었다는 것을 전부터 항상 알고 있었습니다. 당신의 할머니가 그중 하나였죠."

아이다호는 발꿈치를 축으로 몸을 돌려 방에서 나가도 좋다는 허락을 구하지도 않은 채 왔던 길을 씩씩하게 되짚어 갔다.

'정말 어린 소년 같군.' 레토는 딱딱하게 굳어 있는 아이다호의 등을 지켜보면서 속으로 생각했다. '우리 우주에서 가장 나이 많은 사람과 가장 어린 사람, 그 두 사람이 한 몸에 있다.'

⬖⬗

예언자를 길에서 벗어나게 하는 것은 과거, 현재, 미래의 환상이 아니다. 언어의 고정성이 그러한 단선적인 구분을 만들어낸다. 예언자는 언어 속의 자물쇠를 여는 열쇠를 쥐고 있다. 기계적인 이미지는 그들에게 단순히 이미지로만 남을 뿐이다. 여기는 기계적인 우주가 아니다. 사건들이 일직선으로 이어지는 듯이 보이는 것은 관찰자의 시각 때문이다. 원인과 결과? 결코 그런 것이 아니다. 예언자는 운명의 말들을 내뱉는다. 너희는 '일어나도록 운명 지워진' 것을 언뜻 목격한다. 그러나 예언의 순간은 무한한 의미와 힘을 지닌 어떤 것을 방출한다. 우주는 유령 같은 변화를 겪는다. 이렇게 해서 현명한 예언자는 희미하게 반짝이는 꼬리표 뒤에 실재를 감춘다. 그러면 경험 없는 풋내기들은 예언의 언어가 모호하다고 믿는다. 예언을 듣는 사람은 예언을 전달하는 자를 불신한다. 본능은 그런 말을 입 밖에 내는 것이 그런 말의 힘을 얼마나 무디게 만드는지 알려준다. 최고의 예언자들은 사람을 장막까지 이끌고 가서 그 사람이 스스로 내다보게 한다.

—『도난당한 일기』

레토는 그 어느 때보다 차가운 목소리로 모네오에게 말했다. "던컨이 나를 거스르고 있다."

그들은 요새의 남쪽 탑 꼭대기에 있는, 황금색 돌로 만들어진 상쾌한 방에 있었다. 레토가 온의 10년제에서 돌아온 지 꼬박 사흘째 되는 날이었다. 그의 등 뒤로 열려 있는 문은 사리르의 가혹한 한낮을 바라보고 있었다. 바람이 그 문을 통과하면서 낮게 윙윙거렸다. 바람에 휘말린 흙먼지와 모래 때문에 모네오는 눈을 가늘게 떴다. 레토는 이렇게 신경을 자극하는 것을 의식하지 못하는 듯했다. 그는 사리르 건너편 저 멀리를 물끄러미 바라보았다. 아지랑이 때문에 공기가 살아 움직이는 것 같았다. 멀리까지 흐르듯 이어진 모래언덕들은 풍경 속에서 뭔가가 움직이고 있음을 암시했다. 그 움직임을 알아차린 것은 오로지 그의 눈뿐이었다.

모네오는 자신의 공포가 발산하는 시큼한 냄새에 잠긴 채 서 있었다. 그는 바람이 이 냄새 속의 메시지를 레토의 감각 기관까지 전달해 준다는 것을 알고 있었다. 결혼식 준비, 물고기 웅변대원들 사이의 혼란, 모든 것이 역설이었다. 모네오는 처음 만났을 무렵 신황제가 했던 말을 떠올렸다.

"역설은 사람들에게 그 뒤를 바라보라고 알려주는 화살표와 같다. 만약 역설이 성가시게 생각된다면, 그것은 절대적인 것들에 대한 그대의 깊은 욕망을 보여준다. 상대주의자는 역설을 단순히 재미있는 것, 어쩌면 즐거운 것, 또는 심지어 두려운 생각이나 교육적인 것으로만 취급한다."

"대답을 하지 않는군." 레토가 말했다. 그는 사리르를 자세히 바라보던 시선을 돌려 모네오에게 시선의 무게를 집중했다.

모네오는 그저 어깨를 으쓱할 수 있을 뿐이었다. "'벌레'가 얼마나 가까이 있는 거지?' 그는 생각했다. 모네오가 예전에 이미 알아챈 바에 따르면, 온에서 요새로 돌아온 뒤 '벌레'가 깨어날 때가 종종 있었다. 신황제에게 그 무시무시한 변화의 징조는 아직 나타나지 않았지만 모네오는 느낄 수 있었다. '벌레'가 느닷없이 나타날 수도 있을까?

"결혼식 준비 속도를 더 높여라. 최대한 빨리." 레토가 말했다.

"폐하께서 시오나를 시험하시기 전에 말씀입니까?"

레토는 잠시 침묵하다가 입을 열었다. "아니. 던컨에 대해서는 어찌할 건가?"

"제가 어떻게 했으면 좋겠습니까, 폐하?"

"나는 그에게 노리를 만나지 말라고 했다. 그녀를 피하라고 말이야. 그것이 명령이라고 했다."

"그분은 그에게 연민을 갖고 있습니다, 폐하. 그뿐입니다."

"그녀가 왜 그에게 연민을 갖는단 말인가?"

"그는 골라입니다. 우리 시대와 아무런 연관성도 없고 뿌리도 없습니다."

"그는 나만큼이나 깊은 뿌리를 갖고 있어!"

"하지만 그는 그것을 모르고 있습니다, 폐하."

"나랑 언쟁을 벌일 생각인가, 모네오?"

모네오는 그래봤자 자신이 위험에서 벗어날 수 없음을 알면서도 반발짝 뒷걸음질을 쳤다. "그럴 리가요, 폐하. 하지만 저는 주위에서 벌어지고 있다고 생각되는 것들을 폐하께 사실대로 말씀드리려고 언제나 노력하고 있습니다."

"지금 벌어지는 일에 대해 내가 말해 주지. 그는 그녀에게 구애를 하고 있어."

"하지만 그와 만나겠다는 뜻을 먼저 드러내는 사람은 그분입니다, 폐하."

"그대도 알고 있었다는 얘기군!"

"폐하께서 만남을 절대적으로 금지하신 것은 모르고 있었습니다, 폐하."

레토는 생각에 잠긴 듯한 목소리로 말했다. "그는 여자들을 상대하는 솜씨가 좋다, 모네오. 대단히 좋아. 그는 여자들의 영혼을 들여다보면서 그들로 하여금 자기가 원하는 일을 하게 만든다. 던컨들은 항상 그랬어."

"폐하께서 그 두 사람의 만남을 완전히 금지하신 것을 몰랐습니다, 폐하!" 모네오의 목소리는 귀에 거슬릴 정도였다.

"그는 다른 어떤 던컨들보다도 위험하다. 그것은 우리 시대의 잘못이야."

"폐하, 틀레이랙스 인들은 그의 후임을 아직 준비하지 못했습니다."

"그래서 우리에게 이 던컨이 필요하다고?"

"폐하께서 직접 하신 말씀입니다. 그건 제가 이해할 수 없는 역설이지만, 폐하께서 분명히 그렇게 말씀하셨습니다."

"후임이 만들어질 때까지 얼마나 남았지?"

"적어도 1년입니다, 폐하. 구체적인 날짜를 물어볼까요?"

"오늘 시행하라."

"그가 이 얘기를 들을지도 모릅니다, 폐하. 이전의 던컨은 그랬습니다."

"나는 이런 식으로 일이 벌어지는 걸 원하지 않아, 모네오!"

"알고 있습니다, 폐하."

"그리고 나는 이 일을 감히 노리에게 말할 수 없다. 던컨은 그녀를 위한 사람이 아냐. 그러나 나는 그녀에게 상처를 줄 수 없어!" 마지막 말은 거의 울부짖음에 가까웠다.

모네오는 두려움 때문에 침묵을 지키며 서 있었다.

"모르겠나?" 레토가 다그치듯 물었다. "모네오, 나를 도와줘."

"노리 님의 경우가 다르다는 것을 알겠습니다. 하지만 저는 어찌해야 좋을지 모르겠습니다."

"뭐가 다르다는 거지?" 레토의 목소리가 꿰뚫는 듯한 기세로 모네오를 그대로 베고 지나갔다.

"그분에 대한 폐하의 태도 말씀입니다, 폐하. 제가 폐하에게서 보았던 어떤 것과도 다릅니다.”

그 순간 모네오는 첫 번째 징조를 눈치챘다. 신황제의 손이 움찔거리고 눈이 흐릿해지기 시작했다. ‘맙소사! ‘벌레’가 나타나려는 거야!’ 모네오는 자신이 완전히 드러나 있는 기분이었다. 저 거대한 몸이 가볍게 한 번 움직이기만 해도 모네오는 벽에 부딪혀 뭉개져버릴 터였다. ‘그의 안에 있는 인간에게 호소해야 해.’

“폐하, 저는 폐하와 폐하의 누이 가니마 님의 결혼에 대한 글들을 읽었고, 폐하께서 직접 하시는 말씀도 들었습니다.” 모네오가 말했다.

“지금 그녀가 내 곁에 있기만 하다면.”

“그분은 결코 폐하의 짝이 아니었습니다, 폐하.”

“무슨 얘기를 하려는 건가?” 레토가 다그치듯 물었다.

레토의 손의 움찔거림이 이제 경련 같은 진동으로 바뀌었다.

“그분은…… 제 말은, 폐하, 가니마 님은 하르크 알 아다 님의 짝이었다는 뜻입니다.”

“당연하지 않은가! 그대들 아트레이데스들은 모두 그들의 후손이야!”

“제게 말씀해 주시지 않은 것이 있습니까, 폐하? 혹시…… 그러니까 흐위 노리 님과…… 폐하께서 맺어질 수 있습니까?”

레토의 손이 너무 심하게 떨려서 모네오는 그 손의 주인이 그 사실을 모르고 있다는 게 이상하게 여겨졌다. 커다란 푸른 눈이 더욱더 흐릿해졌다.

모네오는 이 무서운 곳에서 내려가는 계단 쪽의 문을 향해 또다시 한 발짝 물러났다.

“가능성에 대해 내게 질문하지 말라.” 레토가 말했다. 소름이 끼칠 정도로 멀게 들리는 목소리였다. 그는 층을 이루고 있는 자신의 과거 속 어던가로 들어가 있었다.

"다시는 그러지 않겠습니다, 폐하." 모네오가 말했다. 그리고 몸을 숙여 인사하면서 문에서 겨우 한 발짝 떨어진 곳까지 물러났다. "제가 노리님과 얘기를 해보겠습니다, 폐하…… 그리고 던컨하고도."

"최선을 다하라." 오직 레토만이 들어갈 수 있는 안쪽의 방 안에서 레토의 목소리가 멀게 들렸다.

모네오는 살짝 문밖으로 나왔다. 그리고 등 뒤로 문을 닫은 다음 벌벌 떨면서 문에 등을 기댔다. '아아, 그 어느 때보다도 아슬아슬했어.'

그리고 역설이 남아 있었다. 그것이 가리키는 곳이 어디인가? 신황제가 내린 기묘하고 고통스러운 결정의 의미가 뭐지? 무엇이 '신(神) 벌레'를 끌어낸 거지?

하늘 높은 곳에 있는 레토의 방 안에서 쿵쿵 소리가 들려왔다. 무거운 것이 돌에 부딪히는 소리였다. 모네오는 감히 문을 열고 살펴볼 수 없었다. 그는 그 무시무시한 소리를 전달하는 문에서 몸을 떼고 신중하게 움직이며 계단을 내려갔다. 물고기 웅변대원이 경비를 서고 있는 1층에 도달한 후에야 비로소 편안히 숨을 쉴 수 있었다.

"주님의 심기가 어지러우신 겁니까?" 물고기 웅변대원이 계단을 올려다보면서 물었다.

모네오는 고개를 끄덕였다. 두 사람 모두 쿵쿵거리는 소리를 아주 분명히 들을 수 있었다.

"무엇이 주님의 심기를 어지럽힌 겁니까?" 물고기 웅변대원이 물었다.

"그분은 신이고, 우리는 인간이다." 이 대답은 대개 물고기 웅변대원들을 만족시켜 주었다. 그러나 지금은 새로운 힘들이 작용하고 있었다.

그녀는 그를 똑바로 바라보았다. 모네오는 그녀가 받은 살인 훈련이 부드러운 외모의 표면 가까이까지 올라와 있는 것을 보았다. 그녀는 비교적 어린 편이었으며, 머리카락은 적갈색이었고, 평소에는 끝이 살짝 들린 코와 풍만한 입술이 가장 먼저 눈에 들어왔다. 그러나 지금 그녀의 눈은 냉혹하게 상대를 다그치고 있었다. 그런 눈에 등을 내보일 사람은 바보밖에 없을 터였다.

"내가 그분의 심기를 어지럽힌 게 아니다." 모네오가 말했다.

"당연히 그렇겠죠." 그녀가 동의했다. 그녀의 표정이 약간 부드러워졌다. "하지만 누가, 또는 무엇이 그런 짓을 했는지 알고 싶습니다."

"아마 결혼식 때문에 조급해지신 것 같다. 내 생각으로는 그것뿐이야."

"그럼 결혼식을 서두르십시오!"

"내가 하려는 일이 바로 그거다." 모네오가 말했다. 그는 몸을 돌려 요새에 있는 자기만의 영역을 향해 서둘러 기다란 복도를 내려갔다. 맙소사! 물고기 웅변대원들이 신황제만큼이나 위험한 존재로 변해 가고 있었다.

'멍청한 던컨! 그가 우리 모두를 위험에 빠뜨리고 있어. 그리고 흐위노리도! 그 여자를 어떻게 해야 하지?'

※※※

군주 체제를 비롯해서 그와 비슷한 체제들의 패턴은 모든 정치 형태에게 가치 있는 메시지를 품고 있다. 나의 기억들은 모든 종류의 정부들이 이 메시지의 혜택을 볼 수 있다고 내게 단언한다. 정부는 전제 정치를 향한 내재적인 성향이 억제될 때에만 다스림을 받는 자들에게 유용한 것이 될 수 있다. 군주 체제는 별처럼 빛나는 특징들 외에도 좋은 점들을 몇 가지 갖고 있다. 그들은 행정관료주의의 규모와 기생적인 본성을 줄여줄 수 있다. 그들은 필요한 경우 신속한 결정을 내릴 수 있다. 그들은 모든 사람이 자신의 자리가 어디인지 알 수 있는 부모와 같은(부족적/봉건적) 위계 구조에 대한 인간들의 오랜 요구에 잘 맞는다. 자신의 자리가 어디인지 아는 것은 소중하다. 그 자리가 임시적인 것이라 해도 말이다. 자신의 의지에 반해서 한 자리에 붙들려 있는 것은 괴로운 일이다. 실현될 수 있는 최선의 방법, 즉 예를 통해서 내가 전제 정치에 대해 가르치고 있는 것은 바로 그 때문이다. 너희가 억겁의 세월이 흐른 후 이 글을 읽게 되더라도 나의 전제 정치는 망각 속에 묻혀 있지 않을 것이다. 내 황금의 길이 그것을 보장한다. 내 메시지가 무엇인지 알기 때문에 나는 너희가 정부에게 위임하는 힘들에 대해 대단히 신중을 기할 것이라고 기대한다.

—『도난당한 일기』

레토는 시오나가 어렸을 때 축제의 도시에 있는 물고기 웅변대 학교로 추방된 이후 처음으로 그녀와 갖게 될 개인적인 만남을 위해 인내심을 갖고 신중하게 준비했다. 그는 모네오에게 그녀를 작은 요새에서 만나겠다고 말했다. 작은 요새는 그가 사리르 중앙부에 세운, 사방을 바라볼 수 있는 탑이었다. 탑이 세워진 장소는 과거의 것과 새로운 것, 그리고 그 둘 사이의 장소들을 모두 볼 수 있다는 점에서 선택되었다. 작은 요새로 이어진 도로는 하나도 없었다. 방문객들은 오니숍터를 타고 왔다. 레토는 마치 마법처럼 그곳으로 갔다.

즉위 초에 레토는 익스 산 기계를 이용해서 자기 손으로 직접 사리르에서 탑까지 이어지는 비밀 터널을 팠다. 터널을 파는 모든 작업을 그가 직접 했다. 그 시절에는 소수의 야생 모래벌레들이 아직 사막을 돌아다니고 있었다. 그는 터널의 벽에 녹인 규토를 단단하게 발랐으며, 바깥쪽 층에는 벌레들을 물리치는 물이 들어 있는 거품들을 수없이 파묻어 놓았다. 이 터널은 그가 최대한으로 성장했을 때 황제의 수레가 필요로 하게 될 공간을 고려해서 만들어졌다. 황제의 수레는 그 당시 그의 환영 속에 있는 가공의 존재에 불과했다.

시오나를 만나기로 한 날, 여명 전의 이른 시간에 레토는 지하실로 내려가 근위대원에게 아무도 들여보내지 말라고 명령했다. 그의 수레는 지하실에서 바큇살처럼 퍼져나간 어두운 길들 중 하나를 빠르게 내려갔고, 그는 그 길에 숨겨진 문을 열었다. 그리고 한 시간도 채 되지 않아 작은 요새에 모습을 드러냈다.

모래 위로 혼자 나가는 것은 그가 즐거워하는 일 중 하나였다. 수레는 사용하지 않았다. 그를 운반해 주는 것은 모래벌레 전 단계인 그의 몸뿐이었다. 몸에 닿는 모래가 호사스럽다 싶을 만큼 감각적이었다. 이제 막 떠오른 태양의 빛을 받으며 그가 모래언덕들을 지나가는 바람에 생긴 열기가 그의 뒤로 증기를 피워 올렸기 때문에 계속 움직여야 했다. 그는

5킬로미터쯤 나아간 곳에서 비교적 건조한 지대를 발견했을 때에야 움직임을 멈췄다. 그는 이슬의 흔적 때문에 불편한 습기가 느껴지는 지대의 중앙에 누워 있었다. 그의 몸은 그가 있는 곳에서부터 모래언덕들 저 건너편까지 동쪽을 향해 뻗어 있는 탑의 기다란 그림자 바로 바깥에 놓여 있었다.

멀리서 보면 3000미터 높이의 탑은 하늘을 찌르는 비현실적인 바늘 같았다. 레토의 명령과 익스 인들의 상상력이 혼합된 영감만이 그 건물을 가능하게 해주었다. 지름이 150미터인 그 탑은 위로 솟은 높이만큼 모래 속으로 깊숙이 잠겨 있는 토대 위에 앉아 있었다. 그리고 플래스틸과 초경량 합금 덕분에 마치 마법처럼 바람 속에서 유연하게 흔들리면서 바람에 날려 온 모래에 쉽게 마모되지 않았다.

레토는 이곳을 너무나 좋아했기 때문에 개인적으로 엄격한 규칙들을 수없이 만들어 이곳에 오는 것을 스스로 제한했다. 그 규칙들은 모두 합쳐져서 '위대한 필연'이 되었다.

그곳에 잠시 누워 있으면서 그는 황금의 길의 부담을 털어버릴 수 있었다. 모네오, 착하고 믿음직한 모네오는 시오나가 정확히 제시간에, 즉 막 밤이 내릴 무렵에 도착하게 해줄 것이다. 그때까지 내내 긴장을 풀고 생각에 잠기거나, 아무 근심도 없는 척 놀면서 땅의 생생한 자양분을 빨아 올릴 수 있다는 뜻이었다. 온이나 요새에서는 그런 광적인 식사에 결코 마음대로 빠져들 수 없었다. 그곳에서는 예지력을 이용해 신중하게 움직여야만 물을 피할 수 있는 좁은 통로를 따라 은밀하게 땅속으로 파고드는 것이 고작이었다. 그러나 이곳에서는 모래 위를 질주하며 음식을 먹고 더 강해질 수 있었다.

그가 이리저리 구르며 순수한 동물적인 기쁨 속에 몸을 움직이자 그의 몸 밑에서 모래가 바스락바스락 소리를 냈다. 자신의 벌레 자아가 회복된 것을 느낄 수 있었다. 그 짜릿한 감각이 전신에 건강하다는 메시지를 보내주었다.

이제 태양은 지평선 위로 한참 높은 곳에 떠서 탑의 옆구리를 따라 위쪽으로 황금색 선을 그리고 있었다. 공기 중에서 쏩쓸한 흙먼지 냄새가 느껴졌고, 아침에 남은 이슬의 흔적에 반응한 저 먼 곳의 가시 식물들 냄새가 났다. 그는 처음에는 부드럽게, 그러다가 점점 더 빨리 탑 주위로 널찍한 원을 그리며 밖을 향해 움직였다. 그러면서 시오나를 생각했다.

더 이상 미룰 수는 없었다. 그녀를 시험해야 했다. 모네오도 이것을 레토만큼 잘 알고 있었다.

바로 그날 아침에 모네오는 이렇게 말했다. "폐하, 그 아이에게는 무서운 폭력성이 있습니다."

"그녀는 아드레날린 중독의 초기이다. 이제 차가운 칠면조(cold – turkey, 흡연이나 마약을 즉각 끊는다는 뜻—옮긴이)의 때야."

"차가운 뭐라고요, 폐하?"

"그건 고대에 쓰이던 표현이다. 그녀가 마약의 사용을 완전히 중지하게 만들어야 한다는 뜻이지. 그녀는 반드시 결핍의 충격을 겪어야 한다."

"아…… 알겠습니다."

이번만은 모네오도 정말로 이해했다는 것을 레토는 깨달았다. 모네오도 역시 차가운 칠면조의 때를 겪은 적이 있었다.

"젊은이들은 대개 힘든 결단을 내리지 못한다. 그 결단이 즉각적인 폭력과 그 결과로 생겨나는 아드레날린의 급격한 흐름에 관련되어 있지 않다면." 레토가 설명했다.

모네오는 과거의 기억을 떠올리며 침묵하다가 입을 열었다. "그건 아주 위험한 일입니다."

"그대가 시오나에게서 보고 있는 폭력성이 바로 그것이다. 나이 든 사람들도 그것에 매달릴 수 있지만 젊은이들은 거기에 탐닉한다."

밝아오는 햇빛 속에서 탑 주위를 돌며 점점 건조해져가는 모래의 느낌을 즐기면서 레토는 이 대화에 대해 생각해 보았다. 그는 모래 위를 지나가는 속도를 늦췄다. 뒤에서 불어오는 바람이 그의 몸에서 분출된 산소와 타버린 돌 냄새를 그의 인간 코로 실어다 주었다. 그는 깊이 숨을 들이쉬며 자신의 확대된 의식을 새로운 차원으로 끌어올렸다.

만남을 준비하는 이 하루는 여러 가지 목적을 품고 있었다. 고대의 투우사가 뿔 달린 적을 처음으로 자세히 조사했던 때의 일을 생각하는 것처럼 그는 다가오는 만남을 생각했다. 시오나가 이 만남에 물리적인 무기를 가져오지 못하게 모네오가 확실히 손을 쓰겠지만, 그녀는 자기 나름의 뿔을 갖고 있었다. 그러나 레토는 자신이 시오나의 강점과 약점을 모두 알고 있는지 반드시 확인해야 했다. 그리고 그녀 안의 어디든 가능한 곳을 특별히 민감하게 만들어야 했다. 필요한 곳에 잘 심어둔 가시들로 그녀의 정신적 근육들을 무디게 만들어 시험을 치를 준비를 시켜야 했다.

정오 직후에 레토는 만족한 벌레 자아를 안고 탑으로 돌아와 수레 위로 다시 기어올랐다. 그리고 반중력 장치를 이용해 자신의 명령으로만 열리는 문의 맨 꼭대기까지 올라갔다. 그리고 해가 질 때까지 내내 그 높은 곳의 방에 누워 생각하며 계획을 짰다.

막 밤이 내릴 무렵 오니숍터의 팔랑거리는 날갯짓 소리가 공중에서 속삭이며 모네오의 도착을 알렸다.

'충실한 모네오.'

레토는 높은 곳에 있는 자신의 방에서 착륙대를 돌출시켰다. 오니숍터가 날개를 컵 모양으로 오므린 채 미끄러지듯 안으로 들어왔다. 그리고 착륙대 위에 부드럽게 내려앉았다. 레토는 점점 몰려드는 어둠을 뚫고 밖을 내다보았다. 시오나가 모습을 드러내더니 아무런 보호 장비도 없이 높은 곳에 노출된 것이 무서워서 그를 향해 쏜살같이 달려들어 왔다. 그녀는 계급장이 없는 검은 제복 위에 하얀 로브를 입고 있었다. 그녀는 탑 바로 안쪽에서 살짝 뒤를 한 번 돌아보더니 방의 거의 중앙에 있는 수레 위에서 기다리는 레토의 커다란 몸으로 시선을 돌렸다. 오니숍터는 공중으로 떠올라 어둠 속으로 재빨리 사라져버렸다. 레토는 밖으로 튀어나온 착륙대를 그대로 내버려두고 문도 계속 열어두었다.

"탑 반대편에 발코니가 있다. 그곳으로 가자." 그가 말했다.

"왜요?"

시오나의 목소리에는 거의 순수한 의심이 실려 있었다.

"그곳이 서늘하다는 얘기를 들었다. 그리고 그곳에서 산들바람에 내 뺨을 노출시키고 있으면 정말로 차가운 기운이 희미하게 느껴지지."

그녀가 호기심 때문에 그에게 더 가까이 다가왔다.

레토는 그녀의 뒤에 있는 문을 닫고 말했다.

"발코니에서 보는 밤의 풍경이 아주 훌륭하다."

"우리가 왜 여기 있는 거죠?"

"여기서는 아무도 우리 얘기를 엿듣지 않을 테니까."

레토는 수레를 돌려 소리 없이 발코니로 몰았다. 방 안에 숨겨진 조명은 제일 약한 빛으로 조절되어 있었는데, 그 빛이 그녀에게 그의 움직임을 보여주었다. 그는 그녀가 뒤따라오는 소리를 들었다.

발코니는 둥그런 탑의 동남쪽에 있는 반원형 공간이었다. 발코니 가장

자리에는 레이스 모양의 난간이 가슴 높이로 둘러쳐져 있었다. 시오나는 난간으로 다가가서 탁 트인 땅을 한 바퀴 훑어보았다.

레토는 그녀가 뭔가를 기다리며 받아들일 준비를 하고 있다는 것을 느꼈다. 이곳에서 오직 그녀만이 들어야 하는 얘기를 해야 했다. 그 얘기가 무엇이든, 그녀는 귀를 기울일 것이고 자신의 목적들을 근원으로 삼아 대답할 터였다. 레토는 그녀의 너머에 있는 사리르 가장자리를 바라보았다. 인간이 경계선을 표시하기 위해 만들어놓은 담이 나지막하고 평평하게 뻗어 있는 모습이 지평선 위로 떠오르는 첫 번째 달의 빛 속에서 간신히 눈에 들어왔다. 그는 증폭된 시각 덕분에 온에서 나온 호송대가 멀리서 움직이는 모습을 알아보았다. 짐승이 끄는 수레들의 탁한 불빛이 대로를 따라 타부르 마을을 향해 천천히 움직이고 있었다.

그는 그 마을에 대한 기억 속의 영상을 불러올 수 있었다. 그 마을은 담 안쪽 기초 인근의 축축한 지역에서 자라는 식물들 사이에 아늑하게 자리 잡고 있었다. 그의 박물관 프레멘들이 대추야자와 키 큰 풀들을 보살폈으며 심지어 채소밭까지 가꾸고 있었다. 사람이 사는 모든 곳이, 심지어 단 하나의 저수지와 바람덫 덕분에 나지막한 식물들이 조금이나마 자라는 자그마한 분지조차, 광활한 사막과 비교하면 풀이 무성하게 보이던 과거와는 달랐다. 타브르 시에치와 비교하면 타부르 마을은 물이 풍부한 낙원이었다. 오늘날 마을에 사는 모든 사람들은 사리르의 담 바로 뒤에서 아이다호 강이 길게 일직선을 그리며 남쪽을 향해 흘러간다는 것을 알고 있었다. 아이다호 강은 지금쯤 달빛 속에서 은색으로 보일 터였다. 박물관 프레멘들은 담의 깎아지른 듯한 안쪽 표면을 기어오를 수 없었지만, 물이 그곳에 있다는 것을 알고 있었다. 땅도 알고 있었다. 타부르의 주민이 땅에 귀를 갖다 대면, 땅은 먼 급류의 소리로 이야기를 했다.

지금쯤이면 강 언덕을 따라 밤새들이 있을 거라고 레토는 생각했다. 다른 세상에서라면 햇빛 속에서 살았을 생물들이었다. 듄이 그들에게 진화의 마법을 발휘한 탓에 그들은 지금도 사리르에 기대어 살고 있었다. 레토는 그 새들이 소리 없는 그림자를 끌고 물을 건너가는 것을 본 적이 있었다. 그들이 물을 마시려고 살짝 자맥질을 하자 잔물결이 생겼지만 강물이 그것을 가져가 버렸다.

이렇게 멀리 떨어진 곳에서도 레토는 그 먼 물속의 힘을 느꼈다. 그것은 넓게 펼쳐진 농징과 숲속까지 남쪽을 향해 미끄러지듯 흐르는 강물처럼 그에게서 멀어지고 있는 과거 속의 강렬한 어떤 것이었다. 물은 완만한 기복을 이루는 언덕들 사이를 가로지르며 이 마지막 장소, 즉 과거의 은신처인 사리르를 제외한 듄의 모든 곳에서 사막을 대신해 자리 잡은 무성한 식물들의 가장자리를 따라 탐색하듯 흘렀다.

레토는 익스 산 기계가 으르렁거리며 이곳의 풍경을 부숴 수로를 만들던 것을 회상했다. 3000년이 조금 더 지난 그때의 일이 정말 얼마 전의 일처럼 느껴졌다.

시오나가 몸을 조금 움직이더니 그를 뒤돌아보았다. 그러나 레토는 그녀의 뒤쪽에 시선을 못 박은 채 계속 침묵했다. 창백한 호박색 빛이 지평선 위에서 반짝였다. 멀리 있는 구름에 반사된 도시의 빛이었다. 그 빛의 방향과 거리를 통해 레토는 그곳이 빛이 낮게 깔린 추운 북쪽의 금욕적인 장소에서 남쪽의 더 따뜻한 지역으로 멀리 옮겨진 도시 월포트라는 것을 알 수 있었다. 그 도시의 빛은 그의 과거 속으로 열린 창문과 같았다. 그는 그 광선이 자신의 가슴을 꿰뚫고, 인간의 피부를 대신한 비늘이 있는 두꺼운 막을 똑바로 꿰뚫는 것을 느꼈다.

'난 약점이 있다.'

그러나 그는 자신이 이곳의 주인임을 알고 있었다. 그리고 이 행성은 그의 주인이었다.

'나는 이 행성의 일부야.'

그는 흙을 직접 집어삼켰으며 오로지 물만 거부했다. 인간의 것인 그의 입과 허파는 아직 남아 있는 인간다움을 지탱하기에 딱 충분할 만큼의 호흡…… 그리고 말하는 기능만으로 격하되었다.

레토는 시오나의 등을 향해 말했다. "나는 얘기를 좋아한다. 내가 더 이상 대화를 할 수 없게 되는 날이 두려워."

그녀는 확실히 머뭇거리는 태도로 몸을 돌려 달빛 속에서 그를 물끄러미 바라보았다. 그녀의 표정에 혐오감이 꽤나 역력히 드러나 있었다.

"많은 사람들의 눈에 내가 괴물로 보인다는 데에는 나도 동의한다." 그가 말했다.

"저를 왜 이리로 부른 거죠?"

'곧장 핵심을 찌르는군!' 그녀는 옆으로 벗어나려 하지 않았다. 아트레이데스 가문 사람들은 대부분 이런 식이었다고 그는 생각했다. 이것은 그들을 교배시키면서 보존하고 싶었던 특징이었다. 이 특징은 그들의 내면에 강한 정체감이 있음을 말해 주었다.

"나는 '시간'이 네게 어떤 영향을 미쳤는지 알아내야 한다." 그가 말했다.

"왜 그래야 하죠?"

'목소리에 두려움이 조금 들어 있군. 그녀는 내가 자신의 보잘것없는 반항과 살아 있는 동료들의 이름을 알아내려 할 거라고 생각하고 있다.'

그가 침묵을 지키자 그녀가 말했다. "내 친구들을 죽인 것처럼 나도 죽일 생각인가요?"

'그래, 대사관에서 일어난 싸움 얘기를 들은 모양이군. 그리고 자기가 과거에 저지른 반란 행위에 대해 내가 전부 안다고 생각하고 있어. 모네오가 그녀에게 계속 훈계를 한 거다, 제기랄! 하긴…… 나도 그와 같은 입장이라면 똑같은 짓을 했을지도 모르지.'

"당신은 정말 신인가요?" 그녀가 다그치듯 물었다. "아버지가 왜 그렇게 믿는지 난 이해를 못 하겠어요."

'그녀는 약간의 의심을 갖고 있다. 아직 내가 움직일 공간이 있어.' 그는 생각했다.

"여러 가지 정의들이 존재한다. 모네오에게 나는 신이디……. 그리고 그것이 진실이지."

"옛날에 당신은 인간이었어요."

그는 그녀의 지적인 도약들을 즐기기 시작했다. 그녀는 아트레이데스 가문의 상징인 확신에 찬 사냥꾼의 호기심을 갖고 있었다.

"내게 호기심을 갖고 있군. 나도 똑같다. 나도 네게 호기심을 갖고 있어."

"왜 내가 호기심을 느낀다고 생각하는 거죠?"

"너는 어렸을 때 나를 아주 신중하게 관찰하곤 했다. 오늘 밤 네 눈에서 그때와 똑같은 표정이 보인다."

"그래요, 난 당신처럼 되는 것이 어떤 것인지 계속 궁금했어요."

그는 잠시 동안 그녀를 유심히 살펴보았다. 달빛이 그녀의 눈 밑에 그림자를 그려 그 눈을 감춰버렸다. 그는 그녀의 눈이 자기 눈처럼 완전한 푸른색, 스파이스 중독을 나타내는 푸른색이라는 상상을 스스로에게 허락할 수 있었다. 그 상상 속의 특징이 덧붙여진 시오나는 오래전에 죽은 그의 가니와 이상할 정도로 닮은 모습이었다. 그녀의 얼굴 윤곽과 눈의 위치가 그러했다. 그는 하마터면 시오나에게 이 얘기를 할 뻔했지만 마음을 고쳐먹었다.

"당신은 인간들의 음식을 먹나요?" 시오나가 물었다.

"모래송어 피부를 입은 후 오랫동안 나는 위장의 굶주림을 느꼈다. 때로 음식을 먹어보려고 시도하곤 했지. 내 위장은 대개 음식을 거부했다. 모래송어의 섬모가 내 인간 몸속의 거의 모든 곳에 퍼져 있었어. 음식을 먹는 건 귀찮은 일이 되었다. 요즘 나는 가끔 약간의 스파이스가 들어 있기도 한 건조한 물질들만을 섭취한다."

"당신이…… 멜란지를 먹어요?"

"가끔."

"하지만 이제 더 이상 인간들 같은 굶주림을 느끼지 않는다고요?"

"그런 말은 하지 않았다."

그녀는 그의 말을 기다리면서 뚫어지게 그를 바라보았다.

레토는 말없이 질문을 던지는 그녀의 솜씨에 감탄했다. 그녀는 영리했으므로 아직 젊은 나이에도 많은 것을 알고 있었다.

"위장의 굶주림은 암담한 감정이었다. 내가 해결할 수 없는 고통이었지. 그러면 나는 달리기를 했다. 정신 나간 짐승처럼 모래언덕 위를 달렸어." 그가 말했다.

"당신이…… 달렸다고요?"

"그때 내 다리는 몸에 비해 길었다. 나는 상당히 쉽게 내 몸을 움직일 수 있었어. 하지만 굶주림의 고통은 결코 나를 떠나지 않았다. 그건 나의 잃어버린 인간성에 대한 굶주림인 것 같다."

그는 그녀가 내키지는 않지만 연민을 느끼기 시작하는 것을, 그녀의 의문을 보았다.

"지금도 그…… 고통을 느끼나요?"

"이제는 타는 듯한 느낌이 가볍게 느껴질 뿐이다. 그건 나의 변신이 마지막 단계에 접어들었다는 징조 중 하나지. 몇백 년 후면 나는 모래 밑으로 돌아가 있을 것이다."

그는 그녀가 양 옆구리에서 주먹을 꽉 쥐는 것을 보았다. "왜죠? 왜 이런 짓을 한 거예요?" 그녀가 다그치듯 물었다.

"이 변화가 나쁘기만 한 것은 아니다. 예를 들어, 오늘은 아주 즐거웠다. 꽤나 달콤한 기분이야."

"우리가 볼 수 없는 변화들이 있겠죠. 틀림없이 있을 거예요." 그녀는 주먹을 풀었다.

"내 시각과 청각은 극도로 날카로워졌다. 그러나 촉각은 아냐. 얼굴을 제외하면, 나는 옛날처럼 사물을 느끼지 못한다. 그게 그리워."

그는 또다시 마지못한 연민을, 그의 감정에 공감하며 이해하려는 몸부림을 보았다. 그녀는 '알고' 싶어 했다!

"그렇게 오래 살면 '시간'의 흐름이 어떻게 느껴지죠? 세월이 흐를수록 '시간'이 더 빠르게 움직이나요?"

"그게 이상한 점이다, 시오나. 때로 '시간'은 질주하듯 내 옆을 지나간다. 그리고 때로는 기어가는 것 같지."

대화를 나누면서 레토는 줄곧 방 안에 숨겨진 빛의 세기를 점점 줄이고, 수레를 시오나에게 더 가까이 옮겨 갔다. 이제 그는 불빛을 완전히 차단하고 달빛만 남겨놓았다. 수레의 전면이 발코니 위로 불쑥 튀어나왔고, 그의 얼굴은 시오나에게서 겨우 2미터 떨어진 곳에 있었다.

"아버지가 말씀하셨어요. 나이를 먹을수록 당신의 시간이 느려진다고. 당신이 아버지에게 그런 말을 한 건가요?"

'내 진실성을 시험하고 있군. 그렇다면 그녀는 진실을 말하는 자가 아니라는 얘기다.' 그는 생각했다.

"모든 것은 상대적이다. 그러나 인간의 시간 감각과 비교하면 그것은 진실이다."

"왜죠?"

"그건 내가 앞으로 될 존재와 관련되어 있다. 종국에 이르러 내게는 '시간'이 멈출 것이며, 나는 얼음 속에 붙들린 진주처럼 얼어붙을 것이다. 내 새로운 몸은 산산이 흩어질 것이다. 그리고 각각의 조각 속에 진주 하나가 숨겨져 있을 것이다."

그녀는 그에게서 시선을 돌려 바깥의 사막을 바라보았다. 그리고 그대로 입을 열었다.

"여기 어둠 속에서 당신과 이렇게 얘기하고 있으니 당신이 어떤 존재인지 거의 잊어버릴 것 같아요."

"그 때문에 지금 이 시간을 만남의 시간으로 고른 것이다."

"하지만 왜 이곳이죠?"

"내가 집에 온 것 같은 편안함을 느낄 수 있는 마지막 장소니까."

시오나는 난간을 등지고 서서 거기에 몸을 기대며 그를 바라보았다. "난 당신을 보고 싶어요."

그는 발코니의 바깥쪽 가장자리에 있는 지붕을 따라 설치된 강렬한 하얀색 발광구들을 비롯해서 방 안의 모든 불을 켰다. 불이 들어옴에 따라 우묵하게 들어간 벽 속에서 익스 인들이 만든 투명막이 스르르 솟아나와 시오나의 등 뒤에서 발코니를 완전히 감쌌다. 그녀는 막이 자기 뒤에서 움직이는 것을 느끼고 깜짝 놀랐지만 이해했다는 듯이 고개를 끄덕였다. 그녀는 그것이 공격을 막기 위한 방어 장치라고 생각했다. 그러나 그렇지 않았다. 그 벽은 단순히 축축한 밤벌레들을 막기 위한 것일 뿐이었다.

시오나는 레토를 뚫어지게 바라보며 그의 몸을 훑어보았다. 그녀는 한 때 그의 다리였던 뭉툭한 조각에 잠깐 시선을 멈췄다가 팔과 손으로, 그리고 얼굴로 차례차례 시선을 옮겼다.

"당신이 승인한 역사책들은 모든 아트레이데스 사람들이 당신과 당신의 누이 가니마의 후손이라고 말하고 있어요. 구전 역사의 얘기는 다르죠." 그녀가 말했다.

"구전 역사가 맞다. 네 조상은 하르크 알 아다야. 가니와 나는 명목상의 결혼을 했을 뿐이다. 힘을 강화하기 위한 조치였지."

"그 익스 여자와 당신의 결혼처럼요?"

"그건 다르다."

"당신은 아이를 낳을 건가요?"

"내겐 한 번도 아이를 낳을 수 있는 능력이 없었다. 나는 그것이 가능해지기 전에 변신을 선택했다."

"당신은 아이였다가 그다음에는……." 그녀는 그를 가리키며 말을 이었다. "이렇게 된 건가요?"

"곧바로 그렇게 되었지."

"아이가 뭘 선택해야 하는지 어떻게 알 수 있죠?"

"나는 이 우주에 태어난 아이들 중 가장 나이 많은 아이였다. 가니도 그랬지."

"당신이 조상들의 기억을 갖고 있다는 얘기!"

"그 얘기는 진실이다. 우린 모두 여기 있어. 구전 역사도 그렇게 말하고 있지 않나?"

그녀는 휙 몸을 돌리고, 그를 향해 드러난 등에 뻣뻣하게 힘을 주었다.

레토는 이 '인간적인' 몸짓에 자신이 매혹되었음을 다시 한번 깨달았다. 거부와 연약함의 결합. 이윽고 그녀가 돌아서서 두건 모양으로 접힌 피부 속에 들어 있는 그의 이목구비에 시선을 집중했다.

"당신은 아트레이데스의 모습을 갖고 있군요."

"나도 너처럼 정당하게 그 모습을 얻었다."

"당신은 굉장히 나이가 많은데…… 왜 주름이 없죠?"

"내 몸에서 인간으로 남아 있는 부분은 모두 정상적으로 늙지 않는다."

"당신이 자기 자신에게 이런 짓을 한 건 그 때문인가요?"

"장수를 즐기려고? 아니다."

"사람이 어떻게 그런 선택을 할 수 있는지 도저히 모르겠어요." 그녀가 중얼거렸다. 그리고 조금 큰 목소리로 말을 이었다. "결코 사랑도 경험하지 못하고……."

"바보 흉내를 내고 있구나! 사랑이 아니라 성행위를 얘기하고 싶은 거겠지."

그녀는 어깨를 으쓱했다.

"너는 내가 성행위를 포기한 것이 가장 지독하다고 생각하나? 아니다. 내게 가장 큰 상실감을 안겨준 것은 그것과 아주 거리가 멀다."

"뭔데요?" 그녀는 내키지 않는 듯이 물었다. 그가 그녀의 마음을 얼마나 깊이 건드리고 있는지 무심코 드러내는 행동이었다.

"나는 아무렇지도 않게 친구들과 함께 걸을 수 없다. 나는 이제 너희와 같지 않아. 나는 혼자다. 사랑? 많은 사람들이 나를 사랑하지만, 내 모습이 우리를 멀리 떨어뜨려 놓는다. 우리는 아주 멀리 떨어져 있다, 시오나. 다른 어떤 인간도 감히 다리를 놓을 엄두를 낼 수 없을 만큼 멀어."

"당신의 익스 여자도 못 하나요?"

"그래, 할 수만 있다면 그녀는 그렇게 할 거다. 그러나 그녀는 할 수 없어. 그녀는 아트레이데스가 아니다."

"그건 내가…… 할 수 있다는 뜻이에요?" 그녀가 손가락으로 자기 가슴을 가리켰다.

"모래송어가 주위에 충분히 있다면. 불행히도 모든 모래송어들이 내 몸을 감싸고 있다. 그러나 만약 내가 죽는다면……."

그녀는 이 말에 소리조차 낼 수 없는 두려움을 느끼며 고개를 흔들었다.

"구전 역사의 얘기는 정확하다. 그리고 우리는 네가 구전 역사를 믿는다는 점을 결코 잊어서는 안 된다."

그녀는 계속해서 고개를 흔들었다.

"거기에 비밀은 없다. 변신의 첫 순간들이 중요하지. 네 의식은 안쪽과 바깥쪽으로 동시에 돌진해야 한다. '무한'과 하나가 되어서. 나는 네가 이것을 성취하기 위해 필요한 멜란지를 충분히 공급해 줄 수 있다. 스파이스가 충분하면, 너는 처음의 그 끔찍한 순간들을 이겨내고 살 수 있을 거야……. 그리고 그 밖에 다른 모든 순간들도."

그녀의 몸이 걷잡을 수 없이 떨렸다. 그녀의 시선은 그의 눈에 고정되어 있었다.

"넌 내가 진실을 말하고 있다는 걸 알고 있다, 그렇지?"

그녀는 고개를 끄덕이고 떨리는 숨을 깊이 들이쉰 다음 입을 열었다. "왜 그랬어요?"

"이 길의 대안이 훨씬 더 끔찍했다."

"무슨 대안인데요?"

"때가 되면 너도 이해할 수 있을 거다. 모네오도 그랬다."

"그 저주받은 황금의 길 따위!"

"결코 저주받은 게 아니다. 상당히 신성하지."

"내가 바본 줄……."

"난 네가 경험은 없지만 너 스스로 짐작조차 못 하는 커다란 잠재력을 갖고 있다고 생각한다."

그녀는 세 번 심호흡을 하고 어느 정도 차분함을 되찾은 후 입을 열었다. "당신이 그 익스 여자와 짝짓기를 할 수 없다면, 무슨……."

"아이야, 왜 제대로 이해하지 못한 척 고집을 부리는 거지? 중요한 건 성행위가 아니다. 호위가 나타나기 전에 나는 한 쌍이 될 수 없었다. 나와 같은 사람이 하나도 없었어. 이 우주 공간 전체에서 나는 혼자였다."

"그녀가…… 당신과 같다고요?"

"고의로 그렇게 된 거다. 익스 인들이 그녀를 그런 식으로 만들었지."

"만들다니……."

"멍청하게 굴지 마! 그녀는 본질적으로 신을 잡기 위한 함정이다. 그 함정의 희생물조차 그녀를 거부하지 못해."

"왜 내게 이런 얘기들을 하는 거죠?" 그녀가 속삭이듯 말했다.

"너는 내 일기 사본 두 권을 훔쳐 갔다. 넌 조합의 번역본을 읽고 무엇으로 날 잡을 수 있는지 이미 알고 있어."

"알고 있었어요?"

그는 그녀의 자세에 대담함이, 그녀 자신의 힘에 대한 감각이 되돌아오는 것을 느꼈다. "그래, 당연히 알고 있었겠죠." 그녀가 자신의 질문에 스스로 답했다.

"그건 내 비밀이었다. 내가 한 동반자를 사랑했다가 그 동반자가 스르르 떨어져 나가는 걸 본 게 몇 번이나 되는지 넌 상상도 할 수 없을 거다……. 지금 네 아버지가 스르르 떨어져 나가고 있는 것처럼."

"당신이…… 아버지를 사랑한다고요?"

"난 네 어머니도 사랑했다. 때로는 사람들이 너무 빨리 사라져버리지. 때로는 고통스러울 정도로 천천히 사라지기도 하고. 매번 나는 커다란 고통을 받는다. 나는 무정한 척할 수도 있고, 꼭 필요한 결정을 내릴 수도 있다. 심지어 생명을 빼앗는 결정까지도. 그러나 그 고통에서 도망칠 수는 없다. 아주, 아주 오랫동안, 네가 훔쳐 간 그 일기에 적힌 대로, 그것이 내가 경험한 유일한 감정이었다."

그는 그녀의 눈에 물기가 어린 것을 보았다. 그러나 그녀의 턱은 여전히 분노가 섞인 결의를 보여주고 있었다.

"그 어떤 것도 당신에게 통치할 권리를 주지는 못해요." 그녀가 말했다.

레토는 미소를 억눌렀다. 마침내 시오나의 반항심의 뿌리에 이른 것이다.

'무슨 권리로 통치하느냐고? 내 통치에 정의가 있는가? 물고기 웅변대라는 무기의 무게로 내 통치를 강요하는 것이 인류 진화의 추진력에 대해 공정한 행동인가? 나는 혁명적인 표어들, 표어랍시고 내세운 쓸데없는 말들, 반향을 일으키는 구절들을 모두 알고 있다.'

"내가 휘두르는 힘 속에 너의 반항적인 손도 있음을 전혀 보지 못하는군." 그가 말했다.

그녀의 젊음은 아직도 자기 자신의 순간을 요구하고 있었다.

"난 당신을 통치자로 선택한 적 없어요."

"그러나 너는 나를 강하게 만들어준다."

"어떻게?"

"내게 반대함으로써. 나는 너와 같은 자들에게 내 발톱을 갈아 날카롭게 만들지."

그녀는 느닷없이 그의 손을 살짝 바라보았다.

"비유를 한 거다." 그가 말했다.

"그러니까 내가 마침내 당신의 화를 돋운 거군요." 그녀는 그의 말과 어조에서 통렬한 분노만을 느낀 모양이었다.

"넌 내 화를 돋우지 않았다. 우리는 혈연이니, 가족이라는 틀 안에서 서로에게 퉁명스러운 말을 할 수도 있지. 사실을 말하자면, 네가 나를 두려워할 이유보다 내가 너를 두려워해야 할 이유가 훨씬 더 많다."

이 말에 그녀는 깜짝 놀랐지만 그것은 순간에 불과했다. 그는 그녀가 이 말을 믿고 어깨를 딱딱하게 굳혔다가, 다시 의심하기 시작하는 것을 보았다. 그녀가 턱을 내리며 그를 올려다보았다.

"위대하신 레토 신께서 저를 두려워할 이유가 과연 뭘까요?"

"너의 무지한 폭력성."

"당신이 '육체적으로' 취약하다는 얘긴가요?"

"딱 한 번만 네게 경고하겠다, 시오나. 내가 말장난에 장단을 맞추는 데에는 한계가 있다. 너와 익스 인들은 내가 사랑하는 자들이 육체적으로 취약하다는 걸 알고 있다. 곧, 제국 대부분이 그걸 알게 될 것이다. 이런 정보는 아주 빨리 움직이거든."

"그리고 사람들은 '모두' 당신이 무슨 권리로 통치하고 있는지 물을 거예요!"

그녀의 목소리에 환희가 있었다. 그것이 레토의 마음속에 갑작스러운 분노를 불러일으켰다. 그는 그 분노를 억제하기가 어렵다는 것을 깨달았다. 인간적인 감정들과 관련해서 그가 혐오스럽게 생각하는 측면이 바로 이런 것이었다. '고소해하고 있어!' 어느 정도 시간이 흐른 후에야 그는 대답할 수 있었다. 그는 자신이 이미 본 그녀의 취약점을 베어 방어막을 뚫어버리기로 했다.

"나는 고독의 권리로 통치한다, 시오나. 나의 고독은 일부는 자유이고, 일부는 노예 생활이다. 나의 고독은 내가 그 어떤 인간 집단에게도 매수당할 수 없다고 말한다. 내가 너희에게 노예처럼 종속돼 있다는 건 내가 군주로서 가진 모든 능력을 최선으로 발휘해 너희 모두를 섬길 거라는 뜻이다."

"하지만 익스 인들이 이미 당신을 잡았어요!"

"아니. 그들은 나를 강하게 만들어주는 선물을 주었다."

"그 선물은 당신을 약하게 만들고 있어요!"

"그것도 사실이지." 그가 인정했다. "그러나 아주 강력한 세력들이 여전히 내게 복종하고 있다."

"아아, 그렇지. 그건 나도 알겠네요." 그녀가 고개를 끄덕였다.

"넌 알지 못한다."

"그럼 당신이 내게 설명해 주겠군요." 그녀가 이죽거렸다.

그가 입을 열었다. 그의 목소리가 너무나 조용했기 때문에 그녀는 그 말을 들으려고 그에게 몸을 기울여야 했다. "내게 뭔가를 부탁할 수 있는 사람은 종류를 막론하고 어디에도 없다. 나눔도, 타협도, 심지어 아무리 변변찮더라도 다른 통치 체제가 생겨나게 해달라는 것도 요구할 수 없어. 나는 유일한 혼자다."

"심지어 그 익스 여자도……."

"그녀는 나와 너무 흡사하기 때문에 그런 식으로 날 약하게 만들려 하지 않을 거다."

"하지만 익스 대사관이 공격받았을 때……."

"어리석음은 지금도 내 화를 돋울 수 있다."

그녀는 그를 향해 험악한 표정을 지었다.

레토는 그 표정이 무의식적이라는 점에서 예쁘다고 생각했다. 그는 자신이 그녀로 하여금 생각을 하게 만들었다는 것을 알고 있었다. 그는 독특함이라는 것에 그 어떤 권리가 결합될 수 있다는 생각을 그녀가 전에 한 번도 해본 적이 없다고 확신했다.

그는 말없이 인상을 찌푸린 그녀에게 말했다. "내 것과 정확하게 똑같은 정부는 일찍이 한 번도 존재하지 않았다. 우리의 모든 역사를 통틀어도 없다. 내가 희생한 것에 대한 대가를 완전히 받아냄으로써 책임을 져야 할 사람은 나 자신뿐이다."

"희생이라니!" 그녀가 코웃음을 쳤다. 그러나 그는 그녀가 자신의 말에 회의를 품게 되었음을 알아챘다. "모든 폭군들이 그와 비슷한 말을 하죠. 당신이 책임져야 할 사람이 당신 자신뿐이라니요!"

"그 때문에 모든 살아 있는 것이 내 책임이 된다. 나는 이 시간들을 통해서 너희를 보살피고 있다."

"무슨 시간들을 통해서요?"

"존재할 수도 있었지만 이제는 더 이상 존재하지 않는 시간들."

그는 그녀가 망설이고 있음을 보았다. 그녀는 자신의 '본능'을, 훈련되지 않은 예언 능력을 믿지 못했다. 그녀가 그의 일기를 훔쳐 갔을 때처럼 가끔 도약할 수 있을지는 몰라도, 그렇게 도약하기 위한 동기는 그 뒤를 이은 뜻밖의 새로운 사실 속에서 사라져버렸다.

"아버지 말씀으로는 당신이 말로 아주 교활한 잔꾀를 부릴 수 있다고 하더군요."

"그는 그걸 당연히 알고 있을 거다. 하지만 네가 그 안에 동참해야만 얻을 수 있는 지식이 있다. 멀리 떨어져 서서 바라보며 입으로 떠들어대는 것만으로는 결코 배울 수 없어."

"아버지 말씀이 바로 그런 뜻이었어요."

"그 말이 옳다. 그건 논리적이지 않아. 그러나 그건 빛이며 사물을 볼 수 있지만 자기 자신은 보지 못하는 눈이다."

"얘기하는 건 이제 질렸어요."

"나도 그렇다." 그는 속으로 생각했다. '난 이제 볼 만큼 보았고, 할 만큼 했다. 그녀는 자신의 회의를 향해 활짝 열려 있어. 저들이 자신의 무지 속에서 얼마나 취약한지!'

"당신은 내게 아무것도 납득시키지 못했어요." 그녀가 말했다.

"그건 이 만남의 목적이 아니었다."

"그럼 목적이 뭐였죠?"

"네가 시험받을 준비가 되었는지 보는 것."

"시험이라니……." 그녀는 오른쪽으로 약간 고개를 갸우뚱한 채 그를 뚫어지게 바라보았다.

"나한테 순진한 척하지 마라. 모네오가 이미 말해 주었을 거다. 그리고 지금 말하건대, 너는 준비가 되었다!"

그녀는 침을 꿀꺽 삼키려 하다가 입을 열었다. "무슨……."

"너를 요새로 다시 데려가라고 모네오를 불렀다. 우리가 다시 만날 때에는 네가 어떤 인간인지 정말로 알게 될 거다." 그가 말했다.

※∞※

'엄청나게 비축된 스파이스'에 대해 세간에 떠도는 애기를 알고 있는가? 그래, 나도 그 이야기를 알고 있다. 어느 날 황실 집사장이 나를 즐겁게 해주려고 그 애기를 내게 가져왔다. 그 이야기에 따르면 어딘가에 멜란지가 비축되어 있으며, 그 양이 엄청나다고, 커다란 산만큼 크다고 했다. 그 저장소는 먼 행성 깊숙이 숨겨져 있다. 그 행성이 아라키스는 아니다. 듄이 아니다. 스파이스는 오래전 그곳에 숨겨졌다. 제1제국과 우주 조합이 나타나기도 전에. 그 이야기에 따르면, 폴 무앗딥이 그곳으로 가서 비축된 스파이스로 목숨을 부지하며 그 옆에서 아직도 살고 있다고 했다. 뭔가를 기다리며. 황실 집사장은 이 애기가 왜 내 심기를 불편하게 하는지 이해하지 못했다.

—『도난당한 일기』

아이다호는 요새에 있는 자신의 거처를 향해 회색 플래스톤으로 된 복도를 따라 성큼성큼 걸어가면서 분노로 몸을 떨었다. 경비가 배치된 장소를 지날 때마다 대원들은 재빨리 차려 자세를 취했다. 그는 거기에 응답하지 않았다. 아이다호는 자신이 그들을 불안하게 만들고 있다는 걸 알고 있었다. 대장의 기분은 어느 누구도 착각할 수 없을 만큼 분명했다. 그러나 그는 단호한 걸음걸이를 누그러뜨리지 않았다. 그의 군화가 무겁게 쿵쿵 바닥을 딛는 소리가 벽을 따라 울렸다.

점심 식사로 먹은 음식 맛이 아직도 입안에 남아 있었다. 잡곡을 향초로 양념해서 혀를 찌르는 가짜 고기 조각 옆에 놓고 구운 다음 젓가락을 이용해서 먹는, 묘하게 낯익은 아트레이데스 음식이었다. 그리고 이 모든 것을 씻어 내린 것은 깨끗한 시드리트 주스 한 잔이었다. 모네오는 근위대 식당에서 구석 자리에 혼자 앉아 접시 옆에 지역 작전 일정표를 세워놓고 있는 그를 발견했다.

모네오는 허락도 받지 않고 아이다호의 맞은편에 앉아 작전 일정표를 옆으로 치워버렸다.

"신황제의 메시지를 가져왔소." 모네오가 밀했다.

단단하게 절제된 어조는 이것이 결코 우연한 만남이 아님을 아이다호에게 경고해 주었다. 다른 사람들도 그것을 느낀 모양이었다. 먼저 근처 테이블의 대원들부터 소리를 죽이고 귀를 기울이기 시작하더니, 침묵이 식당 전체로 번져나갔다.

아이다호는 젓가락을 내려놓았다. "그래요?"

"신황제께서 직접 하신 말씀이오. '던컨 아이다호가 흐위 노리에게 마음을 빼앗긴 것은 나의 불운이다. 이런 불운은 결코 계속돼서는 안 된다.'"

분노 때문에 입술이 가늘어졌지만 아이다호는 아무 말도 하지 않았다.

"그런 바보짓은 우리 모두를 위험에 빠뜨리는 짓이오. 노리 님은 신황제의 약혼자요." 모네오가 말했다.

아이다호는 분노를 억누르려고 했지만, 그의 입에서 나온 말에는 감정이 드러나 있었다. "그는 그녀와 결혼할 수 없어!"

"왜 안 된다는 거요?"

"그가 지금 무슨 장난을 치고 있는 거요, 모네오?"

"나는 단 하나의 메시지를 갖고 온 전령일 뿐이오. 그뿐이야."

아이다호가 낮고 위협적인 목소리로 말했다. "하지만 그는 당신에게 속내를 털어놓잖소."

"신황제께서는 당신에게 연민을 느끼고 계시오." 모네오는 거짓말을 했다.

"연민을 느낀다니!" 아이다호가 소리를 지르자 식당 안의 침묵이 한층 더 깊어졌다.

"노리 님은 분명히 매력적인 여성이오. 하지만 당신을 위한 사람은 아니오."

"신황제가 말씀하셨으니, 달리 호소해 볼 길이 없겠군." 아이다호가 이죽거렸다.

"당신이 메시지를 이해한 것 같군요." 모네오가 말했다.

아이다호는 식탁에서 몸을 일으키려 했다.

"어디 가는 거요?" 모네오가 다그치듯 물었다.

"지금 당장 그와 결판을 내겠소!"

"그건 확실한 자살 행위요."

아이다호는 주위의 식탁에서 열심히 귀 기울이고 있는 대원들을 갑작스레 의식하며 모네오를 노려보았다. 무앗딥이라면 즉시 알아보았을 표정이 아이다호의 얼굴에 나타났다. 무앗딥은 그것을 '악마의 관람석을 향한 연기'라고 불렀다.

"원래 아트레이데스 공작들이 항상 뭐라고 말했는지 아시오?" 아이다호가 물었다. 조롱하는 듯한 목소리였다.

"그게 관계있는 얘기요?"

"그분들은 누구든 절대적인 통치자를 바라볼 때 우리의 자유가 모두 사라져버린다고 하셨소."

모네오는 두려움 때문에 뻣뻣하게 굳은 채 아이다호를 향해 몸을 기울였다. 모네오의 입술은 거의 움직이는 것 같지도 않았다. 그의 목소리는 속삭임과 흡사했다. "그런 말은 하지 마시오."

"이 여자들이 그 말을 보고할 테니까?"

모네오는 믿을 수 없다는 듯 고개를 가로저었다. "당신은 다른 던컨들 그 어느 누구보다도 무모한 사람이군."

"그래요?"

"제발 부탁이오! 이런 태도를 취하는 건 지극히 위험해요."

아이다호는 불안한 동요가 식당 전체를 휩쓰는 소리를 들었다.

"그가 우리를 죽이기밖에 더하겠소?" 아이다호가 말했다.

모네오는 긴장된 어조로 속삭였다. "이 멍청이! 조금만 도발해도 '벌레'가 그분을 지배할 수 있단 말이오!"

"'벌레'라고 하셨소?" 아이다호가 불필요하게 큰 목소리로 말했다.

"그분을 믿어야 하오."

아이다호는 좌우를 흘끗 바라보았다. "그래, 저들이 그 말을 들은 것 같군."

"그분은 그 한 몸 속에서 결합된 수십억, 수백억의 사람들이오."

"나도 그렇게 들었소."

"그분은 신이고 우리는 인간이오."

"신이 어떻게 사악한 짓을 할 수 있는 거요?"

모네오는 의자를 불쑥 뒤로 밀면서 뛰듯이 일어섰다. "당신에 대해서 나는 손을 씻겠소!" 그리고 홱 몸을 돌려 서둘러 나가버렸다.

아이다호는 식당 안을 바라보며 모든 대원들의 시선이 자신에게 쏠려 있음을 깨달았다.

"모네오는 판단을 내리지 않지만, 나는 판단을 내린다."

순간 그는 몇몇 대원들이 비틀린 미소를 짓고 있는 것을 언뜻 보고 깜짝 놀랐다. 대원들은 모두 다시 식사를 하기 시작했다.

요새의 복도를 성큼성큼 걸어가면서 아이다호는 이 대화 내용을 곱씹으며 모네오의 행동에서 이상한 점을 찾으려고 했다. 그의 공포를 인식하는 것도 심지어 이해하는 것도 가능했지만, 그 공포는 죽음에 대한 두려움보다 훨씬 큰 것 같았다……. 훨씬, 훨씬 더.

"'벌레'가 그분을 지배할 수 있단 말이오."

모네오는 어쩌다 보니 무심코 이 말을 하게 된 것 같았다. 자기도 모르게 속내를 드러낸 것이다. 이 말이 도대체 무슨 의미일까?

"다른 던컨들 그 어느 누구보다도 무모한 사람이군."

자기가 '미지의 존재인 자기 자신'과 비교되어야 하다니. 화가 났다. 그 '다른 던컨들'은 얼마나 조심스럽게 행동했던 걸까?

그는 자신의 방문 앞에 도착해서 손바닥 잠금 장치에 한 손을 대고 잠시 망설였다. 마치 사냥꾼에게 쫓겨서 자신의 굴로 도망친 짐승이 된 것 같았다. 지금쯤이면 식당 안에 있던 대원들이 레토에게 그때의 대화를 분명히 보고했을 것이다. '신'황제는 과연 어찌할 것인가? 아이다호의 손이 잠금 장치를 훑었다. 문이 안쪽으로 열렸다. 그는 거처로 들어가 문을 바라보며 닫았다.

'그가 나를 불러오라고 물고기 웅변대를 보낼까?'

아이다호는 입구 주위를 흘끗 둘러보았다. 옷걸이와 신발걸이, 등신대의 거울, 무기를 넣어두는 수납장 등이 있는 전통적인 공간이었다. 그는 수납장의 닫힌 문을 바라보았다. 그 문 뒤에 있는 무기들 중 어떤 것도 신황제에게 진정한 위협이 되지 못했다. 거기에는 심지어 레이저총도 없었다……. 레이저총조차 '벌레'에게는 효과가 없다는 것이 모든 사람들의 공통된 얘기이기는 했지만.

'그는 내가 자기에게 반항하리라는 것을 알고 있다.'

아이다호는 한숨을 쉬며 거실로 이어진 아치형 문을 바라보았다. 모네오가 보들보들한 가구들을 더 무겁고 딱딱한 것들로 바꿔주었다. 그 가구들 중 일부가 프레멘의 것임을 알아볼 수 있었다. 박물관 프레멘들의 금고에서 골라 온 모양이었다.

'박물관 프레멘이라니!'

아이다호는 침을 뱉고 성큼성큼 아치형 문을 통과했다. 그러나 방 안으로 두 걸음 들어간 후에 너무나 놀라서 걸음을 멈췄다. 북쪽 창문에서 들어오는 부드러운 빛 속에 흐위 노리가 있었다. 그녀는 골격에 캔버스지만 씌운 나지막한 긴 의자에 앉아 있었다. 희미하게 반짝이는 파란색 드레스가 아래로 늘어지면서 몸매를 드러내주었다. 그가 안으로 들어오는 소리에 흐위가 시선을 들었다.

"당신이 해를 입지 않았다니 정말 다행이에요." 그녀가 말했다.

아이다호는 입구를, 손바닥 잠금 장치가 있는 문을 살짝 뒤돌아보았다. 그리고 생각에 잠긴 듯한 시선으로 다시 흐위를 바라보았다. 소수의 선택된 근위대원들을 제외하고는 어느 누구도 그 문을 열 수 없어야 했다.

그녀가 혼란스러워하는 그를 향해 미소를 지었다. "저희 익스 인들이 저 잠금 장치를 만들었죠."

그는 그녀에 대한 걱정이 마음을 가득 채우는 것을 느꼈다. "여긴 웬일입니까?"

"우린 얘기를 해야 해요."

"무엇에 대해서요?"

"던컨……." 그녀는 고개를 저으며 말을 이었다. "우리에 대해서."

"그들이 당신에게 경고를 했군요."

"당신을 거절하라는 얘기를 들었어요."

"모네오가 당신을 보냈군!"

"식당에서 당신들의 얘기를 엿들은 경비병 두 명이 저를 데려다주었어요. 그들은 당신이 커다란 위험에 처해 있다고 생각해요."

"그래서 여기 온 겁니까?"

그녀는 자리에서 일어섰다. 레토의 할머니 제시카가 움직이던 모습을 연상시키는 우아한 동작이었다. 근육은 그녀와 똑같이 부드럽게 통제되고 있었고 모든 움직임이 아름다웠다.

깨달음이 충격으로 다가왔다. "당신은 베네 게세리트……."

"아니에요! 제 스승들 중에 베네 게세리트가 있었지만, 저는 베네 게세리트가 아닙니다."

의심이 그의 정신에 구름을 드리웠다. 레토의 제국에서 사실은 누가 누구에게 충성하고 있는 걸까? 그런 문제에 대해 골라가 아는 것이 도대체 무엇일까?

'내가 마지막 살았던 시절 이후의 변화들은…….'

"당신은 아직도 그냥 단순한 익스 인인 것 같군요." 그가 말했다.

"제발 나를 비꼬지 말아요, 던컨."

"당신의 정체가 무엇입니까?"

"저는 신황제의 신부가 될 사람이에요."

"그리고 당신은 충실하게 그를 섬기겠군요!"

"그럴 거예요."

"그럼 우리가 얘기할 건 하나도 없습니다."

"우리 사이의 이 일만 제외하고는요."

그는 목소리를 가다듬었다. "무슨 일 말입니까?"

"서로 끌리는 것." 그가 뭐라고 말하려 하자 그녀가 한 손을 들어 올렸다. "저는 당신 품에 몸을 던지고 싶어요. 사랑과 안식처를 찾고 싶어요. 당신 품에 그것이 있다는 걸 내가 분명히 아니까. 당신도 그걸 원하잖아요."

그는 몸에 뻣뻣하게 힘을 주었다. "신황제가 금지하는 일입니다!"

"하지만 난 여기 있어요." 그녀가 그를 향해 두 걸음 다가섰다. 드레스가 그녀의 전신에서 잔물결을 일으켰다.

"흐위……." 그는 바싹 마른 목구멍으로 침을 삼키려고 애썼다. "당신이 떠나는 게 최선입니다."

"신중하기는 하지만 최선의 방법은 아니죠."

"당신이 여기 왔다는 걸 그가 알게 되면……."

"당신을 이런 식으로 남겨두고 떠나는 건 내 방식이 아니에요." 그녀는 또다시 손을 들어 올려 그의 대답을 막았다. "나는 단 한 가지 목적을 위해 탄생되고 훈련받았어요."

그녀의 말에 그는 얼음처럼 차갑고 신중해졌다. "그 목적이 뭡니까?"

"신황제에게 구애하는 것. 아, 그분도 알고 계세요. 그분은 저의 어떤 점도 바꾸려 하시지 않죠."

"나도 그렇습니다."

그녀가 한 발짝 더 다가왔다. 우유처럼 따스한 숨결이 느껴졌다.

"그들은 저를 너무 잘 만들었어요. 저는 아트레이데스 사람의 마음에 들게 설계되었죠. 레토는 자신의 던컨이 아트레이데스의 이름으로 태어난 많은 사람들보다 더 아트레이데스답다고 말했어요."

"레토?"

"저와 결혼할 사람을 제가 달리 뭐라고 부르겠어요?"

이 말을 하면서도 흐위는 아이다호를 향해 몸을 기울였다. 자석이 결정적으로 서로를 끌어당기는 지점을 찾아낸 것처럼 그들은 함께 움직였다. 흐위가 그의 윗옷에 뺨을 밀착시키고, 그의 단단한 근육을 느끼며 그의 몸에 팔을 둘렀다. 아이다호는 그녀의 머리칼 속에 자신의 턱을 묻었다. 사향 냄새가 그의 감각들을 가득 채웠다.

"이건 미친 짓입니다." 그가 속삭였다.

"그래요."

그는 그녀의 턱을 들어 올리고 입을 맞췄다.

그녀가 그에게 바짝 몸을 붙였다.

이 일이 어디로 이어질지 두 사람 모두 분명히 알고 있었다. 그가 그녀의 몸을 들어 올려 안고 침실로 가는데도 그녀는 저항하지 않았다.

아이다호가 말을 한 것은 딱 한 번이었다. "당신은 처녀가 아니군요."

"당신도 아니잖아요, 내 사랑."

"내 사랑." 그가 속삭였다. "내 사랑, 내 사랑, 내 사랑……."

"그래요…… 그래요!"

정사 후의 평화로움 속에서 흐위는 두 팔로 머리를 받치고 몸을 쭉 펴면서 헝클어진 침대 위에서 몸을 비틀었다. 아이다호는 그녀에게 등을 돌리고 앉아 창밖을 바라보았다.

"당신의 다른 연인들은 누구였습니까?" 그가 물었다.

그녀는 몸을 일으켜 팔꿈치로 괴었다. "다른 연인들은 없었어요."

"하지만……." 그가 몸을 돌려 그녀를 내려다보았다.

"십대 때, 나를 아주 필요로 하던 젊은이가 있었어요." 그녀가 미소를 지었다. "그 일이 끝난 뒤에 나는 아주 수치스러웠어요. 내가 얼마나 사람을 잘 믿었는지! 난 나를 믿고 있던 사람들을 실망시켰다고 생각했어요. 하지만 그들은 이걸 알아내고 득의만면했죠. 음, 난 그때 시험을 받고 있었던 것 같아요."

아이다호는 험악한 표정을 지었다. "나하고의 일도 그런 겁니까? 내가 당신을 필요로 했다고요?"

"아니에요, 던컨." 그녀의 표정은 엄숙했다. "우리는 서로에게 기쁨을 주었어요. 사랑이라는 것이 원래 그런 거니까."

"사랑!" 그가 말했다. 울분에 찬 목소리였다.

"말키 숙부는 사랑이 형편없는 거래라고 말하곤 했어요. 아무런 보장도 받을 수 없으니까."

"당신 숙부 말키는 현명한 사람이었군요."

"그는 어리석었어요! 사랑에 보장 같은 건 필요 없어요."

아이다호의 입가가 움찔거리며 미소를 지었다.

그녀는 그를 향해 활짝 웃었다. "결과야 어찌 되든 기쁨을 주고 싶을 때, 그게 사랑이라는 걸 알 수 있어요."

그는 고개를 끄덕였다. "난 당신이 위험해질까 봐 걱정할 뿐입니다."

"우린 우리예요."

"이제 어떻게 해야 하지요?"

"우리가 살아 있는 한 언제까지나 이걸 소중히 간직해야죠."

"당신 말은…… 완전히 마음을 정한 것처럼 들리는군요."

"난 마음을 정했어요."

"하지만 우리가 만나는 건……."

"다시는 이렇게 만나지 못할 거예요."

"흐위!" 그는 침대로 몸을 던져 그녀의 가슴에 얼굴을 묻었다.

그녀는 그의 머리를 쓰다듬었다.

그녀의 가슴 때문에 막힌 목소리로 그가 말했다. "만약 임신……."

"쉬! 아이가 생길 거라면 생기겠죠."

아이다호는 고개를 들고 그녀를 바라보았다. "하지만 그는 분명히 알 겁니다!"

"그는 어쨌든 알 거예요."

"그가 정말로 모든 것을 안다고 생각하는 겁니까?"

"모든 건 아니에요. 하지만 이 일은 알 거예요."

"어떻게?"

"내가 그에게 말할 거니까."

아이다호는 그녀에게서 몸을 떼고 침대 위에 앉았다. 그의 얼굴에서 분노와 혼란이 전쟁을 치르고 있었다.

"난 꼭 그렇게 해야 해요." 그녀가 말했다.

"만약 그가 당신에게 등을 돌린다면……. 흐위, 들리는 얘기들이 있어요. 당신이 엄청나게 위험해질 수도 있단 말입니다!"

"아뇨. 나한테도 욕구가 있어요. 그는 그걸 알고 있죠. 우리 둘 중 어느 누구도 해치지 않을 거예요."

"하지만 그는……."

"그는 '나를' 죽이지 않을 거예요. 만약 자기가 당신을 해친다면 그것이 날 죽이게 되리라는 걸 그는 알 거예요."

"당신은 어떻게 그와 결혼할 수 있는 겁니까?"

"사랑하는 던컨, 그가 나를 필요로 하는 마음이 당신보다 더 크다는 걸 모르는 건가요?"

"하지만 그는 불가능……. 내 말은, 당신이 도저히……."

"당신과 내가 서로에게서 느끼는 기쁨. 레토와의 사이에서 난 그걸 느끼지 못할 거예요. 그에게는 불가능한 일이죠. 그가 내게 그 사실을 고백했어요."

"그럼 왜…… 만약 그가 당신을 사랑한다면……."

"그는 더 커다란 계획들과 더 커다란 욕구들을 갖고 있어요." 그녀는 손을 뻗어 양손으로 아이다호의 오른손을 잡았다. "난 처음 그에 대해 공부하기 시작했을 때부터 그걸 알고 있었어요. 우리 두 사람이 갖고 있는 욕구보다 더 큰 욕구라는 걸."

"무슨 계획 말입니까? 무슨 욕구예요?"

"그에게 직접 물어보세요."

"당신은 알고 있습니까?"

"예."

"그러니까, 당신이 그 얘기들을 믿는다는……."

"그에게는 정직성과 선함이 있어요. 난 내가 그에게 보이는 반응을 통해서 그것을 알 수 있어요. 익스의 주인들이 내 안에 만들어놓은 반응력 덕분에 나는 그들이 내게 허락하고 싶지 않은 것까지 알게 되는 것 같아요."

"그러니까, 당신이 그를 믿는다는 얘기군요!" 아이다호가 비난하듯 말했다. 그는 그녀에게서 손을 빼내려 했다.

"만약 당신이 그에게 간다면, 던컨, 그리고……."

"그는 다시는 나를 만나주지 않을 겁니다!"

"만나줄 거예요."

그녀는 그의 손을 끌어당겨 손가락에 입을 맞췄다.

"난 인질입니다. 당신이 나를 두렵게 만들었어요……. 당신들 두 사람이 함께……." 그가 말했다.

"신을 섬기는 것이 쉬울 거라고는 단 한 번도 생각하지 않았어요. 다만 그게 이렇게 어려울 줄 몰랐을 뿐이죠." 그녀가 말했다.

※❈※

기억은 내게 묘한 의미를 갖는다. 나는 다른 사람들도 그 의미에 공감해 줄지 모른다고 희망을 품은 적이 있다. 사람들이 신화라는 두꺼운 장막으로 자신들을 가린 채 조상들의 기억으로부터 도망친다는 사실은 내게 항상 놀라움을 안겨준다. 오오, 내가 반드시 경험할 수밖에 없는 모든 살아 있는 순간들을 그들이 무서워하며 직접 느껴보려 할 것이라고 기대하지 않는다. 나는 그들이 조상들의 하찮것없는 얘기들로 이루어진 진흙탕 속에 잠기는 것을 원하지 않을 수 있다는 점을 이해한다. 너희가 자신의 살아 있는 순간들을 다른 사람들에게 빼앗길지도 모른다고 두려워하는 것은 일리 있는 일이다. 그러나 그 의미는 바로 그곳, 그러한 기억들 속에 있다. 우리는 살아 움직이는 물결처럼 우리의 모든 조상들을 앞으로 데리고 나아간다. 모든 희망과 기쁨과 슬픔, 우리 과거의 고통과 환희를. 그 기억 속의 어떤 것도 의미나 영향력이 완전히 없지는 않다. 어딘가 인류가 존재하는 한은. 우리는 우리 주위에 온통 저 밝은 '무한'을, 하찮지만 영감을 받아 생겨난 충성을 계속 맹세할 수 있는 영원의 황금의 길을 갖고 있다.

—『도난당한 일기』

"그대를 부른 것은 내 근위대원들이 해준 얘기 때문이다, 모네오." 레토가 말했다.

그들은 지하실의 어둠 속에 서 있었다. 모네오는 신황제의 가장 고통스러운 결정들 중 일부가 이곳에서 비롯되었음을 자신에게 일깨웠다. 모네오 역시 이미 보고를 듣고 오후 내내 황제의 부름을 예상하고 있었다. 그리고 저녁 식사 직후 부름을 받았을 땐 순간적으로 공포가 그를 집어삼켰다.

"그건…… 그건 던컨에 대한 겁니까, 폐하?"

"던컨에 대한 것 말고 또 뭐가 있겠나!"

"저도 들었습니다, 폐하……. 그의 행동이……."

"말기적인 행동이라고, 모네오?"

모네오는 절을 하듯 고개를 숙였다. "폐하께서 그리 말씀하신다면 그럴 것입니다, 폐하."

"틀레이랙스 인들이 우리에게 새로운 골라를 보내주려면 얼마나 걸리겠나?"

"그들에게 문제가 좀 있었다고 합니다, 폐하. 어쩌면 2년이나 걸릴 수도 있습니다."

"내 근위대원들이 무슨 이야기를 했는지 아나, 모네오?"

모네오는 숨을 죽였다. 만약 신황제가 최근의 그 일에 대해 알게 되었다면…… 세상에! 그 무례한 행동 때문에 심지어 물고기 웅변대원들조차 겁에 질려 있었다. 그것이 던컨이 아닌 다른 사람이었다면, 그들이 직접 나서서 그를 제거해 버렸을 터였다.

"모네오?"

"그가 근위대원들을 일부 소집해서 출신에 대해 물었다고 들었습니다, 폐하. 그들이 어떤 행성에서 태어났는지, 부모는 누구인지, 어린 시절은 어땠는지 등을요."

"그리고 그들의 답변에 만족하지 못했지."

"그는 그들에게 겁을 주었습니다, 폐하. 계속 그들을 다그쳤으니까요."

"그래, 마치 반복적으로 물어보면 진실을 이끌어낼 수 있다는 것처럼."

모네오는 자기 주인의 관심사가 어쩌면 이것뿐인지도 모른다는 희망을 품어보았다. "던컨들은 왜 항상 이런 짓을 하는 걸까요, 폐하?"

"옛날에 받은 훈련 때문이다. 아트레이데스의 훈련."

"하지만 그게 어떻게 다른 건지……."

"아트레이데스 사람들은 자기들이 다스리는 사람들을 섬기며 살았다. 그들 통치 체제의 척도는 통치받는 자들의 삶 속에 있었지. 던컨들은 그래서 백성들이 어떻게 살고 있는지 항상 알고 싶어 하는 기다."

"그는 어떤 마을에서 하룻밤을 보냈습니다, 폐하. 몇몇 도시에도 다녀왔고요. 그는……."

"모든 건 그 결과를 어떻게 해석하느냐에 달려 있다, 모네오. 판단이 덧붙여지지 않은 증거는 아무것도 아니야."

"저는 그가 판단을 내린다는 걸 알고 있습니다, 폐하."

"우리 모두 그렇지. 그러나 던컨들은 이 우주가 내 의지에 종속된 인질이라고 믿는 경향이 있다. 그리고 그들은 사람이 정의의 이름으로 잘못을 저지를 리 없다고 알고 있지."

"그의 말로는 폐하께서……."

"이건 내 말이다. 내 안에 있는 모든 아트레이데스가 하는 말이야. 이 우주가 그것을 허락하지 않을 것이다. 사람들이 시도하는 것들은 오랫동안 견뎌내지 못할 것이다. 만약 그들이……."

"하지만 폐하! 폐하께서는 잘못을 저지르시지 않습니다!"

"불쌍한 모네오. 그대는 내가 부당함의 수레를 만들어냈다는 걸 깨닫지 못하는군."

모네오는 말을 할 수 없었다. 그는 신황제가 온화함을 되찾은 것 같은 모습 때문에 자기 생각의 방향이 바뀌어버렸음을 깨달았다. 그러나 지금 모네오는 저 거대한 몸속에서 움직이고 있는 변화들을 느낄 수 있었다. 이렇게 가까운 위치에서는…… 모네오는 지하실의 중앙실을 살짝 둘러보며 여기서 죽어 이곳에 안치된 많은 사람들을 떠올렸다.

'이젠 내 차례인가?'

레토가 생각에 잠긴 듯한 목소리로 말했다. "인질을 잡는 것으로는 성공할 수 없다. 그건 일종의 노예제도야. 인간이 자신과 다른 부류의 인간을 소유할 수는 없다. 이 우주가 그것을 허용하지 않을 것이다."

이 말이 모네오의 의식 속에서 부글부글 끓어올랐다. 지금 주인에게서 느껴지는 변신의 기운과는 무서울 정도로 대조적이었다.

"'벌레'가 다가오고 있어!'

모네오는 지하의 방을 다시 살짝 둘러보았다. 이곳은 공중에 높이 있는 방보다 훨씬 더 나빴다! 피난처가 너무 멀었다.

"그래, 모네오, 뭔가 대답할 말이 없나?" 레토가 물었다.

모네오는 용기를 내어 속삭이듯 말했다. "폐하의 말씀은 저를 깨우쳐 주십니다."

"깨우쳐? 그대는 깨우쳐지지 않았어!"

모네오는 필사적으로 말했다. "하지만 저는 저의 주님을 섬깁니다!"

"신을 섬긴다고 주장하는 건가?"

"예, 폐하."

"그대의 종교를 누가 만들었나, 모네오?"

"폐하이십니다, 폐하."

"그거 분별 있는 대답이로군."

"감사합니다, 폐하."

"내게 감사하지 말라! 영원히 존속하는 종교가 있다면 한번 말해 봐!"

모네오는 네 발짝 뒤로 물러섰다.

"그 자리에서 꼼짝도 하지 마라!" 레토가 명령했다.

온몸을 부들부들 떨면서 모네오는 말없이 고개를 흔들었다. 이제 마침내 그가 대답 없는 질문과 맞닥뜨린 것이다. 대답을 하지 못하는 건 그의 죽음을 재촉할 터였다. 그는 고개를 수그린 채 그 순간을 기다렸다.

"그럼 내가 말해 주겠다, 이 한심한 종아." 레토가 말했다.

모네오는 감히 희망을 품었다. 그는 신황제에게 시선을 들어 올려 그의 눈이 흐릿해지지 않았음을 확인했다……. 그의 손도 떨리지 않았다. 어쩌면 '벌레'가 나타나지 않은 건지도 몰랐다.

"종교는 주인과 종의 치명적인 관계를 영속시킨다. 종교는 온갖 근시안적인 편견을 갖고 힘을 추구하는 교만한 인간들을 끌어들이는 투기장을 만들어낸단 말이다!" 레토가 말했다.

모네오는 고개를 끄덕일 수밖에 없었다. 신황제의 손이 지금 떨리는 건가? 저 무서운 얼굴이 두건 속으로 조금 물러나고 있는가?

"파렴치한 행위에 대한 비밀스러운 폭로. 던컨들이 찾는 것은 바로 그것이다. 던컨들은 동료 인간들에게 너무나 많은 연민을 갖고 있고, 동료 관계에 대해 너무나 날카로운 경계선을 정해 두고 있다."

모네오는 오래전에 듄에서 살았던 모래벌레들에 대한 홀로그램 자료를 공부했다. 그들의 거대한 입은 모든 것을 태워버리는 불꽃 주위에 늘어선 크리스나이프 같은 이빨들로 가득 차 있었다. 그는 기다란 관 모양인 레토의 몸 표면에 잠재해 있던, 고리 모양의 체절 경계선들이 부풀어 오르는 것을 눈치챘다. 저 고리들이 더 튀어나온 건가? 두건을 쓴 저 얼굴 밑에서 새로운 입이 열릴까?

"던컨들은 내가 무함마드와 모세의 훈계를 고의로 무시하고 있다는 걸 마음속 깊이 알고 있다. 심지어 그대도 알고 있다, 모네오."

이건 비난이었다. 모네오는 고개를 끄덕이려 하다가 곧 좌우로 흔드는 것으로 바꿨다. 감히 용기를 내어 다시 뒤로 물러나도 되는 건지 알 수가 없었다. 모네오는 이런 종류의 훈계가 '벌레'의 도래 없이 오랫동안 지속되는 경우는 없다는 것을 경험으로 알고 있었다.

"그들의 훈계가 무엇일까?" 레토가 물었다. 조롱하듯 경쾌한 목소리였다.

모네오는 희미하게 어깨를 으쓱했다.

갑자기 레토의 목소리가 낮게 울리는 저음으로 변해 방을 가득 채웠다. 수백 년의 세월을 건너뛰어 말하고 있는 오래된 목소리였다. "너희는 신의 종들이다. 종들의 종이 아냐!"

모네오는 양손을 꽉 움켜쥐고 소리쳤다. "저는 폐하를 섬깁니다, 폐하!"

"모네오, 모네오." 레토가 말했다. 낮게 울려 퍼지는 목소리였다. "100만 번의 잘못된 일이 하나의 옳은 일을 발생시킬 수는 없다. 옳은 일이 알려지는 건 그것이 오랫동안 지속되기 때문이지."

모네오는 몸을 떨면서 침묵 속에 서 있을 수밖에 없었다.

"나는 흐위를 너의 짝으로 맺어줄 생각이었다, 모네오. 이제는 너무 늦었어."

이 말이 모네오의 의식 속으로 뚫고 들어오는 데에는 시간이 조금 걸렸다. 그는 이 말의 의미가 이미 알려진 모든 정황에서 벗어나 있음을 느꼈다. '흐위? 흐위가 누구지? 아, 그래, 신황제의 신부가 될 익스 여자. 짝을 짓는다고…… 나와?'

모네오는 고개를 흔들었다.

레토가 무한한 슬픔이 담긴 목소리로 말했다. "그대 역시 사라질 것이다. 그대가 했던 모든 일들이 먼지처럼 잊힐까?"

레토가 말하는 동안 아무런 예고도 없이 그의 몸이 채찍처럼 구르면서 경련했다. 그 바람에 그의 무거운 몸이 수레를 벗어나, 엄청나게 난폭하고 빠른 속도로 모네오에게서 몇 센티미터밖에 떨어지지 않은 곳에 내동댕이쳐졌다. 모네오는 비명을 지르며 지하실 반대편으로 도망쳤다.

"모네오!"

레토의 외침에 황실 집사장은 승강기 입구에서 발을 멈췄다.

"시험이다, 모네오! 나는 내일 시오나를 시험할 것이다!"

내가 어떤 존재인가에 대한 깨달음은 자극도 하지 않고 현혹시키지도 않는, 시간을 초월한 의식 속에서 발생한다. 나는 자아도 없고 중심도 없는 영역, 심지어 죽음조차 비유에 지나지 않는 것이 되어버리는 영역을 만든다. 나는 어떤 결과도 원하지 않는 다. 아무런 목적도 욕망도 없고, 완벽함도, 심지어 성취에 대한 꿈도 없는 이 영역을 그저 허락할 뿐이다. 이 영역 안에서는 편재하는 원초적 의식이 전부다. 그것은 내 우주의 창문들을 통해 쏟아지는 빛이다.

— 『도난당한 일기』

태양이 떠올라 모래언덕들 위에 무자비하게 이글거리는 빛을 던졌다. 레토는 몸 밑의 모래가 부드럽게 어루만지는 손길 같다고 느꼈다. 그의 무거운 몸이 모래를 쓸면서 내는 거친 소리를 듣고 있는 그의 인간 귀만 이 그렇지 않다고 얘기하고 있었다. 그는 감각들 사이의 이런 충돌을 수 용하는 법을 이미 터득하고 있었다.

시오나가 뒤에서 걸어오는 소리가 들렸다. 그녀의 걸음걸이는 가벼웠 고, 그가 있는 모래언덕 꼭대기로 그녀가 올라올 때는 모래가 부드럽게 흘러내렸다.

'오래 버틸수록 나는 더욱 약해진다.' 그는 생각했다.

요즘 사막으로 갈 때면 이런 생각이 자주 들었다. 그는 위를 올려다보았다. 하늘에는 구름 한 점 없었다. 그 짙은 푸른색은 과거의 듄에서 한 번도 볼 수 없던 것이었다.

구름 없는 하늘이 없다면 사막이 무엇이 되겠는가? 듄과 같은 은빛 색조가 없다는 것이 안타까웠다.

익스 산 위성들이 그가 원하는 것처럼 항상 완벽하지는 않았지만 그래도 이 하늘을 통제했다. 그가 원하는 완벽함은 기계에 대한 환상과 같아서, 인간 관리자의 손 아래에서는 흔들릴 수밖에 없었다. 그래도 위성들은 오늘 아침에 그에게 사막의 정적을 선사할 수 있을 만큼 안정된 통제력을 발휘하고 있었다. 그는 자신이 갖고 있는 인간의 허파에 심호흡을 한 번 선사해 주고 시오나가 다가오는 소리에 귀를 기울였다. 그녀는 이미 멈춰 서 있었다. 그는 그녀가 풍경에 감탄하고 있음을 알 수 있었다.

레토 자신의 상상력이 이 순간을 위해 물리적 배경을 만들어낸 모든 것을 마술사처럼 불러내는 것 같았다. 그는 위성들을 '느꼈다'. 그들은 강력한 수직 기류와 수평 기류를 항상 감시하고 조정하면서 공기 덩어리를 따스하게 데우거나 서늘하게 식혀주는 춤을 위해 음악을 연주하는 훌륭한 악기들이었다. 그가 이 훌륭한 기계를 새로운 종류의 수력 전제 정치에 사용할 것이라고, 즉 통치자에게 반항한 자들에게 수분을 허락해 주지 않거나 소름 끼치는 폭풍으로 다른 사람들에게 벌을 주는 데 사용할 것이라고 익스 인들이 생각했던 것을 떠올리자 즐거워졌다. 자기들이 잘못 생각했음을 깨닫고 그들이 얼마나 놀랐던지!

'나의 지배는 더 미세하지.'

천천히, 부드럽게, 그는 움직이기 시작했다. 모래 표면 위에서 헤엄치

듯 움직이며 모래언덕을 미끄러져 내려가기 시작한 것이다. 그는 가느
다란 첨탑처럼 보이는 자신의 탑을 한 번도 뒤돌아보지 않았다. 그 탑이
한낮의 열기가 빚어낸 아지랑이 속으로 곧 사라져버릴 것임을 그는 알
고 있었다.

시오나는 그녀답지 않게 얌전히 그의 뒤를 따랐다. 자신의 생각에 대
한 회의가 효과를 발휘한 것이다. 그녀는 훔쳐 간 일기를 이미 읽었다.
아버지의 훈계에도 귀를 기울였다. 이제 그녀는 무슨 생각을 해야 하는
지 알 수가 없었다.

"이 시험이라는 게 뭐죠? 그가 뭘 하는 거예요?" 그녀는 모네오에게
이렇게 물었다.

"시험은 항상 달라진다."

"아버지는 어떤 시험을 받았어요?"

"네 경우는 달라질 것이다. 내 경험을 얘기해 봤자 넌 혼란스럽기만 할
거야."

모네오가 딸에게 프레멘의 진품 사막복과 그 위에 걸치는 로브를 입
히고 부츠의 펌프를 똑바로 조절해 주면서 딸의 준비를 갖춰주는 동안
레토는 몰래 귀를 기울였다. 모네오는 아무것도 잊어버리지 않았다.

모네오가 딸의 부츠를 조정해 주느라 몸을 숙이고 있다가 고개를 들
며 말했다. "'벌레'가 올 거다. 네게 해줄 수 있는 말은 이것뿐이야. 넌 '벌
레'가 존재하는 곳에서 사는 방법을 반드시 찾아내야 한다."

그러고 나서 그는 자리에서 일어나 사막복에 대해, 사막복이 그녀의
몸속에 있는 물을 어떻게 재활용하는지에 대해 설명했다. 그리고 그녀
에게 집수 주머니에서 튜브를 잡아당겨 빨아본 다음 다시 튜브를 닫으
라고 시켰다.

"넌 사막에서 그와 단둘이 있게 될 거다. 네가 사막에 있을 때 샤이 훌루드는 결코 멀리 있지 않아." 모네오가 말했다.

"내가 그곳에 가지 않겠다고 하면 어떻게 되는 거예요?"

"넌 가게 될 거다……. 하지만 다시는 돌아오지 못할지도 모르지."

이 대화는 레토가 높은 곳의 방에서 기다리는 동안 작은 요새의 1층 방에서 오간 것이었다. 그는 시오나의 준비가 끝났음을 알고 동트기 전의 어둠 속에서 수레의 반중력 장치를 이용해 허공을 둥둥 떠다니는 것처럼 아래로 내려왔다. 모네오와 시오나가 모습을 드러낸 후 수레는 1층의 그 방으로 옮겨졌다. 모네오가 평평한 바닥을 씩씩하게 걸어 오니숍터로 가서 속삭이는 듯한 날갯짓 소리를 내며 떠날 때, 레토는 시오나에게 1층 방의 문이 잘 닫혀 있는지 시험해 본 다음 믿을 수 없을 만큼 높이 솟아 있는 탑을 올려다보라고 했다.

"유일한 출구는 사리르를 건너는 것이다." 그가 말했다.

그러고 나서 따라오라는 명령도 내리지 않은 채 그녀를 이끌고 탑을 떠났다. 그는 그녀의 양식과 호기심, 그리고 회의(懷疑)를 믿었다.

레토는 헤엄치듯이 움직이면서 모래언덕 경사면을 내려가 바위로 된 지하 단지 중 밖으로 노출된 부분에 이르렀다가 또 다른 모래 경사면을 낮은 각도로 올라가며 시오나가 따라올 수 있는 길을 만들어주었다. 프레멘들은 그렇게 압축된 길을 '지친 자들을 위한 신의 선물'이라고 불렀다. 그는 천천히 움직이면서 이것이 그의 영역이며 그의 자연스러운 서식지임을 시오나가 깨달을 수 있는 시간을 충분히 주었다.

그는 또 다른 모래언덕의 꼭대기에 모습을 드러내고 몸을 돌려 그녀가 다가오는 것을 지켜보았다. 그녀는 그가 제공해 준 길에서 벗어나지 않았으며, 꼭대기에 도착한 후에야 걸음을 멈췄다. 그녀는 그의 얼굴을 한 번 살짝 바라본 다음 완전히 한 바퀴를 돌며 지평선을 살펴보았다. 그는 그녀가 짧게 숨을 집어삼키는 소리를 들었다. 아지랑이 때문에 첨탑 꼭대기가 보이지 않았다. 탑의 기초 부분은 땅 위로 노출된 먼 곳의 바위 같았다.

"이것이 예전의 모습이다."

이 사막의 무엇인가가 프레멘의 피를 소유한 사람들의 영원한 영혼에 말을 건다는 것을 그는 알고 있었다. 그는 그 효과를 위해 다른 모래언덕들보다 약간 더 높은 이 모래언덕을 골랐다.

"잘 살펴보아라." 그는 그녀의 시야에서 자신의 커다란 몸을 없애주기 위해 모래언덕의 반대편으로 내려갔다.

시오나는 다시 천천히 돌면서 풍경을 바라보았다.

레토는 그녀가 보고 있는 것의 가장 깊숙한 감각을 알고 있었다. 흐릿하고 하잘것없는 덩어리 같은 그의 탑 기초 부분을 제외하면, 지평선이 조금이라도 솟아오른 부분은 하나도 없었다. 평평했다. 모든 것이 평평했다. 식물도, 살아 있는 것의 움직임도 전혀 없었다. 그녀가 서 있는 곳에서부터 행성의 둥그런 곡선 뒤로 모든 것이 감춰져 있는 선까지의 거리는 약 8킬로미터였다.

레토는 모래언덕 꼭대기 바로 밑에서 움직임을 멈추고 있다가 입을 열었다. "이곳이 진짜 사리르이다. 이곳까지 걸어서 와야만 그것을 알 수 있지. 바르 벨라 마 중에 남은 것은 이것뿐이다."

"물이 없는 대양." 그녀가 속삭이듯 말했다.

그녀는 다시 제자리에서 몸을 돌리며 지평선 전체를 자세히 살펴보았다.

바람 한 점 없었다. 바람이 없으면 침묵이 인간의 영혼을 초조하게 만든다는 것을 레토는 알고 있었다. 시오나는 주위를 판단할 수 있는 친숙한 지표들을 모두 잃어버린 듯한 느낌이 들었다. 그녀는 위험한 곳에 버려져 있었다.

레토는 바로 옆의 모래언덕을 흘끗 바라보았다. 그쪽 방향을 보면 나지막한 야산들이 곧 눈에 들어왔다. 원래는 산맥이었지만 지금은 무너져 내려 금속 찌꺼기와 돌조각만 남아 있는 곳이었다. 그는 계속 조용히 쉬면서 침묵이 자기 대신 효과를 발휘하게 했다. 이 모래언덕들이 과거처럼 끝없이 계속되면서 행성 전체를 완전히 가득 채우고 있다고 상상하면 즐겁기까지 했다. 그러나 몇 개 되지 않는 이 모래언덕들조차 점점 퇴락해 가고 있었다. 원래 듄에 존재하던 코리올리 폭풍이 없으므로 사리르에는 고작해야 국지적인 효과밖에 일으키지 못하는 열기의 회오리 바람과 거센 바람뿐이었다.

이 소규모의 '바람 악마들' 중 하나가 남쪽으로 중간쯤 되는 지점에서 춤추고 있었다. 시오나가 눈으로 녀석의 움직임을 따라가다가 불쑥 말했다. "당신은 개인적인 종교를 갖고 있나요?"

레토는 잠시 시간을 들여 대답할 말을 정리했다. 사막이 종교에 대한 생각들을 불러일으킨다는 사실이 항상 놀라웠다.

"네가 감히 내게 개인적인 종교를 갖고 있느냐고 묻는 건가?" 그가 다그치듯 물었다.

시오나는 틀림없이 두려울 텐데도 전혀 내색하지 않은 채 몸을 돌려 강렬한 시선으로 그를 내려다보았다. 대담성이 항상 아트레이데스의 상징 중 하나였음을 그는 다시 떠올렸다.

그녀가 대답을 하지 않자 그가 말했다. "네가 아트레이데스인 건 확실하군."

"그게 당신의 대답인가요?"

"네가 정말로 알고 싶은 것이 무엇인가, 시오나?"

"당신이 무엇을 믿는지 알고 싶어요!"

"호! 내 믿음을 추궁한단 말이지. 좋다, 그럼, 나는 신의 개입 없이는 무에서 유가 창조될 수 없다고 믿는다."

그의 대답은 그녀를 어리둥절하게 만들었다. "그게 어떻게……."

"'Natura non facit saltus.'"

그녀는 그의 입에서 튀어나온 이 고대의 말을 이해하지 못해 고개를 흔들었다. 레토가 이 말을 번역해 주었다.

"자연은 비약하지 않는다."

"그게 무슨 언어죠?"

"내 우주의 다른 어느 곳에서도 더 이상 쓰이지 않는 언어이다."

"그럼 당신은 왜 그 언어를 사용한 거예요?"

"고대에 대한 너의 기억을 자극하려고."

"나한테 그런 기억은 없어요! 난 그저 당신이 왜 나를 이리로 데려왔는지 알고 싶을 뿐이에요."

"네게 과거의 맛을 보여주기 위해서이다. 이리 내려와서 내 등에 올라라."

그녀는 처음에는 머뭇거렸지만 반항해도 소용없음을 깨닫고 모래언덕을 주르르 내려와서 그의 등으로 올라갔다.

레토는 그녀가 자기 몸 위에 무릎을 꿇고 앉을 때까지 기다렸다. 그가 알고 있는 과거의 시절과는 달랐다. 그녀는 창조자 작살을 갖고 있지 않았고 그의 등에서 일어서지도 못했다. 그는 앞쪽 체절들을 지표면에서 조금 위로 들어 올렸다.

"내가 왜 이래야 하는 거죠?" 그녀가 물었다. 왠지 바보가 된 것 같은 기분인 모양이었다.

"우리 종족이 거대한 모래벌레의 등에 높이 올라서서 자랑스럽게 이 땅을 돌아다니던 시절을 조금 맛보게 해주려는 거다."

그는 모래언덕의 꼭대기 바로 밑에서 경사면을 따라 미끄러지기 시작했다. 시오나는 홀로그램 자료를 본 적이 있었다. 그래서 이 경험을 머리로는 알고 있었지만 현실의 맥박은 다른 박자를 지니고 있었다. 그는 그녀가 그 맥박과 공명하리라는 것을 알고 있었다.

'아아, 시오나. 내가 너를 어떻게 시험할지 너는 짐작조차 하지 못한다.'

레토는 마음을 굳게 먹었다. '연민을 느껴서는 안 된다. 그녀가 죽는다면 그냥 죽는 거지. 저들 중 누가 죽는다 해도 그건 필요한 일이다. 그뿐이야.'

그는 이것이 심지어 흐위 노리에게도 적용된다는 점을 자신에게 일깨워야 했다. 다만 그들이 모두 죽을 리는 없다는 것뿐이었다.

시오나가 그의 등에 타고 이동하는 감각을 즐기기 시작한 것이 느껴졌다. 그녀가 고개를 들어 올리기 위해 다리에 편안히 체중을 싣자 무게중심의 변화가 희미하게 느껴졌다.

그는 곡선으로 휘어진 바라칸을 따라 바깥쪽으로 돌진하면서 시오나와 마찬가지로 옛날의 감각을 즐겼다. 레토 앞의 지평선에 조금 남아 있는 야산들이 언뜻 눈에 들어왔다. 그들은 과거에서 날아와 기다리고 있는 씨앗 같았다. 사막에서 자급자족하며 세력을 넓혀가는 힘을 일깨워주는 씨앗이었다. 그는 이 행성 지표면의 아주 작은 일부만이 사막으로 남아 있기 때문에, 사리르를 둘러싼 환경이 불확실하다는 사실을 잠시나마 잊을 수 있었다.

바로 여기에 과거의 환상이 있었다. 그는 움직이면서 그것을 느꼈다.

물론 이건 환상일 뿐이었다. 그가 강제한 평온이 지속되는 한 사라져갈 환상이었다. 그가 지금 가로지르고 있는, 널리 퍼져 있는 바라칸조차 과거의 것들만큼 위대하지 않았다. 모래언덕들 중 어떤 것도 과거만큼 위대하지 않았다.

'관리되는' 이 사막 전체가 우스꽝스럽다는 생각이 불현듯 머릿속에 떠올랐다. 그는 모래언덕들 사이의 자갈땅 위에서 하마터면 움직임을 멈출 뻔했지만 계속 움직였다. 그러나 이 시스템 전체가 잘 돌아가기 위해 필요한 것들을 생각해 내려고 애쓰는 바람에 속도가 느려졌다. 그는 행성의 자전이 거대한 기류를 만들어내는 모습을 상상해 보았다. 그 기류는 엄청난 양의 차가운 공기와 뜨거워진 공기를 새로운 지역들로 옮겨 갔다. 모두 익스의 도구들과 열을 집중시키는 접시들이 달린 저 자그마한 위성들의 감시와 통제하에 이루어지는 일이었다. 만약 저 높은 곳의 감시자들이 뭔가를 본다 해도, 그들은 사리르를 담장과 차가운 공기의 울타리에 에워싸인 '기분 전환을 위한 사막'으로 보고 있었다. 차가운 공기 때문에 사막 가장자리에 얼음이 생겨나는 경향이 있어서 기후를 훨씬 더 많이 조정해야 했다.

그건 쉬운 일이 아니었으므로 레토는 때로 발생하는 실수들을 용서해 주었다.

그는 다시 모래언덕들을 향해 나아가면서 섬세한 균형의 감각을 잃어버리고, 중앙 사막 바깥의 자갈이 깔린 황무지에 대한 기억들을 옆으로 제쳐버리고, 이 '석화된 대양'을 즐기는 데에 온전히 몰두했다. 파도가 얼어붙어 전혀 움직이지 않는 것처럼 보이는 바다였다. 그는 남쪽으로 방향을 돌려 잔해로만 남아 있는 야산들과 평행선을 그렸다.

그는 대부분의 사람들이 사막에 대한 자신의 열광적인 애정을 기분 나쁘게 생각한다는 걸 알고 있었다. 그들은 불편해하면서 시선을 돌렸다. 그러나 시오나는 고개를 돌릴 수 없었다. 어디를 바라봐도 사막이 자기를 인정해 달라고 요구했다. 그녀는 말없이 그의 등에 타고 있었다. 그러나 그녀의 눈에는 주위 풍경이 가득할 터였다. 오래고 오랜 기억들이 소용돌이치기 시작했다.

그는 세 시간이 채 안 되어 원통형의 고래등 모래언덕들이 있는 지역에 도착했다. 그 모래언덕들 중에는 이곳에서 우세를 점하고 있는 바람의 방향에 대해 각도를 이루며 150킬로미터 이상 길게 뻗은 것도 있었다. 그 너머 모래언덕들 사이에는 바위 회랑이 나 있었는데, 그곳을 지나면 높이가 거의 400미터나 되는 별 모양 모래언덕들이 있는 지역이 나왔다. 두 사람은 마침내 중앙 에르그의 많은 모양 모래언덕들 속으로 들어왔다. 전반적으로 기압이 높고 공기가 전하를 띠고 있어서 이곳에 오면 그는 기운이 났다. 시오나에게도 틀림없이 똑같은 마법이 작용하고 있을 터였다.

"'긴 여행'의 노래들이 비롯된 곳이 바로 여기이다. 그 노래들은 구전 역사 속에 완벽하게 보존되어 있지."

그녀는 대답하지 않았지만 그의 말을 들었음이 분명했다.

레토는 속도를 늦추고 시오나에게 자기들의 프레멘 과거에 대해 얘기해 주기 시작했다. 그녀가 점점 적극적으로 관심을 갖는 것이 느껴졌다. 심지어 가끔 질문을 던지기까지 했다. 그러나 두려움이 점점 쌓이는 것 또한 느껴졌다. 이곳에서는 작은 요새의 기초 부분조차 더 이상 보이지 않았다. 인간의 손으로 만든 물건이라고는 하나도 볼 수 없었다. 이제 그녀는 그가 뭔가 무서운 일을 미루기 위해 별로 중요하지 않은 얘기들을 하며 잡담을 하고 있다고 생각할 터였다.

"우리 종족의 남녀평등은 이곳에서 비롯되었다." 그가 말했다.

"당신의 물고기 웅변대는 남자와 여자가 평등하다는 걸 부정하고 있어요."

의문과 불신으로 가득 찬 그녀의 목소리는 그의 등 위에서 느껴지는 웅크린 몸보다 그녀의 위치를 더 잘 알려주었다. 레토는 땋은 모양 모래 언덕 두 개가 교차하는 지점에서 움직임을 멈추고 열기에 의해 생성된 산소의 분출을 가라앉혔다.

"지금은 세상이 달라졌다. 그러나 남자와 여자가 진화와 관련해서 서로 다른 것들을 요구받고 있는 건 사실이야. 하지만 프레멘의 경우에는 상호 의존성이 있었다. 생존의 문제가 당면 과제가 될 수 있는 이곳 사막에서 그것이 평등을 길러주었지."

"왜 나를 이곳으로 데려온 거죠?" 그녀가 다그치듯 물었다.

"우리 뒤를 봐라."

그녀가 몸을 돌리는 것이 느껴졌다. 이윽고 그녀가 말했다. "내가 뭘 봐야 하는 거예요?"

"우리가 지나온 길에 흔적이 남았나? 우리가 있던 곳이 어디인지 말할 수 있어?"

"지금 바람이 조금 불고 있어요."

"그것이 우리가 지나온 흔적을 덮어버렸다고?"

"그런 것 같아요…… 그래요."

"과거의 우리, 그리고 지금의 우리를 만든 것이 이 사막이다. 사막은 우리의 모든 전통이 보관된 진짜 박물관이야. 그 전통들 중 어떤 것도 정말로 사라지지 않았다."

레토는 작은 모래폭풍 기블리가 남쪽 지평선을 가로지르며 움직이는 것을 보았다. 먼지와 모래가 좁은 리본들처럼 뭉쳐서 모래폭풍 앞에서 움직이고 있었다. 시오나도 틀림없이 그것을 본 모양이었다.

"날 왜 여기로 데려왔는지 말해 주지 않는 이유가 뭐죠?" 그녀의 목소리에 두려운 기색이 역력했다.

"이미 말해 주었다."

"말하지 않았어요!"

"우리가 얼마나 멀리 나왔지, 시오나?"

그녀는 잠시 생각을 해보았다. "30킬로미터? 아니면 20킬로미터?"

"그 이상이다. 나는 나의 땅에서 아주 빨리 움직일 수 있다. 네 얼굴을 스치는 바람을 느끼지 못했나?"

"느꼈어요." 샐쭉한 목소리였다. "왜 나한테 얼마나 멀리 왔는지 묻는 거죠?"

"내려와서 내가 너를 볼 수 있는 곳에 서라."

"왜요?"

'좋군. 그녀는 내가 자기를 이곳에 버리고 자기가 따라올 수 없는 속도로 가버릴 거라고 믿고 있다.' 그는 생각했다.

"내려와라. 그러면 설명해 주겠다."

그녀는 미끄러지듯 등에서 내려와 그의 얼굴을 똑바로 바라볼 수 있는 곳으로 움직였다.

"사람들의 감각 기관이 가득 차 있을 때에는 시간이 빨리 흐른다. 우리가 밖으로 나온 지 거의 네 시간이다. 그동안 약 60킬로미터를 왔어."

"그게 왜 그렇게 중요한 거죠?"

"모네오가 네 로브의 주머니 속에 건량을 넣어두었다. 조금 먹어라. 그럼 말해 주겠다."

그녀는 주머니 속에서 정육면체 모양의 말린 프로토모르를 찾아내 그를 지켜보면서 씹었다. 그것은 과거의 프레멘들이 먹던 음식 그대로였다. 멜란지를 조금 첨가한 것까지 똑같았다.

"너는 너의 과거를 느꼈다. 이제, 너의 미래에 대해, 황금의 길에 대해 민감해져야 한다."

그녀는 침을 꿀꺽 삼켰다. "난 당신의 황금의 길을 믿지 않아요."

"네가 살아남는다면 믿게 될 거다."

"그게 당신의 시험인가요? 위대한 신 레토를 믿든지 아니면 죽는 것이?"

"네가 나를 믿을 필요는 전혀 없다. 내가 원하는 건 네가 자신에 대해 믿음을 갖는 거다."

"그럼 우리가 얼마나 나왔는지가 왜 그렇게 중요한 거예요?"

"그래야 네가 아직 얼마나 더 멀리 가야 하는지 이해할 수 있으니까."

그녀는 한 손으로 뺨을 감쌌다. "나는 모르……."

"네가 서 있는 바로 그곳에서 너는 '무한'의 한가운데에 있다. 네 주위의 '무한'의 의미를 둘러보아라."

그녀는 좌우를 살짝 돌아보며 끝없이 이어진 사막을 바라보았다.

"이제 우리 둘이서 함께 걸어 내 사막을 빠져나갈 것이다. 우리 둘이서만."

"당신은 걷지도 못하잖아요." 그녀가 이죽거렸다.

"말하자면 그렇다는 얘기다. 하지만 너는 걷게 될 것이다. 그건 내가 확실히 보장하지."

그녀는 자기들이 온 쪽을 바라보았다. "그래서 우리가 지나온 흔적에 대해 물었던 거군요."

"흔적이 남아 있다 하더라도 너는 돌아갈 수 없다. 내 작은 요새에는 네가 접근해서 생존을 위해 이용할 수 있는 것이 하나도 없어."

"물이 없다고요?"

"아무것도 없다."

그녀는 어깨에서 집수 주머니 튜브를 찾아 물을 빨아 먹은 다음 제자리에 돌려놓았다. 그는 그녀가 튜브의 끝을 조심스럽게 봉하는 모습에 주목했다. 그러나 얼굴 덮개를 잡아당겨 입을 덮지는 않았다. 그녀의 아버지가 이것에 대해 주의를 주는 소리를 레토가 들었는데도. 그녀는 자유롭게 말하는 쪽을 택했다!

"당신 말은 내가 당신에게서 도망칠 수 없다는 뜻이군요." 그녀기 말했다.

"원한다면 도망쳐 보아라."

그녀는 완전히 한 바퀴를 돌면서 황무지를 자세히 조사했다.

"광활한 땅에 대해 전하는 말이 하나 있다. 어떤 방향이든 다 똑같다는 얘기지. 어떤 의미에서 그 말은 지금도 진실이다. 그러나 나라면 그 말에 의존하지 않을 것이다."

"내가 원한다면 정말로 자유롭게 당신 옆을 떠날 수 있나요?"

"자유는 아주 고독한 상태일 수도 있다."

그녀는 자신들이 움직임을 멈췄던 모래언덕의 가파른 경사면을 가리켰다. "하지만 그냥 저쪽으로 내려가서……."

"시오나, 내가 너라면 네가 가리키는 쪽으로는 내려가지 않을 거다."

그녀는 그를 향해 눈을 부릅떴다. "왜요?"

"모래언덕의 가파른 경사면에서 자연적으로 생겨난 굴곡을 따라가지 않으면 모래가 미끄러져 내려와 너를 묻어버릴 수도 있다."

그녀는 능선을 내려다보며 이 말을 받아들였다.

"말이 얼마나 아름다운 것이 될 수 있는지 알겠나?" 그가 물었다.

그녀는 그의 얼굴로 시선을 다시 돌렸다. "우리 이제 출발해야 하지 않나요?"

"사람은 이곳에서 한가한 시간을 소중히 여기는 법을 배운다. 그리고 정중함도. 서두를 필요 없다."

"하지만 우리에게는 물이 없⋯⋯."

"현명하게 사용한다면 그 사막복이 네 목숨을 부지해 줄 것이다."

"하지만 우리가 가는 데 시간이 얼마나 걸릴⋯⋯."

"네 성급함이 나를 놀라게 하는군."

"하지만 우리가 가진 거라고는 내 주머니 속의 이 건량밖에 없어요. 나중에는 도대체 뭘 먹을⋯⋯."

"시오나! 네가 지금의 상황을 우리 두 사람에게 공통적인 것으로 표현하고 있다는 걸 알고 있나? '우리'가 뭘 먹을 거냐고? '우리'에게는 물이 없다고? '우리'가 이제 출발해야 하는 것 아니냐고? '우리'가 가는 데 시간이 얼마나 걸리느냐고?"

그는 그녀가 침을 삼키려고 애쓰는 것을 보면서 그녀의 입속이 바싹 말라 있음을 감지했다.

"우리가 상호 의존적이라는 건가?" 그가 물었다.

그녀가 마지못한 듯 대답했다. "난 여기서 살아남는 법을 몰라요."

"하지만 나는 안다 이건가?"

그녀는 고개를 끄덕였다.

"내가 그토록 귀한 지식을 왜 너와 나눠야 하는 거지?"

그녀는 어깨를 으쓱했다. 그 딱한 몸짓이 그의 마음을 건드렸다. 사막은 예전의 태도들을 얼마나 빨리 베어내 버리는지.

"내 지식을 네게 나누어주겠다. 너는 내게 나누어줄 수 있는 뭔가 소중한 것을 반드시 찾아내야 한다."

그녀의 시선이 그의 몸을 따라 움직이다가 한때 그의 다리와 발이었던 지느러미들에서 잠깐 멈췄다. 그리고 다시 그의 얼굴로 돌아왔다.

"협박으로 이루어진 합의는 합의가 아니에요." 그녀가 말했다.

"나는 네게 폭력을 제시하지 않았다."

"폭력에는 여러 종류가 있죠."

"네가 죽을 수도 있는 곳으로 너를 데리고 나온 것도 마찬가지라는 얘기가?"

"그것에 대해 내게 선택의 여지가 있었나요?"

"아트레이데스로 태어나는 건 어려운 일이다. 정말 그래. 내가 안다."

"당신이 꼭 이런 식으로 할 필요는 없어요."

"그건 네 생각이 틀렸다."

그는 그녀에게서 몸을 돌리고 곡선 모양의 흔적을 남기면서 모래언덕을 내려가기 시작했다. 그녀가 뒤를 따라오며 미끄러지는 소리, 비틀거리는 소리가 들렸다. 레토는 모래언덕의 그림자 속으로 한참 들어간 후에 움직임을 멈췄다.

"낮이 끝날 때까지 여기서 기다리겠다. 밤에 여행하면 물이 적게 들지." 그가 말했다.

어떤 언어에서든 가장 끔찍한 단어 중의 하나는 바로 '군인'이다. 이 단어와 유사한 말들이 우리 역사 속에 줄줄이 등장한다. 요가니, 기병, 경기병, 카리보, 기동대, 데란지프, 군단, 사다우카, 물고기 웅변대……. 나는 이들을 모두 알고 있다. 그들은 내 기억 속에 열을 지어 늘어서서 내게 일깨워준다. '항상 반드시 군대를 갖고 있어야 한다'고.

—『도난당한 일기』

아이다호는 요새의 동쪽 단지와 서쪽 단지를 이어주는 기다란 지하 복도에서 마침내 모네오를 찾아냈다. 두 시간 전 날이 밝았을 때부터 아이다호는 황실 집사장을 찾아 요새 안을 헤매 다녔는데, 모네오는 복도 저 아래쪽에서 문간에 가려 모습이 보이지 않는 누군가와 얘기를 하고 있었다. 서 있는 자세와 항상 변함없는 그 하얀 제복 때문에 이렇게 먼 곳에서도 모네오를 금방 알아볼 수 있었다.

지면에서 50미터 아래 있는 플래스톤 복도의 벽은 호박색을 띠고 있었으며, 한낮의 햇빛과 같은 밝기로 조절된 막대 발광구로 밝혀져 있었다. 지면 위에서 주위를 둘러싸고 있는 탑들에 로브를 입은 거대한 사람처럼 서서 자유롭게 돌아가는 날개들 덕분에 이 지하 깊숙한 곳까지 서늘한 산들바람이 불어왔다. 이제 태양이 모래를 따뜻하게 데워놓았으므로 날개들은 모두 사리르 안으로 쏟아져 들어오는 서늘한 공기를 찾아 북쪽을 가리키고 있었다. 아이다호는 걸으면서 돌 냄새가 섞인 바람의 냄새를 맡을 수 있었다.

그는 이 복도가 무엇을 상징하는지 알고 있었다. 이 복도는 고대 프레멘 시에치의 몇몇 특징들을 분명히 갖고 있었다. 복도는 수레에 탄 레토를 받아들일 수 있을 만큼 넓고 컸다. 아치형의 천장은 바위처럼 보였다. 그러나 쌍을 이루고 있는 막대 발광구들이 불협화음을 만들어냈다. 아이다호는 요새에 오기 전에는 막대 발광구를 본 적이 없었다. 막대 발광구는 에너지를 너무 많이 먹어서 유지비가 너무 많이 들기 때문에 '그의 시대'에는 비실용적인 것으로 생각되었다. 발광구가 훨씬 더 간단했으며, 교체하기도 더 쉬웠다. 그러나 그는 레토가 비실용적이라고 생각하는 물건은 거의 없다는 사실을 이미 깨닫고 있었다.

'레토가 원하는 것이 있으면, 누군가가 그걸 제공해 주지.'

아이다호가 모네오를 향해 복도를 걸어 내려가는 동안 이 생각이 불길하게 느껴졌다.

복도의 벽을 따라 작은 방들이 시에치에서처럼 늘어서 있었다. 문은 하나도 없었고, 황갈색 천으로 만든 얇은 커튼들만이 산들바람에 흔들리고 있을 뿐이었다. 아이다호는 이곳이 주로 젊은 축에 속하는 물고기 웅변대원들의 숙소임을 알고 있었다. 그는 무기 저장실, 주방, 식당, 수리실 등의 방들이 붙어 있는 회의실을 이미 보았다. 또한 사생활을 적절하게 보장해 주지 못하는 커튼들 뒤에서 다른 것들도 보았다. 그의 분노에 한층 불이 붙었다.

아이다호가 다가가자 모네오가 그에게 시선을 돌렸다. 모네오와 얘기하고 있던 여자는 뒤로 물러나면서 커튼을 내렸다. 그러나 지휘자의 분위기가 느껴지는, 조금 나이가 든 축에 속하는 얼굴을 아이다호가 이미 언뜻 본 다음이었다. 아이다호가 아는 지휘관은 아니었다.

아이다호가 두 발짝 떨어진 곳에서 걸음을 멈추자 모네오가 고개를 끄덕했다.

"당신이 나를 찾고 있다고 근위대원들을 통해 들었소." 모네오가 말했다.

"그는 어디 있소, 모네오?"

"누가 어디 있느냐는 거요?"

모네오는 아이다호의 모습을 위아래로 훑어보면서 가슴에 붉은 매 장식이 붙은 검은색의 구식 아트레이데스 제복과 반짝반짝 윤이 나는 긴 부츠에 주목했다. 아이다호에게는 마치 의식을 치르는 듯한 분위기가 있었다.

아이다호가 얕게 숨을 들이쉬며 이를 악물고 말했다. "나한테 장난칠 생각은 하지 마시오!"

모네오는 아이다호의 허리에 매달린 칼에서 시선을 돌렸다. 보석 박힌 손잡이가 있는 것이 꼭 박물관에 전시되는 물건 같았다. 아이다호는 저 칼을 어디서 찾아냈을까?

"만약 신황제에 대해 묻는 거라면……." 모네오가 말했다.

"어디요?"

모네오는 계속 온화한 목소리를 유지했다. "왜 그렇게 죽고 싶어 안달하는 거요?"

"당신이 그와 함께 있다고 들었소."

"그건 아까 일이오."

"내가 그를 찾아낼 것이오, 모네오!"

"지금은 안 되오."

아이다호는 칼에 한 손을 갖다 댔다. "내가 꼭 무력을 사용해서 당신 입을 열게 만들어야겠소?"

"그건 권장할 만한 행동이 아닌 것 같소."

"그는…… 어디…… 있소?"

"그렇게 고집을 부리니 할 수 없군. 폐하께서는 시오나와 함께 사막에 나가 계시오."

"당신 딸과 함께?"

"그 애 말고 시오나가 또 있소?"

"그 둘이 뭘 하고 있는 거요?"

"그 애는 시험을 받고 있소."

"언제 돌아오지?"

모네오는 어깨를 으쓱한 다음 입을 열었다. "왜 이렇게 화를 내는 거요, 던컨?"

"그 시험이라는 게 무엇……."

"나도 모르오. 자, 왜 그렇게 화가 난 거요?"

"나는 이곳에 신물이 났소! 물고기 웅변대도!" 그는 고개를 돌려 침을 뱉었다.

모네오는 아이다호 뒤쪽의 복도를 살짝 바라보며 그가 다가오던 모습을 다시 떠올렸다. 던컨들에 대해 잘 알기 때문에 무엇이 지금 그의 분노를 한층 타오르게 하는지 쉽게 알 수 있었다.

"던컨, 청소년기의 남자아이들은 물론 여자아이들도 동성에 대해 육체적 매력을 느끼는 것은 전적으로 정상적인 일이오. 그들 대부분은 성장하면서 거기서 벗어날 것이오."

"그런 건 반드시 다 없애버려야 하오!"

"하지만 그건 우리가 물려받은 유산의 일부요."

"없애버려야 해! 그리고 그건 유산이 아니……."

"아, 진정하시오. 억누르려고 하면 그것의 힘은 더욱 강해지기만 할 것이오."

아이다호는 그를 노려보았다. "그래, 당신은 저 위에서 당신 딸에게 무슨 일이 벌어지고 있는지 모른다는 거요!"

"그 애는 시험을 받고 있다고 말했잖소."

"그게 도대체 무슨 뜻인데?"

모네오는 한 손으로 눈을 덮으며 한숨을 쉬었다. 그는 자기가 이 멍청하고 위험하고 시대에 뒤떨어진 인간을 왜 참아주는 건지 모르겠다고 생각하면서 손을 내렸다.

"그건 그 애가 저 바깥에서 죽을 수도 있다는 뜻이오."

아이다호는 깜짝 놀랐다. 그 바람에 그의 분노가 조금 식었다. "당신은 어떻게 그런 걸 허락할 수……."

"허락? 내게 선택권이 있다고 생각하오?"

"사람은 누구나 선택권을 갖고 있소."

쓸쓸한 미소가 모네오의 입술을 스치고 지나갔다. "당신은 다른 던컨들에 비해 어찌 그리 훨씬 더 바보 같은 거요?"

"그래, 다른 던컨들! 그 다른 던컨들은 어떻게 죽었소, 모네오?"

"모든 사람들과 똑같이 죽었소. 시간을 다 써버린 거지."

"거짓말." 아이다호가 이를 갈면서 말했다. 칼자루를 쥔 그의 손마디가 하얗게 변해 있었다.

모네오는 여전히 온화한 목소리로 말했다. "조심하시오. 내가 받아들일 수 있는 것에도 한계가 있소. 특히 지금은 더."

"이곳은 썩었어!" 아이다호가 말했다. 그리고 칼을 잡지 않은 손으로 뒤의 복도를 가리켰다. "난 이런 일들을 결코 받아들일 수 없소!"

모네오는 텅 빈 복도를 멍하니 바라보았다. "당신은 성숙해져야 하오, 던컨. 반드시."

칼을 쥔 아이다호의 손에 힘이 들어갔다. "그게 무슨 뜻이오?"

"지금은 민감한 시기요. 폐하를 동요시키는 것이라면 무엇이든, 무엇이든……. 미리 저지해야 하오."

아이다호는 금방이라도 폭력을 휘두르고 싶은 것을 참았다. 그의 분노를 억누르고 있는 것은 모네오의 태도에 들어 있는 영문 모를 분위기뿐이었다. 그러나 말은 이미 내뱉어졌고 그 말을 무시할 수는 없었다.

"나는 성숙하지 못한 망할 놈의 어린애가 아니……."

"던컨!" 항상 온화한 태도의 모네오에게서 아이다호가 한 번도 들어보지 못한 큰 소리였다. 놀라움이 아이다호의 손을 제자리에 붙들고 있는 동안 모네오가 말을 이었다. "육체가 성숙을 요구하지만 뭔가가 그 사람을 청소년기에 붙들어두고 있다면, 상당히 고약한 행동들을 하게 되지. 그걸 놓아 보내시오."

"지금…… 나더러……."

"아니요!" 모네오는 손짓으로 복도를 가리키며 말을 이었다. "아, 당신이 저 뒤에서 뭘 보았는지 난 잘 알고 있소. 하지만 그건……."

"여자 둘이서 열렬한 입맞춤을 하고 있었소! 당신은 그게……."

"그건 중요하지 않소. 청춘은 수많은 방법으로 자신들의 잠재력을 탐구하니까."

아이다호는 금방이라도 폭발할 것 같은 마음을 가라앉히며 몸을 앞으로 기울였다. "당신에 대해 알게 되어 기쁘오, 모네오."

"그래, 뭐, 나도 당신에 대해 알게 되었소. '여러 번'에 걸쳐서."

모네오는 이 말이 비틀린 채 아이다호의 머릿속을 꿰뚫고 지나가면서 그를 복잡하게 헝클어뜨림에 따라 생겨나는 효과를 지켜보았다. 골라들은 자기보다 앞서 존재했던 다른 골라들에 대한 매혹을 결코 피하지 못했다.

아이다호가 갈라진 목소리로 속삭이듯 말했다. "당신은 무엇을 알게 되었소?"

"당신은 내게 가치 있는 것들을 가르쳐주었소. 우리 모두는 진화하려고 노력하지만 뭔가가 막는다면 우리 잠재력을 고통 속으로 전이시킬 수 있소. 고통을 구하거나 고통을 주는 거지. 청소년들은 특히 여기에 취약하오."

아이다호는 모네오에게 가까이 몸을 기울였다. "나는 성(性)에 대해 얘기하고 있소!"

"물론이오."

"내가 청소년들과 같다고……."

"그렇소."

"당신을 요절내야……."

"아, 좀 닥쳐요!"

모네오의 이 말에 베네 게세리트의 '목소리' 통제 훈련을 받은 사람과 같은 미묘함이 들어 있지는 않았지만, 평생 동안 남을 지휘해 온 경험이 깔려 있었다. 아이다호 내면의 어떤 것이 거기에 복종할 수밖에 없었다.

"미안하오. 하지만 난 지금 정신이 산란하오. 내 외동딸이……." 모네오는 말끝을 흐리며 어깨를 으쓱했다.

아이다호는 두 번 심호흡을 했다. "당신들은 미쳤소. 당신들 모두! 당신 딸이 지금 죽어가고 있는지도 모른다면서 당신은……."

"이 멍청이!" 모네오가 날카롭게 소리쳤다. "당신의 시시한 걱정이 내게 어떻게 비치는지 알고나 있소! 당신의 멍청한 질문들과 그 이기적인……." 그는 고개를 절레절레 흔들며 말끝을 흐렸다.

"당신이 지금 개인적인 문제를 겪고 있다는 점을 참작해 주겠소. 하지만 만약 당신이……." 아이다호가 말했다.

"참작! 당신이 참작을 해준다고?" 모네오는 떨리는 숨을 들이쉬었다. 이건 정말 해도 너무한 말이었다!

아이다호가 딱딱하게 말했다. "내가 당신을 용서해……."

"당신이! 성과 용서와 고통에 대해 주절거리면서…… 당신은 흐위 노리와……."

"이 일에 그녀를 끌어들이지 마시오!"

"아, 그렇지. 그녀를 끌어들이지 말라고. 그 고통을 생각하지 말라고! 당신은 그녀와 성관계를 갖고 헤어질 생각은 조금도 하지 않고 있소. 말해 보시오, 이 멍청한 인간. 어떻게 할 건지 말해 봐요."

당황한 아이다호는 깊이 숨을 들이쉬었다. 그는 조용한 모네오 안에 이런 강렬한 감정이 끓고 있을 줄은 짐작하지 못했다. 그러나 이런 공격은, 이건 있을 수 없는…….

"내가 잔인하다고 생각하오?" 모네오가 다그치듯 물었다. "당신이 차라리 피하고 싶어 하는 일들에 대해 생각해 보라는 거요. 하! 레토 황제는 이보다 더 잔인한 일들을 당한 적도 있소. 오로지 잔혹성 그 자체만을 위해서!"

"그를 변호하는 거요? 당신이……."

"나는 폐하를 가장 잘 아는 사람이오!"

"그는 당신을 이용하고 있소!"

"무슨 목적으로?"

"당신도 잘 알고 있잖소!"

"그는 영원을 위해 우리가 지닌 최고의 희망이오……."

"변태들은 영원을 가져다주지 못해!"

모네오는 달래는 듯한 어조로 말을 시작했다. 그러나 그의 말은 아이다호를 뒤흔들었다. "당신에게 딱 한 번만 말하겠소. 동성애자들은 우리 역사 속의 가장 뛰어난 전사들 가운데에 존재해 왔소. 최후의 수단으로 우리가 의지하는 광전사들 말이오. 최고의 남자 사제들과 여자 사제들 가운데에도 동성애자가 있었소. 종교들이 독신을 유지하는 건 우연이 아니오. 또한 청소년들이 최고의 병사가 되는 것도 우연이 아니오."

"그건 타락이오!"

"맞소. 군사 지휘자들은 성이 고통으로 변질되어 치환된다는 것을 수천, 수만 세기 전부터 알고 있었소."

"위대한 레토 황제가 지금 그런 짓을 하고 있다는 거요?"

모네오는 여전히 온화한 목소리로 말했다. "폭력은 우리에게 고통을 가하거나, 고통을 당할 것을 요구하오. 가장 깊숙한 충동에 의해 그렇게 이끌려 가는 군대를 관리하는 것이 얼마나 더 쉽겠소?"

"그는 당신조차 괴물로 만들어버렸군!"

"당신은 폐하가 나를 이용하고 있다고 했소. 내가 그걸 허용하는 건, 폐하께서 내게 요구하시는 대가보다 그분이 치러야 하는 대가가 훨씬 더 크다는 걸 알기 때문이오."

"심지어 당신의 딸조차도?"

"그분은 그 어떤 것도 예외로 치지 않소. 그런데 왜 내가 예외를 두어야 하오? 아아, 당신은 아트레이데스의 이런 점을 이해할 거요. 던컨들은 그 점에서는 항상 뛰어나니까."

"던컨들! 빌어먹을. 나는 절대······."

"당신은 그분이 요구하는 대가를 치를 배짱이 없을 뿐이오." 모네오가 말했다.

아이다호는 눈에 보이지도 않을 만큼 빠른 동작으로 칼집에서 칼을 빼내 모네오에게 달려들었다. 그는 자신이 낼 수 있는 최고의 속도로 움직였지만, 모네오는 더 빨리 움직이면서 옆으로 비켜서서 아이다호의 발을 걸었다. 아이다호는 얼굴을 아래로 한 채 바닥에 쓰러졌다. 그는 재빨리 앞으로 몸을 굴리면서 일어서려다가 멈칫했다. 자신이 아트레이데스 가문 사람을 정말로 공격하려 했음을 깨달았기 때문이다. 모네오는 아트레이데스였다. 충격이 아이다호의 몸을 붙들어 꼼짝할 수 없게 만들었다.

모네오는 조금도 움직이지 않고 그 자리에 서서 그를 내려다보았다. 그의 얼굴은 슬픈 듯한 기묘한 표정을 짓고 있었다.

"던컨, 나를 죽일 생각이라면 등 뒤에서 은밀하게 하는 것이 가장 좋을 거요. 그러면 성공할지도 모르오."

아이다호는 한쪽 무릎을 지렛대 삼아 몸을 일으켜서 한쪽 발을 바닥에 놓았다. 그리고 칼을 꼭 움켜쥔 채 꼼짝도 하지 않았다. 모네오의 움직임은 너무 빨랐고 너무나 우아했다. 너무······ 너무 자연스러웠다! 아이다호는 목을 가다듬었다.

"당신이 어떻게······."

"폐하는 우리를 오랫동안 교배시키면서 우리 안의 많은 것들을 강화시켰소, 던컨. 폐하는 우리가 속도, 지성, 자제력, 감수성을 갖도록 교배시켰소. 당신은…… 당신은 그저 더 오래된 모델일 뿐이오."

게릴라들이 흔히 하는 말이 무엇인지 아는가? 그들은 자기들에게 경제 체제라는 것이 없기 때문에 자기들의 반란이 경제 전쟁에 난공불락이라고 주장한다. 그건 자기들이 전복하려고 하는 대상들에게 기생하고 있다는 얘기다. 그 바보들은 자기들이 필연적으로 지불해야 할 대가를 셈하지 못한다. 이 패턴은 가차 없이 퇴행적인 실패를 겪는다. 노예 제도, 복지국가, 계급 중심 종교, 사회주의적 관료주의 등 의존성을 만들어내서 유지시키는 모든 체제들 속에서 그 패턴이 반복되는 것을 볼 수 있다. 너무나 오랫동안 기생해 온 사람은 숙주 없이는 존재할 수 없다.

—『도난당한 일기』

레토와 시오나는 태양이 움직일 때에만 따라 움직이며 모래언덕의 그림자 속에 하루 종일 누워 있었다. 그는 그녀에게 정오의 열기 속에서 모래의 담요 밑에 들어가 스스로를 보호하는 법을 가르쳐주었다. 모래언덕들 사이에 바위가 있는 곳에서는 땅이 지나치게 뜨거워지는 법이 없었다.

오후가 되자 시오나는 온기를 찾아 레토 가까이로 기어갔다. 그는 요즘 열기가 지나치게 많았다.

그들은 드문드문 얘기를 나눴다. 그는 한때 이곳의 풍경을 지배했던 프레멘의 우아함에 대해 그녀에게 얘기해 주었다. 그녀는 그에게서 비밀스러운 지식들을 탐색했다.

한번은 그가 이런 말을 했다. "이상하게 들리겠지만, 이곳 사막은 내가 가장 인간으로 돌아갈 수 있는 곳이다."

그의 말을 듣고도 그녀는 자신의 인간적인 취약함과 자기가 이곳에서 죽을 수도 있다는 사실을 완전히 인식하지 못했다. 그녀는 말을 하지 않을 때에도 사막복의 얼굴 덮개를 제자리에 묶어두지 않았다.

레토는 그 저변에 깔린 무의식적인 동기를 알아보았지만, 그 문제를 직접 얘기해 봤자 소용없다는 것을 알고 있었다.

밤의 추위가 벌써부터 땅 위로 기어오기 시작한 늦은 오후에 그는 구전 역사에 보존되어 있지 않은 '긴 여행'의 노래들로 그녀를 즐겁게 해주기 시작했다. 그는 자기가 제일 좋아하는 노래 중의 하나인 「리에트의 행진」을 그녀가 좋아한다는 사실에 즐거움을 느꼈다.

"이 곡조는 정말로 오래된 것이다. 과거 지구에서 우주 여행이 시작되기 전의 것이지." 그가 말했다.

"그 노래를 다시 불러주실래요?"

그는 자기가 낼 수 있는 최고의 바리톤 목소리 중 하나를 골랐다. 수많은 콘서트홀을 가득 채웠던, 오래전에 죽은 예술가의 목소리였다.

"기억할 수도 없는 과거의 벽이
고대의 폭포로부터 나를 감춰준다
물이 거세게 떨어지는 곳으로부터!
그리고 물보라의 움직임들이
우르릉거리는 급류 밑
진흙 속에 동굴을 새긴다."

그의 노래가 끝났을 때 그녀는 잠시 침묵하다가 입을 열었다. "행진곡 치고는 이상한 노래군요."

"그들은 이 노래를 해부할 수 있었기 때문에 좋아했다."

"해부라고요?"

"우리 프레멘 조상들이 이 행성에 오기 전에 밤은 이야기를 하고 노래와 시를 읊는 시간이었다. 그러나 듄 시절에는 그런 것들이 거짓 어둠, 즉 시에치의 어둠침침한 낮으로 옮겨졌지. 밤은 그들이 밖으로 나와 돌아다닐 수 있는 시간이었다…… 지금 우리처럼."

"하지만 당신은 '해부'라고 했잖아요."

"그 노래의 의미가 무엇이지?"

"아. 그건…… 그건 그냥 노래예요."

"시오나!"

그녀는 그의 목소리에서 분노를 감지하고 침묵했다.

"이 행성은 벌레의 아이다. 그리고 나는 그 벌레야." 그가 경고했다.

그녀는 깜짝 놀랄 만큼 태평한 태도로 대답했다. "그럼 그 노래의 의미가 뭔지 얘기해 주세요."

"우리가 과거로부터 자유로워질 수 없는 것처럼, 곤충도 자신의 집단 거주지에서 자유로워질 수 없다. 동굴들은 그곳에 있고, 급류의 물보라 속에 새겨진 메시지들도 모두 있어."

"저는 춤을 출 수 있는 노래들이 더 좋아요." 그녀가 말했다.

이것은 경박한 대답이었다. 그러나 레토는 이것을 화제의 전환으로 받아들이기로 했다. 그는 그녀에게 프레멘 여자들이 결혼식에서 추던 춤에 대해 얘기해 주며 그 춤의 스텝이 흙먼지의 악마들이 일으키는 소용돌이에서 기원한 것이라고 말해 주었다. 레토는 자신이 얘기를 잘한다는 자부심을 갖고 있었다. 그녀가 홀린 듯이 귀를 기울이고 있는 것으로 보아, 고대의 춤동작과 함께 길고 검은 머리채를 휘날리며 소용돌이처럼 빙글빙글 도는 여자들의 모습을 생생히 상상하고 있음이 분명했다.

그의 얘기가 끝났을 때에는 어둠이 그들을 거의 덮치려 하고 있었다.

"가자. 아침과 저녁은 지금도 그림자들의 시간이다. 혹시 우리의 사막을 함께 공유하는 생물이 있는지 보자."

시오나는 그를 따라 모래언덕 꼭대기로 올라가 함께 어두워지는 사막을 둘러보았다. 저 높이 공중에는 그들의 움직임에 이끌려 온 새 한 마리밖에 없었다. 벌어진 날개 끝과 몸 형태를 보니 콘도르였다. 그는 이 사실을 시오나에게 알려주었다.

"저놈들은 뭘 먹고 살죠?" 그녀가 물었다.

"이미 죽었거나 거의 죽은 것이라면 무엇이든."

이 말에 충격을 받은 그녀는 고독한 새의 날개 깃털에 미끄러지는 마지막 햇빛을 뚫어지게 올려다보았다.

레토는 계속 밀어붙였다. "소수의 사람들이 지금도 나의 사리르에 감히 발을 들여놓는다. 때로는 박물관 프레멘이 길을 잃고 헤매다가 사라져버리기도 하지. 그들이 잘하는 건 정말이지 의식밖에 없다. 나중에는 사막의 가장자리에 내 늑대들이 남겨놓은 잔해만 남는다."

이 말을 듣고 그녀는 그에게서 홱 몸을 돌렸다. 그러나 그 전에 그는 강렬한 감정이 여전히 그녀를 집어삼키고 있음을 볼 수 있었다. 시오나는 심하게 시험을 당하는 중이었다.

"사막에는 낮의 자비로움이 거의 없다. 그것도 우리가 밤에 여행하는 이유 중 하나야. 프레멘에게 낮이란 바람에 날려 와서 자신의 발자국을 가득 메워버리는 모래를 뜻했다."

그녀가 그에게 다시 몸을 돌렸을 때 그녀의 눈에서는 흐르지 못한 눈물이 반짝이고 있었다. 그러나 표정은 차분했다.

"지금은 이곳에 뭐가 살고 있죠?" 그녀가 물었다.

"콘도르, 소수의 야행성 생물들, 과거 식물들의 잔해가 가끔, 그리고 땅속에 굴을 파는 녀석들."

"그게 전부인가요?"

"그렇다."

"왜죠?"

"그들이 태어난 곳이 이곳이고, 이보다 더 좋은 곳을 내가 허락하지 않기 때문이다."

날이 거의 어두워지면서 갑자기 사막이 빛나는 것 같았다. 그의 사막에서 이런 순간이면 으레 볼 수 있는 현상이었다. 그는 그 빛나는 순간에 그녀를 유심히 살펴보며 그녀가 그의 다른 메시지를 아직 이해하지 못했음을 깨달았다. 그러나 그 메시지가 그녀의 내면에 자리 잡고 앉아서 곪아갈 것임을 알고 있었다.

"그림자라……." 그녀가 그에게 아까 했던 말을 일깨웠다. "우리가 이리로 올라올 때 당신은 뭘 보게 될 거라고 기대했어요?"

"어쩌면 멀리서 사람들을 보게 될 거라고 생각했는지도 모르지. 여기선 결코 확신할 수 없으니까."

"어떤 사람들을요?"

"이미 말해 주었잖나."

"만약 사람을 보았다면 당신은 어떻게 했을까요?"

"멀리 보이는 사람이 허공으로 모래를 던질 때까지는 그 사람을 적으로 간주하는 것이 프레멘의 관습이었다."

그가 이 말을 하는 동안 어둠이 커튼처럼 그들 위로 떨어져 내렸다.

갑자기 나타난 별빛 속에서 시오나의 움직임이 유령처럼 희미해졌다. "모래라고요?" 그녀가 물었다.

"모래를 던지는 건 의미가 아주 깊은 동작이다. 그건 '우리가 같은 짐을 지고 있다. 모래가 우리의 유일한 적이다. 이것은 우리가 마시는 것이다. 모래를 들고 있는 손에는 무기가 없다'는 뜻이야. 이해하겠나?"

"아뇨!" 그녀는 반항적인 거짓말로 그를 조롱했다.

"이해하게 될 거다."

그녀는 한마디 말도 없이 호선을 그리고 있는 모래언덕의 꼭대기 선을 따라 걷기 시작했다. 그녀는 분노 때문에 지나치게 힘이 넘치는 모습으로 성큼성큼 그에게서 멀어졌다. 레토는 그녀가 본능적으로 올바른 방향을 택했다는 사실에 흥미를 느끼면서 그녀의 뒤로 한참 떨어져서 따라가기로 했다. 프레멘의 기억들이 그녀의 내면에서 소용돌이치는 것이 느껴졌다.

그녀는 모래언덕이 살짝 기울며 또 다른 모래언덕과 교차하는 곳에서 그를 기다렸다. 그는 그녀의 사막복 얼굴 덮개가 여전히 열린 채로 느슨하게 매달려 있는 것을 보았다. 아직은 그것을 가지고 잔소리를 할 때가 아니었다. 무의식적인 일들 중에는 반드시 자연스러운 길을 따라가야 하는 것들이 있는 법이었다.

그가 다가가는 동안 그녀가 말했다. "이 방향도 다른 방향이나 마찬가지인가요?"

"네가 그 방향을 계속 유지한다면."

그녀는 별들을 살짝 올려다보았다. 그는 그녀가 '바늘'을 찾아내는 것을 보았다. 그 프레멘들의 '화살표' 별들은 그녀의 조상들이 이 땅을 가로지를 때 길잡이가 되어주었다. 그러나 그는 그녀가 그 별을 알아본 것이 주로 지식에 의존한 것임을 알 수 있었다. 그녀는 자신의 내면에서 작용하고 있는 다른 것들을 아직 받아들이지 못하고 있었다.

레토는 앞쪽 체절을 들어 올려 별빛 속에서 앞을 응시했다. 두 사람은 예전에 하바냐 능선과 새들의 동굴을 가로질러 가짜 서쪽벽 아래의 에르그와 바람고개로 향하는 길로 이어졌던 작은 길을 따라 북쪽에서 약간 서쪽으로 기울어진 방향으로 움직였다. 그때의 지형지물 중 남아 있는 것은 하나도 없었다. 그는 반갑지 않은 수분과 돌 냄새가 섞인 서늘한 산들바람을 향해 코를 쿵쿵거렸다.

시오나가 또다시 움직이기 시작했다. 이번에는 좀더 느리게 움직이면서 가끔 별들을 힐끔거리며 방향을 계속 유지했다. 지금까지 그녀는 길이 맞는지 레토가 확인해 줄 것이라고 믿었지만, 이제는 스스로 길잡이가 되어 자신을 이끌었다. 그는 그녀의 신중한 생각들 밑에 있는 혼란을 느꼈다. 지금 모습을 드러내는 것이 무엇인지도 알고 있었다. 여행 동료에 대한 강렬한 의리가 그녀에게 조금씩 생겨나고 있었다. 사막의 사람들은 여행 동료를 항상 신뢰했다.

'우리는 알고 있다. 동료들과 떨어지면 모래언덕과 바위 사이에서 길을 잃어버리지. 사막에서 혼자 여행하는 사람은 죽은 목숨이다. 여기서 혼자 사는 것은 모래벌레뿐이야.' 그는 생각했다.

그는 자기가 지나가면서 모래를 갈아놓은 흔적이 지나치게 눈에 띄지 않게, 훨씬 앞서 나가는 그녀를 내버려두었다. 그녀는 그가 갖고 있는 인간 자아에 대해 생각해야 했다. 그는 의리가 훌륭하게 작용할 것이라고 믿었다. 그러나 시오나는 억눌린 분노로 가득 차서 다루기가 힘들었다. 그녀는 지금까지 그가 시험했던 그 누구보다도 반항적이었다.

레토는 그녀의 뒤에서 미끄러지듯 움직이며 유전자 교배 프로그램을 검토하고, 그녀가 실패하는 경우 후임자를 마련하기 위해 필요한 결정들을 내렸다.

밤이 깊어갈수록 시오나의 움직임이 점점 더 느려졌다. 첫 번째 달이 머리 위에 높이 떠오르고, 두 번째 달이 지평선 위로 한참 높이 올라온 다음에야 그녀는 걸음을 멈추고 휴식을 취하면서 음식을 먹었다.

레토는 휴식이 반가웠다. 모래와의 마찰 때문에 벌레가 그를 확실히 지배하게 되었고, 주위의 공기는 그의 온도 조절 작용으로 인해 분출된 화학 물질들로 가득 차 있었다. 그가 '산소 과급기'라고 부르는 기관이 꾸준히 물질들을 분출하면서, 그는 벌레 자아가 인간의 세포들과 맺은 태반 같은 관계에 적응하기 위해 얻게 된 단백질 생산 기관과 아미노산 자원들을 강렬히 의식하게 되었다. 사막은 그의 마지막 변신을 향한 움직임을 촉진했다.

시오나가 멈춘 곳은 별 모양 모래언덕의 꼭대기 근처였다. "당신이 모래를 먹는다는 게 사실인가요?" 그녀가 자기를 향해 다가오는 그에게 물었다.

"사실이다."

그녀는 달빛 때문에 서리를 맞은 것처럼 하얗게 변한 지평선을 한 바퀴 둘러보았다. "왜 신호 장비를 가져오지 않은 거죠?"

"난 네가 소유에 대해 배우기를 원했다."

그녀가 그를 향해 돌아섰다. 그는 얼굴 가까이에서 그녀의 숨결을 느꼈다. 그녀는 건조한 공기 속으로 너무나 많은 수분을 잃어버리고 있었다. 그런데도 모네오의 훈계를 기억해 내지 못했다. 이건 아주 가혹한 교훈이 될 터였다. 의심의 여지가 없었다.

"난 당신을 전혀 이해하지 못하겠어요."

"그러나 넌 바로 그 일에 전념하고 있다."

"제가요?"

"그렇지 않고서야 내가 네게 주는 것의 대가로 네가 어떻게 가치 있는 것을 내놓을 수 있겠나?"

"당신이 내게 주는 게 뭐죠?" 온갖 종류의 신랄함이 담긴 목소리였다. 그녀가 먹은 건량에서 나는 스파이스 냄새도 희미하게 느껴졌다.

"난 네게 나와 단둘이 있으면서 나와 나눌 기회를 주고 있다. 그런데 너는 지금 이 시간을 태평하게 보내고 있다. 이 시간을 낭비하고 있어."

"소유에 대해 말했잖아요?" 그녀가 다그치듯 물었다.

그는 그녀의 목소리에서 피로를 느꼈다. 물의 메시지가 그녀의 내부에서 비명을 지르기 시작했다.

"그들은 과거에 멋지게 살아 있었다. 프레멘들 말이다. 그리고 아름다움을 보는 그들의 눈은 유용한 것에만 국한되어 있었지. 나는 탐욕스러운 프레멘을 만난 적이 없다."

"그게 도대체 무슨 뜻이에요?"

"과거에는 사람들이 사막으로 가져가는 모든 것이 꼭 필요한 것이었고, 그런 것 말고는 아무것도 가져가지 않았다. 너의 삶은 이제 소유물들로부터 자유롭지 않다, 시오나. 그렇지 않다면 네가 신호 장비에 대해 묻지 않았을 거야."

"왜 신호 장비가 필요하지 않다는 거죠?"

"그 장비는 네게 아무것도 가르쳐주지 못할 테니까."

그는 바늘이 가리키는 길을 따라 그녀의 주위를 돌아 움직였다. "가자. 이 밤을 우리에게 유리하게 이용해야지."

그녀는 서둘러 달려와서 수도사의 두건을 쓴 것 같은 그의 얼굴 옆에서 걸었다. "내가 당신이 말하는 그 망할 놈의 교훈을 배우지 못하면 어떻게 되는 거죠?"

　　"십중팔구 죽을 것이다."

　　이것이 한동안 그녀를 침묵하게 만들었다. 그녀는 가끔 옆을 힐끔거리기만 하면서 그의 옆에서 터벅터벅 걸었다. 그녀는 그의 벌레 육체를 무시하고 아직 남아 있는 인간다운 모습에만 시선을 집중했다. 어느 정도 시간이 흐른 후 그녀가 말했다. "당신이 짝짓기를 명령해서 내가 태어났다는 얘기를 물고기 웅변대에게서 들었어요."

　　"사실이다."

　　"그들은 당신이 기록을 계속 유지하고 있으며, 당신 자신의 목적을 위해 아트레이데스들의 교배를 명령한다고 했어요."

　　"그것도 사실이다."

　　"그럼 구전 역사가 옳은 거군요."

　　"난 네가 구전 역사를 무조건적으로 믿는다고 생각했는데?"

　　그러나 그녀는 외곬이었다. "당신이 짝짓기를 명령했을 때 우리들 중 누군가가 반발하면 어떻게 되는 거죠?"

　　"내가 명령한 아이들이 태어나기만 한다면 나는 넓은 범위의 자유를 허용한다."

　　"명령이라고요?" 그녀가 발끈했다.

　　"그래, 명령."

　　"당신이 모든 사람들의 침실 안으로 기어들거나 우리들 모두를 평생 동안 잠시도 쉬지 않고 쫓아다닐 수는 없어요! 사람들이 당신의 명령에 복종한다는 걸 어떻게 알죠?"

"나는 안다."

"그럼 내가 당신에게 복종하지 않을 생각이라는 것도 알겠네요!"

"목이 마른가, 시오나?"

그녀는 깜짝 놀랐다. "뭐라고요?"

"목마른 사람들은 물에 대해 얘기하지. 성(性)이 아니라."

그런데도 그녀는 얼굴 덮개를 덮지 않았다. 그는 속으로 생각했다. '아 트레이데스의 열정은 항상 아주 강했지. 심지어 이성까지 희생시킬 정 도로.'

두 시간이 채 되지 않아 그들은 모래언덕을 내려와 바람이 납작하게 갈아놓은 자갈밭에 들어섰다. 레토가 그 안으로 움직여 들어갈 때 시오 나는 옆에 바짝 붙어 있었다. 그녀는 '바늘'을 자주 바라보았다. 이제 두 개의 달이 모두 지평선 위에 낮게 떠서, 모든 바위들 뒤로 그림자가 길게 늘어졌다.

어떤 의미에서 레토는 이런 곳이 사막보다 이동하기에 더 편안하다고 생각했다. 단단한 바위는 모래보다 더 나은 열전도체였다. 그는 바위에 납작하게 몸을 붙이고 몸속 화학 공장의 작용을 느슨하게 늦출 수 있었 다. 자갈은 물론이고 상당한 크기의 바위조차 그에게는 방해가 되지 않 았다.

그러나 시오나는 여기서 더 어려움을 겪고 있었다. 하마터면 발목이 뒤틀릴 뻔한 적이 여러 번이었다.

익숙하지 않은 사람에게는 이 평지가 아주 힘든 곳일 수도 있겠다고 그는 생각했다. 땅바닥에 가까이 몸을 수그리고 있으면 눈에 보이는 것 은 광활하고 텅 빈 땅뿐이었다. 달빛 속에서는 특히 으스스했다. 멀리 모 래언덕들이 보이지만 사람이 아무리 움직여도 그 거리가 변하지 않는 것 같았고, 영원히 불어오는 듯한 바람과 바위 몇 개, 그리고 위에서 냉정하게 빛나는 별들을 제외하면 어디에도 아무것도 없었다. 이곳은 사막 중의 사막이었다.

"프레멘의 음악이 그렇게 영원한 고독의 분위기를 띠게 된 건 바로 이런 곳 때문이다. 모래언덕 위가 아냐. 이런 곳에서는 하늘이 틀림없이 흐르는 물소리와 저 끝없는 바람으로부터의 해방을 뜻하는 것 같다고 생각하게 되지."

이 말에도 그녀는 얼굴 덮개를 떠올리지 못했다. 레토는 절망하기 시작했다.

아침이 되었을 때 그들은 평지 저 멀리까지 나가 있었다.

레토는 세 개의 커다란 바위 옆에서 움직임을 멈췄다. 차곡차곡 포개진 바위 중 하나는 심지어 그의 등 높이보다도 더 높았다. 시오나는 잠시 그에게 몸을 기댔다. 그리고 이것이 레토의 희망을 조금 회복시켜 주었다. 그녀는 곧 몸을 일으켜 가장 높은 바위 위로 힘겹게 기어 올라갔다. 그는 그녀가 그곳에 모습을 드러내고 주위 풍경을 자세히 살펴보는 것을 지켜보았다.

자기가 직접 보지 않아도 레토는 그녀의 눈에 무엇이 보이는지 알고 있었다. 지평선 위로 안개처럼 불어오는 모래가 떠오르는 태양을 가리고 있을 터였다. 그것을 빼면 오로지 평지와 바람이 있을 뿐이었다.

그의 몸 아래에 있는 바위는 서늘한 사막의 아침 기온 때문에 차가웠다. 그 찬 기운 때문에 공기가 훨씬 더 건조해져서 그에게 쾌적한 상태가 되었다. 시오나가 없었다면 계속 앞으로 나아갔겠지만 그녀는 눈에 띄게 지쳐 있었다. 그녀는 바위에서 내려와 다시 그에게 몸을 기댔다. 거의 1분이 흐른 후에야 그는 그녀가 귀를 기울이고 있다는 걸 깨달았다.

"무슨 소리를 듣고 있나?"

그녀는 졸린 목소리로 대답했다. "당신의 몸속에서 우르릉거리는 소리가 나요."

"그 불길은 결코 완전히 꺼지지 않는다."

이것이 그녀의 흥미를 끌었다. 그녀는 그의 옆구리에서 몸을 떼고 방향을 돌려 그의 얼굴을 똑바로 들여다보았다. "불길?"

"모든 살아 있는 것들은 몸 안에 불길을 갖고 있다. 어떤 것은 느리고 어떤 것은 아주 빠르지. 내 것은 대부분의 것들보다 더 뜨겁다."

그녀는 추위 때문에 자신의 몸을 감싸 안았다. "그럼 당신은 여기서도 춥지 않은 거예요?"

"그래. 하지만 네가 춥다는 건 알겠다." 그는 자신의 얼굴을 두건 속으로 조금 끌어당겨 첫 번째 체절의 아래쪽에 움푹 들어간 공간을 만들었다. "이건 거의 해먹과 비슷하다. 이곳에 몸을 말고 있으면 따뜻해질 거야." 그가 아래를 내려다보며 말했다.

그녀는 망설임 없이 그의 권유를 받아들였다.

지금까지 계속 이런 상황에 대비해 그녀를 준비시켰는데도 자신을 믿어주는 그녀의 반응에 그는 감동했다. 그는 흐위를 알기 전에 경험했던 그 어떤 감정보다 훨씬 더 강한 연민의 감정을 애써 억눌러야 했다. 이곳에서는 연민을 느낄 여지가 없다고 자신을 타일렀다. 시오나는 십중팔구 이곳에서 죽을 것 같은 징후들을 내보이고 있었다. 그는 실망할 각오를 해야 했다.

시오나는 한쪽 팔로 얼굴을 가리고 눈을 감더니 잠이 들었다.

'나만큼 살아온 나날이 많은 사람은 지금까지 아무도 없었다.' 그는 자신을 일깨웠다.

인간들의 대중적인 관점에서 보면, 자신이 이곳에서 하고 있는 행동이 잔인하고 냉정하게만 보일 뿐이라는 것을 알고 있었다. 이제 그는 자신의 기억 속으로 들어가 '우리의 공통적인 과거 속의 실수들'을 일부러 골라내는 방식으로 자신을 강하게 만들 수밖에 없었다. 인간들이 저지른 실수들에 직접 접근할 수 있다는 것이 이제 그의 가장 커다란 강점이었다. 실수에 대한 지식 덕분에 그는 장기간에 걸쳐 바로잡을 수 있는 방법을 배울 수 있었다. 그는 행동의 결과를 항상 의식해야 했다. 만약 그 결과들이 사라지거나 은폐된다면 교훈도 사라졌다.

그러나 점점 모래벌레가 되어갈수록 다른 사람들이 비인간적이라고 부를 만한 결정을 내리기가 더 힘들어졌다. 예전에는 쉬웠다. 그러나 그의 인간다움이 슬금슬금 사라져감에 따라 그는 인간적인 염려들이 더욱더 자신을 가득 채우는 것을 깨달았다.

꧁꧂

우리 과거의 요람 속에서 나는 동굴 안에 똑바로 누워 있었다. 그 동굴은 너무 낮았기 때문에 기지도 못하고 몸을 꿈틀거리기만 해서 그곳을 지나갈 수 있었다. 나무의 진으로 만든 횃불 빛이 춤추듯 흔들리는 가운데 나는 벽과 천장에 사냥감이 되는 생물들과 내 종족의 영혼을 그렸다. 그 영혼이 분명히 보이는 순간을 찾기 위한 고대의 투쟁을 완전한 원을 통해 뒤돌아보면 얼마나 많은 것을 알 수 있는지 모른다. 모든 시간은 '내가 여기 있다!'는 외침에 맞춰 진동한다. 나중에 나타난 예술의 거인들에게서 지식을 배운 나는 석탄과 채소 염료로 바위에 그려놓은 근육의 움직임과 손자국들을 응시한다. 우리는 단순히 기계적인 사건들보다 얼마나 더 커다란 존재인지! 나의 반문명적인 자아는 이렇게 다그친다. "그들은 왜 동굴을 떠나고 싶어 하지 않는 건가?"

—『도난당한 일기』

아이다호에게 모네오의 작업실로 와달라는 초대가 온 것은 오후 늦게였다. 하루 종일 아이다호는 자기 숙소에서 골격에 캔버스지만 씌운 긴 의자에 앉아 생각에 잠겼다. 그날 아침 모네오가 그를 복도 바닥에 쓰러뜨릴 때의 여유 있는 태도에서부터 온갖 생각들이 퍼져 나왔다.

"당신은 그저 더 오래된 모델일 뿐이오."

생각할 때마다 아이다호는 자신이 작아지는 기분이었다. 살고자 하는 의지가 희미하게 사라지면서 그의 분노가 스스로를 소진해 버린 곳에는 재만 남았다.

'나는 유용한 정자의 운반 수단이다. 그뿐이야.'

이것은 죽음 아니면 쾌락주의를 불러들이는 생각이었다. 그는 기회의 가시에 꿰뚫린 채 사방에서 짜증스러운 힘에 쪼이고 있는 것 같은 기분이었다.

깔끔한 파란색 제복을 입은 어린 전령 역시 짜증스러울 뿐이었다. 그녀는 그의 방문을 두드린 다음 들어와도 좋다는 낮은 대답을 듣고 안으로 들어왔다. 그리고 아치형 문 아래 걸음을 멈추고 머뭇거리며 그의 기분을 살폈다.

'소문이 얼마나 빨리 퍼지는지.' 그는 생각했다.

그는 문틀에 서 있는 그녀를 보았다. 물고기 웅변대의 정수를 모아놓은 영상 같았다. 일부 물고기 웅변대원들보다는 조금 더 육감적이었지만 그 이상 노골적으로 성적 매력을 풍기지는 않았다. 파란색 제복은 우아한 엉덩이와 단단한 가슴을 감춰주지 못했다. 그는 시선을 들어 금발 머리 밑의 장난꾸러기 요정 같은 얼굴을 바라보았다. 그녀의 머리는 신병 스타일이었다.

"모네오 님께서 대장님의 안부를 여쭤보라고 저를 보내셨습니다. 대장님께서 모네오 님의 작업실로 와주셨으면 좋겠다고 하십니다."

아이다호는 그 작업실을 여러 번 보았지만 처음 보았을 때의 모습을 지금도 가장 잘 기억하고 있었다. 그는 그 방에 들어서는 순간 그곳이 모네오가 대부분의 시간을 보내는 장소라는 것을 알 수 있었다. 금색의 섬세한 나뭇결 무늬가 있는 짙은 갈색의 나무 탁자가 하나 있었다. 가로세로가 각각 2미터, 1미터이고 뭉툭한 다리가 달린 그 탁자는 회색 쿠션들 가운데에 나지막하게 앉아 있었다. 아이다호가 보기에 그 탁자는 아주 귀하고 비싼 것 같았다. 이 방에서 시선의 초점이 될 단 하나의 물건. 그 탁자 외에는 방바닥이나 벽, 천장과 똑같이 회색을 띤 쿠션밖에 없었다.

방 주인의 권력을 생각하면, 그 방은 가로세로가 5미터와 4미터를 넘지 않는 작은 곳이었지만 천장이 높았다. 폭이 좁은 양쪽 벽에 서로를 마주 보도록 배치된 날씬한 유리창 두 개에서 빛이 들어왔다. 그 창문들은 상당히 높은 곳에서 밖을 내다보고 있었는데, 하나는 사리르의 북서쪽 가장자리와 금지된 숲의 초록색 가장사리를 향하고 있었고 다른 하나는 남서쪽의 구불구불한 모래언덕들을 보여주었다.

'대조로군.'

탁자는 그의 머릿속에 처음 떠오른 이 생각에 흥미로운 강조점을 덧붙여주었다. 탁자 위는 '어지럽게 흩어진 모양'이란 어떤 것인지 시범을 보여주려는 것처럼 어질러져 있었다. 얇은 크리스털 종이들이 탁자 전체에 여기저기 흩어져서 그 밑의 나뭇결 무늬는 언뜻언뜻 눈에 띌 뿐이었다. 종이들 중 일부는 작은 활자로 뒤덮여 있었다. 아이다호는 갈락 어와 그 밖에 네 개 언어로 된 단어들을 알아보았다. 페르트라는 진귀한 과도기 언어도 포함되어 있었다. 또 다른 종이 몇 장에는 도면이 그려져 있었고, 베네 게세리트의 굵은 활자체로 된 검은 붓글씨가 휘갈겨진 종이도 몇 장 있었다. 무엇보다도 흥미로운 것은 둥글게 말려 있는 약 1미터 길이의 하얀색 튜브 네 개였다. 불법적인 컴퓨터에서 뽑은 3차원 인쇄물. 그는 벽에 있는 패널 뒤 어딘가에 컴퓨터 단말기가 숨겨져 있는 것 같다고 짐작했다.

모네오가 보낸 어린 전령이 아이다호의 상념을 깨우기 위해 헛기침을 하고는 물었다. "모네오 님께 뭐라고 답변할까요?"

아이다호는 그녀의 얼굴에 시선의 초점을 맞췄다. "내가 널 임신시켜 주기를 원하나?"

"대장님!" 그녀는 그의 얘기 자체보다는 그 얘기가 상황에 맞지 않게 끼어들었다는 사실에 더욱 큰 충격을 받은 기색이었다.

"아아, 그래. 모네오. 우리가 모네오에게 뭐라고 하면 좋을까?" 아이다호가 말했다.

"모네오 님께서 답변을 기다리고 계십니다, 대장님."

"내가 대답을 하는 데에 정말로 무슨 의미가 있기는 한 건가?"

"모네오 님께서는 대장님과 레이디 흐위, 두 분 모두와 함께 의논하고 싶다는 뜻을 알려드리라고 하셨습니다."

아이다호는 희미하게 흥미가 생겨나는 것을 느꼈다. "흐위가 그와 함께 있어?"

"그분도 부름을 받았습니다, 대장님." 전령은 다시 헛기침을 했다. "대장님께서는 제가 오늘 밤 늦게 이곳으로 찾아오기를 원하십니까?"

"아니, 됐다. 생각이 바뀌었어."

그녀는 실망감을 잘 감추는 것 같았지만, 목소리가 딱딱하고 형식적이었다. "대장님께서 모네오 님을 찾아뵐 거라고 말씀드릴까요?"

"그렇게 해." 그는 손을 저어 그녀를 내보냈다.

그녀가 가버린 후 그는 이 부름을 그냥 무시해 버릴까 생각해 보았다. 그러나 호기심이 점점 자라났다. 모네오가 흐위 앞에서 그와 얘기를 하고 싶어 한다고? 왜? 흐위 얘기를 하면 아이다호가 뛰어올 줄 알았나? 아이다호는 마른침을 삼켰다. 흐위를 생각할 때면 공허한 가슴속이 충만해졌다. 이것의 의미를 무시할 수는 없었다. 뭔가 무시무시한 힘을 지

GOD EMPEROR of DUNE

545

닌 것이 그를 흐위에게 묶어두고 있었다.

그는 자리에서 일어섰다. 오랫동안 움직이지 않았기 때문에 근육이 뻣뻣해져 있었다. 호기심과 그를 흐위에게 묶어두고 있는 힘이 그를 재촉했다. 그는 복도로 나가 경비를 서는 근위대원들의 호기심 어린 시선을 무시하고 지나쳐 가며 자신을 몰아붙이는 내면의 힘을 따라 모네오의 작업실까지 갔다.

아이다호가 방에 들어갔을 때 흐위는 벌써 와 있었다. 그녀는 어지러운 탁자를 사이에 두고 모네오와 마주 앉아 있었다. 빨간 슬리퍼를 신은 그녀의 발은 그녀가 앉아 있는 회색 쿠션 옆에서 뒤쪽을 향하고 있었다. 그녀의 갈색 긴 드레스와 끈을 꼬아서 만든 초록색 허리띠를 아이다호가 막 알아차린 순간 그녀가 고개를 돌리자, 그는 그녀의 얼굴 외에 다른 것을 전혀 볼 수 없었다. 그녀의 입술이 소리 없이 그의 이름을 불렀다.

'심지어 그녀도 들었군.'

묘하게도 이 생각이 그를 강하게 만들어주었다. 오늘이 새로운 형태를 띠기 시작했다.

"앉으시오, 던컨." 모네오가 흐위 옆의 쿠션을 가리키며 말했다. 그의 목소리에는 말을 더듬는 것 같은 기묘한 어조가 실려 있었다. 그의 이런 모습을 본 사람은 레토를 제외하면 거의 없었다. 그는 시선을 내리깔고 어질러진 탁자 표면만을 바라보고 있었다. 늦은 오후의 햇살이 보석 열매가 달린 환상 속의 나무 모양을 한 황금색 문진에서부터 뒤범벅이 된 탁자 위로 거미집 같은 그림자를 던졌다. 탁자 위의 모든 것은 불꽃 크리스털의 산 위에 올려져 있었다.

아이다호는 자기가 자리에 앉을 때까지 흐위의 시선이 따라오는 것을 지켜보며 모네오가 가리킨 쿠션을 차지했다. 그 뒤에야 모네오에게 시선을 돌린 그녀의 표정에서 분노를 본 것 같았다. 모네오가 항상 입는 아무 무늬 없는 하얀색 제복은 목 부분이 열려 있어서 주름진 목과 처진 살이 조금 드러나 있었다. 아이다호는 기다릴 각오를 하고 모네오의 눈을 똑바로 쏘아보며 대화를 시작하라는 압력을 가했다.

모네오는 그 시선을 맞받으면서 아이다호가 아침에 만났을 때 입었던 검은 제복을 여전히 입고 있음을 깨달았다. 제복의 가슴께는 조금 더러워져 있기까지 했다. 그것은 모네오가 그를 쓰러뜨린 복도 바닥에서 묻은 기념품이었다. 그러나 그 고풍스러운 아트레이데스 칼은 이제 차고 있지 않았다. 이것이 모네오의 마음에 걸렸다.

"내가 오늘 아침에 한 짓은 용서받을 수 없는 것이었소. 따라서 나는 당신에게 용서를 청하지 않겠소. 다만 이해해 달라고 청할 뿐이오." 모네오가 말했다.

아이다호는 흐위가 이 말에 놀란 기색이 아니라는 점을 눈치챘다. 아이다호가 도착하기 전에 두 사람이 무슨 얘기를 하고 있었는지 알 것 같았다.

아이다호가 대답을 하지 않자 모네오가 말했다. "내게는 당신으로 하여금 부적격자라는 느낌을 갖게 만들 권리가 없소."

아이다호는 자신이 모네오의 말과 태도에 기묘한 반응을 경험하고 있음을 깨달았다. 상대에게 허를 찔려 술책에 넘어갔으며 자신의 시대로부터 너무 멀리 떨어져 있다는 느낌은 여전히 존재했다. 그러나 모네오가 자신을 장난감처럼 가지고 놀고 있다는 의심은 이제 들지 않았다. 이 황실 집사장이 이제는 정직성으로 이루어진 견실한 토대처럼 보였다. 이 깨달음 때문에 레토의 우주와 물고기 웅변대원들의 치명적인 이상 성욕, 흐위의 부인할 수 없는 솔직함 등 모든 것이 새로운 관계 속에 놓이게 되었다. 아이다호는 자신이 이 관계의 형태를 이해한다고 생각했다. 마치 이 방에 있는 세 사람이 전 우주에 마지막으로 남은 진짜 인간들인 것 같았다. 그는 스스로를 빈정대며 비난하는 심정으로 말했다.

"내가 당신을 공격했을 때 당신이 스스로를 보호한 건 지극히 당연한 일이었소. 당신의 능력이 그토록 뛰어나다는 사실이 기쁘오."

아이다호는 흐위를 향해 시선을 돌렸다. 그러나 그가 입을 열기 전에 모네오가 먼저 말했다. "당신이 나를 변호해 줄 필요는 없소. 나를 향한 흐위 님의 불쾌감은 상당히 확고한 것 같소."

아이다호는 고개를 저었다. "이곳에서는 모든 사람들이 내가 말을 하기도 전에 무슨 말을 할지 미리 알고, 내가 뭔가를 느끼기도 전에 무엇을 느끼게 될지 미리 아는 거요?"

"그건 당신의 훌륭한 장점 중의 하나요. 자신의 감정을 숨기지 않는 것. 우리는……." 모네오는 어깨를 으쓱하며 말을 이었다. "어쩔 수 없이 그보다 더 신중한 편이오."

아이다호는 흐위를 바라보았다. "그의 말이 당신에게도 해당되는 겁니까?"

그녀는 아이다호의 손을 잡았다. "내 얘기는 내가 직접 해요."

모네오는 꼭 쥐고 있는 두 사람의 손을 보기 위해 목을 쭉 뺐다가 자신의 쿠션에 주저앉았다. 그리고 한숨을 쉬었다. "절대로 그래서는 안 됩니다."

아이다호는 그녀의 손을 더욱 세게 움켜쥐었다. 그녀에게서도 똑같은 반응이 느껴졌다.

"두 분이 묻기 전에 미리 말씀드리겠습니다. 내 딸과 신황제는 아직 시험에서 돌아오지 않았습니다." 모네오가 말했다.

아이다호는 모네오가 차분하게 말하느라 무진 애를 쓰고 있음을 느꼈다. 흐위도 그것을 느낀 모양이었다.

그녀가 물었다. "물고기 웅변대원들의 말이 사실인가요? 시오나가 실패하면 죽는다는 게?"

모네오는 침묵을 지켰다. 그러나 그의 얼굴은 돌덩이 같았다.

"그건 베네 게세리트의 시험과 비슷한 거요? 무앗딥의 얘기로는 교단이 인간을 찾아내려고 시험을 한다고 했소." 아이다호가 물었다.

호위의 손이 덜덜 떨리기 시작했다. 아이다호는 그것을 느끼고 그녀를 바라보았다. "그들이 당신도 시험했습니까?"

"아뇨. 하지만 어린 사람들이 그것에 대해 얘기하는 걸 들었어요. 자아에 대한 감각을 잃지 않고 고통을 겪어내야 한다고 하더군요."

아이다호는 모네오에게 시선을 돌렸다. 그의 왼쪽 눈 옆이 경련하기 시작한 것이 보였다.

"모네오." 아이다호는 갑작스러운 깨달음에 압도되어서 속삭이듯 말했다. "그가 당신도 시험했군!"

"난 시험에 대해 얘기하고 싶지 않소. 우리는 당신들 두 사람에 대해 어떤 조치를 취해야 할지 결정하기 위해 이 자리에 모인 거요." 모네오가 말했다.

"그건 우리가 결정할 일 아니오?" 아이다호가 물었다. 자신의 손안에 있는 호위의 손이 땀 때문에 점점 미끄러워지는 것이 느껴졌다.

"이건 신황제께서 결정하셔야 하는 일이오." 모네오가 말했다.

"시오나가 실패하더라도?" 아이다호가 물었다.

"그때에는 특히 더 그렇지!"

"그는 당신을 어떻게 시험했소?" 아이다호가 물었다.

"신황제가 되는 것이 어떤 것인지 내게 잠깐 보여주었소."

"그리고?"

"난 내가 볼 수 있는 모든 것을 보았소."

흐위의 손이 아이다호의 손안에서 갑자기 뻣뻣해졌다.

"그럼 당신이 한때 반란자였다는 말이 사실이군." 아이다호가 말했다.

"나는 사랑과 기도로 시작했소. 그것이 분노와 반란으로 변했지. 그리고 지금 당신이 보고 있는 모습으로 변화되었소. 나는 내 임무를 인정하고 그것을 수행하오." 모네오가 말했다.

"그가 당신에게 무슨 짓을 했소?" 아이다호가 다그치듯 물었다.

"폐하께서는 내 어린 시절의 기도문을 인용해 주셨소. '신의 더 큰 영광을 위해 제 생명을 바칩니다.'" 모네오가 생각에 잠긴 듯한 목소리로 말했다.

아이다호는 흐위가 꼼짝도 하지 않고 있다는 것을 깨달았다. 그녀의 시선이 모네오의 얼굴에 못 박혀 있었다. 무슨 생각을 하는 거지?

"나는 그것이 내 기도였음을 인정했소. 그리고 신황제는 만약 내 목숨으로 충분하지 않다면 무엇을 포기할 수 있겠느냐고 물으셨지. 폐하께서는 이렇게 소리치셨소. '네가 더 커다란 선물을 내놓지 않고 감춰둔다면 네 생명이라는 게 무엇이냐?'" 모네오가 말했다.

흐위는 고개를 끄덕였지만 아이다호는 혼란스러울 뿐이었다.

"나는 폐하의 목소리에서 진실을 느낄 수 있었소."

"당신은 진실을 말하는 자인가요?" 흐위가 물었다.

"필사적일 때는 그렇습니다. 하지만 그때뿐이지요. 폐하께서 내게 진실을 얘기했다고 맹세할 수 있습니다." 모네오가 말했다.

"아트레이데스 사람들 중에는 '목소리'의 힘을 가진 사람들이 몇 명 있었소." 아이다호가 중얼거리듯이 말했다.

모네오는 고개를 저었다. "아니, 그것은 진실이었소. 폐하께서는 내게 이렇게 말씀하셨소. '지금 너를 보면서 내가 눈물을 흘릴 수만 있다면 그러고 싶은 심정이다. 아니 실제로 울고 있는 거나 마찬가지야!'"

흐위는 거의 탁자에 닿을 정도로 몸을 앞으로 기울였다. "폐하께서 울지 못하신다고요?"

"모래벌레니까." 아이다호가 속삭이듯 말했다.

"뭐라고요?" 흐위가 그를 향해 시선을 돌렸다.

"프레멘들은 물로 모래벌레를 죽였습니다. 모래벌레들은 익사하면서 프레멘의 종교적 잔치에 쓰이는 스파이스 추출액을 만들어냈죠." 아이다호가 말했다.

"하지만 레토 황제는 아직 완전한 모래벌레가 아니오." 모네오가 말했다.

흐위는 다시 몸을 뒤로 빼면서 모네오를 바라보았다.

아이다호는 입을 꾹 다물고 생각에 잠겼다. 그렇다면 레토는 눈물에 대한 프레멘의 금기 의식을 갖고 있는 건가? 그렇게 수분이 낭비되는 것에 대해 프레멘들이 항상 얼마나 경외심을 느꼈던가! '죽은 자에게 물을 준다'면서.

모네오가 아이다호를 향해 입을 열었다. "난 당신을 이해시킬 수 있을 거라는 희망을 품고 있었소. 레토 황제께선 이렇게 말씀하셨소. 당신과 흐위를 반드시 떼어놓아야 하며 두 사람이 다시 만나서는 안 된다고."

흐위는 아이다호의 손에서 자신의 손을 빼냈다. "우리도 알고 있습니다."

아이다호가 체념과 울분이 섞인 목소리로 말했다. "우리는 그의 힘을 알고 있소."

"하지만 폐하를 이해하지는 못하지." 모네오가 말했다.

"난 그 이상 아무것도 원하지 않아요." 흐위가 말했다. 그리고 아이다호의 팔을 잡으며 그의 말을 막았다. "안 돼요, 던컨. 여기에는 우리의 사사로운 욕망이 설 자리가 없어요."

"어쩌면 당신이 그에게 기도를 해야 하는 건지도 모르겠군요." 아이다
호가 말했다.

그녀는 재빨리 시선을 돌려 아이다호가 시선을 내리깔 때까지 그를 계
속 바라보았다. 그녀가 입을 열었을 때 그녀의 목소리에는 아이다호가
전에 한 번도 들어보지 못한 경쾌한 느낌이 실려 있었다. "말키 숙부는
레토 황제가 절대 기도에 응답하지 않는다고 항상 말했어요. 숙부는 레
토 황제가 기도를 강압 미수로 본다고 했죠. 선택된 신에게 가하는 일종
의 폭력 행위라고요. 불멸의 존재에게 '제게 기적을 주세요, 신이시여. 그
렇지 않으면 당신을 믿지 않겠습니다!'라고 명령을 내리면서 말이에요."

"오만으로 인한 폭력으로서의 기도죠. 자기가 요구할 때마다 신이 나
서주어야 한다는." 모네오가 말했다.

"어떻게 그가 신일 수 있소? 그 자신도 인정했듯이 그는 불사의 존재
가 아니오." 아이다호가 다그치듯 말했다.

"그 문제에 대해서는 레토 황제의 말을 직접 인용해 주겠소. '나는 사
람들에게 보여야 할 필요가 있는 신의 모든 것이다. 나는 기적이 된 전언
이다. 나는 나의 모든 조상들이다. 그것만으로도 충분히 기적이 아닌가?
그 이상 도대체 무엇을 더 원하는가? 너희 자신에게 물어보아라. 더 위
대한 기적이 어디 있느냐고.'"

"그건 공허한 말일 뿐이오." 아이다호는 코웃음을 쳤다.

"나도 폐하에게 코웃음을 쳤소. 나는 구전 역사에 나오는 폐하의 말씀
을 폐하에게 도로 집어던졌지. '신의 더 위대한 영광을 위해 바쳐라!'"

흐위가 놀라서 숨을 집어삼켰다.

"폐하는 나를 비웃었소. 그분은 큰 소리로 웃으면서 이미 신에게 속한

것을 어떻게 줄 수 있느냐고 내게 물었소." 모네오가 말했다.

"당신은 화를 냈나요?" 흐위가 물었다.

"아, 그럼요. 폐하는 그걸 보시고 영광을 위해 바치는 법을 내게 가르쳐주겠다고 하셨습니다. 폐하께서는 이렇게 말씀하셨죠. '너는 네가 어느 모로 보나 나만큼 위대한 기적임을 알게 될 것이다.'" 모네오는 고개를 돌려 왼쪽의 창밖을 바라보았다. "나는 그때 분노 때문에 귀가 멀었고 전혀 준비되어 있지 않았던 것 같습니다."

"아아, 그는 아주 영리하지." 아이다호가 말했다.

"영리하다고?" 모네오가 아이다호를 바라보며 말을 이었다. "나는 그렇게 생각하지 않소. 당신이 말하는 그 의미로는 말이오. 나는 그런 의미에서는 레토 황제가 나보다 더 영리하지는 않은 것 같다고 생각하오."

"무엇에 대해 준비되어 있지 않았다는 거죠?" 흐위가 물었다.

"위험 부담입니다." 모네오가 말했다.

"하지만 당신은 분노를 드러내면서 많은 위험을 무릅썼잖아요." 그녀가 말했다.

"폐하만큼은 아니었습니다. 당신의 눈을 보니 당신이 이 말을 이해한다는 걸 알 수 있군요, 흐위 님. 폐하의 육체가 혐오스럽게 느껴지던가요?"

"이제는 아니에요."

아이다호는 낭패감으로 이를 갈았다. "나는 그를 보면 속이 메스껍소!"

"내 사랑, 그런 말을 해서는 안 돼요." 흐위가 말했다.

"그리고 당신은 그를 '내 사랑'이라고 불러서는 안 됩니다." 모네오가 말했다.

"당신은 그녀가 옛날 하코넨 남작이 꿈꾸던 것보다 더 징그러운 악마를 사랑하게 되기를 차라리 바라고 있겠지." 아이다호가 말했다.

모네오는 입술을 안으로 잡아당겼다가 다시 내밀더니 입을 열었다. "레토 황제께서 당신의 시대에 살았던 그 사악한 노인에 대해 내게 얘기해 주신 적이 있소, 던컨. 당신은 당신의 적을 이해하지 못했던 것 같소."

"그는 뚱뚱하고 괴물 같고……."

"그는 감각을 추구하는 사람이었소. 뚱뚱한 몸은 부작용이었지. 하지만 그것 자체로서도 경험할 만한 일이었는지도 모르오. 그것이 사람들의 기분을 상하게 했고, 그는 사람들의 기분을 망치는 걸 즐겼으니까." 모네오가 말했다.

"남작은 행성 몇 개를 집어삼켰을 뿐이오. 레토는 우주를 집어삼키고 있소." 아이다호가 말했다.

"내 사랑, 제발!" 흐위가 그에게 맞섰다.

"폭언을 퍼붓게 내버려두십시오. 내가 어리고 무지했을 때, 나의 시오나와 이 한심한 바보만큼이나 어리고 무지했을 때, 나도 비슷한 말들을 했습니다." 모네오가 말했다.

"당신 딸이 나가서 죽는 걸 가만 내버려두는 건 그 때문이오?" 아이다호가 다그치듯 물었다.

"내 사랑, 그건 너무 잔인한 말이에요." 흐위가 말했다.

"던컨, 히스테리를 추구하는 것은 항상 당신의 결점 중 하나였소. 당신에게 경고하건대, 무지는 히스테리 위에서 번성하는 법이오. 당신의 유전자가 활력을 제공해 주니, 어쩌면 당신이 물고기 웅변대원 몇 명을 감화시킬지도 모르지. 하지만 당신은 지도자로서는 형편없소." 모네오가 말했다.

"내 화를 돋우려고 애쓰지 마시오. 당신을 공격하면 좋지 않다는 걸 알고 있으니까. 하지만 나를 너무 세게 밀어대지는 마시오." 아이다호가 말했다.

흐위가 아이다호의 손을 잡으려고 했지만 그는 손을 피해 버렸다.

"내 자리가 어딘지는 알고 있소. 나는 유용한 추종자이지. 나는 아트레이데스의 깃발을 들 수 있소. 그 초록색과 검은색이 나를 짓누르고 있어!" 아이다호가 말했다.

"자격이 없는 자들은 히스테리를 부추김으로써 권력을 유지하지. 아트레이데스의 방법은 히스테리 없이 다스리는 방법, 힘의 사용에 책임을 지는 방법이오." 모네오가 말했다.

아이다호는 몸을 뒤로 밀면서 무겁게 자리에서 일어섰다. "당신의 빌어먹을 신황제가 무엇이든 책임을 진 적이 있소?"

모네오는 어질러진 탁자를 내려다보다가 시선을 들지 않고 입을 열었다. "폐하는 자신이 스스로에게 저지른 짓에 대해 책임을 지고 계시오." 모네오는 이 말을 하고 나서 시선을 들었다. 그의 눈이 서리가 내린 것처럼 싸늘했다. "당신에게는 배짱이 없소, 던컨. 폐하께서 스스로에게 왜 그런 짓을 저질렀는지 알아낼 배짱이!"

"그럼 당신은 알아냈소?" 아이다호가 물었다.

"내가 가장 분노했을 때 폐하께서는 내 눈을 통해 스스로를 보시고 이렇게 말씀하셨소. '어찌 감히 나로 인해 화를 내느냐?' 바로 그때……." 모네오는 마른침을 삼키며 말을 이었다. "폐하께선 나로 하여금 그 공포를 들여다보게 만들었소…… 폐하가 보았던 공포를." 모네오의 눈에서 눈물이 솟아올라 뺨을 타고 흘러내렸다. "나는 폐하와 같은 결정을 내려야 할 필요가 없다는 사실이 그저 반가울 뿐이었소……. 내가 그냥 추종자로 만족해도 된다는 것이."

"난 폐하를 만져보았어요." 흐위가 속삭이듯 말했다.

"그럼 당신도 아시는 겁니까?" 모네오가 그녀에게 물었다.

"보지 않아도 알고 있어요." 그녀가 말했다.

모네오가 낮은 목소리로 말했다. "난 그것 때문에 하마터면 죽을 뻔했습니다. 나는……." 그는 몸을 부르르 떨더니 아이다호를 올려다보았다. "당신이 그래서는 절대 안……."

"제기랄! 두 사람 모두!" 아이다호는 고함을 질렀다. 그리고 몸을 돌려 방에서 뛰어나갔다.

흐위는 그의 뒷모습을 뚫어지게 바라보았다. 그녀의 얼굴은 너무나 고통스러운 표정으로 굳어 있었다. "아, 던컨." 그녀가 속삭이듯 말했다.

"아시겠습니까? 당신이 틀렸던 겁니다. 당신도 물고기 웅변대도 그를 부드럽게 만들지 못했습니다. 하지만 흐위 님, 당신은, 당신은 그의 파멸에 기여했을 뿐입니다." 모네오가 말했다.

흐위는 고통스러운 얼굴을 모네오에게 돌렸다. "난 그를 다시 만나지 않겠어요."

아이다호가 자기 거처로 내려가던 그 시간은 그의 기억 속에서 가장 힘든 시기가 되었다. 그는 자신의 얼굴이 조금도 움직이지 않는 플래스틸 가면이어서 내면의 혼란을 감춰주고 있다고 상상하려 했다. 그가 복도에서 지나치는 근위대원 중 누구에게도 그의 고통을 보여줄 수 없었다. 그는 그들 중 대부분이 그의 감정을 정확하게 추측해 냈으며 그에 대한 연민을 함께 느끼고 있다는 사실을 알지 못했다. 그들은 모두 던컨들에 대한 브리핑을 들었기 때문에 던컨들의 속내를 잘 읽어냈다.

자신의 거처 근처 복도에서 아이다호는 자신을 향해 천천히 걸어오고 있는 나일라와 마주쳤다. 그녀의 얼굴에 나타난 어떤 표정, 망설임과 상실감을 드러내는 표정 때문에 그는 잠깐 걸음을 멈추고 하마터면 내면에 집중하고 있던 상태에서 빠져나올 뻔했다.

"'친구'?" 그녀가 겨우 몇 발짝 거리에 이르렀을 때 그가 말했다.

그녀는 그를 바라보았다. 그녀의 각진 얼굴에 갑작스레 상대를 알아본 기색이 역력하게 드러났다.

'정말 이상하게 생긴 여자야.' 그는 생각했다.

"저는 이제 '친구'가 아닙니다." 그녀는 이렇게 말하고 그를 지나쳐 복도를 계속 걸어갔다.

아이다호는 뒤로 돌아서서 멀어져가는 그녀의 등을 뚫어지게 바라보았다. 저 묵직한 어깨, 무시무시한 근육들이 꾸준히 움직이고 있는 것 같은 느낌.

'그녀는 무슨 목적으로 교배되었을까?' 아이다호는 속으로 질문을 던져보았다.

그건 그냥 지나가는 생각에 지나지 않았다. 그 자신의 근심거리들이 그 어느 때보다 강렬하게 되돌아왔다. 그는 성큼성큼 몇 발짝을 더 걸어 자신의 방문으로 가서 안으로 들어갔다.

아이다호는 양 옆구리에서 주먹을 세게 말아 쥔 채 잠시 서 있었다.

'난 이제 어떤 시대에도 유대가 없다.' 그는 생각했다. 이 생각이 해방감을 가져다주지 않는 것이 얼마나 이상한지. 그러나 자신이 저지른 짓 때문에 흐위가 그에 대한 사랑으로부터 점점 자유로워질 것이라는 확신이 들었다. 그는 이제 작아져 있었다. 그녀는 곧 그를 변변찮고 성미 급한 바보로 생각하게 될 터였다. 오로지 자신의 감정에만 종속되어 있는 존재로. 자신이 그녀의 시급한 관심사들로부터 점점 희미하게 사라져가는 것을 느낄 수 있었다.

'그리고 저 불쌍한 모네오!'

아이다호는 저 황실 집사장을 저렇게 유순하게 만든 것이 무엇인지 감지했다. '의무감과 책임감.' 힘겨운 결정을 내려야 하는 시기에 이것들은 얼마나 안전한 안식처가 되어주는지.

'나도 한때 그랬다. 하지만 그건 다른 시대, 다른 삶의 얘기야.' 아이다호는 생각했다.

던컨들은 내가 과거의 이국적인 생각들을 이해하는지 가끔 묻는다. 그리고 만약 내가 그런 생각들을 이해한다면 왜 설명하지 못하느냐고 묻는다. 그들은 지식이 자세하고 구체적인 것들 속에만 존재한다고 믿는다. 나는 말이란 모두 쉽게 바뀔 수 있는 것임을 그들에게 알려주려고 애쓴다. 말의 이미지는 그 말이 내뱉어지는 순간에 왜곡되기 시작한다. 언어 속에 깊이 박힌 생각들을 표현하려면 그 특정한 언어가 필요하다. 이것이 바로 '이국적'이라는 단어 속에 들어 있는 의미의 본질이다. 그것이 어떻게 왜곡되기 시작하는지 보이는가? 번역은 이국적인 것들 앞에서 꿈틀거린다. 내가 여기서 말하고 있는 갈락 어는 스스로를 강요한다. 그것은 외적인 준거 기준이며 구체적인 체제이다. 위험은 모든 체제 속에 잠복해 있다. 체제는 자신을 만들어낸 사람의 검토되지 않은 신념들을 편입시킨다. 어떤 체제를 채택하고 그 체제의 신념들을 받아들이는 것은 곧 변화에 대한 저항이 강화되는 데 일조하는 것이다. 세상에는 언어로 표현할 수 없는 것들이 있다고 던컨들에게 말해 주는 것이 조금이라도 도움이 되느냐고? 아아! 그러나 던컨들은 모든 언어가 내 것이라고 믿는다.

—『도난당한 일기』

밤과 낮이 꼬박 두 번 바뀔 동안 시오나는 얼굴 덮개를 덮지 않고 숨을 쉴 때마다 귀중한 물을 잃어버렸다. 프레멘들이 아이들에게 훈계하는 말을 들은 다음에야 시오나는 자기 아버지의 말을 기억해 냈다. 레토는 여행 사흘째의 추운 아침에 바람에 쓸려 평평해진 에르그의 바위 그림자 속에서 움직임을 멈췄을 때 마침내 그녀에게 얘기했다.

"모든 숨결을 지켜야 한다. 거기에는 네 생명의 온기와 수분이 들어 있으니까."

그는 물이 있는 곳에 도착하려면 에르그에서 사흘 낮을, 그 너머에서 사흘 밤을 더 보내야 한다는 것을 이미 알고 있었다. 이제 그들이 작은 요새의 탑에서 나온 후 다섯 번째의 아침이었다. 그들은 밤사이에 얕은 모래개울 속으로 들어와 있었다. 모래언덕은 없었다. 그러나 앞쪽에서 모래언덕들을 언뜻 볼 수 있었다. 정확한 위치를 알고 바라본다면 하바냐 능선의 잔해가 저 멀리에서 가느다랗게 울퉁불퉁한 선을 그리고 있는 것까지도 볼 수 있었다. 이제 시오나는 분명하게 말을 하고 싶을 때에만 사막복의 얼굴 덮개를 내렸다. 그녀의 입술은 이미 검게 변해 피가 흐르고 있었다.

'그녀는 절망적인 갈증을 느끼고 있다.' 그는 자신의 감각 기관들이 주위를 탐색하도록 하면서 속으로 생각했다. '곧 위기의 순간에 도달할 거야.' 그의 감각 기관들은 이 평지의 변두리에 있는 사람이라곤 여전히 그들 둘뿐임을 알려주었다. 그들 뒤로 겨우 몇 분 거리에 여명이 놓여 있었다. 그 나지막한 빛이 흙먼지에 반사되어 장벽을 만들었다. 그 장벽은 끊임없이 불어오는 바람 속에서 일그러지며 오르락내리락했다. 그의 감각 기관들은 그가 다른 소리들을 들을 수 있도록 바람 소리를 걸러냈다. 시오나의 가쁜 숨소리, 두 사람 옆의 바위들에서 조금씩 흘러내리는 모래 소리, 그의 커다란 몸이 얄팍하게 땅을 덮고 있는 모래와 마찰하는 소리.

시오나는 얼굴 덮개를 옆으로 벗겨냈지만 언제라도 빨리 쓸 수 있게 계속 손으로 쥐고 있었다.

"물을 찾을 때까지 얼마나 남은 거예요?" 그녀가 물었다.

"사흘 밤."

"다른 방향을 택해서 더 빨리 갈 수는 없나요?"

"없다."

그녀는 이제 중요한 정보에 인색한 프레멘의 정신을 인정했다. 그녀는 집수 주머니에 들어 있는 몇 방울의 물을 탐욕스럽게 홀짝거렸다.

레토는 그녀의 동작에 담긴 의미를 알아보았다. 그것은 극단적인 상황에 처한 프레멘들에게서 흔히 볼 수 있는 동작이었다. 시오나는 이제 자기 조상들이 흔하게 경험했던 것을 온전히 느끼고 있었다. 파티예, 죽음의 언저리에서 느끼는 갈증.

그녀의 집수 주머니에 있던 몇 방울의 물이 모두 사라졌다. 그는 그녀가 공기를 빨아들이는 소리를 들었다. 그녀는 얼굴 덮개를 다시 덮고 그때문에 희미해진 목소리로 말했다.

"난 끝까지 해내지 못할 거예요, 그렇죠?"

레토는 그녀의 눈을 똑바로 바라보았다. 죽음이 가까이 있음으로써 생겨난 명징한 생각, 다른 방식으로는 거의 얻을 수 없는 날카로운 의식이 거기 있었다. 그것은 생존을 위해 필요한 것만을 증폭시켰다. 그래, 그녀는 테다 리아그리미, 즉 정신을 열어주는 고뇌 속으로 한참 들어가 있었다. 이제 곧 최후의 결정을 내려야 할 것이다. 그녀는 자기가 이미 그런 결정을 내렸다고 생각하고 있지만. 레토는 이제 지극히 정중하게 시오나를 대해야 할 필요가 있다는 것을 여러 가지 징후들을 통해 알 수 있었다. 그는 모든 질문에 솔직하게 대답해야 할 것이다. 모든 질문 속에 판단이 잠재해 있으므로.

"그렇죠?" 그녀가 고집스럽게 물었다.

그녀의 필사적인 태도 속에는 아직 희망의 흔적이 있었다.

"확실한 것은 하나도 없다." 그가 말했다.

이것이 그녀를 절망 속으로 떨어뜨렸다.

그건 레토의 의도가 아니었지만, 그는 이런 일이 흔히 일어난다는 것을 알고 있었다. 모호하지만 정확한 대답이 사람의 가장 깊은 두려움에 대한 확인으로 받아들여지는 것.

그녀는 한숨을 쉬었다.

얼굴 덮개에 가려진 그녀의 목소리가 다시 그를 탐색했다. "당신은 당신의 유전자 교배 프로그램에서 나에 대해 특별한 의도를 갖고 있었죠."

이것은 질문이 아니었다.

"사람들은 모두 의도를 갖고 있다." 그는 그녀에게 말했다.

"하지만 당신은 내가 완전히 동의하기를 원했어요."

"그건 사실이다."

"내가 당신의 모든 점을 증오한다는 걸 알면서 어떻게 동의를 바랄 수 있죠? 나한테 정직하게 말하세요!"

"동의라는 삼각대의 세 다리는 각각 욕망, 데이터, 회의(懷疑)이다. 정확성과 정직성은 그것과 거의 관계가 없어."

"제발 내 말에 이의를 달지 말아요. 내가 죽어가고 있다는 걸 알잖아요."

"난 너를 너무나 존중하기 때문에 네 말에 이의를 달 수 없다."

그는 앞쪽 체절을 약간 들어 올리고 바람을 탐색했다. 바람은 벌써 한낮의 열기를 가져오기 시작했지만 그가 편안함을 느끼기에는 그 안에 수분이 너무 많았다. 그는 자신이 기후 통제에 대한 명령을 더 많이 내릴수록 통제가 필요한 것이 점점 더 늘어난다는 사실을 떠올렸다. 절대적인 것은 그를 모호한 것들에 더 가까이 데려다줄 뿐이었다.

"당신은 이의를 달지 않는다고 하지만……."

"언쟁은 분별력의 문을 닫아버린다." 그는 자신의 몸을 다시 땅 위로 내리면서 말을 이었다. "언쟁은 항상 폭력을 덮어주는 가면이지. 분쟁이 너무 오래 계속되면 항상 폭력으로 이어진다. 난 너에 대해 전혀 폭력적인 의도가 없다."

"아까 그 말은 무슨 뜻이죠? 욕망, 데이터, 회의?"

"욕망은 참가자들을 단결시킨다. 데이터는 그들의 대화에 한계를 정하지. 회의는 질문들의 얼개를 만들어준다."

그녀는 좀더 가까이 다가와 1미터도 채 떨어지지 않은 곳에서 그의 얼굴을 똑바로 들여다보았다.

증오가 희망, 두려움, 경외심과 저토록 완벽하게 섞일 수 있다는 사실이 참으로 기묘하다고 그는 생각했다.

"당신은 나를 구해 줄 수 있나요?"

"방법이 있다."

그녀는 고개를 끄덕였다. 그는 그녀가 잘못된 결론으로 비약했다는 것을 깨달았다.

"당신은 나의 동의를 얻기 위해 그걸로 거래하려는 거군요!" 그녀가 그를 비난했다.

"아니다."

"만약 내가 당신의 시험을 통과하면……."

"이건 나의 시험이 아니다."

"그럼 누구의 시험이죠?"

"이것은 우리의 공통적인 조상들로부터 유래한 것이다."

시오나는 차가운 바위에 주저앉아 침묵했다. 아직은 그의 따스한 앞쪽 체절 속에서 쉬게 해달라고 요청할 생각이 없는 것 같았다. 레토는 그녀의 목구멍 속에서 대기하고 있는 부드러운 비명을 들을 수 있을 것 같았다. 이제 그녀의 회의가 작용하고 있었다. 그녀는 자신이 생각하는 '궁극의 폭군'이라는 이미지에 그가 정말로 잘 들어맞는지 의문을 갖기 시작했다. 그녀는 그가 이미 그녀에게서 발견했던 그 무섭도록 명징한 시선으로 그를 올려다보았다.

"무엇이 당신에게 지금과 같은 행동을 하게 만드는 거죠?"

잘 구성된 질문이었다. 그는 입을 열었다. "사람들을 구하고 싶다는 나의 욕구."

"무슨 사람들요?"

"사람들에 대한 나의 정의는 다른 누구보다 훨씬 더 광범위하다. 자기들이 인간이란 무엇인가를 정의했다고 생각하는 베네 게세리트의 정의보다도 훨씬 더. 내 말은 모든 정의에 포함된 모든 인류의 영원한 가닥을 의미한다."

"당신이 하고자 하는 말은……." 그녀는 입속이 너무 말라서 말을 할 수 없었다. 그녀는 침을 모으려고 애썼다. 그는 얼굴 덮개 속에서 그녀의 입이 움직이는 것을 보았다. 그러나 그녀의 질문이 무엇인지는 명백했으므로 질문을 기다리지 않았다.

"내가 없었다면 지금쯤 어디에도 사람이 없었을 것이다. 전혀. 그리고 그런 멸종으로 이어진 길은 너의 가장 터무니없는 상상보다도 끔찍했다."

"아, 당신은 예지력을 갖고 있다고 했죠." 그녀가 이죽거렸다.

"황금의 길은 지금도 열려 있다."

"난 당신을 믿지 않아요!"

"우리가 대등하지 않으니까?"

"그래요!"

"하지만 우리는 상호 의존적이다."

"당신에게 내가 왜 필요한 거죠?"

'아아, 자신에게 꼭 맞는 장소를 확신하지 못하는 젊음의 외침이군.' 그는 서로 의존하다 보니 비밀스러운 유대 속에서 힘을 느끼게 되었음을 깨닫고, 엄격해져야 한다고 억지로 자신을 몰아붙였다. '의존은 약함을 길러낸다!'

"네가 황금의 길이다." 그가 말했다.

"내가요?" 거의 속삭이는 듯한 목소리였다.

"넌 내게서 훔쳐 간 일기를 이미 읽었다. 나는 그 안에 있다. 하지만 너는 어디 있지? 내가 만들어놓은 것을 보아라, 시오나. 그런데 너는, 너는 너 자신을 제외하고는 아무것도 창조하지 못한다."

"말, 또 교묘하게 속이려는 말!"

"난 숭배의 대상이 되었기 때문에 고통스러운 것이 아니다, 시오나. 나는 결코 인정받지 못한다는 점 때문에 고통스럽다. 어쩌면…… 아니, 난 감히 너에게 희망을 품을 수 없다."

"그 일기의 목적이 뭐죠?"

"익스의 기계가 그 일기를 기록했다. 그것은 아주 먼 훗날에 발견될 것이다. 그리고 사람들로 하여금 생각하게 만들 거야."

"익스의 기계라고요? 지하드를 무시하고 있군요!"

"거기에도 교훈이 있다. 그런 기계들이 실제로 하는 일이 무엇이지? 그들은 우리가 생각하지 않고도 할 수 있는 일들을 늘려준다. 우리가 생각도 하지 않고 하는 일들, 거기에 진짜 위험이 있어. 네가 얼굴 덮개에 대해 생각하지 않고 이 사막에서 얼마나 오래 걸었는지 봐라."

"당신이 나한테 주의를 줄 수도 있었잖아요!"

"그러면 너의 의존성이 더 강해졌겠지."

그녀는 잠시 그를 노려보다가 입을 열었다. "왜 내가 당신의 물고기 웅변대를 지휘해 주길 바라는 거죠?"

"넌 아트레이데스의 여자다. 독립적인 생각을 할 수 있고 수완도 있지. 너는 네가 진실이라고 생각하는 것, 오로지 그것만을 위해 진실해질 수 있다. 너는 지휘자로 교배되어 훈련받았어. 그건 네가 의존성으로부터 자유롭다는 뜻이다."

바람 때문에 두 사람 주위에서 흙먼지와 모래가 소용돌이치는 동안 그녀는 그의 말을 가늠해 보았다. "만약 내가 동의하면, 당신은 날 구해 줄 건가요?"

"아니."

그녀는 이것과 정반대의 대답이 나올 것이라고 너무나 확신했기 때문에 심장이 여러 번 뛸 만큼의 시간이 지난 후에야 이 한 단어의 의미를 파악했다. 그동안 바람이 약간 잦아들었기 때문에 모래언덕들이 있는 땅을 가로질러 하바냐 능선의 잔해까지 이어진 풍경이 드러났다. 생물의 몸에서 뜨거운 햇빛만큼이나 수분을 많이 빼앗아 가는 냉기 때문에 공기가 갑자기 싸늘해졌다. 레토는 의식 한 편에서 기후 조절 시스템의 동요를 감지했다.

"아니라고요?" 그녀는 어리둥절함과 분노를 동시에 느끼고 있었다.

"나는 반드시 신뢰해야 하는 사람들하고는 잔인한 거래를 하지 않는다."

그녀는 천천히 고개를 가로저었다. 그러나 그녀의 시선은 그의 얼굴에 계속 고정되어 있었다. "당신이 날 구해 주게 만들려면 어떻게 해야 하죠?"

"어떤 것도 날 그렇게 만들지 못한다. 내가 네게 하지 않을 일을 네가 내게 할 수 있다고 생각하는 이유가 무엇이지? 그건 상호 의존의 방법이 아니다."

그녀의 어깨가 축 늘어졌다. "내가 당신과 거래할 수도 없고 당신을 강요할 수도 없다면……."

"그럼 또 다른 방법을 택해야겠지."

'의식의 폭발적인 성장을 지켜보는 건 정말 얼마나 굉장한 일인가.' 그는 생각했다. 표정이 풍부한 시오나의 얼굴은 아무것도 감추지 않았다. 그녀는 그의 눈에 초점을 맞추고 마치 그의 생각 속으로 완전히 들어갈 방법을 찾는 것처럼 그를 노려보았다. 얼굴 덮개에 막힌 그녀의 목소리에 새로운 힘이 생겨났다.

"당신은 내게 당신의 모든 것을 알려줄 생각인가요? 심지어 모든 약점까지도?"

"내가 숨김없이 주려 하는 것을 너는 훔칠 건가?"

아침 햇살이 그녀의 얼굴을 강하게 비췄다. "난 당신에게 아무것도 약속하지 않겠어요!"

"나도 그런 것을 요구하지 않는다."

"하지만 당신은…… 내가 요구하면 물을 줄 건가요?"

"단순히 물뿐만이 아니다."

그녀는 고개를 끄덕였다. "그럼 난 아트레이데스가 되겠어요."

물고기 웅변대는 아트레이데스의 유전자 속에 들어 있는 특별한 감수성을 숨기지 않고 가르쳤다. 그녀는 스파이스가 어디서 생겨나는지, 그리고 그것이 자신에게 어떤 영향을 미칠 수 있는지 알고 있었다. 물고기 웅변대 학교의 교사들은 결코 그를 실망시키는 법이 없었다. 그리고 시오나의 건량 속에 조금 섞어 넣은 멜란지 역시 자신의 몫을 다했다.

"내 얼굴 옆에 둥글게 말려 있는 이것이 보이나? 그걸 손가락으로 부드럽게 문지르면 스파이스 추출액이 진하게 들어 있는 수분 방울들이 떨어질 것이다."

그는 그녀가 그것의 정체를 깨달았음을 그녀의 눈을 통해 알 수 있었다. 그녀가 기억이라고 생각하지 않는 기억들이 그녀에게 말을 걸고 있었다. 그녀는 아트레이데스의 감수성이 계속 증가해 온 수많은 세대의 결과물이었다.

다급한 갈증조차 아직 그녀를 움직이지 못했다.

그녀가 이 위기를 편안히 통과할 수 있도록 하기 위해 그는 프레멘 아이들의 이야기를 해주었다. 그들은 오아시스의 가장자리에서 막대기를 이용해 모래송어를 찾아낸 다음 재빨리 기운을 차리려고 모래송어에게서 수분을 끌어내곤 했다.

"하지만 난 아트레이데스예요."

"그것에 대한 구전 역사의 얘기는 진실이다."

"그럼 내가 그 때문에 죽을 수도 있겠군요."

"그것이 시험이지."

"나를 진짜 프레멘으로 만들 생각이군요!"

"그렇지 않으면 내가 사라진 후에 네 후손들에게 여기서 살아남는 방법을 어떻게 가르칠 수 있겠나?"

그녀는 얼굴 덮개를 벗고 그의 얼굴로부터 손바닥만큼도 채 안 되는 거리로 얼굴을 가져갔다. 그리고 손가락을 들어 올려 그의 두건에 둥글게 말려 있는 살을 만졌다.

"부드럽게 쓰다듬어라." 그가 말했다.

그녀의 손은 그의 목소리 대신 자기 내면에 있는 어떤 것의 명령에 복종했다. 그 손가락의 정확한 움직임이 그의 기억을 일깨워주었다. 아이에게서 아이에게로, 또 다른 아이에게로 이어지던 것을…….. 그런 방법을 통해 너무나 많은 정보들과 그릇된 정보들이 살아남았다. 그는 얼굴을 돌릴 수 있는 한계까지 돌리고 자신의 얼굴과 너무나 가까운 곳에 있는 그녀의 얼굴을 곁눈질로 바라보았다. 둥글게 말린 살의 가장자리에서 옅은 파란색 방울들이 생겨나기 시작했다. 짙은 계피 냄새가 그들을 둘러쌌다. 그녀는 그 방울들을 향해 몸을 기울였다. 그녀의 코 옆에 있는 모공들, 그리고 그녀가 혀를 움직여 그 방울들을 마시는 모습이 보였다.

이윽고 그녀가 뒤로 물러났다. 완전히 만족한 것은 아니었지만 예전에 모네오가 그랬던 것처럼 조심성과 의심 때문에 물러난 것이다. '부전여전이로군.'

"이게 효과를 발휘하려면 얼마나 걸리죠?" 그녀가 물었다.

"효과는 벌써 발휘되고 있다."

"내 말은……."

"약 1분쯤."

"이 일과 관련해서 내가 당신에게 빚진 건 하나도 없어요!"

"나도 대가를 요구하지 않을 것이다."

그녀는 얼굴 덮개를 덮었다.

그는 흐릿하고 아련한 기색이 그녀의 눈에 생겨나는 것을 보았다. 허락을 구하지도 않은 채 그녀는 그의 앞쪽 체절을 두드리며 그의 살로 만들어진 따스한 '해먹'을 준비해 줄 것을 요구했다. 그는 그 요구에 복종했다. 그녀는 그 부드러운 곡선에 자신의 몸을 맞췄다. 그는 가파른 각도로 아래를 내려다보아야 그녀를 볼 수 있었다. 시오나는 여전히 눈을 뜨고 있었지만 그 눈은 이제 이곳을 보고 있지 않았다. 그녀가 갑자기 경련하듯 움직이면서 죽어가는 작은 짐승처럼 덜덜 떨기 시작했다. 그는 이 경험이 무엇인지 알고 있었지만, 그것을 조금도 변화시켜 줄 수 없었다.. 그녀의 의식 속에는 조상들의 존재가 전혀 남아 있지 않게 되겠지만 그녀는 선명한 광경들과 소리들과 냄새들을 지금부터 영원히 짊어지게 될 것이다. 상대를 찾아헤매는 기계들이 그곳에 존재할 것이며 피와 창자의 냄새도 존재할 것이다. 굴 속에 몸을 숨긴 채 자신들이 도망칠 수 없다는 사실만을 인식하고 움츠러든 인간들도……. 그동안 내내 기계적인 움직임이 점점 더 가까이, 가까이, 가까이…… 점점 더 시끄럽게…… 시끄럽게!

그녀가 어디를 돌아보아도 항상 똑같을 것이다. 탈출구는 어디에도 없었다.

그는 그녀의 생명이 약해지는 것을 느꼈다. '어둠과 싸워야 한다, 시오나!' 아트레이데스 사람들은 으레 이렇게 했다. 그들은 생명을 위해 싸웠다. 그리고 지금 그녀는 자신의 것이 아닌 다른 생명들을 위해 싸우고 있었다. 그러나 그는 그것이 점점 약해지는 것을 느꼈다……. 생기가 무섭게 빠져나가는 것을. 그녀는 어둠 속으로 점점 깊숙이 들어갔다. 일찍이 그 어느 누구보다도 훨씬 더 깊이. 그는 앞쪽 체절을 요람처럼 움직이면서 그녀의 몸을 부드럽게 흔들어주기 시작했다. 그 움직임이, 또는 가늘고 뜨거운 의지의 가닥이, 아니 어쩌면 이 두 가지가 모두 힘을 합쳐서 승리를 거뒀다. 그녀의 몸은 이른 오후 무렵까지 벌벌 떨리다가 진짜 잠과 비슷한 상태로 들어갔다. 가끔 숨을 집어삼키는 소리만이 환영의 메아리를 무심코 암시해 주었다. 그는 그녀를 좌우로 부드럽게 흔들어주었다.

그녀가 저 깊은 곳에서 과연 돌아올 수 있을까? 그는 생명의 반응들을 느끼며 안도했다. 그녀의 내면에 있는 힘이라니!

그녀는 오후 늦게 깨어났다. 몸이 갑자기 조용해졌고 호흡의 리듬도 바뀌었다. 그녀가 반짝 눈을 떴다. 그리고 그를 올려다보다가 몸을 굴려 해먹에서 빠져나와 그에게 등을 돌린 자세로 서서 거의 한 시간 동안 말 없이 생각에 잠겨 있었다.

전에 모네오도 똑같은 행동을 했다. 이건 아트레이데스 사람들의 새로운 패턴이었다. 그 전의 아트레이데스들 중 일부는 그에게 고함을 질러댔다. 나머지 아트레이데스들은 휘청거리면서 뒷걸음질치며 그를 노려보았다. 그 때문에 그는 자갈들 위에 몸을 비비고 꿈틀거리면서 그들을 쫓아갈 수밖에 없었다. 쪼그리고 앉아 땅바닥을 물끄러미 바라보는 사람들도 있었다. 그들 중 어느 누구도 그에게 등을 돌리지 않았다. 레토는 이 새로운 변화를 희망적인 징조로 받아들였다.

"나의 가족이 얼마나 멀리까지 이어져 있는지 조금 이해하기 시작했구나."

그녀는 입을 꾹 다문 채 몸을 돌렸지만 그와 시선을 마주치지는 않았다. 그러나 그는 그녀가 그것을 받아들였음을 알 수 있었다. 극히 소수의 인간만이 그녀처럼 공유할 수 있는 그 깨달음을. 그의 독특한 다중성이 모든 인류를 그의 가족으로 만든다는 깨달음을.

"당신은 숲속에서 내 친구들을 구해 줄 수도 있었어요." 그녀가 그를 비난했다.

"너 역시 그들을 구해 줄 수 있었다."

그녀는 주먹을 꼭 말아 쥐고 관자놀이를 누르며 그를 노려보았다. "하지만 당신은 모든 걸 다 알고 있잖아요!"

"시오나!"

"내가 그걸 꼭 그런 식으로 배워야 했나요?" 그녀가 속삭이듯 말했다.

그는 침묵하며 그녀가 스스로 그 질문에 대답하도록 압박을 가했다. 그의 의식이 근본적으로 프레멘의 방식을 따라 움직이며, 그 묵시록적인 환영 속의 무시무시한 기계들처럼 포식자가 흔적을 남기는 모든 생물의 뒤를 쫓을 수 있다는 사실을 그녀가 반드시 인정하게 만들어야 했다.

"황금의 길. 난 그걸 느낄 수 있어요." 그녀가 속삭이듯 말했다. 그리고 그를 노려보며 다시 말했다. "그건 너무 잔인해요!"

"생존은 항상 잔인했다."

"그들은 숨을 수 없었어요." 그녀가 속삭이듯 말했다. 그리고 커다란 목소리로 말을 이었다. "당신은 나한테 무슨 짓을 한 거예요?"

"넌 프레멘 반란자가 되려고 했다. 사막에서 징조들을 읽는 프레멘들의 능력은 거의 믿을 수 없는 수준이었지. 그들은 심지어 모래 속에서 바람에 날려 간 발자국의 희미한 흔적까지도 읽을 수 있었다."

그는 그녀가 후회하기 시작하는 것을 보았다. 죽은 친구들의 기억이 그녀의 의식 속에서 부유하고 있었다. 그는 죄책감이 곧 뒤따를 것이며, 그 다음에는 그에 대한 분노가 생겨날 것임을 알고 재빨리 그녀에게 말했다. "내가 그냥 너를 데려와서 이런 얘기를 해주었다면 내 말을 믿었을까?"

후회가 그녀를 압도하려 하고 있었다. 그녀는 얼굴 덮개 뒤에서 입을 열어 숨을 집어삼켰다.

"너는 아직 이 사막을 이기고 살아남은 게 아니다." 그가 말했다.

천천히 그녀의 떨림이 잦아들었다. 그가 그녀에게서 불러일으킨 프레멘의 본능이 으레 그러듯이 마음을 가라앉힌 것이다.

"난 살아남을 거예요." 그녀가 그와 눈을 마주치며 말을 이었다. "당신은 우리 감정을 통해 우리의 생각을 읽어요, 그렇죠?"

"생각에 불을 붙이는 것들이지. 나는 지극히 사소한 행동의 변화를 보고 그 행동의 감정적인 기원을 파악할 수 있다."

그는 모네오가 그랬던 것처럼 그녀 역시 자신이 알몸으로 노출된 거나 마찬가지라는 사실을 두려움과 증오의 감정으로 받아들이는 것을 보았다. 그건 별로 중요하지 않았다. 그는 자기들 앞의 시간을 탐색했다. 그래, 그녀는 그의 사막에서 살아남을 것이다. 모래 위에서 그녀의 발자국이 그의 흔적 옆에 있기 때문에…… 그러나 그는 그 발자국 속에서 그녀의 육체가 남긴 징후를 전혀 보지 못했다. 하지만 그녀의 발자국 바로 너머에서 여러 가지 것들이 감춰져 있던 구멍이 갑작스레 나타나는 것을 보았다. 안틱이 내지르는 죽음의 비명이 예지의 의식 전체에 울려 퍼졌다…… 떼 지어 공격하는 물고기 웅변대원들도!

'말키가 오고 있다. 우린 다시 만날 것이다. 말키와 나.' 그는 생각했다.

레토가 눈을 뜨자 시오나가 여전히 그를 노려보는 모습이 보였다.

"난 지금도 당신을 증오해요!"

"너는 포식자의 필연적인 잔인성을 증오한다."

그녀가 독기에 차서 의기양양하게 말했다. "하지만 난 다른 것도 보았어요! 당신은 내 발자국을 따라올 수 없어!"

"네가 이것을 키우고 보존해야 하는 건 바로 그 때문이지."

그가 말을 하는 동안 비가 내리기 시작했다. 갑작스러운 먹구름과 억수 같은 비가 동시에 그들을 덮쳤다. 기후 조절 시스템의 동요를 느끼고 있었는데도 레토는 이런 맹습에 충격을 받았다. 그는 사리르에서 가끔 비가 내린다는 것을 알고 있었다. 빗물이 어디론가 흘러가서 사라져버리기 때문에 그런 비는 재빨리 흩어져버렸다. 몇 개 되지 않는 비 웅덩이는 태양이 다시 돌아오면 증발해 버릴 것이다. 대부분의 경우 소나기는 땅에 닿아보지도 못했다. 그것은 사막의 지표 바로 위에 있는, 뜨겁게 과열된 공기층에 부딪혀서 증발해 버리는 유령 같은 비였다. 그렇게 증발된 비는 바람을 타고 흩어졌다. 그러나 오늘의 비는 그의 몸을 흠뻑 젖게 만들었다.

시오나는 얼굴 덮개를 뒤로 젖히고 떨어지는 빗물을 향해 탐욕스럽게 얼굴을 쳐들었다. 그녀는 빗물이 레토에게 어떤 영향을 미치고 있는지 눈치채지도 못했다.

모래송어들이 서로 겹쳐져 있는 부분의 뒤쪽으로 물이 세차게 들어와 몸을 적시기 시작했을 때 레토는 몸을 뻣뻣하게 굳히며 고통에 휩싸여 공처럼 둥글게 몸을 말았다. 모래송어와 모래벌레가 지닌 서로 다른 충동들이 '고통'이라는 단어에 새로운 의미를 덧붙여주었다. 몸이 갈가리 찢기는 것 같았다. 모래송어들은 물이 있는 곳으로 달려가서 그 물을 가두고 싶어 했다. 모래벌레는 자신을 흠뻑 적시는 죽음의 물결을 느꼈다. 비가 그의 몸과 부딪힌 모든 곳에서 파란색 연기가 구불구불하게 분출되었다. 그의 몸 내부의 기관들이 진정한 스파이스 추출액을 만들어내기 시작했다. 흥건하게 물이 고인 웅덩이들 속에 그가 누워 있는 곳 주위로 파란색 연기가 떠올랐다. 그는 몸부림을 치며 신음했다.

구름이 지나가고 조금 시간이 지난 후에야 시오나가 그의 불안한 상태를 감지했다.

"왜 그러는 거예요?"

그는 대답할 수 없었다. 비는 가버렸지만 물은 사방의 바위와 웅덩이들 속에, 그리고 그의 몸 밑에 남아 있었다. 도망칠 곳이 없었다.

시오나는 물이 그의 몸과 닿은 모든 곳에서 파란색 연기가 솟아오르는 것을 보았다.

"물 때문이군요!"

오른쪽으로 약간 비켜난 곳에 땅이 약간 부풀어 오른 곳이 있었는데, 그곳에서는 물이 한자리에 머무르지 못했다. 그는 고통스럽게 그곳을 향해 움직이며 새로 웅덩이를 만날 때마다 신음했다. 그가 솟아오른 땅에 도착했을 때 그곳은 거의 말라 있었다. 고통이 천천히 가라앉았고 시오나가 자신의 정면에 서 있다는 것을 점점 인식했다. 그녀가 짐짓 걱정하는 척하면서 말로 그를 탐색했다.

"왜 물이 당신을 고통스럽게 하는 거죠?"

'고통스럽게 한다고? 이 얼마나 빈약한 표현인가!' 그러나 그녀의 질문을 피할 수는 없었다. 그녀는 이제 대답을 직접 찾아 나설 만큼 충분한 지식을 갖고 있었다. 그리고 그 대답을 그녀가 찾아낼 수도 있었다. 그는 더듬거리는 목소리로 모래송어와 모래벌레가 물과 어떤 관계인지 설명했다. 그녀는 침묵을 지키며 그의 말을 끝까지 들었다.

"하지만 당신이 내게 준 수분은……."

"스파이스가 완충 역할을 하면서 그 수분을 가려준다."

"그럼 왜 당신은 수레도 없이 이렇게 밖으로 나오는 위험을 무릅쓰는 거죠?"

"요새 안이나 수레 위에서는 프레멘이 될 수 없다."

그녀는 고개를 끄덕였다.

그는 반란의 불꽃이 그녀의 눈에서 다시 살아나는 것을 보았다. 그녀는 죄책감을 느끼거나 자신이 남에게 의존하고 있다고 느낄 필요가 없었다. 이제 더 이상 그의 황금의 길에 대한 믿음을 피할 수 없었지만, 그렇다고 해서 뭐가 달라진단 말인가? 그의 잔인성은 용서받을 수 없는 것이었다! 그녀는 그를 거부하고 자신의 가문 안에 있는 그의 자리를 부정할 수 있었다. 그는 인간이 아니었다. 그녀와 전혀 다른 존재였다. 게다가 그녀는 그를 파멸시킬 비밀을 소유하고 있었다! 그를 물로 둘러싸고 그의 사막을 파괴하고 고통스러운 해자 속에서 그를 꼼짝 못 하게 만드는 것이다! 그녀는 시선을 피하는 것으로 자신의 생각을 그에게서 감출 수 있다고 생각한 걸까?

'그럼 나는 무엇을 할 수 있나? 지금 나는 비폭력을 실증해야 하고 그녀는 반드시 살아야 한다.' 그는 생각했다.

시오나의 천성에 대해 조금 알게 된 지금 그냥 굴복하면, 자신의 생각 속으로 무작정 가라앉아 버리면 얼마나 편할까. 그것은, 자신의 기억 속에서만 살고 싶다는 유혹은 아주 매력적이었다. 그러나 그의 '자식들'이 황금의 길에 대한 최후의 위협으로부터 탈출하기 위해서는 예시를 통한 가르침이 한 번 더 필요했다.

'이런 결정을 내리는 것이 너무나 고통스럽다!' 그는 베네 게세리트에 대해 다시 연민을 느꼈다. 그가 처한 곤경은 그들이 무앗딥이라는 현실과 직면했을 때 겪었던 것과 흡사했다. '그들의 유전자 교배 프로그램의 궁극적인 목적이었던 내 아버지. 그들 역시 그를 견제하지 못했다. 한 번 더 곤경에 맞서보자, 친애하는 친구들.' 그는 생각했다. 그리고 신파극 같은 자신의 행동에 비틀린 미소가 떠오르는 것을 억눌렀다.

여러 세대에 걸쳐 진화할 수 있는 시간이 충분히 주어진다면 포식자는 사냥감이 생존을 위해 특정한 형태로 적응하게 만든다. 피드백의 순환적인 작용을 통해 이러한 적응은 포식자에게도 변화를 일으키며, 이 변화는 다시 사냥감을 변화시킨다. 그것이 계속, 계속, 계속…… 다른 강력한 힘들도 같은 작용을 한다. 그런 힘 중에 종교를 포함시켜도 된다.

—『도난당한 일기』

"따님께서 죽지 않을 것이라는 얘기를 전해 드리라고 주님께서 제게 명령하셨습니다."

나일라가 모네오를 내려다보며 억양 없는 단조로운 목소리로 메시지를 전달했다. 그는 어지럽게 흩어진 메모와 서류와 통신 장비 가운데에서 작업용 탁자에 앉아 있었다.

모네오는 양 손바닥을 꼭 붙인 채 늦은 오후의 햇살이 탁자 위에 놓인 보석 나무 모양의 문진 위로 길게 그려놓은 그림자를 내려다보았다.

그는 자기 앞에서 예의 바르게 차려 자세로 서 있는 나일라의 땅딸막한 모습을 올려다보지 않은 채 물었다. "두 사람 모두 요새로 돌아왔나?"

"예."

모네오는 왼쪽의 창문을 내다보았지만 사리르의 지평선 위에 매달려 있는 검은색의 단단한 경계선도, 모든 모래언덕 꼭대기에서 모래알들을 모으고 있는 탐욕스러운 바람도 사실상 눈에 들어오지 않았다.

"우리가 전에 얘기했던 문제는?" 그가 물었다.

"준비해 두었습니다."

"잘했군." 그는 그녀에게 나가보라는 뜻으로 손을 흔들었지만 나일라는 그의 앞에 계속 서 있었다. 모네오는 놀라서 그녀가 이 방에 들어온 후 처음으로 그녀에게 시선의 초점을 맞췄다.

"제가 직접 이……." 나일라는 마른침을 꿀꺽 삼키며 말을 이었다. "……결혼식에 꼭 참석해야 합니까?"

"레토 폐하께서 명령하신 일이다. 너는 그곳에서 유일하게 레이저총으로 무장하게 될 거야. 그건 명예로운 일이다."

그녀는 모네오의 머리 위 어딘가에 시선을 고정시킨 채 여전히 그 자리에 서 있었다.

"뭐지?" 그가 말을 재촉했다.

커다란 각등 같은 나일라의 턱이 경련하듯 움직이더니 목소리가 흘러나왔다. "그분은 신이시고 저는 평범한 인간입니다." 그녀는 발꿈치를 축으로 몸을 돌려 작업실을 나갔다.

저 커다란 덩치의 물고기 웅변대원이 무엇에 신경을 쓰는 건지 모르겠다는 생각이 막연히 들었지만, 모네오의 생각은 나침반의 바늘처럼 시오나를 향했다.

'그 애도 나처럼 살아남았다.' 시오나는 이제 황금의 길이 여전히 끊어지지 않고 남아 있음을 알려주는 내면의 감각을 갖게 되었다. '내가 그랬던 것처럼.' 딸과 뭔가를 함께하게 되었다는 감각은 전혀 없었다. 딸과 더 가까워졌다는 느낌도 없었다. 그것은 짐이며 결국 그녀의 반항적인 천성을 구속할 것이다. 아트레이데스 사람이라면 누구도 황금의 길을 거스를 수 없었다. 레토가 반드시 그렇게 되게 신경을 썼다!

모네오는 자신이 반란자였던 시절을 회상했다. 매일 밤 잠자리가 달라졌고 항상 도망쳐야 한다는 충동에 시달리던 때였다. 그의 과거라는 거미줄은 머릿속에 달라붙어 있었다. 그 힘든 기억을 떨쳐버리려고 아무리 노력해도 소용없었다.

'시오나는 우리에 갇혔다. 내가 갇혔던 것처럼. 가엾은 레토가 갇혔던 것처럼.'

밤이 내렸음을 알리는 종소리가 그의 생각 속으로 비집고 들어오며 작업실의 조명을 활성화시켰다. 그는 신황제와 흐위 노리의 결혼식 준비 중에서 아직도 끝나지 않은 일들을 내려다보았다. 일이 이렇게 많다니! 이윽고 그는 호출 단추를 눌러 호출에 응한 물고기 웅변대 신병에게 큰 잔으로 물을 한 잔 갖다주고, 던컨 아이다호를 작업실로 불러달라고 했다.

그녀는 금방 물을 가지고 돌아와서 탁자 위에 놓인 그의 왼손 근처에 잔을 내려놓았다. 그는 류트 연주자의 손가락 같은 그 긴 손가락에 주목했지만 시선을 들어 그녀의 얼굴을 바라보지는 않았다.

"아이다호 님을 불러오라고 사람을 보냈습니다."

그는 고개를 끄덕이고 일을 계속했다. 그리고 그녀가 방을 나가는 소리가 들린 후에야 고개를 들고 물을 마셨다.

'어떤 사람들은 여름날의 나방 같은 삶을 살지. 하지만 나는 끝나지 않는 짐을 지고 있다.'

물맛은 무미건조했다. 그 물이 그의 감각 기관들을 짓누르며 몸이 둔해진 것 같은 느낌이 들었다. 그는 사리르 위의 저녁노을 속에 들어 있는 여러 가지 색깔들이 점점 어두워지면서 어둠 속으로 사라지는 모습을 내다보았다. 그 친숙한 감각 속에서 아름다움을 느껴야 마땅하다 싶은 데도 그가 생각할 수 있는 것이라고는 그 빛이 나름의 패턴을 따라 변화한다는 것뿐이었다. '저건 절대 나의 힘 때문에 움직이는 것이 아냐.'

완전한 어둠이 내리자 작업실의 조명이 자동적으로 더 밝아지면서 생각이 더 또렷해졌다. 아이다호를 만날 준비가 된 것 같았다. 이 아이다호에게 꼭 필요한 것들을 가르쳐야 했다. 그것도 빨리.

모네오의 문이 열렸다. 아까의 그 신병이었다. "지금 식사를 하시겠습니까?"

"나중에 먹겠다." 그는 그녀가 방을 나가려는 순간 한 손을 들어 올렸다. "그냥 문을 열어두는 게 좋겠다."

그녀는 미간을 좁혔다.

"네 음악을 연습해도 좋다. 듣고 싶군."

그녀는 거의 아이처럼 부드럽고 둥그런 얼굴을 갖고 있었는데, 미소를 짓자 얼굴이 환하게 빛났다. 그녀가 몸을 돌릴 때도 그 미소는 여전히 입가에 머물러 있었다.

이윽고 바깥쪽 사무실에서 비와(biwa, 일본의 오래된 전통 악기 — 옮긴이) 류트의 소리가 들려왔다. 그래, 저 어린 신병에게는 재능이 있었다. 저음의 현들은 지붕을 두드리는 빗줄기 같았고, 중간의 현들은 그 밑에서 들려오는 속삭임이었다. 어쩌면 그녀는 언젠가 발리세트 연주까지 올라갈 수 있을 것이다. 그녀가 연주하는 곡은 그도 아는 것이었다. 사막을 한 번도 경험하지 못한 어떤 먼 행성에서 불어오는 가을바람의 기억을 낮은 허밍으로 읊조리는 노래. 슬픈 음악이고 비참한 음악이었지만 그래도 굉장했다.

'저건 우리에 갇힌 생물의 외침이다. 자유에 대한 기억이야.' 이런 생각을 하다 보니 이상하다는 느낌이 들었다. 자유에는 항상 반란이 필요한 것인가?

류트 소리가 그쳤다. 그리고 나지막한 목소리들이 들려왔다. 아이다호가 작업실로 들어왔다. 모네오는 그가 들어오는 것을 지켜보았다. 빛의 장난 때문에 아이다호의 얼굴이 마치 눈구멍을 움푹 뚫어놓은 찡그린 표정의 가면 같았다. 그는 앉으라는 말도 기다리지 않고 모네오의 건너편에 앉았다. 빛의 장난이 사라졌다. '그냥 또 하나의 던컨일 뿐이다.' 그의 옷은 계급장이 달리지 않은 검은색 제복으로 바뀌어 있었다.

"난 계속 자신에게 기묘한 질문을 던지고 있었소. 당신이 나를 불러줘서 다행이야. 난 이 질문을 당신에게 묻고 싶소. 내 전임자가 배우지 못한 것이 무엇이오, 모네오?" 아이다호가 말했다.

모네오는 놀라움 때문에 안색을 굳히면서 등을 똑바로 세웠다. 이건 얼마나 던컨답지 않은 질문이란 말인가! 혹시 이 던컨에게 틀레이랙스인들이 특별한 차이점을 심어놓은 건가?

"왜 그런 의문을 갖게 된 거요?" 모네오가 물었다.

"난 프레멘처럼 생각하고 있었소."

"당신은 프레멘이 아니었소."

"당신이 생각하는 것보다 더 프레멘에 가깝소. 내가 아마 프레멘으로 태어난 것 같은데 듄에 올 때까지 그 사실을 알지 못했던 것 같다고 나입 스틸가가 언젠가 말한 적이 있지."

"당신이 프레멘처럼 생각하면 어떤 일이 벌어지지?"

"함께 죽고 싶지 않은 사람과 동료가 되어서는 안 된다는 것을 당신도 기억할 거요."

모네오는 손바닥을 아래로 한 채 양손을 탁자 위에 놓았다. 늑대 같은 미소가 아이다호의 얼굴에 번졌다.

"그럼 여긴 왜 온 거요?" 모네오가 물었다.

"난 당신이 좋은 동료일지도 모른다고 생각하고 있소, 모네오. 그리고 레토가 왜 당신을 자신과 가장 가까운 동료로 선택했는지 궁금하오만?"

"난 시험을 통과했소."

"당신의 딸이 통과한 것과 똑같은 시험?"

'그들이 돌아왔다는 얘길 들은 모양이군.' 이건 물고기 웅변대원 몇 명이 그에게 보고를 하고 있다는 뜻이었다……. 신황제가 던컨을 불렀던 게 아니라면……. '아냐, 그랬다면 내가 그 얘기를 들었을 거다.'

"똑같은 시험이 치러지는 경우는 없소. 나는 음식이 든 자루 하나와 스파이스 추출액 한 병만을 가지고 동굴 미로 속으로 혼자 들어가야 했소." 모네오가 말했다.

"당신은 무엇을 선택했소?"

"뭐? 아…… 시험을 받으면 당신도 알게 될 거요."

"내가 모르는 레토가 있소."

"내가 그걸 말해 주지 않았소?"

"그리고 당신이 모르는 레토도 있소."

"그분은 이 우주가 목격한 가장 외로운 사람이니까."

"내 연민을 불러일으키려고 괜히 기분을 잡지 마시오."

"기분을 잡는다…… 그래. 그거 아주 좋군." 모네오는 고개를 끄덕이며 말을 이었다. "신황제의 기분은 강과 같소. 아무것도 그를 방해하지 않는 곳에서는 매끄럽고, 장벽이 있는 기미가 조금만 있어도 거품을 내며 거칠어지지. 그분을 방해해서는 안 되오."

아이다호는 밝게 조명이 켜진 작업실을 둘러본 다음 바깥의 어둠을 향해 시선을 돌리며 저 바깥 어딘가에서 유순하게 흐르고 있는 '아이다호' 강을 생각했다. 그는 다시 모네오에게 시선을 돌리면서 물었다. "당신은 강에 대해 뭘 알고 있소?"

"젊었을 때 나는 그분을 위해 여행을 했소. 심지어 강 위에 떠 있는 배에 내 목숨을 맡기기도 했지. 그다음에는 바다에도 갔소. 바다를 건너다 보니 해안선이 사라져버리더군."

모네오는 이 말을 하면서 자신이 레토 황제의 안에 있는 어떤 깊은 진실에 대한 단서에 스치듯 부딪혔음을 느꼈다. 곧바로 상념에 잠긴 모네오는 자신이 바다를 건넜던 먼 행성을 생각했다. 항해 첫날 저녁에 폭풍이 불었다. 그리고 배 안의 깊숙한 곳 어딘가에서 엔진이 괴로운 듯 '숙숙숙' 소리를 내 신경을 긁었다. 그는 선장과 함께 갑판 위에 서 있었다. 암녹색 물이 밀려갔다 돌아오기를 반복하며 갑자기 산이 되어 솟아오르는 것처럼, 그의 정신은 뒤로 물러났다가 다시 그 엔진 소리로 되돌아오며 계속 그 소리에 신경을 집중했다. 배는 아래로 추락할 때마다 주먹을 후려치는 것처럼 바다의 살을 갈랐다. 배는 흠뻑 젖은 채 흔들리면서 미친 듯이 움직이고 있었다. 위로…… 위로, 아래로! 억눌린 두려움 때문에 허파가 아팠다. 배의 돌진과 그들을 찍어누르려는 바다. 소금물의 미친 듯한 폭발. 몇 시간이고 끝도 없이 하얀 물집 같은 물이 갑판 밖으로 쏟아졌다. 그리고 다른 바다, 또 다른…….

이 모든 것이 신황제에 대한 단서였다.

'그는 폭풍이자 배이다.'

모네오는 작업실의 차가운 불빛 속에서 탁자 맞은편에 앉아 있는 아이다호에게 시선의 초점을 맞췄다. 그가 겁을 먹은 기색은 전혀 없었지만, 그곳에는 갈망이 있었다.

"그러니까 당신은 다른 던컨 아이다호들이 배우지 못한 것을 내가 배울 수 있도록 도와주지 않을 생각이군." 아이다호가 말했다.

"아니, 도와주겠소."

"그럼 내가 지금까지 항상 배우지 못했던 것이 무엇이오?"

"신뢰하는 법."

아이다호는 탁자에서 뒤로 몸을 밀치면서 모네오를 노려보았다. 그리고 냉혹하고 귀에 거슬리는 목소리로 입을 열었다. "내가 너무 많이 믿은 것 같은데."

모네오는 꿈쩍도 하지 않았다. "하지만 당신이 어떻게 믿는지 생각해 보시오."

"무슨 뜻이오?"

모네오는 양손을 무릎에 놓았다. "당신은 자기가 옳다고 생각하는 편에서 싸우다 죽을 수 있는 능력을 보고 남자 동료들을 선택하오. 그리고 자신의 이런 남성적 시각을 보완해 줄 수 있는 여자들을 선택하지. 당신은 선의에서 나올 수 있는 차이들을 전혀 인정하지 않소."

모네오의 작업실로 통하는 문간에서 뭔가가 움직였다. 그가 시선을 들자 마침 시오나가 안으로 들어오고 있었다. 그녀는 한 손을 엉덩이에 올린 자세로 걸음을 멈췄다.

"이런, 아버지, 낡은 수법을 또 쓰고 계시는군요."

아이다호는 급하게 고개를 돌려 이 말을 한 사람을 뚫어지게 바라보았다.

모네오는 그녀를 유심히 살피며 변화의 징후들을 찾았다. 그녀는 목욕을 하고 새 제복을 입고 있었다. 물고기 웅변대 지휘관이 입는 검은색과 황금색의 제복이었다. 그러나 그녀의 얼굴과 손에는 사막에서 겪었던 시련의 흔적이 아직 남아 있었다. 몸무게도 줄어서 광대뼈가 도드라졌다. 연고는 그녀의 갈라진 입술을 거의 감춰주지 못했다. 손에는 혈관이 툭 튀어나와 있었다. 눈은 아주 나이 많은 사람 같고, 표정은 쓴 앙금을 맛본 사람 같았다.

"두 사람의 얘기를 듣고 있었어요." 그녀가 말했다. 그리고 엉덩이에 대고 있던 손을 내리며 방 안으로 더 깊숙이 들어왔다. "어떻게 감히 선의를 입에 담을 수 있는 거죠, 아버지?"

아이다호는 그녀의 제복을 알아보고 입을 꾹 다문 채 생각에 잠겼다. '물고기 웅변대 지휘관이라고? 시오나가?'

"네 뒤틀린 기분은 이해한다. 나도 예전에 같은 느낌이었어." 모네오가 말했다.

"정말로 그랬나요?" 그녀는 더 가까이 다가와서 아이다호 바로 옆에서 걸음을 멈췄다. 아이다호는 깊은 생각에 잠긴 표정으로 계속 그녀를 바라보았다.

"네가 살아 있는 모습을 보니 정말로 기쁘구나." 모네오가 말했다.

"내가 신황제를 섬기는 자리에 무사히 들어온 것이 정말 만족스러우시겠죠. 자식을 갖고 싶어서 그렇게 오랫동안 기다렸는데, 이제 보세요! 내가 얼마나 성공을 거뒀는지." 그녀는 천천히 몸을 돌리면서 자신의 제복을 과시하듯 보여주었다. "물고기 웅변대 지휘관. 부하라고는 한 명뿐이지만 그래도 지휘관은 지휘관이죠."

모네오는 억지로 차갑고 사무적인 목소리를 냈다. "앉아라."

"난 서 있는 게 더 좋아요." 그녀는 위를 향하고 있는 아이다호의 얼굴을 내려다보았다. "아아, 던컨 아이다호. 나의 짝으로 예정된 사람. 재미있지 않아요, 던컨? 레토 황제께서 시간이 흐르면 내가 물고기 웅변대의 지휘 구조 속에 '잘 조화될' 거라고 말하더군요. 그동안 내 수행원은 한 사람뿐이죠. 나일라라는 사람 알아요, 던컨?"

아이다호는 고개를 끄덕였다.

"정말로? 난 어쩌면 내가 그녀를 잘 '모르고' 있다는 생각이 드는데." 시오나는 모네오를 바라보며 말을 이었다. "내가 그녀를 알고 있는 건가요, 아버지?"

모네오는 어깨를 으쓱했다.

"하지만 아버지는 신뢰에 대해 말씀하셨잖아요. 강력한 장관이신 모네오 님께서는 누구를 믿으시나요?"

아이다호는 이 말이 황실 집사장에게 어떤 영향을 미치는지 보려고 시선을 돌렸다. 모네오의 얼굴은 억눌린 감정 때문에 금방이라도 깨져버릴 것처럼 보였다. '분노인가? 아냐…… 달라.'

"나는 신황제를 믿는다. 그리고 당신들 두 사람에게 뭔가 교훈이 될까 해서 하는 말인데, 나는 두 사람에게 폐하의 소망을 전달하기 위해 이 자리에 있는 거요." 모네오가 말했다.

"그의 소망이라니!" 시오나가 이죽거렸다. "들었어요, 던컨? 신황제의 명령이 이제는 '소망'이 됐군요."

"당신이 해야 하는 말을 하시오. 그게 무엇이든 우리에게 선택의 여지가 거의 없다는 걸 알고 있소." 아이다호가 말했다.

"당신에게는 항상 선택권이 있소." 모네오가 말했다.

"아버지 말을 듣지 말아요. 아버지는 속임수로 가득해요. 저들은 우리가 서로의 품속으로 뛰어들어서 내 아버지 같은 사람들을 더 많이 낳아 줄 거라고 기대하는 거예요. 당신의 후손인 내 아버지 같은 사람을!"

모네오의 얼굴이 창백해졌다. 그는 양손으로 탁자 모서리를 꽉 움켜쥐고 앞으로 몸을 기울였다. "두 사람 모두 멍청이들이야! 하지만 나는 당신들을 구하려고 노력할 것이오. 당신들이 원하지 않아도 그러려고 노력할 거야."

아이다호는 모네오의 뺨이 부들부들 떨리는 것을 보았다. 그의 강렬한 시선도 느꼈다. 이것이 묘하게 감동적이었다. "난 그의 종마가 아니오. 하지만 당신의 말을 듣겠소."

"그건 언제나 잘못이에요." 시오나가 말했다.

"가만히 있어요, 여자." 아이다호가 말했다.

그녀는 아이다호의 정수리를 노려보았다. "날 그런 식으로 대하지 말아요. 그렇지 않으면 당신 목으로 당신 발목을 감아버리겠어요."

아이다호는 안색을 굳히며 고개를 돌리려 했다.

모네오는 인상을 쓰면서 아이다호에게 그냥 자리에 앉아 있으라는 뜻으로 손짓을 했다. "저 애는 정말로 그런 짓을 할지도 모르니 조심하시오, 던컨. 나는 저 애의 상대가 되지 않소. 당신이 내게 폭력을 휘두르려 했을 때의 일을 기억하고 있겠지요?"

아이다호는 짧고 깊게 숨을 들이쉰 다음 천천히 내뱉었다. 그리고 입을 열었다. "당신이 해야 하는 말을 하시오."

시오나는 몸을 움직여 모네오의 탁자 끝에 자리를 잡았다. 그리고 두 사람을 내려다보았다. "훨씬 낫군요. 아버지가 하고 싶은 말을 하게 두세요. 하지만 귀를 기울이지는 말아요."

아이다호는 입술을 꾹 다물었다.

모네오는 탁자 가장자리를 움켜쥐고 있던 손을 풀었다. 그리고 뒤로 기대앉으며 아이다호에게서 시오나에게로 시선을 옮겼다. "난 신황제와 흐위 노리의 결혼식 준비를 거의 끝냈소. 잔치가 벌어지는 동안 두 사람 모두 방해되지 않게 물러나 있으면 좋겠소."

시오나가 의문이 담긴 시선으로 모네오를 바라보았다. "아버지 생각이에요, 아니면 그의 생각이에요?"

"내 생각이다!" 모네오는 자신을 노려보는 딸의 시선을 맞받으며 말을 이었다. "명예나 의무에 대한 생각이 조금도 없는 거냐? 폐하와 함께 있으면서 아무것도 배우지 못했어?"

"아, 아버지가 배운 걸 저도 배웠지요, 아버지. 맹세도 했고요. 전 그 맹세를 지킬 겁니다."

"그럼 물고기 웅변대를 지휘할 거냐?"

"언제든 그가 나를 믿고 지휘권을 맡겨주기만 한다면요. 그거 알아요, 아버지? 그는 아버지보다 훨씬 더 사악해요."

"우리를 어디로 보낼 거요?" 아이다호가 물었다.

"우리가 떠나겠다고 동의한다면 말이죠." 시오나가 말했다.

"사리르의 가장자리에 박물관 프레멘들이 사는 작은 마을이 있소. 투오노라고 불리는 곳인데 비교적 유쾌한 마을이지. 그곳은 '벽'의 그림자 속에 있는데, '벽' 바로 뒤에는 강이 있소. 우물도 있고 음식도 좋아요." 모네오가 말했다.

'투오노?' 아이다호는 속으로 질문을 던졌다. 그 이름이 친숙하게 느껴졌다. "타브르 시에치로 가는 길에 투오노 분지가 있었소." 그가 말했다.

"그리고 밤은 길고, 즐길 것은 하나도 없죠." 시오나가 말했다.

아이다호는 날카로운 시선으로 그녀를 쏘아보았다. 그녀도 똑같은 시선을 되돌려주었다. "아버지는 우리가 교배해서 '벌레'가 만족하기를 바라고 있어요. 그는 내 배 속에 아기들이 들어서기를 원하죠. 뒤틀고 비틀수 있는 새 생명들을. 그에게 그런 아기들을 주느니 그가 죽기를 바라겠어요!"

아이다호는 멍한 표정으로 모네오에게 다시 시선을 돌렸다. "만약 우리가 가지 않겠다면?"

"난 당신들이 갈 거라고 생각하오." 모네오가 말했다.

시오나의 입술이 씰룩거렸다. "던컨, 사막에 있는 그 작은 마을들을 본적 있어요? 편안한 것은 하나도 없고……."

"난 타부르 마을을 보았소." 아이다호가 말했다.

"투오노 옆에 있는 그 대도시를 말하는 모양이군요. 우리의 신황제께서는 그 진흙 오두막들이 몰려 있는 곳 어디에서도 자신의 결혼식을 축하할 생각이 없는 모양이에요. 당연히 없겠지. 투오노는 진흙 오두막이고 문명의 이기는 하나도 없을 거예요. 원래 프레멘의 생활과 가능한 한 가까운 모습이죠."

아이다호는 모네오에게 계속 시선을 못 박은 채 입을 열었다. "프레멘들은 진흙으로 만든 오두막에서 살지 않았소."

"그들이 그 사이비 종교 같은 장난을 어디서 쳤든 무슨 상관이겠어요?" 그녀가 이죽거렸다.

아이다호는 여전히 모네오를 바라보면서 말했다. "진짜 프레멘들이 숭배하는 것은 하나밖에 없었소. 개인적인 정직성을 숭배했지. 난 편안한 것보다 정직성이 더 걱정스럽소."

"내게서 편안함을 기대하지 말아요!" 시오나가 쏘아붙였다.

"난 당신에게서 아무것도 기대하지 않소. 우리가 이 투오노로 언제 떠나게 되는 거요, 모네오?"

"갈 거예요?" 그녀가 물었다.

"난 당신 아버지의 친절을 받아들일까 생각 중이오." 아이다호가 말했다.

"친절이라니!" 그녀는 아이다호에게서 모네오에게로 시선을 옮겼다.

"즉시 떠나야 하오. 당신들을 호위하고, 투오노에서 당신들을 보살펴 주도록 나일라 휘하의 물고기 웅변대 파견대를 준비시켜 두었소." 모네오가 말했다.

"나일라?" 시오나가 물었다. "정말이에요? 그녀가 그곳에 우리와 함께 머무르는 건가요?"

"결혼식 날까지."

시오나는 천천히 고개를 끄덕였다. "그럼 우린 받아들이겠어요."

"당신 자신의 일만 얘기하시오!" 아이다호가 쏘아붙였다.

시오나는 미소를 지었다. "실례했어요. 위대한 던컨 아이다호 님께 이 원시적인 주둔지에서 저와 합류해 주실 것과 그곳에서 제 몸에 손을 대지 말아줄 것을 정식으로 요청해도 될까요?"

아이다호는 눈을 치뜨며 그녀를 올려다보았다. "내가 어디에 손을 댈지 걱정하지 마시오." 그리고 그는 모네오를 바라보며 말을 이었다. "지금 우리에게 친절을 베풀고 있는 거요, 모네오? 나를 멀리 보내는 이유가 그것이오?"

"그건 신뢰의 문제죠. 아버지가 믿는 사람이 누구죠?" 시오나가 말했다.

"내게 당신의 딸과 함께 가라고 강요할 거요?" 아이다호가 고집스럽게 물었다.

시오나는 자리에서 일어났다. "우리가 이 제안을 받아들이지 않는다면 병사들이 우릴 묶어서 가장 불편한 방법으로 데리고 갈 거예요. 아버지 얼굴을 보면 알 수 있잖아요."

"그러니까 내게는 정말로 선택권이 없는 거로군." 아이다호가 말했다.

"당신은 누구나 갖고 있는 선택권을 갖고 있어요. 지금 죽든지, 아니면 나중에 죽든지." 시오나가 말했다.

그래도 아이다호는 여전히 모네오를 뚫어지게 바라보았다. "당신의 진짜 의도가 무엇이오, 모네오? 내 호기심을 충족시켜 주지 않을 작정이오?"

"다른 모든 것이 실패했을 때, 호기심은 많은 사람들의 목숨을 부지해 주었소. 난 당신의 목숨을 살려주려는 거요, 던컨. 내가 이런 짓을 한 적은 한 번도 없었소." 모네오가 말했다.

※≋≋≋

과거에 듄 전체를 차지하고 있던 사막에서 생긴 흙먼지가 공기 중을 떠나 흙과 물 속에 묶이는 데에는 거의 1000년이 걸렸다. '모래뽑기'라고 불리는 바람은 약 2500년 동안 아라키스에서 목격된 바 없다. 200억 톤의 흙먼지가 그런 모래폭풍 단 하나의 바람에 실려 허공을 떠갈 수 있었다. 그때 하늘은 대개 은빛을 띠었다. 프레멘들은 이렇게 말했다. "사막은 피부를 잘라내고 그 밑에 있는 것을 밖으로 드러내는 외과 의사이다." 이 행성과 사람들에게는 층이 있었다. 사람들은 그것을 볼 수 있었다. 나의 사리르는 예전에 존재했던 것의 서투른 모조품일 뿐이다. 나는 오늘 '모래뽑기'가 되어야 한다.

—『도난당한 일기』

"나와 의논하지도 않고 그들을 투오노로 보냈다고? 정말 사람을 놀라게 하는군, 모네오! 그대가 그런 독립적인 행동을 한 것은 참으로 오랜만이 아닌가."

모네오는 지하실의 어두운 중심부에서 고개를 수그린 채 레토에게서 열 발짝쯤 떨어진 곳에 서 있었다. 그는 몸이 떨리는 것을 막으려고 자신이 알고 있는 온갖 방법을 동원했지만 이것조차 신황제가 간파하고 해석할 수 있다는 것을 인식하고 있었다. 거의 자정이 다 된 시각이었다.

레토는 자신의 황실 집사장을 하염없이 기다리게 했었다.

"제가 폐하의 심기를 상하게 한 것이 아니기를 기도할 뿐입니다." 모네오가 말했다.

"그대는 날 즐겁게 해주었다. 그러나 그렇다고 안심하지는 말라. 최근 나는 우스운 것과 슬픈 것을 구분할 수 없으니까."

"용서해 주십시오, 폐하." 모네오가 속삭이듯 말했다.

"그대가 청하는 용서라는 것은 무엇인가? 그대는 항상 판단을 요구해야 하는가? 그대의 우주는 그냥 '존재'하기만 할 수는 없는 건가?"

모네오는 그 무시무시한, 수도사의 두건을 쓴 것 같은 얼굴을 향해 시선을 들었다. '폐하는 배이자 폭풍이다. 석양은 그 자신 안에 존재한다.' 모네오는 자신이 금방이라도 무서운 계시를 깨달을 것 같은 순간에 서 있음을 느꼈다. 신황제의 눈이 그를 꿰뚫어버릴 듯이 노려보았다. 그 눈은 활활 타오르며 탐색하고 있었다.

"폐하, 저를 어떻게 하고 싶으십니까?"

"그대가 그대 자신에 대해 믿음을 갖기를 바라지."

뭔가가 그의 안에서 폭발할지도 모른다고 느끼면서 모네오가 말했다. "그럼 제가 폐하께 미리 상의하지 않았다는 사실이……."

"정말 아는 것이 많구나, 모네오! 다른 사람들 머리 위의 권력을 추구하는 하찮은 영혼들은 그 다른 사람들이 스스로에 대해 갖고 있을 수도 있는 믿음을 먼저 파괴한다."

이 말이 모네오에게는 모든 것이 산산이 부서지는 듯한 충격이었다. 그는 이 말 속에서 비난과 고백을 감지했다. 그는 두렵지만 무한한 욕망의 대상이 되는 존재를 쥔 자신의 손이 점점 약해지는 것을 느꼈다. 그는 그 힘을 다시 불러올 말들을 찾아내려고 했지만 머릿속은 여전히 텅 빈

채였다. 신황제에게 물어본다면 어쩌면…….

"폐하, 폐하의 생각을 말씀만 해주신다면…….."

"내 생각은 접촉하는 순간 사라진다!"

레토는 모네오를 노려보았다. 매처럼 생긴 아트레이데스의 코 위에 자리 잡고 있는 저 황실 집사장의 눈이 얼마나 이상한지. 메트로놈 같은 얼굴에 자유시 같은 눈이라니. 모네오는 박자에 맞춰 되풀이되는 저 맥동을 듣고 있는 걸까? '말키가 오고 있다! 말키가 오고 있다! 말키가 오고 있다!?'

모네오는 너무 고통스러워서 소리를 지르고 싶었다. 그가 느꼈던 것, 그것이 모두 사라져버렸다! 그는 양손으로 입을 막았다.

"그대의 우주는 2차원의 모래시계다. 왜 모래를 제자리에 붙들어두려 하는 건가?" 레토가 비난하듯 말했다.

모네오는 손을 내리고 한숨을 쉬었다. "결혼식 준비에 대한 얘기를 듣고 싶으십니까, 폐하?"

"따분하게 굴지 말라! 흐위는 어디 있나?"

"물고기 웅변대가 흐위 님을 준비시키고……."

"결혼식 준비에 대해 그녀와 상의해 보았나?"

"예, 폐하."

"그녀가 승인하던가?"

"예, 폐하. 하지만 흐위 님은 제가 활동의 질이 아니라 양을 위해 살고 있다고 비난하셨습니다."

"그녀는 정말 놀라운 사람이 아닌가, 모네오? 그녀가 물고기 웅변대원들 사이의 동요를 알고 있나?"

"아시는 것 같습니다, 폐하."

"내가 결혼한다는 것이 그들을 불안하게 만들고 있다."

"제가 던컨을 다른 곳으로 보낸 건 그 때문입니다, 폐하."

"물론 그렇겠지. 그리고 그와 함께 시오나도……."

"폐하, 저는 폐하께서 그 아이를 시험하셨다는 걸 알고 있습니다. 그리고……."

"그녀는 황금의 길을 그대만큼 깊이 감지하고 있다, 모네오."

"그런데 저는 왜 그 아이가 두려운 걸까요, 폐하?"

"그대가 다른 모든 것들 위로 이성(reason)을 끌어올리기 때문이지."

"하지만 저는 제 두려움의 이유(reason)를 모릅니다!"

레토는 미소를 지었다. 이건 무한의 그릇 속에서 거품 주사위 놀이를 하는 것과 같았다. 모네오의 감정은 이 무대 위에서만 공연되는 놀라운 연극이었다. 가장자리를 결코 보지도 못한 채 그가 그 가장자리에서 얼마나 가까운 곳을 걷고 있는지!

"모네오, 연속체에서 조각들을 끄집어내겠다고 고집을 부리는 이유가 무엇인가? 스펙트럼을 볼 때 그대는 한 색깔이 다른 모든 색들 위에 있기를 원하나?" 레토가 물었다.

"폐하, 저는 무슨 말씀인지 이해를 못 하겠습니다!"

레토는 이런 외침을 헤아릴 수도 없을 만큼 많이 들었던 것을 기억하며 눈을 감았다. 사람들의 얼굴이 서로 구분되지 않은 채 뒤섞여 있었다. 그는 그 얼굴들을 지우기 위해 눈을 떴다.

"한 인간이 살아남아서 그 색깔들을 볼 수 있는 한, 그대가 죽는다 해도 그 색깔들은 단선적인 '죽음'을 겪지 않을 것이다, 모네오."

"그 색깔들로 이루어진 것이 무엇입니까, 폐하?"

"연속체. 결코 끝나지 않는 것. 황금의 길."

"하지만 폐하께서는 저희가 보지 못하는 걸 보십니다, 폐하!"

"그건 너희가 거부하기 때문이야!"

모네오는 턱을 가슴에 묻었다. "폐하, 저는 폐하께서 저희들을 훨씬 뛰어넘어 진화하셨음을 알고 있습니다. 저희가 폐하를 숭배하는 것은 그 때문이며……."

"그대를 저주한다, 모네오!"

모네오는 고개를 홱 들어 올려 공포에 휩싸인 채 레토를 뚫어지게 바라보았다.

"문명은 자신의 힘이 자신의 종교를 앞서 나갈 때 붕괴해! 왜 그걸 알지 못하는가? 흐위는 알고 있는데." 레토가 말했다.

"흐위 님은 익스 인입니다, 폐하. 어쩌면 흐위 님이……."

"그녀는 물고기 웅변대원이다! 그녀는 날 때부터 그랬어. 날 섬기기 위해 태어났단 말이다. 안 돼!" 레토는 모네오가 뭐라 말하려 하자 자신의 자그마한 손 하나를 들어 올렸다. "물고기 웅변대원들이 불안해하는 것은 내가 그들을 내 신부라고 불렀기 때문이다. 그런데 이제 그들은 시아이녹을 통해 훈련받지 않은 이방인이 그것을 자기들보다 더 잘 알고 있음을 알게 되었다."

"그게 어떻게 가능할 수 있습니까, 폐하? 폐하의 물고기……."

"무슨 말을 하고 있는 건가? 우리들 각자는 자신이 누구이며 어떤 사람이 되어야 하는지 아는 상태로 태어난다."

모네오는 입을 열었지만 아무 말 없이 다시 닫아버렸다.

"조그마한 아이들은 알고 있다. 어른들이 그들을 혼란스럽게 만든 다음에야 아이들은 그 지식을 자기 자신에게조차 숨기게 되지. 모네오! 그대 자신의 덮개를 벗겨라!"

"폐하, 저는 그럴 수 없습니다!" 이 말이 모네오에게서 찢기듯이 떨어져 나왔다. 그는 고통 때문에 벌벌 떨고 있었다. "제게는 폐하 같은 힘이 없습니다. 폐하 같은 지식도……."

"그만!"

모네오는 침묵했다. 그의 몸이 떨렸다.

레토가 달래듯이 말했다. "괜찮다, 모네오. 내가 그대에게 너무 많은 것을 요구했어. 피곤해 보이는구나."

천천히 모네오의 떨림이 가라앉았다. 그는 급하게 숨을 삼키듯이 심호흡을 했다.

레토가 말했다. "내 프레멘 결혼식에 약간의 변화를 주어야겠다. 우리는 내 누이 가니마의 물고리를 사용하지 않을 것이다. 대신 내 어머니의 물고리를 사용하겠다."

"레이디 챠니 말씀입니까, 폐하? 하지만 그분의 물고리가 어디에 있는데요?"

레토는 수레 위에서 거대한 몸을 비틀어 자신의 왼쪽에서 바큇살처럼 뻗어 나간 동굴 같은 길 두 개가 교차하는 지점을 가리켰다. 희미한 불빛 속에 아라키스에 온 초창기 아트레이데스의 매장용 벽감이 드러나 있었다. "어머니의 무덤, 첫 번째 벽감 속에. 그대가 물고리를 꺼내라, 모네오. 그걸 결혼식에 가져와."

모네오는 지하실의 어두운 공간 저편을 뚫어지게 바라보았다. "폐하…… 이건 신성모독이 아닌지……."

"잊었구나, 모네오. 내 안에 누가 살고 있는지." 그리고 레토는 챠니의 목소리로 말을 이었다. "나는 내 물고리를 마음대로 쓸 수 있어!"

모네오는 움츠러들었다. "예, 폐하. 제가 타부르 마을로 그 물고리를 가져가겠습니다……."

"타부르 마을?" 레토가 여느 때의 목소리로 물었다. "난 생각을 바꿨다. 우린 투오노 마을에서 결혼할 것이다!"

대부분의 문명은 비겁함을 기반으로 하고 있다. 비겁함을 가르쳐서 문명화시키는 것은 아주 쉬운 일이다. 사람들은 용감함으로 이어질 기준들에 물을 타서 묽게 만든다. 의지를 억제한다. 욕망을 규제한다. 지평선을 울타리로 가둔다. 모든 움직임에 대해 법을 만든다. 혼돈의 존재를 부정한다. 심지어 아이들에게조차 천천히 숨쉬는 법을 가르친다. 사람들을 길들이는 것이다.

—『도난당한 일기』

아이다호는 투오노 마을을 가까이에서 처음 언뜻 보고는 아연실색하여 서 있었다. 저것이 프레멘의 집이란 말인가?

물고기 웅변대 부대는 날이 밝을 무렵 그들을 요새에서 데리고 나왔다. 아이다호와 시오나는 커다란 오니숍터 안으로 짐처럼 던져졌고 그보다 작은 호위기 두 대가 동행했다. 비행 속도가 느려서 거의 세 시간이나 걸렸다. 그들은 마을에서 거의 1킬로미터 떨어진 평평하고 둥그런 플래스톤 격납고에 착륙했는데, 퍼버티 풀과 왜소한 관목 몇 그루를 심어 모양을 고정시킨 오래된 모래언덕들이 마을과 격납고 사이에 있었다. 오니숍터의 고도가 점점 낮아지면서 마을 바로 뒤쪽에 있는 벽이 점점 더 커지는 것처럼 보였기 때문에 그 거대한 벽 아래의 마을은 점점 쪼그라들었다.

"박물관 프레멘들은 대개 다른 행성의 기술에 오염되지 않은 상태로 유지되고 있습니다." 나일라는 호위대가 오니숍터들을 나지막한 격납고 안에 수납하는 동안 이렇게 설명했다. 그들의 도착을 알리기 위해 벌써 일행 중 한 명이 투오노 마을을 향해 속보로 달려가고 있었다.

시오나는 비행하는 동안 대부분 침묵을 지켰지만, 강렬함을 은밀히 감춘 시선으로 나일라를 유심히 살펴보았다.

아침 햇살을 받은 모래언덕들을 가로질러 행군하면서 아이다호는 자기가 과거로 돌아왔다고 상상하려고 한동안 노력해 보았다. 식물들 사이로 모래가 눈에 띄었고, 모래언덕들 사이의 계곡에는 바짝 마른 땅과 노랗게 변한 풀들, 막대기 같은 관목들이 있었다. 콘도르 세 마리가 끝이 갈라진 날개를 활짝 펼친 채 창공을 선회했다. 과거에 프레멘들은 그것을 '하늘로 날아오르는 수색'이라고 불렀다. 아이다호는 옆에서 걷고 있는 시오나에게 이것을 설명해 주려고 했다. 썩은 고기를 먹는 저 짐승들을 걱정해야 하는 것은 그들이 아래로 내려오기 시작했을 때뿐이었다.

"나도 콘도르에 대한 얘기를 들었어요." 그녀가 말했다. 차가운 목소리였다.

아이다호는 그녀의 윗입술에 땀이 맺혀 있는 것을 보았다. 그들 주위로 바짝 밀착해 있는 병사들에게서 스파이스 냄새가 섞인 땀 냄새가 났다.

그의 상상력은 과거와 지금의 차이점들에 대해 초점을 흐리게 만드는 임무를 감당하지 못했다. 그들이 입고 있는 배급용 사막복은 몸속의 물을 효율적으로 모으기보다는 과시를 위한 것이었다. 진정한 프레멘이라면 이런 옷에 결코 자신의 목숨을 맡기지 않을 것이다. 공기 중에서 근처에 있는 물 냄새가 나는 이곳이라 해도. 게다가 나일라의 부대에 속한 물고기 웅변대 대원들은 걸으면서 프레멘들처럼 침묵하지 않았다. 그들은 마치 아이처럼 자기들끼리 재잘거렸다.

시오나는 뚱하니 안으로 움츠러들어 그의 옆에서 터벅터벅 걷고 있었다. 그녀의 시선이 부대의 몇 발짝 앞에서 함께 걷고 있는 나일라의 널찍한 근육질 등을 자주 향했다.

이 두 여자 사이에 뭐가 있는 걸까? 아이다호는 속으로 의문을 품었다. 나일라는 시오나에게 헌신적인 듯했다. 그녀는 시오나의 말 한마디한마디에 매달리고, 시오나가 내뱉는 모든 변덕에 복종했다……. 나일라가 그들을 투오노 마을로 데려가라는 명령에서 일탈하려 하지 않았다는 점만 빼면. 그래도 나일라는 시오나에게 복종하며 그녀를 '대장님'이라고 불렀다. 이 두 사람 사이에는 뭔가 심오한 사정이 있어서, 나일라가 경외심과 두려움을 느끼는 듯했다.

그들은 마침내 마을과 그 뒤의 벽을 향해 뚝 떨어져 내려가는 능선에 도착했다. 공중에서 봤을 때 투오노는 벽의 그림자 바로 바깥에 반짝이는 직사각형들이 무리 지어 모여 있는 모습이었다. 그러나 이렇게 가까운 곳에서 바라본 모습은 이곳을 장식하려는 시도 때문에 훨씬 더 비참해진, 무너져가는 오두막들의 무리로 바뀌어 있었다. 반짝이는 광물 조각들과 금속 조각들이 건물 벽을 두루마리 같은 디자인으로 장식하고 있었다. 가장 커다란 건물 꼭대기의 금속 깃대에서는 해어진 초록색 깃발 하나가 펄럭였다. 단속적으로 불어오는 산들바람에서 쓰레기 냄새와 뚜껑이 벗겨진 분뇨 구덩이 냄새가 났다. 마을의 중앙 거리는 드문드문 식물이 심어진 모래를 가로질러 병사들이 있는 곳까지 이어지다가 도로 포장재가 깨어진 곳에서 끝났다.

로브를 입은 대표단이 나일라가 앞서 보낸 물고기 웅변대 전령과 함께 기대에 찬 표정으로 초록색 깃발이 있는 건물 근처에 서 있었다. 아이다호가 대표단의 숫자를 세어보니 여덟 명이었다. 모두 남자인 그들은 진짜 프레멘의 로브처럼 보이는 암갈색 옷을 입고 있었다. 대표단원 중 한 명의 두건 밑으로 초록색 머리띠가 언뜻 보였다. 틀림없는 나입이었다. 한쪽 옆에서는 아이들이 꽃을 들고 기다리고 있었다. 뒤쪽 샛길에서 검은 두건을 쓴 여자들이 내다보는 것이 보였다. 아이다호에게는 이 광경 전체가 괴롭기만 했다.

"빨리 끝내버리자고요." 시오나가 말했다.

나일라는 고개를 끄덕이고 앞장서서 능선을 내려갔다. 시오나와 아이다호는 그녀의 뒤로 몇 발짝 떨어진 거리를 유지했다. 나머지 병사들은 그들 뒤로 흩어져서 따라왔다. 이제 그들은 침묵하며 호기심을 숨기지 않은 채 주위를 두리번거리고 있었다.

나일라가 대표단에게 가까이 다가가자 초록색 머리띠를 한 사람이 앞으로 나와 몸을 숙이며 인사했다. 그의 움직임은 노인 같았지만 아이다호는 그가 노인이 아니라 이제 막 중년에 접어든 나이임을 알 수 있었다. 그의 뺨은 주름 하나 없이 매끈했고 뭉툭한 코에는 호흡용 필터 튜브로 인한 상처가 없었다. 게다가 그 눈이라니! 그 눈에는 눈동자가 분명히 드러나 있었다. 스파이스 중독자의 푸른색 일색인 눈이 아니었다. 그의 눈은 갈색이었다. 프레멘의 갈색 눈동자라니!

"저는 가룬입니다." 남자는 나일라가 자기 앞에서 걸음을 멈추자 입을 열었다. "제가 이곳의 나입입니다. 투오노에 오신 여러분께 프레멘의 환영을 드립니다."

나일라는 어깨 너머로 시오나와 아이다호를 가리켰다. 두 사람은 그녀의 바로 뒤에 멈춰 서 있었다. "손님들을 위한 숙소가 준비되었습니까?"

"저희 프레멘들은 친절한 사람들로 유명하지요. 모든 것이 준비되어 있습니다." 가룬이 말했다.

아이다호는 이곳의 불쾌한 냄새와 소리를 향해 코를 킁킁거렸다. 그는 꼭대기에 깃발이 걸린 오른쪽 건물의 열린 창들을 통해 그 안의 모습을 언뜻 보았다. 아트레이데스의 깃발이 이런 것 위에서 휘날리고 있어? 창문 안은 천장이 낮은 강당이었다. 강당의 반대편 끝에는 자그마한 단상을 감싼, 음악당 같은 반원형 지붕이 있었다. 줄지어 놓여 있는 의자들과 바닥에 깔린 밤색 카펫이 보였다. 모든 것이 무대처럼, 즉 관광객들에게 여흥을 제공하기 위한 장소처럼 보였다.

발소리를 내며 누군가가 다가오는 소리에 아이다호는 다시 가룬에게 시선을 돌렸다. 아이들이 대표단 주위로 몰려들어서 더러운 손으로 야한 빨간색 꽃다발을 내밀고 있었다. 꽃은 시들어 있었다.

가룬이 시오나의 제복에 있는 황금색 파이프 모양의 물고기 웅변대 지휘관 계급장을 제대로 알아보고 그녀에게 말을 걸었다.

"저희 프레멘 의식의 공연을 원하십니까? 아니면 음악? 춤은 어떻습니까?"

나일라는 어떤 아이에게서 꽃다발을 받아 들고 냄새를 맡더니 재채기를 했다.

또 다른 개구쟁이 한 명이 시오나에게 꽃을 내밀며 커다랗게 뜬 눈을 들어 그녀를 빤히 바라보았다. 그녀는 아이에게 눈길 한 번 주지 않고 꽃을 받아 들었다. 아이다호는 자신에게 다가오는 아이들을 손짓으로 물리치기만 했다. 그들은 머뭇거리면서 그를 빤히 올려다보다가 종종걸음으로 그의 옆을 돌아서 다른 병사들에게 가버렸다.

가룬이 아이다호에게 말했다. "저들에게 동전을 몇 개 주시면 귀찮게 하지 않을 겁니다."

아이다호는 전율했다. 이것이 프레멘 아이들을 훈련시키는 방식인가?

가룬은 다시 시오나에게 시선을 돌렸다. 나일라가 옆에서 귀를 기울이는 가운데, 그는 이 마을에 대해 설명하기 시작했다.

아이다호는 그들의 곁을 떠나 거리를 걸으면서 사람들의 시선이 자신을 향해 잽싸게 날아오다가 자신의 시선을 피하는 것을 느꼈다. 그는 건물들 표면의 장식에 분노를 참을 수 없었다. 노골적으로 드러난 타락의 증거였다. 그는 열려 있는 강당의 문간을 뚫어지게 바라보았다. 투오노에는 가혹함이 있었다. 시든 꽃과 가룬의 비굴한 목소리 뒤에서 뭔가가 발버둥치고 있었다. 다른 시대의 다른 행성이었다면 이곳은 거리에 당나귀가 돌아다니는 마을이었을 것이며, 노끈을 허리띠로 삼은 농부들이 탄원서를 들고 앞으로 몰려들었을 것이다. 그는 가룬에게서 울먹이는 탄원자의 목소리를 들었다. 이런 것은 프레멘이 아니었다! 이 불쌍한 생물들은 변두리에 살면서 완전했던 고대의 일부를 간직하려고 애쓰고 있었다. 하지만 잃어버린 과거는 그들의 손에서 계속 더 멀리 빠져나갔다. 레토는 이곳에 무엇을 창조해 놓은 건가? 이 '박물관' 프레멘들에게는 자기들이 이해하지도 못하고 심지어 제대로 발음하지도 못하는 과거의 말들을 기계처럼 외면서 오로지 생존하는 삶만이 남아 있었다!

시오나에게 돌아온 아이다호는 가룬이 입은 갈색 로브의 재단 솜씨를 자세히 살펴보았다. 천을 절약하기 위해 옷을 몸에 꼭 끼게 지은 것이 보였다. 로브 안에는 매끈한 회색 사막복이 있었다. 진짜 프레멘이라면 햇빛이 사막복에 이렇게 직접 닿는 것을 결코 허락하지 않았을 것이다. 아이다호는 대표단의 나머지 사람들에게서도 천을 극도로 아끼려는 노력을 발견했다. 그것이 그들의 정서적 성향을 무심코 드러내 보여주었다. 이런 옷은 활달한 몸짓을 허락하지 않았다. 움직임의 자유가 없는 것이다. 이 로브들은 이 사람들 전체의 생활 방식과 마찬가지로 몸을 꼭 조이면서 구속하고 있었다!

아이다호는 혐오감에 떠밀려서 갑자기 성큼성큼 앞으로 걸어 나가 가룬의 로브를 벌리고 사막복을 살펴보았다. 그가 짐작했던 그대로였다! 사막복은 또 하나의 속임수였다. 팔도 없고 부츠의 펌프도 없었다!

가룬은 뒤로 몸을 빼며 아이다호 때문에 밖으로 드러난 허리띠의 칼자루에 한 손을 갖다 댔다. "이보시오! 뭘 하는 겁니까?" 가룬이 불만스러운 목소리로 다그치듯 물었다. "프레멘의 몸에 이런 식으로 손을 대다니!"

"당신이 프레멘이라고?" 아이다호도 다그치듯 물었다. "난 프레멘들과 함께 살았소! 하코넨에게 맞서서 그들과 나란히 싸웠어! 그리고 프레멘들과 함께 죽었소! 당신이 프레멘이라고? 당신은 가짜야!"

칼자루를 잡은 가룬의 손마디가 하얗게 변했다. 그가 시오나에게 말했다. "이 사람은 누굽니까?"

나일라가 입을 열었다. "던컨 아이다호입니다."

"골라?" 가룬은 몸을 돌려 아이다호의 얼굴을 바라보았다. "우린 당신과 같은 사람을 여기서 한 번도 보지 못했습니다."

아이다호는 자기 목숨을 내놓는 한이 있더라도, 그를 전혀 염려하지 않는 사람들에 의해 끝없이 반복될 수 있는 이 초라해진 목숨을 내놓는 한이 있더라도 이곳을 깨끗이 씻어버리고 싶다는 욕망에 거의 압도당할 것 같았다. '더 오래된 모델이라. 맞아!' 하지만 이건 결코 프레멘이 아니었다.

"칼을 뽑든지, 아니면 칼에서 손을 떼시오." 아이다호가 말했다.

가룬은 화들짝 놀라서 칼에서 손을 뗐다. "이건 진짜 칼이 아닙니다. 그냥 장식용이죠." 그의 목소리에 열망이 스며들었다. "하지만 우린 진짜 칼들을 갖고 있습니다. 심지어 크리스나이프도 있어요! 보존을 위해 자물쇠가 달린 전시용 상자에 넣어두었습니다."

아이다호는 참을 수가 없었다. 그는 고개를 뒤로 젖히고 웃음을 터뜨렸다. 시오나는 미소를 지었지만 나일라는 생각에 잠긴 표정이었고 물고기 웅변대의 나머지 대원들은 더 가까이 다가들어서 그들 주위를 경계하듯 둘러쌌다.

이 웃음은 가룬에게 기묘한 영향을 미쳤다. 그는 고개를 숙이고 양손을 단단하게 맞잡았다. 그러나 그 전에 아이다호는 그의 손이 떨리고 있음을 눈치챘다. 가룬이 다시 시선을 들고 무성한 눈썹 밑에서 아이다호를 바라보았다. 아이다호는 갑자기 정신이 번쩍 드는 것 같았다. 뭔가 무시무시한 장화 같은 것이 가룬의 자아를 박살 내서 무서울 정도로 비굴하게 만들어버린 것 같았다. 그의 눈에는 주의 깊게 뭔가를 기다리는 듯한 기색이 있었다. 아이다호는 자신도 알 수 없는 이유로 『오렌지 가톨릭 성경』의 한 구절을 떠올렸다. 그는 스스로에게 질문을 던졌다. '우리 모두보다 더 참을성 있게 기다려서 이 우주를 상속받을 유순한 사람들이 바로 이들인가?'

가룬이 헛기침을 하고는 말했다. "혹시 골라 던컨 아이다호 님께서 저희의 생활 방식과 의식을 참관하시고 판단을 내려주시는 겁니까?"

아이다호는 이 애처로운 요청에 부끄러워졌다. 그는 생각도 해보지 않고 입을 열었다. "내가 알고 있는 프레멘의 모든 것을 당신들에게 가르쳐주겠소." 그가 시선을 드니 나일라가 험악한 표정을 짓고 있는 것이 보였다. "시간을 보내는 데 도움이 될 거다. 그리고 혹시 아나? 그것이 진정한 프레멘다운 것을 이 땅에 되돌려줄지."

시오나가 말했다. "우린 낡은 사이비 종교를 흉내 낼 필요가 없어요! 우릴 숙소로 안내하세요."

나일라는 당황해서 고개를 숙이며 시오나를 보지 않은 채 말했다. "대장님, 제가 감히 말씀드리지 못한 것이 하나 있습니다."

"우리가 이 더러운 곳에서 반드시 머무르게 만들어야 한다는 얘기겠죠."

"아, 아닙니다!" 나일라가 고개를 들어 시오나의 얼굴을 바라보았다. "대장님께서 어디로 가실 수 있겠습니까? '벽'은 기어오를 수 없는 곳이고, 그 너머에는 어쨌든 강밖에 없습니다. 그리고 다른 방향으로 가면 사리르가 있지요. 아, 아닙니다……. 다른 얘기예요." 나일라는 고개를 가로저었다.

"빨리 말해요!" 시오나가 날카롭게 소리쳤다.

"저는 엄격한 명령을 받았습니다, 대장님. 저로서는 감히 거스를 수 없는 명령입니다." 나일라는 다른 병사들을 살짝 바라본 다음 다시 시오나에게 시선을 돌렸다. "대장님과…… 던컨 아이다호 님은 같은 숙소에 드셔야 합니다."

"아버지의 명령인가요?"

"대장님, 이건 신황제께서 직접 내린 명령이라고 합니다. 저희는 그것을 감히 거스를 수 없습니다."

시오나는 아이다호를 정면으로 바라보았다. "우리가 요새에서 마지막으로 얘기를 나눴을 때 내가 했던 경고를 기억하고 있겠죠, 던컨?"

"내 손은 내 것이오. 내가 무엇을 원하는지 당신도 잘 알지 않소?" 던컨이 고함을 질렀다.

그녀는 짧게 고개를 끄덕인 후 그에게서 시선을 돌려 가룬을 바라보왔다. "이 구역질 나는 곳에서 어느 침대에 들든 무슨 상관이겠어요? 숙소로 안내하세요."

아이다호는 가룬의 반응에서 눈을 뗄 수 없었다. 그는 골라를 향해 고개를 돌리고 프레멘의 두건으로 얼굴을 가리더니 비밀스러운 공범에게 하듯이 한쪽 눈을 찡긋했다. 그러고 나서야 가룬은 그들을 이끌고 앞장서서 더러운 거리를 걸어갔다.

나의 임무에 가장 직접적인 위험이 무엇이냐고? 내가 너희에게 말해 주겠다. 진정한 환영을 본 사람, 자기가 어디 서 있는지 완전히 아는 상태에서 신 앞에 서 있었던 사람이 바로 그것이다. 환영의 황홀경은 창조를 제외한 어떤 것에도 개의치 않는, 성행위의 에너지와 비슷한 에너지를 방출한다. 창조 행위는 때로 서로 대단히 흡사하다. 모든 것은 환영에 달려 있다.

—『도난당한 일기』

레토는 작은 요새의 안전하고 높은 발코니에 수레도 없이 누워서 조바심을 억눌렀다. 그는 그것이 흐위 노리와의 결혼식 날짜가 어쩔 수 없이 연기되었기 때문에 생겨난 조바심이라는 걸 알고 있었다. 그는 남서쪽을 물끄러미 내려다보았다. 그쪽의 어둑해지는 지평선 너머 어딘가에 있는 투오노 마을로 던컨과 시오나가 일행과 함께 간 지 이제 엿새가 되었다.

'결혼식이 연기된 건 내 잘못이다. 내가 결혼식 장소를 바꾸는 바람에 불쌍한 모네오가 모든 준비 작업을 수정할 수밖에 없게 된 거니까.' 레토는 생각했다.

그리고 지금은 물론 말키의 문제가 있었다.

이 어쩔 수 없는 일들 중 그 어느 것도 모네오에게 설명해 줄 수 없었다. 그가 '축제'의 준비를 지휘하던 지휘 본부에 있지 못하는 것을 걱정하며 이 높은 방의 중앙실에서 부산하게 움직이는 소리가 들렸다. 모네오는 정말 걱정이 너무 많았다!

레토는 석양을 바라보았다. 태양은 최근에 있었던 폭풍 때문에 희미한 오렌지색으로 바랜 채 지평선 위에 낮게 떠 있었다. 이제 비는 사리르 너머의 남쪽 구름 속에 낮게 웅크리고 있었다. 길게 이어진 정적 속에서 레토는 시작도 끝도 없이 길게 늘어난 시간 동안 그곳의 비를 지켜보았다. 구름은 무정한 회색 하늘에서 자라 나온 것이었고, 비는 눈에 보이는 선을 그리며 걷고 있었다. 그는 저절로 떠오른 기억들의 옷을 입고 있는 것 같은 기분이었다. 이 기분을 떨쳐버리기가 어려워서 그는 무의식적으로 자신이 외우고 있던 고대 시가의 구절들을 중얼거렸다.

"뭐라고 하셨습니까, 폐하?" 모네오의 목소리가 레토의 바로 뒤쪽에서 들려왔다. 단순히 눈을 돌리기만 했는데도 이 성실한 황실 집사장이 정중하게 그의 말을 기다리며 서 있는 모습을 볼 수 있었다.

레토는 자신이 중얼거렸던 구절을 갈락 어로 번역해 주었다. "자두나무에 있는 나이팅게일의 둥지, 하지만 저 바람을 어쩌지?"

"그건 질문입니까, 폐하?"

"오래된 질문이지. 답은 간단하다. 나이팅게일이 자신의 꽃을 떠나지 않게 하라는 것."

"무슨 말씀인지 모르겠습니다, 폐하."

"뻔한 얘기는 그만두어라, 모네오. 그대가 그런 짓을 하면 불쾌해져."

"용서해 주십시오, 폐하."

"그것 말고 내가 무엇을 할 수 있겠나?" 레토는 모네오의 풀 죽은 모습을 유심히 살펴보았다. "모네오, 그대와 내가, 우리가 달리 무슨 짓을 하더라도 훌륭한 연극을 제공해 주는 건 마찬가지이다."

모네오는 레토의 얼굴을 물끄러미 바라보았다. "폐하?"

"바커스의 종교 축제에서 치러진 의식들이 그리스 연극의 씨앗이었다, 모네오. 종교는 흔히 연극으로 이어지지. 우리를 소재로 훌륭한 연극이 생겨날 것이다." 레토는 다시 시선을 돌려 남서쪽 지평선을 바라보았다.

이제 구름 위로 바람이 모여들었다. 모래언덕들을 따라 모래가 미친 듯이 날뛰면서 바람에 날려 오는 소리가 들리는 것 같았다. 그러나 탑의 높은 방 안에는 소리가 울리는 정적만 있을 뿐이었다. 휭휭 바람 부는 소리는 희미하기 짝이 없었다.

"구름. 나는 다시 달빛을 한 잔 뜰 것이다. 내 발치에는 고대의 바다 거룻배, 나의 어스름한 하늘에 매달린 얄팍한 구름, 내 어깨를 감싼 청회색 망토, 근처에서 힝힝대는 말들." 그가 속삭였다.

"폐하의 심기가 불편하시군요." 모네오가 말했다. 그의 목소리에 깃든 연민이 레토를 고통스럽게 했다.

"내 과거들의 밝은 그림자. 그들은 결코 나를 평화 속에 두지 않는다. 나는 마음을 달래주는 소리, 해 질 녘 시골 마을의 종소리를 찾아 귀를 기울였지. 그런데 그 소리는 내가 이곳의 소리이며 영혼이라고 말해 줄 뿐이었다." 레토가 말했다.

그가 말하는 동안 어둠이 탑을 감쌌다. 두 사람 주위 사방에서 자동으로 불이 켜졌다. 레토는 얇은 멜론 조각 같은 첫 번째 달이 구름 위를 떠돌고 있는 바깥쪽 저 멀리에 계속 시선을 보냈다. 행성에서 반사된 오렌지색 빛에 완전한 원 모양의 위성이 드러났다.

"폐하, 저희가 이곳으로 나온 이유가 무엇입니까? 왜 제게 말씀해 주시지 않는 겁니까?" 모네오가 물었다.

"난 그대를 깜짝 놀래주고 싶었다. 조합의 우주선이 곧 우리 옆에 착륙할 것이다. 물고기 웅변대가 말키를 데려올 거야."

모네오는 짧게 숨을 들이쉰 다음 잠시 숨을 멈추고 있다가 다시 내뱉었다. "흐위 님의…… 숙부 말씀입니까? 그 말키요?"

"그대가 이 일을 미리 알지 못했다는 사실에 놀라고 있구나." 레토가 말했다.

모네오는 온몸이 오싹해지는 것을 느꼈다. "폐하, 폐하께서 비밀을 유지하시고 싶다면……."

"모네오?" 레토는 부드럽게 상대를 설득하는 듯한 어조로 말했다. "말키가 그대에게 무엇보다 큰 유혹을 제시했다는 걸 알고 있다……."

"폐하! 저는 결코……."

"안다, 모네오." 그의 목소리는 여전히 부드러웠다. "그러나 그대의 기억이 놀라움에 충격을 받아 살아났지. 그대는 내가 그대에게 요구할 수 있는 모든 일에 대해 준비를 갖췄다."

"무슨…… 폐하께서는 무슨……."

"어쩌면 말키를 처치해야 할지도 모른다. 그는 문젯거리야."

"제가요? 폐하께서는 제가……."

"어쩌면."

모네오는 침을 꿀꺽 삼키고 입을 열었다. "그 대모는……."

"안틱은 죽었다. 그녀는 나를 위해 일을 잘해 주었지만 죽었다. 내 물고기 웅변대가 공격했을 때…… 말키가 숨어 있던 '장소'를 공격했을 때 극단적인 폭력 사태가 있었다."

"저희에게는 안틱이 없는 편이 더 낫습니다."

"베네 게세리트에 대한 그대의 불신을 인정한다. 그러나 안틱이 다른 식으로 우리 곁을 떠났더라면 더 좋았을걸. 그녀는 우리에게 신의를 지켰다, 모네오."

"대모는……."

"베네 틀레이랙스와 조합이 모두 말키의 비밀을 원했다. 그들은 우리가 익스 인들에게 적대적인 움직임을 취하는 걸 보고 내 물고기 웅변대보다 먼저 공격을 했지……. 안틱은…… 음, 그녀는 그들을 잠깐 묶어두었을 뿐이지만 그것으로 충분했다. 내 물고기 웅변대가 그곳을 포위하고……."

"말키의 '비밀'이라고요, 폐하?"

"어떤 물체가 사라지면, 그건 어떤 물체가 갑자기 나타나는 것만큼이나 커다란 메시지이지. 텅 빈 공간은 항상 연구해 볼 만한 가치가 있다."

"무슨 말씀입니까, 텅 빈……."

"말키는 죽은 게 아냐! 나는 분명히 그걸 알 수 있었을 텐데. 그가 사라져서 어디로 갔겠나?"

"사라졌다……. 폐하에게서 사라졌다고요, 폐하? 그 말씀은 익스 인들이……."

"그들은 자기들이 오래전에 내게 준 장치를 발전시켰다. 그들은 그걸 천천히, 쉽게 알아챌 수 없게, 숨겨진 껍데기 속에 또 숨겨진 껍데기처럼 발전시켰지. 하지만 난 그 그림자들을 감지했다. 놀랍더구나. 즐겁기도 하고."

모네오는 잠시 생각을 해보았다. '숨기는 장치…… 아아아!' 신황제가 어떤 것을 여러 번 언급한 적이 있었다. 그가 기록하는 생각들을 숨기는 방법에 대해. 모네오는 입을 열었다.

"그럼 말키가 그 비밀을 가지고 온다는⋯⋯."

"그래! 하지만 그건 말키의 진짜 비밀이 아니다. 그는 가슴에 또 다른 걸 품고 있어. 내가 그걸 짐작한다고는 전혀 생각지 못하고."

"또 다른⋯⋯ 하지만 폐하, 그들이 심지어 폐하에게서조차 숨을 수 있다면⋯⋯."

"지금은 많은 사람들이 그렇게 할 수 있다, 모네오. 내 물고기 웅변대가 공격했을 때 그들은 흩어졌다. 익스 산 장치의 비밀이 멀리 넓게 퍼져 나갔어."

모네오의 눈이 놀라움과 경계심으로 휘둥그레졌다. "폐하, 혹시 누군가가⋯⋯."

"영리하게 구는 법을 배운다면 그들은 아무런 흔적도 남기지 않을 것이다. 말해 보아라, 모네오. 나일라가 던컨에 대해 무슨 말을 했지? 그녀가 그대에게 직접 보고하는 것을 싫어하던가?"

"무엇이든 폐하의 명령대로⋯⋯." 모네오는 목을 가다듬었다. 그는 신황제가 숨겨진 흔적들과 던컨, 그리고 나일라를 한꺼번에 언급하는 이유를 도저히 짐작할 수 없었다.

"그래, 당연하지. 무엇이든 내가 명령하는 대로 나일라는 복종한다. 그래, 그녀가 던컨에 대해 뭐라고 말하던가?"

"그는 시오나와 짝짓기를 시도하지 않았습니다. 그것이 폐하의 질문⋯⋯."

"그럼 그는 내 꼭두각시 나입인 가룬과 다른 박물관 프레멘들과 뭘 하고 있나?"

"그는 과거의 방식들과 하코넨에 맞섰던 전쟁, 아라키스에 처음 왔던 아트레이데스에 대해 그들에게 얘기해 주고 있습니다."

"듄에 대해서!"

"예, 듄에 대해서."

"프레멘이 더 이상 존재하지 않는 것은 듄이 더 이상 존재하지 않기 때문이다. 나일라에게 내 메시지를 전달했나?"

"폐하, 왜 위험을 더하려 하십니까?"

"내 메시지를 전달했나?"

"투오노로 전령을 보냈습니다. 하지만 지금이라도 그녀를 다시 불러들일 수 있습니다."

"다시 불러들이면 안 돼!"

"하지만 폐하……."

"그녀가 나일라에게 전달할 말이 뭐지?"

"그건…… 그건 나일라에게 보내는 폐하의 명령으로, 제 딸에게 절대적이고 무조건적으로 계속 복종하라는 것입니다. 예외는 오로지…… 폐하! 이건 위험합니다!"

"위험해? 나일라는 물고기 웅변대원이다. 그녀는 내게 복종할 거야."

"하지만 시오나는……. 폐하, 제 딸은 진심을 다해 폐하를 섬기지 않는 것 같습니다. 그리고 나일라는……."

"나일라가 명령에서 벗어나서는 절대로 안 된다."

"폐하, 어디 다른 곳에서 폐하의 결혼식을 열게 해주십시오."

"안 돼!"

"폐하, 폐하의 환영이 드러내 보여준 것이……."

"황금의 길은 지속된다, 모네오. 그대도 나만큼이나 그걸 잘 알고 있어."

모네오는 한숨을 쉬었다. "무한이 폐하의 것입니다, 폐하. 저는 의문을 품지 않……." 엄청난 떨림이 우르릉 소리를 내며 탑을 뒤흔드는 바람에 그의 말이 끊겼다. 소리가 점점 더 커졌다.

두 사람 모두 소리를 향해 고개를 돌렸다. 정신없이 소용돌이치는 충격파로 가득 찬, 파란색과 오렌지색의 빛 기둥이 남쪽으로 1킬로미터가 채 되지 않는 곳에서 사막으로 내려오고 있었다.

"아아, 내 손님이 도착했군. 내 수레를 타고 내려가라, 모네오. 말키만 데려와야 해. 조합원들에게는 그들이 이것으로 내 용서를 얻었다고 말하고, 그들을 보내버려라."

"폐하의 용…… 예, 폐하. 하지만 만약 그들이 비밀을 가지고 있다면……."

"그들은 내 목적을 위해 일하고 있다, 모네오. 그대도 똑같이 해야 해. 말키를 데려와라."

모네오는 높은 방의 저쪽 반대편에서 어둠 속에 누워 있는 수레를 향해 얌전하게 다가갔다. 그는 그 위로 올라가서 밤이 '벽' 속에서 입을 벌리는 것을 지켜보았다. 착륙대가 밤을 향해 불쑥 튀어나와 있었다. 수레는 깃털처럼 가볍게 떠서 밖을 향해 움직였다. 그리고 작은 요새에 있는 탑의 일그러진 축소판처럼 똑바로 서 있는 조합 우주선 옆의 모래바닥과 각을 이루며 공중에 떠 있었다.

레토는 더 나은 시야의 각도를 확보하기 위해 앞쪽 체절을 약간 들어올린 채 발코니에서 그것을 지켜보았다. 그의 예리한 시각은 달빛 속에서 수레 위에 서 있는 모네오의 하얀 움직임을 알아보았다. 다리가 긴 조합의 하인들이 들것을 들고 나와 수레 위에 밀어 올리며 잠시 그곳에 서서 모네오와 대화를 나눴다. 그들이 떠나자 레토는 수레의 거품 모양 덮개를 닫았다. 달빛이 덮개에 반사되는 것이 보였다. 그가 가까이 오라고 생각으로 신호를 보내자 수레와 그 위에 실린 짐이 착륙대로 돌아왔다. 레토가 수레를 방 안의 불빛 속으로 가져와서 그 뒤의 입구를 닫는 동안 조합의 우주선이 소란스럽게 우르릉 소리를 내며 이륙했다. 레토는 거품 모양 덮개를 열었다. 그는 몸 아래에서 모래가 긁히는 것을 느끼며 들것을 향해 몸을 굴려가 앞쪽 체절을 들어 올리고 자는 듯이 누워 있는 말키를 들여다보았다. 말키는 넓적하고 탄력적인 회색 끈으로 들것에 묶여 있었다. 반쯤 하얗게 센 머리카락 아래의 얼굴은 잿빛이었다.

'이렇게 늙어버리다니.' 레토는 생각했다.

모네오가 수레에서 내려와 들것에 누운 사람을 뒤돌아보았다. "그는 부상을 입었습니다, 폐하. 그들이 의사를 보내고 싶다고……."

"첩자를 보내고 싶었던 거겠지."

레토는 말키를 유심히 살펴보았다. 주름지고 가무잡잡한 피부, 움푹 꺼진 뺨, 둥그런 달걀형 얼굴과 너무나 대조적인 날카로운 코. 무성한 눈썹은 거의 흰색으로 변해 있었다. 평생 동안 테스토스테론을 먹지 않았더라면…… 그래.

말키의 눈이 떠졌다. 그 사슴 같은 갈색 눈에서 사악함을 발견하는 것은 너무나 충격적이었다! 말키의 입술이 씰룩거리며 미소를 지었다.

"레토 폐하." 말키는 갈라진 목소리로 간신히 속삭이듯 말하고 나서, 오른쪽으로 눈을 돌려 황실 집사장에게 초점을 맞췄다. "모네오. 지금 내가 일어나지 못하는 것을 용서해 주시오."

"고통스러운가?" 레토가 물었다.

"가끔은요." 말키의 눈이 움직이며 주위를 살폈다. "'천국의 미녀들'은 어디 있습니까?"

"안됐지만 그대에게 그 기쁨을 허락할 수 없다, 말키."

"뭐, 상관없지요." 말키가 갈라진 목소리로 말했다. "사실 저도 그들의 요구를 들어줄 수 없을 것 같습니다. 레토 님께서 저를 추적하라고 보낸 사람들은 '천국의 미녀'가 아니었습니다."

"그들은 내게 복종하는 분야의 전문가들이지." 레토가 말했다.

"그들은 잔인한 사냥꾼이었습니다!"

"사냥꾼은 안틱이었다. 내 물고기 웅변대원들은 그저 청소반이었을 뿐이야."

모네오는 두 사람이 말을 할 때마다 그들을 번갈아 바라보았다. 지금 의 대화 밑으로 불안한 분위기가 흘렀다. 갈라진 목소리인데도 말키의 말은 거의 경박하게 들릴 지경이었다……. 그러나 따지고 보면 그는 항 상 그런 식이었다. 위험한 사람이었다!

레토가 말했다. "그대가 도착하기 직전에 모네오와 나는 무한에 대해 얘기하고 있었다."

"불쌍한 모네오." 말키가 말했다.

레토는 미소를 지었다. "기억하나, 말키? 그대는 언젠가 나더러 무한 을 증명하라 했지."

"레토 님께서는 증명되어야 할 무한은 존재하지 않는다고 하셨지요." 말키는 모네오를 향해 휙 시선을 돌리면서 말을 이었다. "레토 님은 역설 을 가지고 장난치는 걸 좋아하신다오. 레토 님은 지금까지 발견된 언어 의 책략을 모두 알고 계시지."

모네오는 분노가 치밀어 오르는 것을 억눌렀다. 자신이 두 사람의 우 월한 존재에게 오락의 대상이 되어 대화에서 소외된 기분이었다. 말키 와 신황제는 함께했던 과거의 즐거움을 되새기는 오랜 친구들과 거의 흡사했다.

"모네오는 내가 무한의 유일한 소유자인 것을 비난하더군. 그는 자신이 나만큼이나 많은 무한을 갖고 있음을 믿지 않으려고 한다." 레토가 말했다.

말키가 레토를 올려다보았다. "알겠소, 모네오? 레토 님이 말을 얼마나 교묘하게 사용하시는지 알겠소?"

"그대의 조카, 흐위 노리에 대해 말해 보아라." 레토가 말했다.

"사람들 말이 사실입니까, 레토 님? 레토 님께서 상냥한 흐위와 결혼하신다는 것이?"

"사실이다."

말키는 쿡쿡 웃다가 통증 때문에 인상을 찌푸렸다. "그들이 제게 큰 상처를 입혔습니다, 레토 님." 그가 속삭이듯 말했다. 그리고 다시 말을 이었다. "말씀해 주십시오, 늙은 벌레……."

모네오는 놀라서 숨을 집어삼켰다.

말키는 통증을 가라앉히기 위해 잠시 쉬었다가 다시 입을 열었다. "말씀해 주십시오, 늙은 벌레님. 당신의 그 괴물 같은 몸속에 괴물 같은 음경이 숨겨져 있는 겁니까? 상냥한 흐위에게는 얼마나 충격적일까요!"

"난 오래전에 그대에게 그것에 대한 진실을 말해 주었다." 레토가 말했다.

"진실을 말하는 사람은 아무도 없습니다."

"그대는 내게 자주 진실을 말해 주었지. 심지어 그대가 진실을 모르고 있을 때에도."

"그건 레토 님이 우리들보다 더 영리하기 때문입니다."

"흐위에 대해 얘기해 주겠나?"

"이미 알고 계실 거라고 생각하는데요."

"난 그대에게서 그 얘기를 듣고 싶다. 그대는 틀레이랙스 인들의 도움을 받았나?"

"그들은 저희에게 지식을 주었습니다. 그뿐입니다. 나머지는 모두 우리가 직접 했습니다."

"그것이 틀레이랙스 인들의 소행이라고는 생각하지 않았다."

모네오는 더 이상 호기심을 억누를 수 없었다. "폐하, 흐위와 틀레이랙스가 뭘 어쨌다는 겁니까? 폐하께서는 왜……."

"자자, 오랜 친구 모네오." 말키가 황실 집사장을 향해 눈동자를 굴리면서 말했다. "모르시는 거요? 레토 님이……."

"난 당신의 친구였던 적이 없소!" 모네오가 쏘아붙였다.

"그럼 '천국의 미녀들' 사이에 있는 동료라고 해두지."

모네오는 레토를 향해 시선을 돌렸다. "폐하, 폐하께서는 왜 그런 말씀을……."

"쉬, 모네오. 우리가 그대의 오랜 동료를 피곤하게 하고 있군. 나는 아직 그에게서 알아내야 할 것이 있는데 말이다." 레토가 말했다.

"한 번이라도 궁금해한 적이 있습니까, 레토 님? 모네오가 레토 님에게서 모든 것(the whole shebang)을 빼앗으려고 한 번도 시도하지 않는 이유가 무엇인지?" 말키가 물었다.

"뭘 빼앗아?" 모네오가 다그치듯 물었다.

"레토 님이 사용하는 옛날 말 중의 하나요. 그녀(she)와 쾅(bang). 완벽하지. 제국의 이름을 다시 짓지 그러십니까, 레토 님? 웅장한 사건(Grand Shebang)이라고!"

레토는 손을 들어 올려 모네오의 말을 막았다. "말해 주겠나, 말키? 흐위에 대해서."

"제 몸에서 나온 자그마한 세포 몇 개일 뿐입니다. 그다음에는 조심스럽게 키워서 성장시키고 교육을 했지요. 모든 것이 레토 님의 오랜 친구 말키와 완전히 반대가 되도록 말입니다. 저희는 그 모든 작업을 레토 님이 보실 수 없는 비(非)공간에서 했습니다!"

"그러나 나는 뭔가가 사라지는 것을 감지할 수 있다." 레토가 말했다.

"비공간?" 모네오가 물었다. 그리고 말키의 말에 담긴 의미를 완전히 깨달았다. "당신이? 당신과 흐위 님이……."

"그것이 내가 그림자들 속에서 본 모습이다." 레토가 말했다.

모네오는 레토의 얼굴을 정면으로 바라보았다. "폐하, 결혼식을 취소시키겠습니다. 제가……."

"그런 짓을 해서는 안 돼!"

"하지만 폐하, 만약 그녀와 말키가……."

"모네오, 당신의 폐하께서 명령하시면 반드시 복종해야 하잖소!" 말키가 갈라진 목소리로 말했다.

저 놀리는 듯한 말투라니! 모네오는 말키를 노려보았다.

"말키와 완전히 반대되는 존재라. 그의 말을 듣지 못했나?" 레토가 말했다.

"그 이상 좋은 것이 어디 있겠습니까?" 말키가 물었다.

"하지만 정말이지 폐하, 만약 폐하께서 지금……."

"모네오, 이제는 점점 거슬린다." 레토가 말했다.

모네오는 당황해서 입을 다물었다.

레토가 말했다. "좀 낫군. 모네오, 수만 년 전 내가 다른 사람이었을 때 실수를 하나 저질렀다."

"레토 님이 실수를요?" 말키가 놀리듯이 말했다.

레토는 그냥 미소를 지을 뿐이었다. "내 실수는 내가 그것을 아름답게 표현했기 때문에 더 복잡해졌지."

"말로 책략을 부리는 거." 말키가 이죽거렸다.

"그래! 내가 한 말이 바로 그거였다. '현재는 정신을 산란하게 한다. 미래는 꿈이다. 오로지 기억만이 삶의 의미를 풀어줄 수 있다.' 아름다운 말이 아닌가, 말키?"

"훌륭하군요, 늙은 벌레님."

모네오는 한 손으로 입을 막았다.

"그러나 내 말은 멍청한 거짓말이었다. 나는 그때 그것을 알고 있었지만, 그 '아름다운' 말들에 홀려 있었지. 아니, 기억은 어떤 의미도 풀어주지 못한다. 무언의 경험인 정신의 고통이 없다면 의미는 어디에도 존재하지 않아."

"레토 님의 잔인한 물고기 웅변대가 제게 초래한 고통의 의미를 모르겠군요." 말키가 말했다.

"그대는 어떤 고통도 겪고 있지 않다." 레토가 말했다.

"이 몸속에 들어 있는 게 레토 님이라면, 레토 님도……."

"그건 육체적 고통일 뿐이다. 그건 금방 끝날 거야." 레토가 말했다.

"그럼 제가 언제 고통을 알게 되는 겁니까?" 말키가 물었다.

"아마도 나중에."

레토는 앞쪽 체절들을 수축시켜 말키에게서 멀어지며 모네오를 바라보았다. "그대는 정말로 황금의 길에 봉사하고 있는가, 모네오?"

"아아, 황금의 길." 말키가 이죽거렸다.

"제가 그렇다는 것을 폐하께서도 잘 알고 계십니다, 폐하." 모네오가 말했다.

"그럼 내게 약속을 해줘야겠다. 그대가 이곳에서 알게 된 것을 절대 입에 올리지 않겠다고. 말로도 손짓으로도 그대는 그것을 밝힐 수 없다."

"약속합니다, 폐하."

"약속한답니다, 폐하." 말키가 비웃었다.

레토의 자그마한 손 하나가 말키를 가리켰다. 말키는 누운 채 회색 두건 속에 있는 얼굴의 무뚝뚝한 옆모습을 올려다보고 있었다. "과거에 느꼈던 경탄과…… 그 밖에 많은 이유들 때문에 나는 말키를 죽일 수 없다. 심지어 그대에게 그것을 부탁할 수도 없다……. 그러나 그는 반드시 제거되어야 한다."

"아아, 정말 영리하시군요!" 말키가 말했다.

"폐하, 방의 반대편 끝에서 기다려주시겠습니까? 폐하께서 돌아오실 때에 말키는 어쩌면 더 이상 문젯거리가 아닐 겁니다." 모네오가 말했다.

"저 사람이 할 생각이군. 세상에! 저 사람이 할 생각이야." 말키가 갈라진 목소리로 말했다.

레토는 몸을 꿈틀거리며 멀어져서 어둠 속에 잠긴 방 끝으로 갔다. 그리고 자기가 원하는 것을 생각으로 바꿔 명령을 내리기만 하면 밤으로 향하는 입구가 될 희미한 호선에 시선을 고정시켰다. 저 착륙대에서 그냥 몸을 굴리면, 얼마나 긴 추락이 될까. 아무리 그의 몸이라도 그런 추락을 이기고 살아남지는 못할 것 같았다. 그러나 그의 탑 밑의 모래에는 물이 없었고, 그런 종말에 대한 생각을 스스로에게 허락했다는 이유만으로 황금의 길이 깜박거리며 나타났다 사라졌다 하는 것을 느낄 수 있었다.

"레토 님!" 말키가 그의 뒤쪽에서 외쳤다.

레토는 바람 때문에 이 높은 방의 바닥에 흩어진 모래 위에 들것이 긁히는 소리를 들었다.

다시 말키가 외쳤다. "레토 님, 당신은 최고입니다! 이 우주에 있는 어떤 악마도 능가하지……."

갑작스러운 쿵 소리가 말키의 목소리를 끊어버렸다. '목에 한 방을 먹였군. 그래, 모네오는 그 방법을 알고 있지.' 레토는 생각했다. 발코니의 투명막이 스르르 열리는 소리와 들것이 난간에 쏠리는 소리가 나더니 침묵이 찾아왔다.

'모네오는 저 시체를 모래 속에 묻어야 할 거다. 이곳으로 와서 증거를 먹어치워 줄 벌레가 아직 없어.' 레토는 고개를 돌려 방 건너편을 바라보았다. 모네오는 난간 위로 몸을 내밀고 서서 아래를 내려다보고 있었다. 아래로…… 아래로…… 아래로…….

'난 그대를 위해 기도해 줄 수 없다, 말키. 모네오, 그대를 위해서도. 어쩌면 난 이 제국에서 유일한 종교적 의식(意識)인지도 모른다. 난 진정으로 혼자이니까……. 그래서 난 기도할 수 없다.' 레토는 생각했다.

역사의 흐름, 조류, 지도자들이 그 안에서 움직이는 방식 등을 이해하지 못한다면 역사를 이해할 수 없다. 지도자는 자신의 지도력을 요구하는 상황을 영원히 지속시키려 한다. 따라서 지도자에게는 '국외자'가 필요하다. 나의 경력을 신중하게 조사해 보도록 경고한다. 나는 지도자이자 국외자이다. 내가 '국가' 그 자체였던 '교회'만을 창조했다고 생각하는 실수를 저지르지 말라. 그것은 지도자로서 나의 역할이었고, 내게는 패턴으로 이용할 역사적 모델들이 많았다. 국외자로서 내 역할에 대한 단서를 찾으려면 내 시대의 예술을 살펴보라. 그 예술은 야만적이다. 가장 인기 있는 시가 무엇이었느냐고? 서사시였다. 가장 인기 있는 극적인 이상이 무엇이었느냐고? 영웅주의였다. 춤은? 난폭하게 버림받았다. 모네오가 자신의 관점에서 춤을 위험하다고 묘사한 것은 옳은 일이다. 춤은 상상력을 자극한다. 춤은 사람들로 하여금 내가 자기들에게서 빼앗아 간 것의 부재를 느끼게 만든다. 내가 그들에게서 무엇을 빼앗았느냐고? 역사에 참여할 권리다.

—『도난당한 일기』

아이다호는 눈을 감은 채 침상에 몸을 쭉 펴고 누워서 다른 침상 위로 무거운 물건이 떨어지는 소리를 들었다. 그는 방 안에 단 하나뿐인 창문을 통해 날카로운 각도로 비껴드는 오후 중반의 햇살 속에서 일어나 앉왔다. 햇빛은 하얀 타일이 깔린 바닥에서 엷은 노란색 벽으로 반사되고 있었다. 그는 시오나가 들어와서 침상 위에 큰대자로 드러누워 있는 것을 보았다. 그녀는 벌써 책을 읽고 있었다. 그녀가 초록색 천으로 된 배낭에 넣어가지고 다니는 책들 중 하나였다.

'왜 책을 읽는 거지?' 그는 속으로 의문을 품었다.

그는 발을 휘둘러 바닥에 내리고 방 안을 살짝 둘러보았다. 천장이 높고 공간이 탁 트인 이 '상자'를 어떻게 조금이라도 프레멘답다고 생각할 수 있을까? 이 지방에서 생산되는 암갈색의 플라스틱 같은 것으로 만들어진 널찍한 탁자 겸 책상이 두 침상 사이에 있었다. 문은 두 개였다. 하나는 정원을 지나 바로 바깥으로 연결되었고, 다른 하나의 문을 열면 널찍한 채광창 밑에서 엷은 푸른색 타일들이 반짝이는 호화로운 욕실로 들어갈 수 있었다. 욕실에 있는 여러 가지 기능적 시설들 중에는 움푹 꺼진 욕조와 샤워실도 포함되어 있었는데, 이 둘의 크기는 각각 적어도 2평방미터는 되었다. 이 사치스러운 공간으로 통하는 문이 열려 있는 까닭에 아이다호는 물이 욕조에서 넘치는 소리를 들을 수 있었다. 시오나는 지나치게 많은 물 속에서 목욕하는 것을 이상할 정도로 좋아하는 것 같았다.

듄의 과거 시절에 아이다호의 나입이었던 스틸가가 있었다면 경멸과 분노의 시선으로 그 방을 보았을 것이다. "수치스러운 일이야! 퇴폐적이야! 약해 빠졌어!" 스틸가라면 이렇게 말했을 것이다. 그리고 진짜 프레멘 시에치와 감히 비교하려 드는 이 마을 전체에 대해 경멸과 분노의 말을 쏟아냈을 것이다.

시오나가 책장을 넘기자 종이 스치는 소리가 났다. 그녀는 베개 두 개로 머리를 받치고 누워 있었으며, 몸을 가린 얇은 하얀색 로브는 그녀의 몸이 아직도 젖은 탓에 살갗에 달라붙어 있었다.

아이다호는 고개를 저었다. 저 책에 무엇이 있기에 저토록 그녀가 관심을 보이는가? 그녀는 투오노에 도착한 후 책을 읽고 또 읽었다. 책의 두께는 얇았지만 권수가 많았으며, 검은색 장정에는 숫자밖에 적혀 있지 않았다. 아이다호는 거기에서 '아홉'이라는 숫자를 본 적이 있었다.

발을 바닥에 대고 그는 자리에서 일어나 창가로 갔다. 멀리서 노인 한 명이 꽃밭을 파고 있었다. 3면이 건물들로 둘러싸인 정원에는 커다란 꽃들이 피어 있는데, 겉은 빨간색이지만 봉오리가 벌어졌을 때 중심 부분은 흰색이었다. 아무것도 덮여 있지 않은 노인의 흰머리도 꽃밭의 하얀색과 보석 같은 꽃봉오리들 사이에서 흔들리는 일종의 꽃이었다. 아이다호는 강렬한 꽃향기를 배경으로 나뭇잎 썩는 냄새와 막 뒤집어놓은 흙냄새를 맡을 수 있었다.

'프레멘이 야외에서 꽃을 돌보고 있다니!'

시오나는 자신이 읽고 있는 이상한 책에 대해 아무것도 자진해서 말해 주지 않았다. '그녀는 날 조롱하고 있는 거다. 내가 질문해 주기를 바라는 거야.'

그는 흐위에 대해 생각하지 않으려고 애썼다. 흐위를 생각할 때면 분노가 그를 집어삼키려 했다. 그는 이렇게 강렬한 감정을 가리키는 프레멘 단어를 기억해 냈다. 카나와, 질투의 강철 고리. '흐위는 어디 있는 거지? 지금 그녀는 무엇을 하고 있을까?'

정원에서 들어오는 문이 노크도 없이 열리더니 가룬의 보좌관인 테이샤르가 들어왔다. 거무스름한 주름살이 가득한 테이샤르의 얼굴은 죽은 색이었다. 눈은 움푹 꺼져 있고 눈동자 주위는 엷은 노란색을 띠었다. 옷은 갈색 로브. 머리카락은 썩게 내버려둔 늙은 풀 같았다. 마치 음흉한 정령처럼 지나치게 못생긴 모습이었다. 테이샤르는 문을 닫고 그 자리에 서서 두 사람을 바라보았다.

아이다호의 뒤에서 시오나의 목소리가 들려왔다. "그래, 뭐죠?"

아이다호는 그 순간 테이샤르가 이상하게 흥분해서 가늘게 몸을 떨고 있음을 눈치챘다.

"신황제께서……." 테이샤르는 헛기침을 해서 목을 가다듬은 후 다시 말을 시작했다. "신황제께서 투오노에 오신답니다!"

시오나는 침대 위에서 벌떡 일어나 앉아 무릎 위에서 하얀 로브를 포갰다. 아이다호는 살짝 그녀를 뒤돌아본 다음 다시 테이샤르에게 시선을 돌렸다.

"폐하께서 여기서 결혼하실 겁니다. 여기 투오노에서요!" 테이샤르가 말했다. "결혼식은 고대 프레멘의 방식으로 치러질 겁니다! 신황제와 그분의 신부께서 투오노의 손님이 되실 겁니다!"

아이다호는 카나와에 완전히 사로잡혀서 주먹을 단단하게 말아 쥐고 그를 노려보았다. 테이샤르는 짧게 고개를 주억거리고는 몸을 돌려 밖으로 나가서 문을 쾅 닫았다.

"내가 뭘 좀 읽어줄게요, 던컨." 시오나가 말했다.

아이다호는 그녀의 말을 금방 이해하지 못했다. 그는 양 옆구리에 여전히 주먹을 단단히 쥔 채 몸을 돌려 그녀를 바라보았다. 시오나는 책을 무릎 위에 놓은 채 침상에 걸터앉아 있었다. 그녀는 그의 시선을 동의의 뜻으로 받아들인 모양이었다.

"'천재성을 작동시키려면 어느 정도의 추악한 일들로 온전함을 손상시켜야 한다고 믿는 사람들이 있다. 그들은 사람이 자신의 이상을 실현하려는 의도로 '신성한 곳'에서 나올 때 그런 손상이 시작된다고 말한다.

모네오는 그 '신성한 곳' 안에 머물면서 다른 사람들을 내보내 내 추악한 일들을 하게 만드는 것이 나의 해법이라고 말한다.'"

그녀는 시선을 들어 아이다호를 바라보았다. "신황제, 그가 직접 쓴 말이에요."

천천히 아이다호는 주먹을 풀었다. 그는 이렇게 생각을 다른 곳으로 돌려주는 것이 지금 자신에게 필요하다는 것을 알고 있었다. 게다가 시오나가 침묵을 깬 것이 흥미롭기도 했다.

"그 책은 뭐요?" 그가 물었다.

그녀는 자신과 동료들이 요새의 지도와 레토의 일기 사본을 어떻게 훔쳐냈는지 짤막하게 얘기해 주었다.

"물론 당신은 그 일에 대해 알고 있었겠죠. 첩자들이 우리 습격을 밀고 했다고 아버지가 분명히 밝혔으니까요." 그녀가 말했다.

그는 그녀의 눈에 눈물이 숨어 있는 것을 보았다. "당신들 중 아홉 명이 늑대들에게 죽임을 당했다고?"

그녀는 고개를 끄덕였다.

"당신은 형편없는 대장이로군!"

그녀는 발끈했지만 그녀가 입을 열기 전에 그가 먼저 물었다. "그 책을 누가 번역해 주었소?"

"이건 익스 인들이 해준 거예요. 그들 말로는 조합이 '열쇠'를 찾았대요."

"신황제가 편리한 이기들에 탐닉하고 있음은 이미 아는 사실이지. 그가 한 말은 그것이 전부요?" 아이다호가 말했다.

"당신이 직접 읽어보세요." 그녀는 침상 옆의 배낭 속을 뒤져 번역본 제1권을 꺼냈다. 그리고 그것을 그의 침상으로 던져주었다. 아이다호가 자신의 침상으로 되돌아오는 동안 그녀가 다그치듯 물었다. "내가 형편없는 대장이라는 게 무슨 뜻이죠?"

"당신 친구 아홉 명을 그런 식으로 죽게 만들었으니까."

"이 멍청이!" 그녀는 고개를 흔들었다. "당신은 그 늑대들을 한 번도 보지 못한 게 분명해!"

그는 책을 집어 들었다. 책은 무거웠다. 그 순간 그는 그 책이 크리스털 종이에 인쇄되어 있음을 깨달았다. "늑대에 맞서기 위해 무장을 했어야지." 그가 책을 펼치면서 말했다.

"무슨 무기로? 우리가 구할 수 있었던 무기들로는 아무 소용이 없었을 거예요!"

"레이저총은?" 그가 책장을 넘기면서 물었다.

"아라키스에서 레이저총에 손을 댔다간 '벌레'가 알아차리고 말아요!"

그는 또다시 책장을 넘겼다. "당신 친구들은 결국 레이저총을 손에 넣었잖소."

"그래서 그들이 어떻게 됐는지 봐요!"

아이다호는 한 줄을 읽고 나서 입을 열었다. "독을 구할 수도 있었소."

그녀는 발작처럼 꿀꺽 침을 삼켰다.

아이다호는 그녀를 바라보았다. "결국 당신들은 늑대에게 독을 풀었소, 그렇지 않소?"

그녀의 목소리는 거의 속삭임에 가까웠다. "그래요."

"그럼 왜 미리 그렇게 하지 않았소?"

"우린…… 그럴 수 있다는 걸…… 몰랐어요."

"하지만 시험해 보지도 않았잖소." 아이다호가 말했다. 그리고 펼쳐진 책으로 다시 시선을 돌리며 말을 이었다. "그러니 형편없는 대장이지."

"그는 너무 사악해요!"

아이다호는 책에서 한 구절을 읽은 후에야 다시 시오나에게 시선을 돌렸다. "그 말로는 그를 거의 설명할 수 없소. 이 책을 모두 읽었소?"

"한마디도 빼지 않고 읽었어요! 여러 번 읽은 구절도 있다고요."

아이다호는 펼쳐진 페이지를 바라보며 소리 내어 읽었다. "'나는 내가 의도했던 것을 만들어냈다. 내 제국 전역에 걸친 강력한 영적 긴장. 그것의 힘을 감지하는 사람은 거의 없다. 내가 어떤 에너지로 이런 상황을 만들어냈느냐고? 난 그렇게 강하지 않다. 내가 소유한 유일한 힘은 개인들의 번영에 대한 통제력이다. 그것이 내가 하고 있는 모든 일들의 총체이다. 그럼 왜 사람들은 다른 이유들로 나의 존재를 구하는 걸까? 그들이 내 앞에 도달하려고 무익한 시도를 하다가 확실한 죽음을 맞는 이유가 무엇일까? 그들은 성인(聖人)이 되고 싶어 하는 건가? 그렇게 해서 자기들이 신과 같은 시야를 얻는다고 생각하는 건가?'"

"그는 최고의 냉소주의자예요." 시오나가 말했다. 울음기가 역력한 목소리였다.

"그가 당신을 어떻게 시험했소?" 아이다호가 물었다.

"그는 내게…… 자신의 황금의 길을 보여주었어요."

"그것참 편리하군……."

"그건 진짜예요, 던컨." 시오나가 그를 올려다보았다. 흘리지 못한 눈물 때문에 그녀의 눈이 반짝였다. "하지만 만약 그것이 '항상' 우리 '신'황제의 이유였다 해도 그의 지금 모습에 대한 이유는 되지 못해요!"

아이다호는 깊이 숨을 들이쉰 다음 입을 열었다. "아트레이데스가 이 지경이 되다니!"

"'벌레'는 반드시 사라져야 해요!"

"그가 언제 도착하는지 궁금하군."

"가룬의 쥐새끼 같은 친구는 말해 주지 않았어요."

"우리가 물어봐야겠소."

"우리에겐 무기가 없어요."

"나일라가 레이저총을 갖고 있소. 우리에겐 칼과…… 밧줄이 있지. 가룬의 창고에서 밧줄을 보았소."

"'벌레'한테 그걸 쓴다고요? 우리가 나일라의 레이저총을 얻을 수 있다 하더라도 그걸로는 그를 건드릴 수 없다는 걸 알잖아요."

"하지만 그의 수레도 레이저총을 막아낼까?"

"난 나일라를 믿지 않아요."

"그녀는 당신에게 복종하지 않소?"

"그래요, 하지만……."

"한 번에 한 발짝씩 나가기로 합시다. 나일라에게 '벌레'의 수레에 레이저총을 쏘겠느냐고 물어봐요."

"만약 그녀가 거절한다면?"

"그녀를 죽여요."

시오나는 자리에서 일어서며 책을 옆으로 던졌다.

"'벌레'가 투오노에 어떻게 올 것 같소? 보통 오니숍터에 타기에는 그의 몸이 너무 크고 무거운데." 아이다호가 물었다.

"가룬한테 물어보면 되죠. 아마 그는 여느 때와 같은 방식으로 올 거예요." 시오나는 사리르의 경계선인 '벽'을 감춰주고 있는 천장을 올려다보았다. "난 그가 수행원들을 모두 이끌고 행렬을 지어 올 거라고 생각해요. 제국 가도를 따라오다가 반중력 장치를 이용해서 이곳으로 내려오겠죠." 그녀는 아이다호를 바라보며 말을 이었다. "가룬은 어쩌죠?"

"그는 이상한 사람이오. 필사적으로 진짜 프레멘이 되고 싶어 하지. 그는 자기가 내 시대의 그들 모습과 전혀 다르다는 걸 알고 있소."

"당신의 시대에 그들은 어떤 모습이었는데요, 던컨?"

"그들은 자기들의 모습을 묘사하는 말을 가지고 있었소. '함께 죽고 싶지 않은 사람과는 절대로 동행이 되어서는 안 된다.'"

"이걸 가룬에게 말해 주었나요?"

"그렇소."

"그의 반응은?"

"그는 자기가 만난 사람 중에 그런 사람은 나뿐이라고 했소."

"가룬이 어쩌면 가장 현명한 건지도 모르겠군요." 그녀가 말했다.

※≫◇

인간이 성취한 모든 것 중에서 가장 불안정한 것이 권력이라고 생각하는가? 그렇다면 이 내재적인 불안정성의 분명한 예외는 어찌해야 하는가? 일부 가문들은 오래도록 지속된다. 매우 강력한 종교적 관료주의가 오래도록 유지된 사례들도 알려져 있다. 믿음과 권력의 관계를 생각하라. 그들 각자가 서로에게 의존하고 있을 때, 그들이 상호 배타적인가? 베네 게세리트는 수천 년 동안 믿음이라는 충성스러운 벽 안에서 상당한 안정을 누리고 있다. 그러나 그들의 권력은 어디로 사라져버린 걸까?

—『도난당한 일기』

모네오가 삐친 목소리로 말했다. "폐하, 저한테 시간을 더 주셨다면 좋았을 텐데요."

그는 요새 밖에서 정오의 짧막한 그림자 속에 서 있었다. 레토는 그의 바로 앞에서 거품 덮개를 뒤로 젖힌 황제의 수레 위에 누워 있었다. 그는 흐위 노리와 함께 주위를 유람하는 중이었는데, 흐위는 거품 덮개의 경계선 안쪽으로 레토의 얼굴 바로 옆에 새로 설치된 좌석을 차지하고 있었다. 흐위는 주위 사람들이 점점 더 부산하게 움직이기 시작하는 것에 오로지 호기심만 느끼고 있는 것 같았다.

'저 여자는 정말 침착하군.' 모네오는 생각했다. 그는 그녀에 대해 말키에게서 들은 이야기를 생각하며 자기도 모르게 몸이 부르르 떨리는 것을 억눌렀다. 신황제의 말이 옳았다. 흐위는 겉으로 보이는 모습 그대로였다. 최고로 다정하고 분별 있는 인간. '그녀가 정말로 나와 짝을 지으려 했을까?' 모네오는 속으로 질문을 던져보았다.

다른 문제들 때문에 그의 생각이 그녀에게서 멀어졌다. 레토가 반중력 장치를 작동시킨 수레를 타고 흐위에게 요새 주위를 구경시켜 주는 동안, 조신들과 물고기 웅변대의 대부대가 이곳에 집합했다. 조신들은 모두 눈부신 빨간색과 황금색이 가장 두드러지는, 잔치 때 입는 화려한 옷들을 입고 있었다. 물고기 웅변대는 최고의 암청색 제복을 입고 있었는데, 그들을 서로 구분해 주는 것은 각각 다른 색깔로 된 파이프 모양의 계급장과 매 모양 장식뿐이었다. 짐을 실은 반중력 썰매 행렬이 뒤쪽에 멈춰 서 있었다. 썰매를 끄는 물고기 웅변대원들도 함께였다. 흥분의 소리와 냄새, 그리고 흙먼지가 허공을 가득 채웠다. 대부분의 조신들은 목적지가 어디인지 듣고는 곤혹스럽다는 반응을 보였다. 자기들이 쓸 텐트와 대형 천막을 즉시 구입하는 사람들도 있었다. 이 물건들은 다른 짐덩어리들과 함께 미리 출발해서 지금 투오노가 보일락 말락 한 지점의 모래 위에 쌓여 있었다. 황제를 수행하는 물고기 웅변대원들은 축제 기분에 젖지 않았다. 그들은 레이저총을 들고 갈 수 없다는 말을 들었을 때 큰 소리로 불평을 늘어놓았다.

"시간을 조금만 더 주십시오, 폐하." 모네오가 말했다. "전 아직도 어떻게 해야 할지 모르겠습니다. 우리가……."

"많은 문제들을 해결하는 데 있어서 시간을 대체할 수 있는 것은 없다. 그러나 시간에 너무 의지하게 될 수도 있지. 난 더 이상의 지체를 용납할 수 없다." 레토가 말했다.

"그곳에 도착하는 데만도 사흘이 걸릴 겁니다." 모네오가 투덜거렸다.

레토는 그 시간에 대해 생각해 보았다. 행렬이 보통 걸음과 속보를 빠르게 반복하며…… 180킬로미터를 가야 했다. 그래, 사흘이 걸릴 터였다.

"중간의 휴식 장소를 그대가 훌륭하게 준비해 놓았을 것이라고 믿는다. 근육에 쥐가 난 사람들을 위해 뜨거운 물도 많이 준비했겠지?" 레토가 말했다.

"그런대로 편안히 쉴 수 있게 준비했습니다. 하지만 이런 시기에 요새를 떠나는 것이 마음에 들지 않습니다. 폐하께서도 그 이유를 아시지 않습니까!"

"우리에게는 통신 장비도 있고 충실한 보좌관들도 있다. 조합은 적절하게 억제해 두었다. 마음을 가라앉혀라, 모네오."

"요새에서 예식을 치를 수도 있었습니다!"

대답 대신 레토는 거품 덮개를 덮어 자신을 흐위와 함께 고립시켰다.

"위험이 있는 겁니까, 레토?" 그녀가 물었다.

"위험은 항상 있지."

모네오는 한숨을 쉬고 몸을 돌려 동쪽을 향한 제국 가도의 긴 오르막길이 시작되는 지점을 향해 종종걸음을 쳤다. 그 오르막길이 끝나면 제국 가도는 사리르를 돌아 남쪽으로 휘어졌다. 레토는 황실 집사장 뒤에서 수레를 작동시키며 잡다한 일행이 뒤에서 따라오는 소리를 들었다.

"일행이 모두 움직이고 있는 건가?" 레토가 물었다.

흐위는 살짝 뒤를 돌아 주위를 둘러보았다. "예." 그리고 그의 얼굴로 다시 시선을 돌리며 말을 이었다. "모네오가 왜 그렇게 까다롭게 군 거죠?"

"방금 자신의 곁을 떠난 순간이 영원히 손에 닿지 않는 곳으로 가버린다는 사실을 알게 돼서 그렇다."

"당신이 작은 요새에서 돌아온 후로 그는 아주 뚱해져서 어디 다른 곳에 정신을 빼앗기고 있는 것 같습니다. 전혀 예전 같지 않아요."

"그는 아트레이데스다, 내 사랑. 그리고 당신은 아트레이데스를 기쁘게 해주도록 만들어졌지."

"그렇지 않습니다. 만약 그런 거였다면 제가 알았을 거예요."

"그래……. 뭐, 모네오는 죽음의 현실 또한 발견한 것 같더군."

"당신이 모네오와 함께 작은 요새에 있을 때는 어떻죠?"

"그곳은 내 제국에서 가장 고독한 곳이다."

"제 질문을 피하시는 것 같은데요."

"아니다, 내 사랑. 나도 그대와 마찬가지로 모네오를 걱정하고 있어. 하지만 지금은 내가 어떤 설명을 해줘도 그에게 도움이 되지 않을 것이다. 모네오는 함정에 갇혔다. 그는 현재 속에서 사는 것이 어려우며, 미래 속에서 살아가는 것은 무의미하고, 과거 속에서 사는 것은 불가능하다는 것을 알게 되었다."

"제가 보기엔 그를 함정 속에 가둔 사람이 당신 같습니다, 레토."

"하지만 그는 반드시 스스로를 해방시켜야 한다."

"왜 당신이 그를 해방시켜 줄 수 없는 거죠?"

"그가 내 기억이 자유의 열쇠라고 생각하고 있으니까. 그는 내가 우리의 과거를 재료로 미래를 구축하고 있다고 생각한다."

"언제나 그런 것이 아니었나요, 레토?"

"아니다, 사랑스러운 흐위."

"그럼 어떤 거죠?"

"대부분의 사람들은 만족스러운 미래가 이상화된 과거로의 회귀를 요구한다고 믿는다. 그런 과거는 사실상 한 번도 존재한 적이 없는데."

"그리고 당신은 그 모든 기억들 덕분에 그렇지 않다는 걸 알고 있군요."

레토는 두건 속에서 얼굴을 돌려 그녀를 물끄러미 바라보며 탐색했다……. 그리고 기억했다. 자기 내면의 다중 속에서 그는 어떤 혼합물, 유전적으로 흐위와 비슷한 어떤 것을 만들어낼 수 있었다. 그러나 그것은 살아 있는 실물에 한참 미치지 못했다. 물론, 그것으로 끝이었다. 과거는 줄지어 늘어서서 숨을 헐떡이는 물고기의 눈처럼 밖을 노려보는 눈들이 되었다. 그러나 흐위는 약동하는 생명이었다. 그녀의 입은 델포이의 영창을 위해 만들어진 그리스 식 곡선을 그렸지만, 예언의 말들을 흥얼거리는 경우는 없었다. 그녀는 살아 있는 것으로 만족했으며 끊임없이 봉오리를 펼쳐서 향기로운 꽃송이가 되는 식물처럼 열리는 사람이었다.

"왜 그런 식으로 저를 보세요?" 그녀가 물었다.

"그대에 대한 사랑의 빛을 쬐고 있었다."

"사랑, 그렇죠." 그녀가 미소를 지었다. "저는 우리가 육체의 사랑을 나눌 수 없으니까 반드시 영혼의 사랑을 나눠야 한다고 생각합니다. 그걸 저와 함께 나누시겠어요, 레토?"

그는 깜짝 놀랐다. "내 영혼에 대해 묻는 건가?"

"틀림없이 다른 사람들도 물어보았겠죠."

그는 짧게 말했다. "내 영혼은 자신의 경험들을 소화한다. 그뿐이야."

"제가 너무 많은 것을 요구한 건가요?"

"나는 그대가 무엇을 요구하든 지나치지 않다고 생각한다."

"그럼 저는 우리의 사랑을 이용해서 당신과 다른 의견을 말해야겠군요. 말키 숙부는 당신의 영혼에 대해 이야기했어요."

그는 대답할 수 없었다. 그녀는 그의 침묵을 말을 계속하라는 권유로 받아들였다. "숙부는 당신이 영혼을 탐색하는 데 최고의 솜씨를 지녔다고 말했습니다. 그리고 당신의 영혼을 가장 먼저 탐색한다고도 했죠."

"하지만 그대의 숙부 말키는 자기에게 영혼이 있다는 걸 부정했어!"

그녀는 그의 목소리가 냉혹하다는 것을 깨달았지만 굴하지 않았다. "그래도 저는 숙부의 말이 옳았다고 생각해요. 당신은 영혼의 천재예요. 눈부시게 뛰어나죠."

"사람에게 필요한 것은 꾸준하게 지속되는 끈기뿐이다. 눈부신 재능이 아냐."

행렬은 이제 사리르의 경계선인 '벽'의 꼭대기로 향하는 긴 오르막길을 한창 올라가고 있었다. 그는 수레의 바퀴를 내리고 반중력 장치를 껐다.

흐위가 부드럽게 말했다. 수레바퀴의 삐걱거리는 소리와 사방에서 사람들이 뛰는 소리 때문에 그녀의 목소리가 거의 들리지 않을 정도였다. "그건 그렇고, 제가 당신을 내 사랑이라고 불러도 되나요?"

그는 이제 더 이상 완전히 인간의 것이 아닌 자신의 목구멍이 메어왔던 과거의 기억을 떠올리며 말했다. "그래."

"저는 익스 인으로 태어났어요, 내 사랑. 제가 그들처럼 우리 우주에 대한 기계적인 시각을 갖고 있지 않은 이유가 뭘까요? 내 시각이 어떤 건지 알고 있나요, 사랑하는 레토?"

그가 할 수 있는 것이라고는 그저 그녀를 물끄러미 바라보는 것뿐이었다.

"저는 모퉁이를 돌 때마다 불가사의를 느껴요." 그녀가 말했다.

레토가 갈라진 목소리로 말했다. 그 자신이 듣기에도 성난 것처럼 들리는 목소리였다. "사람들은 각자 자신만의 불가사의를 만들어낸다."

"저한테 화내지 마세요, 내 사랑."

또다시 그 끔찍하게 갈라진 목소리가 나왔다. "내가 그대에게 화를 내는 것은 불가능하다."

"하지만 예전에 당신과 말키 사이에 뭔가가 있었어요. 숙부는 그게 뭔지 절대 말하려 하지 않았지만, 당신이 왜 자기를 살려줬는지 궁금하다는 생각을 자주 한다고 말했어요." 그녀가 말했다.

"그건 그가 내게 가르쳐준 것 때문이다."

"당신들 두 사람 사이에 무슨 일이 있었던 거죠, 내 사랑?"

"말키에 대해서는 얘기하고 싶지 않아."

"부탁이에요, 내 사랑. 제가 그걸 아는 게 아주 중요하다는 느낌이 들어요."

"난 말키에게 어쩌면 사람들이 발명해서는 안 되는 것이 있을지도 모른다고 했다."

"그게 전부인가요?"

"아니." 그는 마지못해 말을 이었다. "내 말이 그를 화나게 했다. 그는 이렇게 말했지. '새들이 없는 세상이라면 인간이 비행기를 발명하지 않을 거라고 생각하십니까! 정말 멍청하시군요! 인간들은 무엇이든 발명할 수 있습니다!'"

"숙부가 당신더러 멍청이라고 했어요?" 흐위가 충격받은 목소리로 말했다.

"그가 옳았다. 그리고 부인했지만 그는 진실을 말한 거였어. 그는 발명품으로부터 도망치는 데에는 이유가 있다는 것을 내게 가르쳐주었다."

"그럼 당신은 익스 인들을 두려워하는 건가요?"

"물론이지! 그들은 재앙을 발명할 수 있다."

"그럴 때 당신이 하실 수 있는 일이 뭐죠?"

"더 빨리 도망쳐야지. 역사는 발명과 재앙 사이의 끝없는 경주다. 교육이 도움이 되지만 결코 충분하지는 않아. 그대도 도망쳐야 한다."

"당신의 영혼을 제게 나눠주고 있군요, 내 사랑. 아세요?"

레토는 그녀에게서 시선을 돌려 모네오의 등에, 그의 움직임에 너무나 분명하게 드러나 있는, 비밀을 잘 싸서 감춰놓은 척하는 태도에 초점을 맞췄다. 행렬은 이제 처음의 완만한 비탈길을 벗어났다. 길이 꺾이며 서쪽 고리벽으로 올라가기 시작했다. 모네오는 항상 움직이던 방식대로 움직였다. 한 발을 다른 발 앞에 내밀고 자기 발이 놓이게 될 땅을 의식하는 자세. 그러나 지금 그에게는 뭔가 새로운 것이 있었다. 레토는 그가 멀어져가는 것을 느꼈다. 그는 수도사의 두건을 쓴 것 같은 황제의 얼굴 옆에서 행진하는 것에 이제 더 이상 만족하지 못했고, 이제 더 이상 자신을 주인의 운명에 맞추려고 애쓰지도 않았다. 동쪽으로 조금 떨어진 곳에서 사리르가 기다리고 있었다. 서쪽에는 강과 숲들이 있었다. 모네오는 왼쪽도, 오른쪽도 바라보지 않았다. 그는 이미 다른 목적지를 본 것이다.

"제 질문에 대답하시지 않네요." 흐위가 말했다.

"그대는 이미 대답을 알고 있다."

"그래요. 전 당신에 대해 조금 이해하기 시작했어요. 당신의 두려움이 조금 느껴져요. 그리고 당신이 살고 있는 곳이 어디인지 벌써 알 것 같아요."

그는 깜짝 놀란 표정으로 그녀를 향해 시선을 돌렸다. 그리고 자신이 그녀의 시선 속에 갇혀버렸음을 깨달았다. 놀라운 일이었다. 그는 그녀에게서 눈을 돌릴 수 없었다. 깊은 두려움이 그의 몸을 꿰뚫고 지나가면서 손이 움찔거리기 시작했다.

"당신은 존재에 대한 두려움과 존재에 대한 사랑이 결합된 곳에서 살고 있어요. 모든 것이 한 사람 속에 결합된 곳에서." 그녀가 말했다.

그는 눈도 깜박거릴 수 없었다.

"당신은 신비가예요. 당신이 자신에게 상냥한 것은 당신이 그 우주의 중심에서 밖을 내다보고 있기 때문에, 다른 사람들이 볼 수 없는 방향을 보고 있기 때문일 뿐이에요. 당신은 이걸 다른 사람들과 나누는 걸 두려워하면서도 무엇보다도 함께 나누고 싶어 해요."

"그대는 무엇을 보았나?" 그가 속삭이듯 말했다.

"제게는 내면의 눈도, 내면의 목소리도 없어요. 하지만 제기 그 영혼을 사랑하는 사람, 저의 주인 레토를 보았어요. 그리고 당신이 진정으로 이해하는 유일한 것을 알게 되었죠."

그는 그녀가 무슨 말을 할지 두려워하면서 그녀의 시선으로부터 눈을 떼어냈다. 손의 떨림이 앞쪽 체절 전체에서 느껴졌다.

"사랑, 당신이 이해하는 것이 그거예요. 사랑, 그게 전부예요."

손의 떨림이 멈췄다. 양 뺨을 타고 눈물 한 방울이 흘러 내려왔다. 눈물이 두건에 닿자 파란색 연기가 여러 줄기로 터져 나왔다. 그는 타는 듯한 감각을 느끼며 그 고통에 감사했다.

"당신은 생명에 대해 믿음을 갖고 있어요. 사랑의 용기는 오로지 그 믿음 속에만 존재한다는 걸 전 알아요."

흐위는 왼손을 뻗어 그의 뺨에서 눈물을 닦아주었다. 두건이 손길을 막기 위해 여느 때처럼 반사적인 반응을 보이지 않는다는 사실에 그는 깜짝 놀랐다.

"알고 있나? 내가 이렇게 된 이후로 내 뺨에 손을 댄 사람은 그대가 처음이라는 걸?"

"하지만 저는 당신이 지금 어떤 존재인지, 과거에는 어떤 존재였는지 알고 있어요."

"과거에 내가 어떤 존재였는지……. 아아, 흐위. 과거의 나는 이 얼굴이 되었을 뿐이다. 다른 모든 것들은 기억의 그림자들 속에서 잊히고…… 숨고…… 사라졌다."

"제가 볼 수 없을 정도로 숨은 건 아니에요, 내 사랑."

그는 그녀를 똑바로 바라보았다. 그녀의 시선에 붙들리는 것이 이제는 두렵지 않았다. "익스 인들은 자기들이 그대의 안에 무엇을 창조해 놓았는지 혹시 알고 있을까?"

"안심하세요, 레토, 내 영혼의 사랑. 그들은 몰라요. 당신은 제가 저 자신을 완벽하게 드러내 보여준 최초의 사람이자 유일한 사람이에요."

"그렇다면 나는 어쩌면 존재했을지도 모르는 과거를 슬퍼하지 않겠다. 그래, 내 사랑. 나는 내 영혼을 그대와 함께 나누겠다." 그가 말했다.

그것을 모양을 바꿀 수 있는 기억으로 생각하라. 너희와 너희의 동료들을 부족의 방식으로 향하게 하는, 너희 안의 이 힘 말이다. 이 유연한 기억은 고대의 형태, 부족 사회로 돌아가려고 한다. 그것은 너희의 사방에 있다. 봉토, 교구, 회사, 부대, 스포츠클럽, 무용단, 반란자들의 세포 조직, 기획 위원회, 기도단……. 이들은 각자 주인과 종, 숙주와 기생충을 갖고 있다. 그리고 수많은 소외 장치들(지금 이 언어도 포함해서!)은 결국 '과거의 좋았던 시절'로의 회귀에 찬성하는 주장들에 편입된다. 나는 너희에게 다른 방식들을 가르치는 걸 포기한다. 너희는 집단에 저항하는 명백한 생각들을 갖고 있다.

—『도난당한 일기』

아이다호는 일부러 애쓰지 않아도 이곳을 오를 수 있음을 알았다. 틀레이랙스 인들이 배양해 준 이 몸은 틀레이랙스 인들이 짐작조차 하지 못했던 것들을 기억하고 있었다. 원래의 그가 지녔던 젊음은 억겁의 세월 속에서 사라져버렸는지 몰라도, 그의 근육들은 틀레이랙스 인들 덕분에 아직 젊었으며, 위로 오르는 동안 자신의 어린 시절을 망각 속에 묻어버릴 수 있었다. 그 시절에 그는 고향 행성의 높은 바위들 속으로 도망쳐 생존을 배웠다. 지금 앞에 있는 돌덩이들이 인간의 손으로 이곳에 옮겨진 것이라는 사실은 중요하지 않았다. 이 돌덩이들 역시 오랜 세월 동안 비바람에 시달리며 다듬어져 있었다.

아침 태양이 아이다호의 등에 뜨겁게 닿았다. 시오나가 한참 아래쪽에서 비교적 쉬운 보조 위치인 좁은 선반 모양 돌에 도달하려고 애쓰는 소리가 들렸다. 그 위치는 아이다호에게 사실상 아무 쓸모가 없었다. 그러나 그들이 이 길을 시도해야 한다는 데에 시오나가 마침내 동의한 것은 그 보조 위치에 대한 주장 때문이었다.

그들.

그녀는 그가 혼자서 시도할지도 모른다는 것에 반발했다.

나일라, 그녀의 물고기 웅변대 보좌관 세 명, 가룬, 그리고 박물관 프레멘들 중에서 선택된 세 명이 사리르를 둘러싸고 있는 '벽'의 아래쪽 모래 위에서 기다리고 있었다.

아이다호는 벽의 높이를 생각하지 않았다. 손과 발을 다음에 놓을 장소만 생각했다. 그리고 어깨에 둘러멘 가벼운 밧줄 다발을 생각했다. 밧줄은 이 벽의 높이였다. 그는 땅 위에서 벽의 높이를 쟀다. 자신의 발걸음 숫자를 센 것이 아니라 모래 위에서 삼각측량을 한 것이다. 밧줄의 길이가 충분히 길다면 충분히 긴 것이었다. 벽은 밧줄의 길이만큼 높았다. 생각의 방식을 바꾼다면 그것은 그의 정신을 둔하게 만들 뿐이었다.

눈에는 보이지 않지만 손을 놓을 수 있는 자리를 찾아 돌을 더듬으면서 아이다호는 깎아지른 듯 아무것도 없는 표면을 올라갔다……. 아니, 그렇게 아무것도 없지는 않았다. 바람과 모래, 심지어는 약간의 비까지, 그리고 추위와 더위의 힘 등이 3000년이 넘는 세월 동안 이곳에서 침식 능력을 발휘했다. 꼬박 하루 동안 아이다호는 벽 아래의 모래 위에 앉아 '시간'이 성취해 놓은 것을 자세히 살펴보았다. 그리고 머릿속으로 특정한 무늬들을 정리했다. 비스듬히 기울어진 그림자, 가느다란 선, 우수수 부스러지고 있는 튀어나온 부분, 여기저기 돌이 자그맣게 돌출된 부분.

그의 손가락이 꿈틀거리며 날카롭게 갈라진 틈 속으로 올라갔다. 그는 그곳이 자신의 몸무게를 지탱할 수 있는지 조심스럽게 시험해 보았다. 그래, 지탱할 수 있었다. 그는 따스한 돌 표면에 얼굴을 밀착시키고 위도 아래도 바라보지 않은 채 잠깐 쉬었다. 그는 그저 '이곳'에 있을 뿐이었다. 모든 것은 적당한 속도의 문제였다. 어깨가 너무 일찍 지치면 안 되었다. 발과 팔에 걸리는 무게를 조절해야 했다. 손가락은 어쩔 수 없이 상처를 입었지만, 뼈와 힘줄이 버텨주는 한 피부는 무시해도 상관없었다.

다시 그는 위로 기어 올라갔다. 작은 돌조각 하나가 손에서 깨져 나갔다. 흙먼지와 파편들이 오른쪽 뺨을 가로질러 떨어졌지만 그는 그것을 느끼지도 못했다. 그의 의식의 모든 조각들은 표면을 더듬는 손과 손톱만큼 돌출된 곳에 얹힌 발의 균형에 집중되어 있었다. 그는 티끌이었다. 중력에 도전하는 입자였⋯⋯. 여기에서는 손가락으로 버티고, 저기에서는 발가락으로 버텼으며, 때로는 순전히 의지력만으로 돌 표면에 매달렸다.

급조한 쐐기못 아홉 개가 주머니를 불룩하게 만들었지만 그는 그것들을 사용하지 않으려 했다. 쐐기못과 똑같이 급조한 망치가 짧은 끈에 매달려 허리띠에서 덜렁거렸다. 그의 손가락은 그 짧은 끈의 매듭을 기억하고 있었다.

나일라는 힘든 상대였다. 그녀는 자신의 레이저총을 포기하려 하지 않았다. 그러나 자신들과 동행하라는 시오나의 직접적인 명령에 복종했다. 이상한 여자⋯⋯ 이상하게 순종적인 여자.

"당신은 내게 복종하겠다고 맹세하지 않았나요?" 시오나가 다그치듯 물었다.

그러자 나일라의 꺼리는 태도가 사라졌다.

나중에 시오나는 이렇게 말했다. "나일라는 내 직접적인 명령에 항상 복종해요."

"그럼 우리가 그녀를 죽일 필요가 없을지도 모르겠군." 아이다호가 말했다.

"난 그런 건 시도하고 싶지 않아요. 당신은 그녀의 힘과 민첩함에 대해 눈곱만큼도 모르는 것 같네요."

'과거와 같은 진정한 나입'이 되는 꿈을 갖고 있는 박물관 프레멘 가룬이 벽을 오르기 위한 무대를 마련해 주었다. 아이다호는 그에게 이렇게 물었다. "신황제는 무엇을 이용해서 투오노에 오시는 거요?"

"제 증조부 시절에 이곳을 방문하시면서 선택했던 바로 그 방법입니다."

"그 방법이 뭐죠?" 시오나가 그의 대답을 재촉했다.

그들은 레토 황제가 투오노에서 결혼할 거라는 사실이 발표되던 날 객사 바깥의 흙먼지 자욱한 그늘 속에 앉아 오후의 햇살을 피하고 있었다. 시오나와 아이다호가 가룬과 함께 앉아 있는 현관 계단 주위에는 가룬의 보좌관들이 반원형으로 쪼그려 앉아 있었다. 물고기 웅변대원 두 명이 귀를 쫑긋 세우고 근처를 어슬렁거렸다. 나일라가 곧 그곳에 도착할 예정이었다.

가룬은 마을 뒤쪽의 높다란 벽을 가리켰다. 햇빛 속에서 벽의 가장자리가 아련한 황금색으로 빛났다. "제국 가도는 저곳으로 이어져 있습니다. 그리고 신황제께서는 높은 곳에서 부드럽게 내려올 수 있는 장치를 갖고 계시죠."

"그건 황제의 수레 속에 설치된 거요." 아이다호가 말했다.

"반중력 장치군요. 나도 본 적 있어요." 시오나가 맞장구를 쳤다.

"제 증조부께서는 그들이 제국 가도를 따라왔다고 하셨습니다. 아주 대부대였다더군요. 신황제께서는 그 장치를 이용해서 우리 마을 광장으로 미끄러지듯 내려오셨습니다. 다른 사람들은 밧줄을 타고 내려왔고요."

아이다호가 생각에 잠긴 듯이 말했다. "밧줄이라."

"그들이 왜 왔던 거죠?" 시오나가 물었다.

"신황제께서 자신의 프레멘들을 잊지 않았다는 걸 확실히 하기 위해서. 제 증조부께서 그렇게 말씀하셨습니다. 그건 커다란 영예였지만 이번 결혼식만큼 대단한 건 아니었습니다."

아이다호는 가룬이 계속 얘기를 하는 동안 자리에서 일어났다. 근처에 높다란 벽을 선명하게 볼 수 있는 곳이 있었다. 중앙의 거리를 똑바로 따라 내려가 모래 속에 묻힌 벽의 발치에서 햇빛 속의 꼭대기를 올려다보는 것이었다. 아이다호는 객사 모퉁이로 성큼성큼 걸어가서 중앙 거리로 들어섰다. 그리고 거기서 걸음을 멈추고 시선을 돌려 벽을 바라보았다. 벽의 표면을 올라가는 것이 불가능하다고 모두들 말하는 이유를 첫눈에 알 수 있었다. 그런데도 그는 그 높이를 측정해 보자는 생각에 저항했다. 벽의 높이는 500미터일 수도 있었고, 5000미터일 수도 있었다. 더 자세히 살펴보니 중요한 사실이 드러났다. 벽을 가로질러 갈라진 틈들, 돌이 깨진 곳들, 심지어 바닥 쪽에서 공기 중을 떠다니는 모래 위로 약 20미터 높이에 있는 좁은 선반 모양의 돌까지……. 그리고 표면을 3분의 2쯤 올라간 곳에 튀어나온 또 다른 돌도.

그는 자신의 무의식이, 아주 오래되고 믿음직한 의식이 필요한 측정들을 실시해서 그 결과를 자신의 몸 크기와 비교하고 있음을 깨달았다. 던컨의 키만 한 길이가 수없이 이어져서 그곳에 이르렀고, 여기저기에 손으로 잡을 수 있는 곳이 있었다. 그의 손으로 잡을 수 있는 곳이. 그는 그곳을 올라가고 있는 자신을 벌써 느낄 수 있었다.

그렇게 초벌 조사를 하며 서 있을 때 그의 오른쪽 어깨 근처에서 시오나의 목소리가 들려왔다. "뭘 하는 거예요?" 시오나는 소리 없이 다가와서 그가 바라보는 곳을 같이 바라보고 있었다.

"난 저 벽을 오를 수 있소. 가벼운 밧줄을 가져가면 더 무거운 밧줄을 끌어 올릴 수도 있을 거요. 그럼 당신들도 쉽게 저곳을 오를 수 있겠지." 아이다호가 말했다.

가룬이 때마침 그들에게 다가와서 이 말을 들었다. "왜 저 벽을 오르려는 겁니까, 던컨 아이다호?"

시오나가 가룬에게 미소를 지으며 아이다호 대신 대답했다. "신황제를 신황제에게 알맞은 방식으로 맞이하기 위해서예요."

이건 그녀가 의심을 갖기 전, 그녀의 눈과 그렇게 '벽'을 오르는 것에 대한 무지가 처음의 자신감을 갉아먹기 전의 일이었다.

처음의 그 의기양양한 기분으로 아이다호가 물었다. "저 위에 제국 가도의 너비가 얼마나 되지?"

"전 한 번도 본 적이 없습니다. 하지만 아주 넓다고 들었습니다. 많은 사람들이 어깨를 나란히 하고 그 길을 행진할 수 있다고 하더군요. 그리고 저 위에는 다리도 여러 개 있습니다. 강을 바라볼 수 있는 곳들도. 그리고…… 그리고…… 아, 저기는 정말 굉장한 곳입니다." 가룬이 말했다.

"왜 당신은 저곳에 올라가서 당신 눈으로 직접 보지 않은 거요?" 아이다호가 물었다.

가룬은 그저 어깨를 으쓱하며 벽을 가리켰다.

그때 나일라가 도착했고, 벽을 오르는 것에 대한 논쟁이 시작되었다.

아이다호는 벽을 오르면서 그때의 논쟁을 생각했다. 나일라와 시오나의 관계는 정말 이상하기 짝이 없었다! 그들은 음모의 공범들 같았다…… 그러나 공모자들은 아니었다. 시오나가 명령하면 나일라는 복종했다. 그러나 나일라는 물고기 웅변대원이었고, 새로운 골라를 처음으로 조사하는 임무를 레토에게서 위임받은 '친구'였다. 그녀는 자신이 어렸을 때부터 제국 경찰에 있었음을 시인했다. 그녀의 힘은 정말 대단했다. 그 힘을 생각하면, 그녀가 시오나의 의지에 굴복하는 모습에 경외심이 들 정도였다. 나일라는 마치 자신에게 할 일을 일러주는 비밀스러운 목소리를 향해 귀를 기울이는 것 같았다. 그러고 나서야 그녀는 복종했다.

아이다호는 손을 놓을 또 다른 장소를 찾아 위를 더듬었다. 손가락이 돌 표면을 따라 꿈틀거리며 오른쪽 위로 뻗어 나가 마침내 자신이 파고들어갈 수 있는, 눈에 보이지 않는 틈을 찾아냈다. 그의 기억은 자연스럽게 벽을 올라갈 수 있는 길을 보여주었지만 몸이 그 길을 터득하는 방법은 그 길을 따라가는 것뿐이었다. 왼발이 발을 놓을 수 있는 자리를 찾고…… 더 위로…… 더 위로…… 천천히 시험하며 올라갔다. 이제 왼손이 올라갈 차례였다……. 틈은 없었지만 튀어나온 돌이 있었다. 그의 눈이, 그다음에는 턱이 밑에서 올려다보았던 높은 곳의 튀어나온 돌 위로 올라갔다. 그는 팔꿈치를 이용해 그 돌 위로 올라가서 몸을 굴려 누우며 잠시 쉬었다. 그리고 위도 아래도 아닌 바깥쪽을 바라보았다. 저 멀리 있는 것은 모래의 지평선이었다. 그 안에 흙먼지를 품은 산들바람이 시야를 제한했다. 그는 듄 시절에 그런 지평선을 여러 번 본 적이 있었다.

이윽고 시선을 돌려 벽을 마주 보며 무릎으로 몸을 일으키고 손을 뻗어 위를 더듬었다. 그리고 다시 올라가기 시작했다. 그가 아래에서 보았던 벽의 모습이 머릿속에 남아 있었다. 눈을 감기만 하면 벽의 무늬들이 어렸을 때 하코넨의 노예 사냥꾼들을 피해 숨어 있으면서 배웠던 방식 그대로 그곳에 박혀 있었다. 손가락 끝이 억지로 파고 들어갈 수 있는 틈을 찾아냈다. 그는 손톱을 이용해서 위로 올라갔다.

나일라는 아래에서 그 모습을 지켜보며 벽을 오르는 사람에게 점점 더 커져가는 친근감을 느꼈다. 아이다호의 모습은 거리 때문에 벽 위에 달라붙은 너무나 작고 고독한 물체로 축소되어 있었다. 그는 중대한 결정들을 품은 채 혼자가 되는 것이 어떤 경험인지 틀림없이 알게 되었을 것이다.

'그의 아이를 갖고 싶어. 우리 두 사람의 아이는 강하고 수완이 좋을 거야. 신께서는 시오나와 저 남자의 아이에게서 무엇을 원하시는 것일까?'

나일라는 동트기 전에 잠에서 깨어 마을 변두리에 있는 나지막한 모래언덕 꼭대기까지 걸었다. 아이다호가 제안한 이번 일을 생각하기 위해서였다. 멀리서 흙먼지가 구불구불한 천 조각처럼 친숙하게 자리 잡고 있는 가운데 희뿌옇게 날이 밝았다. 그리고 사리르의 강철같은 낮과 불길한 거대함이 뒤를 따랐다. 그 순간 그녀는 이런 문제들을 신께서 예상하셨음에 틀림없다는 것을 깨달았다. 신에게 무엇을 감출 수 있겠는가? 아무것도 숨길 수 없었다. 천국의 가장자리를 향해 올라가는 길을 더듬거리며 찾아가는 던컨 아이다호의 저 멀리 보이는 모습까지도.

아이다호가 벽을 오르는 모습을 지켜보는 동안 나일라의 정신이 그녀에게 장난을 쳐서 벽을 수평으로 쓰러뜨렸다. 아이다호는 울퉁불퉁한 표면을 기어가는 아이가 되었다. 그가 얼마나 작아 보이는지…… 그리고 점점 더 작아지고 있는지.

보좌관 한 명이 나일라에게 물을 내밀자 그녀는 그것을 마셨다. 물은 벽을 원래의 모습으로 돌려놓았다.

시오나는 첫 번째로 튀어나온 돌 위에 웅크리고 앉아서 몸을 밖으로 내밀어 위를 올려다보았다. "당신이 떨어지면 내가 올라가겠어요." 시오나는 아이다호에게 이렇게 약속했다. 나일라는 그때 그것이 이상한 약속이라고 생각했다. 두 사람 모두 왜 불가능한 일을 하고 싶어 하는 걸까?

아이다호는 이 불가능한 약속으로부터 시오나의 마음을 돌려놓지 못했다.

'이건 운명이다. 이건 신의 의지야.' 나일라는 생각했다.

그 둘은 똑같았다.

아이다호가 매달려 있던 곳에서 돌조각 하나가 떨어졌다. 이미 여러 번 있었던 일이었다. 나일라는 떨어지는 돌조각을 지켜보았다. 그것이 벽의 표면에 부딪혔다가 튀어나오기를 여러 번 반복하면서 아래로 내려오는 데에는 오랜 시간이 걸렸다. 그런 돌조각의 움직임은 벽의 표면에 깎아지른 듯 아무것도 없다는 눈의 감각이 옳은 것이 아님을 증명해 주었다.

'성공하거나 성공하지 못하거나 둘 중의 하나다. 어떤 결과든 모두 신의 의지야.' 나일라는 생각했다.

그러나 심장이 격렬하게 뛰었다. 아이다호의 모험이 마치 성행위와 같다는 생각이 들었다. 그건 수동적으로 성욕을 자극하는 것이 아니었다. 그녀를 사로잡는다는 면에서 보기 드문 마법과 비슷했다. 그녀는 아이다호가 자신을 위한 사람이 아니라는 사실을 계속해서 스스로에게 일깨워야 했다.

'그는 시오나를 위한 사람이다. 만약 그가 살아남는다면.'

만약 그가 실패하면 시오나가 나설 터였다. 시오나 역시 성공하거나 성공하지 못하거나 둘 중의 하나였다. 그러나 나일라는 만약 아이다호가 꼭대기에 도달하면 혹시 자신이 오르가슴을 경험하지는 않을까 궁금해졌다. 그는 이제 꼭대기에 아주 가까이 가 있었다.

아이다호는 돌조각이 떨어진 후 여러 번 심호흡을 했다. 지금은 안 좋은 순간이었고, 그는 벽 위의 만족스럽게 매달릴 수 있는 곳에 매달려서 서두르지 않고 힘을 회복했다. 벽을 잡고 있지 않은 손이 저절로 움직이듯이 다시 위를 더듬었다. 손은 부서지기 쉬운 곳을 꿈틀거리며 지나쳐 가느다란 틈 속으로 들어갔다. 그는 천천히 그쪽 손에 무게를 실었다. 천천히…… 천천히. 발끝을 놓을 만한 장소가 왼쪽 무릎에 느껴졌다. 그는 발을 들어 그곳에 놓고 그곳이 단단한지 시험을 해보았다. 기억은 그에게 정상이 가까이 있다고 말해 주었지만 그는 그 기억을 옆으로 밀어버렸다. 지금 존재하는 것은 벽을 오르는 것, 그리고 레토가 내일 도착한다는 사실뿐이었다.

'레토와 흐위가 오는 거지.'

그는 그것에 대해서도 생각할 수 없었다. 그러나 그 생각은 사라지려 하지 않았다. '정상…… 흐위…… 레토…… 내일…….'

이 모든 생각들이 필사적인 기분을 더욱 키워 어릴 적 바위산을 오르던 기억이 점점 더 현실처럼 느껴졌다. 그가 의식적으로 기억을 떠올릴수록 그의 능력들이 점점 더 많이 막혀버렸다. 그는 어쩔 수 없이 움직임을 멈추고 마음을 집중시켜 과거의 '자연스러운' 방법들로 돌아가기 위해 깊이 숨을 들이쉬었다.

하지만 그 방법들이 정말로 '자연스러운' 것일까?

그의 머릿속에 방해물이 있었다. 그는 뭔가가 자신을 침범하는 것을, 이제 돌이킬 수 없다는 것을 느낄 수 있었다……. 현실이 될 수도 있었지만 이제는 완전히 불가능해진 '숙명'이었다.

레토는 내일 저 위에 도착할 터였다.

아이다호는 돌 표면에 대고 있는 뺨 주위로 땀이 흐르는 것을 느꼈다.

'레토. 나는 당신을 물리칠 겁니다, 레토. 나 자신을 위해서, 흐위를 위해서가 아니라 오로지 나 자신을 위해서 당신을 물리칠 겁니다.'

뭔가가 깨끗하게 씻겨 나가는 듯한 감각이 몸 전체로 퍼져나가기 시작했다. 그건 그가 이곳을 오르기 위해 정신적으로 각오를 다지던 밤에 일어났던 일과 흡사했다. 시오나는 그가 잠을 이루지 못하는 것을 느끼고 그에게 얘기를 하기 시작했다. 금지된 숲을 필사적으로 달리던 때의 이야기와 강가에서 했던 자신의 맹세를 시시콜콜 들려주었다.

"이제 난 그의 물고기 웅변대를 지휘하겠다고 맹세했어요. 나는 그 맹세를 지킬 거예요. 하지만 그것이 그가 원하는 식으로 이루어지지 않기를 바라고 있어요."

"그가 원하는 것이 뭐지?" 아이다호가 물었다.

"그는 많은 목적들을 갖고 있어서 난 그걸 전부 볼 수 없어요. 과연 누가 '그를' 이해할 수 있겠어요? 난 내가 결코 그를 용서하지 않으리라는 걸 알고 있을 뿐이에요."

이 기억이 돌벽에 뺨을 대고 있다는 감각을 아이다호에게 되돌려주었다. 가벼운 산들바람 속에 땀이 이미 말라버려서 서늘한 추위가 느껴졌다. 그러나 그는 이제 자신의 중심을 찾았다.

'결코 용서하지 않는다.'

아이다호는 자신의 다른 자아들, 레토를 섬기다가 죽은 그 모든 골라들의 유령을 느꼈다. 시오나의 짐작을 믿어도 될까? 그래. 레토는 자신의 몸으로, 자신의 손으로 직접 생명을 죽일 수 있었다. 시오나가 들려준 소문들에는 진실의 느낌이 있었다. 그리고 시오나 역시 아트레이데스였다. 레토는 뭔가 다른 것이 되었다……. 이제 더 이상 아트레이데스가 아니고, 심지어 인간도 아니었다. 그는 살아 있는 생물이라기보다는 야만적인 자연 현상 같은 것이 되었다. 불투명해서 뚫고 들어갈 수 없는 자연 현상. 그의 모든 경험들은 그의 내면에 봉인되어 있었다. 시오나는 그에게 대항했다. 진짜 아트레이데스가 그에게 등을 돌렸다.

'지금 나처럼.'

야만적인 자연 현상, 그뿐이었다. 이 '벽'과 똑같았다.

아이다호의 오른손이 위를 더듬다가 날카롭게 튀어나온 돌을 발견했다. 그 위로는 아무것도 만져지지 않아서 그는 머릿속의 무늬 그림에서 이곳에 있던 널찍한 틈을 기억해 내려고 애썼다. 그는 자신이 정상에 도달했다고는 감히 믿을 수 없었다…… 아직은 아니었다. 손에 무게를 싣자 날카로운 돌 가장자리가 손가락을 베고 들어왔다. 그는 왼손을 같은 높이로 올려 붙들 곳을 찾은 다음 천천히 몸을 끌어 올렸다. 눈이 손과 같은 높이에 도달했다. 그는 밖을 향해 펼쳐져 있는 평평한 공간을 바라보았다……. 그 공간은 밖을 향해 푸른 하늘 속으로 펼쳐져 있었다. 그의 손이 움켜쥐고 있는 표면에는 비바람에 시달려 아주 오래전에 갈라진 틈들이 있었다. 그는 표면 위에서 손가락을 한 번에 하나씩 슬금슬금 움직이면서 그 틈들을 찾았다. 그러면서 가슴을 끌어 올리고…… 허리를…… 엉덩이를 끌어 올렸다. 그리고 몸을 굴리고 뒤틀면서 벽이 뒤로 한참 멀어질 때까지 기었다. 그때서야 두 발로 일어나 자신의 감각 기관들이 보고해 오는 것을 스스로에게 얘기해 주었다.

'정상이다.' 그는 쐐기못도 망치도 쓰지 않았다.

희미한 소리가 그에게 닿았다. 환호인가?

그는 가장자리로 다시 걸어가 아래를 내려다보며 그들에게 손을 흔들었다. 그래, 그들은 환호하고 있었다. 그는 뒤로 돌아서서 길의 중심까지 성큼성큼 걸어가며 의기양양한 흥분이 근육의 떨림을 가라앉히고 어깨의 통증을 달래주게 했다. 그는 천천히 제자리에서 한 바퀴를 돌면서 정상을 조사했다. 그리고 자신이 올라온 곳의 높이를 기억에 빗대어 마침내 어림짐작해보았다.

900미터…… 적어도 그 정도는 되었다.

제국 가도가 그의 관심을 끌었다. 그것은 온으로 가는 길에 보았던 것과는 달랐다. 그 길은 넓고 넓어서…… 폭이 적어도 500미터는 되었다. 바닥은 파손된 곳 하나 없는 매끈한 회색이었으며, 길의 가장자리는 벽의 가장자리로부터 100미터쯤 떨어져 있었다. 사람 키만 한 돌기둥들이 레토가 사용할 길을 따라 보초병처럼 늘어서서 길의 경계선을 표시했다.

아이다호는 사리르 반대편의 벽 끝으로 걸어가서 아래를 내려다보았다. 저 아래 아주 먼 곳에서 우당탕 흘러가는 강의 초록색 흐름이 축대 역할을 하는 돌덩이들에 자신을 후려쳐 거품으로 부서졌다. 그는 오른쪽을 바라보았다. 레토는 그쪽에서 올 터였다. 제국 가도와 벽이 부드럽게 오른쪽으로 휘어져 있었는데, 그 곡선이 시작되는 지점은 아이다호가 서 있는 곳에서 약 300미터 떨어진 곳이었다. 아이다호는 길로 돌아와서 곡선을 따라 길 가장자리를 걸었다. 곡선이 S 자를 그리며 좁아져서 완만한 내리막길이 되는 곳에서 걸음을 멈춘 그는 눈앞에 드러난 새로운 패턴을 보았다.

그 완만한 비탈길로부터 3킬로미터쯤 내려간 곳에서 길이 좁아지며 강의 협곡을 가로질렀다. 이렇게 멀리 떨어진 곳에서 보니 협곡에 세워진 다리의 몽환적인 트러스들이 비현실적인 장난감처럼 보였다. 아이다호는 온으로 가는 길에도 비슷한 다리가 있었던 것을 기억했다. 발밑에 느껴지던 다리는 현실이었다. 그는 자신의 기억을 믿으며, 군대 지휘관처럼 어쩔 수 없이 그 다리들을 생각했다. 그 다리들은 통로 아니면 함정이었다.

그는 왼쪽으로 움직여 아래쪽과 바깥쪽을 바라보며 그 몽환적인 다리가 고정되어 있는 저 건너편의 또 다른 높은 '벽'을 보았다. 길은 그곳에서도 계속 뻗어 나가 부드럽게 휘어지다가 다시 똑바로 북쪽을 향해 달리는 선이 되었다. 그 길을 따라 두 개의 벽이 있었고 벽 사이에는 강이 있었다. 강은 인간이 만든 깊은 구렁 속을 흘렀으며, 물 자체는 남쪽으로 흐르는 반면 강의 수분은 북쪽으로 떠가는 기류 속에 갇혀 함께 움직였다.

아이다호는 강을 무시해 버렸다. 강은 지금도, 내일도 그곳에 있을 것이다. 그는 다리에 시선을 고정하고 자신이 받은 군사 훈련을 동원해 다리를 조사했다. 그리고 고개를 한 번 끄덕인 다음 왔던 길을 되짚어가며 가벼운 밧줄을 어깨에서 들어 올렸다.

나일라가 오르가슴을 느낀 것은 밧줄이 뱀처럼 구불구불 아래로 내려오는 모습을 보았을 때였다.

내가 제거하고 있는 것이 무엇인가? 과거의 평화로운 보존에 대한 부르주아적인 열렬한 애정이다. 이것은 인류가 드넓은 우주 공간에서 서로 떨어져 있다는 환상을 가졌음에도 인류를 하나의 취약한 단위로 묶어주는 결속력이다. 만약 내가 그 흩어진 조각들을 찾을 수 있다면 다른 사람들도 찾을 수 있을 것이다. 함께 있을 때 사람들은 공통의 재앙을 공유한다. 함께 멸종될 수도 있다. 따라서 나는 미끄러지듯 움직이는 것, 열정이 없는 평범함, 야망도 목적도 없는 움직임의 무시무시한 위험을 보여준다. 나는 문명 전체가 이런 행동을 할 수 있음을 보여준다. 나는 소란이나 동요도 없이, 심지어 '왜?'라고 묻지도 않고 죽음을 향해 부드럽게 미끄러지는 억겁의 삶을 준다. 나는 거짓 행복과 레토, 신황제라고 불리는 재앙의 그림자를 준다. 이제 진짜 행복을 배우겠는가?

—『도난당한 일기』

레토는 동틀 무렵에 모네오가 객사에서 나왔을 때 잠에서 깨었다. 그는 밤 동안에 잠시 선잠을 잤을 뿐이다. 황제의 수레는 삼각형 뜰의 거의 중심부에 세워져 있었다. 수레 덮개는 한쪽 면이 불투명해지도록 조절되어 그 안을 감춰주었으며, 수분을 막기 위해 단단히 봉해져 있었다. 환풍기가 바삐 돌아가는 소리가 희미하게 들려왔다. 환풍기는 공기가 규칙적으로 건조 사이클을 통과하게 해주었다.

모네오가 수레로 다가오는 동안 그의 발이 뜰의 자갈들 위를 긁어댔다. 황실 집사장의 머리 위에서 새벽빛이 객사 지붕에 오렌지색 테두리를 둘렀다.

모네오가 수레 앞에서 멈춰 서자 레토는 수레의 덮개를 열었다. 공기 중에서는 누룩 같은 흙먼지 냄새가 났고 산들바람 속에 축적된 수분은 고통스러웠다.

"정오경에 투오노에 도착해야 합니다. 하늘을 지키기 위해 오니숩터를 허락하셨더라면 좋았을 텐데요." 모네오가 말했다.

"나는 오니숩터를 원하지 않는다. 우린 반중력 장치와 밧줄을 이용해서 투오노로 내려갈 수 있어."

레토는 이 짧은 대화 속에 포함된 인공적인 이미지들에 경탄했다. 모네오는 행렬을 지어 여행하는 걸 결코 좋아하지 않았다. 반란자로서 젊은 시절을 보낸 탓에 자신이 눈으로 볼 수 없거나 분류할 수 없는 것을 모두 의심했다. 그는 지금도 오만 가지 것들에 나름의 판정을 내렸다.

"제가 수송을 위해 오니숩터를 원하는 게 아니라는 걸 아시지 않습니까. 전 호위를 위해……."

"그래, 모네오."

모네오는 레토의 등 뒤로 열려 있는 뜰을 바라보았다. 뜰의 끝 부분은 강이 있는 협곡을 굽어보고 있었다. 깊은 협곡에서 올라온 안개가 새벽빛 때문에 급속하게 식어가고 있었다. 그는 그 협곡이 얼마나 아래까지 뚝 떨어져 있는지 생각해 보았다……. 그 아래로 떨어지면서 뒤틀리는 사람의 몸. 모네오는 자신이 협곡 가장자리로 가서 내려다볼 수 없음을 지난밤에 깨달았다. 급격하게 떨어져 내린 그 공간은 너무나…… 너무나 커다란 유혹이었다.

　모네오를 엄청난 경외심으로 가득 채우는 그 통찰력을 발휘하면서 레토가 말했다. "모든 유혹에는 교훈이 있다, 모네오."

　말문이 막힌 모네오는 시선을 돌려 레토의 눈을 똑바로 들여다보았다.

　"내 삶에서 그 교훈을 보아라, 모네오."

　"폐하?" 겨우 속삭임에 지나지 않는 목소리였다.

　"그들은 처음에는 악으로, 그다음에는 선으로 나를 유혹한다. 각각의 유혹은 나의 약점을 훌륭하게 감안해서 만들어져 있지. 말해 봐라, 모네오. 만약 내가 선을 선택한다면, 그것이 나를 선하게 만드는가?"

　"물론입니다, 폐하."

　"어쩌면 그대는 판정을 내리는 버릇을 영원히 버리지 못할지도 모르겠군."

　모네오는 다시 그에게서 시선을 돌려 깊은 협곡의 가장자리를 물끄러미 바라보았다. 레토도 몸을 굴려 모네오가 바라보는 곳을 바라보았다. 난쟁이 소나무들이 협곡 가장자리를 따라 심어져 있었다. 바늘 모양의 축축한 이파리들에는 이슬방울이 매달려 있었는데, 그 방울들 하나하나가 레토에게는 고통의 약속이었다. 그는 수레의 덮개를 덮어버리고 싶었지만 보석 같은 이슬방울들 속에는 그의 몸을 밀어내면서도 그의 기억을 끌어당기는 급박함이 있었다. 동시에 발생한 이 반대되는 현상이 그를 금방이라도 혼란으로 가득 채워버릴 것 같았다.

　"전 걸어서 돌아다니는 것이 정말로 싫습니다." 모네오가 말했다.

　"그건 프레멘의 방식이었다." 레토가 말했다.

　모네오는 한숨을 쉬었다. "몇 분 있으면 다들 준비가 될 겁니다. 제가 나올 때 흐위 님은 아침 식사를 하고 계셨습니다."

레토는 대답하지 않았다. 그는 밤의 기억들 속에 잠겨 있었다. 방금 지나간 밤과 그의 과거를 가득 채우고 있는 수많은 다른 밤들의 기억. 구름과 별들, 갈가리 찢긴 우주로부터 날아온 반짝이는 조각들 때문에 구멍이 숭숭 뚫린 광활한 암흑과 비, 그가 자신의 심장 박동 때문에 그러하듯이 밤 때문에 터무니없어진 밤들의 우주에 대한 기억이었다.

모네오가 갑자기 다그치듯 물었다. "폐하를 지키는 자들은 어디 있습니까?"

"식사를 하라고 내가 보냈다."

"폐하를 경비도 없이 놔두고 가다니요!"

모네오의 맑고 선명한 목소리가 레토의 기억 속에서 울리며 언어의 틀속에 들어 있지 않은 것들을 말했다. 모네오는 신황제가 존재하지 않는 우주를 두려워했다. 그는 그런 우주를 보느니 차라리 죽어버릴 터였다.

"오늘 무슨 일이 생기는 겁니까?" 모네오가 다그치듯 물었다.

그것은 신황제가 아니라 예언자에게 던지는 질문이었다.

"바람에 날려 온 씨앗 하나가 내일의 버드나무가 될 수 있지." 레토가 말했다.

"폐하께서는 우리의 미래를 아시지 않습니까! 왜 그걸 말씀해 주시지 않는 겁니까?" 모네오의 상태는 거의 히스테리에 가까웠다……. 그는 자신의 직접적인 감각 기관들에 잡히지 않는 모든 것을 거부했다.

레토는 고개를 돌려 황실 집사장을 노려보았다. 잔뜩 쌓인 감정이 역력히 드러난 시선이라 모네오는 몸을 움츠렸다.

"그대 자신의 존재를 책임져라, 모네오!"

모네오는 떨리는 숨을 깊이 들이쉬었다. "폐하의 심기를 해칠 뜻은 없었습니다. 저는 그저……."

"위를 보아라, 모네오!"

자기도 모르게 모네오는 이 명령에 복종해서 구름 한 점 없이 아침 햇살이 점점 강해지고 있는 하늘을 바라보았다. "뭡니까, 폐하?"

"그대의 머리 위에 안전한 천장은 없다, 모네오. 변화로 가득 찬 너른 하늘이 있을 뿐이야. 그것을 반가이 맞아들여라. 그대가 소유한 모든 감각들은 변화에 반응하기 위한 도구이다. 그래도 모르겠나?"

"폐하, 저는 그저 폐하께서 언제쯤 출발하실 수 있는지 여쭤보러 나왔을 뿐입니다."

"모네오, 제발 부탁이니 내게 진실해야 한다."

"저는 진실합니다, 폐하!"

"그러나 그대가 잘못된 믿음 속에 살고 있다면 그대에게는 거짓도 진실처럼 보일 것이다."

"폐하, 만약 제가 거짓을 말한다면…… 그건 제가 모르고 하는 짓입니다."

"그건 진실인 것 같군. 그러나 나는 그대가 두려워서 절대 말하지 않는 것이 무엇인지 알고 있다."

모네오는 벌벌 떨기 시작했다. 신황제의 기분은 지금 가장 무시무시한 상태였다. 그의 말 한마디 한마디에 깊은 위협이 들어 있었다.

"그대는 의식의 제국주의를 두려워하지. 그걸 두려워하는 건 옳은 일이다. 흐위를 즉시 이리로 보내라."

모네오는 홱 돌아서서 객사 안으로 도망치듯 들어갔다. 마치 그가 안으로 들어가면서 벌집을 건드린 것 같았다. 몇 초 되지 않아 물고기 웅변대원들이 나타나서 황제의 수레 주위에 포진했다. 조신들은 객사 창문으로 밖을 내다보거나, 밖으로 나와서도 그에게 다가오는 것을 두려워하며 처마 밑 깊숙한 곳에 서 있었다. 이런 소란과는 대조적으로 흐위가 곧 널찍한 중앙 현관에 나타나 씩씩한 걸음으로 그림자를 벗어났다. 그리고 턱을 치켜들고 눈으로 레토의 얼굴을 찾으면서 그를 향해 천천히 다가왔다.

레토는 그녀를 보면서 마음이 차분해지는 것을 느꼈다. 그녀는 전에 본 적이 없는 황금색 드레스를 입고 있었다. 드레스의 가장자리는 은색으로 장식되어 있었고, 목과 긴 소매의 끝동은 비취색이었다. 거의 땅바닥에 끌릴 듯한 치맛단에는 진홍색의 톱니 모양 장식 윤곽을 따라 짙은 초록색 실을 노끈처럼 꼬아 붙인 장식이 달려 있었다.

흐위가 그의 앞에서 걸음을 멈추며 미소를 지었다.

"좋은 아침이에요, 내 사랑. 당신이 무슨 짓을 했기에 가엾은 모네오가 저리 당황한 거죠?" 그녀가 부드럽게 말했다.

그녀의 모습과 목소리에 진정이 된 그가 미소를 지었다. "내가 항상 하고 싶어 하는 짓을 했지. 효과를 만들어냈어."

"정말 그러셨더군요. 모네오는 물고기 웅변대원들에게 당신이 화가 나서 무서운 상태라고 말했어요. 당신은 무서운 사람인가요, 내 사랑?"

"자신의 힘으로 살아가기를 거부하는 사람들에게만 그래."

"아아, 그렇군요." 그녀는 그를 위해 제자리에서 발끝으로 한 바퀴 돌며 새 드레스를 보여주었다. "마음에 드세요? 당신의 물고기 웅변대원들이 준 거예요. 그들이 이걸 직접 장식했어요."

"내 사랑." 그가 말했다. 경계심이 잔뜩 들어 있는 목소리였다. "장식이라니! 그건 희생물을 준비시킬 때 쓰는 거야."

그녀는 수레 가장자리로 다가와 그의 얼굴 바로 아래쪽에서 수레에 몸을 기댔다. 그녀의 입술에 짐짓 엄숙한 척하는 표정이 걸려 있었다.

"그럼 그들이 저를 희생시키려는 걸까요?"

"그렇게 하고 싶어 하는 사람들이 있을걸."

"하지만 당신이 허락하지 않겠죠."

"우리 운명이 하나가 되었으니까."

"그럼 전 두려워하지 않겠어요." 그녀는 손을 뻗어 은빛 피부로 덮인 그의 손을 어루만졌다. 그러나 그의 손가락이 떨리기 시작하자 재빨리 손을 떼어냈다.

"용서하세요, 내 사랑. 우리가 육체가 아니라 영혼으로 맺어져 있다는 걸 잊었어요."

모래송어 피부는 흐위의 손길 때문에 아직도 떨고 있었다. "공기 중의 수분은 나를 지나치게 민감하게 만들지." 그가 말했다. 천천히 떨림이 가라앉았다.

"난 가능하지 않은 일을 후회하는 짓은 하지 않을 거예요." 그녀가 속삭였다.

"강해져야 해, 흐위. 그대의 영혼은 내 것이니까."

그녀는 객사에서 나는 소리를 듣고 몸을 돌렸다. "모네오가 돌아오는 군요. 부탁이에요, 내 사랑. 그에게 겁을 주지 말아요."

"모네오도 그대의 친구인가?"

"저희의 위장이 친구예요. 저희 둘 다 요구르트를 좋아하죠."

모네오가 흐위 옆에서 걸음을 멈췄을 때까지도 레토는 계속 큭큭거리며 웃고 있었다. 모네오는 흐위에게 어리둥절한 시선을 던지며 용기를 내어 미소를 지었다. 황실 집사장의 태도에는 감사의 뜻이 깃들어 있었고, 그가 레토에게 익숙하게 보여주던 복종의 태도 중 일부가 이제는 흐위를 향하고 있었다. "안녕하십니까, 레이디 흐위?"

"안녕해요."

레토가 말했다. "위장의 시대에는 위장의 우정을 키우고 배양해야 한다. 이제 출발하자, 모네오. 투오노가 기다리고 있어."

모네오는 몸을 돌려 물고기 웅변대원들과 조신들에게 큰 소리로 명령을 외쳤다.

레토는 흐위를 향해 활짝 웃었다. "내가 조바심치는 신랑의 역할을 꽤나 멋지게 해내고 있지 않나?"

그녀는 치맛자락을 한 손에 모아 쥐고 수레의 침상 위로 가볍게 뛰어올랐다. 그는 접혀 있던 그녀의 좌석을 펴주었다. 그녀는 레토와 같은 높이에서 눈을 마주할 수 있는 자리에 앉은 후에야 그의 말에 대답했다. 그의 귀에만 들리도록 한껏 낮춘 목소리였다.

"내 영혼의 사랑, 이제 당신의 또 다른 비밀을 잡았어요."

"당신의 입술에서 그것을 해방시켜 줘." 그가 두 사람 사이의 새로운 친밀감을 즐기며 농담을 던졌다.

"당신에게는 말이 거의 필요 없어요. 당신은 자신의 생명으로 감각들에 직접 말을 거니까요."

그의 몸이 끝에서 끝까지 부르르 떨리며 수축했다. 그는 잠시 후에야 말을 할 수 있었다. 수행원들이 제자리로 모여드는 소음 속에서 그녀가 귀를 쫑긋 세우고 애를 써야만 들을 수 있는 목소리였다.

"초인과 비인간 사이에서 지금까지 내가 인간으로 있을 수 있는 공간은 거의 없었지. 나는 그대에게 감사한다, 상냥하고 사랑스러운 흐위. 이 작은 공간을 준 것에 대해."

✖

나의 우주 전체에서 변화하지 않고 가치 없는 '자연의 법칙'을 본 적이 없다. 이 우주
는 때로 잠시 존재하다 사라지는 의식에 의해 법칙으로 인식되는, 변화하는 관계들
을 제시할 뿐이다. 우리가 '자아'라고 부르는 이 육체의 감각 중추는 무한의 불꽃 속
에서 시들어가는 하루살이와 같다. 우리의 행동을 제한하며, 우리의 행동이 변화함
에 따라 함께 변화하는 덧없는 상황들을 스치듯이 인식하는 하루살이인 것이다. '절
대'에 꼭 이름을 붙여야 한다면 그것의 적절한 이름을 사용해야 한다. '덧없는 것'이
라고.

—『도난당한 일기』

　　다가오는 행렬을 맨 처음 본 것은 나일라였다. 한낮의 열기 속에서 땀
을 비 오듯 흘리며 그녀는 제국 가도의 경계선을 표시한 돌기둥 근처에
서 있었다. 멀리서 갑자기 빛이 반사되어 번쩍이는 것이 그녀의 시선을
끌었다. 그녀는 눈을 가늘게 뜨고 그쪽 방향을 바라보다가 자신이 신황
제의 수레 덮개에 반사되는 눈부신 태양빛을 보고 있음을 의식의 전율
과 함께 알아차렸다.
　　"그들이 오고 있어요!" 그녀가 소리쳤다.

그 순간 그녀는 배고픔을 느꼈다. 흥분한 데다가 오로지 자신들의 목적밖에 생각하지 않았기 때문에 음식을 가져온 사람이 아무도 없었다. 프레멘들만이 물을 갖고 있었는데, 그것은 '프레멘은 시에치를 떠날 때 항상 물을 가지고 간다'는 이유 때문이었다. 기계적으로 외운 기억 때문에 그런 행동을 한 것이다.

나일라는 손가락 하나를 뻗어 엉덩이에 찬 레이저총의 개머리판을 만졌다. 다리는 그녀의 앞쪽으로 겨우 20미터 떨어진 곳에 놓여 있었고, 그 몽환적인 구조물은 황량한 땅과 땅을 연결해 주는 이질적인 환상처럼 협곡을 아치형으로 가로지르고 있었다.

'이건 미친 짓이야.' 그녀는 생각했다.

그러나 신황제는 자신의 명령을 다시 한번 강조했었다. 그는 나일라에게 무슨 일이든 시오나에게 복종할 것을 요구했다.

시오나의 명령은 명백해서 회피할 수 있는 여지를 남겨주지 않았다. 그리고 나일라가 여기서 신황제에게 물어볼 수 있는 길은 없었다. 시오나는 이렇게 말했다. "그의 수레가 다리 중간에 있을 때, 바로 그때예요!"

"하지만 왜요?"

두 사람은 그때 싸늘한 새벽 공기 속에서 벽의 정상에 올라 다른 사람들로부터 한참 떨어진 곳에 서 있었다. 나일라는 자신이 위험할 정도로 고립되어 있는 듯한, 남들로부터 멀리 떨어져서 약해진 듯한 기분이었다.

그녀는 시오나의 음울한 얼굴과 낮고 강렬한 목소리를 거부할 수가 없었다. "당신이 신을 해칠 수 있을 것 같아요?"

"나는……." 나일라는 그저 어깨를 으쓱할 수 있을 뿐이었다.

"당신은 반드시 내게 복종해야 해요!"

"반드시 그래야 하죠." 나일라가 수긍했다.

나일라는 멀리서 다가오는 일행을 유심히 살피며 조신들의 화려한 옷 색깔과 물고기 웅변대의 자매들이 파란색 옷을 입고 한데 뭉쳐 있는 모습을 확인했다……. 주님의 반짝이는 수레도 보았다.

이건 또 다른 시험이라고 그녀는 결론지었다. 신황제께서는 알고 계실 것이다. 그의 나일라의 가슴속에 있는 헌신을 알아주실 것이다. 이건 시험이었다. 그녀는 무슨 일이든 반드시 신황제의 명령에 복종해야 했다. 그것은 그녀가 물고기 웅변대에서 어린 시절을 보내며 가장 먼저 배운 교훈이었다. 신황제는 나일라가 반드시 시오나에게 복종해야 한다고 말했다. 이건 시험이었다. 이것이 시험이 아니라면 무엇이란 말인가?

그녀는 네 명의 프레멘들이 있는 곳을 바라보았다. 던컨 아이다호는 그들을 바로 도로 위에 배치해서 다리의 이쪽 출구를 일부 봉쇄하게 했다. 그들은 그녀에게 등을 돌린 채 앉아서 다리 건너편을 바라보고 있었다. 갈색 로브를 입은 네 개의 언덕 같았다. 나일라는 아이다호가 그들에게 하는 말을 들었다.

"이 자리를 떠나지 마시오. 당신들은 이곳에서 황제를 맞이해야 하오. 황제가 가까이 다가오면 일어서서 깊숙이 고개 숙여 인사하시오."

'맞이한다…… 그래.'

나일라는 혼자 고개를 끄덕였다.

그녀와 함께 벽을 오른 다른 물고기 웅변대원 세 명은 다리 중앙으로 파견되어 있었다. 그들이 아는 것이라고는 시오나가 나일라 앞에서 그들에게 말해 준 것뿐이었다. 그들은 황제의 수레가 겨우 몇 발짝 떨어진 곳에 올 때까지 기다렸다가 몸을 돌려 춤을 추면서 수레에서 멀어져 투오노를 내려다볼 수 있는 지점으로 수레와 행렬을 이끌어 와야 했다.

'만약 내가 레이저총으로 다리를 자르면 저 세 명은 죽을 것이다. 우리 주님과 함께 오는 다른 모든 사람들도.' 나일라는 생각했다.

그녀는 목을 쭉 빼고 협곡 안을 내려다보았다. 여기서는 강이 보이지 않았지만 멀리서 강이 우르릉거리며 흘러가는 소리, 바위들이 움직이는 소리를 들을 수 있었다.

그들은 모두 죽을 것이다!

'주님이 기적을 행하시지 않는다면.'

틀림없이 그것이다. 시오나는 거룩한 기적을 위한 무대를 마련한 것이다. 이미 시험을 거친 시오나가, 물고기 웅변대 지휘관의 제복을 입고 있는 시오나가 달리 무슨 생각을 품을 수 있단 말인가? 시오나는 신황제에게 맹세를 했다. 그녀는 사리르에서 신과 단둘이 있으면서 신에게 시험을 받았다.

나일라는 눈동자만 오른쪽으로 굴려서 지금의 환영식을 기획한 사람들을 바라보았다. 시오나와 아이다호는 나일라의 오른쪽으로 20미터쯤 떨어진 도로 위에 어깨를 나란히 하고 서 있었다. 그들은 가끔 서로를 바라보고 고개를 끄덕여가며 뭔가 열심히 이야기를 나누고 있었다.

이윽고 아이다호가 시오나의 팔을 잡았다. 이상할 정도로 소유욕이 엿보이는 몸짓이었다. 그는 한 번 고개를 끄덕한 다음 다리를 향해 성큼성큼 걸어가다가 나일라 바로 앞의 축대 모퉁이에서 멈춰 섰다. 그는 아래를 내려다보더니 근처에 있는 다리의 다른 쪽 모퉁이로 향했다. 그리고 그곳에 몇 분 동안 서서 다시 아래를 내려다본 다음 시오나에게 되돌아왔다.

저 골라는 정말 이상한 생물이라고 나일라는 생각했다. 그가 이 벽을 오른 경이로운 사건 이후 그녀는 더 이상 그를 인간으로 생각하지 않았다. 그는 뭔가 다른 것, 신의 옆에 서서 우주를 만드는 자였다. 그러나 그도 자식을 낳을 수는 있을 터였다.

멀리서 들려오는 외침이 나일라의 주의를 끌었다. 그녀는 몸을 돌려 다리 건너편을 바라보았다. 일행은 황제의 일행이 으레 그렇듯이 지금까지 계속 종종걸음을 치고 있었다. 그런데 이제 다리에서 겨우 몇 분 거리까지 와서 차분하게 속도를 늦추고 있었다. 나일라는 선두에 서서 행진하고 있는 모네오를 알아보았다. 눈부신 하얀색 제복을 입은 그는 똑바로 앞을 바라보며 꼿꼿하고 차분하게 걸었다. 황제의 수레 덮개는 닫혀 있었다. 수레가 모네오 뒤에서 바퀴를 이용해 굴러오는 동안 덮개가 불투명한 거울처럼 반짝였다.

이 모든 것의 신비함이 나일라를 가득 채웠다.

기적이 일어나기 직전이었다!

나일라는 오른쪽의 시오나를 살짝 바라보았다. 시오나는 그녀의 시선을 맞받으며 고개를 한 번 끄덕였다. 나일라는 총집에서 레이저총을 꺼낸 다음 돌기둥에 기대 총을 고정시키며 조준을 했다. 처음에는 왼쪽 케이블, 그다음에는 오른쪽 케이블, 그다음에는 왼쪽에 있는 격자무늬의 몽환적인 플래스틸 구조물. 나일라의 손에 닿은 레이저총이 차갑고 이질적으로 느껴졌다. 그녀는 차분함을 되찾기 위해 떨리는 숨을 들이쉬었다.

'난 반드시 복종해야 한다. 이건 시험이야.'

그녀는 모네오가 길에서 시선을 들어 올리는 것을 보았다. 그는 보조를 그대로 유지한 채 고개를 돌려 수레를 향해서인지, 아니면 그 뒤의 사람들을 향해서인지 뭐라고 소리를 쳤다. 나일라는 그가 무슨 말을 했는지 알 수 없었다. 모네오가 다시 정면을 향했다. 나일라는 몸을 대부분 가려주는 돌기둥의 일부가 된 것처럼 자신을 차분하게 가라앉혔다.

'시험이야.'

모네오는 다리 위와 다리 반대편 끝에 사람들이 있는 것을 보았다. 그가 물고기 웅변대 제복을 알아본 후 가장 먼저 떠오른 생각은 자신들을 맞이하러 나온 이 사람들에게 누가 명령을 내렸는지 모르겠다는 것이었다. 그는 고개를 돌려 큰 소리로 레토에게 질문을 던졌지만 신황제의 수레 덮개는 그 안에 있는 흐위와 레토의 모습을 감춘 채 계속 불투명하게 남아 있었다.

모네오는 등 뒤의 수레가 바람에 날려 온 모래 위에서 삐걱거리며 다리에 들어선 후에야 다리 끝에서 한참 떨어진 곳에 서 있는 시오나와 아이다호를 알아보았다. 길 위에 앉아 있는 박물관 프레멘 네 명도 알아보았다. 의심이 꿈틀거리며 모네오의 머릿속으로 들어오기 시작했지만 그는 패턴을 바꿀 수 없었다. 그는 용기를 내어 아래쪽의 강을 살짝 바라보았다. 한낮의 빛 속에 붙들린 백금 같은 세계가 그곳에 있었다. 수레 소리가 그의 뒤에서 시끄럽게 들려왔다. 강의 흐름, 일행의 흐름, 그가 모종의 역할을 수행하고 있는 지금 이 일들의, 모든 것을 다 포함하는 중요성. 이 모든 것이 피할 수 없는 일과 부딪혔다는 어지러운 감각 속에서 그의 정신을 움켜쥐었다.

'우리는 이 길을 지나가는 사람들이 아니다. 우리는 '시간'의 한 조각을 다른 조각과 이어주는 기본적인 원소들이다. 우리가 지나가고 나면 우리 뒤에 있는 모든 것들이 소리가 아닌 것 속으로 떨어질 것이다. 익스인들의 비공간과 같은 곳으로. 그러나 우리가 오기 전과 다시는 똑같아지지 않을 것이다.'

류트 연주자의 노래 한 구절이 모네오의 기억 속에서 둥실둥실 떠다녔고, 그것을 회상하느라 눈이 흐릿해졌다. 그는 그 노래에 담긴 갈망을 알고 있었다. 이 모든 것이 끝나기를, 모든 과거와 모든 의심이 사라지기를, 평온이 돌아오기를 소원하는 갈망이었다. 이 구슬픈 노래가 쫓아버릴 수 없는 연기처럼 몸을 뒤틀면서 그의 의식 속을 떠다녔다.

"팜파스 풀의 뿌리 속에서 곤충들이 울고 있다."

모네오는 혼자서 이 노래를 콧노래처럼 흥얼거렸다.

"곤충들의 울음은 끝을 나타내지.
가을과 나의 노래는
팜파스 풀의 뿌리 속에 있는
마지막 잎새의 색이다."

모네오는 후렴구에 맞춰 고개를 끄덕거렸다.

"낮이 끝나고,
손님들은 가버렸다.
낮이 끝났다.
우리 시에치에서,
낮이 끝났다.
폭풍 소리가 들린다.
낮이 끝났다.
손님들은 가버렸다."

모네오는 류트 연주자의 노래가 정말로 오래된 것임에 틀림없다는 결론을 내렸다. 의심할 나위 없는 과거 프레멘의 노래였다. 그리고 이 노래는 그 자신에 대해 뭔가를 알려주고 있었다. 그는 손님들이 정말로 가 버리기를, 흥분이 끝나고 다시 평화가 찾아오기를 바라고 있었다. 평화 는 너무나 가까이 있었다⋯⋯. 그러나 자신의 임무를 버리고 떠날 수 없 었다. 그는 투오노에서 보일락 말락 한 거리의 모래 위에 쌓여 있는 온갖 보급품들을 생각했다. 곧 그것들이 눈에 들어올 터였다. 텐트, 식량, 탁 자, 금접시, 보석이 박힌 칼, 고대의 램프처럼 아라베스크 모양으로 만들 어진 발광구⋯⋯ 모든 것이 완전히 다른 인생들에게서 물려받은 희망으 로 가득 차 있었으며 화려했다.

'투오노의 사람들은 이제 결코 예전과 똑같은 모습으로 돌아가지 못할 것이다.'

모네오는 언젠가 시찰 여행을 하면서 투오노에서 이틀 밤을 보낸 적 이 있었다. 그는 그들의 요리용 화덕에서 나던 냄새를 기억했다. 어둠 속 에서 불이 붙어 타오르던 관목의 향기로운 냄새였다. 그들은 '가장 오래 된 고대의 방법'이 아니라는 이유로 태양열 스토브를 사용하려 하지 않 았다.

'가장 오래된 고대라니!'

투오노에서 멜란지 냄새는 거의 나지 않았다. 오아시스에서 자라는 덤 불의 달콤하고 매운 냄새와 사향 냄새가 섞인 기름 냄새, 이런 냄새들이 그곳을 지배하고 있었다. 그래⋯⋯ 분뇨 구덩이와 썩어가는 쓰레기의 악취도 있었다. 모네오는 자신이 그 시찰 여행에 대한 보고를 마쳤을 때 신황제가 한 말을 기억해 냈다.

"이 '프레멘들'은 자기들의 삶에서 사라져버린 것이 무엇인지 모른다. 그들은 자기들이 옛날 방식의 본질을 지키고 있다고 생각하지. 모든 박 물관들이 실패하는 것이 바로 이 부분이다. 뭔가가 희미해져서 전시물들로부터 빠져나와 사라지게 마련이다. 박물관을 관리하는 사람들과 그 곳에 와서 상자들 위로 고개를 수그리고 들여다보는 사람들, 그들 중에 이 사라져버린 것을 알아채는 사람은 거의 없다. 그것은 예전에 생명의 엔진을 운전했지. 생명이 사라지면 그것도 사라진다."

모네오는 다리 위에서 자신의 바로 앞에 서 있는 세 명의 물고기 웅변 대원에게 시선의 초점을 맞췄다. 그들이 팔을 높이 들어 올리더니 그가 있는 곳으로부터 겨우 몇 발짝 떨어진 곳에서 춤을 추듯 빙글빙글 돌고 깡충깡충 뛰면서 멀어지기 시작했다.

'정말 이상하군. 다른 사람들이 야외에서 춤추는 걸 본 적은 있어도 물 고기 웅변대원들이 이러는 건 한 번도 보지 못했다. 그들은 자기들의 숙 소에 자기들끼리만 있을 때, 그 친밀한 분위기 속에서만 춤을 추는데.'

그가 아직도 이 생각에 빠져 있을 때 레이저총이 발사되는 끔찍한 소 리가 먼저 들려오더니 그의 발밑에서 다리가 갑자기 기울어지는 것이 느껴졌다.

'이건 현실이 아니다.' 그의 정신이 그를 타일렀다.

황제의 수레가 길 위에서 옆으로 미끄러지는 기분 나쁜 소리가 들려 왔다. 수레 덮개가 거칠게 열리는 딸깍, 철썩 소리가 뒤를 이었다. 미친 듯이 질러대는 비명과 외침이 등 뒤에서 일었지만 그는 고개를 돌릴 수 없었다. 다리 상판이 모네오의 오른쪽으로 가파르게 기우는 바람에 그 는 얼굴을 아래로 한 채 쓰러져 심연을 향해 미끄러지고 있었다. 그는 추 락을 멈추기 위해 끊어진 케이블 가닥에 매달렸다. 케이블은 그와 함께 추락했다. 얇은 막처럼 다리 상판을 덮고 있던 모래 위에서 모든 것이 기 분 나쁘게 긁히는 소리를 냈다. 그는 양손으로 케이블을 움켜쥐며 그것 과 함께 몸을 돌렸다. 그때 황제의 수레가 눈에 들어왔다. 수레는 다리

가장자리를 향해 비스듬히 쓰러져 있었고 덮개는 열려 있었다. 흐위는 접의자 위에서 한 손으로 몸의 균형을 유지하며 서서 모네오의 뒤쪽을 뚫어지게 바라보았다.

다리 상판이 한층 더 기울면서 금속의 소름 끼치는 비명 소리가 공기를 가득 채웠다. 행렬 속에 있던 사람들이 입을 크게 벌리고 팔을 마구 휘두르면서 떨어져 내리는 것이 보였다. 무엇인가가 모네오의 케이블을 붙잡았다. 그는 팔을 머리 위로 쭉 뻗은 채 다시 몸을 뒤틀면서 방향을 돌렸다. 식은땀 때문에 손이 케이블을 따라 미끄러져 내리는 것이 느껴졌다.

그의 시선이 한 바퀴를 돌아 다시 황제의 수레에 닿았다. 수레는 부러져 뭉툭해진 들보들 사이에 끼어 있었다. 모네오가 바라보고 있는 동안에도 신황제의 손이 흐위 노리를 찾아 헤맸지만 그녀에게 닿지 못했다. 그녀는 덮개가 열린 수레의 끝에서 소리 없이 떨어졌다. 황금색 드레스가 위로 휙 젖혀지면서 화살처럼 똑바로 쭉 펴진 그녀의 몸이 드러났다.

나직이 울리는 깊은 신음 소리가 신황제에게서 흘러나왔다.

'왜 반중력 장치를 작동하지 않는 거지? 반중력 장치가 폐하를 지탱해줄 텐데.' 모네오는 의아했다.

그러나 레이저총의 광선이 여전히 휙휙 날아왔고, 모네오는 손이 미끄러져 끊어진 케이블에서 떨어지는 순간 불꽃이 창처럼 날아와서 수레의 거품 모양 반중력 장치들을 강타하는 것을 보았다. 불꽃은 황금색 연기를 폭발시키며 반중력 장치들을 차례로 꿰뚫었다. 모네오는 추락하면서 손을 머리 위로 쭉 뻗었다.

'저 연기! 황금색 연기!'

로브가 위로 휙 젖혀지면서 그의 몸을 돌려버리는 바람에 그의 얼굴은 심연을 향해 똑바로 밑을 향했다. 저 깊은 곳에 시선을 못 박은 채 그는 그곳에서 사납게 튀어오르고 있는 급류의 소용돌이를 발견했다. 그것은 그의 인생과 같았다. 가파른 경사를 따라 흐르던 물이 갑자기 곤두박질치고, 그 모든 움직임이 모든 물질을 모아들였다. 황금의 연기로 만들어진 길 위에서 레토의 말이 그의 머리를 휘감으며 지나갔다. "조심성은 평범함으로 가는 지름길이다. 대부분의 사람들은 그냥 열정 없이 물 흐르듯이 평범하게 살아가는 것만이 자신에게 가능하다고 생각하지." 그 순간 모네오는 의식의 황홀경 속에서 자유 낙하를 시작했다. 우주가 깨끗한 유리처럼 그를 향해 열렸고 모든 것이 '비(非)시간' 속에서 흐르고 있었다.

'황금색 연기!'

"레토 님! 시아이녹! 저는 믿습니다!" 그가 비명처럼 소리쳤다.

그때 로브가 그의 어깨에서 찢겨 나갔다. 그는 협곡의 바람 속에서 방향을 틀어 황제의 수레를 마지막으로 흘끗 바라보았다. 수레는 산산이 부서진 상판 위에서 기울어지고…… 기울어지고 있었다. 덮개가 열려 있는 끝 부분에서 신황제가 미끄러져 나왔다.

뭔가 단단한 것이 모네오의 등에 강하게 부딪혔다. 그것이 그가 마지막으로 느낀 감각이었다.

레토는 자신이 미끄러지면서 수레에서 멀어지는 것을 느꼈다. 그의 의식은 강과 충돌하던 흐위의 모습만을 붙들고 있었다. 그녀가 신화와 종말의 꿈 속으로 곤두박질친 지점을 저 멀리 진주색의 분수가 표시해 주었다. 차분하고 흔들림 없는 그녀의 마지막 말이 그의 모든 기억들 속에서 돌아다녔다. "제가 먼저 갈게요, 내 사랑."

그는 수레에서 미끄러져 떨어지면서 언월도 모양의 호선을 그리고 있는 강을 보았다. 얼룩덜룩한 그림자 속에서 희미하게 반짝이는 강은 '영원'을 통해 단련되어 이제 그를 고통 속으로 받아들일 준비를 마친 지독한 칼날이었다.

'난 울 수 없다. 심지어 소리도 지를 수 없어. 눈물을 흘리는 건 이제 더 이상 가능하지 않다. 눈물은 물이다. 나는 곧 많은 물을 갖게 되겠지. 내가 할 수 있는 거라고는 그저 슬픔 속에서 신음하는 것뿐이다. 나는 혼자다. 이렇게까지 혼자였던 적이 없어.'

체절이 있는 그의 거대한 몸이 추락하면서 수축해 그를 뒤틀었다. 그의 증폭된 시각이 다리의 부서진 가장자리에 서 있는 시오나의 모습을 보여줄 때까지.

'이제, 너도 알게 될 것이다!'

그의 몸이 계속해서 회전했다. 그는 강이 가까워지는 것을 지켜보았다. 물은 언뜻언뜻 보이는 물고기들이 거주하는 꿈이었고, 물고기들은 대리석 연못 옆에서 열린 연회에 대한 고대의 기억에 불을 붙였다. 분홍색 살이 그의 굶주림을 현혹시켰다.

'그대와 함께하겠다, 흐위. 신들의 연회에서!'

물거품이 섬광처럼 폭발하면서 그를 고통으로 에워쌌다. 물, 사납게 흐르는 물이 사방에서 몸을 후려쳤다. 그는 맹렬한 폭포 속에서 수면으로 떠오르기 위해 몸부림치며 바위들이 이를 갈듯이 몸에 부딪히는 것을 느꼈다. 몸이 저절로 경련을 일으켜 수축하면서 몸부림치는 바람에 사방에 물보라가 튀었다. 물에 젖은 검은색의 협곡 '벽'이 그의 정신없는 시선을 빠르게 스치고 지나갔다. 예전에 그의 피부였던 것이 산산이 부서져 반짝이면서 폭발하듯 그에게서 퍼져나갔다. 은색의 비가 그의 주위 사방에서 강 속으로 내리꽂혔다. 눈부신 움직임, 금방이라도 부서질 것 같은 반짝이들이 고리 모양을 그렸다. 반짝이는 비늘 같은 모래송어들이 자신들만의 군집 생활을 시작하기 위해 그를 떠나고 있었다.

고통은 계속되었다. 레토는 자신의 의식이 계속 깨어 있다는 사실에, 몸의 감각이 느껴진다는 사실에 놀라움을 금치 못했다.

본능이 그를 움직였다. 그는 급류가 자신을 내동댕이친 곳 근처의 한 바위에 매달렸다. 그리고 손을 미처 놓기도 전에 바위를 움켜쥐고 있던 손가락 하나가 손에서 찢어져 떨어지는 것을 느꼈다. 고통의 교향악 속에서 그 감각은 사소한 악센트일 뿐이었다.

강의 흐름이 협곡의 축대를 돌아 급하게 왼쪽으로 휘면서 마치 이제 그에게 질렸다고 말하는 것처럼 모래톱 가장자리의 비탈길 위로 그를 굴려버렸다. 그는 그곳에 잠시 누워 있었다. 스파이스 추출액의 파란색이 강의 흐름 속에서 떠서 그로부터 멀어지고 있었다. 고통이 그를 움직였다. 벌레의 몸은 저절로 움직이면서 물이 있는 곳으로부터 물러났다. 몸을 덮고 있던 모래송어들이 모두 사라졌기 때문에 몸에 닿는 모든 것이 더 직접적으로 느껴졌다. 잃어버렸던 감각이 되돌아온 것이지만, 그 감각이 그에게 가져다주는 것은 고통뿐이었다. 그는 자신의 몸을 볼 수 없었지만, 그 몸이 물에서 빠져나와 몸부림치면서 기어가는 동안 벌레가 될 수도 있었던 것의 존재를 느꼈다. 그는 화염의 장막 속에서 모든 것을 보는 눈으로 위를 올려다보았다. 그 불의 장막으로부터 여러 형태들이 저절로 뭉쳐지고 있었다. 마침내 그는 이곳이 어디인지 깨달았다. 강은 그를 휩쓸고 와서 강과 사리르가 영원히 헤어지는 모퉁이에 데려다놓았다. 그의 뒤에는 투오노가 있었고, '벽'에서 조금만 더 내려가면 타브르 시에치의 보잘것없는 잔해가 있었다. 스틸가의 영역이었던 그곳은 레토가 스파이스를 모두 숨겨둔 곳이었다.

고통에 빠진 그의 몸은 푸른색 연기를 분출하면서 소란스럽게 몸부림 치며 자갈이 깔린 강변을 따라 나아갔다. 그리고 푸른색 자국을 뒤에 남기면서 깨어진 바위들을 넘어 어쩌면 원래 시에치의 일부였을 수도 있는 축축한 구멍 속으로 몸을 질질 끌면서 들어갔다. 이제 이곳은 낮은 동굴에 지나지 않았으며, 동굴 안쪽의 끝은 무너져 내린 바위 때문에 막혀 있었다. 그의 코가 젖은 흙냄새와 깨끗한 스파이스 추출액의 냄새를 알려주었다.

소리들이 그의 고통을 방해했다. 동굴 속의 좁은 공간에서 몸을 돌리자 입구에 밧줄 하나가 대롱대롱 매달려 있는 것이 보였다. 어떤 사람 하나가 밧줄을 타고 미끄러져 내려왔다. 그는 나일라를 알아보았다. 그녀는 바위들이 있는 곳으로 떨어져서 그곳에 몸을 웅크리더니 어둠 속에 있는 그를 뚫어지게 바라보았다. 레토의 시야를 차지한 불꽃이 갈라지면서 또 다른 사람이 밧줄을 타고 내려오는 모습을 보여주었다. 시오나였다. 그녀와 나일라는 덜그럭덜그럭 바위 움직이는 소리를 내며 서둘러 달려와서는 걸음을 멈추고 그를 들여다보았다. 세 번째 사람이 밧줄에서 떨어져 내렸다. 아이다호였다. 그는 광기 어린 분노 속에 움직이면서 비명과 함께 나일라에게 몸을 던졌다.

"왜 그녀를 죽였지! 너더러 흐위를 죽이라고 한 적 없어!"

나일라는 아무렇지도 않게, 거의 관심도 없다는 듯이 왼팔을 한 번 휘둘러 그를 바닥에 뻗게 만들었다. 그리고 바위들이 있는 곳으로 서둘러 다가와서 네 발로 엎드려 레토를 들여다보았다.

"폐하? 살아 계신 겁니까?"

아이다호가 그녀의 바로 뒤로 다가와서 총집에서 레이저총을 잡아챘다. 나일라가 깜짝 놀라 몸을 돌리는 순간 그는 총을 겨누고 방아쇠를 당졌다. 불꽃이 나일라의 머리 꼭대기에서부터 타들어 가기 시작했다. 그것이 그녀의 몸을 갈랐고, 살점들이 흩어져 털썩 떨어졌다. 불타고 있는 그녀의 제복에서 번쩍이는 크리스나이프가 흘러나와 바위들 위에서 산산조각으로 부서졌다. 아이다호는 그것을 보지 못했다. 분노 때문에 잔뜩 일그러진 얼굴로 그는 레이저총의 동력이 다 떨어질 때까지 나일라의 살점들을 태우고 또 태웠다. 이글거리던 광선이 사라졌다. 연기를 뿜어내는 축축한 고기 조각과 천 조각 들이 빨갛게 달아오른 바위들 사이에 흩어져 있을 뿐이었다.

시오나는 바로 이 순간을 기다리고 있었다. 그녀는 재빨리 아이다호에게 다가가서 그의 손에서 쓸모없어진 레이저총을 잡아당겼다. 그는 그녀를 향해 획 돌아섰고, 그녀는 그를 제압할 자세를 갖췄다. 그러나 그에게서는 이제 분노가 보이지 않았다.

"왜?" 그가 속삭이듯 말했다.

"다 끝났어요." 그녀가 말했다.

그들은 시선을 돌려 동굴의 어둠 속에 있는 레토를 바라보았다.

레토는 그들의 눈에 보이는 모습이 어떤 것인지 상상조차 할 수 없었다. 모래송어 피부가 사라졌다는 것을 그는 알고 있었다. 그를 떠나버린 피부 때문에 생긴 섬모 구멍들이 군데군데 팬 표면 같은 것이 있을 터였다. 그 밖에 것들에 대해서는 슬픔으로 인해 길게 주름살이 팬 우주에서 온 두 존재를 되돌아볼 수밖에 없었다. 불꽃의 시각을 통해서 그는 시오나를 여자 악마로 보았다. 그 악마의 이름이 머릿속에 저절로 떠올랐고, 그는 커다란 소리로 그 이름을 말했다. 동굴 속이라 그의 목소리가 증폭되어 생각했던 것보다 훨씬 더 커다랗게 울렸다.

"한미야!"

"뭐라고요?" 그녀가 그에게 한 발짝 더 가까이 다가왔다.

아이다호는 양손으로 얼굴을 가렸다.

"네가 가엾은 던컨에게 무슨 짓을 했는지 보아라." 레토가 말했다.

"그는 다른 사랑을 찾을 거예요." 어쩌면 저렇게 냉혹할 수 있는지. 분노에 휩싸였던 자신의 젊은 시절이 그곳에서 메아리치고 있었다.

"사랑이 어떤 것인지 너는 모른다. 너는 무엇을 내어준 적이 있나?" 그가 이 말을 하고 나서 할 수 있는 것이라고는 양손을 쥐어짜듯이 비트는 것뿐이었다. 한때 그의 손이었지만 지금은 우스꽝스럽게 변해 버린 그것을. "세상에! 내가 내어준 것은!"

그녀가 서둘러 다가와서 그를 향해 손을 내밀었다가 다시 뒤로 물러났다.

"나는 현실이다, 시오나. 나를 봐. 나는 존재한다. 네가 감히 용기를 낸다면 나를 만질 수도 있어. 손을 뻗어라. 어서!"

천천히 그녀가 예전에 그의 앞쪽 체절이었던 곳을 향해 손을 뻗었다. 사리르에서 그녀가 들어가 잠을 잔 곳이었다. 그녀가 다시 손을 뒤로 뺄 때, 그 손에는 푸른빛이 돌았다.

"넌 나를 만지고 내 몸을 느껴보았다. 이 우주의 그 어떤 것보다도 이상한 일이 아닌가?"

그녀가 시선을 돌리려고 했다.

"안 돼! 내게서 시선을 돌리지 마! 네가 만들어놓은 것을 보아라, 시오나. 나를 만질 수 있으면서도 너 자신을 만질 수 없는 것은 어찌 된 일인가?"

그녀가 그에게서 재빨리 몸을 돌렸다.

"우리 사이에는 차이점이 존재한다. 너는 신의 구현이다. 너는 이 우주에서 가장 위대한 기적 속을 돌아다니면서도 그것을 만지거나, 보거나,

느끼거나, 믿는 것을 거부한다."

그 순간 레토의 의식은 밤으로 에워싸인 곳 안으로 정처 없이 들어갔다. 그는 그곳의 자신이 숨겨놓은 인쇄기들이 빛 한 점 없는 방에서 딸깍거리며 부르는 금속 곤충의 노래를 들을 수 있을 거라고 생각했다. 이곳에는 방사되는 것이 전혀 없었다. 우주의 다른 곳과 전혀 연결되어 있지 않기 때문에 스스로를 근심과 영적 소외의 장소로 만드는 익스 산의 비(非)물질이었다.

'하지만 여기에 연결되는 것이 생길 것이다.'

그 순간 익스 인들이 만든 자신의 인쇄기가 이미 움직이기 시작했으며, 특별한 명령 없이도 그의 생각들을 기록하고 있음을 감지했다.

'내가 했던 일을 기억하라! 나를 기억하라! 나는 다시 순수해질 것이다!'

그의 시야를 이루고 있는 불꽃이 갈라지면서 시오나가 서 있던 자리에 서 있는 아이다호의 모습을 보여주었다. 아이다호 뒤쪽으로 시각의 초점에서 벗어난 어딘가에서 누군가가 손짓하고 있는 듯한 움직임이 있었다……. 아, 그래. 시오나가 '벽' 정상에 있는 누군가에게 수신호로 지시를 내리고 있었다.

"아직 살아 있는 겁니까?" 아이다호가 물었다.

숨이 차서 씨근거리는 레토의 목소리가 흘러나왔다. "저들이 흩어지도록 내버려두어라, 던컨. 저들이 도망쳐서 자기들 마음대로 우주를 선택해 어디든 원하는 곳에 숨게 해."

"젠장! 무슨 말을 하는 겁니까? 그럴 바에야 차라리 그녀가 당신과 함께 살도록 허락했을 겁니다!"

"허락? 나는 아무것도 허락하지 않았다."

"왜 흐위가 죽는 걸 허락했습니까? 우린 그녀가 그 안에 함께 있다는 걸 몰랐어요." 아이다호가 신음하듯 말했다.

그의 고개가 앞으로 축 처졌다.

"그대는 보상을 받을 것이다. 내 물고기 웅변대는 시오나보다 그대를 선택할 거야. 그녀에게 친절히 대해 주어라, 던컨. 그녀는 아트레이데스 이상의 존재이고 그대의 생존의 씨앗을 가지고 있다." 레토가 갈라진 목소리로 말했다.

그는 자신의 기억들 속으로 다시 가라앉았다. 그의 기억들은 이제 그의 의식 속에 잠시 스쳐 가듯 붙들려 있는 연약한 신화였다. 존재하는 것 그 자체로서 과거를 바꿔버린 시간 속으로 자신이 떨어졌는지도 모른다는 생각이 들었다. 그러나 소리들이 들려와서, 그는 해석하려고 애썼다. '누군가가 바위 위에서 서둘러 움직이고 있나?' 불꽃이 갈라지며 아이다호 옆에 서 있는 시오나의 모습을 보여주었다. 그들은 미지의 장소로 모험을 떠나기 전에 서로를 안심시켜 주는 두 어린아이들처럼 서로 손을 잡고 있었다.

"그가 어떻게 저 상태로 살 수 있을까요?" 시오나가 속삭이듯 말했다.

레토는 대답할 수 있을 만큼 힘이 돌아오기를 기다렸다. "흐위가 나를 돕는다. 우리는 극히 소수의 사람만이 경험하는 것을 가지고 있었다. 우리는 약점이 아니라 강점으로 결합되어 있었어." 그가 말했다.

"그래서 당신이 무슨 꼴이 됐는지 한번 보시죠!" 시오나가 이죽거렸다.

"그래. 그리고 너도 같은 꼴이 될 수 있기를 기도해라. 어쩌면 스파이스가 네게 시간을 벌어줄지도 모르지." 그가 갈라진 목소리로 말했다.

"당신의 스파이스는 어디 있죠?" 그녀가 다그치듯 물었다.

"타브르 시에치 깊숙한 곳에. 던컨이 찾아낼 것이다. 그대는 그곳을 알고 있다, 던컨. 사람들은 이제 그곳을 타부르라고 부르지. 윤곽은 아직도 같다.”

“왜 그런 겁니까?” 아이다호가 속삭이듯 말했다.

“내 선물이다. 어느 누구도 시오나의 후손들을 찾지 못할 것이다. 신탁은 그녀를 보지 못한다.” 레토가 말했다.

“뭐라고요?” 그들은 한목소리로 외치면서 점점 희미해져가는 그의 목소리를 듣기 위해 몸을 가까이 기울였다.

“내가 너희에게 평행 시간이 없는 새로운 종류의 시간을 주겠다. 시간은 항상 갈라져 나갈 것이다. 그 시간의 곡선 위에 겹치는 지점은 전혀 없을 것이다. 나는 너희에게 황금의 길을 주겠다. 그것이 나의 선물이야. 다시는 예전처럼 시간이 겹치지 않을 것이다.”

불꽃이 그의 시야를 덮었다. 고통은 희미해져가고 있었지만 그는 여전히 무서울 정도로 날카롭게 냄새를 느끼고 소리를 들을 수 있었다. 아이다호와 시오나는 짧고 얕게 가쁜 숨을 몰아쉬고 있었다. 기묘한 운동 감각이 레토의 몸 전체를 누비고 지나가기 시작했다. 그에게는 이제 존재하지 않는 뼈와 관절들의 메아리였다.

“봐요!” 시오나가 말했다.

“분해되고 있군.” 이건 아이다호였다.

“아니에요. 표면이 떨어져 나가는 거예요. 봐요! 벌레예요!”

레토는 몸의 여러 부분들이 따스하고 부드러운 것 속으로 자리 잡아 들어가는 것을 느꼈다. 고통은 저절로 사라져버렸다.

“그의 몸에 있는 저 구멍들은 뭐죠?” 시오나였다.

“모래송어 때문인 것 같소. 저 모양이 보입니까?”

“난 내 조상들 중 한 명이 틀렸음을 증명하기 위해 이곳에 있는 것이다. 나는 사람으로 태어났지만 사람으로 죽지 않는다.” 레토가 말했다(아니 그는 자기가 이렇게 말했다고 생각했다. 사실 일기에 적을 때는 어느 쪽이든 상관없었다).

"도저히 볼 수가 없어요!" 시오나가 말했다.

레토는 그녀가 몸을 돌리는 소리, 바위들이 덜그럭거리는 소리를 들었다.

"아직도 거기 있나, 던컨?"

"예."

'그래, 내가 아직 목소리를 낼 수 있는 모양이군.'

"날 봐라. 나는 인간의 자궁 속에 들어 있는 피투성이의 연한 덩어리였다. 버찌보다 크지 않은 작은 조각이었지. 나를 보라고 했다!" 레토가 말했다.

"보고 있습니다." 아이다호의 목소리는 희미했다.

"그대는 거인을 기대했는데, 난쟁이를 보게 되었군. 이제 그대는 행동의 결과로 나타나는 책임에 대해 알기 시작했다. 그대의 새로운 힘으로 무엇을 할 건가, 던컨?"

오랜 침묵이 이어지다가 시오나의 목소리가 들려왔다. "그의 말을 듣지 말아요! 그는 미쳤어요!"

"물론이지. 조리 있는 광기, 그것이 천재성이다."

"시오나, 이 말을 이해하겠소?" 아이다호가 물었다. 골라의 목소리가 얼마나 애처로운지.

"그녀는 이해하고 있다. 그대의 영혼을 그대가 예상하지 못한 위기로 데려온 것은 인간이다. 인간들은 항상 그렇지. 모네오도 마지막에 이해했다." 레토가 말했다.

"저자가 빨리 죽어버렸으면 좋겠어!" 시오나가 말했다.

"나는 분열된 신이며 그대는 나를 온전하게 만들어줄 것이다. 던컨?

나는 나의 모든 던컨들 중에서 그대를 가장 인정하는 것 같다."

"인정한다고?" 아이다호의 목소리에 다시 분노가 조금 실렸다.

"나의 인정에는 마법이 있다. 마법의 우주에서는 무슨 일이든 가능하지. 그대의 삶을 지배한 것은 나의 숙명이 아니라 신탁의 숙명이었다. 이제 그대는 정체를 알 수 없고 변덕스러운 일들을 보고 있다. 내게 이걸 쫓아달라고 부탁할 텐가? 나는 오로지 그걸 더 증가시키기만을 원했다."

레토의 내면에 있는 '다른 사람들'이 자신들의 존재를 다시 주장하기 시작했다. 이 군생 집단의 결속이 그의 정체성을 지탱해 주지 않는 상태에서 그는 그들 가운데에 있는 자신의 자리를 잃어버리기 시작했다. 그들은 '만약'이 빠짐없이 들어가는 말을 늘어놓기 시작했다. "만약 네가…… 만약 우리가……." 그는 소리를 질러 그들의 입을 막아버리고 싶었다.

"과거를 더 좋아하는 건 바보들뿐이야!"

레토는 자기가 정말로 소리를 질렀는지, 아니면 소리를 질렀다고 생각하는 것뿐인지 알 수 없었다. 외부의 침묵과 일치하는 내면의 침묵이 순간적으로 찾아왔고, 자신의 옛 정체성 가닥들 중 일부가 아직 고스란히 남아 있는 것이 느껴졌다. 그는 말을 하려고 애쓰다가 그런 행동이 현실임을 알게 되었다. 아이다호가 "잠깐, 그가 뭔가 말을 하려 하고 있소"라고 말했기 때문이다.

"익스 인들을 두려워하지 말라." 그가 말했다. 자신의 목소리가 점점 희미해져가는 속삭임으로 들려왔다. "그들은 기계를 만들 수 있지만 이젠 더 이상 아라펠을 만들지 못한다. 나는 그것을 알고 있다. 내가 그곳에 있었으니까."

그는 입을 다물고 힘을 모았다. 그러나 아무리 애써도 에너지가 자꾸 흘러 나갔다. 다시 그의 내면에서 아우성이 일었다. 많은 목소리들이 애원하며 소리치고 있었다.

"멍청한 짓은 그만둬!" 그는 소리쳤다. 아니, 소리쳤다고 생각했다.

아이다호와 시오나가 들은 것은 쌕쌕 숨을 몰아쉬는 소리뿐이었다.

이윽고 시오나가 말했다. "저자가 죽은 것 같아요."

"모두들 그가 불사의 존재라고 생각했는데." 아이다호가 말했다.

"구전 역사에서 뭐라고 하는지 알아요? '불사를 원하면 형태를 부정하라. 형태를 가진 것은 모두 죽음을 피할 수 없다. 형태 너머에 형태가 없는 자들, 불사의 존재들이 있다.'"

"그건 저 사람이 했을 법한 말이군." 아이다호가 비난하듯 말했다.

"난 저자가 한 말이라고 생각해요."

"당신의 후손들에 대한 그 말은 무슨 뜻이었을까……. 숨어서 그들을 찾지 못한다고?"

"그는 새로운 종류의 의태, 새로운 생물학적 모방을 만들어냈어요. 그리고 자기가 성공했다는 걸 알고 있었죠. 그는 자신의 미래들 속에서 나를 보지 못했어요."

"당신의 정체가 뭐요?" 아이다호가 다그치듯 물었다.

"난 새로운 아트레이데스예요."

"아트레이데스!" 아이다호의 목소리에 저주가 깃들어 있었다.

시오나는 한때 레토 아트레이데스 2세이자…… 뭔가 다른 것이기도 했던 거대한 몸뚱이가 분해되어 가는 것을 내려다보았다. 그 '뭔가' 다른 것이 멜란지 냄새가 가장 강하게 나는 곳에서 흐릿한 푸른 연기에 실려 허물을 벗듯 떨어져 나가고 있었다. 녹아내리고 있는 그의 커다란 몸 밑의 바위들에 푸른색 액체가 흥건하게 고인 웅덩이들이 생겨났다. 한때 어쩌면 인간이었던 것 같기도 한 희미하고 모호한 형태들만이 남아 있었다. 분홍색 살이 무너져 내려 거품이 부글거리고, 뺨과 이마의 형태를 유지해 주던 것일 수도 있는 빨간 줄무늬의 뼈 한 조각이 있고…….

시오나가 말했다. "난 달라요. 하지만 그래도 나는 예전의 그와 같아요."

아이다호가 숨죽인 목소리로 속삭이듯 말했다. "조상들, 모두……."

"그 다중은 그곳에 있지만 내가 소리 없이 그들 사이를 걸어도 아무도 나를 보지 못해요. 과거의 이미지들이 사라지고 본질만이 남아 그의 황금의 길을 비추고 있죠."

그녀는 몸을 돌리고 아이다호의 차가운 손을 잡았다. 조심스럽게 그녀는 그를 이끌고 동굴 밖의 밝은 곳으로 나왔다. 벽의 꼭대기에서, 겁에 질린 박물관 프레멘들이 기다리고 있는 그곳에서 내려온 밧줄이 그들을 유혹하듯이 대롱대롱 매달려 있었다.

새로운 우주를 형성하기에는 한심한 재료라고 그녀는 생각했다. 그러나 그들을 가지고 어떻게든 해보는 수밖에 없을 것이다. 아이다호에게는 부드러운 유혹이 필요할 것이며, 그 보살핌 속에서 어쩌면 사랑이 나타날지도 몰랐다.

그녀가 강을 내려다보며 강이 인공 협곡에서 나와 초록색 땅 위로 퍼져나가는 지점을 보았을 때 남쪽에서 불어온 바람이 검은 구름을 그녀 쪽으로 밀어대는 모습이 눈에 들어왔다.

아이다호는 그녀의 손에서 자신의 손을 빼냈지만 더 차분해진 모습이었다. "기후 조절 시스템이 점점 불안정해지는군. 모네오는 이게 조합의 짓이라고 생각하고 있었소."

"그런 일에 대해 아버지가 생각을 잘못하는 경우는 거의 없었죠. 당신이 그 문제를 조사해 봐야 할 거예요." 그녀가 말했다.

강 속에 있던 레토의 몸에서 은빛 모래송어들이 쏜살같이 튀어 나가던 기억이 아이다호의 머릿속에 갑자기 떠올랐다.

"나도 '벌레'의 말을 들었어요. 물고기 웅변대원들은 당신을 따를 겁니다. 내가 아니라." 시오나가 말했다.

다시 아이다호는 시아이녹 의식의 유혹을 느꼈다. "두고보면 알겠지." 그가 말했다. 그리고 시선을 돌려 시오나를 바라보며 말을 이었다. "익스인들이 아라펠을 만들지 못한다는 건 무슨 뜻이었소?"

"일기를 모두 다 읽지 않았군요. 투오노로 돌아가면 내가 보여줄게요."

"하지만 그게 무슨 뜻이오? 아라펠이라니?"

"그건 신성한 심판을 의미하는 구름의 암흑이에요. 옛날 얘기에서 나온 말이죠. 일기에서 모두 알 수 있을 거예요.."

하디 베노토의 발표문 발췌

다르 에스 발라트에서 발견된 것들에 대한

하디 베노토의 비밀 요약문 발췌

소수 의견에 대한 보고를 여기 첨부한다. 우리는 물론 다르 에스 발라트에서 나온 일기에 신중한 심사와 편집, 그리고 검열을 실시하자는 다수의 결정에 따를 것이다. 그러나 우리의 주장도 반드시 알려져야 한다. 우리는 이 문제에 대한 신성 교회의 관심을 인정하며, 정치적 위험성 또한 놓치지 않았다. 우리는 교회와 마찬가지로 분열된 신의 신성한 보호 구역과 라키스가 '멍하니 입을 벌린 관광객들을 위한 관광지'가 되지 않기를 바란다.

그러나 모든 일기가 우리 손에 들어와 진품으로 인정되고 번역된 지금, 아트레이데스 청사진의 분명한 모습이 드러나고 있다. 우리 조상들의 방식을 이해하기 위해 베네 게세리트에게 훈련받은 여성으로서 나는 우리가 밝혀낸 패턴을 함께 나누고 싶다는 자연스러운 욕망을 갖고 있다. 이 패턴은 듄이 아라키스로, 듄으로, 그 이후 라키스로 바뀐 것보다 훨씬 더 커다란 것이다.

역사와 과학의 관심은 반드시 충족되어야 한다. 일기들은 던컨 시대의 개인 회고록과 전기들의 집대성인 『근위대 성경』에 소중한 새로운 빛을 던져준다. 우리는 저 친숙한 서약의 말들, 즉 '아이다호의 1000명의 아들에게 걸고!'와 '시오나의 아홉 딸들에게 걸고!'를 무시할 수 없다. 이 일기들이 밝혀주는 사실들 때문에 저 끈질긴 체노에 자매교가 새로운 의미를 갖는다. 확실히, 유다/나일라에 대한 교회의 묘사를 신중하게 재평가해 볼 만한 가치가 있다.

우리 소수파는 라키스 보호 구역에 있는 저 가엾은 모래벌레들이 우리에게 익스 항법 장치를 대신할 만한 것을 제공해 주지 못하며, 교회가 장악하고 있는 소량의 멜란지가 틀레이랙스 인들의 커다란 통에서 나오는 생산품에 실질적으로 아무런 상업적 위협이 되지 못한다는 점을 정치적 검열관들에게 다시 말씀드려야겠다. 그렇다! 우리는 신화, 구전 역사, 『근위대 성경』, 그리고 심지어 『분열된 신의 신성한 책』까지도 다르 에스 발라트에서 나온 일기들과 비교해 보아야 한다고 주장한다. 대이동과 기근 시대에 대한 모든 역사적 참고 자료들을 꺼내서 다시 조사해야 한다! 우리가 무서워할 것이 뭐가 있는가? 익스의 어떤 기계도 던컨 아이다호와 시오나의 후손들인 우리가 해낸 일을 하지 못한다. 우리가 채운 우주가 몇 개나 되는가? 아무도 짐작할 수 없다. 어느 누구도 결코 알아내지 못할 것이다. 교회가 가끔 나타나는 예언자들을 두려워하는 건가? 예언가들이 우리를 볼 수도, 우리의 결정을 예측할 수도 없다는 것은 확실한 사실이다. 그 어떤 죽음도 모든 인류를 다 찾아내지 못한다. 우리 소수파가 대이동에 나섰던 동포들과 합류해야 우리 주장을 들어줄 것인가? 우리가 인류의 핵심을 아무 지식도 없이 무지한 채로 두고 떠나야 하는가? 다수파가 우리를 몰아낸다면, 어느 누구도 다시는 우리를 찾을 수 없음을 당신들은 알 것이다!

우리는 떠나고 싶지 않다. 우리는 모래 속의 저 '진주들'에 의해 이곳에 붙들려 있다. 우리는 교회가 그 진주를 '오성(悟性)의 태양'으로 이용하는 것에 넋을 잃을 정도로 흥미를 느낀다. 확실히, 합리적 이성을 가진 인간이라면 이런 면에서 일기가 밝히는 사실들로부터 도망칠 수 없을 것이다. 일반적으로 덧없다고 알려져 있지만 우리의 사활이 걸린 고고학의 쓰임새들이 반드시 전성시대를 맞아야 한다! 레토 2세가 일기를 숨길 때 사용했던 원시적인 기계가 우리에게 기계의 발전에 대해 가르쳐주는 것처럼, 고대의 의식(意識)이 우리에게 말을 거는 것도 반드시 허락되어야 한다. 우리가 일기에 위치가 밝혀져 있는 저 '의식 있는 진주들'과 이야기를 나누려는 시도를 팽개친다면, 그것은 역사적 정확성과 학문에 대한 범죄가 될 것이다. 레토 2세는 자신의 끝없는 꿈 속에서 사라져버린 것인가, 아니면 그를 우리 시대에 다시 깨워서 역사적 정확성의 저장소로서 그의 의식을 모두 회복시키는 것이 가능할 것인가? 신성교회가 이 진실을 어찌 두려워할 수 있단 말인가?

소수 의견으로서, 우리는 역사가들이 태초에서 온 이 목소리에 반드시 귀를 기울여야 한다고 믿어 의심치 않는다. 그것이 그저 일기에 지나지 않는다 해도 우리는 반드시 귀를 기울여야 한다. 그 일기들이 우리의 과거 속에 숨겨져 있던 기간과 적어도 같은 세월만큼 먼 미래를 가로질러 귀를 기울여야 한다. 우리는 그 일기의 내용 속에서 언젠가 발견될 것들을 미리 예언하려 하지는 않을 것이다. 다만 그런 발견들이 반드시 이루어져야 한다고 말할 뿐이다. 우리가 물려받은 가장 중요한 유산에 어찌 등을 돌릴 수 있을 것인가? 시인 론 브람리스가 말했듯이 '우리는 놀라운 일들의 샘이다'!

옮긴이 | **김승욱**

성균관대학교 영어영문학과를 졸업하고, 뉴욕 시립대학교 대학원에서 여성학을 공부했다.
《동아일보》문화부 기자로 일했고, 현재는 전문 번역가로 활동 중이다.
옮긴 책으로는 『리스본 쟁탈전』,『우아한 연인』,『19호실로 가다』,『대담한 작전』,
『나보코프 문학강의』,『소크라테스의 재판』,『노년에 대하여』,『신은 위대하지 않다』,
『행복의 지도』,『제1구역』,『분노의 포도』등이 있다.

듄의 신황제| GOD EMPEROR OF DUNE

1판 1쇄 펴냄 2002년 2월 20일
개정판 1판 1쇄 펴냄 2021년 1월 21일
개정판 1판 17쇄 펴냄 2024년 9월 26일

지은이 | 프랭크 허버트
발행인 | 박근섭
옮긴이 | 김승욱
편집인 | 김준혁
펴낸곳 | 황금가지

출판등록 | 2009. 10. 8 (제2009-000273호)
주소 | 06027 서울 강남구 도산대로 1길 62 강남출판문화센터 5층
전화 | 영업부 515-2000 편집부 3446-8774 팩시밀리 515-2007
홈페이지 | www.goldenbough.co.kr

도서 파본 등의 이유로 반송이 필요할 경우에는 구매처에서 교환하시고
출판사 교환이 필요할 경우에는 아래 주소로 반송 사유를 적어 도서와 함께 보내주세요.
06027 서울 강남구 도산대로 1길 62 강남출판문화센터 6층 민음인 마케팅부

㈜민음인은 민음사 출판 그룹의 자회사입니다.
황금가지는 ㈜민음인의 픽션 전문 출간 브랜드입니다.